M

UL

JOHN GRISHAM
titluri publicate

THRILLER JURIDIC
...Şi vreme e ca să ucizi
Firma
Cazul Pelican
Clientul
Camera morţii
Omul care aduce ploaia
Juriul
Partenerul
Avocatul străzii
Testamentul
Frăţia
Moştenitorii
Maestrul
Ultimul jurat
Mediatorul
Apelul
Asociatul
Mărturisirea
Litigiul
Şantajul
Şirul de platani
Muntele familiei Gray
Avocatul rebel
Informatorul
Negustorul de manuscrise
Barul Rooster
Ziua răzbunării
Îngerii dreptăţii
Uragan pe insula Camino
Şi vine vremea îndurării...
Lista judecătorului

SPORT
Campionul din Arkansas
Calico Joe

UMOR
Un altfel de Crăciun
Fotbal şi pizza

POVESTIRI
Ford County

NONFICŢIUNE
Nevinovatul

TINERI
Theodore Boone: Puştiul avocat
Theodore Boone: Răpirea
Theodore Boone: Acuzatul
Theodore Boone: Ameninţarea

JOHN GRISHAM

TESTAMENTUL

Descrierea CIP a Bibliotecii Naţionale a României
GRISHAM, JOHN
Testmentul / John Grisham.
- Bucureşti : RAO Distribuţie, 2023
ISBN 978-606-006-871-6

821.111

RAO Distribuţie
Str. Bârgăului, nr. 9-11, sector 1, Bucureşti, România
www.raobooks.com
www.rao.ro

JOHN GRISHAM
The Testament

Traducere din limba engleză
ANCA NISTOR

2023

ISBN 978-606-006-871-6

1

Am ajuns la ultima zi, la ultima oră chiar. Sunt un bătrân singur şi neiubit, bolnav, suferind şi sătul de viaţă. Sunt pregătit pentru viaţa de dincolo; trebuie să fie mai bună decât aceasta.

Sunt proprietarul clădirii înalte din sticlă în care mă aflu şi a nouăzeci şi şapte la sută din compania din incinta ei, al terenului din jurul ei pe o rază de opt sute de metri în trei direcţii, cât şi al celor două mii de oameni care lucrează aici, şi al celorlalţi douăzeci de mii care nu lucrează aici, sunt proprietarul conductei de sub pământ, care transportă gazele până la clădire de pe câmpurile mele din Texas, sunt proprietarul companiilor de electricitate şi concesionez satelitul nevăzut care se află la mii de kilometri deasupra noastră prin care dădeam odată ordine imperiului meu risipit departe prin lume. Averea mea depăşeşte unsprezece miliarde de dolari. Am argint în Nevada, cupru în Montana, cafea în Kenya, cărbune în Angola, cauciuc în Malaysia, gaze naturale în Texas, petrol neprelucrat în Indonezia şi oţel în China. Compania mea deţine companii care produc electricitate, fac computere, construiesc baraje, tipăresc cărţi şi transmit semnale satelitului meu. Am filiale cu ramificaţii în mai multe ţări decât poate crede cineva.

Am avut cândva toate jucăriile pe care le-am vrut – iahturi, avioane, blonde, case în Europa, ferme în Argentina, o insulă în Pacific, cai pursânge, până şi o echipă de hochei. Dar sunt prea bătrân pentru jucării.

Banii constituie sursa necazurilor mele.

Am avut trei familii – trei foste soţii care au dat naştere la şapte copii, dintre care şase sunt încă în viaţă şi fac tot ce le stă în putinţă ca să mă chinuie. Din câte ştiu, eu i-am conceput pe toţi şapte şi am îngropat unul. Ar trebui să spun că mama lui l-a îngropat. Eu eram plecat din ţară.

M-am îndepărtat de toate soţiile şi de toţi copiii. S-au adunat astăzi, aici, pentru că eu sunt pe moarte şi a venit vremea împărţirii banilor.

Am plănuit de mult această zi. Clădirea mea cu paisprezece etaje are în spate o curte umbrită, unde organizam odată dejunuri în aer liber. Eu locuiesc şi lucrez la ultimul etaj – o mie de metri pătraţi de opulenţă care ar părea obscenă multora, dar acest lucru nu mă deranjează câtuşi de puţin. Fiecare bănuţ din averea mea l-am câştigat cu sudoare, inteligenţă şi noroc, deci cheltuirea ei este dreptul meu exclusiv. Şi împărţirea ei ar trebui să fie alegerea mea, dar sunt hăituit.

De ce ar trebui să-mi pese cine primeşte banii? Am făcut cu ei tot ce îşi poate închipui cineva. Stând acum în scaunul meu cu rotile, singur şi aşteptând, nu-mi vine în minte absolut nici un lucru pe care să vreau să-l cumpăr sau să-l văd, nici un loc unde să vreau să merg, nici o altă aventură în care să vreau să pornesc.

Le-am făcut pe toate şi sunt foarte obosit.

Nu mă interesează cine primeşte banii, ci mai degrabă cine nu-i primeşte.

Fiecare metru pătrat din această clădire a fost proiectat de mine, aşa că ştiu exact unde să-i aşez pe toţi pentru această mică ceremonie. Sunt cu toţii aici, aşteptând ore în şir, deşi nu îi deranjează. Ar fi în stare să stea în pielea goală în viscol pentru ceea ce sunt pe cale să fac.

Prima familie este alcătuită din Lillian şi progeniturile ei – patru dintre copiii mei aduşi pe lume de o femeie care rareori m-a lăsat s-o ating. Ne-am căsătorit de tineri – eu aveam douăzeci şi patru de ani, şi ea optsprezece – aşa că şi Lillian e bătrână. N-am mai văzut-o de ani de zile şi nu o s-o văd nici astăzi. Precis că încă mai joacă rolul primei soţii, îndurerată şi abandonată, care a fost schimbată pe un trofeu. Nu s-a mai recăsătorit şi sunt sigur că n-a mai făcut sex de cincizeci de ani. Nici nu ştiu cum de ne-am reprodus.

Troy Junior, cel mai mare fiu al ei, are patruzeci şi şapte de ani şi e un idiot care nu e bun de nimic, blestemat cu numele meu. În copilărie şi-a luat porecla de TJ şi încă o mai preferă în locul numelui de Troy. Dintre cei şase copii adunaţi aici, acum, TJ este cel mai tâmpit, şi asta-i puţin spus. La nouăsprezece ani a fost dat afară din colegiu pentru că vindea droguri.

Ca şi celorlalţi, lui TJ i s-au dat cinci milioane de dolari când a împlinit douăzeci şi unu de ani. Şi, la fel ca şi celorlalţi, i s-au scurs printre degete ca apa.

Nu suport să relatez poveştile îngrozitoare ale copiilor lui Lillian. Ajunge să spun că toţi sunt îngropaţi în datorii şi practic de neangajat, cu foarte puţine speranţe de schimbare, aşa că semnarea de către mine a acestui testament este cel mai important eveniment din viaţa lor.

Să revin la fostele soţii. De la frigiditatea lui Lillian, am fugit la pasiunea entuziasmată a lui Janie, o tânără frumoasă, angajată ca secretară la contabilitate, dar promovată rapid când am hotărât că aveam nevoie de ea în călătoriile de afaceri. Am divorţat de Lillian şi m-am însurat cu Janie, care era cu douăzeci şi doi de ani mai tânără decât mine şi hotărâtă să mă satisfacă. A făcut doi copii cât a putut de repede şi i-a folosit drept ancore ca să mă ţină aproape. Rocky, cel mai mic, a murit într-o maşină sport împreună cu alţi doi prieteni ai lui, într-un accident care m-a costat şase milioane ca să nu se ajungă la tribunal.

Cu Tira m-am însurat la şaizeci şi patru de ani. Ea avea douăzeci şi trei şi era însărcinată cu un mic monstru pe care l-a botezat Ramble, dintr-un motiv care nu mi-a fost limpede niciodată. Ramble are paisprezece ani acum şi a fost arestat deja o dată pentru furt din magazin şi o dată pentru posesie de marijuana. Are părul lung şi uleios care i se lipeşte de ceafă şi poartă cercei în urechi, sprâncene şi nas. Am auzit că se duce la şcoală numai când are chef.

Lui Ramble îi este ruşine că tatăl lui are aproape optzeci de ani, şi tatălui său îi este ruşine că fiul lui are limba străpunsă de mărgele de argint.

Şi el, împreună cu ceilalţi, se aşteaptă să-mi pun numele pe acest testament şi să-i fac viaţa mai bună. Oricât de mare e averea mea, la proştii ăştia nu va rezista mult.

Un bătrân care e pe moarte n-ar trebui să urască, dar n-am încotro. Toţi sunt nişte nemernici. Mamele lor mă urăsc, aşa că şi copiii lor au fost învăţaţi să mă urască.

Sunt nişte vulturi cu gheare la picioare, dinţi ascuţiţi şi ochi lacomi, care se rotesc ameţiţi în aşteptarea unor sume de bani nelimitate.

Acum se pune în discuţie sănătatea mea mintală. Ei cred că am o tumoare pentru că spun lucruri ciudate. Trăncănesc incoerent la şedinţe şi la telefon, iar asistenţii mei şuşotesc, dau din cap prin spatele meu şi îşi spun în sinea lor: „Aşa e. Tumoarea e de vină".

Acum doi ani am făcut un testament în care am lăsat totul ultimei concubine, care la vremea respectivă se plimba prin apartament în chiloţi cu un imprimeu care imita blana de leopard şi fără nimic altceva, şi da, bănuiesc că sunt nebun după blondele de douăzeci de ani înzestrate cu tot ce le trebuie. Dar mai târziu i-am dat papucii. Şi testamentul a fost dat aparatului de tăiat hârtie. Am obosit, pur şi simplu.

Acum trei ani am făcut un testament doar de dragul de a-l face, şi am lăsat totul societăţilor de binefacere, peste o sută la număr. Într-o zi l-am înjurat pe TJ, el m-a înjurat pe mine şi i-am spus de acel nou testament. El, mama lui şi ceilalţi fraţi ai lui au angajat o grămadă de avocaţi corupţi şi au dat fuga la tribunal într-o încercare de a mă închide într-un sanatoriu pentru tratament şi evaluare. A fost o mişcare inteligentă din partea avocaţilor, pentru că, dacă aş fi fost găsit incompetent din punct de vedere psihic, testamentul meu ar fi fost nul.

Dar eu am mulţi avocaţi şi îi plătesc cu o mie de dolari pe oră ca să manipuleze sistemul juridic în favoarea mea. N-am fost internat, deşi în perioada aceea probabil că eram puţin cam într-o doagă.

Şi am propriul meu aparat de tăiat hârtie, pe care l-am folosit pentru toate vechile testamente. Toate au dispărut înghiţite de micul aparat.

Port halate lungi şi albe din mătase thailandeză, mă rad pe cap ca un călugăr şi mănânc puţin, aşa încât trupul meu e mic şi zbârcit. Ei cred că sunt budist, dar în realitate studiez zoroastrismul. Ei nu cunosc însă diferenţa. Aproape că înţeleg de ce se crede că mi s-a diminuat capacitatea mintală.

Lillian şi prima familie se află în sala de conferinţe, la etajul al treisprezecelea, chiar sub mine. E o încăpere spaţioasă, din marmură şi lemn de mahon, cu covoare groase şi o masă lungă şi ovală în mijloc, iar acum e plină de oameni foarte nervoşi. Deloc surprinzător, avocaţii sunt mai numeroşi decât membrii familiei. Lillian are un avocat, la fel ca fiecare dintre cei patru copii ai ei, cu excepţia lui TJ, care a adus trei, ca să-şi dea importanţă şi să fie sigur că toate scenariile sunt bine consiliate. TJ are mai multe probleme juridice decât majoritatea condamnaţilor la moarte. Într-un capăt al mesei se află un ecran digital mare care va transmite totul.

Fratele lui TJ, Rex, în vârstă de patruzeci şi patru de ani, cel de-al doilea fiu al meu, este căsătorit în prezent cu o stripteuză. Numele ei e Amber şi e o făptură sărmană fără creier, dar cu un piept mare şi fals, şi am impresia că e a treia soţie a lui. A doua sau a treia, dar cine sunt eu să-l condamn? E şi ea aici, cu celelalte neveste actuale şi/sau concubine, foindu-se nervoasă în aşteptarea împărţirii celor unsprezece miliarde de dolari.

Prima fiică a lui Lillian, cea mai mare dintre fiicele mele, este Libbigail, un copil pe care l-am iubit cu disperare până când a plecat la colegiu şi a uitat de mine. Pe urmă s-a măritat cu un african şi i-am şters numele din testamentele mele.

Mary Ross este ultimul copil născut de Lillian. E măritată cu un doctor care aspiră să fie super-bogat, dar sunt îngropaţi în datorii.

Janie şi cea de a doua familie aşteaptă într-o încăpere la etajul zece. Janie a mai avut doi soţi de când am divorţat noi cu mulţi ani în urmă. Sunt aproape sigur că în acest moment locuieşte singură. Am angajat detectivi să mă ţină la curent, dar nici măcar FBI-ul n-ar putea să ţină evidenţa celor care trec prin patul ei. Aşa cum am mai spus, Rocky, fiul ei, a murit. Fiica ei, Geena, este aici împreună cu al doilea soţ al ei, un idiot cu un masterat în afaceri, care e suficient de periculos ca să ia o jumătate de miliard şi să-l piardă cu mare artă în trei ani.

Apoi vine Ramble, care stă trântit pe un scaun la etajul cinci, lingându-şi inelul de aur din colţul buzei, trecându-şi degetele prin părul lipicios şi verzui şi uitându-se încruntat la mama lui, care a avut tupeul să vină astăzi cu un gigolo mic şi păros. Ramble se aşteaptă să se îmbogăţească astăzi, să-i pice în braţe o avere numai pentru că a fost zămislit de mine. Şi el are un avocat, un tip hippie radical pe care Tira l-a văzut la televizor şi l-a angajat imediat după ce s-a culcat cu el. Aşteaptă şi ei împreună cu ceilalţi.

Îi cunosc pe aceşti oameni. Îi privesc.

Snead apare din partea din spate a apartamentului meu. E servitorul meu de aproape treizeci de ani, un individ mărunt, plinuţ şi simplu, cu o haină scurtă, albă, umil şi modest, întotdeauna îndoit de la mijloc de parcă s-ar închina în faţa unui rege. Se opreşte în faţa mea, cu mâinile împreunate pe burtă, ca întotdeauna, cu capul înclinat şi cu un zâmbet umed şi mă întreabă „Ce mai faceţi, domnule?“ cu un accent afectat pe care l-a dobândit cu mulţi ani în urmă, când trăiam în Irlanda.

Eu nu spun nimic, pentru că nici nu se cere, nici nu se aşteaptă din partea mea să-i răspund lui Snead.

– Doriţi o cafea, domnule?

– Prânzul.

Snead clipeşte din ambii ochi şi se înclină şi mai mult, după care iese din cameră măturând podeaua cu manşetele pantalonilor. Şi el se aşteaptă să devină bogat după moartea mea şi bănuiesc că numără zilele, la fel ca toţi ceilalţi.

Necazul când ai bani e că toată lumea vrea puţin din ei. O feliuţă, o fărâmă. Ce înseamnă un milion de dolari pentru cineva care are miliarde? Dă-mi un milion, bătrâne, şi nici n-o să simţi. Dă-mi un împrumut şi o să uităm amândoi de el. Strecoară-mi numele în testament undeva; e destul loc.

Snead e al naibii de băgăcios şi, cu ani în urmă, l-am surprins scotocind prin biroul meu, probabil după testamentul de atunci. Vrea să mor, pentru că se aşteaptă să-i las câteva milioane.

Ce drept are să aştepte ceva? Ar fi trebuit să-l dau afară de mult.

Numele lui nu e trecut în noul meu testament.

Îmi pune o tavă în faţă: o cutie nedeschisă de biscuiţi Ritz, un borcănel de miere cu sigiliul de plastic în jurul capacului şi o conservă de trei sute şaizeci de grame de Fresca la temperatura camerei. Orice schimbare şi Snead ar fi concediat pe loc.

Îl expediez şi înmoi biscuiţii în miere. Ultima masă.

2

Privesc prin pereţii din sticlă fumurie. În zilele senine se poate vedea vârful monumentului lui Washington, care se află la vreo zece kilometri depărtare, dar nu şi astăzi. Astăzi e umezeală şi frig, bate vântul şi e înnorat, deloc o zi proastă pentru a muri. Vântul smulge ultimele frunze de pe ramuri şi le împrăştie prin parcarea de jos.

De ce îmi fac probleme din cauza durerii? Ce e rău în puţină suferinţă? Am provocat mai multă decât zece persoane la un loc.

Apăs pe un buton şi apare Snead. Face o plecăciune şi îmi împinge căruciorul dincolo de uşa apartamentului, în holul de marmură, printr-o altă uşă. Ne apropiem din ce în ce, dar nu simt nici un fel de nelinişte.

I-am făcut pe psihiatri să aştepte mai bine de două ore.

Trecem pe lângă biroul meu şi îi fac un semn din cap lui Nicolette, ultima mea secretară, o tânără foarte drăguţă, la care ţin mult. Dacă ar mai fi timp, ar putea deveni numărul patru.

Dar nu mai e timp. Mai sunt doar câteva minute.

O mulţime de oameni aşteaptă – o grămadă de avocaţi şi câţiva psihiatri care vor decide dacă sunt în toate minţile. Sunt strânşi în jurul unei mese lungi, în sala mea de conferinţe şi când intru, tac imediat toţi şi se uită la mine. Snead îmi aşază căruciorul de o parte a mesei, lângă avocatul meu, Stafford.

Sunt camere de luat vederi îndreptate în toate direcţiile, iar tehnicienii se agită să le regleze. Fiecare şoaptă, fiecare mişcare, fiecare răsuflare va fi înregistrată, pentru că e o avere în joc.

În ultimul testament pe care l-am semnat am lăsat puţin copiilor. Josh Stafford l-a redactat, ca de fiecare dată. L-am tăiat azi-dimineaţă.

Stau aici ca să dovedesc lumii că sunt destul de întreg la minte ca să fac un nou testament. Odată ce se va dovedi acest lucru, testamentul meu nu va putea fi pus la îndoială.

Chiar în faţa mea stau trei psihiatri – câte unul angajat de fiecare familie. Pe cartoanele din faţa lor cineva le-a tipărit numele – Dr. Zadel, Dr. Flowe, Dr. Theishen. Le studiez ochii şi chipurile. Din moment ce trebuie să par în toate facultăţile mintale, trebuie să-i privesc în ochi.

Se aşteaptă să fiu cam într-o ureche, dar o să-i fac praf.

Stafford o să dirijeze spectacolul. După ce se aşază toată lumea şi camerele sunt pregătite, zice:

– Numele meu este Josh Stafford şi sunt avocatul domnului Troy Phelan, care se află aici, în dreapta mea.

Îi privesc pe psihiatri, pe rând, drept în ochi, la fel de duşmănos ca şi ei, până când fiecare clipeşte sau se uită în altă parte. Toţi trei sunt îmbrăcaţi în costume închise la culoare. Zadel şi Flowe au bărbi nepieptănate. Theishen are papion şi nu pare a avea mai mult de treizeci de ani. Familiile au avut dreptul să angajeze pe cine au vrut.

Stafford vorbeşte.

– Scopul acestei întâlniri este ca domnul Phelan să fie consultat de o comisie alcătuită din psihiatri pentru a se stabili capacitatea sa testamentară. În cazul în care comisia îl va găsi în toate facultăţile sale mintale, intenţionează să semneze un testament potrivit căruia bunurile sale vor fi împărţite după ce va muri.

Stafford bate cu creionul într-un testament gros de doi centimetri şi jumătate care se află în faţa noastră. Sunt sigur că toate camerele iau un prim plan şi, de asemenea, că imaginea acelui document le dă fiori copiilor mei şi mamelor acestora împrăştiaţi prin toată clădirea mea.

Ei nu au văzut testamentul şi nici nu au acest drept. Un testament este un document personal ce trebuie arătat numai după moarte. Moştenitorii nu pot decât să facă speculaţii cu privire la ceea ce ar conţine, iar moştenitorii mei au primit aluzii, minciunele pe care le-am plasat cu grijă.

Au fost făcuţi să creadă că grosul averii mele va fi oarecum împărţit în mod egal copiilor mei, cu daruri generoase pentru fostele soţii. Ei ştiu acest lucru; o simt. De săptămâni întregi, chiar luni, se roagă cu ardoare pentru asta. E o chestiune de viaţă şi de moarte pentru ei, fiindcă toţi au datorii. Testamentul care se află în faţa mea ar trebui să-i facă bogaţi şi să pună capăt certurilor.

Stafford l-a pregătit şi, în discuţiile cu avocaţii lor, a dezvăluit cu permisiunea mea, în linii generale, presupusul conţinut al testamentului. Fiecare dintre copii va primi o sumă între trei sute şi cinci sute de milioane, alte cincizeci de milioane mergând la fiecare dintre cele trei foste soţii, care au primit destui bani la divorţ, dar acest lucru s-a uitat, bineînţeles.

Daruri totale de aproximativ trei miliarde de dolari pentru familii. După ce guvernul va mai lua câteva miliarde, restul va ajunge la societăţi de binefacere.

Aşa că vedeţi de ce se află aici, dichisiţi, aranjaţi, sobri (în cea mai mare parte), uitându-se cu atenţie la monitoare, aşteptând şi sperând că bătrânul o să poată face faţă acestei încercări. Sunt sigur că fiecare i-a spus psihiatrului său: „Să nu fii prea dur cu bătrânul. Vrem să fie declarat în toate facultăţile mintale".

Dacă toată lumea e atât de mulţumită, atunci de ce atâta agitaţie cu acest test psihiatric? Pentru că o să-mi bat joc de ei pentru ultima oară şi vreau s-o fac bine.

Eu am fost cu ideea de a aduce psihiatrii, dar copiii mei şi avocaţii lor sunt prea grei de cap ca să-şi dea seama.

Zadel începe primul.

– Domnule Phelan, ne puteţi spune data, ora şi locul?

Mă simt ca un elev în clasa întâi. Las bărbia în piept ca un imbecil şi cântăresc întrebarea suficient de mult ca să-i fac să se tragă la marginea scaunelor şi să şoptească:

– Haide, ticălos bătrân şi nebun. Sigur ştii în ce zi suntem.

– Luni, spun eu încet. Luni, 9 decembrie 1996. Locul este în biroul meu.

– Ora?

– Vreo două şi jumătate ziua, zic eu, deşi nu port ceas.

– Şi unde e biroul dumneavoastră?

– În McLean, Virginia.

Flowe se apleacă spre microfon.

– Puteţi să spuneţi numele şi datele când s-au născut copiii dumneavoastră.

– Nu. Numele, poate, dar nu şi datele.

– Bine, spuneţi-ne numele.

Nu mă grăbesc. E prea devreme să mă arăt ager. Vreau să asude.

– Troy Phelan Jr., Rex, Libbigail, Mary Ross, Geena şi Ramble.

Le rostesc ca şi cum ar fi îngrozitor de dureros chiar să mă gândesc la ele.

Flowe are voie să mai pună o întrebare legată de acest subiect.

– A fost şi un al şaptelea copil, nu-i aşa?

– Da.

– Vă amintiţi numele lui?

– Rocky.

– Şi ce a păţit?

– A murit într-un accident de maşină.

Stau drept în scaunul meu cu rotile, cu capul sus, uitându-mă când la un psihiatru când la altul, dând, pentru camere, o impresie de deplinătate a facultăţilor mintale. Sunt sigur că toţi copiii mei şi fostele soţii sunt mândri de mine, privind la monitoare în micile lor grupuri, strângând mâinile actualilor parteneri şi zâmbindu-le avocaţilor lacomi pentru că bătrânul Troy s-a descurcat deocamdată.

Poate că vocea mea e scăzută şi slabă şi oi arăta eu ca un nebun cu halatul meu alb de mătase, cu faţa mea zbârcită şi turbanul verde, dar le-am răspuns la întrebări.

Haide, bătrâne, se roagă ei.

– Care este starea sănătăţii dumneavoastră în prezent? întreabă Theishen.

– M-am simţit şi mai bine.

– Se zvoneşte că aţi avea o tumoare canceroasă.

Direct la obiect, nu?

– Credeam că este o examinare psihiatrică, spun eu aruncându-i o privire lui Stafford, care nu poate să-şi reprime un zâmbet.

Dar regulile permit orice întrebare. Aceasta nu este o sală de judecată.

– Aşa este, zice Theishen politicos. Dar fiecare întrebare este relevantă.

– Înţeleg.

– Vreţi să răspundeţi la întrebare?

– În legătură cu ce?

– În legătură cu tumoarea.

– Sigur. E în capul meu, de mărimea unei mingi de golf, creşte pe zi ce trece, e inoperabilă şi doctorul meu spune că nu mai rezist trei luni.

Aproape că aud cum pocnesc dopurile sticlelor de şampanie sub mine. Tumoarea a fost confirmată!

– În clipa aceasta, vă aflaţi cumva sub influenţa medicamentelor, drogurilor sau alcoolului?

– Nu.

– Aveţi în posesia dumneavoastră vreun medicament pentru alinarea durerii?

– Încă nu.

Iarăşi Zadel:

– Domnule Phelan, acum trei luni, revista *Forbes* a publicat faptul că averea dumneavoastră s-ar ridica la opt miliarde de dolari. Este o cifră corectă?

– De când e cunoscută revista *Forbes* pentru precizie?

– Deci, nu e o cifră corectă?

– Este între unsprezece şi unsprezece şi jumătate, în funcţie de pieţe, spun eu foarte încet, dar cuvintele sunt clare şi vocea autoritară.

Nimeni nu pune la îndoială mărimea averii mele.

Flowe se decide să continue pe tema banilor.

– Domnule Phelan, puteţi descrie, în general, organizarea holdingului dumneavoastră?

– Da, pot.

– Vreţi s-o faceţi, vă rog?

– Cred că da.

Fac o pauză şi îi las să asude. Stafford m-a asigurat că nu sunt obligat să divulg nici o informaţie în acest sens. Oferă-le doar o imagine de ansamblu, a spus el.

– The Phelan Group este o corporaţie particulară care deţine şaptezeci de companii diferite, dintre care câteva sunt publice.

– Cât anume deţineţi din The Phelan Group?

– Cam nouăzeci şi şapte la sută. Restul aparţine câtorva angajaţi.

Theishen se alătură şi el. Nu i-a luat mult ca să se concentreze asupra aurului.

– Domnule Phelan, compania dumneavoastră deţine ceva din Spin Computer?

– Da, zic eu rar, încercând să plasez Spin Computer în jungla corporaţiilor mele.

– Cât deţineţi din ea?

– Optzeci la sută.

– Şi Spin Computer este o companie publică?

– Exact.

Theishen răsfoieşte un teanc de documente cu aspect oficial şi pot să văd de aici că are raportul anual al companiei şi bilanţurile trimestriale, lucruri pe care orice student semicultivat ar putea să le obţină.

– Când aţi cumpărat compania Spin? mă întreabă el.

– Acum vreo patru ani.

– Cu cât?

– Douăzeci de dolari acţiunea, un total de trei sute de milioane. Aş vrea să răspund mai încet la aceste întrebări, dar nu mă pot abţine. Mă uit fix la Theishen, aşteptând nerăbdător următoarea întrebare.

– Şi cât valorează acum? întrebă el.

– Păi, ieri la închidere, acţiunea era de patruzeci şi trei şi jumătate, cu un punct mai puţin. De când am cumpărat-o eu, s-au mai emis acţiuni de două ori, aşa că investiţia valorează acum vreo opt-cincizeci.

– Opt sute cincizeci de milioane?

– Exact.

În acest moment, testul e practic încheiat. Dacă sunt în stare să înţeleg preţurile acţiunilor ieri la închidere, adversarii mei sunt, cu siguranţă, mulţumiţi. Aproape că le văd zâmbetele prosteşti. Aproape că le văd uralele mute. Bravo, Troy. Fă-i praf.

Zadel vrea istorie. E greu să testezi limitele memoriei mele.

– Unde v-aţi născut, domnule Phelan?

– În Montclair, New Jersey.

– Când?

– 12 mai 1918.

– Care a fost numele de fată al mamei dumneavoastră?

– Shaw.

– Când a murit?

– Cu două zile înainte de atacul de la Pearl Harbor.

– Şi tatăl dumneavoastră?

– Ce-i cu el?

– Când a murit?

– Nu ştiu. A dispărut când eram mic.

Zadel se uită la Flowe, care are nişte întrebări adunate pe carneţel.

– Cum se numeşte cea mai mică fiică a dumneavoastră? întreabă Flowe.

– Din care familie?

– Ăăă, prima.

– Mary Ross.

– Corect...

– Bineînţeles că e corect.

– Unde a fost la colegiu?

– Tulane, în New Orleans.

– Ce anume a studiat?

– Ceva medieval. Pe urmă, a făcut o partidă proastă, la fel ca toţi ceilalţi. Bănuiesc că au moştenit de la mine talentul ăsta.

Îi văd cum devin rigizi şi se înfurie. Şi aproape că îi văd pe avocaţi şi pe actualii parteneri şi/sau amanţi ascunzându-şi zâmbetele, pentru că nimeni nu poate nega faptul că, într-adevăr, am făcut nişte partide proaste.

Şi am avut nişte progenituri şi mai groaznice.

Flowe termină runda brusc. Theishen e amorezat de bani. Mă întreabă:

– Deţineţi majoritatea în MountainCom?

– Da, sunt sigur că scrie şi acolo, în muntele acela de hârtii. E o companie publică.

– Cât aţi investit iniţial?

– În jur de optsprezece pentru o acţiune, pentru zece milioane de acţiuni.

– Şi acum, a...

– Ieri, la închidere, o acţiune era douăzeci şi unu. O preluare şi o emisiune în ultimii şase ani şi holdingul valorează acum în jur de patru sute de milioane. V-am răspuns la întrebare?

– Da, cred că da. Câte companii publice controlaţi?

– Cinci.

Flowe se uită la Zadel şi mă întreb cât o să mai dureze totul. Am obosit deodată.

– Mai aveţi întrebări? întreabă Stafford.

Nu o să-i presăm, pentru că vrem să fie complet satisfăcuţi.

– Intenţionaţi să semnaţi un nou testament astăzi? mă întreabă Zadel.

– Da, aceasta mi-e intenţia.

– E vorba de testamentul care se află pe masă în faţa dumneavoastră?

– Da.

– Sunteţi pregătit să semnaţi testamentul acum?

– Da.

Zadel pune stiloul pe masă cu grijă, îşi împreunează mâinile îngândurat şi se uită la Stafford.

– După părerea mea, domnul Phelan are suficientă capacitate testamentară în acest moment pentru a-şi împărţi averea.

Rosteşte aceste cuvinte cu mare greutate, de parcă performanţa mea i-ar fi ţinut în suspans.

Ceilalţi doi intervin repede.

– Nu am nici o îndoială cu privire la sănătatea sa mintală, îi spune Flowe lui Stafford. Mi se pare incredibil de ager.

– Nu aveţi nici o îndoială? îl întrebă Stafford.

– Absolut nici una.

– Domnule doctor Theishen?

– Haideţi să nu ne amăgim singuri. Domnul Phelan ştie perfect ce face. E mai ager la minte decât noi.

Ah, mulţumesc. Asta înseamnă atât de mult pentru mine. Sunteţi o mână de psihiatri care vă chinuiţi să câştigaţi o sută de mii pe an. Eu am făcut miliarde şi totuşi voi mă mângâiaţi pe creştet şi îmi spuneţi cât de deştept sunt.

– Deci votul e unanim? întrebă Stafford.

– Da. Categoric.

Nu pot să încuviinţeze din cap suficient de repede.

Stafford împinge testamentul spre mine şi îmi dă un stilou. Spun:

– Acesta este ultimul testament al lui Troy L. Phelan, ce anulează toate testamentele şi codicilele precedente.

Se întinde pe nouăzeci de pagini şi este întocmit de Stafford şi cineva de la firma acestuia. Înţeleg conceptul, dar redactarea mă depăşeşte. Nu l-am citit şi nici n-am s-o fac. Caut ultima pagină, mâzgălesc un nume pe care nimeni nu poate să-l citească, după care îmi aşez mâinile pe el, deocamdată.

Nu va fi văzut niciodată de vulturi.

– Întâlnirea a luat sfârşit, spune Stafford şi toţi îşi strâng lucrurile grăbiţi.

Potrivit instrucţiunilor mele, cele trei familii sunt scoase repede din încăperile în care au stat şi sunt rugate să părăsească clădirea.

O cameră rămâne aţintită asupra mea, imaginile înregistrate de ea ajungând numai la arhivă. Avocaţii şi psihiatrii pleacă repede. Eu îi spun lui Snead să ia loc la masă. Stafford şi unul dintre partenerii săi, Durban, rămân în sală, de asemenea, la masă. În clipa în care rămânem singuri, vâr mâna înăuntrul halatului şi scot un plic, pe care îl deschid. Din el scot trei pagini galbene şi le pun pe masă în faţa mea.

Au mai rămas doar câteva secunde şi mă străbate un fior de teamă. Va fi nevoie de mai multă putere decât am adunat de-a lungul ultimelor săptămâni.

Stafford, Durban şi Snead se uită uluiţi la foile de hârtie galbenă.

– Acesta e testamentul meu, zic eu luând un stilou. Un testament olograf, fiecare cuvânt fiind scris de mine însumi cu numai câteva ore în urmă. Datat astăzi şi acum semnat astăzi.

Îmi mâzgălesc iarăşi numele. Stafford e prea stupefiat ca să reacţioneze.

– Anulează toate testamentele precedente, inclusiv pe cel pe care l-am semnat cu mai puţin de cinci minute în urmă.

Împăturesc hârtiile şi le pun în plic.

Strâng din dinţi şi îmi amintesc cât de mult vreau să mor.

Împing plicul spre Stafford şi, în aceeaşi clipă, mă ridic din scaunul cu rotile. Picioarele îmi tremură. Inima îmi bate cu putere. Câteva secunde. Cu siguranţă o să mor înainte să ajung jos.

– Hei! strigă cineva, Snead, cred.

Dar mă îndepărtez de ei.

Şchiopul trece aproape în fugă pe lângă şirul de scaune din piele, pe lângă unul din tablourile mele, unul nereuşit comandat de una dintre soţii, pe lângă tot, îndreptându-se spre uşile glisante, care sunt descuiate. Ştiu pentru că am repetat acest lucru cu numai câteva ore în urmă.

– Stai pe loc! strigă cineva şi vin după mine.

Nimeni nu m-a văzut mergând de un an de zile. Pun mâna pe clanţă şi deschid uşa. Aerul e foarte rece. Păşesc desculţ pe terasa îngustă a apartamentului meu. Fără să mă uit în jos, sar peste balustradă.

3

Snead era cu doi paşi în urma domnului Phelan şi, pentru o clipă, crezu că ar fi putut să-l prindă. Şocul de a-l vedea pe bătrân nu numai ridicându-se şi mergând, ci, practic, fugind spre uşă, îl făcuse pe Snead să încremenească. Domnul Phelan nu se mai mişcase atât de repede de ani de zile.

Snead ajunse lângă balustradă la timp pentru a scoate un ţipăt de groază şi apoi pentru a privi neputincios cum domnul Phelan cădea în tăcere, răsucindu-se şi devenind din ce în ce mai mic, până când ajunse jos. Snead îşi încleştă mâinile pe balustradă şi se uită fără să-i vină a crede, după care începu să plângă.

Josh Stafford ajunse pe terasă cu un pas după Snead şi asistă la cea mai mare parte a căderii. Se întâmplase atât de repede, cel puţin săritura; căderea în sine păru să dureze o oră. Un bărbat care cântărea şaptezeci şi cinci de kilograme trebuia să cadă de la o înălţime de nouăzeci de metri în mai puţin de cinci secunde, dar Stafford le spuse mai târziu oamenilor că bătrânul plutise o veşnicie, ca un fulg pe aripile vântului.

Tip Durban ajunse lângă balustradă imediat după Stafford şi nu văzu decât impactul trupului cu cărămizile care acopereau porţiunea dintre intrarea din faţă şi o alee circulară. Nu se ştie de ce, Durban ţinea plicul pe care îl apucase absent, în graba de a-l prinde pe bătrânul Troy. I se părea mult mai greu, aşa cum stătea în ger, uitându-se la o scenă dintr-un film de groază şi văzând cum primii curioşi se apropiau de victimă.

Căderea lui Troy Phelan nu atinse nivelul dramatic ridicat pe care îl visase el. În loc să plutească spre pământ ca un înger, o cufundare perfectă de lebădă cu halatul de mătase fluturând în urmă, aterizând în moarte în faţa ochilor îngroziţi ai familiilor sale, care, îşi imaginase el, aveau să iasă din clădire chiar în clipa aceea, la căderea lui fu martor doar un funcţionar modest de la casierie, care trecea prin parcare după o masă de prânz foarte prelungită. Auzi o voce, ridică privirea spre ultimul etaj şi văzu îngrozit cum un trup gol şi alb se răsucea prin aer cu ceva ce semăna a cearşaf înfăşurat în jurul gâtului. Ateriză pe spate pe cărămidă, cu bufnitura surdă caracteristică unui asemenea impact.

Funcţionarul dădu fuga spre locul respectiv exact în clipa în care un paznic observă că ceva nu era în regulă şi îşi părăsi repede locul din apropierea intrării în Phelan Tower. Nici unul dintre cei doi angajaţi nu îl cunoscuse pe domnul Troy Phelan, aşa că nu ştiau în faţa rămăşiţelor cui se aflau. Trupul era însângerat, desculţ, răsucit şi gol puşcă, cu un cearşaf îngrămădit în jurul braţelor. Şi era mort de-a binelea.

Încă treizeci de secunde şi dorinţa lui Troy s-ar fi îndeplinit. Datorită faptului că se aflaseră într-o încăpere la etajul cinci, Tira, Ramble, doctorul Theishen şi grupul lor de avocaţi părăsiră clădirea primii. Şi astfel fură primii care ajunseră la locul sinuciderii. Tira scoase un ţipăt, nici de durere, nici de dragoste, nici din cauza pierderii, ci, pur şi simplu, din cauza şocului de a-l vedea pe bătrânul Troy întins pe cărămizi. Fu un ţipăt pătrunzător, auzit foarte clar de Snead, Stafford şi Durban, cu paisprezece etaje mai sus.

Lui Ramble i se păru că scena era chiar tare. Un copil care crescuse în preajma televizorului şi un pasionat al jocurilor video, găsi că imaginea aceea oribilă era extraordinară. Se îndepărtă de mama lui care ţipa şi îngenunche lângă tatăl său mort. Paznicul îi puse cu fermitate o mână pe umăr.

– E Troy Phelan, spuse unul dintre avocaţi, apropiindu-se de cadavru.

– Nu mai spune, zise paznicul.

– Oh! exclamă funcţionarul.

Mai multe persoane ieşiră în fugă din clădire.

Janie, Geena, Cody cu doctorul Flowe, psihiatrul şi avocaţii lor fură următorii. Dar nu se ţipă, nu fu nici o cădere nervoasă. Rămaseră împreună, departe de Tira şi de grupul ei, holbându-se la fel ca toţi ceilalţi la sărmanul Troy.

Radioemiţătoarele pârâiră când un alt paznic sosi şi prelua controlul. Chemă imediat o ambulanţă.

– La ce bun, întrebă funcţionarul care, în virtutea faptului că ajunsese primul la locul cu pricina, îşi asumă un rol mai important acum.

– Vrei să-l duci cu maşina ta? întrebă paznicul.

Ramble privi cum sângele umplea rosturile dintre cărămizi şi se scurgea în unghiuri perfecte pe o pantă lină spre o fântână îngheţată şi un catarg de steag din apropiere.

În hol, liftul plin se opri şi uşile se deschiseră pentru a-i lăsa să iasă pe Lillian, prima familie şi grupul acestora. Datorită faptului că TJ şi Rex avuseseră voie odată să aibă birouri în clădire, parcaseră în spate. Toţi o luară în stânga spre o altă ieşire, când cineva din faţa clădirii strigă:

– Domnul Phelan s-a aruncat de la etaj!

Imediat schimbară direcţia şi ieşiră repede prin faţă, în curtea din preajma fântânii, unde îl găsiră.

Până la urmă nu mai trebuiau să aştepte tumoarea.

Lui Joshua Stafford îi trebui cam un minut ca să-şi revină de pe urma şocului şi să înceapă să gândească iarăşi ca un avocat. Aşteptă până când văzu şi ultima familie, după care îi rugă pe Snead şi pe Durban să intre în încăpere.

Camera era încă în funcţiune. Snead se uită la ea, ridică mâna dreaptă şi jură să spună adevărul, după care, reţinându-şi lacrimile, spuse ceea ce tocmai văzuse. Stafford deschise plicul şi apropie de cameră foile de hârtie galbenă.

– Da, l-am văzut semnând asta, spuse Snead. Acum câteva secunde.

– Şi aceasta e semnătura lui? întrebă Stafford.

– Da, da, e semnătura lui.

– A declarat că acesta e ultimul său testament?

– L-a numit testamentul lui.

Stafford retrase hârtiile înainte ca Snead să apuce să citească ceva. Repetă aceeaşi mărturie cu Durban, după care se aşeză el însuşi în faţa camerei şi relată propria versiune. Camera fu închisă şi toţi trei coborâră să îi aducă omagii domnului Phelan. Liftul era plin cu angajaţii companiei, stupefiaţi, dar dornici să-l vadă pe bătrân pentru ultima oară, deşi îl văzuseră foarte rar. Clădirea se golea. Snead suspina înăbuşit într-un colţ.

Paznicii împinseseră mulţimea, lăsându-l pe Troy singur într-o baltă de sânge. O sirenă se auzea din ce în ce mai aproape. Cineva făcu fotografii pentru a imortaliza momentul morţii lui, după care trupul îi fu acoperit cu o pătură neagră.

În cazul familiilor, o durere uşoară luă locul şocului. Stăteau cu capetele plecate, cu privirile triste aţintite asupra păturii negre, gândindu-se la ceea ce avea să urmeze. Era imposibil să te uiţi la Troy şi să nu te gândeşti la bani. Durerea pentru o rudă de care te-ai înstrăinat, chiar dacă îţi este tată, nu poate sta în calea unei jumătăţi de miliard de dolari.

Pentru angajaţi, şocul lăsă locul derutei. Se auzise că Troy locuia deasupra lor, dar foarte puţini îl văzuseră. Era excentric, nebun, bolnav – zvonurile acoperiseră totul. Nu îi plăceau oamenii. Existau în clădire vicepreşedinţi importanţi care îl vedeau o dată pe an. Dacă firma mergea atât de bine fără el, însemna că slujbele lor erau în siguranţă.

Pentru psihiatri – Zadel, Flowe şi Theishen – momentul era plin de încordare. Îl declari pe individ în toate facultăţile mintale şi, peste câteva minute, se aruncă de la etaj. Totuşi, până şi un om nebun poate avea un interval lucid – acesta era termenul legal pe care şi-l repetau în sinea lor, tremurând în mijlocul mulţimii. Nebun de legat, dar un interval lucid în toiul nebuniei şi o persoană poate face un testament valid. Ei aveau să rămână fermi pe poziţii. Slavă Domnului că totul era înregistrat. Bătrânul Troy era ager la minte. Şi lucid.

Cât despre avocaţi, şocul trecu repede şi nu simţeau nici un fel de durere. Stăteau cu chipurile întunecate lângă clienţii lor şi se uitau la priveliştea aceea oribilă. Onorariile aveau să fie imense.

Ambulanţa opri aproape de Troy. Stafford se strecură pe sub baricadă şi le şopti ceva paznicilor.

Troy fu urcat repede pe o targă şi luat de acolo.

Troy Phelan îşi mutase sediul corporaţiei în nordul Virginiei cu douăzeci şi doi de ani în urmă pentru a fugi de sistemul de impozite din New York. A cheltuit patruzeci de milioane cu „Turnul" său şi terenul dimprejur, bani pe care i-a recuperat de multe ori stând în Virginia.

L-a cunoscut pe Joshua Stafford, un avocat în afirmare din D.C., în toiul unui proces urât pe care Troy l-a pierdut şi Stafford l-a câştigat. Troy i-a admirat stilul şi tenacitatea, astfel că l-a angajat. În ultimii zece ani, Stafford îşi mărise firma şi se îmbogăţise de pe urma bătăliilor pe care le câştigase pentru Troy.

Nimeni nu fusese mai aproape de domnul Phelan ca Josh Stafford în ultimii ani ai vieţii. El şi Durban se întoarseră în sala de conferinţe de la etajul paisprezece şi încuiară uşa. Snead fusese expediat cu instrucţiuni de a se odihni puţin.

În timp ce camera funcţiona, Stafford deschise plicul şi scoase cele trei foi de hârtie galbenă. Prima era o scrisoare pentru el din partea lui Troy. Vorbi spre cameră:

– Această scrisoare poartă data de astăzi, luni, 9 decembrie 1996. Este scrisă de mâna lui Troy Phelan şi îmi este adresată mie. Conţine cinci paragrafe. Îi voi da citire în întregime:

„Dragă Josh: eu sunt mort acum. Acestea sunt instrucţiunile mele şi vreau să le îndeplineşti întocmai. Ajungi chiar şi la tribunal, dacă e nevoie, dar vreau ca dorinţele mele să fie îndeplinite.

În primul rând, vreau o autopsie rapidă, din motive care vor deveni foarte importante mai târziu.

În al doilea rând, nu va avea loc nici o înmormântare, nici o slujbă de nici un fel. Vreau să fiu incinerat şi cenuşa mea să fie împrăştiată din aer peste ferma mea din Wyoming.

În al treilea rând, vreau ca testamentul meu să fie ţinut confidenţial până în ziua de 15 ianuarie 1997. Legea nu te obligă să îi dai citire imediat. Ţine-l o lună.

Adio, Troy."

Stafford puse încet prima foaie pe masă, după care o luă cu grijă pe a doua. O studie o clipă, după care spuse pentru cameră:

– Acesta este un document alcătuit dintr-o singură pagină, ce reprezintă ultimul testament al lui Troy Phelan. Îi voi da citire în întregime:

„Ultimul testament al lui Troy L. Phelan. Eu, Troy L. Phelan, fiind în deplinătatea facultăţilor mintale, anulez prin prezentul toate testamentele şi codicilele precedente întocmite de mine şi îmi împart averea după cum urmează:

«Copiilor mei, Troy Phelan Jr., Rex Phelan, Libbigail Jeter, Mary Ross Jackman, Geena Strong şi Ramble Phelan, le las fiecăruia câte o sumă necesară achitării tuturor datoriilor pe care le au la data de astăzi. Nici o altă datorie făcută de azi încolo nu va fi acoperită de această sumă. Dacă vreunul dintre aceşti copii va încerca să atace prezentul testament, darul respectivului va fi anulat.

Fostelor mele soţii, Lillian, Janie şi Tira, nu le las nimic. Am avut grijă de ele la divorţuri.

Restul averii mele îl las fiicei mele Rachel Lane, născută la 2 noiembrie 1954, la Spitalul Catolic din New Orleans, Louisiana, de către o femeie pe nume Evelyn Cunningham, în prezent decedată.»"

Stafford nu auzise niciodată de acele persoane. Trebui să tragă aer în piept înainte să continue.

„Îl numesc executor testamentar pe avocatul meu de încredere, Joshua Stafford, şi îi acord puteri depline în administrarea acestui testament.

Acest document se vrea a fi un testament olograf. Fiecare cuvânt a fost scris de mâna mea şi, prin urmare, îl semnez.

Semnat, 9 decembrie 1996, la ora trei p.m., de către Troy L. Phelan."

Stafford puse foaia pe masă şi clipi în faţa camerei. Simţea nevoia să facă o plimbare în jurul clădirii, poate să ia o gură de aer rece, însă continuă, luând cea de-a treia foaie de hârtie, şi spuse:

– Aceasta este o notă alcătuită dintr-un singur paragraf care îmi este adresată tot mie. Îi voi da citire: „Josh: Rachel Lane este misionară a Triburilor Mondiale la graniţa dintre Brazilia şi Bolivia. Lucrează într-un trib indian izolat într-o regiune cunoscută sub denumirea de Pantanal. Cel mai apropiat oraş este Corumbá. N-am putut s-o găsesc. N-am mai luat legătura cu ea în ultimii douăzeci de ani. Semnat, Troy Phelan."

Durban închise camera şi dădu ocol mesei de două ori, în timp ce Stafford mai citi documentul de câteva ori.

– Ştiai că are o fiică nelegitimă? Stafford se uită absent la perete.

– Nu. Am redactat unsprezece testamente pentru Troy şi niciodată n-a pomenit de ea.

– Bănuiesc că n-ar trebui să fim surprinşi.

Stafford afirmase de multe ori că el nu mai putea fi surprins de Troy Phelan. Atât în afaceri, cât şi în particular, omul era capricios şi dezordonat. Stafford câştigase milioane alergând în urma clientului său, stingând focurile.

Dar, în realitate, era stupefiat. Tocmai fusese martor la o sinucidere dramatică, în timpul căreia un bărbat, care fusese imobilizat într-un scaun cu rotile, se ridicase deodată şi o rupsese la fugă. Acum ţinea în mână un testament valid care, în câteva paragrafe scrise în grabă, transfera una dintre cele mai mari averi din lume în mâinile unei moştenitoare necunoscute, fără cea mai mică aluzie la vreun plan. Taxele de moştenire aveau să fie îngrozitoare.

– Simt nevoia să beau ceva, Tip, spuse el.

– E cam devreme.

Se duseră alături, în biroul domnului Phelan şi găsiră totul descuiat. Actuala secretară şi toţi ceilalţi care lucrau la etajul paisprezece erau încă jos.

Încuiară uşa în urma lor şi scotociră repede prin sertarele biroului şi prin dulapuri. Troy se aşteptase ca ei să facă acest lucru. Altfel n-ar fi lăsat acele locuri personale descuiate. Ştia că Josh avea să intre acolo imediat. În sertarul din mijloc al biroului, găsiră un contract cu un crematoriu din Alexandria, datat cu cinci săptămâni în urmă. Dedesubt era un dosar despre Misiunile Triburilor Mondiale.

Luară ce puteau să ia, după care îl căutară pe Snead şi îl puseră să încuie biroul.

– Ce e în ultimul testament? întrebă el.

Era palid şi avea ochii umflaţi. Nu se putea ca domnul Phelan să moară fără să-i lase ceva, un mijloc de supravieţuire. Îi fusese servitor credincios timp de treizeci de ani.

– Nu pot să spun, zise Stafford. O să vin mâine să inventariez totul. Să nu laşi pe nimeni să intre.

– Bineînţeles că nu, şopti Snead şi începu să plângă din nou.

Stafford şi Durban îşi petrecură o jumătate de oră cu un poliţist care venise într-o misiune de rutină. Îi arătară de unde se aruncase Troy, îi dădură numele martorilor şi descriseră fără lux de amănunte ultima scrisoare şi ultimul testament. Fusese o sinucidere cât se poate de clară. Promiseră să-i trimită o copie după raportul autopsiei şi poliţistul închise cazul înainte să iasă din clădire.

Se duseră la biroul medicului legist şi făcură aranjamentele necesare în vederea efectuării autopsiei.

– De ce o autopsie? întrebă Durban în şoaptă, în timp ce aşteptau să se completeze hârtiile.

– Pentru a dovedi că n-a fost vorba nici de droguri, nici de alcool. De nimic care să-i fi tulburat minţile. S-a gândit la toate.

Era aproape ora şase când ajunseră la un bar de la hotelul Willard, în apropiere de Casa Albă, la două străzi distanţă de biroul lor. Şi, abia după o băutură tare, Stafford izbuti să zâmbească pentru prima oară.

– S-a gândit la toate, nu?

– E un tip foarte crud, spuse Durban îngândurat.

Şocul începea să treacă, dar realitatea îşi făcea simţită prezenţa.

– A fost, vrei să spui.

– Nu. E încă aici. Troy încă mai are putere.

– Îţi închipui cât or să cheltuie proştii ăia într-o lună?

– Mi se pare o crimă să nu le spunem.

– Nu putem. Avem instrucţiunile noastre.

Pentru avocaţii ai căror clienţi vorbeau rareori unii cu ceilalţi, întâlnirea era un moment rar de cooperare. Cel mai tare ieşea în evidenţă Hark Gettys, un avocat scandalagiu care îl reprezenta pe Rex Phelan de câţiva ani. Hark insistase asupra întâlnirii la puţin timp după ce se întorsese la biroul său de pe Massachusetts Avenue. Le şoptise ideea aceea şi avocaţilor lui TJ şi Libbigail în timp ce priveau cum bătrânul era urcat în ambulanţă.

Era o idee atât de bună încât ceilalţi avocaţi nu putură să se împotrivească. Ajunseră la biroul lui Gettys împreună cu Flowe, Zadel şi Theishen, după ora cinci. Un reporter juridic şi două camere video aşteptau.

Din motive lesne de înţeles, sinuciderea îi făcea să fie nervoşi. Fiecare psihiatru fu luat în parte şi întrebat îndelung despre observaţiile lor legate de domnul Phelan chiar înainte ca acesta să se arunce de la etaj.

Nici unul dintre ei nu avea nici o fărâmă de îndoială cu privire la faptul că domnul Phelan ştiuse exact ce făcea, că era în toate minţile şi că avea mai mult decât suficientă capacitate testamentară. Nu trebuie să fii nebun ca să te sinucizi, subliniară ei cu grijă.

Când toţi cei treisprezece avocaţi obţinură toate opiniile posibile, Gettys puse capăt întrunirii. Era aproape opt seara.

4

Potrivit revistei *Forbes,* Troy Phelan era al zecelea pe lista celor mai bogaţi oameni din America. Moartea sa era un eveniment despre care nu se putea să nu se scrie în ziare; maniera aleasă de el o făcu să fie ceva de-a dreptul senzaţional.

În faţa casei lui Lillian din Falls Church, un grup de reporteri aşteptau în stradă să iasă un purtător de cuvânt al familiei. Filmară prieteni şi vecini care veniră şi plecară, aruncând întrebări banale în legătură cu felul cum se simţea familia.

Înăuntru, cei patru copii mai mari ai lui Phelan, împreună cu consoartele şi copiii lor, primeau condoleanţe. Atmosfera fu sobră cât timp erau oaspeţi de faţă. Când aceştia plecară, tonul se schimbă radical. Prezenţa nepoţilor lui Troy – unsprezece la număr – îi forţă pe TJ, Rex, Libbigail şi Mary Ross cel puţin să încerce să-şi reprime buna dispoziţie. Era foarte greu. Se serviră din belşug cu vin şi cu şampanie bună. Bătrânul Troy n-ar fi vrut ca ei să jelească, nu? Nepoţii mai mari beau mai mult decât părinţii lor.

Televizorul din salon era fixat pe CNN şi, din jumătate în jumătate de oră, se adunau cu toţii pentru a asculta ultimele ştiri în legătură cu moartea dramatică a lui Troy. Un corespondent financiar prezentă un reportaj de zece minute despre vastitatea averii lui Phelan şi toţi zâmbiră.

Lillian rămase serioasă şi interpretă bine rolul văduvei îndurerate. A doua zi avea să se ocupe de aranjamentele necesare.

Hark Gettys sosi în jurul orei zece şi le spuse că vorbise cu Josh Stafford. Nu avea să fie nici o înmormântare, nici un fel de slujbă; doar autopsie, incinerare şi împrăştierea cenuşii. Acele lucruri fuseseră exprimate în scris şi Stafford era pregătit să se lupte în tribunal ca să apere dorinţele clientului său.

Lui Lillian puţin îi păsa ce i se făcea lui Troy şi acelaşi lucru era valabil şi pentru copiii ei. Dar trebuiau să protesteze şi să se certe cu Gettys. Nu era drept să nu i se facă o slujbă. Libbigail izbuti chiar să verse o lacrimă mică şi să aibă o voce încărcată de emoţie.

– Eu nu m-aş împotrivi acestui lucru, îi sfătui Gettys cu o voce gravă. Domnul Phelan a scris totul chiar înainte să moară şi orice tribunal îi va respecta dorinţele.

Acceptară repede. Nu avea niciun sens să piardă şi timp, şi bani cu avocaţii. Nu avea rost să prelungească suferinţa. De ce să înrăutăţească lucrurile? Oricum, Troy obţinuse întotdeauna ceea ce vrusese. Şi învăţaseră pe pielea lor să nu se pună cu Josh Stafford.

– Îi vom respecta dorinţele, spuse Lillian şi ceilalţi patru încuviinţară cu tristeţe în spatele mamei lor.

Nu se pomeni nimic de testament şi de ziua când aveau să-l vadă, deşi întrebarea era în mintea tuturor. Cel mai bine era să se arate trişti alte câteva ore, după care puteau să treacă la treabă. Din moment ce nu avea să fie nici un priveghi şi nici o înmormântare sau slujbă, poate că aveau să se întâlnească a doua zi chiar, să discute despre avere.

– De ce să i se facă autopsie? întrebă Rex.

– Habar n-am, spuse Gettys. Stafford a zis că aşa a citit, dar nici el nu ştie precis.

Gettys plecă, şi ei mai băură ceva. Oaspeţii încetară să mai vină, aşa că Lillian se duse la culcare. Libbigail şi Mary Ross plecară împreună cu familiile lor. TJ şi Rex se duseră în sala de biliard de la subsol, unde încuiară uşa şi trecură pe whiskey. La miezul nopţii, dădeau bilele de colo-colo, beţi morţi, sărbătorind noua lor bogăţie fabuloasă.

La opt, în dimineaţa următoare morţii domnului Phelan, Josh Stafford se adresă directorilor neliniştiţi ai corporaţiei

The Phelan Group. Cu doi ani în urmă, domnul Phelan îl indusese şi pe Josh în consiliul director, dar nu era un rol care acestuia să-i placă foarte mult.

În ultimii şase ani, The Phelan Group funcţionase destul de profitabil fără prea mult sprijin din partea fondatorului său. Dintr-un anumit motiv, probabil din cauza deprimării, Troy îşi pierduse interesul pentru administrarea zilnică a imperiului său. Se mulţumea doar să monitorizeze bursele şi rapoartele câştigurilor.

Actualul preşedinte al corporaţiei era Pat Solomon, un om pe care Troy îl angajase cu aproape douăzeci de ani în urmă. Era la fel de nervos ca şi ceilalţi şapte când Stafford intră în încăpere.

Erau suficiente motive de nelinişte. Se ştiau destule lucruri în legătură cu soţiile şi copiii lui Troy. Cea mai vagă aluzie la faptul că The Phelan Group ar fi putut să cadă în mâinile acelor oameni ar fi terorizat orice consiliu director.

Josh începu prin a le împărtăşi dorinţa domnului Phelan privind funeraliile.

– Nu va fi nici o înmormântare, spuse el sobru. Sincer, nu aveţi cum să-i aduceţi un ultim omagiu.

Ei primiră vestea fără nici un comentariu. Dacă ar fi fost vorba de o persoană obişnuită, asemenea instrucţiuni ar fi părut bizare. Dar, fiind vorba de Troy, era greu să fii surprins.

– A cui va fi compania? întrebă Solomon.

– Nu pot să spun acum, răspunse Stafford, conştient de cât de evaziv şi de nesatisfăcător fusese răspunsul lui. Troy a semnat un testament cu câteva clipe înainte să se arunce şi mi-a cerut să nu îi dau citire o perioadă de timp. În actualele împrejurări, nu pot să-i dezvălui conţinutul. Cel puţin nu acum.

– Dar când?

– Curând. Dar nu acum.

– Deci, afacerile merg ca de obicei?

– Exact. Acest consiliu director va rămâne neschimbat; toţi îşi păstrează slujbele. Compania va face mâine ce a făcut săptămâna trecută.

Acest lucru suna bine, dar nimeni nu credea. Compania urma să-şi schimbe proprietarul. Troy nu fusese niciodată adeptul împărţirii acţiunilor The Phelan Group. Îşi plătea bine oamenii, dar nu era de acord să îi lase să deţină o parte din companie. Cam trei la sută din acţiuni erau deţinute de câţiva angajaţi preferaţi de el.

Timp de o oră dezbătură redactarea unei declaraţii de presă, după care stabiliră să se mai întrunească peste o lună.

Stafford se întâlni cu Durban în holul de la intrare şi merseră împreună la biroul medicului legist din McLean. Autopsia se încheiase.

Cauza morţii era limpede. Nu se descoperi nici urmă de alcool sau droguri.

Şi nu era nici o tumoare. Nici urmă de cancer. În momentul morţii, Troy era sănătos din punct de vedere fizic, deşi puţin cam prost hrănit.

Tip rupse tăcerea în timp ce traversau fluviul Potomac pe podul Roosevelt.

– Ţi-a spus că avea o tumoare la creier?

– Da, de câteva ori, spuse Stafford conducând, deşi era absent la străzi, poduri, maşini.

Câte alte surprize mai rezervase Troy?

– De ce a minţit?

– Cine ştie? Încerci să analizezi un om care, pur şi simplu, s-a aruncat de pe o clădire. Tumoarea la creier a făcut ca totul să devină urgent. Toată lumea, inclusiv eu, a crezut că era pe moarte. Nebunia a făcut ca ideea echipei de psihiatri să pară grozavă. El a întins capcana, ei s-au repezit în ea şi acum proprii lor psihiatri jură că Troy era perfect sănătos la minte. În plus, avea nevoie de compătimire.

– Dar era nebun, nu? În definitiv, s-a aruncat de la etaj.

– Troy era ciudat în multe privinţe, dar ştia perfect ce face.

– De ce s-a aruncat?

– Din cauza stării depresive. Era un bătrân foarte singur.

Se aflau pe Constitution Avenue, în mijlocul unui trafic intens, uitându-se amândoi fix la stopurile maşinii din faţă şi încercând să se gândească.

– Mi se pare ceva necinstit, spuse Durban. Îi amăgeşte promiţându-le bani, le satisface psihiatrii şi apoi, în ultima clipă, semnează un testament în care nu le lasă nimic.

– A fost necinstit, dar e vorba de un testament, nu de un contract. Un testament e un dar. Potrivit legilor din Virginia, nu eşti obligat să le laşi nici un ban copiilor.

– Dar or să atace, nu?

– Probabil. Au o mulţime de avocaţi. Sunt prea mulţi bani în joc.

– De ce i-a urât atât de mult?

– Îi considera nişte paraziţi. Îl făceau să se simtă stânjenit. Se certau cu el. N-au câştigat niciodată un ban cinstit şi au cheltuit multe din milioanele lui. Troy n-a avut de gând niciodată să le lase ceva. Şi-a închipuit că, dacă sunt în stare să toace milioane, pot să facă acelaşi lucru şi cu miliardele. Şi a avut dreptate.

– Cât a fost din vina lui?

– Mult. Troy era un om greu de iubit. Mi-a spus odată că era un tată rău şi un soţ îngrozitor. Nu putea să-şi ţină mâinile departe de femei, mai ales de cele care lucrau pentru el. Se gândea că era stăpânul lor.

– Îmi amintesc de nişte reclamaţii privind hărţuirea sexuală.

– Le-am rezolvat în linişte. Şi pentru bani mulţi. Troy voia să evite situaţiile stânjenitoare.

– E vreo şansă să mai existe şi alţi moştenitori necunoscuţi?

– Mă îndoiesc. Dar ce ştiu eu? Niciodată nu mi-ar fi trecut prin cap că ar mai avea o moştenitoare şi ideea de a-i lăsa ei totul e ceva ce nu pot să pricep. Am petrecut ore întregi discutând cu el despre avere şi cum s-o împartă.

– Cum o s-o găsim?

– Nu ştiu. Încă nu m-am gândit la asta.

Activitatea era febrilă la firma de avocatură Stafford când se întoarse Josh. Comparativ cu standardele din Washington, era considerată o firmă mică – șaizeci de avocați. Josh era fondatorul și principalul partener. Tip Durban și alți patru erau numiți parteneri, ceea ce însemna că Josh îi asculta din când în când și împărțea cu ei o parte din profituri. Timp de treizeci de ani fusese o firmă care se ocupase de tot felul de litigii, dar pe măsură ce Josh se apropia de șaizeci de ani, își petrecea tot mai puțin timp în sala de judecată și mai mult la biroul său aglomerat. Ar fi putut să aibă o sută de avocați, dacă ar fi vrut, foști senatori, lobbyiști și analiști, genul de oameni pe care îi întâlneai în mod obișnuit în D.C. Însă lui Josh îi plăceau foarte mult procesele și sălile de judecată și angaja numai asociați tineri care pledaseră în cel puțin zece procese.

Cariera unui avocat pledant este în medie de douăzeci și cinci de ani. Primul infarct îl potolește de obicei suficient de mult ca să-l întârzie pe al doilea. Josh evitase mistuirea, ocupându-se de mulțimea de probleme juridice ale domnului Phelan – obligațiuni, antitrusturi, angajări, fuziuni și zeci de chestiuni personale.

Trei perechi de asociați așteptau în anticamera biroului său. Două secretare îi întinseră carnețele și mesaje telefonice în timp ce el își scotea paltonul și se așeza la birou.

– Care e cel mai urgent? întrebă el.

– Cred că acesta, zise una dintre secretare.

Era de la Hark Gettys, un om cu care Josh vorbise de trei ori pe săptămână în ultima lună. Formă numărul și Hark răspunse imediat. Trecură repede peste amabilități și Hark atacă subiectul direct.

– Ascultă, Josh, îți închipui că rudele mă bat la cap tot timpul.

– Sunt convins.

– Vor să vadă afurisitul ăla de testament, Josh. Sau cel puțin să știe ce e în el.

Următoarele câteva fraze aveau să fie cruciale și Josh le formulă cu grijă.

– Mai ai răbdare, Hark.

Un moment de pauză, după care:

– De ce? S-a întâmplat ceva?

– Sinuciderea asta mă pune pe gânduri.

– Cum! Ce vrei să spui?

– Uite ce e, Hark, cum poate un om să fie în toate minţile cu câteva secunde înainte să sară de pe o clădire?

Vocea încordată a lui Hark se ridică uşor şi cuvintele conţinură şi mai multă nelinişte.

– Dar i-ai auzit pe psihiatrii noştri. La naiba, sunt şi înregistraţi pe casetă.

– Rămân la părerea lor chiar şi în lumina sinuciderii?

– Bineînţeles!

– Poţi să dovedeşti asta? Am nevoie de ajutor aici, Hark.

– Josh, aseară i-am chestionat iarăşi. I-am sucit pe toate părţile şi nu se clintesc deloc. Fiecare a semnat o declaraţie de opt pagini în care jură că domnul Phelan era în toate facultăţile mintale.

– Aş putea să văd şi eu declaraţiile?

– O să ţi le trimit chiar acum.

– Te rog.

După aceea, Josh închise şi zâmbi, nimănui în mod deosebit. Asociaţii fură poftiţi înăuntru, trei perechi de avocaţi tineri, inteligenţi şi curajoşi, care se aşezară în jurul unei mese din lemn de mahon dintr-un colţ al încăperii.

Josh începu prin a le prezenta pe scurt conţinutul testamentului scris de mâna lui Troy Phelan şi problemele juridice pe care avea să le işte acesta, mai mult ca sigur. Prima echipă fu însărcinată cu chestiunea destul de grea a capacităţii testamentare. Josh era preocupat de timp, de spaţiul dintre luciditate şi nebunie. Voia o analiză a fiecărui caz în care era vorba chiar şi pe departe de semnarea unui testament de către o persoană considerată nebună.

A doua echipă fu trimisă să facă cercetări în legătură cu testamentele olografe; şi mai exact cu cele mai bune metode de a le ataca şi de a le apăra.

Când rămase singur cu cea de a treia echipă, se relaxă şi se aşeză. Ei erau cei mai norocoşi pentru că nu trebuiau să-şi petreacă următoarele trei zile în bibliotecă.

– Trebuie să găsiţi o persoană care, bănuiesc, nu vrea să fie găsită.

După care le spuse ce ştia despre Rachel Lane. Ceea ce nu era prea mult. Dosarul din biroul lui Troy oferea puţine informaţii.

– În primul rând verificaţi Misiunile Triburilor Mondiale. Cine sunt? Cum operează? Cum îşi aleg oamenii? Unde îi trimit? Tot. În al doilea rând, există nişte detectivi excelenţi în D.C. De obicei sunt foşti agenţi FBI şi tipi care au lucrat pentru guvern, specializaţi în găsirea persoanelor dispărute. Alegeţi doi dintre cei mai buni şi mâine vom lua o decizie. În al treilea rând, numele mamei lui Rachel era Evelyn Cunningham, în prezent decedată. Haideţi să vedem ce găsim în legătură cu ea. Presupunem că ea şi domnul Phelan au avut o aventură din care a rezultat un copil.

– Presupunem? întrebă unul din asociaţi.

– Da. Nu luăm nimic drept sigur.

După aceea îi expedie şi se îndreptă spre o încăpere unde Tip Durban aranjase o conferinţă de presă restrânsă. Fără camere de televiziune, doar presa scrisă. Vreo zece reporteri curioşi stăteau în jurul unei mese, cu microfoanele şi casetofoanele împrăştiate. Erau de la nişte ziare mari şi publicaţii financiare bine cunoscute.

Şirul întrebărilor începu. Da, era un testament de ultimă clipă, dar el nu îi va putea dezvălui conţinutul. Da, avusese loc o autopsie, dar el nu putea să discute despre acest lucru. Compania avea să funcţioneze în continuare ca înainte. Nu putea să vorbească despre cine aveau să fie noii proprietari.

Nimeni nu fu surprins de faptul că familiile îşi petrecuseră ziua sporovăind în particular cu reporterii.

– Se zvoneşte că, în ultimul testament al domnului Phelan, averea acestuia e împărţită între cei şase copii ai săi. Puteţi să confirmaţi sau să negaţi acest lucru?

– Nu pot. E doar un zvon.

– Nu era pe moarte din cauza cancerului?

– Acest lucru ţine de autopsie şi nu pot să fac nici un comentariu.

– Am auzit că l-a examinat o comisie de psihiatri cu puţin înaintea morţii şi l-a declarat în toate facultăţile mintale. Puteţi să confirmaţi acest lucru?

– Da, este adevărat, spuse Stafford.

Următoarele douăzeci de minute discutară despre testul psihiatric. Josh se menţinu pe poziţie, admiţând doar că domnul Phelan „părea“ să fie în toate facultăţile mintale.

Reporterii financiari voiau cifre. Datorită faptului că The Phelan Group era o companie particulară, care nu putea divulga nimic, informaţiile fuseseră întotdeauna greu de obţinut. Aceea era o ocazie de a întredeschide uşa, sau cel puţin aşa îşi închipuiau. Însă Josh le oferi puţin.

După o oră, se scuză şi se întoarse în biroul său, unde o secretară îl informă că sunaseră de la crematoriu. Rămăşiţele domnului Phelan puteau fi ridicate.

5

TJ suferi de mahmureală până la prânz, când bău o bere şi hotărî că era timpul să acţioneze. Îşi sună avocatul principal pentru a vedea cum mai stăteau lucrurile şi acesta îl sfătui să aibă răbdare.

– O să dureze puţin, TJ, îi spuse avocatul.

– Poate că eu n-am chef să aştept, zise TJ cu o durere de cap cumplită.

– Mai stai câteva zile.

TJ trânti telefonul şi se duse în partea din spate a apartamentului său murdar, unde, din fericire, nu îşi găsi soţia. Se certaseră deja de trei ori şi nu era decât ora prânzului. Poate că se dusese la cumpărături, cheltuind puţin din noua lui avere. Cumpărăturile nu îl mai deranjau acum.

– Bătrânul e mort, spuse el cu glas tare.

Nu mai era nimeni în jur.

Cei doi copii ai săi erau la colegiu, acesta fiind plătit de Lillian, care încă mai avea din banii pe care îi luase de la Troy la divorţ, cu zeci de ani în urmă. Astfel că TJ locuia singur cu Biff, o femeie divorţată, în vârstă de treizeci de ani, cei doi copii ai ei locuind cu tatăl lor. Biff avea o diplomă în domeniul afacerilor imobiliare şi vindea căsuţe drăguţe tinerilor căsătoriţi. Desfăcu altă bere şi se privi în oglinda mare din hol.

– Troy Phelan Jr., zise el. Fiul lui Troy Phelan, al zecelea dintre cei mai bogaţi oameni din America, cu o avere în valoare netă de unsprezece miliarde, în prezent decedat, moştenit de iubitoarele lui soţii şi iubitorii lui copii, care îl vor iubi şi mai mult după validare. Da!

În clipa aceea, hotărî că, începând chiar din acea zi, avea să renunţe la porecla de TJ şi să treacă prin viaţă ca Troy Phelan Jr. Numele acela era magic.

În apartament era un anumit miros, pentru că Biff refuza să se ocupe de gospodărie. Era prea ocupată cu telefoanele ei celulare. Duşumelele erau acoperite cu aiureli, dar pereţii erau goi. Mobila era închiriată de la o companie care angajase avocaţi pentru a recupera totul. Lovi canapeaua cu piciorul şi strigă:

– Veniţi să luaţi porcăriile astea! În scurt timp o să angajez decoratori de interioare.

Aproape că îi venea să dea foc la casă. Încă o bere, două şi ar fi putut să înceapă să se joace cu chibriturile.

Îşi puse cel mai bun costum, unul gri pe care îl purtase cu o zi în urmă, când Tăticul Scump apăruse în faţa psihiatrilor şi jucase atât de minunat. Din moment ce nu va avea loc nici o înmormântare, nu era nevoie să dea fuga să-şi cumpere unul negru.

„Armani, ai grijă că sosesc", fredona el vesel trăgând fermoarul pantalonilor.

Cel puţin avea un BMW. Putea să locuiască într-o magherniţă, dar lumea nu avea să o vadă niciodată. Totuşi, lumea îi remarca maşina, astfel că se chinuia în fiecare lună să adune şase sute optzeci de dolari rata de leasing. Îşi înjură apartamentul în timp ce dădea cu spatele ca să iasă din parcare. Era unul dintre cele optzeci noi ridicate în jurul unui mic lac, într-o zonă supraaglomerată din Manassas.

Fusese crescut în condiţii mai bune. În primii douăzeci de ani, viaţa fusese liniştită şi luxoasă, după care îşi primise moştenirea. Însă cele cinci milioane dispăruseră înainte să ajungă la treizeci de ani şi tatăl său îl dispreţuise pentru asta.

Se certau cu furie şi regularitate. Juniorul lucrase în mai multe locuri în cadrul corporaţiei The Phelan Group şi fiecare slujbă se încheiase dezastruos. Bătrânul îl concediase de nenumărate ori. Seniorul avea o idee în legătură cu o afacere care, doi ani mai târziu, valora milioane. Ideile juniorului sfârşeau în faliment şi litigii.

În ultimii ani, certurile aproape că încetaseră. Nici unul dintre ei nu se putea schimba, aşa că, pur şi simplu, se ignorau reciproc. Dar, când se află despre tumoare, TJ apăru în scenă din nou.

Ah, ce vilă avea să-şi construiască! Şi cunoştea şi arhitectul potrivit, o japoneză din Manhattan despre care citise într-o revistă. Într-un an, probabil că avea să se mute în Malibu, Aspen sau Palm Beach, unde putea să se afişeze şi să fie luat în serios.

– Ce face un om cu jumătate de miliard de dolari? se întrebă el cu glas tare în timp ce înainta cu viteză pe şosea. Cinci sute de milioane scutiţi de impozite.

Începu să râdă.

Un cunoscut conducea reprezentanţa BMW-Porsche de unde luase în leasing maşina. Junior intră ca şi cum ar fi fost stăpânul lumii, mergând plin de sine şi zâmbind înfumurat. Putea să cumpere tot magazinul acela afurisit dacă voia. Pe biroul unui vânzător văzu ziarul de dimineaţă; un titlu frumos cu litere de o şchioapă despre moartea tatălui său. Nici un pic de durere.

Directorul, Dickie, ieşi repede din birou, zicând:

– TJ, îmi pare nespus de rău.

– Mulţumesc, spuse Troy Junior uşor încruntat. E mai bine pentru el.

– Condoleanţele mele, oricum.

– Las-o baltă.

Intrară în birou apoi şi închiseră uşa.

– În ziar scrie că a semnat un testament chiar înainte să moară, spuse Dickie. Aşa e?

Troy Junior se uita deja la broşurile frumoase pentru cele mai recente modele.

– Da. Am fost acolo. Şi-a împărţit averea în şase, câte o parte pentru fiecare din noi, spuse el fără să ridice privirea, nonşalant, de parcă ar fi avut banii în mână deja şi aceştia deveniseră o povară.

Dickie rămase cu gura puţin căscată şi se aşeză încet pe scaun. Oare se afla dintr-odată în prezenţa unei bogăţii imense? Acel individ care nu era bun de nimic, TJ Phelan, era acum miliardar? La fel ca toată lumea care îl cunoştea pe TJ, bănuise că bătrânul îl dezmoştenise pentru totdeauna.

– Lui Biff i-ar plăcea un Porsche, spuse Troy Junior, continuând să se uite la fotografii. Un Carrera Turbo 911 roşu.

– Când?

Troy Junior îl privi sfidător.

– Acum.

– Sigur, TJ. Şi plata?

– O să-l plătesc o dată cu cel negru al meu, de asemenea un 911. Cât costă?

– Cam nouăzeci de mii fiecare.

– Nici o problemă. Când le poţi livra?

– Întâi trebuie să le găsesc. O să dureze o zi, două. Bani gheaţă?

– Bineînţeles.

– Când o să primeşti banii?

– Peste vreo lună. Dar vreau maşinile acum. Dickie îşi ţinu respiraţia şi se foi uşor.

– Uite ce e, TJ, nu pot să livrez două maşini noi-nouţe fără să primesc nici un ban.

– Bine. Atunci o să ne uităm la Jaguar. Biff şi-a dorit întotdeauna unul.

– Haide, TJ.

– Aş putea să cumpăr tot magazinul ăsta, să ştii. Aş putea să mă duc la orice bancă în clipa asta să cer zece milioane, sau douăzeci, sau cât e nevoie să cumpăr magazinul ăsta, şi ei mi i-ar da bucuroşi pentru şaizeci de zile. Înţelegi?

Dickie dădu din cap afirmativ, îngustând ochii. Da, înţelegea.

– Cât ţi-a lăsat?

– Suficient ca să cumpăr şi banca. Îmi dai maşinile sau mă duc mai încolo?

– Lasă-mă să le găsesc.

– Eşti un tip inteligent, spuse TJ. Grăbeşte-te. O să mă-ntorc după-amiază. Pune mâna pe telefon, adăugă el, trântindu-i broşurile pe birou şi ieşind ţanţoş din încăpere.

Pentru Ramble, doliul însemna să-şi petreacă ziua închis în sala de la subsol fumând marijuana, ascultând muzică rap şi ignorându-i pe cei care băteau în uşă sau îl strigau. Mama lui îi aranjase să lipsească de la şcoală din cauza tragediei; de fapt, îl scutise pentru tot restul săptămânii. Dacă l-ar fi cunoscut bine, ar fi ştiut că nu mai fusese la şcoală de o lună.

Când plecaseră de la Phelan Tower cu o zi în urmă, avocatul lui îi spusese că banii aveau să intre într-un fond până când el împlinea ori optsprezece, ori douăzeci şi unu de ani, în funcţie de termenii testamentului. Şi, deşi nu se putea atinge de bani acum, avea dreptul, cu siguranţă, la o alocaţie generoasă.

O să alcătuiască o formaţie şi, cu banii lui, aveau să scoată albume. Avea prieteni în formaţii care nu ajungeau nicăieri, pentru că nu îşi puteau permite să închirieze un studio, dar pentru el avea să fie altfel. Hotărî ca formaţia lui să se numească *Ramble,* iar el avea să cânte la tobe şi vocal şi fetele aveau să alerge după el. Rock alternativ cu puternice influenţe rap, ceva nou. Ceva ce inventa deja.

Cu două etaje mai sus, în biroul casei ei spaţioase, Tira, mama lui, îşi petrecea ziua vorbind la telefon cu prietenele care sunau ca să-i transmită cu jumătate de inimă condoleanţe. Majoritatea prietenelor ei sporovăiau suficient de mult ca să întrebe cât avea să primească ea, dar se temea să-şi dea cu presupusul. Se căsătorise cu Troy în 1982, la vârsta de douăzeci şi trei de ani şi înainte semnase un contract prenupţial prin care, în cazul unui divorţ, avea dreptul la numai zece milioane şi o casă.

Se despărţiseră cu şase ani în urmă. Nu mai avea decât două milioane.

Şi avea nevoi atât de mari. Prietenele ei aveau case pe plajă în Bahamas; ea stătea în hoteluri de lux. Ele îşi cumpărau toaletele de la designeri din New York; ea şi le lua din oraş. Copiii lor erau plecaţi la şcoli cu internate; Ramble era la subsol şi nu voia să mai iasă.

Cu siguranţă că Troy îi lăsase vreo cincizeci de milioane. Unu la sută din avere însemna în jur de o sută de milioane. Un amărât de unu la sută. Făcu calculul pe un şerveţel de hârtie în timp ce vorbea la telefon cu avocatul ei.

Geena Phelan Strong avea treizeci de ani şi supravieţuia unei căsnicii ce se dovedise a fi tumultuoasă, alături de Cody, soţul numărul doi. Familia lui era una înstărită din Est, dar deocamdată banii erau doar un zvon. Ea nu văzuse nimic din ei. Cody era excelent educat – Taft şi Dartmouth şi un masterat în afaceri obţinut la Columbia – şi se considera un vizionar în lumea comerţului. Nici o slujbă nu îl putea reţine. Talentele lui nu puteau fi ţinute în frâu de pereţii unui birou. Visurile lui nu aveau să fie retezate de ordinele şi capriciile unor şefi. Cody avea să ajungă miliardar, prin propriile puteri, desigur, şi, probabil, cel mai tânăr din istorie.

Dar, după şase ani împreună, Cody tot nu îşi găsise ocupaţia potrivită. De fapt, pierderile sale erau uluitoare. În 1992, făcuse o afacere proastă cu cupru, care înghiţise peste un milion din banii Geenei. Doi ani mai târziu, se fripse când bursa de acţiuni scăzu dramatic. Geena îl părăsise timp de patru luni, dar se întorsese după câteva şedinţe la psihiatru. O idee pentru „pui congelaţi" dădu greş, iar Cody scăpă cu o pierdere de numai o jumătate de milion.

Cheltuiau mult. Terapeutul lor le recomanda călătoriile ca tratament, astfel că văzuseră lumea. Faptul că erau tineri şi bogaţi rezolva multe dintre problemele lor, dar banii deveneau din ce în ce mai puţini. Cele cinci milioane pe care i le dăduse Troy când împlinise douăzeci şi unu de ani se reduseseră la mai puţin de un milion şi datoriile creşteau. Presiunea asupra căsniciei lor ajunsese la apogeu când Troy se aruncase de pe terasă.

Astfel că, în dimineaţa aceea, erau ocupaţi cu căutarea unei case în Swinks Mill, locul celor mai mari visuri ale lor. Aceste visuri creşteau pe măsură ce trecea ziua şi, până la prânz, ajunseră să se intereseze în legătură cu case în valoare de peste două milioane. La ora două se întâlniră cu o agentă imobiliară plină de zel, pe nume Lee, cu părul tapat, inele de aur, două celulare şi un Cadillac strălucitor. Geena se prezentă drept Geena Phelan, punând accent pe ultimul nume. Era limpede că Lee nu citea publicaţiile financiare, deoarece numele nu îi făcu nici o impresie şi, în timpul celei de a treia prezentări, Cody se văzu nevoit să o tragă deoparte şi să-i şoptească adevărul despre socrul lui.

– Bogătaşul acela care a sărit de pe clădire? întrebă Lee ducând mâna la gură.

Geena examina o toaletă cu o mică saună încorporată.

Cody încuviinţă trist.

Când se lăsă amurgul, ei vizitau o casă goală al cărei preţ era de patru milioane cinci sute de mii şi se gândeau în mod serios să facă o ofertă. Lee vedea rar nişte clienţi atât de bogaţi şi aceştia o umpluseră de frenezie.

Rex, fratele lui TJ, în vârstă de patruzeci şi patru de ani, era, la momentul morţii lui Troy, singurul dintre copiii acestuia cercetat penal. Necazurile lui porneau de la o bancă ce dăduse faliment, cu diverse procese şi anchete care îşi aveau originea acolo. De trei ani anchetatorii băncii şi FBI-ul făceau nişte investigaţii teribile.

Pentru a-şi finanţa apărarea şi stilul de viaţă costisitor, Rex achiziţionase de la un individ ucis într-un schimb de focuri un lanţ de baruri „topless" şi cluburi de striptease în zona Fort Lauderdale. Afacerile de acest gen erau profitabile; traficul era întotdeauna bun şi era uşor de luat din bani. Fără să fie exagerat de lacom, băgase în buzunar în jur de douăzeci şi patru de mii de dolari scutiţi de impozite, cam patru mii de la fiecare dintre cele şase cluburi ale sale.

Cluburile erau pe numele lui Amber Rockwell, soţia lui, o fostă stripteuză pe care o observase prima oară sprijinindu-se beată de un bar, într-o seară. De fapt, toate bunurile lui erau trecute pe numele ei şi acest lucru îi provoca destulă nelinişte. Îmbrăcată decent, fără machiajul strident şi pantofii şocanţi,

Amber trecea drept o persoană respectabilă în cercurile lor de la Washington. Puţini erau cei care îi cunoşteau trecutul. Dar, în esenţă rămânea o stricată şi faptul că totul era pe numele ei îl făcea pe sărmanul Rex să nu doarmă nopţi întregi.

În momentul morţii tatălui său, Rex avea o mulţime de sechestre şi sentinţe judecătoreşti în valoare de şapte milioane de dolari din partea creditorilor, a partenerilor de afaceri şi a investitorilor de la bancă. Şi această sumă creştea în continuare. Totuşi sentinţele rămâneau neexecutate, deoarece creditorii nu aveau ce să îi ia. Rex nu poseda nici un fel de bunuri; nimic nu era al lui, nici măcar maşina. El şi Amber locuiau într-un apartament închiriat şi avea fiecare câte o maşină Corvette, toate actele fiind întocmite pe numele ei. Cluburile şi barurile erau deţinute de o corporaţie înfiinţată de ea, fără ca el să fie pomenit undeva. Deocamdată, Rex se dovedise prea greu de prins.

Căsnicia era atât de stabilă cât era de aşteptat din partea a doi oameni cu un trecut plin de instabilitate; mergeau la petreceri şi aveau prieteni aiuriţi, atraşi de numele de Phelan. Viaţa era amuzantă, în ciuda presiunilor financiare. Dar Rex îşi făcea griji ca un fanatic în legătură cu Amber şi cu bunurile ei. O ceartă mai urâtă şi acestea puteau să dispară.

Grijile încetară odată cu moartea lui Troy. Balanţa se înclină şi el era deodată sus, numele său de familie valorând, în sfârşit, o avere. Avea să vândă barurile şi cluburile, avea să-şi plătească datoriile şi apoi să se joace cu banii. O mişcare greşită şi ea avea să danseze iarăşi pe mese cu bancnote transpirate vârâte în bikini.

Rex îşi petrecu ziua cu Hark Gettys, avocatul său. Voia banii repede, cu disperare, şi făcea presiuni asupra lui Gettys ca să-l sune pe Josh Stafford şi să-i ceară să-l lase să arunce o privire asupra testamentului. Rex făcu planuri mari şi ambiţioase, pentru cum să folosească banii, şi Hark urma să fie cu el tot timpul. Voia să deţină controlul asupra corporaţiei The Phelan Group. Acţiunile lui, indiferent care era procentul, împreună cu cele ale lui TJ şi ale celor două surori, aveau să le ofere, cu siguranţă, majoritatea necesară votului. Dar oare acţiunile erau plasate în depozite, împărţite direct sau blocate prin unul dintre nenumăratele moduri viclene care, cu siguranţă, l-ar fi făcut fericit pe Troy chiar şi în mormânt?

– Trebuie să vedem testamentul ăla afurisit! strigă el la Hark pe tot parcursul zilei.

Acesta îl calmă cu o masă prelungită şi un vin bun, după care după-amiază devreme trecură pe whiskey. Amber îi găsi pe amândoi beţi, dar nu se supără. În nici un caz Rex nu putea să o supere acum. Îl iubea mai mult ca oricând.

6

Călătoria spre vest avea să fie o evadare plăcută din haosul creat de săritura domnului Phelan. Ferma sa se afla în apropiere de Jackson Hole, din lanţul muntos Teton, unde se aşezase deja un strat de zăpadă de treizeci de centimetri şi se aştepta şi mai multă. Ce avea să spună domnişoara Manners despre împrăştierea cenuşii peste pământul acoperit de zăpadă? Ar fi trebuit să aştepte până ce se topea? Sau să o împrăştie oricum? Lui Josh puţin îi păsa. Avea s-o împrăştie în ciuda oricărei calamităţi naturale.

Era bătut la cap de avocaţii moştenitorilor Phelan. Comentariile prudente pe care le făcuse în discuţia cu Hark Gettys în legătură cu capacitatea testamentară a bătrânului trimiseseră unde de şoc prin membrii familiilor, care reacţionau cu o isterie previzibilă. Şi cu ameninţări. Călătoria avea să fie o scurtă vacanţă. El şi Durban puteau să analizeze rezultatele preliminare şi să facă planuri.

Decolară de pe Aeroportul Naţional cu avionul Gulfstream IV al domnului Phelan, un avion cu care Josh avusese privilegiul de a zbura numai o dată. Era cel mai nou din flotă şi, la preţul de treizeci şi cinci de milioane, fusese cea mai luxoasă jucărie a domnului Phelan. Cu o vară în urmă, zburaseră cu el până la Nisa, unde bătrânul se plimbase gol pe plajă holbându-se la tinerele franţuzoaice. Josh şi soţia sa rămăseseră îmbrăcaţi, la fel ca toţi ceilalţi americani, şi făcuseră plajă lângă piscină.

O stewardesă le aduse micul dejun, după care dispăru în bucătăria din spate, iar ei își împrăștiară hârtiile pe masa rotundă. Zborul avea să dureze patru ore.

Declarațiile semnate de doctorii Flowe, Zadel și Theishen erau lungi și pline de vorbărie, încărcate de opinii și cuvinte în plus, care se întindeau pe paragrafe întregi fără să lase nici o îndoială cu privire la faptul că Troy era sănătos din punct de vedere mintal și că avea o memorie extraordinară. Fusese de-a dreptul strălucit și, în clipele dinaintea morții, știuse perfect ce făcea.

Stafford și Durban citiră declarațiile, făcându-le plăcere umorul. Când noul testament avea să fie citit, cei trei experți aveau să fie concediați, bineînțeles, și aveau să fie aduși alții pentru a face tot felul de supoziții întunecate și murdare în legătură cu afecțiunile mintale ale sărmanului Troy.

În ceea ce o privea pe Rachel Lane – nu se aflaseră prea multe în legătură cu cea mai bogată misionară din lume. Detectivii angajați de firmă investigau cu furie.

Potrivit primelor informații culese de pe internet, organizația Misiunile Triburilor Mondiale își avea sediul la Houston, Texas, înființată în 1920, aceasta avea patru mii de misionari răspândiți prin lume, care lucrau în exclusivitate cu băștinașii. Unicul său țel și scop era acela de a propovădui religia creștină tuturor triburilor izolate din lume. Era evident că Rachel nu moștenise convingerile religioase de la tatăl ei.

Nu mai puțin de douăzeci și opt de triburi indiene din Brazilia erau, în prezent, ajutate de misionarii de la Triburile Mondiale și cel puțin zece în Bolivia. Alte trei sute erau răspândite în restul lumii. Din cauza faptului că triburile de care trebuiau să se ocupe erau izolate și rupte de civilizația modernă, misionarii beneficiau de o pregătire istovitoare pentru supraviețuire, viață în sălbăticie, limbi străine și calificare medicală.

Josh citi cu mare interes o poveste scrisă de un misionar care trăise șapte ani într-o colibă, în junglă, încercând să învețe suficient din limbajul tribului pentru a comunica. Indienii avuseseră foarte puțin de-a face cu el. În definitiv, era un alb din

Missouri care apăruse în tribul lor cu un limbaj limitat la „salut“ şi „mulţumesc“. Dacă avea nevoie de o masă, îşi făcea una. Dacă avea nevoie de hrană, vâna. Indienii începură să aibă încredere în el abia după cinci ani. Abia după şase ani, le spusese prima poveste din Biblie. Era învăţat să fie răbdător, să creeze relaţii, să înveţe limbajul şi elementele de cultură şi încet, foarte încet, începu să propovăduiască Biblia.

Tribul avea foarte puţine legături cu lumea exterioară. Viaţa nu prea se schimbase într-o mie de ani.

Ce fel de persoană putea să aibă suficientă credinţă şi hotărâre ca să renunţe la societatea modernă şi să trăiască într-o lume de-a dreptul preistorică? Misionarul scria că indienii nu îl acceptaseră decât atunci când îşi dăduseră seama că el nu avea de gând să plece. Alesese să trăiască alături de ei pentru totdeauna. Îi iubea şi dorea să fie de-al lor.

Aşadar, Rachel trăia într-o colibă, dormea pe un pat făcut de mâna ei, gătea deasupra unui foc şi mânca lucruri pe care le cultiva, prindea sau ucidea cu mâna ei, le spunea povestioare din Biblie copiilor şi propovăduia Evanghelia adulţilor, fără să ştie nimic şi, cu siguranţă, fără să-i pese de evenimentele, grijile şi presiunile din lume. Era foarte mulţumită. Credinţa ei o susţinea.

Părea aproape o cruzime să o deranjeze.

Durban citi aceleaşi materiale şi spuse:

– S-ar putea să n-o găsim niciodată. Nu telefoane, nu curent electric; la naiba, trebuie să urci pe munţi ca să ajungi la oamenii ăia.

– N-avem încotro, spuse Josh.

– Am luat legătura cu Triburile Mondiale?

– Mai târziu, astăzi.

– Ce-o să le spui?

– Nu ştiu. Dar n-o să mă apuc să le spun că o caut pe una dintre misionarele lor pentru că tocmai a moştenit unsprezece miliarde de dolari.

– Unsprezece miliarde înainte de plătirea taxelor.

– O să rămână o sumă frumușică.

– Așadar, ce-o să le spui?

– Că e o chestiune juridică urgentă și că trebuie să vorbim cu Rachel personal.

Unul din faxuri începu să funcționeze. Primul era de la secretara lui Josh, cuprinzând o listă cu telefoanele din dimineața aceea – aproape toate de la avocații moștenitorilor Phelan. Două erau de la reporteri.

Asociații începură să trimită și ei faxuri cu cercetările preliminare asupra diverselor aspecte ale legilor din Virginia. Cu fiecare pagină pe care o citeau Josh și Durban, testamentul mâzgălit în grabă de bătrânul Troy devenea din ce în ce mai puternic.

Masa de prânz fu ușoară, constând din sendvișuri și fructe, fiind servită din nou de stewardesă, care se retrase în partea din spate a încăperii și apăru abia când ceștile lor de cafea erau goale.

Aterizară în Jackson Hole pe o vreme bună, nămeții de zăpadă fiind strânși pe marginile pistei. Coborâră din avion, parcurseră vreo douăzeci și cinci de metri și urcară într-un Sikorsky S-76C, elicopterul preferat al lui Troy. Zece minute mai târziu, se aflau deasupra îndrăgitei sale ferme. Un vânt puternic clătină elicopterul și Durban păli brusc. Josh deschise o ușă, încet și cam temător, și un vânt rece îl izbi deodată în față.

Pilotul dădu roată la șase sute de metri altitudine, în timp ce Josh goli mica urnă neagră. Vântul împrăștie imediat cenușa în toate direcțiile, astfel încât rămășițele lui Troy dispărură cu mult înainte să atingă zăpada. Când urna fu goală, Josh își trase mâna înghețată și închise ușa.

Casa era, practic, o cabană de lemn, cu suficiente grinzi masive ca să dea impresia unei construcții rustice. Dar, la trei mii trei sute de metri pătrați, numai cabană nu era. Troy o cumpărase de la un actor a cărui carieră era în declin.

Un valet în catifea reiată le luă bagajele și o cameristă le făcu cafele. Durban admiră animalele împăiate de pe pereți, în timp ce Josh sună la birou. Focul ardea în cămin și bucătarul îi întrebă ce doreau la cină.

Asociatul se numea Montgomery și domnul Stafford îl alesese cu patru ani în urmă ca să lucreze la firmă. Se rătăci de trei ori în Houston înainte să găsească sediul organizației Misiunile Triburilor Mondiale undeva la parterul unei clădiri de cinci etaje, își parcă mașina închiriată și își îndreptă cravata.

Vorbise cu domnul Trill de două ori la telefon și, deși întârziase o oră la întâlnire, acest lucru nu părea să aibă importanță. Domnul Trill era politicos și amabil, dar nu prea dornic să ajute. Făcură schimbul de amabilități preliminare.

– Bun, cu ce vă pot fi de folos? întrebă Trill.

– Am nevoie de o informație în legătură cu una din misionarele dumneavoastră, spuse Montgomery.

Trill încuviință, dar nu spuse nimic.

– O anume Rachel Lane.

Ochii lui Trill se mișcară ca și cum încerca să își amintească de ea.

– Numele nu-mi sună cunoscut. Dar avem patru mii de misionari.

– Lucrează la frontiera dintre Brazilia și Bolivia.

– Ce știți despre ea?

– Nu prea mult. Dar trebuie neapărat s-o găsim.

– În ce scop?

– Este vorba de o chestiune juridică, spuse Montgomery ezitând suficient pentru a părea suspicios.

Trill se încruntă și își trase coatele aproape de piept. Zâmbetul său slab dispăru.

– Probleme? întrebă el.

– Nu, dar e vorba de ceva urgent. Trebuie neapărat s-o vedem.

– Nu puteți să trimiteți o scrisoare sau un pachet?

– Mă tem că nu. E nevoie de cooperarea și de semnătura ei.

– Presupun că e confidențial.

– Extrem.

Ceva îi veni în minte lui Trill şi acesta se încruntă mai puţin.

– Vă rog să mă scuzaţi o clipă, zise el şi ieşi din birou, lăsându-l pe Montgomery să examineze mobilierul spartan. Singurele ornamente erau fotografiile mărite ale unor copii indieni.

Trill era cu totul alt om când se întoarse, rigid, fără zâmbet pe chip şi deloc cooperant.

– Îmi pare rău, domnule Montgomery, spuse el fără să se aşeze. Nu vom putea să vă ajutăm.

– Se află în Brazilia?

– Îmi pare rău.

– În Bolivia?

– Îmi pare rău.

– Există măcar?

– Nu pot să vă răspund la întrebări.

– Nimic?

– Nimic.

– Aş putea să stau de vorbă cu şeful sau administratorul dumneavoastră?

– Desigur.

– Unde este?

– În cer.

După o cină ce constase în fripturi groase în sos de ciuperci, Josh Satfford şi Tip Durban se retraseră în salon, unde focul ardea vesel. Un alt majordom, mexican, îmbrăcat cu o haină albă şi blugi scrobiţi, îi servi cu un whiskey foarte vechi din barul domnului Phelan. Se cerură trabucuri cubaneze. Pavarotti cânta melodii de Crăciun la un casetofon aflat undeva mai departe.

– Am o idee, spuse Josh privind flăcările. Trebuie să trimitem pe cineva s-o găsească pe Rachel Lane, nu?

Tip tocmai trăgea din trabuc, aşa că doar încuviinţă.

– Şi nu putem să trimitem pe oricine. Trebuie să fie un avocat; cineva care să poată explica chestiunile juridice. Şi trebuie să fie de la firma noastră, din cauza confidenţialităţii.

Cu gura plină de fum, Tip continuă să încuviinţeze.

– Atunci pe cine trimitem?

Tip elimină fumul uşor, şi pe gură, şi pe nas, acesta învăluindu-i faţa şi înălţându-se spre tavan.

– Cât o să dureze? întrebă el în cele din urmă.

– Nu ştiu, dar n-o să fie o călătorie scurtă. Brazilia e o ţară mare. Şi e vorba de jungle şi munţi. Oamenii ăia trăiesc atât de izolaţi, încât n-au văzut niciodată o maşină.

– Nu mă duc.

– Putem să angajăm călăuze, dar tot ar putea să dureze vreo săptămână.

– N-au canibali acolo?

– Nu.

– Şerpi anaconda?

– Linişteşte-te, Tip. N-o să te duci.

– Mulţumesc.

– Dar înţelegi care e problema, nu? Avem şaizeci de avocaţi, toţi ocupaţi până peste cap. Nici unul dintre noi nu poate să lase totul baltă deodată şi să pornească în căutarea acestei femei.

– Trimite un asistent.

Lui Josh nu-i plăcea ideea. Sorbi din whiskey, pufăi din trabuc şi ascultă cum trosneau lemnele în cămin.

– Trebuie să fie un avocat, spuse el aproape pentru sine.

Majordomul se întoarse cu un nou rând de băuturi. Îi întrebă în legătură cu desertul şi cafeaua, dar oaspeţii aveau deja ce doreau.

– Ce zici de Nate? întrebă Josh când rămaseră din nou singuri. Era limpede că se gândise tot timpul la Nate şi acest lucru îl irită uşor pe Tip.

– Glumeşti? spuse el.

– Nu.

Se gândiră un timp la ideea de a-l trimite pe Nate, fiecare trecând peste obiecţiile şi temerile iniţiale. Nate O'Riley era un partener, care lucra pentru firmă de douăzeci şi trei de ani, dar care, în momentul acela, se afla într-un centru de reabilitare în Blue Ridge Mountains, la vest de D.C. În ultimii zece ani fusese un vizitator frecvent al clinicilor de reabilitare, de fiecare dată renunţând la băutură, lăsându-se de obiceiuri, apropiindu-se din ce în ce de o putere şi mai mare, bronzându-se, jucând tenis şi jurând să renunţe la toate viciile o dată pentru totdeauna. Şi, deşi jura că fiecare prăbuşire era ultima, de fiecare dată era urmată de o cădere şi mai spectaculoasă. Acum, la patruzeci şi opt de ani, era falit, divorţat de două ori şi proaspăt acuzat de evaziune fiscală. Viitorul lui nu era deloc strălucitor.

– Îi plăcea să-şi petreacă timpul în aer liber, nu? întrebă Tip.

– Ah, da. Scufundări, escaladări de munţi, tot felul de nebunii din astea. Pe urmă, a început decăderea şi n-a mai făcut altceva decât să muncească.

Decăderea începuse pe când el avea în jur de treizeci şi cinci de ani, cam în perioada în care obţinuse un şir impresionant de verdicte mari împotriva medicilor neglijenţi. Nate O'Riley deveni un star în domeniul malpraxisului medical şi, de asemenea, începu să bea mult şi să se drogheze cu cocaină. Îşi neglija familia şi deveni obsedat de viciile sale – verdicte mari, alcool şi droguri. Într-un fel le echilibra, dar întotdeauna, se afla în pragul dezastrului. Apoi, pierdu un caz şi se prăbuşi pentru prima oară. Firma îl ascunse într-un sanatoriu de lux până când îşi reveni suficient şi îşi făcu o reapariţie impresionantă. Prima dintre multe altele.

– Când trebuie să iasă? întrebă Tip, fără să mai fie surprins de idee şi plăcându-i din ce în ce mai mult.

– În curând.

Însă Nate devenise un rob al viciilor. Putea să se abţină luni de zile, chiar şi ani, dar întotdeauna ceda. Medicamentele îi distruseseră mintea şi organismul. Comportamentul său devenise cam bizar, iar zvonurile legate de nebunia sa pătrunseseră în firmă şi, în cele din urmă, se răspândiseră prin reţeaua de bârfe a avocaţilor.

Cu vreo patru luni în urmă, se închisese într-o cameră de motel cu o sticlă de rom şi o pungă de pastile, ceea ce mulţi dintre colegii săi considerau că era o tentativă de sinucidere.

Josh îl internă pentru a patra oară în zece ani.

– S-ar putea să-i prindă bine, spuse Tip. Mă înţelegi, să plece pentru un timp.

7

A treia zi după sinuciderea domnului Phelan, Hark Gettys sosi la birou în zori, deja obosit, dar nerăbdător să înceapă ziua. Luase cina târziu cu Rex Phelan, după care își petrecuseră vreo două ore într-un bar, unde discutaseră despre testament și puseseră la cale o strategie. Astfel că ochii îi erau roșii și capul îl durea, dar, cu toate acestea, se mișca repede în jurul cafetierei.

Tarifele pe oră ale lui Hark variau. În ultimul an, se ocupase de un divorț urât pentru numai două sute de dolari pe oră. Tuturor eventualilor clienți le cerea trei sute cincizeci pe oră, ceea ce era cam puțin pentru un avocat atât de ambițios din D.C., dar, dacă punea mâna pe ei, obținea până la urmă ceea ce merita. O companie producătoare de ciment din Indonezia îi plătise patru sute cincizeci pe oră pentru o problemă de mică importanță, după care încercase să-l omoare când primise factura. Rezolvase cu bine cazul unei crime în care câștigase o treime din trei sute cincizeci de mii. Așadar, nu avea un onorariu fix.

Hark era un avocat pledant la o firmă cu patruzeci de avocați cu un trecut plin de conflicte interne și mâncătorii care îi împiedicaseră dezvoltarea și tânjea să își deschidă propriul birou. Aproape jumătate din câștigurile sale anuale mergeau la cheltuieli, deși, după părerea lui, banii ar fi trebuit să intre în buzunarul lui.

La un moment dat, în cursul unei nopți de nesomn, luase hotărârea de a-și majora onorariul la cinci sute pe oră retroactiv, începând din urmă cu o săptămână. În ultimele șase zile, nu lucrase la nimic altceva decât la problema legată de Phelan, și acum că bătrânul murise, familia lui nebună era visul oricărui avocat.

Hark își dorea cu disperare o contestare a testamentului – o luptă aprigă și îndelungată în care o mulțime de avocați să completeze grămezi de hârtii. Un proces ar fi fost minunat, o luptă de mari proporții pentru una din cele mai mari averi din America, avându-l pe Hark în centru. Ar fi fost frumos să câștige, dar acest lucru nu era crucial. Ar fi câștigat mult și ar fi devenit celebru, exact ceea ce urmărea avocatul modern.

La cinci sute pe oră, șaizeci de ore pe săptămână, cincizeci de săptămâni pe an, venitul lui brut ar fi fost de un milion și jumătate. Un birou nou – chirie, secretare, asistenți – ar fi costat cel mult o jumătate de milion și astfel Hark ar fi putut rămâne cu un milion de dolari dacă ar fi plecat de la firma aceea mizerabilă și și-ar fi deschis alta.

Gata. Își înghiți cafeaua și spuse în gând adio biroului său aglomerat. Avea să dea lovitura cu cazul Phelan și poate cu încă alte două cazuri. Avea să își ia secretară și asistent repede, înainte ca firma să aibă vreo pretenție la vreuna din taxele Phelan.

Se așeză la birou, pulsul bătându-i nebunește la gândul noii lui afaceri, și căută tot felul de modalități de a începe un război cu Josh Stafford. Existau motive de îngrijorare. Stafford nu dorise să dezvăluie conținutul noului testament. Îi pusese la îndoială validitatea, în lumina sinuciderii. Hark fusese uimit de schimbarea din tonul lui Stafford imediat după sinucidere. Și acum Stafford plecase din oraș și refuza să răspundă la telefon.

Ah, cât de mult își dorea o răfuială.

La ora nouă se întâlni cu Libbigail Phelan Jeter și cu Mary Ross Phelan Jackman, cele două fiice din prima căsătorie a lui Troy. Rex fixase întâlnirea la insistența lui Hark. Deși ambele aveau avocați în momentul acela, Hark le voia de cliente. Mai mulți clienți însemna mai multă putere la masa tratativelor și în sala de judecată și, de asemenea, putea să-l taxeze pe fiecare cu cinci sute pe oră pentru aceeași treabă.

Întâlnirea decurse stângaci; nici una dintre femei nu avea încredere în Hark, pentru că nu aveau încredere în fratele lor, Rex. TJ avea trei avocaţi, iar mama lor, unul. De ce să-şi unească forţele când nimeni altcineva nu o mai făcea? Cu atâţia bani în joc, n-ar fi trebuit să-şi păstreze propriii avocaţi?

Hark insistă, dar nu câştigă prea mult teren. Era dezamăgit, dar mai târziu continuă cu planurile de a părăsi firma imediat. Simţea deja mirosul banilor.

Libbigail Phelan Jeter fusese un copil rebel, care nu o plăcea pe Lillian, mama ei, şi tânjea după atenţia tatălui, care nu prea stătea pe acasă. Avea nouă ani când divorţaseră părinţii ei.

La paisprezece ani, Lillian o expediase la un internat. Troy nu era de acord cu internatele, de parcă ar fi avut vreo idee cu privire la creşterea copiilor, şi tot timpul cât ea urmase liceul, el făcuse un efort deloc caracteristic de a păstra legătura cu ea. Îi spunea adesea că era preferata lui. Era, cu siguranţă, cea mai deşteaptă.

Dar îi rată absolvirea şi uită să-i trimită un cadou. În vara dinaintea colegiului, ea imaginase tot felul de moduri în care să-l rănească. Fugise la Berkeley, sub motiv că voia să studieze poezia irlandeză medievală, dar, în realitate, avea de gând să înveţe foarte puţin, chiar deloc. Lui Troy nu-i plăcea ideea de a urma un colegiu oriunde în California, mai ales într-un campus atât de radical. Războiul din Vietnam se apropia de sfârşit. Studenţii câştigaseră şi venise timpul sărbătoririi.

Ea alunecă repede pe panta drogurilor şi a sexului întâmplător. Locuia într-o casă cu trei nivele, cu un grup de studenţi de toate rasele, sexele şi preferinţele sexuale. Combinaţiile se schimbau săptămânal, ca şi numărul lor. Îşi spuneau „comunitate", dar nu exista nici o structură sau regulă. Banii nu constituiau o problemă, pentru că ei proveneau, în cea mai mare parte, din familii înstărite. Libbigail era cunoscută ca fiind o puştoaică bogată din Connecticut. Pe vremea aceea, Troy valora numai vreo sută de milioane.

Posedând simţul aventurii, ea continuă pe drumul drogurilor, până când făcu o pasiune pentru heroină. Furnizorul ei era un baterist pe nume Tino dintr-o formaţie de jazz, care ajunsese într-un fel să facă parte din comunitate. Tino avea peste treizeci şi cinci de ani şi abandonase liceul în Memphis. Nimeni nu ştia cum sau când devenise membru al grupului. Nimănui nu-i păsa.

Libbigail se aranjă suficient de bine ca să se ducă în Est, pentru sărbătorirea celor douăzeci şi unu de ani, o zi glorioasă pentru toţi copiii Phelan, pentru că atunci le oferea bătrânul Darul. Troy nu credea în depozite bancare pentru copiii săi. Dacă nu erau pe picioarele lor până la douăzeci şi unu de ani, de ce să-i ţină legaţi? Depozitele presupuneau administratori, avocaţi şi certuri constante cu beneficiarii, cărora nu le plăcea ca banii să le fie împărţiţi de contabili. „Dă-le banii, se gândise Troy, lasă-i să se scufunde sau să înoate."

Majoritatea Phelanilor se înecaseră rapid.

Troy sărise peste ziua ei. Era plecat undeva în Asia cu afaceri. Era căsătorit de câtva timp cu a doua soţie, cu Janie. Rocky şi Geena erau mici şi el îşi pierduse orice urmă de interes faţă de prima sa familie.

Lui Libbigail nu îi era dor de el. Avocaţii se ocupaseră de aranjamentele pentru Dar şi ea stătuse cu Tino într-o cameră elegantă de hotel din Manhattan timp de o săptămână, drogată.

Banii îi ajunseseră aproape cinci ani, o perioadă de timp care inclusese doi soţi, numeroşi amanţi, două arestări, trei internări îndelungate în clinici de dezintoxicare şi un accident de maşină în urma căruia era cât pe ce să-şi piardă piciorul stâng.

Actualul ei soţ era un fost motociclist pe care îl cunoscuse la dezintoxicare. Avea o sută cincizeci de kilograme şi o barbă creaţă şi încărunţită care îi ajungea până la piept. I se spunea Spike şi chiar se dovedea a fi un tip cinstit. Făcea dulapuri într-un atelier din spatele căsuţei lor modeste dintr-o suburbie a oraşului Baltimore, Lutherville.

Avocatul lui Libbigail era un individ şifonat pe nume Wally Bright, iar ea se dusese direct la cabinetul lui după ce plecă de la Hark. Îi relată absolut tot ce spusese acesta. Wally era un avocat mărunt ce consilia divorţuri rapide pe banchetele autobuzelor în zona Bethesda. Se ocupase de unul din divorţurile lui Libbigail şi aşteptase un an până când primise banii. Dar fusese răbdător cu ea. La urma urmei, era o Phelan. Avea să fie biletul lui către tarifele grase de care nu putuse să se bucure niciodată.

În prezenţa ei, Wally îl sună pe Hark Gettys şi începu un scandal teribil la telefon, care dură un sfert de oră. Se plimbă furios prin spatele biroului, strigând obscenităţi în receptor.

– Sunt în stare să omor pentru clienta mea! strigă el la un moment dat, şi Libbigail fu extrem de impresionată.

Când termină, o conduse politicos până la uşă şi o sărută pe obraz. Apoi o mângâie uşor şi se agită în jurul ei. Îi dădea atenţia pe care ea şi-o dorise toată viaţa. Nu era o femeie urâtă; puţin cam plinuţă şi arătând efectele unei vieţi cam agitate, dar Wally văzuse femei care arătau cu mult mai rău. Chiar se culcase cu femei care arătau mult mai rău. Dacă avea să prindă momentul potrivit, poate că avea să facă o mişcare.

8

Muntele lui Nate era acoperit cu un strat proaspăt de zăpadă de vreo cincisprezece centimetri când el fu trezit de acordurile muzicii lui Chopin care răzbăteau prin pereţi. Cu o săptămână în urmă, fusese Mozart. Nu îşi mai amintea ce fusese săptămâna cealaltă. La un moment dat, fusese Vivaldi, dar atât de mult din trecutul său recent era ca în ceaţă.

La fel cum făcea în fiecare dimineaţă de aproape patru luni, Nate se duse la fereastră şi privi spre Valea Shenandoah, care se întindea în faţa lui, la vreo mie de metri mai jos. Şi aceasta era învelită în alb, iar el îşi aminti că se apropia Crăciunul.

Avea să iasă la timp pentru Crăciun. Ei – medicii şi Josh Stafford – îi promiseseră acest lucru. Se gândi la Crăciun şi se întristă. Fuseseră câteva sărbători plăcute într-un trecut nu prea îndepărtat, când copiii erau mici şi viaţa era stabilă. Însă copiii nu mai erau, unii crescuseră, alţii fuseseră luaţi de mamele lor, şi ultimul lucru pe care şi-l dorea acum Nate era un Crăciun petrecut într-un bar alături de alţi beţivi mizerabili, cântând colinde şi prefăcându-se că totul este frumos.

Valea era albă şi netulburată, câteva maşini mişcându-se ca nişte furnici în depărtare.

Ar fi trebuit să mediteze timp de zece minute, fie rugându-se, fie făcând exerciţiile de yoga pe care le învăţase la Walnut Hill. În schimb, făcu o serie exerciţii stând pe spate cu picioarele întinse şi ridicându-şi doar torsul, după care se duse să înoate.

Micul dejun era alcătuit din cafea neagră şi o brioşă, iar el îl luă cu Sergio, psihiatrul/ terapeutul/ gurul său. Şi în ultimele patru luni Sergio fusese de asemenea cel mai bun prieten al lui. Ştia totul despre viaţa mizerabilă a lui Nate O'Riley.

– Ai un oaspete astăzi, îi spuse Sergio.

– Cine?

– Domnul Stafford.

– Minunat.

Orice legătură cu lumea exterioară era bine-venită, în primul rând pentru că existau atâtea restricţii. Josh îl vizitase o dată pe lună. Alţi doi prieteni de la firmă mai făcuseră drumul de trei ore de la D.C., dar aceştia erau ocupaţi şi Nate înţelegea.

Televizorul era interzis la Walnut Hill din cauza reclamelor la bere şi a faptului că atâtea filme şi spectacole ridicau în slăvi băutura, chiar şi drogurile. Majoritatea revistelor mari erau excluse din aceleaşi motive. Pentru Nate nu avea importanţă. După patru luni, puţin îi păsa ce se întâmplă la Capitoliu, pe Wall Street sau în Orientul Mijlociu.

– Când? întrebă el.

– Mai târziu.

– După exerciţii?

– Bineînţeles.

Nimic nu tulbura programul exerciţiilor, o orgie de două ore de sudoare, gemete şi strigăte, cu un instructor personal sadic, o femeie într-o condiţie fizică excelentă pe care Nate o adora în taină.

Se odihnea în camera lui, mâncând o portocală roşie şi privind din nou spre vale, când sosi Josh.

– Arăţi grozav, spuse acesta. Cât ai slăbit?

– Şapte kilograme, spuse Nate, bătându-se pe burta plată.

– Foarte zvelt. Poate ar trebui să stau şi eu aici un timp.

– Îţi recomand asta din toată inima. Mâncarea e total lipsită de grăsimi şi de gust, şi e preparată de un bucătar cu accent. Porţiile acoperă jumătate de farfurioară, aşa că din două înghiţituri ai terminat. Masa de prânz şi cina durează vreo şapte minute dacă mesteci încet.

– Pentru o mie de dolari pe zi te-ai aştepta la o mâncare a-ntâia.

– Mi-ai adus ceva prăjituri, Josh? Nişte Chips Ahoy sau Oreos? Sigur ai ascuns ceva în servietă.

– Îmi pare rău, Nate. Sunt curat.

– Nişte Doritos sau M&M?

– Îmi pare rău.

Nate muşcă din portocală. Stăteau unul lângă altul, admirând priveliştea. Trecură astfel câteva minute.

– Ce mai faci? îl întrebă Josh.

– Trebuie să ies de-aici, Josh. Am început să mă transform într-un robot.

– Doctorul tău zice că mai durează vreo săptămână.

– Grozav. Şi pe urmă?

– Mai vedem.

– Ce vrea să-nsemne asta?

– Înseamnă că mai vedem.

– Haide, Josh.

– O să aşteptăm să vedem ce se întâmplă.

– Pot să mă întorc la firmă, Josh? Spune-mi.

– Nu atât de repede, Nate. Ai duşmani.

– Cine nu are? Dar, la naiba, e firma ta. Tipii ăia or să accepte orice o să spui tu.

– Ai vreo două probleme.

– Am o mie de probleme. Dar nu se poate să mă dai afară.

– Cu falimentul putem s-o rezolvăm. Cu punerea sub acuzare nu e prea uşor.

Nu, nu era chiar atât de uşor şi Nate nu putea să ignore această problemă. Între 1992 şi 1995, nu anunţase un alt venit în valoare de şaizeci de mii de dolari.

Azvârli coaja de portocală în coşul de gunoi şi spuse:

– Şi ce să fac? Să stau acasă toată ziua?

– Dacă ai noroc.

– Ce vrea să însemne asta?

Josh trebuia să fie precaut. Prietenul lui ieşea dintr-o gaură neagră. Şocurile şi surprizele trebuiau evitate.

– Crezi c-o să fac puşcărie? întrebă Nate.

– A murit Troy Phelan, zise el.

Nate îşi avea propria aripă în cadrul firmei. Se afla în capătul unui hol lung, la al şaselea etaj, iar el împreună cu un alt avocat, trei asistenţi şi şase secretare dădeau în judecată doctori fără să le pese prea mult de restul firmei. Ştia, cu siguranţă, cine era Troy Phelan, dar niciodată nu se ocupase de problemele juridice ale acestuia.

– Îmi pare rău, spuse el.

– Aşadar, n-ai auzit?

– Aici n-aud nimic. Când a murit?

– Acum patru zile. S-a aruncat de la etaj.

– Fără paraşută?

– Bingo.

– N-a putut să zboare.

– Nu. Nici n-a încercat. Am văzut totul. A semnat două testamente – primul pregătit de mine; al doilea, scris de mâna lui. După care s-a ridicat brusc şi a sărit.

– Ai văzut asta?

– Da.

– Dumnezeule! Trebuie să fi fost chiar nebun.

Se simţi o uşoară notă de umor în glasul lui Nate. Cu aproape patru luni în urmă, o cameristă îl găsise într-o cameră de motel cu stomacul plin de pastile şi rom.

– A lăsat totul unei fiice nelegitime de care n-am auzit în viaţa mea.

– E căsătorită? Cum arată?

– Vreau s-o găseşti.

– Eu?

– Da.

– S-a pierdut?

– Nu ştim unde e.

– Cât a...

– În jur de unsprezece miliarde, înainte de taxe.

– Ea ştie?

– Nu. Nu ştie nici măcar că el a murit.

– Ştie că Troy a fost tatăl ei?

– Habar n-am ce ştie.

– Unde e?

Cred că în Brazilia. E misionară şi lucrează cu un trib izolat de indieni.

Nate se ridică şi începu să se plimbe prin încăpere.

– Am petrecut cândva o săptămână acolo, zise el. Eram la colegiu sau la facultatea de drept. Era carnaval, fete goale dansau pe străzile din Rio, orchestre de samba, un milion de oameni care petreceau toată noaptea, spuse el şi vocea i se pierdu uşor când amintirea aceea frumoasă îi veni în minte şi dispăru repede.

– Acum nu e nici un carnaval.

– Nu. Sunt convins. Vrei o cafea?

– Da. Neagră.

Nate apăsă pe un buton în perete şi dădu comanda în inter-fon. La o mie de dolari pe zi îşi putea permite şi room-service.

– Cât o să fiu plecat? întrebă el din nou, aşezându-se lângă fereastră.

– Nu prea ştiu, dar cred că vreo zece zile. Nu-i nicio grabă şi s-ar putea ca ea să fie greu de găsit.

– În care parte a ţării?

– În vest, lângă Bolivia. Organizaţia asta pentru care lucrează îşi trimite oamenii în jungle, unde aceştia se ocupă de indieni din epoca de piatră. Am făcut unele cercetări şi par să fie mândri de faptul că descoperă cei mai izolaţi oameni de pe suprafaţa pământului.

– Vrei ca mai întâi să găsesc jungla respectivă, apoi s-o străbat în căutarea tribului respectiv de indieni, după care să-i conving că sunt un avocat prietenos din State şi că ar trebui să mă ajute să găsesc o femeie care probabil nici nu vrea să fie găsită.

– Cam aşa ceva.

– Ar putea fi distractiv.

– Ia-o ca pe o aventură.

– În plus, o să mă ţină departe de birou, nu-i aşa, Josh? Asta e? O diversiune, în timp ce tu rezolvi lucrurile.

– Cineva trebuie să se ducă, Nate. Un avocat de la firma noastră trebuie să se întâlnească cu femeia asta, să-i arate o copie a testamentului, să i-l explice şi să afle ce vrea să facă mai departe. Asta nu poate să facă un asistent sau un avocat brazilian.

– De ce eu?

– Pentru că toţi ceilalţi sunt ocupaţi. Ştii doar cum e. Ai trăit experienţa asta mai bine de douăzeci de ani. Viaţa la birou, masa în sala de judecată, somn în tren. În plus, ar putea să-ţi prindă bine.

– Încerci să mă ţii departe de străzi, Josh? Pentru că, dacă asta intenţionezi să faci, îţi pierzi vremea. Sunt curat. Curat şi treaz. Gata cu barurile, gata cu petrecerile, gata cu traficanţii. Sunt curat, Josh. Definitiv.

Josh încuviinţă, pentru că, fără îndoială, asta se aştepta din partea lui. Dar mai auzise acele lucruri.

– Te cred, spuse el, dorindu-şi foarte mult acest lucru.

Îngrijitorul bătu la uşă şi le aduse cafelele pe o tavă de argint.

După un timp, Nate întrebă:

– Şi cu acuzaţia cum rămâne? N-am voie să plec din ţară până când nu se termină ancheta.

– Am vorbit cu judecătorul, i-am spus că e vorba de o chestiune presantă. Vrea să te vadă peste nouăzeci de zile.

– E de treabă?

– Ca Moş Crăciun.

– Atunci, dacă o să fiu condamnat, crezi c-o să fie indulgent?

– Mai e un an până atunci. O să ne gândim la treaba asta mai târziu.

Nate stătea la o măsuţă, aplecat asupra cafelei şi privea în ceaşcă, în timp ce se gândea la întrebări. Josh era în partea cealaltă, continuând să privească în depărtare.

– Şi dacă spun nu? întrebă Nate.

Josh ridică din umeri, ca şi cum n-ar fi avut importanţă.

– Nicio problemă. O să găsim pe altcineva. Ia-o ca pe o vacanță. Nu ți-e frică de junglă, nu?

– Bineînțeles că nu.

– Atunci, du-te și distrează-te puțin.

– Când ar trebui să plec?

– Peste-o săptămână. Brazilia cere viză și, apoi, va trebui să tragem niște sfori. Pe lângă asta, mai sunt câteva lucruri de rezolvat și aici.

Cei de la Walnut Hill cereau cel puțin o săptămână de PreEliberare, o perioadă de prelucrare înainte să-și lase pacienții din nou în gura lupilor. Aceștia fuseseră îngrijiți, treziți, li se spălaseră creierele și fuseseră refăcuți din punct de vedere emoțional, psihic și fizic. PreEliberarea îi pregătea pentru revenirea în mijlocul societății.

– O săptămână, repetă Nate pentru sine.

– Cam așa ceva, da.

– Și o să dureze zece zile.

– E doar o presupunere.

– Înseamnă că o să fiu acolo în timpul sărbătorilor.

– Probabil.

– E o idee grozavă.

– Vrei să scapi de Crăciun?

– Da.

– Și copiii?

Aceștia erau patru, câte doi de la fiecare soție: unul la facultate, unul la colegiu și doi la gimnaziu.

Nate amesteca în cafea cu o linguriță.

– Niciun cuvânt, Josh. Sunt aici de aproape patru luni și n-am primit niciun cuvânt de la niciunul din ei, spuse el îndurerat și umerii i se lăsară.

Un moment păru fragil.

– Îmi pare rău, zise Josh.

Acesta comunicase cu familiile, bineînțeles. Ambele soții aveau avocați care sunaseră pentru a se interesa de bani. Cel mai mare dintre copiii lui Nate era la facultate la Northwestern şi avea nevoie de bani pentru taxe. Îl sunase personal pe Josh, nu ca să întrebe cum se simte tatăl său sau unde se afla acesta, ci, mai important, despre partea tatălui său din profiturile firmei din acel an. Era înţepat şi nepoliticos şi, în cele din urmă, Josh îl înjurase.

– Aş vrea să evit toate petrecerile şi veselia de sărbători, spuse Nate începând să se plimbe desculţ prin încăpere.

– Aşadar, o să pleci?

– E la Amazon?

– Nu. Pantanal, cea mai mare regiune umedă din lume.

– Peşti piranha, şerpi anaconda, aligatori?

– Desigur.

– Canibali?

– Nu mai mulţi ca în D.C.

– Vorbesc serios.

– Nu cred. În unsprezece ani, n-au pierdut niciun misionar.

– Dar un avocat?

– Sunt sigur că le-ar plăcea să prepare unul file. Haide, Nate. Nu-i o treabă foarte grea. Dacă n-aş fi atât de ocupat, mi-ar face plăcere să plec. Pantanal e o rezervaţie ecologică extraordinară.

– N-am auzit niciodată de ea.

– Asta pentru că nu mai călătoreşti de mulţi ani. Ai intrat în birou şi n-ai mai ieşit.

– Decât ca să vin la dezintoxicare.

– Ia-ţi o vacanţă. Vezi o altă parte a lumii.

Nate sorbi din cafea suficient de mult ca să schimbe direcţia discuţiei.

– Ce-o să se întâmple când o să mă-ntorc? Pot să revin la birou? Încă mai sunt partener?

– Asta vrei?

– Bineînţeles, spuse Nate, dar cu o uşoară ezitare.

– Eşti sigur?

– Ce altceva aş putea să fac?

– Nu ştiu, Nate, dar asta e a patra internare a ta la dezintoxicare în ultimii zece ani. Căderile sunt din ce în ce mai grave.

Dacă ai ieşi acum, te-ai duce direct la birou şi timp de şase luni ai fi cel mai bun avocat pledant al lumii în materie de malpraxis. Ai ignora vechii prieteni, vechile baruri, vechile locuri pe care le frecventai. Nimic altceva decât muncă, muncă şi iar muncă. Nu peste mult timp ai avea vreo două verdicte mari, procese mari, tensiune mare. Te-ai ridica puţin. După un an, s-ar întâmpla ceva. S-ar putea să te întâlneşti cu un vechi prieten. O iubită de altădată. Poate că un juriu prost îţi dă un verdict nefavorabil. Pot să-ţi urmăresc fiecare mişcare, dar nu ştiu niciodată când începe alunecarea.

– Gata cu alunecările, Josh. Îţi jur.

– Am mai auzit asta şi aş vrea să te cred. Dar dacă demonii tăi or să apară din nou, Nate? Ultima oară ai fost la un pas de a te sinucide.

– Gata cu căderile.

– Următoarea va fi ultima, Nate. O să facem o înmormântare, o să ne luăm adio şi o să privim cum te coboară în pământ. Nu vreau să se întâmple asta.

– N-o să se întâmple, îţi jur.

– Atunci uită de birou. E prea mare tensiunea acolo.

Ceea ce nu putea să sufere Nate la clinicile de dezintoxicare erau perioadele lungi de tăcere, sau meditaţie, cum le numea Sergio. Pacienţii trebuiau să stea în genunchi ca nişte călugări, în semiîntuneric, să închidă ochii şi să-şi găsească pacea interioară. Nate putea să stea în genunchi şi să facă toate celelalte lucruri, dar cu ochii minţii revedea procese, se lupta cu fiscul, complota împotriva fostelor sale soţii şi, cel mai important, îşi făcea griji în privinţa viitorului. Discuţia aceea cu Josh era una pe care o repetase în gând de multe ori.

Dar observaţiile inteligente şi răspunsurile rapide nu îi veniseră în minte sub presiune. Cele aproape patru luni de singurătate îi slăbiseră reflexele. Reuşea să pară demn de milă şi atât.

– Haide, Josh. Nu se poate să mă dai afară, pur şi simplu.

– Ai pledat mai bine de douăzeci de ani, Nate. Cam asta e media. A venit timpul să te apuci de altceva.

– Atunci, o să devin un lobbyist şi o să pregătesc dejunuri împreună cu secretarele pentru o mie de congresmeni lipsiţi de importanţă.

– O să găsim un loc pentru tine. Dar n-o să fie în sala de judecată.

– Nu mă pricep să pregătesc dejunuri. Vreau să pledez.

– Răspunsul e nu. Poţi să rămâi în cadrul firmei, să câştigi o grămadă de bani, să-ţi menţii sănătatea, să te apuci de golf şi viaţa o să fie frumoasă, presupunând că n-o să fii condamnat.

Timp de câteva clipe plăcute uitase de fisc. Acum îşi aminti şi se aşeză iarăşi. Îşi puse puţină miere în cafeaua călduţă; lucruri precum zahărul şi îndulcitorii artificiali nu erau permise într-un loc atât de sănătos ca Walnut Hill.

– Două săptămâni în junglele braziliene nu sună rău, spuse el.

– O să pleci, aşadar?

– Da.

Din moment ce Nate avea mult timp pentru lectură, Josh îi lăsă un dosar gros despre averea Phelan şi misterioasa lui moştenitoare. Şi, de asemenea, două cărţi despre indienii izolaţi din America de Sud.

Nate citi continuu timp de opt ore, ignorând chiar şi cina. Deodată, ardea de nerăbdare să plece, să-şi înceapă aventura. Când Sergio veni să-l vadă la ora zece, el stătea ca un călugăr în mijlocul patului, cu hârtiile împrăştiate în jurul său, pierdut într-o altă lume.

– A venit timpul să plec, zise Nate.

– Aşa e, spuse Sergio. Mâine mă apuc să completez hârtiile.

9

Conflictele din familie se înrăutăţeau pe măsură ce moştenitorii Phelan îşi petreceau mai puţin timp stând de vorbă unii cu alţii şi mai mult în birourile avocaţilor. Trecu o săptămână fără să se citească nici un testament şi fără nici un plan de validare. Având averea în faţă, dar neputând să pună mâinile pe ea, moştenitorii deveniră din ce în ce mai agitaţi. Câţiva avocaţi fură concediaţi şi înlocuiţi cu alţii.

Mary Ross Phelan Jackman îl concedie pe al ei pentru că nu cerea suficient de mult pe oră. Soţul ei era un chirurg ortoped de succes care avea de-a face cu avocaţi în fiecare zi. Cel nou era un bolid pe nume Grit, care îşi făcu o intrare gălăgioasă la şase sute pe oră.

În timp ce aşteptau, moştenitorii făceau şi datorii imense. Semnară contracte pentru vile. Cumpărară maşini noi. Angajară consultanţi pentru diverse lucruri, ca de exemplu proiectarea unor săli de biliard, găsirea avionului particular potrivit sau achiziţionarea unui cal pursânge. Dacă nu se certau, moştenitorii făceau cumpărături. Ramble făcea excepţie, dar numai pentru că era minor. Îşi pierdea timpul cu avocatul său, care făcea datorii în numele clientului.

Marile procese încep adesea cu o fugă la tribunal. Din moment ce Josh Stafford refuza să dea citire testamentului şi în acelaşi timp făcea aluzii misterioase la lipsa capacităţii testamentare a lui Troy, avocaţii moştenitorilor Phelan intrară în cele din urmă în panică.

La zece zile de la sinucidere, Hark Gettys se duse la Tribunalul Districtului Fairfax, Virginia, și completă o Cerere pentru a Forța Citirea Ultimului Testament al lui Troy L. Phelan. Cu toată subtilitatea unui avocat ambițios, îi vându un pont unui reporter de la *Post*. Discutară vreo oră după ce el completă hârtia respectivă, unele comentarii fiind neoficiale, altele oferite pentru gloria avocatului. Un fotograf făcu câteva poze.

Surpirnzător, Hark completă cererea în numele tuturor moștenitorilor Phelan. Și le trecu numele și adresele ca și cum ar fi fost clienții săi. Când se întoarse la birou, le trimise copii prin fax. În câteva minute, telefoanele lui începură să sune neîncetat.

Articolul de a doua zi din *Post* era completat și de o fotografie a lui Hark încruntat și frecându-și barba. Povestea ocupa mai mult spațiu decât visase el. Citi articolul în zori, într-o cafenea din Chevy Chase, după care se îndreptă repede spre noul său birou.

Peste vreo două ore, imediat după nouă, biroul arhivarului de la Tribunalul Districtului Fairfax era înțesat de avocați mai mult ca de obicei. Aceștia sosiră în grupuri mici, vorbeau încordat cu funcționarii și făceau eforturi teribile să se ignore unii pe alții. Cererile lor erau variate, dar toți voiau aceleași lucruri - recunoașterea în problema Phelan și să se arunce o privire pe testament.

Cazurile de validare în districtul Fairfax erau atribuite aleatoriu unuia dintre cei doisprezece judecători. Cazul Phelan ajunsese pe biroul onorabilului F. Parr Wycliff, în vârstă de treizeci și șase de ani, un jurist cu puțină experiență, dar foarte multă ambiție. Era încântat că i se dăduse un caz atât de important.

Biroul lui Wycliff se afla în incinta Tribunalului Districtului Fairfax, și toată dimineața acesta urmări activitatea din biroul arhivarului. Secretara sa îi aduse cererile și el le citi imediat.

Când își formă o părere, îl chemă pe Josh Stafford să se prezinte. Discutară politicos timp de câteva minute, trecând prin preliminariile avocățești obișnuite, rigizi și precauți, deoarece urmau chestiuni mai importante. Josh nu auzise în viaţa lui de judecătorul Wycliff.

– Există un testament? întrebă acesta în cele din urmă.

– Da, domnule judecător, există, spuse Josh, alegându-şi cuvintele cu grijă.

În Virginia, era un delict să ascunzi un testament. Dacă judecătorul voia să ştie, atunci Josh avea să coopereze cu siguranţă.

– Unde e?

– Aici, în biroul meu.

– Cine e executorul?

– Eu.

– Când aveţi de gând să-l validaţi?

– Clientul meu mi-a cerut să aştept până la cincisprezece ianuarie.

– Hmmrnm. Există vreun motiv anume?

Exista un motiv foarte simplu. Troy voia ca lacomii săi urmaşi să se mai bucure de o ultimă campanie de cumpărături înainte să le tragă covorul de sub picioare. Era o răutate şi o cruzime din partea lui.

– Nu ştiu, spuse Josh. Testamentul este olograf. Domnul Phelan l-a semnat cu câteva secunde înainte să sară.

– Un testament olograf?

– Da.

– Nu eraţi cu el?

– Ba da. E o poveste lungă.

– Poate ar trebui s-o aud.

– Poate ar trebui.

Josh avea o zi plină. Wycliff, nu, dar dădea impresia că fiecare minut era planificat. Stabiliră să se întâlnească la prânz, să mănânce câte un sendviş în biroul lui Wycliff.

Lui Sergio nu-i plăcea ideea că Nate avea să facă o călătorie în America de Sud. După aproape patru luni petrecute într-un loc foarte bine organizat ca Walnut Hill, unde uşile şi porţile erau încuiate şi un paznic înarmat şi invizibil supraveghea drumul pe o distanţă de un kilometru şi jumătate şi unde televizorul, filmele, jocurile, revistele şi telefoanele erau extrem de controlate, revenirea într-o societate familiară era adesea traumatizantă. Gândul unei reveniri via Brazilia era şi mai tulburător.

Lui Nate nu-i păsa. Nu se afla la Walnut Hill printr-un ordin judecătoresc. Josh îl adusese acolo, şi dacă Josh îl ruga să se joace de-a v-aţi ascunselea prin junglă, asta avea să facă. Sergio putea să mormăie şi să bombăne cât voia.

PreEliberarea se transformă într-o săptămână infernală. Regimul se schimbă de la fără-grăsimi la puţine-grăsimi, cu ingrediente inevitabile precum sare, piper, brânză şi puţin unt ca să-i pregătească organismul pentru relele de afară. Stomacul lui Nate se răzvrăti şi el pierdu încă un kilogram şi jumătate.

– O idee din ce te aşteaptă acolo, spuse Sergio plin de sine.

Se certau în timpul terapiei, ceea ce era ceva obişnuit la Walnut Hill. Pielea trebuia îngroşată, muchiile ascuţite. Sergio începu să se distanţeze de pacientul său. De obicei, era dificil să-ţi iei rămas-bun, iar Sergio scurtă şedinţele şi deveni distant.

Cu gândul la plecare, Nate începu să numere orele.

Judecătorul Wycliff se interesă de conţinutul testamentului, dar Josh refuză politicos să-i răspundă. Mâncau sendvişuri la o măsuţă în micul birou al judecătorului. Legea nu îl obliga pe Josh să dezvăluie ce era scris în testament, cel puţin nu atunci. Şi Wycliff fu puţin deplasat întrebând, dar curiozitatea sa era de înţeles.

– Simpatizez oarecum cu reclamanţii, spuse el. Au dreptul să ştie ce scrie în testament. De ce să amânăm acest moment?

– Nu fac altceva decât să îndeplinesc dorinţele clientului meu, zise Josh.

– Mai devreme sau mai târziu tot va trebui să validaţi testamentul.

– Desigur.

Wycliff trase spre el carnetul şi îl privi pe deasupra ochelarilor de citit.

– Astăzi e doisprezece decembrie. În nici un caz nu-i putem aduna pe toţi înainte de Crăciun. Vă convine data de douăzeci şi şapte decembrie?

– La ce anume vă gândiţi?

– La o citire a testamentului.

Ideea îl şocă pe Josh şi fu cât pe ce să se înece cu un fir de mărar. Să fie strânşi toţi Phelanii, vechii şi noii lor prieteni şi cunoştinţele, plus avocaţii lor veseli, în sala de judecată a lui Wycliff. Cu siguranţă că presa va afla despre acest lucru. Muşcând încă o dată din murături şi uitându-se spre carneţelul său negru, abia se abţinu să nu zâmbească. Aproape că auzea icnetele şi gemetele, undele de şoc, totala stupefacţie şi apoi înjurăturile mormăite. Apoi, poate un suspin sau două, când Phelanii încercau să priceapă ce le făcuse iubitul lor tată.

Avea să fie un moment răutăcios, glorios şi complet unic în istoria dreptului american, şi deodată Josh nu mai avea răbdare.

– Douăzeci şi şapte îmi convine de minune, spuse el.

– Bun. O să înştiinţez părţile imediat cum îi voi identifica pe toţi. Sunt o mulţime de avocaţi.

– O să vă fie de folos dacă vă veţi aminti că sunt şase copii şi trei foste soţii, aşadar, nouă seturi principale de avocaţi.

– Sper că sala mea e destul de mare.

Or să aibă loc numai în picioare, fu cât pe ce să spună Josh. O mulţime de oameni adunaţi la un loc, care nu scoteau nici un sunet în timp ce se deschidea plicul, se despăturea testamentul şi se citeau acele cuvinte incredibile.

– Vă propun să citiţi dumneavoastră testamentul, spuse Josh.

Wycliff chiar avea acea intenţie. Îşi imagina aceeaşi scenă ca Josh. Avea să fie unul dintre cele mai grozave momente ale sale, să citească un testament prin care erau împărţite unsprezece miliarde de dolari.

– Bănuiesc că testamentul va fi controversat, spuse judecătorul.

– E răutăcios.

Domnul judecător zâmbi chiar.

10

Înainte de ultima sa prăbuşire, Nate locuia într-un apartament vechi din Georgetown, pe care îl închiriase după ultimul său divorţ. Dar acesta dispăruse acum, o victimă a falimentului. Astfel că, practic, Nate nu avea unde să-şi petreacă prima noapte de libertate.

Ca de obicei, Josh făcuse cu grijă planuri pentru eliberarea lui. Sosi la Walnut Hill în ziua respectivă cu un sac de voiaj plin cu bermude şi cămăşi noi J. Crew frumos călcate, necesare pentru călătoria spre sud. Avea paşaportul cu viză, mulţi bani, o mulţime de îndrumări şi bilete, un plan de acţiune. Chiar şi o trusă de prim-ajutor.

Nate nu apucă să fie agitat. Îşi luă rămas-bun de la câţiva angajaţi, dar cei mai mulţi erau ocupaţi, deoarece evitau despărţirile. Ieşi mândru pe uşa din faţă după o sută patruzeci de zile de minunată trezie; curat, bronzat, în formă, cu aproape nouă kilograme mai puţin, la optzeci şi şapte de kilograme, o greutate pe care nu o mai avusese de douăzeci de ani.

Josh era la volan şi, în primele cinci minute, nu vorbiră nimic. Zăpada acoperea păşunile, dar stratul se subţie rapid după ce părăsiră Blue Ridge. Era 22 decembrie. La radio se auzeau încet colinde.

– Poţi să-l închizi? spuse Nate în cele din urmă.

– Poftim?

– Radioul.

Josh apăsă pe un buton şi muzica pe care nici nu o auzea dispăru.

– Cum te simţi? întrebă el apoi.

– Poţi să opreşti la cel mai apropiat magazin?

– Sigur. De ce?

– Aş vrea să iau o ladă de şase.

– Foarte amuzant.

– Aş fi în stare să ucid pentru o Coca-Cola mare.

Cumpărară băuturi răcoritoare şi alune de la un magazin de provincie. Femeia de la casă spuse veselă un „Crăciun fericit“ şi Nate nu putu să răspundă. Întorcându-se la maşină, Josh porni spre Dulles, care se afla la două ore distanţă.

– Avionul tău merge la São Paulo, unde o să aştepţi mai mult de trei ore ca să-l iei pe cel care o să te ducă într-un oraş numit Campo Grande.

– Oamenii ăia vorbesc englezeşte?

– Nu. Sunt brazilieni. Vorbesc portugheza.

– Bineînţeles.

– Dar la aeroport o să te poţi înţelege în englezeşte.

– Cât de mare e Campo Grande?

– Are vreo jumătate de milion de locuitori, dar nu asta e destinaţia ta. De acolo, o să iei un avion de navetă spre un loc numit Corumbá. Oraşele devin din ce în ce mai mici.

– La fel şi avioanele.

– Da, exact ca aici.

– Dintr-un anumit motiv, ideea unui avion brazilian de navetă nu e deloc atrăgătoare. Ajută-mă aici, Josh. Sunt nervos.

– Sau un drum de şase ore cu autobuzul.

– Continuă.

– În Corumbá, o să te întâlneşti cu un avocat pe nume Valdir Ruiz. Vorbeşte englezeşte.

– Ai discutat cu el?

– Da.

– Ai înţeles ce spune?

– Da, în cea mai mare parte. E un tip foarte simpatic. Lucrează pentru cincizeci de dolari pe oră, dacă-ţi vine să crezi.

– Cât de mare e Corumbá?

– Nouăzeci de mii.

– Deci, au apă, hrană şi un loc unde să dormi.

– Da, Nate, o să ai o cameră. Ceea ce e mai mult decât aici.

– Au!

– Scuză-mă. Vrei să dai înapoi?

– Da, dar n-o s-o fac. În momentul ăsta, scopul meu e să dispar din ţara asta înainte să mai aud *Jingle Bells* încă o dată. Aş fi în stare să dorm în şanţ în următoarele două săptămâni numai ca să scap de „Frosty, omul de zăpadă".

– Nici vorbă de şanţ. E un hotel bun.

– Ce trebuie să fac cu Valdir?

– Caută o călăuză care să te ducă în Pantanal.

– Cum? Cu avionul? Cu elicopterul?

– Cu barca probabil. Din câte am înţeles, în regiunea aceea nu sunt decât mlaştini şi râuri.

– Şi şerpi, aligatori şi piranha.

– Ce fricos eşti. Credeam că vrei să te duci.

– Vreau. Dă-i bătaie.

– Linişteşte-te, spuse Josh arătând spre o servietă din spatele scaunului din dreapta. Deschide-o, zise el apoi. Va trebui să o ai în permanenţă cu tine.

Nate trase de servietă şi scoase un geamăt.

– Are o tonă. Ce e în ea?

– Lucruri bune.

Era din piele maro, nouă, dar făcută în aşa fel încât să pară folosită şi îndeajuns de încăpătoare pentru a conţine o mică bibliotecă juridică. Nate o puse pe genunchi şi o deschise.

– Jucării, zise el.

– Acel mic instrument gri este cea mai recentă apariţie în materie de telefoane digitale de înaltă tehnologie, spuse Josh, mândru de lucrurile pe care le adunase. Valdir o să ţi-l aranjeze pentru zona aceea când ajungi la Corumbá.

– Deci, au telefoane în Brazilia.

– O mulţime. De fapt, sistemul telecomunicaţiilor e în plină expansiune acolo. Toată lumea are celulare.

– Oamenii ăia săraci! Ăsta ce e?

– Un computer.

– Pentru ce naiba?

– E ultimul model. Vezi cât de mic e?

– Nici măcar nu disting tastatura.

– Poţi să-l conectezi la telefon şi îţi primeşti e-mailul.

– Dumnezeule! Şi trebuie să fac asta în mijlocul unei mlaştini sub privirile şerpilor şi aligatorilor?

– Cum vrei.

– Josh, nici la birou nu folosesc e-mail.

– Nu e pentru tine, ci pentru mine. Vreau să ştiu tot ce faci. Când o s-o găseşti, vreau să aflu imediat.

– Asta ce e?

– Cea mai bună jucărie din cutie. E un telefon prin satelit. Poţi să-l foloseşti în orice punct de pe suprafaţa pământului. Ai grijă să aibă bateriile încărcate şi mă poţi găsi oricând.

– Tocmai ai spus că au un sistem de telefonie nemaipomenit.

– Nu şi în Pantanal. Sunt o sută cincizeci de mii de kilometri pătraţi de regiune umedă, fără oraşe şi cu foarte puţini oameni. Acest SatFone o să fie singurul tău mijloc de comunicare după ce vei pleca din Corumbá.

Nate deschise cutia din plastic tare şi examină micul telefon lucios.

– Cât te-a costat? întrebă el.

– Pe mine, niciun ban.

– Bun, cât ai cheltuit din averea Phelan?

– Patru mii patru sute de dolari. Merită fiecare bănuţ.

– Indienii mei au curent electric? întrebă Nate răsfoind manualul de utilizare.

– Bineînţeles că nu.

– Atunci cum o să ţin bateriile încărcate?

– Ai o baterie de rezervă. O să găseşti tu ceva.

– Ce vacanţă liniştită!

– O să fie foarte linişte. Când o să ajungi acolo, o să-mi mulţumeşti pentru jucăriile astea.

– Aş putea să-ţi mulţumesc de acum?

– Nu.

– Îţi mulţumesc, Josh. Pentru tot.

– Pentru puţin.

În incinta aeroportului aglomerat, stăteau la o măsuţă vizavi de barul înţesat, sorbind cafea espresso şi citind ziarele. Josh era extrem de conştient de vecinătatea barului; Nate nu părea să fie. Reclama luminoasă la Heineken era greu de ignorat.

Un Moş Crăciun obosit şi slăbănog trecu agale pe lângă ei, uitându-se după copii cărora să le dea daruri ieftine din sac. Elvis cânta *Blue Christmas* la un tonomat de la bar. Era o circulaţie intensă, zgomotul deprimant, toată lumea zburând acasă pentru sărbători.

– Te simţi bine? întrebă Josh.

– Da, foarte bine. De ce nu pleci? Sunt sigur că ai alte lucruri mai bune de făcut.

– Mai rămân.

– Uite ce e, Josh, sunt bine. Dacă te gândeşti că aştept să pleci ca să dau fuga la bar şi să mă îndop cu votcă, te înşeli. N-am nici un chef să beau. Sunt curat şi mă mândresc foarte mult cu asta.

Josh păru puţin spăşit, îndeosebi pentru că Nate îi ghicise gândurile. Beţiile lui Nate erau legendare. Dacă ceda, nu era suficientă băutura din aeroport pentru a-l satisface.

– Nu-mi fac griji pentru asta, spuse el, minţind.

– Atunci, pleacă. Sunt băiat mare.

Îşi luară rămas-bun la poartă, o îmbrăţişare caldă şi promisiuni de a suna aproape din oră în oră. Nate aştepta cu nerăbdare să-şi ocupe locul la clasa întâi. Josh avea o mie de lucruri de făcut la birou.

Josh luase în secret două mici măsuri de precauţie. În primul rând, rezervase două locuri alăturate. Nate avea să stea la fereastră, iar celălalt loc urma să rămână gol. Nu avea niciun sens ca un director însetat să stea lângă Nate bând whiskey şi vin. Locurile au costat fiecare peste şapte mii de dolari dus-întors, dar banii nu constituiau o problemă.

În al doilea rând, Josh discutase îndelung cu o oficialitate a liniei aeriene în legătură cu reabilitarea lui Nate. Nu avea să-i fie servită niciun fel de băutură alcoolică, sub nicio formă. O scrisoare a lui Josh către linia aeriană se afla la bord, în cazul în care ar fi fost nevoie să-i fie arătată lui Nate pentru a-l convinge.

O stewardesă îl servi cu suc de portocale și cafea. El se înfășură într-o pătură subțire și privi cum Washington-ul dispărea dedesubt, în timp ce avionul Varig se înălța printre nori.

Era bucuros că scăpa de Walnut Hill și de Sergio, de oraș și problemele sale, de necazurile din trecut cu ultima sa soție și falimentul și de încurcătura actuală cu fiscul. La nouă mii de metri altitudine, Nate aproape că se hotărî să nu se mai întoarcă niciodată.

Dar fiecare revenire îi provoca îngrijorare. Teama de o altă alunecare exista întotdeauna, foarte aproape de suprafață. Partea îngrozitoare era că fuseseră atâtea reveniri, încât el se simțea ca un veteran. Ca și în cazul soțiilor și al verdictelor mari, acum putea să le compare. Oare avea să existe întotdeauna o alta?

În timpul cinei, își dădu seama că Josh lucrase din culise. Nu i se oferise vin nici măcar o dată. Mâncă foarte prudent, ca un om care își petrecuse aproape patru luni bucurându-se de cele mai delicioase salate din lume; până în urmă cu câteva zile, nu grăsimi, unt sau zahăr. Nu voia să-i fie rău de la stomac.

Ațipi puțin, dar se săturase de dormit. Fiind un avocat ocupat și un hoinar nocturn, învățase să doarmă puțin. În prima lună la Walnut Hill îl îndopaseră cu pastile și dormise peste zece ore pe zi. Nu putea să li se împotrivească din moment ce era în comă.

Își înșiră jucăriile pe scaunul gol de alături și începu să citească manualele de utilizare. Telefonul prin satelit îl intriga, deși era greu de crezut că avea să fie nevoit vreodată să-l folosească.

Un alt telefon îi atrase atenția. Era cea mai recentă inovație în materie de tehnologie folosită în călătoriile cu avionul, un aparat micuț, ascuns în peretele de lângă scaunul său. Puse mâna pe el și îl sună pe Sergio acasă. Sergio lua masa târziu, dar fu încântat să-l audă.

– Unde ești? întrebă el.

– Într-un bar, zise Nate încet, deoarece lumina din avion era foarte slabă.

– Foarte amuzant.

– Probabil că sunt peste Miami și mai am vreo opt ore de zbor. Tocmai am descoperit telefonul ăsta la bord și am vrut să văd cum funcționează.

– Așadar, ești bine.

– Sunt bine. Ți-e dor de mine?

– Nu încă. Ție?

– Glumești? Sunt un om liber și zbor spre junglă pentru o minunată aventură. O să-mi fie mai târziu, bine?

– Bine. Să mă suni dacă ai necazuri.

– Nici un fel de necazuri, Serge. Nu și de data asta.

– Bravo, Nate.

– Îți mulțumesc, Serge.

– Pentru puțin. Doar sună-mă.

Începu un film, dar nimeni nu îl urmărea. Stewardesa aduse iarăși cafea. Secretara lui Nate era o femeie pe nume Alice, care curăța în urma lui de aproape zece ani. Locuia împreună cu sora ei într-o casă veche din Arlington. Pe ea o sună apoi. În ultimele patru luni, vorbiseră o singură dată.

Conversația durã o jumătate de oră. Era încântată să-i audă vocea și să afle că fusese externat. Nu știa nimic despre călătoria lui în America de Sud, ceea ce era puțin ciudat, deoarece, în mod normal, ea știa tot. Însă, la telefon, era rezervată, chiar prudentă. Nate, avocatul pledant, mirosi ceva și atacă, de parcă s-ar fi aflat la tribunal.

Ea încă mai lucra la același birou, făcând cam același lucru, dar pentru un alt avocat.

– Cine e? întrebă Nate.

Unul nou. Un avocat pledant nou. Cuvintele ei erau bine alese, și Nate își dădu seama că fusese pusă în temă de către însuşi Josh. Bineînţeles că Nate avea s-o sune imediat ce era externat.

În ce birou era noul avocat? Cine era asistentul lui? De unde venea? Câte procese de malpraxis medical avusese? Numirea ei pe lângă el era doar temporară?

Alice era destul de evazivă.

– Cine e în biroul meu? întrebă el.

– Nimeni. Nici n-a fost atins. Încă mai sunt mici teancuri de dosare în fiecare colţ.

– Ce face Kerry?

– Îşi face de lucru. Te aşteaptă.

Kerry era asistenta preferată a lui Nate.

Alice avea toate răspunsurile potrivite, dar, în acelaşi timp, dezvăluia foarte puţin. Era rezervată îndeosebi în legătură cu noul avocat.

– Pregăteşte-te, spuse el când conversaţia se apropie de sfârşit. A venit timpul să mă întorc.

– A fost monoton, Nate.

El închise încet şi repetă în minte cuvintele ei. Ceva era schimbat. Josh îşi rearanja firma în linişte. Oare Nate avea să fie pierdut în cursul acelor modificări? Probabil că nu, dar zilele lui în sala de judecată se încheiaseră.

Hotărî însă să se gândească la acest lucru mai târziu. Erau atâţia oameni pe care ar fi trebuit să-i sune şi avea atâtea telefoane cu care ar fi putut să o facă. Cunoştea un judecător care se lăsase de băutură cu zece ani în urmă şi ar fi vrut să-i împărtăşească impresiile lui minunate de la clinică. Prima lui fostă soţie ar fi meritat un telefon usturător, dar nu avea chef de aşa ceva. Şi ar fi putut să-i sune pe toţi cei patru copii ai săi ca să-i întrebe de ce nu trecuseră pe la el sau nu-i scriseseră.

În schimb, luă un dosar din servietă şi se apucă să citească despre domnul Troy Phelan şi despre chestiunea de care se ocupa în prezent. La miezul nopţii, undeva deasupra Caraibelor, Nate adormi.

11

Cu o oră înainte de ivirea zorilor, avionul își începu coborârea. Nate dormise în timpul micului dejun și, când se trezi, o stewardesă îi aduse repede cafeaua.

Orașul São Paulo apăru în fața ochilor, o întindere imensă care acoperea aproape o mie două sute de kilometri pătrați. Nate privi marea de lumini de dedesubt și se întrebă cum de era posibil ca un singur oraș să aibă douăzeci de milioane de locuitori.

Pilotul spuse bună dimineața în portugheză, după care urmară câteva fraze de bun venit pe care Nate nu le înțelese deloc. Traducerea în engleză nu fu mult mai bună. Doar nu avea să străbată țara comunicând prin semne. Bariera limbii îl făcu să cunoască un scurt moment de neliniște, dar acesta se sfârși când o frumoasă stewardesă braziliană îl rugă să-și pună centura.

În aeroport era foarte cald și foarte aglomerat. Își luă noul sac de voiaj, îl trecu prin vamă, unde nu îi aruncă nimeni nici o privire, după care îl trimise la bordul avionului Varig ce pornea spre Campo Grande. Apoi găsi o cafenea cu meniul afișat pe perete. Arătă spre espresso și casiera îi înregistră comanda. Femeia se încruntă când văzu banii săi americani, dar i-i schimbă oricum. Un real brazilian era echivalentul unui dolar american. Nate avea acum câțiva *reais*.

Își sorbi cafeaua stând umăr lângă umăr cu niște turiști japonezi gălăgioși. Alte limbi se auzeau în jurul lui; germana și spaniola se amestecau cu portugheza care răzbătea prin difuzoare. Îi păru rău că nu-și luase un ghid de conversație portughez ca să înțeleagă măcar un cuvânt, două.

Senzaţia de izolare se instala încetul cu încetul. În mijlocul acelei mulţimi de oameni, el era singur. Nu cunoştea absolut pe nimeni. Aproape nimeni nu ştia unde se afla în acel moment şi al naibii de puţini erau cei cărora le păsa. Fumul de ţigară de la turişti plutea în jurul lui şi el plecă repede, ducându-se în sala principală, unde văzu tavanul la două etaje mai sus şi parterul dedesubt. Începu să se plimbe printre oameni, fără ţintă, ţinând în mână servieta grea şi înjurându-l pe Josh că o umpluse cu atâtea lucruri inutile.

Auzi pe cineva vorbind tare englezeşte şi se îndreptă spre persoanele respective. Erau câţiva oameni de afaceri care aşteptau lângă ghişeul „United" şi el găsi un loc liber în preajma lor. În Detroit ningea şi ei ardeau de nerăbdare să ajungă acasă pentru a sărbători Crăciunul. Venirea lor în Brazilia avea legătură cu o conductă şi, nu după mult timp, Nate se sătură de trăncănelile lor. Îl vindecară de orice nostalgie ar fi simţit.

Îi era dor de Sergio. După ultima şedinţă, cei de la clinică îl instalaseră, timp de o săptămână, într-un han aşezat la jumătatea drumului dintre două localităţi pentru a-i uşura revenirea în societate. Nu-i plăcuseră locul şi rutina zilnică, dar acum, gândindu-se mai bine, îşi dădu seama că ideea fusese bună. Era nevoie de câteva zile ca să te reorientezi. Poate că Sergio avusese dreptate. Îl sună de la un telefon public, trezindu-l. În São Paulo era şase şi jumătate, dar numai patru şi jumătate în Virginia.

Sergio nu se supără însă. Aceasta îi era meseria.

În avionul care zbura spre Campo Grande nu existau locuri la clasa întâi şi nici scaune libere. Nate fu plăcut surprins când văzu că toate chipurile erau ascunse în dosul ziarelor de dimineaţă, care erau extrem de variate. Presa era la fel de atrăgătoare şi modernă ca în State şi era citită de oameni dornici de informaţii. Poate că Brazilia nu era chiar atât de înapoiată cum îşi închipuise el. Oamenii aceia ştiau să citească! Avionul, un 727, era curat şi recent remobilat. Pe căruciorul cu băuturi se aflau Coca-Cola şi Sprite; se simţea aproape ca acasă.

Stând la fereastră, cam în rândul al douăzecilea, ignoră informațiile legate de indieni pe care le avea pe genunchi și admiră peisajul de dedesubt. Era vast, luxuriant și verde, cu dealuri presărate cu ferme de vite și brăzdate de drumuri roșiatice de țară. Pământul era de un portocaliu-aprins, iar drumurile erau întâmplătoare, de la o mică așezare la alta. Nu existau autostrăzi. Apăru o șosea pe care circulau mașini. Avionul coborî și pilotul le ură bun venit la Campo Grande. Erau clădiri înalte, un centru aglomerat, terenul de fotbal obligatoriu, o mulțime de străzi și mașini și toate casele aveau acoperișuri din țiglă roșie. Grație eficienței tipice a firmei, poseda un material, pregătit, fără îndoială, de cel mai tânăr asociat, care lucra cu trei sute pe oră, în care Campo Grande era analizat ca și cum existența sa ar fi fost crucială pentru problema pe care o avea de rezolvat. Șase sute de mii de locuitori. Un centru pentru comerțul cu vite. Mulți văcari. Dezvoltare rapidă. Confort modern. Bine de știut, dar de ce atâta osteneală? Nate nu avea să doarmă acolo.

Aeroportul părea extrem de mic pentru un oraș de o asemenea mărime și el își dădu seama că tot timpul făcea comparație cu Statele Unite. Trebuia să înceteze. Când coborî din avion, fu izbit de un val de căldură sufocantă. Erau pe puțin patruzeci de grade. Mai erau două zile până la Crăciun și, în emisfera sudică, era înăbușitor de cald. Miji ochii în soarele orbitor și coborî treptele cu o mână pe balustradă.

Izbuti să comande prânzul la restaurantul aeroportului și, când i se aduse la masă, fu încântat să vadă că era ceva ce putea să mănânce. Un sendviș cu pui la grătar într-o chiflă cum nu mai văzuse în viața lui, și cartofi prăjiți la fel de crocanți ca în orice local fast-food din State. Mâncă încet privind spre pistă în zare. Ajunsese la jumătatea prânzului, când un avion cu două motoare al lui Air Pantanal ateriza și înainta pe pistă spre punctul terminus. Din el coborâră șase persoane.

Se opri din mestecat, fiind deodată cuprins de teamă. Avioanele de navetă erau cele despre care citeai și pe care le vedeai la CNN, numai că nimeni de acasă n-ar fi aflat despre acela în cazul în care s-ar fi prăbuşit.

Însă avionul părea solid şi curat, chiar modern oarecum, iar piloţii erau nişte profesionişti bine îmbrăcaţi. Nate continuă să mănânce. Fii optimist, îşi spuse el.

Se plimbă prin incinta aeroportului o oră. Cumpără dintr-o librărie un ghid de conversaţie portughez şi începu să memoreze cuvinte. Citi reclamele turistice pentru aventuri în Pantanal – ecoturism i se spunea în engleză. Exista şi un ghişeu pentru închiriat maşini, unul pentru schimb valutar, un bar cu reclame pentru bere şi sticle de whiskey înşirate pe un raft. Iar lângă intrarea principală se afla un brad de Crăciun firav şi artificial cu un singur şirag de beculeţe. Le privi cum licăreau în ritmul unui colind brazilian şi, în ciuda eforturilor sale de a nu o face, îşi aminti de copiii săi.

Era cu o zi înainte de Ajun. Nu chiar toate amintirile erau dureroase.

Urcă în avion cu dinţii încleştaţi şi spatele rigid şi dormi aproape toată ora cât dură zborul spre Corumbá. Aerul din micul aeroport de acolo era umed şi o mulţime de bolivieni, încărcaţi de cutii şi bagaje pline cu cadouri de Crăciun, aşteptau un avion spre Santa Cruz.

Găsi un taximetrist care nu ştia nici un cuvânt în engleză, dar acest lucru nu avu importanţă. Nate îi arătă hotelul Palace pe itinerarul său, după care porniră cu viteză într-o Mazda veche şi murdară.

Corumbá era un oraş cu nouăzeci dc mii de locuitori, după cum îl informa alt material pregătit de angajaţii lui Josh. Situat pe malul râului Paraguay, la graniţa cu Bolivia, se declarase de multă vreme capitala regiunii Pantanal. Circulaţia şi comerţul pe râu dezvoltaseră oraşul şi îl menţineau în viaţă.

Din căldura sufocantă a taxiului, Corumbá părea un orăşel leneş şi plăcut. Străzile erau pavate, largi şi străjuite de copaci. Negustorii stăteau în faţa magazinelor, la umbră, aşteptând clienţii şi sporovăind unii cu alţii. Adolescenţii se strecurau pe scutere printre maşini, iar copiii desculţi mâncau îngheţată la mesele de pe trotuare.

Când se apropiară de zona comercială, maşinile se îngrămădiră şi opriră în căldura înăbuşitoare. Şoferul mormăi ceva, dar nu păru deosebit de supărat. Acelaşi şofer în New York sau în D.C. s-ar fi aflat în pragul violenţei.

Dar se afla în Brazilia şi Brazilia era în America de Sud. Ceasurile mergeau mai încet. Nimic nu era urgent. Timpul nu era atât de important. Scoate-ţi ceasul, îşi spuse Nate. În schimb, închise ochii şi respiră aerul sufocant.

Hotelul Palace se afla chiar în centru, pe o stradă ce cobora uşor spre râul Paraguay, care se zărea maiestuos în depărtare. Îi dădu şoferului o mână de *reais* şi aşteptă răbdător să i se dea restul. Îi mulţumi în portugheză, rostind un *obrigado* stins. Şoferul zâmbi şi spuse ceva ce el nu înţelese. Uşile de la intrarea în hotel erau deschise, la fel ca toate uşile care dădeau spre trotuarele din Corumbá.

Primele cuvinte pe care le auzi când intră erau strigate de cineva din Texas. Un grup de texani gălăgioşi se pregăteau de plecare. Băuseră şi erau cu chef, arzând de nerăbdare să ajungă acasă de sărbători. Nate se aşeză lângă televizor şi aşteptă ca ei să plece.

Camera lui se afla la etajul opt. Pentru optsprezece dolari pe zi, primi o cameră de doisprezece pe doisprezece cu un pat îngust foarte aproape de podea. Dacă avea o saltea, aceasta era foarte subţire. Nu se putea vorbi despre arcuri. Mai erau un birou cu un scaun, o instalaţie de aer condiţionat la fereastră, un frigider mic cu apă îmbuteliată, băuturi răcoritoare şi bere, o baie curată cu săpun şi câteva prosoape. Nu era rău, îşi spuse el. Era o adevărată aventură. Nu chiar ca la Four Seasons, dar, cu siguranţă, locuibilă.

Timp de o jumătate de oră încercă să-l sune pe Josh, dar bariera limbii îl împiedică. Recepţionera ştia suficientă engleză ca să găsească o centralistă de afară, dar, după aceea, se găsiră numai persoane care vorbeau portugheza. Își încercă noul telefon celular, însă nu fusese conectat la serviciul local.

Nate se întinse obosit pe patul îngust și adormi imediat.

Valdir Ruiz era un individ scund cu talia subțire, pielea de un maroniu-deschis și capul mic și lucios, de pe care lipsea cea mai mare parte a părului, în afară de câteva șuvițe pe care le ungea tot timpul și le dădea pe spate. Ochii îi erau negri și înconjurați de riduri, rezultatul a treizeci de ani de fumat intens. Avea cincizeci și doi de ani și la șaptesprezece își petrecuse un an de zile cu o familie din Iowa, făcând parte dintr-un sistem prin care se făcea schimb de elevi prin rotație. Era mândru de engleza sa, deși nu o folosea prea mult în Corumbá. Se uita la CNN și la posturile americane de televiziune aproape în fiecare seară într-un efort de a nu uita ce învățase.

După anul petrecut în Iowa, se dusese la colegiu în Campo Grande și apoi la facultatea de drept din Rio. După aceea, s-a întors la Corumbá fără prea mult entuziasm pentru a lucra la mica firmă de avocatură a unchiului său și a avea grijă de părinții săi în vârstă. Timp de mulți ani, Valdir suportase ritmul lent al avocaturii practicate în Corumbá, visând la ce ar fi putut să fie în marele oraș.

Dar era un om plăcut, mulțumit de viață în felul în care majoritatea brazilienilor aveau tendința să fie. Lucra eficient în micul său birou, doar cu o secretară care răspundea la telefoane și bătea la mașină. Lui Valdir îi plăceau afacerile imobiliare, documentele, contractele și alte lucruri de acest gen. Nu activa niciodată la tribunal, în principal pentru că tribunalele nu făceau parte integrantă din practicarea dreptului în Brazilia. Procesele erau rare. Stilul proceselor americane nu și-a făcut drum spre sud, ci se limita doar la cele cincizeci de state. Valdir se minuna de lucrurile pe care le făceau și le spuneau avocații la CNN. De ce căutau atât să iasă în evidență? se întreba el adesea. Avocați aranjând conferințe de presă și plimbându-se de la un talk-show la altul, sporovăind despre clienţii lor. În Brazilia nu se auzise despre aşa ceva.

Biroul său se afla la trei străzi de hotelul Palace, pe un teren mare şi umbrit pe care unchiul său îl cumpărase cu câteva zeci de ani în urmă. Copaci cu coroane bogate umbreau acoperişul, astfel că, indiferent cât de cald era, Valdir ţinea ferestrele deschise. Îi plăcea zgomotul de pe stradă. La trei şi un sfert, văzu un bărbat pe care nu îl mai văzuse niciodată oprindu-se şi studiindu-i biroul. Era, evident, un străin, un american. Valdir ştiu că era domnul O'Riley.

Secretara le aduse *cafezinho,* cafeaua tare, dulce şi neagră pe care o beau brazilienii din ceşcuţe tot timpul zilei şi pentru care Nate făcu imediat o pasiune. Stătea în biroul lui Valdir, vorbindu-şi amândoi deja pe numele mic, şi privea în jur: ventilatorul care scârţâia deasupra lor, ferestrele deschise prin care răzbăteau zgomotele înăbuşite ale străzii, şirurile ordonate de dosare prăfuite aşezate pe rafturi în spatele lui Valdir, duşumeaua uzată de sub picioarele lor. În birou era cald, dar nu insuportabil. Lui Nate i se părea că se află într-un film, unul turnat cu cincizeci de ani în urmă.

Valdir sună la D.C. şi luă legătura cu Josh. Vorbiră puţin, după care îi întinse receptorul peste birou.

– Salut, Josh, spuse Nate.

Era limpede că Josh se bucura să-i audă vocea. Nate îi povesti cum decursese călătoria până la Corumbá, punând accent pe faptul că se simţea bine, era încă treaz şi abia aştepta restul aventurii.

Valdir îşi făcu de lucru cu un dosar într-un colţ, încercând să pară că nu îl interesează conversaţia, dar înregistrând fiecare cuvânt. De ce era Nate O'Riley atât de mândru de faptul că era treaz?

Când convorbirea se încheie, Valdir scoase şi despături o hartă mare pentru navigaţie aeriană a statului Mato Grosso do Sul, care era cam de mărimea Texasului, şi arătă spre Pantanal. Acesta acoperea întreaga parte de nord-vest a statului şi se întindea peste Mato Grosso la nord şi peste Bolivia la vest. Sute de râuri şi râuleţe străbăteau pământul mlăştinos asemenea unor vene. Pământul avea o culoare gălbuie şi nu existau oraşe sau localităţi în Pantanal. Nu erau nici drumuri, nici şosele. O sută cincizeci de mii de kilometri pătraţi de mlaştini, îşi aminti Nate din nenumăratele materiale pe care i le pregătise Josh.

Valdir îşi aprinse o ţigară în timp ce studiau harta. Se documentase puţin. De-a lungul marginii dinspre vest a hărţii, aproape de Bolivia, se vedeau patru x-uri roşii.

– Aici sunt triburi, spuse el arătând spre semnele roşii. Guató şi Ipicas.

– Cât sunt de mari? întrebă Nate, apropiindu-se mai mult, deoarece era prima oară când vedea locurile pe care trebuia să le străbată în căutarea lui Rachel Lane.

– Nu ştim exact, spuse Valdir, rostind cuvintele foarte rar şi precis, încercând din răsputeri să-l impresioneze pe american cu engleza sa. Acum o sută de ani erau mai multe. Dar triburile se micşorează cu fiecare generaţie.

– Au vreo legătură cu lumea exterioară? întrebă Nate.

– Foarte puţin. Cultura lor nu s-a schimbat în ultimii o mie de ani. Fac comerţ cu bărcile, dar n-au nici o dorinţă de schimbare.

– Ştim unde se află misionarii?

– E greu de spus. Am discutat cu ministrul sănătăţii pentru statul Mato Grosso do Sul. Îl cunosc personal, iar oamenii lui au o idee vagă despre locul unde ar lucra misionarii. De asemenea, am vorbit şi cu un reprezentant de la FUNAI – Biroul pentru Afacerile Indienilor, spuse Valdir, după care arătă spre două din cele patru x-uri. Aceştia sunt Guató. Probabil că sunt misionari pe acolo.

– Le cunoşti numele? întrebă Nate, dar era o întrebare inutilă, deoarece, potrivit materialului pregătit de Josh, lui Valdir nu i se menţionase numele lui Rachel Lane. I se spusese că femeia lucra pentru Triburile Mondiale şi atâta tot.

Valdir zâmbi şi clătină din cap.

– Ar fi prea uşor. Trebuie să înţelegi că în Brazilia există cel puţin douăzeci de organizaţii de misionari, americane şi canadiene. E uşor să intri în ţara noastră şi să te învârti prin ea. Mai ales prin regiunile slab dezvoltate. Nimănui nu-i pasă cu adevărat cine-i acolo şi ce face. Ne închipuim că, dacă sunt misionari, sunt oameni cumsecade.

Nate arătă spre Corumbá şi apoi spre cel mai apropiat x roşu.

– Cât durează să ajungi de aici acolo?

– Depinde. Cu avionul, vreo oră. Cu barca, între trei şi cinci zile.

– Atunci, unde mi-e avionul?

– Nu-i chiar atât de uşor, spuse Valdir luând altă hartă pe care o desfăşură şi o întinse deasupra celeilalte. Asta e o hartă topografică a regiunii Pantanal. Astea sunt *fazendas*.

– Ce anume?

– *Fazendas*. Ferme mari.

– Credeam că sunt numai mlaştini.

– Nu. Multe zone sunt destul de înalte pentru a se putea creşte vite. *Fazendas* au fost construite acum două sute de ani şi încă mai sunt lucrate de *pantaneiros*. Numai la câteva se poate ajunge cu barca, aşa că folosesc avioane mici. Terenurile de aterizare sunt marcate cu albastru.

Nate observă că erau foarte puţine terenuri de aterizare în preajma aşezărilor indiene.

– Chiar dacă ai zbura până acolo, tot ar trebui să foloseşti o barcă pentru a ajunge la indieni, continuă Valdir.

– Cum sunt terenurile de aterizare?

– Acoperite în întregime de iarbă. Uneori se tunde iarba, alteori nu. Cea mai mare problemă o reprezintă vacile.

– Vacile?

– Da, vacilor le place iarba. Uneori e greu să aterizezi, pentru că vacile mănâncă pista, spuse Valdir fără nici un pic de umor.

– Nu pot să le dea la o parte?

– Ba da, dacă ştiu că soseşti. Dar nu există telefoane.

– Nu au telefoane la *fazendas?*

– Nu. Sunt foarte izolate.

– Deci, n-aş putea să zbor cu avionul până în Pantanal şi apoi să închiriez o barcă pentru a-i găsi pe indieni?

– Nu. Bărcile sunt aici, în Corumbá. La fel şi călăuzele.

Nate se uită la hartă, îndeosebi la râul Paraguay, care şerpuia spre nord în direcţia aşezărilor de indieni. Undeva de-a lungul râului, poate chiar în vecinătatea acestuia, în mijlocul acelui vast ţinut umed, se afla o simplă slujitoare a lui Dumnezeu, care trăia fiecare zi în linişte şi pace, gândindu-se foarte puţin la viitor şi învăţându-şi oamenii ce însemna creştinismul. Iar el trebuia să o găsească.

– Aş vrea cel puţin să survolez regiunea, spuse Nate.

Valdir făcu sul ultima hartă.

– Pot să fac rost de un avion şi de un pilot.

– Şi barca?

– Mă ocup de treaba asta. E anotimpul ploilor şi majoritatea bărcilor sunt folosite. Râurile s-au umflat. În perioada asta e mai multă circulaţie pe râuri.

Ce drăguţ din partea lui Troy să se sinucidă în sezonul ploilor. Potrivit informaţiilor furnizate de firmă, ploile începeau în noiembrie şi durau până în februarie, iar toate zonele mai joase şi multe dintre *fazendas* erau sub ape.

– Totuşi, trebuie să te previn, spuse Valdir aprinzându-şi altă ţigară în timp ce rula prima hartă, nici călătoria cu avionul nu se face fără riscuri. Avioanele sunt mici, iar dacă există vreo problemă la motor, ei bine...

Glasul i se pierdu când dădu ochii peste cap şi ridică din umeri ca şi cum orice speranţă ar fi dispărut.

– Ei bine, ce?

– Nu există nici un loc pentru aterizare forţată, nici un loc unde să cobori cu avionul. Unul s-a prăbuşit acum o lună. L-au găsit pe malul unui râu înconjurat de aligatori.

– Ce s-a întâmplat cu pasagerii? întrebă Nate, îngrozit de răspuns.

– Întreabă-i pe aligatori.

– Hai să schimbăm subiectul.

– Mai vrei cafea?

– Da, te rog.

Valdir își strigă secretara. Se duseră la fereastră și priviră traficul.

– Cred că am găsit o călăuză, spuse el.

– Bun. Vorbește engleza?

– Da, foarte bine. E tânăr, abia ieșit din armată. Un băiat foarte bun. Tatăl lui a fost căpitan fluvial.

– Grozav.

Valdir se duse la birou și puse mâna pe telefon. Secretara îi mai aduse lui Nate o ceșcuță de *cafezinho,* iar el sorbi din ea stând la fereastră. Vizavi era un mic bar cu trei mese pe trotuar sub o tendă.

O firmă roșie făcea reclamă la berea Antarctica. Doi bărbați în cămăși și cu cravate stăteau la o masă cu o sticlă mare de Antarctica între ei. Era un decor perfect – o zi călduroasă, bună dispoziție, o băutură rece împărțită de doi prieteni la umbră.

Deodată, îi veni amețeală. Reclama la bere se văzu ca prin ceață, scena apăru, dispăru și reapăru în timp ce inima îi bătea cu putere și respirația i se tăie. Se ținu de pervaz. Mâinile îi tremurau, așa că puse ceșcuța pe o masă. Valdir era în spatele său, nebănuind nimic și trăncănind în portugheză.

Broboane de sudoare îi apărură pe frunte. Parcă simțea gustul berii. Începea alunecarea. O ciobitură în armură. O fisură în baraj. O cutremurare a muntelui de hotărâre pe care îl ridicase în ultimele patru luni împreună cu Sergio. Respiră adânc și se adună. Momentul avea să treacă; știa că acest lucru avea să se întâmple. Îl mai trăise de multe ori.

Luă cafeaua și sorbi furios în timp ce Valdir puse receptorul în furcă și îl anunță că pilotul nu prea voia să plece în Ajunul Crăciunului. Nate se întoarse la locul său, sub ventilatorul care scârțâia.

– Oferă-i mai mulți bani, spuse el.

Valdir fusese informat de către domnul Stafford că banii nu reprezentau o problemă în timpul acelei misiuni.

– O să mă sune din nou peste o oră, zise el.

Nate era pregătit să plece. Scoase telefonul celular nou-nouţ şi Valdir îl ajută să găsească o centralistă de la AT&T care vorbea englezeşte. Pentru a-l testa, formă numărul lui Sergio, dar îi răspunse robotul. Apoi o sună pe Alice, secretara lui, şi îi ură un Crăciun fericit.

Telefonul funcţiona bine; era mândru de el. Îi mulţumi lui Valdir şi ieşi din birou. Aveau să mai vorbească înainte de sfârşitul zilei.

Pomi spre râul care curgea la câteva străzi distanţă de biroul lui Valdir şi găsi un părculeţ unde câţiva lucrători aranjau nişte scaune pentru un concert. După-amiaza târzie era umedă; cămaşa îi era pătată de sudoare şi i se lipise de piept. Micul episod din biroul lui Valdir îl speria mai mult decât ar fi vrut să recunoască. Se aşeză pe marginea unei mese de picnic şi privi spre vastul Pantanal care se întindea în faţa lui. Un adolescent care arăta jalnic apăru din senin şi se oferi să-i vândă marijuana. Aceasta se afla în punguţe, într-o cutiuţă de lemn. Nate îi făcu semn că nu îl interesa. Poate într-o altă viaţă.

Un muzicant începu să-şi acordeze chitara şi lumea începu să se strângă încet în timp ce soarele cobora dincolo de munţii Boliviei, nu foarte departe.

12

Banii dădură rezultate. Pilotul acceptă fără tragere de inimă să zboare, dar insistă să plece devreme ca să fie înapoi la Corumbá până la prânz. Avea copii mici, o soţie supărată şi, în definitiv, era Ajunul Crăciunului. Valdir făcu promisiuni şi îi dădu asigurări, plătindu-i o sumă frumuşică în bani gheaţă.

De asemenea, bani primi şi Jevy, călăuza cu care Valdir negocia de o săptămână. Jevy era un halterofil de douăzeci şi patru de ani, cu braţe groase, necăsătorit, şi când intră în holul hotelului Palace purta pălărie, bermude de blugi, ghete negre de armată, un maieu şi un cuţit sclipitor vârât la brâu pentru cazul în care ar fi trebuit să jupoaie ceva. Îi zdrobi mâna lui Nate când i-o strânse.

– *Bom dia,* spuse el zâmbind larg.

– *Bom dia,* răspunse Nate strângând din dinţi când îi trosniră degetele.

Cuţitul nu putea fi ignorat, deoarece avea o lamă lungă de douăzeci de centimetri.

– Ştii portugheza? îl întrebă Jevy.

– Nu. Doar engleză.

– Nicio problemă, spuse el dându-i în sfârşit drumul la mână. Ştiu eu englezeşte.

Accentul era puternic, dar deocamdată Nate înţelesese fiecare cuvânt.

– Am învăţat-o în armată, spuse Jevy mândru.

Se făcu plăcut imediat. Îi luă servieta lui Nate şi îi spuse ceva fetei de la recepţie, care roşi şi vru mai mult.

Camioneta lui era un Ford de trei tone şi un sfert, din 1978, cel mai mare autovehicul pe care îl văzuse Nate deocamdată în Corumbá. Părea să fie pregătit pentru junglă, cu cauciucuri mari, o manivelă pe bara din faţă, grilaje groase peste faruri, vopsit într-un verde-închis, fără aripi. Şi fără aer condiţionat.

Străbătură cu viteză străzile oraşului, încetinind numai puţin la semafoare, ignorând complet indicatoarele şi, în general, speriind maşinile şi motocicletele, toţi vrând să evite tancul lui Jevy. Fie din construcţie, fie din neglijenţă, toba de eşapament funcţiona prost. Motorul făcea un zgomot infernal şi Jevy se simţea obligat să vorbească în timp ce strângea volanul ca un pilot de curse. Nate nu auzea absolut nimic, ci doar zâmbea şi dădea din cap ca un idiot, păstrându-şi poziţia – picioarele înfipte bine în podea, cu o mână ţinându-se de rama geamului şi cu cealaltă ţinând servieta. Inima i se oprea în loc la fiecare intersecţie.

Era limpede că şoferii înţelegeau un trafic unde regulile de circulaţie, dacă existau, erau ignorate. Nu aveau loc accidente. Toţi, inclusiv Jevy, izbuteau să oprească, să cedeze sau să se ferească exact la timp.

Aeroportul era pustiu. Parcară lângă mica sală şi se îndreptară spre capătul pistei, unde erau patru avioane mici. Unul era pregătit de pilot, un individ pe care Jevy nu îl cunoştea. Prezentările se făcură în portugheză. Numele pilotului aducea a „Milton". Acesta era destul de prietenos, dar se vedea clar că ar fi preferat să nu zboare sau să nu lucreze înainte de Crăciun.

În timp ce cei doi brazilieni vorbeau, Nate examină avionul. Primul lucru pe care îl observă fu faptul că ar fi trebuit vopsit şi aceasta îl îngrijoră teribil. Dacă exteriorul se cojea, lucrurile ar fi putut să stea mai bine în interior? Roţile luceau. În jurul compartimentului unde se afla motorul erau pete de ulei. Era un vechi Cessna 206, cu un singur motor.

Alimentarea dură un sfert de oră, aşa că plecarea dis-de-dimineaţă se prelungi, apropiindu-se de ora zece. Nate scoase celularul din buzunarul bermudelor kaki şi îl sună pe Sergio.

Acesta își bea cafeaua cu soția sa, făcând planuri pentru niște cumpărături de ultim moment, iar Nate se bucură iarăși că era plecat din țară, departe de frenezia sărbătorilor. Acasă era frig și cădea lapoviță. Nate îl asigură că era încă întreg; nu existau probleme.

Împiedicase alunecarea, își spuse el. Se trezise cu forțe noi și ferm hotărât; fusese doar un moment trecător de slăbiciune. Așa că nu îi spusese nimic lui Sergio. Ar fi trebuit s-o facă, dar de ce să-l îngrijoreze acum?

În timp ce vorbeau, soarele dispăru în spatele unui nor întunecat și câteva picături de ploaie răzlețe căzură în jurul lui Nate. El nici nu observă însă. Închise telefonul după obișnuitul „Crăciun fericit".

Pilotul anunță că era gata.

– Te simți în siguranță? îl întrebă Nate pe Jevy când urcară servieta și un rucsac.

Jevy râse, zicând:

– Nici o problemă. Tipul are patru copii mici și o nevastă drăguță, așa a zis. De ce și-ar risca viața?

Cum Jevy voia să ia lecții de zbor, propuse să stea pe scaunul de lângă Milton. Lui Nate îi convenea. El se așeză în spatele lor pe un scaun mic și înghesuit, fixându-și centurile cât mai strâns. Motorul porni cu ceva șovăială, cu prea multă, după părerea lui Nate, iar în cabină fu ca într-un cuptor până când Milton deschise geamul. Curentul produs de elice îi ajută să respire. Străbătură pista până la capăt. Permisiunea de zbor nu constitui o problemă, deoarece nu erau alte avioane. Când se înălțară, cămașa lui Nate era lipită de piept și sudoarea îi șiroia pe ceafă.

Imediat Corumbá era sub ei. Orășelul părea mai frumos de sus, cu șirurile sale de căsuțe pe străzi care păreau curate și îngrijite. Centrul era aglomerat acum, cu mașini așteptând în mijlocul traficului și pietoni traversând străzile. Orașul se afla pe o stâncă la poalele căreia curgea râul. Ei îi urmară cursul spre nord, înălțându-se încet, în timp ce Corumbá dispărea în spate. Erau câțiva nori răzleți și o ușoară turbulență.

La o mie două sute de metri, când ieşiră dintr-un nor mare şi ameninţător, le apăru deodată întreaga măreţie a Pantanalului. În părţile de est şi de nord, se întreţeseau vreo zece râuleţe, îndreptându-se în diverse direcţii, unind fiecare mlaştină de altele o sută. Datorită ploilor, râurile erau umflate şi în multe locuri curgeau împreună. Apele aveau diferite nuanţe. Mlaştinile stătătoare erau de un albastru-închis, aproape negru pe alocuri, unde vegetaţia era deasă. Cele mai adânci erau verzi. Afluenţii mai mici purtau mâlul roşiatic, iar marele Paraguay era umflat şi maroniu ca ciocolata topită. La orizont, toate apele erau albastre şi tot pământul era verde.

În timp ce Nate se uita spre est şi spre nord, cei doi tovarăşi de drum ai săi se uitau spre vest, spre munţii îndepărtaţi ai Boliviei. Jevy arătă ceva, atrăgându-i atenţia. În spatele munţilor, cerul era mai întunecat.

La cincisprezece minute de la decolare, Nate văzu prima aşezare. Era o fermă situată pe malul râului Paraguay. Casa era mică şi frumoasă, cu obişnuitul acoperiş din ţiglă roşie. Vaci albe păşteau pe o păşune şi se adăpau la râu. În apropierea casei, rufele spălate în ziua aceea erau întinse pe o frânghie. Nu se vedea nici urmă de activitate umană – nu maşini, nu antenă TV, nu cabluri electrice. O grădină micuţă împrejmuită de un gard se afla la scurtă distanţă de casă, pe un drum de ţară. Avionul trecu printr-un nor şi ferma dispăru.

Mai mulţi nori. Aceştia erau mai denşi şi Milton coborî la nouă sute de metri ca să se menţină sub ei. Jevy îi spuse că era o misiune de recunoaştere, aşa că era bine să zboare cât mai jos cu putinţă. Prima aşezare, Guató, se afla la o oră de Corumbá.

Timp de câteva minute, se îndepărtară de râu şi trecură pe deasupra unei *fazenda*. Jevy despături harta, înconjură ceva şi i-o dădu lui Nate, în spate.

– Fazenda da Prata, spuse el, arătând în jos.

Pe hartă, toate *fazendas* aveau nume, ca şi cum ar fi fost mari domenii. La sol, Fazenda da Prata nu era mai mare decât prima fermă pe care o văzuse Nate. Erau mai multe vaci, vreo două clădiri mai mici, o casă puţin mai mare şi o fâşie de pământ lungă şi dreaptă care, îşi dădu seama Nate, era o pistă. În apropiere nu se vedea nici un râu şi, cu siguranţă, nici un drum. Accesul se realiza numai pe calea aerului.

Milton era din ce în ce mai îngrijorat din cauza cerului întunecat din partea de vest. Norii se îndreptau spre est, ei spre nord, astfel că întâlnirea părea inevitabilă. Jevy se aplecă în spate şi strigă:

– Nu-i place cum arată cerul acolo.

Nici lui Nate nu-i plăcea, dar nu era el pilotul. Ridică din umeri, pentru că nu ştia ce să răspundă.

– O să-l urmărim câteva minute, spuse Jevy.

Milton voia să se întoarcă acasă. Nate voia măcar să vadă satele indiene. Încă mai nutrea vaga speranţă că putea să ajungă cumva cu avionul la Rachel şi, poate, să o ducă în Corumbá, unde ar fi putut să ia masa într-o cafenea plăcută şi să discute despre averea tatălui ei. Speranţe vagi care dispăreau rapid.

Ideea unui elicopter nu era chiar imposibilă. Îşi puteau permite să facă rost de unul. Dacă Jevy reuşea să găsească satul cu pricina şi locul în care să aterizeze, Nate ar fi putut să închirieze imediat un elicopter.

Visa.

Altă *fazenda* mică, aceasta aflându-se la scurtă distanţă de râul Paraguay. Picături de ploaie începură să izbească geamurile avionului şi Milton coborî la şase sute de metri. În stânga, mult mai aproape, se vedea un impresionant lanţ muntos cu râul şerpuind prin pădurea deasă de la poalele lui.

Furtuna se năpusti cu furie asupra lor de peste vârfurile munţilor. Cerul deveni dintr-odată şi mai întunecat; vântul zdruncină avionul, care se înclină brusc, făcându-l pe Nate să dea cu capul de tavanul cabinei. Se îngrozi deodată.

– Ne întoarcem, strigă Jevy cu o voce din care lipsea calmul pe care l-ar fi preferat Nate.

Chipul lui Milton era împietrit, iar ochelarii de soare ai pilotului calm dispăruseră şi broboane de sudoare îi acopereau fruntea. Avionul viră brusc spre dreapta, est și sud-est, și exact când își încheie întoarcerea spre sud, în fața lui apăru o priveliște înspăimântătoare. Cerul înspre Corumbá era negru.

Milton nu voia să se aventureze într-acolo. Întoarse repede spre est și îi spuse ceva lui Jevy.

– Nu putem să mergem la Corumbá, strigă acesta în spate. Vrea să ne uităm după o *fazenda.* O să aterizăm și o să așteptăm să treacă furtuna. Vocea îi era ridicată și plină de neliniște, iar accentul se simțea și mai tare.

Nate încuviință cât putu de bine. Capul îl durea de la ciocnirea cu tavanul și stomacul începea să i se revolte.

Timp de câteva minute păru că întrecerea avea să fie câștigată de Cessna. Sigur că orice avion poate să întreacă o furtună, își spuse Nate. Își masă creștetul și se hotărî să nu se uite în spate. Însă norii negri veneau acum din laterale.

Ce fel de pilot idiot și înapoiat decolează fără să verifice radarul? Pe de altă parte, radarul, dacă într-adevăr aveau unul, era vechi de douăzeci de ani probabil, și scos din funcțiune în perioada sărbătorilor.

Ploaia răpăia pe fuzelajul avionului, iar vântul vuia în jurul lui. Norii treceau clocotind pe lângă el. Furtuna îi prinse din urmă și îi depăși, micul avion fiind smucit, azvârlit în sus și în jos și împins dintr-o parte în alta. Timp de două minute care părură nesfârșite, Milton fu incapabil să-l piloteze din cauza turbulenței. Călărea un taur furios, nu pilota un avion.

Nate se uita pe geam, dar nu vedea nimic, nici apă sau mlaștini, nici *fazendas* cu piste lungi. Se aplecă și mai mult, încleștând dinții și jurând că nu avea să verse.

Un gol de aer făcu avionul să coboare treizeci de metri în mai puțin de două secunde și toți trei strigară câte ceva. Cuvintele lui Nate fură „Oh, drace!" Tovarășii săi brazilieni înjurară în portugheză. Exclamațiile erau gâtuite de spaimă.

Un moment, aerul fu nemișcat. Milton împinse manșa în față și începu să coboare în picaj. Nate se agăță cu ambele mâini de spătarul scaunului lui Milton și pentru prima și, spera, singura dată în viața lui, se simți ca un pilot kamikaze. Inima îi bătea năvalnic și stomacul i se ridică în gâtlej. Închise ochii și se gândi la Sergio și la instructorul de yoga de la Walnut Hill care îl învățase rugăciunea și meditația. Încercă să mediteze și să se roage, dar îi era imposibil să o facă în timp ce era captiv într-un avion care se prăbușea. Moartea era la numai câteva secunde.

Un tunet care bubui chiar deasupra avionului îi șocă, asemenea unei împușcături într-o încăpere întunecoasă, și îi sperie îngrozitor. Lui Nate îi explodară timpanele.

Picajul încetă la o sută cincizeci de metri, când Milton, în lupta cu vântul, reuși să redreseze avionul.

– Uită-te după o *fazenda!* strigă Jevy din față și, șovăitor, Nate se uită pe geam.

Pământul era răvășit de ploaie și de vânt. Pomii se legănau și la suprafața iazurilor erau valuri. Jevy se uită pe o hartă, dar erau complet rătăciți.

Ploaia cădea în rafale albicioase care reduceau vizibilitatea foarte mult. Uneori Nate abia întrezărea pământul. Erau înconjurați de torente de ploaie și bătuți de un vânt îngrozitor din toate părțile. Micul lor avion era parcă un zmeu de hârtie. Milton se lupta să îl stăpânească, în timp ce Jevy se uita disperat în toate direcțiile. Nu aveau să se prăbușească fără să lupte.

Dar Nate renunță. Dacă nici măcar nu vedea pământul, cum puteau să se aștepte să aterizeze întregi? Partea cea mai groaznică a furtunii nu trecuse încă. Erau terminați.

Nu avea să încheie nici o înțelegere cu Dumnezeu. Asta merita pentru viața pe care o dusese. Sute de oameni mureau în fiecare an în accidente aviatice; el nu era cu nimic mai bun.

Zări un râu chiar sub ei și deodată își aminti de aligatori și de anaconda. Îl îngrozea gândul că ar fi putut să se prăbușească într-o mlaștină. Se vedea grav rănit, dar nu mort, agățându-se de viață, luptându-se să supraviețuiască, încercând să pună în funcțiune afurisitul de telefon prin satelit în timp ce se chinuia să țină la distanță reptilele înfometate.

Alt tunet zgudui cabina și Nate se hotărî să lupte totuși. Scrută solul într-o încercare deznădăjduită de a găsi o *fazenda*.

Un fulger îi orbi pentru o clipă. Motorul bolborosi şi aproape că se opri, dar îşi reveni şi funcţiona în continuare. Milton coborî la o sută douăzeci de metri, o altitudine bună în împrejurări normale. Cel puţin în Pantanal nu existau dealuri sau munţi care să-i facă să se îngrijoreze.

Nate îşi strânse şi mai tare hamul de umăr şi vomită. Nu simţi niciun pic de ruşine făcând acest lucru. Nu mai simţea nimic altceva decât groază.

Îi învălui întunericul. Milton şi Jevy strigau pe rând încercând să stăpânească avionul. Umerii li se izbeau şi li se atingeau mereu. Harta rămăsese la picioarele lui Jevy, complet inutilă.

Furtuna se dezlănţuia sub ei. Milton coborî la şaizeci de metri, înălţime la care solul se vedea sub forma unor petice. O rafală de vânt îi izbi dintr-o parte, practic măturând avionul, şi Nate îşi dădu seama cât de neputincioşi erau. Deodată, văzu un obiect alb jos şi strigă, arătând:

– O vacă! O vacă!

Jevy îi strigă traducerea lui Milton.

Coborâră prin nori la vreo douăzeci şi cinci de metri, într-o ploaie torenţială şi trecură chiar pe deasupra acoperişului unei case. Jevy urlă din nou şi arătă spre un punct în partea sa. Pista părea să aibă lungimea unei alei suburbane frumoase, periculoasă chiar şi pe vreme bună. Nu avea importanţă. Nu aveau încotro. Dacă se prăbuşeau, cel puţin existau oameni prin apropiere.

Zăriseră pista prea târziu pentru a mai ateriza în direcţia vântului, aşa că Milton întoarse avionul pentru a ateriza contra furtunii. Vântul îl izbi, practic oprindu-l. Ploaia reduse vizibilitatea aproape complet. Nate se aplecă pentru a se uita la pistă, dar nu văzu decât şuvoaiele de apă care scăldau parbrizul.

La cincisprezece metri, Cessna fu izbit de o rafală de vânt care îl înclină puternic. Milton se chinui să-l redreseze. Jevy strigă:

– *Vaca! Vaca!*

Nate înţelese imediat ce înseamnă *vaca*. O şi văzu. Pe prima nu o loviră.

În momentele dinaintea căderii, Nate văzu un băiat cu un băţ fugind prin iarba înaltă, ud leoarcă şi înspăimântat. Şi mai văzu o vacă fugind de pe pistă. Îl văzu pe Jevy ţinându-se încordat şi privind fix prin parbriz, cu ochii mari şi cu gura deschisă, dar fără să scoată un cuvânt.

Atinseră iarba, continuară să înainteze. Era o aterizare, nu o prăbuşire, şi, în acea fracţiune de secundă Nate speră că nu aveau să moară. Altă rafală de vânt îi ridică trei metri în aer, după care căzură din nou.

– *Vaca! Vaca!*

Elicele sfâşiară o vacă mare şi curioasă, care stătea nemişcată. Avionul se zgudui puternic, toate geamurile explodară în afară şi cei trei bărbaţi îşi ţipară ultimele cuvinte.

Nate se trezi pe diagonala avionului, plin de sânge, groaznic de înspăimântat, dar viu şi conştient totodată că mai continua să plouă. Vântul vâjâia prin avion. Milton şi Jevy erau unul peste altul, dar mişcau şi încercau să-şi desfacă centurile.

Nate găsi o fereastră şi scoase capul. Avionul era prăbuşit pe o parte, cu o aripă ruptă şi îndoită sub cabină. Era sânge peste tot, dar de la vacă, nu de la pasageri. Ploaia, care încă mai cădea torenţial, îl spăla repede.

Băiatul cu băţul îi conduse la un mic grajd de lângă pistă. Scăpând de furtună, Milton căzu în genunchi şi murmură o rugăciune adresată Fecioarei Maria. Nate îl privi şi într-un fel se rugă împreună cu el.

Nu erau răni grave. Milton avea o tăietură uşoară pe frunte. Încheietura dreaptă a lui Jevy se umfla. Mai târziu avea să-l doară mai tare.

Rămăseseră pe pământ mult timp, fără să spună nimic, privind ploaia, ascultând vântul şi gândindu-se la ce ar fi putut să se întâmple.

13

Proprietarul vacii apăru după vreo oră, când furtuna începu să se mai potolească şi ploaia se opri pentru câteva minute. Era desculţ, în bermude de blugi şi un tricou uzat cu Chicago Bulls. Se numea Marco şi nu era deloc pătruns de buna dispoziţie a sărbătorilor.

Îl expedie pe băiat, după care începu o discuţie aprinsă cu Jevy şi Milton despre valoarea vacii. Milton era mai preocupat de starea avionului său, iar Jevy de încheietura sa umflată. Nate stătea lângă fereastră, întrebându-se cum de ajunsese să se afle în mijlocul sălbăticiei braziliene în Ajunul Crăciunului, într-o iesle urât mirositoare, plin de vânătăi, murdar de sângele unei vaci, ascultând trei bărbaţi care se certau într-o limbă străină şi norocos că se mai afla în viaţă. Nu avea răspunsuri clare.

Judecând după celelalte vaci care păşteau în apropiere, nu puteau să valoreze prea mult.

– O s-o plătesc eu, îi spuse Nate lui Jevy.

Acesta îl întrebă pe om cât costă şi spuse apoi:

– O sută de *reais*.

– Acceptă American Express? întrebă Nate, dar gluma sa nu fu gustată. O să plătesc.

O sută de dolari. Avea să-i plătească numai ca să nu-l mai audă pe Marco vociferând.

Afacerea se încheie şi omul deveni gazda lor. Îi conduse în casă, unde masa de prânz era pregătită de o femeie scundă şi desculţă, care zâmbi şi îi primi încântată. Din motive evidente, în Pantanal nu veneau oaspeţi şi, când îşi dădură seama că Nate era din Statele Unite, îşi chemară copiii. Băiatul cu băţul avea doi fraţi, iar mama lor le spuse să-l studieze pe Nate pentru că era american.

Luă cămăşile bărbaţilor şi le înmuie într-un lighean cu apă de ploaie şi săpun. Mâncară orez şi fasole neagră la o măsuţă, goi până la brâu, dar fără să se sinchisească de acest lucru. Nate era mândru de bicepşii săi în formă şi de burta sa plată. Jevy se vedea de la o poştă că era halterofil. Sărmanul Milton arăta semnele caracteristice apropierii de vârsta a doua, dar era evident că nu îi păsa.

Cei trei bărbaţi vorbiră puţin în timpul mesei. Groaza prăbuşirii era încă proaspătă. Copiii stăteau pe jos lângă masă, mâncând pâine nedospită şi orez şi urmărindu-i toate mişcările lui Nate.

La patru sute de metri mai încolo era un râuleţ, iar Marco avea o barcă cu motor. Râul Paraguay se afla la cinci ore distanţă. Poate că îi ajungea benzina, poate nu. Dar avea să fie imposibil să îi ia pe toţi trei în barcă.

Când cerul se însenină, Nate se duse cu copiii la epava avionului şi îşi luă servieta. Pe drum îi învăţă să numere în engleză până la zece. Ei îl învăţară în portugheză. Erau nişte băieţi simpatici, teribil de timizi la început, dar se ataşau de Nate cu fiecare clipă. Era Ajunul Crăciunului, îşi aminti el. Oare Moş Crăciun venea în Pantanal? Nimeni nu părea să-l aştepte.

Nate despachetă şi aranjă telefonul prin satelit pe un buştean neted din curte. Farfuria avea o jumătate de metru pătrat, iar telefonul în sine nu era mai mare decât un laptop compact. Cele două piese se conectau printr-un fir. Nate îl puse în funcţiune, introduse numerele ID şi PIN, după care răsuci farfuria încet, până când prinse semnalul transmis de satelitul Astar-East, aflat la o sută şaizeci de kilometri deasupra Atlanticului, undeva cam în apropierea ecuatorului. Semnalul era puternic, lucru confirmat de un piuit constant, iar Marco şi restul familiei sale se strânseră şi mai aproape de Nate. Acesta se întrebă dacă văzuseră vreodată un telefon.

Jevy strigă numărul de acasă al lui Milton. Nate apăsă tastele încet, după care își ținu respirația și așteptă. Dacă nu reușea să ia legătura, aveau să rămână cu Marco și cu familia acestuia de Crăciun. Casa era mică; Nate bănuia că avea să doarmă în grajd. Perfect.

Planul B era să-i trimită pe Jevy și pe Marco cu barca. Era aproape unu după-amiaza. Ținând cont de faptul că se făceau cinci ore până la Paraguay, aveau să ajungă chiar la lăsatul întunericului, presupunând că vor avea suficientă benzină. Odată ajunși pe marele râu, vor căuta ajutor, ceea ce ar fi putut să dureze ore întregi. Fără suficientă benzină, aveau să rămână în mijlocul Pantanalului. Jevy se declarase împotriva acelui plan de la început, dar nimeni nu insistă.

Mai erau și alți factori. Marco nu prea voia să plece atât de târziu. În mod normal, când se ducea la Paraguay pentru a face comerț, pleca la răsăritul soarelui. Și, deși exista șansa de a găsi ceva benzină la un vecin, la vreo oră distanță, acest lucru nu era cert.

– *Oi,* se auzi o voce de femeie în telefon și toți zâmbiră.

Nate îi dădu telefonul lui Milton, care își salută soția, după care îi povesti ce se întâmplase. Jevy îi traducea în șoaptă lui Nate. Copiii se minunară de engleza lui.

Conversația deveni încordată și, la un moment dat, încetă brusc.

– Caută un număr de telefon, explică Jevy.

Numărul fu transmis; era al unui pilot pe care îl cunoștea Milton. Acesta promise să ajungă acasă la cină și închise.

Pilotul nu era acasă. Soția lui spuse că era în Campo Grande cu afaceri și că trebuia să se întoarcă până seara. Milton îi explică unde era și ea îi dădu alte numere de telefon unde putea fi găsit soțul ei.

– Roagă-l să vorbească repede, spuse Nate formând alt număr. Bateria asta n-o să dureze o veșnicie.

Nu răspunse nimeni la următorul număr. La celălalt, pilotul veni la telefon și tocmai le spunea că avionul lui era la reparat, când se întrerupse semnalul.

Norii erau negri.

Nate se uită la cerul din ce în ce mai întunecat fără să-i vină a crede. Milton mai avea puţin şi începea să plângă.

Fu o ploaie de scurtă durată şi rece în care copiii se jucară, în timp ce adulţii stăteau pe verandă şi îi priveau tăcuţi.

Jevy avea alt plan. La marginea oraşului Corumbá, se afla o bază a armatei. El nu fusese repartizat acolo, dar ridica greutăţi împreună cu câţiva dintre ofiţeri. Când cerul se însenină din nou, se întoarseră la buştean şi se înghesuiră în jurul telefonului. Jevy îşi sună un prieten care găsi nişte numere de telefon.

Armata avea elicoptere. La urma urmei, se prăbuşise un avion. Când al doilea ofiţer răspunse la telefon, Jevy îi explică repede ce se întâmplase şi îi ceru ajutorul.

Era o tortură pentru Nate să-l privească pe Jevy în timpul convorbirii. Nu înţelegea nici un cuvânt, dar limbajul trupului spunea totul. Zâmbete şi încruntări, îndemnuri şi rugăminţi, pauze încordate şi apoi repetarea unor lucruri spuse deja.

Când termină, Jevy îi spuse lui Nate:

– O să-l sune pe comandant. Vrea să-i mai dau un telefon peste o oră.

O oră păru cât o săptămână. Soarele se ivi iarăşi dintre nori şi usca iarba. Umiditatea era extrem de densă. Tot fără cămaşă, Nate începu să simtă usturimea unor arsuri.

Se retraseră la umbra unui pom. Femeia verifică starea cămăşilor care fuseseră lăsate pe frânghie în timpul ultimei ploi, astfel că erau tot ude.

Pielea lui Jevy şi a lui Milton era cu câteva nuanţe mai închisă ca a lui Nate şi ei nu îşi făceau probleme în privinţa soarelui. Acest lucru nu îl deranja nici pe Marco şi cei trei se duseră la avion să vadă ce se stricase. Nate rămase la umbra pomului, unde era mai sigur. Zăpuşeala după-amiezii era sufocantă. Pieptul şi umerii începeau să-l doară şi ideea unui pui de somn îi trecu prin minte. Însă băieţii aveau alte planuri. În sfârşit, el le învăţă numele – Luis era cel mai mare, cel care gonise vaca de pe pistă cu câteva secunde înainte ca ei să aterizeze, Oli era cel mijlociu şi cel mai mic era Tomas. Folosind ghidul de conversaţie pe care îl ţinea în servietă, Nate rupse încet bariera de limbaj. Salut. Ce faci? Cum te numeşti? Câţi ani ai? Bună ziua. Băieţii repetară expresiile în portugheză pentru ca Nate să înveţe pronunţia, după care el îi puse să le rostească în engleză.

Jevy se întoarse cu hărţi şi dădură telefonul. Părea să existe ceva interes din partea armatei. Milton arătă spre o hartă şi spuse:

– Fazenda Esperança.

Jevy repetă plin de entuziasm. Totuşi, acesta se mai diminuă după câteva secunde şi închise.

– Nu-l găseşte pe comandant, spuse el în engleză, încercând să pară plin de speranţă. E Crăciunul, ştii doar.

Crăciunul în Pantanal. Patruzeci şi ceva de grade, cu o umiditate foarte ridicată. Un soare îngrozitor, fără creme împotriva arsurilor. Gângănii şi insecte fără insecticide. Copii veseli, fără nici o speranţă de a primi jucării. Nu muzică, pentru că nu era electricitate. Nu brad de Crăciun. Nu mâncare, sau vin, sau şampanie de Crăciun.

E o aventură, îşi tot spunea el. Unde ţi-e simţul umorului?

Puse telefonul la loc în cutie şi închise capacul cu fermitate. Milton şi Jevy se duseră la avion. Femeia intră în casă. Marco avea ceva de făcut în curtea din spate. Nate se duse din nou la umbră, gândindu-se cât de plăcut ar fi fost să audă măcar un vers din *White Christmas* şi să soarbă dintr-un pahar de şampanie.

Luis apăru cu trei dintre cei mai slăbănogi cai pe care îi văzuse vreodată Nate. Unul avea o şa confecţionată din piele şi lemn, care era aşezată pe ceva ce aducea cu un preş vechi de un portocaliu-aprins. Şaua era pentru Nate. Luis şi Oli săriră pe cai fără nici cel mai mic efort, perfect echilibraţi.

Nate îşi studie calul.

– *Onde?* întrebă el. Unde?

Luis arătă spre o potecă. Din discuţiile din timpul prânzului şi de după aceea, Nate ştia că poteca ducea la râul unde îşi ţinea Marco barca.

De ce nu? Doar era o aventură. Ce altceva avea de făcut în timp ce orele se scurgeau încet? Își luă cămașa de pe frânghie și izbuti să încalece sărmanul cal fără să cadă sau să se lovească.

La sfârșitul lui octombrie, Nate și câțiva dintre cei internați la Walnut Hill petrecuseră o duminică plăcută în șa, călărind prin Blue Ridge și admirând splendorile toamnei. Șezutul și pulpele îl duruseră o săptămână, dar teama de cai fusese învinsă. Oarecum.

Se chinui să își vâre picioarele în scări și ținu frâul atât de strâns, încât animalul nici nu vru să se urnească. Băieții priviră amuzați, după care porniră în galop. Începu și calul lui Nate să galopeze încet, provocându-i dureri în locurile sensibile și săltându-l când pe o fesă, când pe alta. Preferând să meargă pur și simplu, trase de frâu și calul încetini. Băieții se întoarseră și începură să meargă alături de el.

Poteca străbătea o mică pășune și făcea o cotitură, astfel încât casa dispăru în curând din raza vizuală. În față se vedea o apă – o mlaștină exact ca cele pe care le văzuse Nate din avion. Acest lucru nu îi deranja pe băieți, pentru că poteca trecea prin mijlocul ei și caii o traversaseră de multe ori. Nu încetiniră deloc. La început, apa avea doar câțiva centimetri, apoi treizeci, apoi ajunse până la scări. Bineînțeles că băieții erau desculți și aveau pielea tăbăcită, astfel că nu își făceau nici un fel de griji în privința apei și a ceea ce ar fi putut să se afle în ea. Nate purta perechea sa preferată de adidași Nike, care se udară în scurt timp.

Peștii piranha, acei peștișori oribili cu dinți ascuțiți, erau peste tot în Pantanal.

Ar fi vrut să se întoarcă, dar habar nu avea cum să exprime acest lucru.

– Luis, spuse el cu o voce care îi trăda temerile.

Băieții se uitară la el fără cea mai mică umbră de neliniște.

Când apa ajunse până la piepturile cailor, încetiniră puțin. Câțiva pași și Nate își văzu picioarele din nou. Caii ieșiră în partea cealaltă, unde reîncepea poteca.

Trecură pe lângă rămăşiţele unui gard în stânga lor. Apoi pe lângă o clădire dărăpănată. Poteca se lărgi încetul cu încetul, până când se transformă într-un drum vechi. Cu mulţi ani în urmă, *fazenda* fusese mai extinsă, fără îndoială, cu mai multe vite şi mai mulţi angajaţi.

Nate aflase din materialele sale că regiunea Pantanal fusese colonizată cu peste două sute de ani în urmă şi se schimbase foarte puţin. Izolarea oamenilor era uluitoare. Nu se vedea nici urmă de vecini sau alţi copii şi Nate se tot gândea la şcoli şi la educaţie. Oare, când erau suficient de mari, copiii plecau la Corumbá ca să-şi găsească slujbe şi soţii? Sau se ocupau de micile ferme şi de creşterea următoarei generaţii de *pantaneiros*? Oare Marco şi soţia sa ştiau să citească şi să scrie, şi dacă da, îşi învăţau şi copiii?

Avea să-l întrebe pe Jevy. În faţă era şi mai multă apă, o mlaştină mai mare cu copaci putrezi îngrămădiţi de ambele părţi. Şi, bineînţeles, poteca trecea prin mijlocul ei. Era sezonul ploilor şi apa era adâncă peste tot. În lunile uscate, mlaştina era un petic de nămol şi un novice putea să străbată poteca fără să se teamă că avea să fie mâncat. Întoarce-te atunci, îşi spuse Nate. Nici o şansă.

Caii înaintară ca nişte roboţi, fără să dea atenţie mlaştinii şi apei care le ajungea până la genunchi, plescăind. Băieţii erau pe jumătate adormiţi. Ritmul încetini puţin când apa deveni mai adâncă. Când genunchii lui Nate se udară şi el se pregătea să-i strige ceva disperat lui Luis, Oli arătă nonşalant spre dreapta, spre un punct unde două trunchiuri de copaci se înălţau trei metri în aer. Între ele, o reptilă mare şi neagră stătea nemişcată în apă.

– *Jacaré*, spuse Oli peste umăr, ca şi cum Nate ar fi vrut să ştie. Aligator.

Ochii ieşeau în relief peste restul trupului, iar Nate era sigur că pe el îl urmăreau. Inima începu să-i bată cu putere şi ar fi vrut să strige, să ţipe după ajutor. Atunci, Luis se întoarse şi zâmbi, pentru că ştia că oaspetele său era îngrozit. Oaspetele încercă să zâmbească, de parcă ar fi fost încântat să vadă, în sfârşit, unul de aproape.

Caii înălţară capetele când apa deveni mai adâncă. Nate îi dădu pinteni sub apă, dar nu se întâmplă nimic. Aligatorul se cufundă încet, până când nu se mai văzură decât ochii, după care porni în direcţia lor şi dispăru în apa întunecată. Nate îşi scoase picioarele din scări şi îşi trase genunchii la piept, astfel încât se clătină în şa. Băieţii spuseră ceva şi începură să chicotească, dar lui Nate nu îi păsa.

După ce trecură de mijlocul mlaştinii, apa ajunse până la picioarele cailor şi apoi până la ale lor. Când atinse teafăr malul celălalt, Nate se relaxă. Apoi râse de sine însuşi. Ar fi putut să spună povestea aceea acasă. Avea prieteni care erau pasionaţi după vacanţe extreme – oameni care mergeau cu cortul, navigau pe ape înspumate şi repezi, căutau gorile, genul de safari prin care încercau întotdeauna să-i uluiască pe ceilalţi cu povestiri despre experienţe de viaţă şi de moarte trăite în partea opusă a lumii. Dacă mai pomenea şi de aspectul ecologic al Pantanalului, pentru zece mii de dolari ar fi sărit bucuroşi pe un ponei şi ar fi străbătut mlaştini, fotografiind şerpii şi aligatorii din drumul lor.

Dat fiind că nu se vedea nici un râu, Nate hotărî că era timpul să se întoarcă. Arătă ceasul şi Luis îi conduse spre casă.

Însuşi comandantul fu adus la telefon. Vorbi cu Jevy despre tot felul de lucruri legate de armată timp de cinci minute – locuri în care fuseseră repartizaţi, oameni pe care îi cunoşteau – în vreme ce indicatorul bateriei licărea mai repede, iar SatFone-ul rămânea încetul cu încetul fără energie. Nate îi arătă; Jevy răspunse explicându-i comandantului că aceea era ultima lor şansă.

Nici o problemă. Un elicopter era pregătit; un echipaj era adunat chiar în clipa aceea. Cât de grave erau rănile?

Interne, spuse Jevy uitându-se la Milton.

Fazenda se afla la o distanţă de patruzeci de minute cu elicopterul, potrivit piloţilor armatei. Daţi-ne o oră, spuse comandantul. Milton zâmbi pentru prima oară în ziua aceea.

După ce trecu o oră, optimismul dispăru. Soarele cobora repede la apus; se apropia amurgul. O salvare pe întuneric ieşea din orice discuţie.

Se duseră la avionul prăbuşit, unde Milton şi Jevy lucraseră toată după-amiaza. Aripa ruptă fusese dată la o parte, ca şi elicea. Aceasta se afla pe iarbă, lângă avion, încă mânjită de sânge. Trenul de aterizare din dreapta era îndoit, dar nu trebuia înlocuit.

Vaca ucisă fusese tranşată de Marco şi de soţia lui, iar scheletul abia se mai vedea în tufişurile de lângă pistă.

Jevy spunea că Milton avea de gând să vină cu o barcă imediat ce va găsi o aripă şi elice noi. Lui Nate, acest lucru i se părea practic imposibil. Cum ar fi putut să urce o aripă de avion într-o barcă suficient de mică pentru a naviga pe afluenţii din Pantanal şi apoi să o care prin mlaştinile pe care Nate le văzuse din şaua calului?

Aceea era problema lui însă. Nate avea alte griji.

Femeia le aduse cafea caldă şi prăjiturele uscate, iar ei se aşezară pe iarbă lângă grajd şi sporovăiră. Cele trei umbre mici ale lui Nate stăteau lângă el, temându-se să nu îi părăsească. Mai trecu o oră.

Tomas, cel mai mic, fu primul care auzi zgomotul. Spuse ceva şi se ridică, arătând într-o direcţie, şi toţi ceilalţi rămăseseră încremeniţi. Zgomotul se auzi din ce în ce mai tare, devenind zumzetul inconfundabil al unui elicopter. Alergară spre mijlocul pistei şi se uitară pe cer.

Când elicopterul ateriză, patru soldaţi săriră din el şi alergară spre grup. Nate îngenunche în mijlocul băieţilor şi îi dădu fiecăruia câte zece *reais*.

– *Feliz Natal*, spuse el.

Crăciun fericit. După aceea, îi îmbrăţişa repede, îşi luă servieta şi o rupse la fugă spre elicopter.

Jevy şi Nate le făcură cu mâna membrilor acelei mici familii când elicopterul se ridică de la pământ. Milton era prea ocupat, mulţumindu-le piloţilor şi soldaţilor. La o sută cincizeci de metri, Pantanalul începu să se întindă spre orizont. La răsărit era întuneric.

Şi era întuneric şi la Corumbá când zburară pe deasupra oraşului jumătate de oră mai târziu. Era o privelişte frumoasă – clădirile şi casele, luminile de Crăciun, traficul. Aterizară la baza armatei, la vest de oraş, situată pe o stâncă deasupra râului Paraguay. Comandantul îi întâmpină şi primi mulţumirile pline de entuziasm pe care le merita pe deplin. Fu surprins să vadă că nu erau răni serioase, dar, cu toate acestea, se bucură de succesul misiunii. Îi trimise cu un jeep deschis, condus de un soldat tânăr.

Când intrară în oraş, jeepul întoarse brusc şi opri în faţa unui mic magazin. Jevy intră şi reveni cu trei sticle de bere Brahma, îi dădu una lui Milton şi una lui Nate.

După o uşoară ezitare, acesta o destupă şi bău. Era rece şi absolut delicioasă. Şi era Crăciunul, ce naiba. Putea să se descurce.

Stând pe bancheta din spate a jeepului în timp ce acesta străbătea străzile prăfuite, îşi aminti ce noroc avea că era în viaţă.

Cu aproape patru luni în urmă, încercase să se sinucidă. Cu şapte ore în urmă, supravieţuise unei aterizări forţate.

Dar nu realizase nimic. Nu se afla mai aproape de Rachel Lane decât în ziua precedentă.

Prima oprire fu la hotel. Nate le ură tuturor un Crăciun fericit şi se duse în camera lui, unde se dezbrăcă şi stătu sub duş douăzeci de minute.

În frigider erau patru cutii de bere. Le bău pe toate într-o oră, spunându-şi cu fiecare din ele că nu era o alunecare. Nu aveau să ducă la o cădere. Lucrurile erau sub control. Păcălise moartea, aşa că de ce să nu sărbătorească puţin de Crăciun? Nu avea să afle nimeni. Se putea descurca.

În plus, starea de trezie perfectă nu îi plăcuse niciodată. Avea să-şi dovedească sieşi că putea să se descurce cu puţin alcool. Nici o problemă. Câteva beri ici, colo. Ce era rău în asta?

14

Îl trezi telefonul, dar dură ceva timp până când răspunse. Berea nu avea nici un efect întârziat în afară de vinovăţie, dar mica aventură din Cessna îşi spunea cuvântul. Gâtul, umerii şi mijlocul i se învineţiseră deja – urme clare de vânătăi în locurile unde centurile de siguranţă îl ţinuseră în momentul impactului cu solul. Avea cel puţin două cucuie, primul de la o izbitură de care îşi amintea, al doilea de la una de care nu îşi mai aducea aminte. Genunchii i se frecaseră de spătarele scaunelor celor doi piloţi – nişte răni uşoare, crezuse el la început, dar care se agravaseră în cursul nopţii. Braţele şi ceafa îi erau arse de soare.

– Crăciun fericit, spuse vocea.

Era Valdir şi era aproape ora nouă.

– Mulţumesc, zise Nate. La fel şi ţie.

– Da. Cum te simţi?

– Bine. Mulţumesc.

– Da, ei bine, Jevy m-a sunat aseară şi mi-a povestit ce aţi păţit cu avionul. Milton trebuie să fie nebun dacă a zburat pe furtună. N-o să mai apelez niciodată la el.

– Nici eu.

– Te simţi bine?

– Da.

– Ai nevoie de doctor?

– Nu.

– Jevy zicea că speră că eşti bine.

– Mă simt bine, mă cam dor toate, atâta tot.

Urmă un moment de pauză în care Valdir schimbă vitezele.

– Dăm o mică petrecere la mine acasă astăzi după-amiază. Doar familia mea şi câţiva prieteni. Vrei să vii şi tu?

Invitaţia conţinea o anumită doză de rigiditate. Nate nu îşi dădea seama dacă Valdir încerca numai să fie politicos sau dacă era o chestiune de limbă şi accent.

– Eşti foarte amabil, spuse el. Dar am mult de citit.

– Eşti sigur?

– Da, mulţumesc.

– Foarte bine. Am o veste bună. Ieri am închiriat în sfârşit o barcă.

Nu îi trebuise mult ca să treacă de la petrecere la barcă.

– Grozav. Când plec?

– Poate mâine. O pregătesc. Jevy ştie barca.

– Abia aştept să pornesc pe râu. Mai ales după ziua de ieri.

Valdir se apucă să-i povestească apoi cum negociase cu proprietarul bărcii, un zgârcit notoriu care iniţial ceruse o mie de *reais* pe săptămână. Se înţeleseseră la şase sute. Nate asculta, dar puţin îi păsa. Moştenirea lăsată de Phelan era destul de mare.

Valdir îşi luă la revedere cu un alt „Crăciun fericit".

Adidaşii îi erau încă uzi, dar şi-i puse oricum, împreună cu un şort şi un tricou. Avea să încerce să alerge puţin, dar dacă trupul său nu coopera, avea să se plimbe pur şi simplu. Simţea nevoia de aer curat şi de exerciţiu fizic. Plimbându-se încet prin cameră, văzu cutiile de bere goale din coşul de gunoi.

Avea să se ocupe de problema asta mai târziu. Nu era o alunecare şi nu avea să ducă la o cădere. Cu o zi în urmă, viaţa i se perindase prin faţa ochilor şi asta schimbase lucrurile. Ar fi putut să moară. Acum, fiecare zi era un dar, fiecare moment trebuia savurat. De ce să nu se bucure de câteva din plăcerile vieţii? Puţină bere, un pic de vin, nimic mai tare şi, cu siguranţă, nu droguri.

Era un domeniu familiar; minciuni cu care se mai amăgise.

Luă două pastile de Tylenol şi apoi îşi unse pielea expusă. În holul hotelului, era un spectacol de Crăciun la televizor, dar nimeni nu îl urmărea, pentru că nu era nimeni. Tânăra de la recepţie îi zâmbi şi îi spuse bună dimineaţa. Căldura umedă pătrundea prin uşile de sticlă deschise. Nate zăbovi puţin ca să bea o cafea dulce. Termosul se afla pe tejghea, paharele de carton erau aşezate frumos alături, aşteptând ca cineva să se oprească şi să guste puţină *cafezinho.*

Două păhărele şi asudă înainte să iasă din hol. Pe trotuar încercă să se întindă, dar muşchii îl dureau şi încheieturile îi erau înţepenite. Greu nu era să alerge, ci mai degrabă să meargă fără să şchiopăteze vizibil.

Dar nimeni nu se uita la el. Magazinele erau închise şi străzile pustii, aşa cum se aşteptase. După două străzi, tricoul îi era deja lipit de spate. Făcea exerciţii într-o saună.

Avenida Rondon era ultima stradă pavată de-a lungul stâncii situate deasupra râului. Merse pe trotuarul paralel cu ea mult timp, şchiopătând uşor, în vreme ce muşchii i se dezmorţeau încetul cu încetul şi încheieturile încetau să-i mai scârţâie. Găsi părculeţul în care se oprise cu două zile în urmă, pe douăzeci şi trei, când se adunaseră oamenii ca să asculte muzică şi colinde. Câteva scaune pliante mai erau încă acolo. Picioarele lui aveau nevoie de odihnă. Se aşeză pe aceeaşi masă de picnic şi se uită după adolescentul care încercase să-i vândă droguri.

Dar nu se vedea nici picior de om. Îşi masă uşor genunchii şi se uită la marele Pantanal, care se întindea pe kilometri întregi, dispărând dincolo de orizont. O pustietate magnifică. Se gândi la băieţi – Luis, Oli şi Tomas, la micii lui tovarăşi care aveau câte zece *reais* în buzunare şi nici o modalitate de a-i cheltui. Pentru ei, Crăciunul nu însemna nimic; fiecare zi era la fel.

Undeva în regiunea aceea vastă, brăzdată de ape, din faţa lui, exista o anume Rachel Lane, acum doar o umilă slujitoare a Domnului, dar care era pe cale de a deveni una dintre cele mai bogate femei din lume. Dacă o găsea, cum avea să reacţioneze oare la vestea moştenirii acelei averi imense? Cum avea să reacţioneze când îl va cunoaşte pe el, un avocat american care reuşise să-i dea de urmă?

Răspunsurile posibile îl făcură să nu se simtă prea bine. Pentru prima oară își dădu seama că, până la urmă, Troy ar fi putut să fie nebun. Un om cu mintea întreagă și lucid ar fi lăsat unsprezece miliarde de dolari unei persoane pe care nu o interesa deloc bogăția? Unei persoane practic necunoscute de nimeni, nici chiar de cel care semnase acel testament scris de mână? Gestul părea nebunesc, mult mai mult acum, când Nate stătea deasupra Pantanalului, uitându-se la sălbăticia lui, la cinci mii de kilometri distanță de casă.

Se aflaseră puține lucruri despre Rachel. Evelyn Cunningham, mama ei, era dintr-un orășel numit Delhi, din Louisiana. La vârsta de nouăsprezece ani, plecase la Baton Rouge și se angajase ca secretară la o companie implicată în exploatarea gazelor naturale. Troy Phelan era proprietarul companiei și, în timpul uneia dintre vizitele sale de rutină de la New York, a zărit-o pe Evelyn. Era limpede că fusese o femeie frumoasă și naivă, crescută într-un orășel de provincie. Întotdeauna același vultur, Troy a lovit imediat și, peste câteva luni, Evelyn a descoperit că era însărcinată. Aceasta se întâmpla în primăvara lui 1954.

În noiembrie același an, oamenii lui Troy au aranjat ca Evelyn să fie primită la Spitalul Catolic din New Orleans, unde Rachel s-a născut în data de doi. Evelyn nu și-a văzut niciodată copilul.

Cu o mulțime de avocați și multe presiuni, Troy a aranjat o adopție rapidă și secretă a lui Rachel de către un preot și soția acestuia din Kalispell, Montana. El cumpăra mine de cupru și zinc din acel stat și avea relații la companiile de acolo. Părinții adoptivi n-au cunoscut niciodată identitatea părinților biologici.

Evelyn nu a vrut nici copilul, nici să mai aibă de-a face cu Troy Phelan. A luat zece mii de dolari și s-a întors la Delhi, unde o așteptau zvonurile despre păcatele ei. S-a mutat cu părinții și au așteptat răbdători să treacă furtuna. Aceasta însă nu a trecut. Cu cruzimea caracteristică orașelor mici, Evelyn s-a trezit o paria în mijlocul oamenilor de care avea cel mai mult nevoie.

Rareori ieşea din casă şi, cu timpul, s-a izolat şi mai mult, retrăgându-se în întunericul dormitorului ei. Acolo, în bezna micii ei lumi, a început să i se facă dor de fiica ei.

I-a scris lui Troy, dar n-a primit nici un răspuns. O secretară ascundea scrisorile şi le îndosaria. La două săptămâni de la sinuciderea lui, unul dintre oamenii lui Josh le-a găsit în arhiva personală din apartamentul lui Troy.

Cu trecerea anilor, Evelyn s-a prăbuşit şi mai mult în propriul ei abis. Bârfele erau sporadice, dar nu se stingeau niciodată. Apariţia părinţilor ei la biserică sau la băcănie atrăgea întotdeauna priviri şi şuşoteli, astfel că, până la urmă, s-au retras şi ei.

Evelyn s-a sinucis în ziua de 2 noiembrie 1959, când Rachel împlinea cinci ani. A condus maşina părinţilor ei până la marginea oraşului şi s-a aruncat de pe un pod.

Necrologul şi articolul din ziarul local despre moartea ei au ajuns pe biroul lui Troy din New Jersey, unde, de asemenea, au fost îndosariate şi ascunse.

Despre copilăria lui Rachel se aflaseră foarte puţine lucruri. Reverendul şi doamna Lane s-au mutat de două ori, de la Kalispell la Butte şi de la Butte la Helena. El a murit de cancer când Rachel avea şaptesprezece ani. Era unicul lor copil.

Din motive pe care nimeni în afară de Troy nu le putea explica, acesta s-a hotărât să reintre în viaţa ei când era pe cale de a termina liceul. Poate se simţea puţin vinovat. Poate era îngrijorat de posibilităţile pe care le avea fata de a urma colegiul. Rachel ştia că fusese adoptată, dar niciodată nu-şi exprimase dorinţa de a-şi cunoaşte părinţii.

Amănuntele nu erau cunoscute, dar Troy a întâlnit-o în vara lui 1972. Patru ani mai târziu, ea absolvea Universitatea din Montana. După aceea, în povestea vieţii ei, au apărut spaţii goale uriaşe pe care nici o investigaţie nu reuşise să le umple.

Nate bănuia că numai două persoane ştiau totul despre acea relaţie. Una murise; cealaltă trăia ca o indiancă undeva acolo, pe malul unuia dintre cele o mie de râuri.

Încercă să facă jogging pe distanța dintre două străzi, dar renunță din cauza durerii. Îi era destul de greu să și meargă. Două mașini trecură pe lângă el, oamenii începeau să se trezească. Zgomotul se apropie rapid din spate și ajunse lângă el înainte să apuce să reacționeze. Jevy apăsă pe frână lângă bordură.

– *Bom dia,* strigă el pentru a acoperi zgomotul motorului.

Nate dădu din cap.

– *Bom dia.*

Jevy opri motorul.

– Cum te simți?

– Mă dor toate. Tu?

– Nicio problemă. Fata de la recepție mi-a zis că ai plecat să alergi. Hai să facem o plimbare.

Nate prefera să facă jogging în pofida durerii decât să facă o plimbare cu Jevy cu mașina, dar nu era o circulație intensă și străzile erau mai sigure.

Trecură prin centru, șoferul continuând să ignore toate semnele și regulile de circulație. Jevy nu se uita niciodată în jur când traversau intersecțiile cu viteză.

– Vreau să vezi barca, spuse el la un moment dat.

Dacă îl durea ceva în urma aterizării forțate, nu arăta. Nate încuviință doar.

În capătul din partea de est a orașului, la poalele stâncii, într-un golfuleț unde apa era murdară de ulei, se afla un fel de șantier naval. Câteva ambarcațiuni jalnice se legănau ușor pe apa râului – unele fuseseră dezmembrate cu zeci de ani în urmă, altele erau rareori folosite. Două erau evident vase de transport pentru vite, punțile lor fiind împărțite în țarcuri de lemn murdare de noroi.

– Iat-o, spuse Jevy arătând spre râu.

Parcară pe stradă și porniră spre mal. Erau câteva bărci de pescuit mici și joase, iar proprietarii lor veneau sau plecau. Nate nu își dădea seama. Jevy strigă ceva spre doi dintre ei și aceștia răspunseră ceva amuzant.

– Tatăl meu a fost căpitan de vas, explică Jevy. Veneam aici în fiecare zi.

– Acum unde e? întrebă Nate.

– S-a înecat în timpul unei furtuni.

Minunat, își spuse Nate. Furtunile te doboară și în aer, și pe apă.

O scândură elastică ducea la barca lor. Se opriră pe mal ca să admire vasul *Santa Loura*.

– Ce zici? întrebă Jevy.

– Nu știu, zise Nate.

Evident, arăta mai bine decât cele pentru vite. Cineva bătea cu ciocanul undeva în spate.

Era mare nevoie de un strat nou de vopsea. Ambarcațiunea avea cel puțin optsprezece metri lungime, două punți și o covertă în capul scării. Era mai mare decât se așteptase Nate.

– Sunt numai eu, nu? întrebă el.

– Exact.

– Nici un alt pasager?

– Nu. Doar tu, eu și un marinar care o să și gătească.

– Cum se numește?

– Welly.

Scândura se îndoi, dar nu se rupse. Barca se înclină puțin când ei săriră la bord. Butoaiele de motorină și apă erau înșirate la provă. Trecură pragul unei uși și coborâră două trepte, ajungând în cabină, unde erau patru paturi de campanie, fiecare cu așternuturi albe și un strat subțire de cauciuc spongios sub formă de saltea. Mușchii sensibili ai lui Nate se înfiorară la gândul de a petrece o săptămână într-unul din ele. Tavanul era jos, ferestrele închise și prima mare problemă era faptul că nu exista aer condiționat. În cabină era ca într-un cuptor.

– O s-aducem un ventilator, spuse Jevy, ghicindu-i gândurile. Nu-i chiar atât de rău când barca e în mișcare.

Acest lucru era imposibil de crezut. Străbătură o pasarelă îngustă, îndreptându-se spre partea din spate a bărcii și trecură pe lângă o bucătărie cu o chiuvetă și o mașină de gătit cu propan, sala motorului și în sfârșit o mică baie. În sala motorului, un ins murdar și fără cămașă transpira abundent și se uita la o cheie pe care o ținea în mână ca și cum aceasta l-ar fi jignit.

Jevy îl cunoştea şi reuşi să spună ceva nepotrivit, deoarece nişte cuvinte aspre răsunară deodată în încăpere. Nate se retrase spre pasarela din spate, unde găsi o barcă mică din aluminiu legată de *Santa Loura*. Avea vâsle şi un motor exterior, iar Nate se văzu deodată împreună cu Jevy înaintând pe o apă nu prea adâncă, printre plante şi trunchiuri de copaci, ferindu-se de aligatori, îndreptându-se iarăşi spre o fundătură. Aventura căpăta amploare.

Jevy râse şi atmosfera se mai destinse. Se duse în partea din spate şi spuse:

– Are nevoie de o pompă de ulei şi astăzi e închis la magazin.

– Şi mâine? întrebă Nate.

– Nici o problemă.

– Pentru ce e bărcuţa asta?

– Pentru o mulţime de lucruri.

Urcară treptele din grătar spre covertă, unde Jevy examina cârma şi comutatoarele. În spatele covertei era o mică încăpere deschisă, cu două paturi de campanie; Jevy şi marinarul aveau să doarmă acolo cu rândul. Şi mai în spate era o punte de vreo cinci metri pătraţi umbrită de o tendă de un verde-aprins. Atenţia lui Nate fu atrasă de un hamac întins pe punte.

– Ăsta e al tău, spuse Jevy zâmbind. O să ai destul timp să citeşti şi să dormi.

– Ce drăguţ, spuse Nate.

– Barca asta e folosită uneori pentru turişti, de obicei germani care vor să vadă Pantanalul.

– Ai fost căpitan pe barca asta?

– Da, de vreo două ori. Acum câţiva ani. Proprietarul nu-i un tip agreabil.

Nate se aşeză cu grijă în hamac şi îşi roti picioarele, care îl dureau, până când se aşeză comod. Jevy îl împinse o dată, după care se duse să mai stea de vorbă cu mecanicul.

15

Visurile lui Lillian Phelan pentru o cină plăcută de Crăciun fură distruse în clipa în care Troy Junior sosi târziu și beat, certându-se urât cu Biff. Veniră separat, conducând două mașini Porsche de culori diferite. Vociferările se amplificară când Rex, care băuse și el câteva pahare, își mustră fratele mai mare pentru faptul că strica masa de Crăciun a mamei lor. Casa era plină. Cei patru copii ai lui Lillian – Troy Junior, Rex, Libbigail și Mary Ross – se aflau acolo, ca și toți cei unsprezece nepoți și câțiva prieteni de-ai lor, dintre care majoritatea nu fuseseră invitați de Lillian.

Nepoții Phelan, ca și părinții lor, atrăseseră noi prieteni și confidenți după moartea lui Troy.

Până la apariția lui Troy Junior, se bucuraseră de Crăciun. Niciodată nu se împărțiseră atâtea cadouri fabuloase. Moștenitorii Phelan își le cumpăraseră reciproc, chiar și pentru Lillian, fără să țină cont de prețuri – îmbrăcăminte confecționată de designeri, aparate electronice, chiar și obiecte de artă. Timp de câteva ore, banii scoseseră la iveală tot ce era mai bun în ei. Generozitatea lor nu cunoștea limite.

Testamentul avea să fie citit peste numai două zile.

Soțul lui Libbigail, Spike, fostul motociclist pe care îl cunoscuse la dezintoxicare, încercă să intervină între Troy Junior și Rex și se trezi înjurat de primul, care îi reaminti că era un „hippie gras al cărui creier fusese prăjit de LSD". Aceasta o jigni pe Libbigail, care o făcu stricată pe Biff. Lillian fugi în camera ei și încuie ușa. Nepoții și prietenii lor se duseră la subsol, unde cineva adusese un răcitor de bere.

Mary Ross, în mod incontestabil cea mai chibzuită și cu siguranță cea mai puțin nestatornică dintre cei patru, își convinse frații și pe Libbigail să nu mai strige și să stea separat. Se despărțiră în grupuri mici; unii în salon, alții în living-room. Se instala astfel un armistițiu încordat.

Avocații nu erau de mare ajutor. Acum lucrau în echipe, din moment ce reprezentau ceea ce ei susțineau a fi cele mai bune interese ale fiecărui moștenitor Phelan. Și, de asemenea, își petreceau ore în șir născocind modalități de a pune mâna pe o bucată mai mare de plăcintă. Patru armate mici de avocați – șase, dacă se punea la socoteală și cel al Geenei, și cel al lui Ramble – lucrau febril. Cu cât își petreceau mai mult timp cu avocații lor, cu atât moștenitorii Phelan aveau mai puțină încredere unii în alții.

După o oră de liniște, Lillian ieși și cântări atmosfera. Fără să spună nimic, se duse la bucătărie și termină de pregătit cina. Ideea unui bufet era foarte bună. Puteau să mănânce cu schimbul, să vină în grupuri, să-și umple farfuriile și să se retragă în siguranța colțurilor lor.

Astfel, prima familie Phelan se bucură totuși de o cină de Crăciun liniștită. Troy Junior mânca singur șuncă și cartofi dulci la barul din apropierea curții din spate. Biff rămase în bucătărie cu Lillian. Rex și soția sa, Amber, fosta stripteuză, savurară curcanul în dormitor, uitându-se la un meci de fotbal. Libbigail, Mary Ross și soții lor mâncară pe tăvi în salon.

Iar nepoții și prietenii lor își luară pizza rece la subsol, unde berea curgea în valuri.

Cea de-a doua familie nu petrecu în nici un fel Crăciunul, cel puțin nu împreună. Lui Janie nu îi plăcuse niciodată această sărbătoare în mod deosebit, astfel că plecă din țară, la Klosters, în Elveția, unde oamenii frumoși ai Europei se adunau pentru a fi văzuți și pentru a schia. Luă cu ea un culturist pe nume Lance, care la douăzeci şi opt de ani ai săi avea jumătatea vârstei ei, dar era încântat de călătorie.

Fiica ei Geena fu nevoită să petreacă sărbătorile de Crăciun cu socrii ei în Connecticut, în mod normal o perspectivă sumbră şi întunecată, însă lucrurile se schimbaseră vizibil. Pentru Cody, soţul Geenei, fu o sosire triumfală pe vechiul domeniu al familiei, din apropiere de Waterbury.

Familia Strong avusese pe vremuri o avere câştigată de pe urma afacerilor maritime, dar după secole de proastă administrare şi căsătorii selective, banii secaseră. Numele şi originea încă mai garantau acceptarea la şcolile adecvate şi cluburile potrivite, şi o nuntă în sânul familiei Strong încă se mai bucura de un anunţ amplu. Însă troaca avusese o anumită lăţime şi o anumită lungime şi prea multe generaţii se hrăniseră din ea.

Erau nişte indivizi aroganţi, mândri de numele, accentul şi obârşia lor, care la suprafaţă nu păreau îngrijoraţi de situaţia nu prea înfloritoare a familiei. Aveau cariere la New York şi Boston şi cheltuiau ceea ce câştigau, deoarece averea familiei fusese întotdeauna plasa lor de siguranţă.

Ultimul membru al familiei Strong care avusese ceva cap întrezărise, în mod evident, sfârşitul şi înfiinţase depozite băneşti pentru educaţie, depozite serioase întocmite de armate de avocaţi, impenetrabile şi solide pentru a rezista atacurilor disperate ale viitorilor Strongi. Atacurile veniră; depozitele însă se menţinuseră pe poziţie şi orice tânăr Strong încă avea garantată o bună educaţie. Cody studiase la Taft, fusese un student mediu la Dartmouth şi primise un MBA de la Columbia.

Căsătoria sa cu Geena Phelan nu fusese bine primită de către familie, în primul rând pentru că ea mai fusese măritată o dată. Faptul că tatăl ei înstrăinat valora şase miliarde de dolari, la data nunţii, o ajută să intre în clan. Dar avea să fie privită întotdeauna de sus pentru că era divorţată şi cu o slabă educaţie, la şcoli care nu făceau parte din Ivy League şi, de asemenea, pentru că soţul ei, Cody, era un pic ciudat.

Dar acum erau strânşi cu toţii pentru a o întâmpina în ziua de Crăciun. Nu mai văzuse niciodată atâtea zâmbete pe chipurile oamenilor pe care îi detesta; atâtea îmbrăţişări rigide, pupături stângace pe obraji şi bătăi pe umăr. Îi urî şi mai mult pentru falsitatea lor.

După vreo două pahare, Cody începu să vorbească. Bărbaţii se adunară în jurul lui în salon şi, nu după mult timp, cineva întrebă:

– Cât?

El se încruntă, de parcă banii ar fi fost deja o povară.

– Probabil vreo jumătate de miliard, spuse el reuşind o interpretare perfectă a replicii pe care o repetase în faţa oglinzii de la baie.

Câţiva rămaseră cu gurile căscate. Alţii se strâmbară, fiindcă îl cunoşteau pe Cody şi erau cu toţii Strongi, ştiind, aşadar, că nu aveau să vadă un ban din acea sumă. Toţi spumegau de invidie în tăcere. Vorba circulă repede şi, nu peste mult timp, femeile împrăştiate prin casă şuşoteau despre jumătatea de miliard. Mama lui Cody, o femeie scundă, înţepată şi smochinită, ale cărei riduri se accentuau când zâmbea, fu îngrozită de obscenitatea acelei cifre.

– Sunt bani noi, îi spuse ea uneia dintre fiice.

Bani noi câştigaţi de un bătrân scandalos, cu trei neveste şi un şir de copii răi, dintre care nici unul nu studiase la vreo şcoală Ivy League.

Noi sau vechi, banii erau foarte invidiaţi de femeile mai tinere. Parcă şi vedeau avioanele, casele de pe plajă, reuniunile de familie fabuloase pe insule îndepărtate, depozite bancare pentru nepoţi şi nepoate şi poate chiar cadouri sub formă de bani gheaţă.

Banii îi încălziră pe cei din familia Strong, îi umplură de o căldură pe care nu o arătaseră niciodată unui străin, îi încălziră până când ajunseră pe punctul de a se topi. Îi învăţară deschiderea şi dragostea, ceea ce dădu naştere unui Crăciun cald şi intim.

După-amiază târziu, când familia se aşeză la masă pentru cina tradiţională, începu să ningă. Ce Crăciun perfect! spuseră toţi. Geena îi ura mai mult ca oricând.

Ramble își petrecu sărbătorile cu avocatul său de șase sute pe oră, deși taxarea avea să fie ascunsă, așa cum numai avocații pot să ascundă asemenea lucruri.

Și Tira plecase din țară cu un tânăr gigolo. Se afla undeva pe plajă, fără sutien și probabil și fără slip, fără să se întrebe ce făcea fiul ei în vârstă de paisprezece ani.

Avocatul, Yancy, era necăsătorit, divorțat de două ori și avea doi băieți gemeni de unsprezece ani din cea de-a doua căsătorie. Erau excepțional de inteligenți pentru vârsta lor; Ramble era dureros de lent pentru a lui, astfel că se distrau grozav, jucându-se pe video în dormitor, în timp ce Yancy urmărea singur un meci de fotbal.

Clientul său trebuia să primească cele cinci milioane obligatorii când împlinea douăzeci și unu de ani și, ținând cont de tinerețea clientului său, banii nu aveau să-i ajungă nici măcar cât celorlalți copii Phelan. Pe Yancy nu îl interesau însă niște amărâte de cinci milioane; la naiba, avea să câștige atâta numai din onorarii din partea lăsată lui Ramble în testament.

Yancy avea alte griji. Tira angajase o altă firmă, una agresivă, din apropiere de Capitoliu, una cu relații. Ea nu era decât fostă soție, nu un urmaș, iar partea ei avea să fie mai mică decât orice avea să primească Ramble. Noii avocați își dădeau desigur seama de acest lucru. O presau să scape de Yancy și să-l dirijeze pe tânărul Ramble spre ei. Din fericire, mamei nu îi prea păsa de copil, iar Yancy se descurca de minune în planul său de a-l îndepărta pe copil de mamă.

Râsetele copiilor erau ca o muzică pentru urechile lui.

16

După-amiază târziu, trecu pe la un mic magazin care se afla la câteva străzi distanță de hotel. Se plimba pe trotuar, când văzu că magazinul era deschis și intră cu speranța că avea să găsească o bere. Nimic altceva decât o bere, poate două. Era singur în partea cealaltă a lumii. Era Crăciunul și nu avea cu cine să-l sărbătorească. Un val de singurătate și de deprimare se revărsă asupra lui și începu să alunece. Autocompătimirea puse stăpânire pe el.

Văzu șirurile de sticle de băutură, toate pline și nedesfăcute, whiskey, gin și votcă, așezate ca niște soldăței frumoși în uniforme viu colorate. Instantaneu, gura i se usca îngrozitor. O deschise și închise ochii. Se ținu de tejghea ca să nu se clatine și tot chipul i se schimonosi de durere când se gândi la Sergio, la Walnut Hill, la Josh, la fostele sale soții și la cei pe care îi făcuse să sufere de atâtea ori când se prăbușise. Gândurile îi treceau rapid prin minte și tocmai era pe punctul de a leșina, când omulețul spuse ceva. Nate îi aruncă o privire furioasă, își mușcă buzele și arătă spre votcă. Două sticle, opt *reais*.

Fiecare prăbușire fusese altfel. Unele se construiau încet, un pahar ici, o priză colo, o crăpătură în baraj urmată de altele. O dată se dusese singur la un centru de dezintoxicare. Altă dată se trezise legat de un pat cu un furtun pentru perfuzii intravenoase în încheietura mâinii. Ultima oară, o cameristă îl găsise într-o cameră de motel ieftină, de treizeci de dolari pe zi, în comă.

Strânse punga de hârtie şi porni hotărât spre hotel, ocolind un grup de băieţi transpiraţi care driblau cu o minge de fotbal pe trotuar. Ce norocoşi sunt copiii, îşi spuse el. Fără poveri, fără bagaje. Mâine e, pur şi simplu, alt joc.

Într-o oră avea să se întunece şi Corumbá prindea viaţă încetul cu încetul. Cafenelele şi barurile de pe trotuare se deschideau, pe stradă treceau câteva maşini. În holul hotelului se auzea, dinspre piscină, o muzică alertă, şi o clipă Nate fu tentat să stea la o masă să mai asculte un ultim cântec.

Dar nu o făcu. Se duse în cameră, unde încuie uşa şi umplu cu gheaţă un pahar înalt din plastic. Puse sticlele una lângă alta, deschise una şi turnă încet votcă peste cuburile de gheaţă, jurând să nu se oprească până când nu aveau să fie goale amândouă.

Jevy îl aştepta pe vânzătorul de piese, care sosi la ora opt. Soarele strălucea nestingherit. Trotuarele frigeau.

Nu avea pompa de ulei, cel puţin nu pentru un motor ce funcţiona cu motorină. Vânzătorul dădu două telefoane şi Jevy porni în viteză cu camioneta sa spre marginea oraşului, unde un negustor de bărci avea un teren plin de rămăşiţe de la zeci de ambarcaţiuni dezmembrate. În magazia cu piese pentru motoare, un băiat găsi o pompă de ulei foarte uzată, plină de ulei şi unsoare şi înfăşurată într-o cârpă murdară. Jevy îi dădu bucuros douăzeci de *reais* pentru ea.

Apoi se duse la râu şi opri maşina la marginea apei. *Santa Loura* nu se clintise din loc. Fu încântat să vadă că Welly sosise. Welly era un marinar începător, care nu avea nici optsprezece ani, dar susţinea că ştie să gătească, să piloteze, să călăuzească, să deretice, să navigheze şi să facă tot felul de alte treburi de care era nevoie. Jevy ştia că minte, dar asemenea bravadă nu era ceva neobişnuit la băieţii care căutau de lucru pe râu.

– L-ai văzut pe domnul O'Riley? îl întrebă Jevy.

– Americanul?

– Da, americanul.

– Nu, nici urmă de el.

Un pescar dintr-o barcă de lemn îi strigă ceva lui Jevy, dar el era preocupat de alte lucruri. Traversă scândura şi sări în barcă, unde se auziră din nou ciocănituri din spate. Acelaşi mecanic murdar se chinuia la motor. Stătea ghemuit asupra lui, gol până la brâu şi ud leoarcă de sudoare. În sala motorului era un aer sufocant. Jevy îi dădu pompa de ulei şi el o examina cu degete scurte şi groase.

Era un motor diesel cu cinci cilindri în linie şi cu pompa la fundul carterului, chiar sub marginea grătarului. Mecanicul ridică din umeri ca şi cum achiziţia lui Jevy ar fi putut într-adevăr să funcţioneze, după care se strecură pe după rezervor, se lăsă încet în genunchi şi se aplecă mult, sprijinindu-şi creştetul capului de ţeava de evacuare.

Mormăi ceva şi Jevy îi dădu o cheie. Pompa fu montată încet. Cămaşa lui Jevy se udă leoarcă în câteva minute.

În timp ce cei doi bărbaţi lucrau înghesuiţi în sala motorului, Welly se hotărî să apară şi să întrebe dacă era nevoie de el. Nu, de fapt nu era.

– Uită-te după american doar, spuse Jevy, ştergându-şi sudoarea de pe frunte.

Mecanicul înjură şi schimbă chei timp de o jumătate de oră, după care declară pompa în stare de funcţionare. Porni motorul şi îşi petrecu câteva minute verificând presiunea uleiului. În cele din urmă, zâmbi şi îşi strânse sculele. Jevy se duse la hotel după Nate.

Fata cea timidă de la recepţie nu îl văzuse pe domnul O'Riley. Sună în cameră, dar nu primi nici un răspuns. O cameristă care trecu pe acolo fu luată la întrebări. Nu, din câte ştia ea, el nu ieşise din cameră. Şovăitoare, fata îi dădu o cheie lui Jevy.

Uşa era încuiată, dar nu şi cu lanţul, aşa că Jevy intră încet. Primul lucru ciudat pe care îl observă fu patul gol cu aşternutul răvăşit. Apoi văzu sticlele. Una era goală şi căzută pe jos; cealaltă, pe jumătate plină. În cameră era răcoare, deoarece instalaţia de aer condiţionat funcţiona la putere maximă. Văzu un picior gol şi când se apropie mai mult, îl văzu pe Nate gol puşcă, între pat şi perete, cu un cearşaf înfăşurat în jurul genunchilor. Jevy îl înghionti uşor în laba piciorului şi piciorul tresări.

Cel puţin nu era mort.

Jevy îi vorbi şi îi împunse umărul, iar după câteva secunde auzi un mormăit. Un sunet scăzut, de durere. Aşezându-se pe pat, Jevy îl apucă de sub cea mai apropiată subsuoară şi îl trase de pe podea, de lângă perete, izbutind să-l rostogolească în pat, unde îi acoperi repede organele genitale cu un cearşaf.

Alt geamăt de durere. Nate era întins pe spate, cu un picior atârnându-i din pat, cu ochii umflaţi şi încă închişi, cu părul răvăşit şi respirând încet şi anevoios. Jevy se aşeză la picioarele patului, uitându-se la el.

Camerista şi fata de la recepţie apărură în deschizătura uşii, dar el le făcu semn să plece. Apoi încuie uşa şi luă sticla goală.

– Trebuie să plecăm, spuse el, dar nu primi nici un răspuns. Poate ar fi trebuit să-l sune pe Valdir, care, la rândul său, i-ar fi anunţat pe americanii care trimiseseră acel amărât de beţiv în Brazilia. Poate mai târziu.

– Nate! spuse el ridicând vocea. Spune ceva!

Nici un răspuns. Dacă nu îşi revenea curând, Jevy avea să cheme un doctor. O sticlă şi jumătate de votcă într-o noapte ar fi putut să ucidă un om. Poate că organismul lui era otrăvit şi trebuia dus la spital.

Udă un prosop cu apă rece, după care i-l înfăşură lui Nate în jurul gâtului. Acesta începu să se mişte şi deschise gura într-un efort de a vorbi.

– Unde sunt? mormăi el cu limba îngroşată şi lipicioasă.

– În Brazilia. În camera ta de hotel.

– Trăiesc.

– Mai mult sau mai puţin.

Jevy îi şterse faţa şi ochii cu un colţ al prosopului.

– Cum te simţi? întrebă el.

– Vreau să mor, zise Nate. Se întinse după prosop şi, vârându-şi-l în gură, începu să-l sugă.

– Îţi aduc puţină apă, spuse Jevy deschizând frigiderul şi luând o sticlă cu apă. Poţi să ridici capul?

– Nu, gemu Nate.

Jevy îi picură apă pe buze şi pe limbă. O parte i se prelinse pe obraji şi pe prosop, însă lui Nate nu-i păsa. Capul îi pocnea şi se întreba cum naiba se trezise.

Un ochi, cel drept, se deschise puţin. Pleoapele celui stâng erau încă lipite. O lumină îi pârjolea creierul şi un val de greaţă se ridică de la genunchi spre gâtlej. Cu o iuţeală uimitoare, se întoarse pe o parte, apoi se ridică în patru labe în timp ce vărsa.

Jevy sări brusc şi aduse alt prosop. Zăbovi în baie, ascultând horcăielile şi accesele de tuse. Imaginea unui bărbat gol stând în patru labe în mijlocul unui pat şi vărsându-şi maţele era ceva de care se putea lipsi. Dădu drumul apei de la duş şi o potrivi.

Înţelegerea lui cu Valdir era de o mie de *reais* pentru a-l duce pe domnul O'Riley în Pantanal, a găsi persoana pe care o căuta acesta şi a-l duce înapoi la Corumbá. Erau bani frumoşi, dar el nu era nici infirmieră, nici bonă. Barca era gata. Dacă Nate nu se descurca fără escortă, Jevy avea de gând să se apuce de altă treabă.

Nate încetă să mai verse şi Jevy îl cără la baie, vârându-l sub duş, iar el se ghemui pe podeaua de plastic.

– Îmi pare rău, repeta el întruna.

Jevy îl lăsă acolo – să se înece din partea lui. După aceea împături cearşafurile, încercă să cureţe mizeria şi coborî să bea o cafea tare.

Era aproape ora două când Welly îi auzi venind. Jevy parcă pe mal, camioneta sa mare împrăştiind pietre şi trezindu-i pe pescari când opri cu zgomot. Nu se vedea nici urmă de american.

Apoi, un cap se ridică încet de undeva din cabină. Ochii îi erau acoperiţi de nişte ochelari de soare şi o şapcă era lăsată foarte mult pe frunte. Jevy deschise uşa din dreapta şi îl ajută pe domnul O'Riley să coboare. Welly se duse la camionetă şi luă sacul de voiaj şi servieta lui Nate din spate. Voia să-l cunoască pe domnul O'Riley, dar momentul nu era bun.

Acesta se simţea foarte rău, faţa fiindu-i albă ca varul şi udă de sudoare, iar el era prea slăbit pentru a merge fără să fie ajutat. Welly îi urmă până la marginea apei şi îi ajută să treacă peste scândura şubredă la bordul ambarcaţiunii. Jevy îl cără practic pe domnul O'Riley pe trepte spre covertă şi apoi pe pasarelă spre puntea mică, unde aştepta hamacul. Îl împinse în el.

Când se întoarseră pe punte, Jevy porni motorul şi Welly strânse frânghiile.

– Ce-a păţit? întrebă el.

– E beat.

– Dar e abia ora două.

– E beat de multă vreme.

Barca *Santa Loura* se desprinse de ţărm şi porni în susul râului, depăşind încet oraşul Corumbá.

Nate privea oraşul care rămânea în urmă. Tenda de deasupra sa era groasă, verde şi uzată, întinsă pe un cadru metalic fixat de punte prin patru stâlpi. Doi dintre aceştia susţineau hamacul, care se legănase puţin imediat după ce porniseră. Senzaţia de vomă apăru din nou. Încercă să nu se mişte. Voia ca totul să fie perfect neclintit. Barca înainta încet în susul râului. Acesta era liniştit. Nu bătea deloc vântul, aşa că Nate reuşi să stea întins în hamac, să se uite la tenda de un verde-închis de deasupra capului şi să încerce să se gândească. Acest lucru era însă dificil, deoarece capul îl durea foarte tare şi era ameţit. Concentrarea era o provocare.

Îl sunase pe Josh din cameră exact înainte să plece. Cu pungi de gheaţă pe ceafă şi un coş de gunoi lângă picioare, formase numărul şi încercase din răsputeri să pară normal. Jevy nu îi spusese lui Valdir. Valdir nu îi spusese lui Josh. Nu ştia nimeni în afară de Nate şi de Jevy şi se înţeleseseră ca lucrurile să rămână aşa. Nu exista nici un fel de alcool la bord, iar Nate promisese să stea treaz până la întoarcere. Cum avea să găsească ceva de băut în Pantanal?

Dacă Josh era îngrijorat, vocea lui nu trăda acest lucru. Firma era încă închisă cu ocazia sărbătorilor de Crăciun, dar el era extrem de ocupat. Ca de obicei.

Nate spuse că se descurcă foarte bine. Barca era bună, şi acum reparată. Abia aşteptau să pornească. După ce închise, vărsă din nou. Şi făcu iarăşi duş. Apoi, Jevy îl ajutase să ajungă la lift şi să traverseze holul de la intrare.

Râul făcu o cotitură şi Corumbá dispăru. Traficul pe râu în preajma oraşului se rări pe măsură ce călătoria lor căpăta avânt. Poziţia lui Nate îi permitea să vadă dâra din spatele bărcii şi apa maronie. Râul Paraguay avea o lăţime de mai puţin de o sută de metri şi se îngusta repede la coturi. Trecură pe lângă o barcă şubredă încărcată cu banane verzi şi doi băieţei făcură cu mâna.

Ţăcănitul constant al motorului nu încetă, aşa cum sperase Nate, dar se transformă într-un zumzet scăzut, o vibraţie constantă prin toată ambarcaţiunea. Nu putea decât să-l accepte, încercă să se legene încet cu hamacul, în timp ce se simţea o briză uşoară. Senzaţia de greaţă dispăruse.

Nu te gândi la Crăciun, acasă, la copii şi la amintiri neplăcute şi nu te gândi la viciile tale. Prăbuşirea s-a terminat, îşi spuse el. Barca era centrul lui de tratament. Jevy era consilierul lui. Welly era infirmiera. Avea să se trateze în Pantanal, după care nu va mai bea niciodată.

De câte ori putea să se mintă?

Aspirina pe care i-o dăduse Jevy îşi pierdea efectul şi capul îl durea iarăşi. Aţipi şi se trezi când Welly apăru cu o sticlă de apă şi cu un castronel cu orez. Îl mâncă cu o lingură, dar mâinile îi tremurau atât de tare, încât vărsă orezul pe tricou şi în hamac. Era cald şi sărat şi mâncă tot.

– *Mais?* întrebă Welly.

Nate clătină din cap şi bău puţină apă. După aceea, se întinse din nou în hamac şi încercă să adoarmă.

17

În cele din urmă, diferența de fus orar, oboseala și urmările alcoolului consumat îl doborâră. De ajutor fusese și orezul, astfel că Nate adormi adânc. Welly îl controla din oră în oră.

– Sforăie, îi spuse el lui Jevy în timonerie.

Somnul fu fără vise și dură patru ore, în timp ce *Santa Loura* înainta încet spre nord, contra curentului și a vântului. Nate se trezi auzind bătaia constantă a motorului, având senzația că nu se mai mișcau. Se ridică încet în hamac și se uită peste bord la maluri pentru a vedea dacă înaintau. Vegetația era luxuriantă. Râul părea complet nepopulat. În urma bărcii se vedea o dâră și, uitându-se fix la un copac, văzu că da, într-adevăr înaintau, dar foarte încet. Apa era umflată din cauza ploilor; navigația era mai ușoară, dar în susul râului nu se putea înainta prea repede.

Greața și durerile de cap dispăruseră, însă mișcările îi erau tot nesigure. Începu prin a se da jos din hamac, în primul rând pentru că voia să urineze. Reuși să pună picioarele pe punte fără nici un incident și, când făcu pauză o clipă, Welly apăru ca un șoarece și îi dădu o ceașcă de cafea.

Nate luă ceașca, o ținu în mâini și o adulmecă. Nimic nu mirosise vreodată mai bine.

– *Obrigado,* spuse el. Mulțumesc.

– *Sim,* zise Welly cu un zâmbet și mai strălucitor.

Nate sorbi din neprețuita cafea dulce și încercă să nu se uite la Welly, care îl privea fix. Puștiul era îmbrăcat în hainele standard pentru navigația pe râu; un șort vechi, un tricou vechi și sandale ieftine de cauciuc care îi protejau tălpile picioarelor pline de cicatrice şi bătătorite. La fel ca Jevy, Valdir şi majoritatea brazilienilor pe care îi cunoscuse până atunci, Welly avea părul negru şi ochii negri, trăsături semicaucaziene şi o nuanţă de maro a pielii care era mai deschisă decât a unora, mai închisă decât a altora, o nuanţă a lui proprie.

Sunt în viaţă şi treaz, îşi spuse Nate sorbind din cafea. Am atins încă o dată marginea iadului pentru scurt timp şi am supravieţuit. M-am prăbuşit, m-am dus la fund, m-am uitat la imaginea înceţoşată a chipului meu şi am salutat moartea. Cu toate astea, sunt aici şi respir. În trei zile, am spus de două ori ultimele mele cuvinte. Poate că nu mi-a sunat ceasul încă.

– *Mais?* întrebă Welly arătând spre ceaşcă.

– *Sim,* spuse Nate dându-i-o şi din doi paşi băiatul dispăru. Amorţit după incidentul cu avionul şi tremurând din cauza alcoolului, Nate se ridică şi stătu neajutat în mijlocul punţii, nesigur şi cu genunchii îndoiţi. Dar putea să stea în picioare şi numai acest lucru însemna totul. Refacerea nu era decât o serie de paşi mici, victorii mărunte. Leagă-le unele de altele, fără să te împiedici şi fără înfrângeri şi eşti tratat. Niciodată vindecat, doar tratat, dezintoxicat sau curăţat pentru o vreme. Mai alcătuise acel puzzle; sărbătoreşte fiecare piesă mică.

În clipa aceea, fundul plat al bărcii atinse un banc de nisip, se zgudui şi Nate căzu, izbindu-se de hamac. Acesta îl aruncă înapoi pe punte, unde se lovi cu capul de o scândură. Se ridică încet, ţinându-se de balustradă cu o mână şi frecându-şi capul cu cealaltă. Nu curgea sânge, era doar un cucui mic, încă o rană neînsemnată a cărnii. Însă izbitura aceea îl trezi şi, când i se limpezi privirea, porni încet de-a lungul balustradei spre covertă, unde Jevy stătea pe un scaun înalt cu o mână sprijinită pe cârmă.

Zâmbetul brazilian instantaneu şi apoi:

– Cum te simţi?

– Mult mai bine, spuse Nate aproape ruşinat.

Dar ruşinea era o emoţie la care Nate renunţase de mulţi ani. Alcoolicii nu ştiu ce-i aia ruşine. Te faci de râs de atâtea ori, încât devii imun la aşa ceva.

Welly urcă treptele cu câte o ceaşcă de cafea în fiecare mână. Îi dădu una lui Nate şi pe cealaltă lui Jevy, după care se aşeză pe o bancă îngustă alături de căpitan.

Soarele începea să coboare dincolo de munţii îndepărtaţi ai Boliviei şi înspre nord, chiar în faţa lor, se adunau nori. Aerul era mult mai răcoros. Jevy îşi puse tricoul. Nate se temea de o altă furtună, dar râul nu era lat. Cu siguranţă, ar fi putut să tragă afurisita de barcă la mal şi să o lege de un copac.

Se apropiară de o căsuţă pătrată, prima locuinţă pe care o vedea Nate de când trecuseră de Corumbá. Erau şi semne de viaţă: un cal, o vacă, rufe pe frânghie, o canoe lângă apă. Un bărbat cu o pălărie de pai, un adevărat *pantaneiro*, ieşi pe verandă şi le făcu leneş cu mâna.

După ce trecură de casă, Welly arătă spre un punct unde ierburile dense înaintau până în apă.

– *Jacarés,* spuse el.

Jevy se uită, dar nu păru să-i pese. Văzuse un milion de aligatori. Nate văzuse numai unul, din şaua unui cal şi, uitându-se la reptilele acelea lucioase care îi priveau din nămol, observă că păreau mult mai mici de pe puntea unei bărci. Prefera distanţa.

Totuşi, ceva îi spunea că, până la sfârşitul călătoriei, va mai avea ocazia să se afle prea aproape de ei ca să se simtă bine. Bărcuţa din urma lor avea să fie folosită în căutarea lui Rachel Lane. El şi Jevy urmau să navigheze pe râuleţe, să ocolească vegetaţia densă, să meargă prin ape întunecate şi pline de bălării. Cu siguranţă că vor mai fi *jacarés* şi alte feluri de reptile periculoase care aşteptau să ia masa.

Dar ciudat, în clipa aceea, lui Nate nu-i păsa. Deocamdată, în Brazilia se dovedise a fi destul de rezistent. Era o aventură şi ghidul său părea să nu se teamă de nimic.

Apucându-se de balustradă, reuşi să coboare treptele cu mare grijă, după care înaintă pe pasarela îngustă, trecând pe lângă cabină şi bucătărie, unde Welly pusese o oală pe maşina de gătit. Motorul se auzea vuind. Ultima oprire fu toaleta, o mică încăpere în care se aflau un WC, o chiuvetă murdară într-un colţ şi un duş şubred care se bălăngănea la câţiva centimetri deasupra capului. Se uşură studiind cordonul duşului. Se dădu înapoi şi trase de el. Apă caldă cu o uşoară tentă maronie ţâşni cu suficientă forţă. Era evident apă din râu, luată dintr-o cantitate nelimitată şi, probabil, nefiltrată. Deasupra uşii era un coş de plasă pentru un prosop şi un schimb de haine, astfel încât trebuia să te dezbraci şi, într-un fel, să încaleci WC-ul în timp ce trăgeai cordonul duşului cu o mână şi te spălai cu cealaltă.

La naiba, îşi spuse el. Însemna că nu avea să facă prea multe duşuri.

Se uită în oala de pe maşina de gătit şi văzu că era plină cu orez şi fasole neagră, ceea ce îl făcu să se întrebe dacă avea să fie la fel de fiecare dată. Dar nu prea îi păsa. Mâncarea era ceva ce nu îl interesa. La Walnut Hill te tratau în timp ce te înfometau încet. Pofta de mâncare i se diminuase cu multe luni în urmă.

Se aşeză pe treptele covertei, cu spatele la căpitan şi la Welly, şi privi râul care se întuneca. În lumina amurgului, creaturile sălbatice se pregăteau să iasă la iveală. Păsări zburau pe deasupra apei, din pom în pom, uitându-se după un ultim peşte pentru noaptea aceea. Se chemau una pe alta, glasurile şi ţipetele lor auzindu-se în ciuda zgomotului făcut de motor. Apa era împroşcată pe maluri când se mişcau aligatorii. Poate erau şi şerpi, anaconda mari care stăteau pe fund, dar Nate preferă să nu se gândească la ei. Se simţea în destulă siguranţă la bordul lui *Santa Loura.* Briza era slabă şi mai caldă acum, suflând spre ei. Furtuna nu se materializase.

Timpul se scurgea în altă parte, în Pantanal nefiind important. Nate se adapta încetul cu încetul. Se gândi la Rachel Lane. Oare ce îi vor face banii? Nimeni, indiferent de gradul de credinţă şi hotărâre, nu putea să rămână neschimbat. Oare avea să plece cu el în State ca să se ocupe de bunurile tatălui ei? Ar fi putut să se întoarcă oricând la indienii ei. Cum avea să primească vestea? Cum avea să reacționeze la vederea unui avocat american care îi dăduse de urmă?

Welly atinse corzile unei chitare vechi și Jevy îl acompanie. Duetul lor era plăcut, aproape mângâietor; cântecul unor oameni simpli care trăiau ziua, nu clipa. Oameni care nu prea se gândeau la ziua de mâine și deloc la ce se putea întâmpla sau nu anul viitor. Îi invidia, cel puțin în timp ce cântau.

Era o revenire plăcută pentru un om care, cu o zi în urmă, încercase să se omoare bând. Se bucura de clipele acelea, era fericit că trăia și abia aștepta restul aventurii sale. Trecutul său făcea parte dintr-o altă lume, cu ani-lumină în urmă, pe străzile reci și ude ale Washingtonului.

Acolo nu se putea întâmpla nimic bun. El dovedise cât se putea de clar că nu putea să stea curat în acel oraș, cunoscând aceiași oameni, făcând aceeași muncă, ignorând aceleași vechi obiceiuri până când se prăbușea. Întotdeauna avea să se prăbușească.

Welly începu un solo care îl rupse pe Nate de trecut. Era o baladă lentă și tristă, care dură până când întunericul se lăsă complet. Jevy aprinse două reflectoare, câte unul de fiecare parte a provei. Era ușor de navigat pe râu. Apa se umfla și scădea în funcție de anotimp și niciodată nu era foarte adâncă. Ambarcațiunile aveau fundurile plate și construite în așa fel încât să treacă peste bancurile de nisip care uneori le apăreau în cale. Jevy dădu peste unul imediat ce se lăsă întunericul și *Santa Loura* se opri. El dădu înapoi, apoi înainte și, după vreo cinci minute de astfel de manevre, porniră din nou. Barca nu se putea scufunda.

Într-un colț al cabinei, nu departe de cele patru paturi, Nate mânca singur la o masă țintuită de podea. Welly îi dădu fasole și orez, pui fiert și o portocală. Bău apă rece dintr-o sticlă. Un bec atârnat de un fir electric se legăna deasupra mâncării. În cabină era îngrozitor de cald. Welly îi sugerase să doarmă în hamac.

Jevy veni cu o hartă de navigație a Pantanalului. Voia să marcheze distanța parcursă, dar deocamdată nu prea avea ce.

Înaintau încet în susul râului Parguay, între actuala lor poziţie şi Corumbá fiind doar un spaţiu mic.

– Râul e umflat, explică Jevy. O să dureze mai puţin la întoarcere.

– Nici o problemă, zise el.

Jevy arătă în diverse direcţii şi mai făcu nişte calcule.

– Primul sat de indieni se află în regiunea asta, spuse el arătând un punct care părea să se afle la săptămâni distanţă, ţinând cont de ritmul în care avansau.

– Guató?

– *Sim.* Da. Cred că ar trebui să mergem acolo mai întâi. Dacă n-o s-o găsim, poate ştie cineva unde se află.

– Când ajungem acolo?

– În două, poate trei zile.

Nate ridică din umeri. Timpul se oprise în loc. Ceasul lui era în buzunar, iar colecţia de orare zilnice, săptămânale, lunare era de mult uitată. Calendarul lui cu procese, marea hartă neprofanată a vieţii sale, fusese vârât în sertarul vreunei secretare. Păcălise moartea, aşa încât, acum, fiecare zi era un dar.

– Am mult de citit, zise el. Jevy împături harta cu grijă.

– Te simţi bine? îl întrebă el.

– Da. Mi-e bine.

Jevy ar fi trebuit să-l întrebe mai multe. Însă Nate nu era pregătit pentru confesiuni.

– Mi-e bine, zise el din nou. Călătoria asta o să fie bună pentru mine.

Citi la masă vreo oră sub becul care se bălăngănea, până când îşi dădu seama că era leoarcă de sudoare. Luă de pe pat un tub de insecticid, o lanternă şi un teanc de materiale întocmite de Josh şi porni cu grijă spre prova, urcând la timonerie, unde Welly era la cârmă şi Jevy trăgea un pui de somn. Îşi dădu cu insecticid pe braţe şi pe picioare şi se urcă în hamac, mişcându-se şi aranjându-se până ce capul era mai sus decât fundul. Când lucrurile erau perfect echilibrate şi hamacul se legăna uşor în unduirea apei, Nate aprinse lanterna şi reîncepu să citească.

18

Era o simplă audiere, o citire a unui testament, dar detaliile erau cruciale. F. Parr Wycliff nu se gândise la nimic altceva de Crăciun. Fiecare loc din sală avea să fie ocupat, ba aveau să fie spectatori şi pe lângă pereţi. Se gândise atât de mult, încât a doua zi după Crăciun se plimbase prin sala goală, stabilind locul fiecăruia.

Şi, tipic, presa era scăpată de sub control. Voiau camere de luat vederi înăuntru, dar el refuzase cu vehemenţă. Voiau camere pe culoar pentru a privi prin ferestrele mici şi pătrate ale uşilor, însă el spusese nu. Voiau poziţii preferenţiale; iarăşi nu. Voiau interviuri cu el, însă îi ţinu la distanţă deocamdată.

Şi avocaţii creau probleme. Unii doreau ca întreaga audiere să fie cu uşile închise, alţii o doreau televizată, din motive evidente. Unii cereau ca dosarul să fie sigilat, alţii cereau copii ale testamentului trimise prin fax pentru ca ei să-l poată studia. Se făcuseră moţiuni pentru una şi pentru alta, se solicitaseră locuri ici şi colo, se puseseră întrebări cu privire la cine avea să fie lăsat în sală şi cine nu. Câţiva dintre avocaţi merseseră atât de departe, încât sugeraseră să fie lăsaţi să deschidă testamentul. Acesta era gros, se ştia, şi s-ar fi putut să fie nevoiţi să explice unele dintre prevederile mai complicate din cuprinsul său pe parcursul lecturii.

Wycliff ajunse devreme şi se întâlni cu poliţiştii pe care îi solicitase. Aceştia îl urmară, împreună cu secretara şi cu grefierul său, în timp ce el repartiza locurile, verifica sonorul şi număra scaunele. Era foarte preocupat de detalii. Cineva spuse că o echipă de televiziune încerca să se instaleze pe culoar şi el trimise imediat un poliţist să facă ordine.

Odată ce totul fu aranjat în sală, se retrase în biroul personal pentru a se ocupa de alte probleme. Îi era însă greu să se concentreze. Programul său zilnic nu avea să mai promită niciodată ceva atât de captivant. Destul de egoist, spera că testamentul lui Troy Phelan avea să fie scandalos de controversat; că nu dădea nimic unei familii şi dădea totul alteia. Sau poate că nu lăsa nimic nici unuia dintre copiii săi nebuni, îmbogăţind pe altcineva. O contestare prelungită şi urâtă ar fi înviorat cu siguranţă cariera sa monotonă în domeniul validării testamentelor. Avea să se afle în mijlocul furtunii care, fără îndoială, avea să dureze ani de zile, din moment ce erau în joc unsprezece miliarde.

Era convins că aşa se va întâmpla. Singur, cu uşa încuiată, îşi petrecu un sfert de oră călcându-şi roba.

Primul spectator fu un reporter care sosi imediat după ora opt şi, datorită faptului că era primul, beneficie de tratamentul complet al paznicilor tensionaţi care se aflau în faţa uşii. Îl salutară scurt, îl rugară să prezinte un act de identitate cu fotografie şi să semneze pe o foaie de hârtie pentru ziarişti. Carnetul de steno i se verifică de parcă ar fi fost o grenadă, după care îl trecură prin detectorul de metale, unde doi paznici solizi erau vădit dezamăgiţi când nu se auzi nici un piuit. El fu mulţumit că nu fusese dezbrăcat la piele. Odată ajuns înăuntru, fu condus pe culoarul din mijloc de către un alt poliţist la un loc care se afla pe rândul al doilea. Era încântat că avea un loc. Sala era goală.

Audierea era fixată pentru ora zece şi până la nouă, în faţa uşii se adunase o mulţime destul de mare. Paznicii verificau pe îndelete documentele şi percheziţionau oamenii. Pe culoar se formase o coadă.

Unii dintre avocaţii moştenitorilor Phelan sosiră grăbiţi şi se enervară imediat că nu aveau voie să intre în sală. Avu loc un schimb violent de cuvinte; avocaţii şi poliţiştii se ameninţară reciproc. Cineva trimise după Wycliff, dar acesta îşi lustruia ghetele şi nu voia să fie deranjat. Şi, asemenea unei mirese înainte de cununie, nu voia să fie văzut de oaspeţi. Li se acordară prioritate moştenitorilor şi avocaţilor, şi acest lucru mai degajă atmosfera.

Sala se umplu încetul cu încetul. Mesele erau aşezate în formă de U, banca judecătorului aflându-se în capătul deschis, aşa încât acesta să poată vedea pe toată lumea: avocaţi, moştenitori, spectatori. În stânga băncii, în faţa boxei juraţilor, era o masă lungă la care erau aşezaţi Phelanii. Troy Junior sosi primul, împreună cu Biff. Fură conduşi spre două locuri care se aflau cel mai aproape de judecător, unde se aşezară şi începură să discute cu trei avocaţi din echipa lor juridică, forţându-se să pară sobri şi în acelaşi timp să-i ignore pe toţi ceilalţi din sală. Biff era furioasă pentru că paznicii îi confiscaseră celularul, astfel că nu mai putea să dea telefoane.

Ramble fu următorul. Pentru ocazia aceea, îşi neglijase părul, care încă mai păstra urme de un verde ca lămâia şi nu mai fusese spălat de două săptămâni. Cerceii i se vedeau în toată splendoarea lor – în ureche, nas, sprânceană. O vestă neagră de piele, tatuaje temporare pe braţele slăbănoage. Blugi zdrenţăroşi; ghete vechi. O atitudine morocănoasă. Când străbătu culoarul, le atrase atenţia ziariştilor. Era cocolit şi însoţit la tot pasul de Yancy, avocatul său hippie între două vârste, care reuşise cumva să-şi păstreze nepreţuitul client.

Acesta aruncă o privire scurtă pe schema locurilor şi ceru să stea cât mai departe de Troy Junior. Poliţistul îi satisfăcu dorinţa şi îl aşeză cu faţa spre judecător în capătul uneia dintre mesele aduse special pentru această ocazie. Ramble se trânti pe scaun, părul său verzui atârnându-i peste spătar.

Spectatorii îl priveau îngroziţi – acel individ avea să moştenească jumătate de miliard de dolari? Posibilităţile de automutilare păreau să nu cunoască limite.

Geena Phelan Strong sosi apoi împreună cu soţul ei, Cody, şi doi dintre avocaţii lor. Măsurară distanţa dintre Troy Junior şi Ramble şi se aşezară cât mai departe de amândoi. Cody era deosebit de îngândurat şi serios şi imediat se apucă să se uite peste nişte hârtii importante cu unul dintre avocaţii săi. Geena se holbă la Ramble, nevenindu-i să creadă că erau fraţi vitregi.

Amber, stripteuza, își făcu o intrare grandioasă, îmbrăcată cu o fustă scurtă și o bluză foarte decoltată care lăsa să i se vadă cea mai mare parte a sânilor scumpi. Polițistului care o conducea la loc nu-i venea să creadă ce noroc avea. Sporovăi cu ea tot timpul, fără să-și dezlipească ochii de la decolteu. Era urmată de Rex, îmbrăcat într-un costum negru și ținând o servietă voluminoasă, ca și cum ar fi avut mult de lucru în ziua aceea. În spatele lui era Hark Gettys, cel mai gălăgios dintre toți avocații. Hark era însoțit de doi dintre noii săi asociați; firma lui se mărea cu fiecare săptămână. Din moment ce Amber și Biff nu își vorbeau, Rex interveni repede și arătă spre locurile dintre Ramble și Geena.

Mesele se ocupau încetul cu încetul; spațiile goale se umpleau. Nu peste mult timp, unii dintre Phelani aveau să stea foarte aproape.

Mama lui Ramble, Tira, aduse doi tineri cam de aceeași vârstă. Unul într-o pereche de blugi strâmți și cu pieptul păros; celălalt, manierat și într-un costum negru cu dungulițe. Ea se culca cu gigoloul. Rândul avocatului avea să vină la sfârșitul acelei afaceri. Un alt gol se umplu. De partea cealaltă a cordonului, sala era plină de zumzetele bârfelor și speculațiilor.

– Nu-i de mirare că bătrânul s-a aruncat, îi spuse un reporter altuia, studiindu-i pe Phelani.

Nepoții Phelan fură nevoiți să ia loc alături de spectatori. Se așezară cu micile lor grupuri de prieteni și râdeau nervoși spre destinul care era pe cale să se întoarcă spre ei.

Libbigail Jeter sosi cu soțul ei, Spike, fostul motociclist de o sută cincizeci de kilograme, și străbătură culoarul la fel de stingheri ca toată lumea, deși își petrecuseră destul timp în sălile de judecată. Îl urmau pe Wally Bright, avocatul lor din „pagini aurii". Wally purta un impermeabil pătat, care mătura podeaua, avea manșete uzate și o cravată din poliester veche de douăzeci de ani și, dacă spectatorii ar fi votat în clipa aceea, el ar fi fost desemnat cu ușurință cel mai prost îmbrăcat avocat. Își ținea hârtiile într-un dosar extensibil, care fusese folosit la nenumărate divorțuri și pentru alte probleme. Dintr-un anumit motiv,

Bright nu își cumpărase niciodată servietă. Terminase al zecelea din clasa lui la seral.

Se îndreptară direct spre cel mai mare spațiu gol pe care-l putuseră găsi, și în timp ce se așezau ceilalți, Bright începu zgomotosul proces de scoatere a impermeabilului. Tivul tocit al acestuia atinse ceafa unuia dintre asociații lui Hark, un tânăr serios pe care deja îl deranja mirosul lui Bright.

– Ai grijă! spuse el supărat, vrând să-l lovească pe Bright cu dosul palmei, dar nereușind.

Cuvintele se auziră foarte bine în atmosfera încărcată și tensionată, așa încât mulți întoarseră capetele, uitând instantaneu de documentele importante. Toți se urau.

– Scuze! răspunse Bright sarcastic.

Doi polițiști înaintară, gata să intervină dacă era nevoie. Însă impermeabilul își găsi loc sub masă, fără alte incidente, și Bright reuși să se așeze, în sfârșit, lângă Libbigail, avându-l în partea cealaltă pe Spike, care își mângâia barba și se uita la Troy Junior de parcă i-ar fi plăcut tare mult să-i tragă o palmă.

Puțini dintre cei aflați în sală se așteptau ca acel scurt incident să fie ultimul între Phelani.

Mori cu unsprezece miliarde și pe oameni îi interesează testamentul tău. Mai ales dacă exista posibilitatea ca una din cele mai mari averi din lume să fie pe cale de a fi împărțită vulturilor, în sală erau și reporteri ai ziarelor de scandal, alături de publicațiile locale și toate revistele financiare importante. Cele trei rânduri pe care Wycliff le rezervase pentru presă se ocupaseră până la nouă și jumătate. Ziariștii erau încântați să-i privească pe Phelani cum se adunau în fața lor. Trei artiști lucrau febril; priveliștea din fața lor era plină de inspirație. Tipului cu părul verde i se făcură o mulțime de schițe.

Josh Stafford apăru la zece fără zece. Era însoțit de Tip Durban și de alți doi membri ai firmei, plus doi asistenți, pentru a rotunji echipa. Gravi și cu chipurile sobre, se așezară la masa lor, una mare în comparație cu cea la care stăteau înghesuiți toți Phelanii și avocații lor. Josh puse un dosar gros în fața lui şi toate privirile se aţintiră imediat asupra acestuia. Înăuntru era ceea ce părea a fi un document, gros de aproape cinci centimetri şi foarte asemănător cu cel pe care îl semnase bătrânul Troy în faţa camerelor video cu nouăsprezece zile în urmă.

Nu puteau să nu se uite la el. Toţi, în afară de Ramble. Legile din Virginia permiteau moştenitorilor să primească anumite sume timpurii, în cazul în care averea era lichidă şi nu existau probleme în privinţa achitării datoriilor şi impozitelor. Potrivit calculelor estimative ale avocaţilor, datoriile variau între un minim de zece milioane per moştenitor până la cincizeci de milioane cât propunea Bright. Bright nu văzuse în viaţa lui cincizeci de mii.

La ora zece, poliţiştii încuiară uşile şi, la un semn nevăzut, judecătorul Wycliff intră pe o uşă din spatele scaunului său, iar în sală se făcu linişte. Se aşeză şi zâmbi.

– Bună dimineaţa, spuse el la microfon.

Zâmbiră cu toţii. Spre marea lui satisfacţie, sala era arhiplină. O numărătoare rapidă dezvălui opt poliţişti înarmaţi şi pe poziţii. Îi privi pe Phelani; nu rămăsese niciun loc gol. Unii din avocaţii acestora se atingeau practic.

– Sunt prezente toate părţile? întrebă el şi cei din jurul meselor dădură din cap. Trebuie să identific pe toată lumea, zise apoi, luând nişte hârtii. Prima cerere a fost făcută de Rex Phelan.

Nici nu apucă bine să termine de vorbit, că Hark Gettys se şi ridică şi îşi drese glasul.

– Domnule judecător, sunt Hark Gettys, spuse el tunător, şi îl reprezint pe domnul Rex Phelan.

– Mulţumesc. Puteţi să luaţi loc.

După aceea, strigă numele tuturor moştenitorilor şi avocaţilor. Tuturor avocaţilor. Reporterii le scriseră repede, pe măsură ce le citea judecătorul. Şase moştenitori, trei foste soţii. Toată lumea era prezentă.

– Douăzeci şi doi de avocaţi, murmură Wycliff pentru sine. Aveţi testamentul, domnule Stafford? întrebă el apoi.

Josh se ridică, ţinând în mână un alt dosar.

– Da.

– Poftiţi în boxa martorilor, vă rog.

Josh ocoli mesele şi trecu pe lângă reporterul juridic, îndreptându-se spre boxă, unde ridică mâna dreaptă şi jură să spună adevărul.

– Îl reprezentaţi pe Troy Phelan? întrebă Wycliff.

– L-am reprezentat mulţi ani.

– Aţi întocmit un testament pentru el?

– Mai multe.

– Aţi întocmit şi ultimul său testament?

Urmă un moment de pauză şi, pe măsură ce se prelungi, Phelanii se aplecară şi mai mult în scaune.

– Nu, nu l-am întocmit eu, spuse Josh rar, uitându-se la vulturi.

Cuvintele fuseseră rostite încet, dar răsunară în sală ca un tunet. Avocaţii Phelanilor reacţionară mult mai rapid decât moştenitorii, dintre care câţiva nu prea ştiau ce să înţeleagă. Dar era ceva grav şi neaşteptat. Tensiunea spori în rândul celor de la mese. În sală se făcu şi mai multă linişte.

– Cine a pregătit ultimul său testament? întrebă Wycliff ca un actor prost care citea un scenariu.

– Domnul Phelan însuşi.

Nu era aşa. Îl văzuseră pe bătrân stând la masă înconjurat de avocaţi şi de cei trei psihiatri – Zadel, Flowe şi Theishen. Fusese declarat sănătos din punct de vedere mintal şi, după câteva secunde, luase un testament gros pregătit de Stafford şi unul dintre asociaţii acestuia, declarase că îi aparţinea şi îl semnase.

Aceste lucruri se petrecuseră fără urmă de îndoială.

– Dumnezeule, spuse Hark Gettys încet, dar suficient de tare pentru a auzi toată lumea.

– Când l-a semnat? întrebă Wycliff.

– Cu câteva clipe înainte să sară.

– Este scris de mână?

– Da.

– L-a semnat în prezenţa dumneavoastră?

– Da. Au mai fost şi alţi martori. Şi momentul semnării a fost înregistrat pe casetă video.

– Daţi-mi testamentul, vă rog.

Cu mişcări deliberate, Josh scoase un singur plic din dosar şi i-l dădu judecătorului. Părea îngrozitor de mic. În nici un caz nu putea să conţină suficiente cuvinte pentru a le împărţi Phelanilor ceea ce era al lor de drept.

– Ce naiba e asta? îl întrebă şuierător Troy Junior pe cel mai apropiat avocat, însă acesta nu putu să-i dea nici un răspuns.

În plic se afla o singură foaie de hârtie galbenă. Wycliff o scoase încet ca să o vadă toţi, o despături cu grijă şi o studie o clipă.

Pe Phelani îi cuprinse panica, însă nu puteau să facă absolut nimic. Oare bătrânul îi mai trăsese pe sfoară pentru o ultimă oară? Oare banii le dispăreau de sub nas? Poate se răzgândise şi le dăduse mai mult. Îşi înghionteau şi îşi imboldeau avocaţii, care rămâneau însă tăcuţi.

Wycliff îşi drese glasul şi se aplecă puţin mai mult spre microfon.

– Ţin în mână un document alcătuit dintr-o singură pagină care este un testament scris de mână de către Troy Phelan. Îi voi da citire în întregime:

„Ultimul testament al lui Troy L. Phelan. Eu, Troy L. Phelan, fiind în deplinătatea facultăţilor mintale, anulez prin prezentul toate testamentele şi codicilele precedente întocmite de mine şi îmi impart averea după cum urmează:

Copiilor mei, Troy Phelan Jr., Rex Phelan, Libbigail Jeter, Mary Ross Jackman, Geena Strong şi Ramble Phelan, le las fiecăruia câte o sumă necesară achitării tuturor datoriilor pe care le au la data de astăzi. Nici o altă datorie făcută de azi încolo nu va fi acoperită de această sumă. Dacă vreunul dintre aceşti copii va încerca să atace prezentul testament, darul respectivului va fi anulat."

Până şi Ramble auzi cuvintele şi le înţelese. Geena şi Cody începură să plângă uşor. Rex se aplecă în faţă, cu coatele sprijinite pe masă, cu faţa ascunsă în mâini şi cu mintea amorţită. Libbigail se uită la Spike peste Bright şi spuse:

– Ticălosul!

Spike era perfect de acord. Mary Ross își acoperi ochii și avocatul ei îi frecă un genunchi. Soțul ei i-l frecă pe celălalt. Numai Troy Junior izbuti să mențină o mină serioasă, dar nu pentru mult timp.

Mai urmau și alte lucruri. Wycliff nu terminase.

– „Fostelor mele soții, Lillian, Janie și Tira, nu le las nimic. Am avut grijă de ele la divorțuri."

În acel moment, Lillian, Janie și Tira se întrebau ce naiba căutau în sală. Chiar se așteptaseră să mai primească bani de la un bărbat pe care îl urau? Simțeau privirile ațintite asupra lor și încercară să se ascundă printre avocați.

Reporterii și jurnaliștii erau de-a dreptul amețiți. Voiau să noteze, dar se temeau ca nu cumva să piardă vreun cuvânt. Unii nu putură să nu zâmbească.

– „Restul averii mele îl las fiicei mele Rachel Lane, născută la 2 noiembrie 1954, la Spitalul Catolic din New Orleans, Louisiana, de către o femeie pe nume Evelyn Cunningham, în prezent decedată."

Wycliff făcu o pauză, deși nu pentru un efect mai dramatic. Mai rămăseseră două paragrafe scurte, așa că răul fusese produs. Cele unsprezece miliarde fuseseră lăsate unei fiice nelegitime despre care el nu citise nimic. Phelanii care se aflau în fața lui fuseseră lăsați fără un ban. Nu putu să nu se uite la ei.

– „Îl numesc executor testamentar pe avocatul meu de încredere, Joshua Stafford, și îi acord puteri depline în administrarea acestui testament."

Pe moment, uitaseră de Josh, dar iată-l, stând în boxă asemenea unui martor nevinovat la un accident de mașină, și îl priviră cu toată ura posibilă. Cât de mult știuse? Oare era un conspirator? Fără îndoială că ar fi putut face ceva ca să împiedice acest lucru.

Josh se chinuia să rămână serios.

– „Acest document se vrea a fi un testament olograf. Fiecare cuvânt a fost scris de mâna mea și, prin urmare, îl semnez."

Wycliff lăsă hârtia în jos și spuse:

– Testamentul a fost semnat de Troy L. Phelan la ora trei în după-amiaza zilei de 9 decembrie 1996.

Apoi o puse pe masă și își plimbă privirile prin sală. Cutremurul se termina acum și venise momentul replicilor. Phelanii se rezemară de spătarele scaunelor, unii frecându-și ochii și frunțile, alții uitându-se șocați pe pereți. Pentru o clipă, niciunul din cei douăzeci și doi de avocați nu fu în stare să spună ceva.

Șocul se abătu și asupra șirurilor de spectatori, unde, ciudat, se puteau vedea câteva zâmbete. Ah, reporterii ardeau de nerăbdare, dintr-odată, să iasă repede din sală și să înceapă să dea raportul.

Amber suspină zgomotos, dar se opri brusc. Îl întâlnise pe Troy o singură dată și el îi făcuse avansuri grosolane. Durerea ei nu era pentru pierderea cuiva drag. Geena plângea în liniște, ca și Mary Ross. În schimb, Libbigail și Spike preferau să înjure.

– Nu vă faceți griji, spuse Bright gesticulând ca și cum ar fi putut îndrepta acea nedreptate numai în câteva zile.

Biff se uită furioasă la Troy Junior, semințele divorțului erau plantate. De când avusese loc sinuciderea, el fusese deosebit de arogant și superior față de ea. Tolerase acest lucru din motive evidente, dar acum nu mai avea de gând să o facă. Aștepta cu nerăbdare prima ceartă, care avea să înceapă, fără îndoială, la câțiva pași doar de ușile sălii de judecată.

Se mai plantară și alte semințe, deoarece avocații cu pielea groasă înregistrară surpriza și apoi se scuturară de ea instinctiv, ca rața de apă. Erau pe cale de a se îmbogăți. Clienții lor erau îngropați în datorii, așadar, nu puteau decât să atace testamentul. Litigiul avea să dureze ani de zile.

– Când vă gândiți să validați testamentul? îl întrebă Wycliff pe Josh.

– Într-o săptămână.

– Foarte bine. Puteți cobora.

Josh se întoarse la locul lui, triumfător, în timp ce avocații începură să foșnească hârtii, dând impresia că totul era în regulă.

– Ședința s-a încheiat.

19

După şedinţă, avură loc trei incidente pe culoar. Din fericire, niciunul între Phelani. Acestea aveau să urmeze mai târziu.

O mulţime de reporteri aşteptau dincolo de uşile sălii, în timp ce Phelanii erau consolaţi înăuntru de către avocaţii lor. Troy Junior ieşi primul şi fu înconjurat imediat de o haită de lupi, dintre care câţiva ţineau microfoanele în poziţie de atac. În primul rând, el era mahmur, şi acum, că era mai sărac cu jumătate de miliard de dolari, nu avea nici un chef să vorbească despre tatăl său.

– Sunteţi surprins? întrebă un idiot din spatele unui microfon.

– Bineînţeles, zise el încercând să treacă printre ei.

– Cine este Rachel Lane? întrebă un altul.

– Bănuiesc că este sora mea, se răsti el.

Un băieţandru slăbănog, cu ochi prostuţi şi un ten îngrozitor se opri chiar în faţa lui, îi vârî un casetofon sub nas şi întrebă:

– Câţi copii nelegitimi a avut tatăl dumneavoastră?

Troy Junior împinse instinctiv casetofonul, care îl lovi pe tânăr chiar deasupra nasului şi, când respectivul se dădu în spate, Troy Junior îi trase o stângă în ureche, doborându-l la pământ. În haosul care se crea, un poliţist îl împinse pe Troy Junior în altă direcţie şi o zbughiră repede.

Ramble scuipă un alt reporter, care trebui ţinut de un coleg ce îi aminti că era vorba de un minor..

Al treilea incident avu loc când Libbigail şi Spike ieşiră din sală în urma lui Wally Bright.

– Nu avem nici un comentariu! strigă Bright mulțimii de reporteri care se strânseră în jurul lor. Nici un comentariu! Vă rog să vă dați la o parte!

Libbigail, care plângea, se împiedică de un cablu de televiziune și căzu peste un reporter, trântindu-l la pământ. Urmară strigăte și înjurături și, când reporterul era în patru labe, încercând să se ridice, Spike îi trase un picior în coaste. Omul scoase un țipăt și căzu la loc, dar, în timp ce se chinuia să se ridice, laba piciorului i se agăță în tivul rochiei lui Libbigail și aceasta îi trase o palmă. Spike tocmai se pregătea să-l măcelărească în clipa în care interveni un polițist.

Polițiștii puseră capăt fiecărui incident, ținând întotdeauna cu Phelanii împotriva reporterilor. Îi ajutară pe moștenitorii atacați și pe avocații lor să coboare scările, să străbată holul de la intrare și să iasă din clădire.

Avocatul Grit, care o reprezenta pe Mary Ross Phelan Jackman, fu copleșit la vederea atâtor reporteri. Începură să-l bântuie prevederile Primului Amendament, în felul rudimentar în care le înțelegea el, și se simți dator să vorbească liber. Ținându-și clienta îndurerată după umeri, vorbi grav despre reacția lor la citirea testamentului-surpriză.

Era, evident, opera unui om nebun. Cum altfel s-ar fi putut explica lăsarea unei asemenea averi unei moștenitoare necunoscute? Clienta lui își adora tatăl, îl iubea din tot sufletul, îl venera, și în timp ce Grit continua să trăncănească despre incredibila dragoste dintre tată și fiică, Mary Ross pricepu în sfârșit aluzia și începu să plângă. Grit însuși părea gata să verse lacrimi. Da, aveau să lupte. Aveau să conteste acea gravă nedreptate în fața Curții Superioare a Statelor Unite. De ce? Pentru că nu era opera acelui Troy Phelan pe care îl cunoșteau ei. Binecuvântat să-i fie sufletul. El își iubea copiii și aceștia îl iubeau la rândul lor. Legătura dintre ei era una incredibilă, întărită de tragedii și greutățile vieții. Aveau să lupte, pentru că iubitul lor tată nu era el însuși în clipele în care mâzgălise acel document îngrozitor.

Josh Stafford nu se grăbea să plece. Stătea de vorbă încet cu Hark Gettys și câțiva dintre avocații de la celelalte mese, promițându-le să le trimită copii ale oribilului testament. La început atmosfera fu cordială, dar ostilitatea creștea cu fiecare clipă. Un reporter de la *Post*, pe care îl cunoștea, aștepta pe culoar și Josh își petrecu zece minute cu el fără să-i spună nimic. Un interes deosebit suscită Rachel Lane; povestea ei și locul unde se afla. Se puseră o mulțime de întrebări, dar Josh nu avea niciun răspuns.

Cu siguranță că Nate avea să o găsească înaintea altcuiva.

Povestea luă amploare. Ieși din tribunal pe undele celor mai recente descoperiri în domeniul telecomunicațiilor și al înaltei tehnologii. Reporterii manevrau celulare, laptopuri și pagere, vorbind fără să se gândească.

Principalele agenții de presă începură să transmită știrea la douăzeci de minute de la încheierea ședinței și, la o oră după aceea, avu loc prima transmisie dintr-un lung șir, a unei reportere aflate în fața unei camere de luat vederi în apropierea tribunalului. „O știre uluitoare..." începu ea, după care relată povestea, în cea mai mare parte corect.

În partea din spate a sălii era Pat Solomon, ultimul ales de Troy pentru a conduce The Phelan Group. Era director general de șase ani, șase ani complet lipsiți de evenimente și foarte profitabili.

Părăsi tribunalul fără să fie recunoscut de niciun reporter. În timp ce se îndepărta cu limuzina sa, Solomon încercă să analizeze ultima bombă aruncată de Troy. Nu era șocat. După ce lucrase cu Troy douăzeci de ani, nimic nu îl mai surprindea. Reacția copiilor săi idioți și a avocaților acestora era liniștitoare. Odată i se dăduse sarcina imposibilă de a găsi în cadrul companiei o slujbă pe care Troy Junior să o poată păstra fără să producă pierderi trimestriale. Fusese un coșmar. Răsfățat, imatur, prost educat și fără să posede nici cele mai elementare cunoștințe de management, Troy Junior distrusese un întreg departament de la „Minerale" înainte ca lui Solomon să i se permită de sus să-l dea afară.

După câţiva ani, într-un episod similar fusese implicat Rex, care tânjea după aprobarea şi banii tatălui său. În cele din urmă, Rex se dusese la Troy într-un efort de a-l înlătura pe Solomon.

Soţiile şi ceilalţi copii se amestecaseră ani de zile, dar Troy se menţinea pe poziţie. Viaţa sa personală era un fiasco, dar nimic nu îi stânjenea iubita companie.

Solomon şi Troy nu fuseseră apropiaţi niciodată. De fapt, nimeni, poate cu excepţia lui Josh Stafford, nu reuşise vreodată să-i devină confident. Mulţimea de blonde împărţiseră cu el evidentele intimităţi, dar Troy nu avusese prieteni. Şi când el se retrăsese şi slăbise atât din punct de vedere fizic, cât şi psihic, cei care conduceau compania şuşotiseră uneori despre cine avea să fie proprietarul acesteia. Cu siguranţă că Troy nu avea să o lase copiilor săi.

Nu o făcuse, cel puţin nu obişnuiţilor suspecţi.

Membrii consiliului director aşteptau la etajul paisprezece, în aceeaşi sală de conferinţe în care Troy îşi scosese la iveală testamentul, după care sărise. Solomon descrise scena de la tribunal şi relatarea sa colorată deveni plină de umor. Gândul că moştenitorii aveau să deţină controlul îi tulburase foarte mult pe membri. Troy Junior dăduse de înţeles că el şi fraţii săi aveau numărul de voturi necesar pentru o majoritate şi că avea de gând să facă acolo curăţenie şi să aducă nişte profituri reale.

Ceilalţi voiau să ştie de Janie, soţia numărul doi. Aceasta lucrase ca secretară în cadrul companiei până când fusese promovată în funcţia de amantă şi apoi de soţie, după care devenise extrem de abuzivă faţă de mulţi dintre angajaţi. Troy îi interzisese să mai calce în sediu.

– Plângea când a plecat, spuse Solomon încântat.

– Şi Rex? întrebă un director al departamentului de finanţe, care odată fusese concediat de Rex în lift.

– N-a fost încântat. Doar ştiţi că e în anchetă.

Discutară despre majoritatea copiilor şi despre toate soţiile şi atmosfera deveni festivă.

– Am numărat douăzeci şi doi avocaţi, spuse Solomon zâmbind. O adunătură jalnică.

Din moment ce era o şedinţă neoficială, absenţa lui Josh nu avea nici o importanţă. Şeful departamentului juridic spuse că testamentul era, până la urmă, un mare noroc. Trebuiau să-şi facă griji în privinţa unei singure moştenitoare necunoscute, nu a şase idioţi.

– Ai vreo idee în legătură cu femeia asta?

– Nu, spuse Solomon. Poate că Josh ştie ceva.

După-amiază târziu, Josh fusese nevoit să plece din biroul său şi se retrăsese într-o mică bibliotecă de la subsolul clădirii. Secretara sa încetă să mai numere mesajele telefonice când ajunse la al o sută douăzecilea. Holul de la intrare era înţesat de reporteri încă din cursul dimineţii. Îşi instruise secretarele să nu îl deranjeze nimeni timp de o oră, astfel că bătaia din uşă fu extrem de supărătoare.

– Cine e? se răsti el.

– Este vorba de o urgenţă, domnule, spuse o secretară.

– Intră.

Ea vârî capul pe uşă doar cât să-l privească şi spuse:

– Este domnul O'Riley.

Josh încetă să-şi mai maseze tâmplele şi chiar zâmbi. Aruncă o privire prin încăpere şi îşi aminti că acolo nu exista niciun telefon. Ea făcu doi paşi şi îi puse unul portabil pe masă, după care dispăru.

– Nate, spuse el în receptor.

– Tu eşti, Josh? se auzi răspunsul.

Volumul era foarte bun, dar cuvintele se auzeau cu ceva paraziţi. Legătura era mai bună decât în cazul celor mai multe telefoane auto.

– Da, mă auzi, Nate?

– Da.

– Unde eşti?

– Vorbesc la telefonul prin satelit, stând în partea din spate a micului meu iaht şi plutind pe râul Paraguay. Mă auzi?

– Da, foarte bine. Cum te simţi, Nate?

– Minunat, mă distrez de minune, numai că avem o mică problemă cu barca.

– Ce fel de problemă?

– Păi, elicea a agăţat o frânghie veche şi s-a blocat motorul. Echipajul meu încearcă să desfacă frânghia. Eu supraveghez treaba.

– Se pare că te simţi grozav.

– E o aventură, nu-i aşa, Josh?

– Bineînţeles. Vreo urmă de fată?

– Nici vorbă. Suntem la o distanţă de vreo două zile, în cel mai bun caz, şi acum plutim înapoi. Nu prea cred c-o să ajungem vreodată acolo.

– Trebuie să ajungi, Nate. Azi-dimineaţă am citit testamentul la tribunal şi în curând toată lumea va porni în căutarea lui Rachel Lane.

– Eu nu mi-aş face griji în privinţa asta. E în siguranţă.

– Aş vrea să fi fost şi eu cu tine.

Marginea unui nor luă din semnal.

– Ce-ai spus? întrebă Nate mai tare.

– Nimic. Aşadar, o s-o vezi peste vreo două zile.

– Dacă avem noroc. Barca merge tot timpul, dar navigăm în susul râului şi e sezonul ploilor, aşa că apele sunt umflate şi curenţii puternici. În plus, nu prea ştim încotro să ne îndreptăm. Două zile e o presupunere foarte optimistă, cu condiţia să reparăm afurisita aia de elice.

– Aşadar, vremea e proastă, spuse Josh aproape la întâmplare.

Nu erau prea multe lucruri de discutat. Nate era în viaţă şi bine, deplasându-se în direcţia generală a ţintei.

– E al naibii de cald şi plouă de cinci ori pe zi. În afară de asta, e minunat.

– Sunt şerpi?

– Am văzut vreo doi anaconda mai lungi decât barca. O mulţime de aligatori. Şobolani cât câinii. Pe-aici li se spune *capivaras*. Trăiesc la marginea râurilor printre aligatori şi când li se face suficientă foame, oamenii îi omoară şi-i mănâncă.

– Dar ai destulă mâncare?

– Ah, da. Proviziile noastre constau din fasole neagră şi orez. Welly mi le găteşte de trei ori pe zi.

Vocea lui Nate era clară.

– Cine e Welly?

– Marinarul meu. În clipa asta e pe sub barcă, într-o apă adâncă de patru metri, ţinându-şi respiraţia şi tăind frânghia încurcată pe elice. Aşa cum am mai spus, eu supraveghez lucrările.

– Să nu intri în apă, Nate.

– Glumeşti? Sunt pe puntea superioară. Uite ce e, trebuie să închid. Consum bateria şi încă n-am găsit o modalitate de a o reîncărca.

– Când mă mai suni?

– O să-ncerc să aştept până când o s-o găsesc pe Rachel Lane.

– Bună idee. Dar să mă suni dacă ai necazuri.

– Necazuri? De ce să te sun, Josh? N-ai putea să faci absolut nimic.

– Aşa e. Nu mă suna.

20

Furtuna izbucni în amurg, când Welly fierbea orezul în bucătărie și Jevy privea cum se lăsa întunericul asupra râului. Vântul îl trezi pe Nate, o rafală subită și șuierătoare, care zgudui hamacul și îl făcu să sară imediat în picioare. Îndată urmară tunete și fulgere. Se duse lângă Jevy și privi spre nord, într-un întuneric vast.

– O furtună mare, spuse Jevy în aparență indiferent.

Oare n-ar trebui să tragem pe dreapta? se întrebă Nate. Cel puțin să găsim un loc unde apa e mai puțin adâncă? Jevy nu părea îngrijorat: nonșalanța lui era oarecum liniștitoare. Când începu ploaia, Nate coborî să-și mănânce orezul și fasolea. Mâncă în tăcere, în timp ce Welly stătea într-un colț al cabinei. Becul de deasupra lor se bălăngănea puternic, deoarece vântul zguduia barca. Picături mari de ploaie răpăiau în geamuri.

Pe covertă, Jevy își puse un poncho galben pătat de grăsime și se lupta cu ploaia care îl izbea în față. Mica timonerie nu avea ferestre. Cele două felinare încercau să lumineze drumul, însă nu dezvăluiau decât vreo cincisprezece metri de apă clocotitoare în fața lor. Jevy cunoștea bine râul și trecuse prin multe furtuni mai rele.

Îi era greu să citească, din moment ce barca se tot mișca. După câteva minute de tangaj puternic, lui Nate i se făcu rău. În sacul său de voiaj găsi un poncho cu glugă, lung până la genunchi. Josh se gândise la toate. Ținându-se de balustradă, se îndreptă cu greu spre scările unde Welly stătea ghemuit lângă timonerie, ud leoarcă.

Râul cotea spre est, spre inima Pantanalului, şi când întoarseră vântul îi izbi dintr-o parte. Barca se clătină, azvârlindu-i pe Nate şi pe Welly cu putere în parapet. Jevy se prinse de uşa timoneriei, forţa sa ajutându-l să se menţină pe poziţie şi să nu piardă controlul.

Rafalele deveniră neîntrerupte, una după alta, la un interval de numai câteva secunde, iar *Santa Loura* încetă să mai înainteze. Furtuna o împinse spre mal. Picăturile de ploaie erau puternice şi reci acum, revărsându-se asupra lor în şuvoaie. Jevy găsi o lanternă lungă într-o cutie de lângă timonă şi i-o dădu lui Welly.

– Găseşte malul! îi strigă el, chinuindu-se să se facă auzit pe deasupra vântului care vâjâia şi a ploii torenţiale.

Nate înainta cu greu de-a lungul parapetului până când ajunse lângă Welly, pentru că şi el voia să vadă încotro ar fi putut să se îndrepte. Însă raza lanternei nu surprindea nimic altceva decât ploaie, atât de deasă, încât părea o perdea de ceaţă care se învolbura deasupra apei.

Fulgerul le veni în ajutor. Imediat văzură vegetaţia întunecată de pe mal, nu prea departe. Vântul îi împingea într-acolo. Welly strigă şi Jevy îi răspunse ceva tot strigând, exact în clipa în care o altă rafală de vânt lovi barca, înclinând-o puternic spre tribord. Zguduitura bruscă îi azvârli lui Jevy lanterna din mână şi se uitară cum dispăru înghiţită de apă.

Stând ghemuit pe pasarelă, agăţat de balustradă, ud leoarcă şi tremurând, Nate îşi dădu seama că urma să se întâmple unul din două lucruri. Şi nici unul din ele nu putea fi controlat de ei. În primul rând barca avea să se răstoarne. Dacă nu, aveau să fie azvârliţi spre unul din maluri, în nămolul unde trăiau reptilele. Fu numai puţin speriat, până când se gândi la hârtii.

În nici un caz acestea nu trebuiau pierdute. Se ridică brusc, exact când barca se înclină din nou, şi fu cât pe ce să cadă peste bord.

– Trebuie să cobor! îi strigă el lui Jevy, care ţinea cârma cu toată puterea.

Şi căpitanului îi era frică.

Cu vântul în spate, Nate coborî încet treptele. Puntea era alunecoasă din cauza motorinei. Un bidon se răsturnase şi lichidul se scurgea din el. Încercă să-l ridice, dar era nevoie de doi bărbaţi. Intră în cabină, îşi aruncă ponchoul într-un colţ şi se repezi să scoată servieta de sub pat. Vântul izbi barca din nou. Aceasta se înclină, surprinzându-l pe Nate fără să se ţină de nimic. Ateriză în perete, cu picioarele deasupra capului.

Hotărî în sinea lui că nu trebuia să piardă două lucruri: hârtiile şi SatFone-ul. Toate acestea se aflau în servietă, care era nouă şi frumoasă, dar, cu siguranţă, nu impermeabilă. O strânse la piept şi se întinse pe pat, în timp ce *Santa Loura* se lupta cu furtuna.

Bătăile încetară. Spera că Jevy oprise motorul dintr-un comutator. Le auzi paşii chiar deasupra lui. Suntem pe cale să ne izbim de mal, îşi spuse el, şi e mai bine ca motorul să nu fie în funcţiune. Sigur nu se defectase nimic.

Luminile se stinseră. Era un întuneric deplin.

Stând acolo, în beznă, legănându-se pe valuri şi aşteptând ca *Santa Loura* să se lovească de mal, Nate se gândi la ceva îngrozitor. Dacă ea refuza să semneze înştiinţarea şi/sau notificarea de competenţă jurisdicţională, era nevoie de încă o călătorie acolo. Luni întregi sau poate ani, cineva, probabil chiar el, avea să fie nevoit să străbată râul Paraguay pentru a o informa pe cea mai bogată misionară din lume că lucrurile erau finalizate şi banii îi aparţineau.

Citise că misionarii îşi luau concedii – pauze lungi în activitatea lor, când se întorceau în State şi îşi reîncărcau bateriile. De ce nu putea şi Rachel să-şi ia un concediu, poate chiar să meargă acasă împreună cu el şi să rămână până când se lămureau problemele? Pentru unsprezece miliarde, părea un lucru minim pe care ar fi putut să-l facă. Avea să i-l sugereze, dacă apuca să o vadă vreodată.

Se simţi o zguduitură şi Nate fu azvârlit pe jos. Erau în hăţişuri.

Santa Loura era construită cu fundul plat, ca toate ambarcaţiunile din Pantanal, pentru a nu avea de suferit din cauza mizeriilor din apa râului. După furtună, Jevy porni motorul şi timp de o jumătate de oră manevră barca înainte şi înapoi, scoţând-o încet, încet din nisip şi nămol. Când se eliberă, Welly şi Nate curăţară puntea de crengi şi de frunze. Verificară, dar nu găsiră niciun nou pasager, şerpi sau *jacarés*. În timpul unei pauze de cafea, Jevy le povesti despre un anaconda care ajunsese la bord cu ani în urmă şi atacase un marinar adormit.

Nate spuse că nu se omora după poveşti cu şerpi. Îşi făcu treaba încet şi foarte atent.

Norii se risipiră şi o frumoasă semilună apăru deasupra râului. Welly pregăti un ibric de cafea. După violenţa furtunii, Pantanalul părea hotărât să rămână perfect nemişcat. Râul era neted precum cristalul. Luna îi călăuzi, dispărând când râul cotea, dar fiind vizibilă întotdeauna când se îndreptau din nou spre nord.

Datorită faptului că Nate era acum pe jumătate brazilian, nu purta ceas la mână. Timpul nu mai conta. Era târziu, probabil miezul nopţii. Ploaia îi atacase timp de patru ore.

Nate dormi câteva ore în hamac şi se trezi imediat după ivirea zorilor. Îl găsi pe Jevy sforăind în patul său, în cabina din spatele timoneriei. Welly se afla la cârmă pe jumătate adormit. Nate îl trimise după cafea şi trecu el la cârmă.

Norii revenită, dar nu părea că va ploua. În urma furtunii, râul era presărat cu crengi şi frunze. Era lat şi nu se mai vedea nicio altă ambarcaţiune, aşa că Nate, căpitanul, îl trimise pe Welly să tragă un pui de somn în hamac, iar el preluă comanda vasului.

Era mai grozav decât într-o sală de judecată. Fără cămaşă, desculţ, sorbind din cafeaua dulce, în timp ce conducea o expediţie în inima celei mai mari mlaştini din lume. În zilele lui de glorie, ar fi dat fuga la un proces undeva, jonglând cu zece lucruri deodată, cu telefoane în fiecare buzunar. Nu prea îi era dor de aşa ceva; niciunui avocat întreg la minte nu i-ar putea fi dor de sala de judecată, dar n-ar recunoaşte niciodată acest lucru.

Barca mergea practic singură. Cu binoclul lui Jevy, se uită pe maluri după *jacarés*, şerpi şi *capivaras*. Şi numără tuiuius, pasărea înaltă, albă, cu gâtul lung şi capul roşu care devenise simbolul Pantanalului. Erau douăsprezece într-un stol pe un banc de nisip. Rămaseră nemişcate şi priviră în urma bărcii.

Căpitanul şi echipajul său adormit înaintau spre nord, în timp ce cerul deveni portocaliu şi se făcu ziuă. Se afundau din ce în ce mai mult în inima Pantanalului, fără să ştie unde avea să-i ducă acea călătorie.

21

Coordonatorul Misiunilor Sud-Americane era o femeie pe nume Neva Collier. Se născuse într-un iglu din Terra Nova, unde părinții ei lucraseră douăzeci de ani printre indigenii inuiți. Ea însăși lucrase unsprezece ani în munții Noii Guinee, astfel că nu era deloc străină de greutățile și necazurile celor aproximativ nouă sute de oameni ale căror activități le coordona.

Și ea era singura persoană care știa că Rachel Porter fusese odată Rachel Lane, fiica nelegitimă a lui Troy Phelan. După ce absolvise facultatea de medicină, Rachel își schimbase numele într-un efort de a șterge cât putea de mult din trecutul ei. Nu avea rude; ambii părinți adoptivi muriseră. Nu avea frați sau surori. Nu mătuși, unchi sau veri. Cel puțin niciunii pe care să-i cunoască ea. Nu îl avea decât pe Troy și dorea cu disperare să-l îndepărteze din viața ei. După ce terminase seminarul Triburilor Mondiale, Rachel îi împărtășise secretele ei Nevei Collier.

Mai-marii de la Triburile Mondiale știau că Rachel avea secrete, dar nu era ceva care să o împiedice în dorința ei de a-l sluji pe Dumnezeu. Era doctoriță, absolvise seminarul lor și era o slujitoare devotată și umilă a lui Hristos, nerăbdătoare să își înceapă misiunea. Promiseră să nu divulge nimic despre ea, inclusiv locul exact din America de Sud unde se afla.

Stând în micul ei birou din Houston, Neva citi senzaționalul articol despre testamentul lăsat de domnul Phelan. Urmărise evoluția lucrurilor începând din momentul sinuciderii.

Comunicarea cu Rachel era un proces lent. Își scriau de două ori pe an, în martie și în august, iar Rachel suna de obicei o dată pe an de la un telefon public din Corumbá, când se ducea acolo după provizii. Neva vorbise cu ea cu un an în urmă. Ultimul concediu îl avusese în 1992. După şase săptămâni, renunţase şi se întorsese în Pantanal. Îi mărturisise Nevei că nu avea nici un interes în Statele Unite. Nu acolo îi era locul, ci alături de oamenii ei.

Judecând după comentariile avocaţilor din articol, chestiunea era departe de a fi lămurită. Neva puse dosarul deoparte şi se hotărî să aştepte. La momentul potrivit, oricând ar fi fost acesta, avea să-i informeze pe membrii consiliului ei de conducere în legătură cu vechea identitate a lui Rachel.

Spera însă că acel moment nu avea să vină niciodată. Dar cum puteai să ascunzi unsprezece miliarde de dolari?

Nimeni nu se aştepta cu adevărat ca avocaţii să cadă de acord asupra locului întâlnirii. Fiecare firmă insista să-l aleagă. Faptul că acceptaseră totuşi să se întâlnească, într-un timp atât de scurt, era extraordinar.

Astfel că se întâlniră la un hotel, Ritz din Tysons Corner, într-un salon pentru banchete, unde mesele se aşezară în grabă într-un pătrat perfect. Când uşa se închise în sfârşit, în încăpere erau aproape cincizeci de persoane, deoarece fiecare firmă se simţise obligată să aducă asociaţi, asistenţi şi chiar secretare pentru a impresiona.

Tensiunea era aproape vizibilă. Nici un Phelan nu era prezent, acolo aflându-se numai echipele lor juridice.

Hark Gettys ceru să se facă linişte şi, lucru înţelept, spuse o glumă foarte amuzantă. Ca într-o sală de judecată, unde oamenii sunt tensionaţi şi nu se aşteaptă la comedie, râsetele fură zgomotoase şi sănătoase. Sugeră să fie lăsat câte unul din avocaţii fiecărui moştenitor Phelan să-şi spună punctul de vedere. El avea să fie ultimul.

Se ridică o obiecţie.

– Care sunt moştenitorii mai exact?

– Cei şase copii Phelan, spuse Hark.

– Şi cele trei foste soţii?

– Nu sunt moştenitoare, ci foste soţii.

Acest lucru îi deranja pe avocaţii soţiilor, care după câteva discuţii aprinse ameninţară să plece. Cineva sugeră să fie lăsaţi să vorbească oricum, şi asta rezolvă problema.

Grit, fidelul avocat angajat de Mary Ross Phelan Jackman şi de soţul acesteia, se ridică şi pledă pentru război.

– Nu putem face altceva decât să atacăm testamentul, zise el. Nu a existat nici o influenţă nepotrivită, aşa că va trebui să dovedim că bătrânul era într-o ureche. La naiba, doar s-a aruncat de la etaj. Şi a lăsat una din cele mai mari averi din lume unei moştenitoare necunoscute. Mie mi se pare o nebunie. Putem găsi psihiatri care să depună mărturie în acest sens.

– Cum rămâne cu cei trei care l-au examinat exact înainte să sară? întrebă cineva din partea cealaltă a mesei.

– A fost o prostie, se răsti Grit. A fost un aranjament şi voi aţi crezut totul.

Acest lucru îi supără pe Hank şi pe ceilalţi avocaţi care fuseseră de acord cu examenul medical.

– După război mulţi viteji se arată, spuse Yancy, reducându-l la tăcere pe Grit pentru moment.

Echipa Geenei şi a lui Cody Strong era condusă de o femeie cu numele de Langhorne, înaltă, solidă şi care purta o rochie Armani. Pe vremuri, fusese profesoară la facultatea de drept din Georgetown şi, când se adresă grupului, o făcu cu aerul unei persoane care le ştia pe toate. Punctul unu: existau doar două temeiuri în baza cărora se putea ataca un testament în Virginia – influenţare neadecvată şi lipsa capacităţii mintale. Din moment ce nimeni nu o cunoştea pe Rachel Lane, cel mai bine era să se presupună că aceasta avusese puţine legături cu Troy sau chiar deloc. Aşadar, ar fi fost dificil, dacă nu imposibil să se dovedească faptul că îl influenţase în vreun fel când el îşi făcuse ultimul testament. Punctul doi: lipsa capacităţii testamentare era singura lor speranţă. Punctul trei: să se uite de fraudă. Sigur că îi făcuse să accepte examenul medical sub motive false, dar un testament nu poate fi atacat pe temeiul fraudei. Un contract da, un testament nu. Se documentase deja și avea cazurile respective, dacă cineva era interesat.

Avea în față un dosar și era pregătită impecabil. Șase alți angajați de la firma ei o susținură.

Punctul patru: examenul medical avea să fie foarte greu de demolat. Văzuse caseta video. Probabil că aveau să piardă războiul, dar puteau fi plătiți pentru luptă. Concluzia ei: să atace testamentul cu înverșunare și să spere că aveau să obțină o soluționare profitabilă fără proces.

Pledoaria ei dură zece minute și acoperi puțin teren necunoscut. Nu fu întreruptă pentru că era femeie, dar antipatia era aproape vizibilă.

Wally Bright, cel care studiase la seral, fu următorul și, în contrast puternic cu doamna Langhorne, tună și fulgeră la adresa nedreptății în general. Nimic nu era pregătit – nu dosar, nu însemnări, nu gânduri în legătură cu ce avea să spună mai departe, doar trăncăneală goală în stilul unui scandalagiu care sărea întruna de pe scaun.

Doi dintre avocații lui Lillian se ridicară în același timp, părând să fie nedezlipiți. Amândoi purtau costume negre și aveau fețele palide ale unor avocați care vedeau foarte rar soarele. Unul începea o frază, celălalt o încheia. Unul punea o întrebare retorică, celălalt avea răspunsul. Unul pomenea un dosar, celălalt îl scotea din servietă. Echipa fu eficientă și repetă într-un mod succint ceea ce se mai spusese deja.

Un consens începea să capete contur rapid. Trebuiau să lupte pentru că (a) nu aveau multe de pierdut, (b) nu aveau ce altceva să facă, și (c) era singura modalitate prin care se putea forța o soluționare. Pentru a nu mai vorbi de (d), aveau să fie bine plătiți cu ora pentru acel război.

Yancy fu deosebit de hotărât în susținerea ideii unui litigiu. Și pe bună dreptate. Ramble era singurul minor dintre moștenitori și nu avea datorii. Tutela care avea să-i asigure cinci milioane când împlinea douăzeci și unu de ani fusese înființată cu zeci de ani în urmă şi nu putea fi revocată. Cu cinci milioane garantate, Ramble era într-o situaţie financiară mult mai bună decât oricare dintre fraţii săi. Din moment ce nu avea nimic de pierdut, de ce să nu se certe pentru mai mult?

Trecu o oră până când cineva pomeni de clauza din testament privind o eventuală atacare. Moştenitorii, mai puţin Ramble, riscau să piardă şi puţinul pe care li-l lăsase Troy dacă atacau testamentul. Avocaţii acordară puţină atenţie acestei chestiuni. Hotărâseră deja să lupte şi ştiau că lacomii lor clienţi aveau să le asculte sfatul.

Multe lucruri nu se discutară. În primul rând, litigiul avea să fie îngreunat. Cea mai înţeleaptă soluţie, şi mai eficientă din punct de vedere financiar, avea să fie alegerea unei firme cu experienţă care să acţioneze ca reprezentant principal. Ceilalţi puteau să se dea cu un pas înapoi, să continue să-şi apere clienţii şi să fie ţinuţi la curent cu fiecare mişcare. O asemenea strategie ar fi necesitat două lucruri: (1) cooperare şi (2) diminuarea voluntară a majorităţii orgoliilor din încăpere.

Despre acest lucru nu se pomeni în timpul întâlnirii de trei ore.

Avocaţii reuşiseră să-i despartă pe moştenitori în aşa fel încât să nu fie doi care să apeleze la aceeaşi firmă, dar nu o făcură cu ajutorul unei scheme, deoarece schemele presupuneau cooperare. Printr-o manipulare pricepută care nu se învaţă la facultatea de drept, ci se dobândea ulterior, avocaţii îşi convinseseră clienţii să-şi petreacă mai mult timp stând de vorbă cu ei decât cu ceilalţi moştenitori. Încrederea nu era o virtute cunoscută Phelanilor, dar nici avocaţilor acestora.

Se contura un proces lung şi haotic.

Nicio voce curajoasă nu sugeră ca testamentul să nu fie contestat. Nu exista nici cel mai mic interes pentru respectarea dorinţelor celui care, de fapt, făcuse averea pentru împărţirea căreia conspirau acum.

În timpul celui de al treilea sau al patrulea tur al mesei, se făcu un efort pentru determinarea datoriei fiecăruia dintre cei șase moștenitori în momentul morții domnului Phelan. Însă efortul se încheie cu un eșec sub un baraj de chițibușuri juridice.

– Sunt incluse și datoriile soților sau soțiilor? întrebă Hark, fiind avocatul lui Rex, a cărui soție, Amber, stripteuza, era proprietara cluburilor și majoritatea datoriilor erau pe numele ei.

– Cum rămâne cu obligațiile față de fisc? întrebă avocatul lui Troy Junior, care avea probleme cu impozitele de cincisprezece ani.

– Clienții mei nu m-au autorizat să divulg informații financiare, spuse Langhorne, înghețând discuțiile cu acea declarație formală.

Reticența confirmă ceea ce știau cu toții – moștenitorii Phelan erau îngropați până la gât în împrumuturi și ipoteci.

Fiind avocați, pe toți îi îngrijora publicitatea și felul cum avea să fie prezentată lupta lor de către mass-media. Clienții lor nu erau numai o grămadă de copii răsfățați și lacomi care fuseseră dezmoșteniți de tatăl lor. Dar se temeau că presa avea să-i prezinte astfel. Impresiile erau cruciale.

– Propun să angajăm o agenție de publicitate, spuse Hark.

Era o idee minunată, pe care câțiva și-o însușiră imediat. Să angajeze o firmă care să-i prezinte pe moștenitorii Phelan ca pe niște copii îndurerați, care iubiseră un om ce nu prea avusese timp pentru ei. Un excentric, fustangiu, pe jumătate nebun... Da! Asta era! Să-l înfățișeze pe Troy ca pe un personaj negativ. Și să facă din clienții lor niște victime!

Ideea înflori și imaginația se aprinse rapid în jurul meselor, până când cineva întrebă exact cum aveau să plătească asemenea servicii.

– Sunt îngrozitor de scumpe, spuse un avocat care se întâmpla să ceară șase sute pe oră pentru sine și patru sute pe oră pentru fiecare dintre cei trei asociați inutili ai săi.

Ideea își pierdu repede din atracție, până când Hark sugeră slab ca fiecare firmă să dea o anumită sumă. Toți deveniră incredibil de tăcuți. Cei care avuseseră atâtea de spus despre toate erau captivați acum de limbajul magic al dosarelor și cazurilor vechi.

– Putem să discutăm despre asta mai târziu, zise Hark atunci, încercând să-și salveze obrazul.

Fără îndoială că acea idee nu avea să mai fie pomenită niciodată.

După aceea discutară despre Rachel și unde ar fi putut să fie aceasta. Oare era cazul să apeleze la serviciile unei agenții foarte bune de detectivi pentru a o găsi? Aproape fiecare avocat cunoștea una. Ideea era destul de atrăgătoare și se bucura de mai multă atenție decât ar fi trebuit. Ce avocat n-ar fi vrut să o reprezinte pe moștenitoarea aleasă?

Hotărâră însă să nu o caute pe Rachel, în primul rând pentru că nu puteau să decidă ce aveau să facă dacă o găseau. Avea să apară destul de curând, fără îndoială, înconjurată de propriul grup de avocați.

Întâlnirea se încheie într-o notă plăcută. Avocații își oferiră rezultatul pe care îl doreau. Plecară cu planuri de a-și suna imediat clienții și de a le raporta mândri ce progrese făcuseră. Puteau să afirme fără echivoc că înțelepciunea combinată a tuturor avocaților Phelan concurase la concluzia că testamentul trebuia atacat cu înverșunare.

22

Nivelul apei crescu tot timpul zilei, râul ieşind uşor din matcă pe alocuri, acoperind bancuri de nisip, pătrunzând în desişuri, inundând micile curţi noroioase ale caselor pe lângă care treceau la câte trei ore o dată. Apa purta şi mai multe murdării – buruieni, iarbă, crengi şi puieţi. Pe măsură ce râul se lăţea, devenea şi mai puternic, iar curenţii încetineau şi mai mult înaintarea bărcii.

Dar nimeni nu se uita la ceas. Nate fusese înlăturat politicos din funcţia de căpitan după ce *Santa Loura* fu lovită de un trunchi de copac în derivă pe care el nu îl văzuse. Nu se defectase nimic, dar zguduitura îi făcuse pe Jevy şi pe Welly să vină în fugă din timonerie. Se întoarse pe mica lui punte, în mijlocul căreia era întins hamacul, şi acolo îşi petrecu dimineaţa citind şi uitându-se la vieţuitoarele sălbatice.

Jevy veni lângă el să bea cafeaua.

– Ce părere ai despre Pantanal? îl întrebă el.

Stăteau amândoi pe o bancă, având braţele petrecute pe după balustradă şi picioarele goale li se legănau peste marginea bărcii.

– E magnific.

– Cunoşti Colorado?

– Am fost acolo, da.

– În sezonul ploios, râurile din Pantanal ies din matcă. Zona inundată e de mărimea statului Colorado.

– Ai fost în Colorado?

– Da. Am un văr acolo.

– Unde ai mai fost în altă parte?

– Acum trei ani, vărul meu şi cu mine am călătorit cu autocarul, un Greyhound, prin toată ţara. Am văzut toate statele, în afară de şase.

Jevy era un tânăr brazilian sărac, în vârstă de douăzeci şi patru de ani. Nate avea dublul vârstei lui şi mai tot timpul avusese mulţi bani. Totuşi, Jevy văzuse mai mult din Statele Unite decât el.

Însă când situaţia lui financiară fusese bună, Nate călătorise întotdeauna în Europa. Restaurantele lui preferate erau la Roma şi la Paris.

– Când ploile se opresc, continuă Jevy, vine sezonul uscat. Păşuni, mlaştini, mai multe lagune şi mlaştini decât poate să numere cineva. Ciclul – ploile şi sezonul uscat – dă naştere mai multor vietăţi sălbatice decât în orice parte a lumii. Avem şase sute cincizeci de specii de păsări, mai multe decât în Canada şi în Statele Unite la un loc. Cel puţin două sute şaizeci de specii de peşti. Şerpi, caimani, aligatori, chiar şi vidre uriaşe trăiesc în apă.

Ca pentru a-şi întări spusele, arătă spre un desiş de la marginea unei păduri.

– Uite o căprioară, spuse el. Sunt o mulţime. Şi mulţi jaguari, furnicari uriaşi, *capivaras*, tapiri şi papagali ara. Pantanalul e plin de vietăţi sălbatice.

– Aici te-ai născut?

– Am văzut lumina zilei într-un spital din Corumbá, dar m-am născut pe râurile astea. Aici e casa mea.

– Mi-ai spus că tatăl tău a fost căpitan de vas.

– Da. Am început să merg cu el de când eram mic. Dimineaţa devreme, când toată lumea dormea, mă lăsa să stau la cârmă. La zece ani, cunoşteam toate râurile principale.

– Şi a murit pe râu.

– Nu pe ăsta, pe Taquiri, spre est. Conducea un vas cu turişti germani când i-a lovit o furtună. Singurul supravieţuitor a fost un marinar.

– Când s-a-ntâmplat asta?

– Acum cinci ani.

Veşnic avocat pledant, Nate ar fi vrut să-i pună o mulţime de întrebări în legătură cu accidentul. Voia detalii – detaliile câştigau procesele. Însă nu spuse decât „îmi pare rău" şi tăcu.

– Vor să distrugă Pantanalul, spuse Jevy.

– Cine?

– O mulţime de oameni. Companii mari care deţin ferme mari. În părţile de nord şi de est ale Pantanalului se defrişează suprafeţe întinse pentru a construi ferme. Principala cultură e soia. Vor s-o exporte. Cu cât defrişează mai multe păduri, cu atât se strâng mai multe deşeuri în Pantanal. Stratul de sedimente în râurile noastre creşte cu fiecare an. Solul fermelor nu e bun pentru agricultură, aşa că folosesc o mulţime de spray-uri şi îngrăşăminte. Chimicalele ajung la noi. Multe din fermele mari ridică baraje ca să creeze noi păşuni. Asta tulbură ciclul inundaţiilor, iar mercurul ne omoară peştii.

– Cum ajunge mercurul aici?

– Din cauza mineritului. În nord, scot aur cu ajutorul mercurului. Acesta ajunge în râuri care în cele din urmă se varsă în Pantanal. Peştii noştri îl înghit şi mor. Totul se aruncă în Pantanal. Cuiabá e un oraş în partea de est, cu un milion de locuitori. Nu are un sistem de tratare a deşeurilor. Ghici încotro e dirijată canalizarea.

– Guvernul nu ajută cu nimic?

Jevy izbuti să râdă cu amărăciune.

– Ai auzit de Hidrovia?

– Nu.

– E un şanţ mare care trebuie să treacă prin Pantanal. Ideea e să lege Brazilia, Bolivia, Paraguay, Argentina şi Uruguay. Ca să salveze America de Sud. Dar va seca Pantanalul. Şi guvernul nostru sprijină acest proiect.

Nate fu cât pe ce să spună ceva despre responsabilitatea pentru mediul înconjurător, dar îşi aminti că poporul lui era cel mai mare consumator de energie pe care îl văzuse lumea vreodată.

– Încă e frumos, spuse el.

– Aşa e, zise Jevy, terminându-şi cafeaua. Uneori mă gândesc că e prea mare pentru ca ei să-l poată distruge.

Trecură pe lângă o gură de vărsare îngustă prin care şi mai multă apă ajungea în Paraguay. O mică turmă de căprioare trecea prin apă, ciugulind din lujerele verzi, ignorând zgomotul de pe râu. Şapte căprioare, dintre care doi erau căpriori tineri pătaţi.

– La câteva ore distanţă e un mic punct comercial, spuse Jevy, ridicându-se. Ar trebui să ajungem acolo până se întunecă.

– Ce cumpărăm?

– Cred că nimic. Proprietar e Fernando, un tip care ştie tot ce se întâmplă pe râu. Poate ştie ceva şi despre misionari.

Jevy îşi goli ceaşca în râu şi îşi întinse braţele.

– Uneori are şi bere. *Cerveja.*

Nate rămase cu privirea aţintită asupra râului.

– Cred că n-ar trebui să cumpărăm, mai zise Jevy şi se îndepărtă.

„Sunt perfect de acord", îşi spuse Nate. Îşi goli ceaşca, sugând zaţul şi granulele de zahăr.

O sticlă maronie rece, poate Antarctica sau Brahma, cele două tipuri pe care le gustase deja în Brazilia. Excelentă bere. Un loc preferat al lui fusese un bar de lângă Georgetown, cu o sută douăzeci de mărci de bere străină în meniu. Le încercase pe toate. Îţi dădeau alune prăjite la coşuleţ şi aveai voie să arunci cojile pe jos. Când foştii lui colegi de facultate se aflau în oraş, se întâlneau întotdeauna la bar pentru a depăna amintiri. Berea era rece ca gheaţa, alunele fierbinţi şi sărate, podeaua trosnea când căleai pe coji şi fetele erau tinere şi fără prejudecăţi. Barul existase acolo dintotdeauna, şi în timpul fiecărei călătorii la dezalcoolizare şi apoi în perioada de abstinenţă, acesta îi lipsea cel mai mult lui Nate.

Începu să transpire, deşi soarele era ascuns şi se simţea o briză răcoroasă. Se afundă în hamac şi se rugă să adoarmă, să intre într-o comă care să-l facă să treacă în inconştienţă pe lângă micul lor magazin şi apoi în noapte. Dar asudă din ce în ce mai mult, până când cămaşa i se udă leoarcă. Începu o carte despre dispariţia indienilor brazilieni şi încercă iarăşi să adoarmă.

Era perfect treaz când motorul fu oprit şi barca se apropie de mal. Se auziră glasuri şi apoi urmă o zgâlţâitură uşoară când opriră în faţa magazinului. Nate se dădu jos din hamac încet şi se aşeză din nou pe bancă.

Era un fel de magazin de provincie, construit pe stâlpi înalţi – o clădire micuţă din scânduri nevopsite, cu un acoperiş de tablă şi o verandă îngustă, unde, deloc surprinzător, doi localnici stăteau tolăniţi, fumând şi bând ceai. Prin spatele lui trecea un râuleţ care dispărea în Pantanal. Un rezervor mare de combustibil era fixat într-o parte a clădirii.

Un ponton şubred înainta în apă pentru ca ambarcaţiunile să poată opri. Jevy şi Welly coborâră pe ponton cu grijă, deoarece curenţii erau puternici. Sporovăiră cu *pantaneiros* de pe verandă, după care trecură pragul uşii deschise.

Nate jurase să rămână la bord. Se duse în partea cealaltă a punţii, se aşeză pe bancă, îşi vârî braţele şi picioarele pe după balustradă şi privi râul cum curgea pe lângă el. Avea să stea acolo sus pe bancă şi cu braţele şi picioarele imobilizate de balustradă. Nici cea mai rece bere din lume n-ar fi putut să-l ia.

Aşa cum învăţase, în Brazilia nu existau vizite scurte. Mai ales pe râu, unde vizitele erau rare. Jevy cumpără treizeci de galoane de motorină pentru a înlocui ceea ce se pierduse în timpul furtunii. Motorul porni.

– Fernando zice că e o misionară. Lucrează cu indienii, spuse Jevy, dându-i o sticlă cu apă rece.

Se mişcau din nou.

– Unde?

– Nu ştie sigur. Sunt câteva aşezări spre nord, în apropiere de Bolivia. Dar cum indienii nu circulă pe râu, nu prea ştie multe despre ei.

– Cât e până la cea mai apropiată aşezare?

– Ar trebui să ne apropiem până dimineaţă. Dar nu putem să luăm barca asta. Va trebui s-o folosim pe cea mică.

– Sună interesant.

– Îl mai ţii minte pe Marco, fermierul a cărui vacă a fost omorâtă de avionul nostru?

– Bineînţeles. Avea trei băieţi.

– Da. A fost pe-acolo ieri, spuse Jevy arătând spre magazinul care dispărea pe după un cot. Vine o dată pe lună.

– Erau şi băieţii cu el?

– Nu. E prea periculos.

Ce mică era lumea. Nate spera că băieţii cheltuiseră banii pe care li-i dăduse el de Crăciun. Privi magazinul până când acesta dispăru complet din raza vizuală.

Poate că la întoarcere avea să se simtă suficient de bine ca să poată bea o bere rece. Sau două, pentru a sărbători reuşita călătoriei. Se întoarse în adăpostul hamacului său şi se înjură pentru slăbiciune. În sălbăticia unei mlaştini gigantice trecuse foarte aproape de alcool şi timp de ore întregi nu se mai gândi la altceva. Anticipaţia, teama, sudoarea şi ticluirea unor moduri în care să pună mâna pe ceva de băut. Apoi apropierea de dezastru, de care nu scăpase prin propriile puteri, şi acum fantezia reînnoirii relaţiei cu alcoolul. Câteva înghiţituri nu aveau cum să-i facă rău, pentru că se putea opri. Aceea era minciuna lui preferată.

Nu era decât un alcoolic. Chiar dacă fusese la o clinică de o mie de dolari pe zi, tot asta rămăsese. Chiar dacă fusese la întâlnirile AA din subsolul unei biserici marţi seara, tot asta rămăsese.

Viciul puse stăpânire pe el şi începu să-l cuprindă disperarea. Plătea pentru afurisita aceea de barcă; Jevy lucra pentru el. Dacă ar insista să se întoarcă la magazin, ei ar face-o. Ar putea să cumpere toată berea pe care o avea Fernando, ar pune-o la gheaţă sub punte şi ar bea Brahma până în Bolivia. Şi nimeni n-ar putea să facă nimic.

Ca un miraj, Welly apăru zâmbitor cu o ceaşcă de cafea proaspătă.

– *Vou cozinhar*, spuse el. Mă duc să fac de mâncare.

Mâncarea avea să-l ajute, își spuse Nate. Chiar și o altă farfurie cu fasole, orez și pui fiert. Mâncarea avea să-i satisfacă simțurile sau cel puțin să-i distragă atenția de la alte dorințe.

Mânca încet, pe puntea superioară, singur în întuneric, gonind țânțarii mari care îi dădeau târcoale feței. Când termină, își dădu cu insecticid de la gât până la picioarele goale. Criza trecuse, fiind străbătut doar de câteva efecte secundare ușoare. Nu mai simțea gustul berii sau mirosul alunelor din barul lui preferat.

Se retrase în sanctuarul lui. Ploua din nou, o ploaie liniștitoare, fără vânt sau tunete. Josh îi dăduse patru romane pentru a le citi de plăcere. Toate materialele fuseseră citite și răscitite. Nu îi mai rămăsese altceva decât cărțile. Citise deja jumătate din cea mai subțire.

Se afundă în hamac și continuă lectura tristă despre indigenii brazilieni.

Când exploratorul portughez Pedro Alvarez Cabral pășise pentru prima oară pe pământ brazilian, pe coasta Bahiei, în aprilie 1500, în țară erau cinci milioane de indieni, răspândiți în nouă sute de triburi. Vorbeau 1 175 de limbi și, exceptând obișnuitele conflicte tribale, erau oameni pașnici.

După cinci secole în care fusese „civilizată" de către europeni, populația indiană fusese decimată. Nu mai supraviețuiseră decât 270 000, în 206 triburi, vorbind 170 de limbi. Războaiele, crimele, sclavia, pierderile teritoriale, bolile – nici o metodă de exterminare a indienilor nu fusese neglijată de către cei din țările civilizate.

Era o poveste îngrozitoare și violentă. Dacă indienii erau pașnici și încercau să coopereze cu coloniștii, sucombau de pe urma unor boli ciudate – vărsat de vânt, pojar, febră galbenă, gripă, tuberculoză – pentru care nu aveau imunitate. Dacă nu cooperau, erau măcelăriți de oameni care foloseau arme mult mai sofisticate decât săgețile și sulițele otrăvite. Când ripostaseră și îi uciseseră pe atacatori, fuseseră catalogați ca sălbatici.

Fuseseră folosiţi ca sclavi de către mineri, fermieri şi magnaţi ai cauciucului. Fuseseră alungaţi din locurile unde trăiseră întotdeauna de orice grup cu suficiente arme. Fuseseră arşi de preoţi pe rug, vânaţi de armate şi de bandiţi, femeile violate după bunul plac, şi pentru tot acest măcel nu fusese nimeni pedepsit. În orice moment din istorie, indiferent dacă fusese crucial sau lipsit de importanţă, când interesele indigenilor brazilieni intraseră în conflict cu cele ale albilor, indienii pierduseră.

Când pierzi timp de cinci sute de ani, nu mai aştepţi multe de la viaţă. Cea mai mare problemă cu care se confruntau unele triburi în perioada modernă era numărul mare de sinucideri în rândul tinerilor.

După secole de genocid, guvernul brazilian hotărâsc în sfârşit că era timpul să îşi protejeze „nobilii sălbatici". Masacrele din perioada modernă atrăseseră dezaprobarea internaţională, astfel că se stabiliră responsabilităţi şi se dădură legi. Cu multă fanfaronadă, unele pământuri tribale fuseseră returnate indigenilor şi pe hărţile guvernamentale se traseră linii, declarându-le zone de siguranţă.

Dar guvernul era în acelaşi timp şi duşman. În 1967, o investigaţie efectuată de agenţia care se ocupa de problema indienilor îi şocă pe majoritatea brazilienilor. Raportul dezvăluia faptul că agenţi, speculanţi funciari şi fermieri – ticăloşi care fie lucrau pentru agenţie, fie aveau agenţia în subordinea lor – folosiseră în mod sistematic arme chimice şi bacteriologice pentru a-i extermina pe indieni. Le dădeau articole de îmbrăcăminte infestate cu germeni de vărsat şi tuberculoză. Din avioane şi elicoptere bombardau satele indiene şi infestau solul cu bacterii aducătoare de moarte.

Iar în bazinul Amazonului şi la alte frontiere, fermierii şi minerii nu dădeau nici o atenţie liniilor trasate pe hărţi.

În 1986, un fermier din Rondonia folosise pulverizatoare agricole pentru a stropi pământul indian din apropiere cu chimicale ucigătoare. Voia să lucreze pământul, dar mai întâi trebuia să-i elimine pe cei care îl locuiau. Muriseră treizeci de indieni şi fermierul fusese condamnat. În 1986, un fermier din Mato Grosso oferise recompense unor indivizi pentru urechile indienilor ucişi. În 1993, lucrătorii din minele de aur din Manaus atacaseră un trib paşnic, pentru că indienii nu voiau să-şi părăsească pământul. Fuseseră ucişi treisprezece indieni şi nimeni nu fusese arestat.

În anii '90, guvernul căutase cu agresivitate să deschidă bazinul Amazonului, o regiune de vaste resurse naturale din nordul Pantanalului. Dar indienii continuau să le stea în cale. Majoritatea celor care supravieţuiseră trăiau în bazin; de fapt, se estima că vreo cincizeci de triburi avuseseră suficient noroc ca să scape de contactul cu civilizaţia.

Acum, civilizaţia pornise din nou la atac. Abuzurile deveniseră din ce în ce mai numeroase pe măsură ce minerii, tăietorii de lemne şi fermierii pătrundeau mai adânc în regiunea Amazonului, cu sprijinul guvernului.

Povestea era fascinantă, deşi deprimantă în acelaşi timp. Nate citi timp de patru ore continuu, până termină cartea.

După aceea se duse în timonerie şi bău cafeaua cu Jevy. Ploaia se oprise.

– O să ajungem până dimineaţă? întrebă el.

– Cred că da.

Felinarele se legănau uşor din cauza curentului. Parcă nici nu se mişcau.

– Ai vreun pic de sânge indian? îl întrebă Nate după o uşoară ezitare.

Era o chestiune personală, un lucru pe care în Statele Unite nimeni nu îndrăznea să-l întrebe.

Jevy zâmbi fără să-şi ia ochii de la râu.

– Toţi avem sânge indian. De ce întrebi?

– Tocmai am citit povestea indienilor din Brazilia.

– Şi ce părere ai?

– E foarte tragic.

– Aşa e. Crezi că indienii au fost trataţi rău aici?

– Bineînţeles.

– Dar în ţara ta?

Dintr-un anumit motiv, Nate se gândi imediat la generalul Custer. Cel puţin indienii câştigaseră ceva. Şi noi nu i-am ars pe rug, nu i-am stropit cu chimicale şi nu i-am vândut ca sclavi. Oare? Dar toate acele rezervaţii? Pământ peste tot.

– Mă tem că nu suntem cu mult mai buni, spuse el înfrânt. Nu era o discuţie pe care să vrea să o continue.

După o lungă perioadă de linişte, Nate coborî la toaletă. Când îşi termină treaba, trase de lanţ şi ieşi din mica încăpere. O apă uşor maronie curse în WC, trimiţând mizeria printr-o conductă direct în râu.

23

Era încă întuneric cânt motorul se opri, trezindu-l pe Nate. Îşi pipăi încheietura mâinii stângi şi îşi aduse aminte că nu purta ceas. Îi auzi pe Welly şi pe Jevy mişcându-se dedesubt. Erau în spatele bărcii şi vorbeau încet.

Era mândru de sine că se trezise din nou curat şi avea o altă zi la dispoziţie pentru cărţi. Cu şase luni în urmă, de fiecare dată când se trezea, avea ochii umflaţi şi vedea ca prin ceaţă, gândurile îi erau împăienjenite, gura arsă, limba uscată, respiraţia oribil mirositoare şi îl chinuia marea întrebare zilnică: „De ce am făcut-o?“ Adesea voma sub duş, uneori forţându-se, ca să termine mai repede. După duş, exista întotdeauna dilema în legătură cu ce să mănânce la micul dejun. Ceva cald şi gras ca să-i potolească stomacul sau un Bloody Mary ca să-i potolească nervii? După aceea pleca la serviciu, ajungând întotdeauna la birou la ora opt pentru a începe o altă zi în calitatea sa de avocat pledant.

În fiecare dimineaţă. Fără excepţie. În ultimele zile ale ultimei sale căderi trăise săptămâni întregi fără o dimineaţă limpede. Cuprins de disperare, se dusese la psihiatru şi, când acesta îl întrebase dacă îşi mai amintea ultima zi când fusese treaz, el recunoscuse că nu îşi amintea.

Îi era dor de băutură, dar nu şi de starea de mahmureală.

Welly trase bărcuţa la babord şi o legă. Tocmai o încărcau, când Nate coborî treptele încet. Aventura intra într-o nouă fază. Nate era pregătit pentru o schimbare de peisaj.

Era înnorat şi stătea să plouă iarăşi. În cele din urmă, soarele se arătă pe la şase. Nate ştia ora, pentru că îşi pusese ceasul din nou.

Un cocoş se auzi cântând. Opriseră lângă o mică fermă şi barca era legată de un căprior care altădată susţinuse un ponton. În partea de vest, în stânga lor, un râu mult mai mic se vărsa în Paraguay.

Problema era că bărcuţa trebuia încărcată fără să fie îngreunată foarte mult. Afluenţii mai mici pe care urmau să-i întâlnească erau ieşiţi din mătci; malurile nu aveau să se vadă întotdeauna. Dacă barca era prea lăsată, ar fi putut să se împotmolească sau, şi mai rău, să i se defecteze motorul exterior. Nu exista decât unul singur, nimic ajutător, în afară de două vâsle pe care Nate le studie de pe punte în timp ce îşi bea cafeaua. Vâslele aveau să fie de folos, hotărî în sinea lui, mai ales dacă erau urmăriţi de indieni răuvoitori sau de animale înfometate.

Trei butoaie de benzină de câte cinci galoane fură aşezate cu grijă în mijlocul bărcii.

– Astea ar trebui să ne ajungă pentru cincisprezece ore, îi explică Jevy.

– Mult.

– Prefer să fiu prevăzător.

– Cât de departe e aşezarea?

– Nu ştiu sigur, spuse el arătând spre casă. Fermierul de aici zice că la vreo patru ore.

– Îi cunoaşte pe indieni?

– Nu. Nu-i plac. Zice că nu-i vede niciodată pe râu.

Jevy împacheta un cort mic, două pături, două plase împotriva ţânţarilor, un înveliş impermeabil pentru cort, două găleţi pentru a scoate apa de ploaie şi ponchoul său. Welly puse o cutie de mâncare şi una cu apă îmbuteliată.

Stând pe patul său din cabină, Nate luă copia după testament, înştiinţarea şi actul de notificare din servietă, le împături pe toate la un loc şi le vârî într-un plic de mărimea unei scrisori. Un plic cu antetul firmei Stafford Law. Din moment ce la bord nu existau pungi Ziploc sau saci de gunoi din plastic, înveli plicul într-o bucată pe care o tăie din poalele ponchoului. O lipi cu bandă adezivă și, după ce își examină opera, hotărî că pachetul era impermeabil. Apoi îl lipi de tricou, peste piept și îl acoperi cu o geacă de blugi.

În servietă erau copii după documente, pe care avea să le lase acolo. Și din moment ce *Santa Loura* părea mult mai sigură decât bărcuța, se hotărî să lase și SatFone-ul. Mai verifică o dată hârtiile și telefonul, după care încuie servieta și o lăsă pe pat. Ziua aceea putea fi cea a reușitei, își spuse el. Gândul că în sfârșit ar fi putut să o întâlnească pe Rachel Lane îi provocă o emoție amestecată cu nervozitate.

Micul dejun constă dintr-o chiflă cu unt pe care o mâncă stând în picioare în barca cea mică și privind norii. Patru ore însemnau șase sau opt ore în Brazilia și Nate ardea de nerăbdare să pornească. Ultimul obiect pe care îl puse Jevy în barcă era un cuțit sclipitor în formă de sabie, cu un mâner lung.

– Ăsta e pentru șerpi anaconda, spuse el râzând și Nate încercă să-i ignore cuvintele.

Îi făcu cu mâna lui Welly, după care se aplecă asupra ultimei sale cești de cafea în timp ce pluteau pe râu, până când Jevy porni motorul.

Ceața se lăsa chiar la suprafața apei și era răcoare. De când plecaseră din Corumbá, Nate privise râul din siguranța oferită de puntea superioară; acum, chiar stătea pe el. Aruncă o privire în jur și nu văzu nici o vestă de salvare. Apa izbea laturile bărcii. Jevy privea încordat ceața, fiind atent la obiectele care s-ar fi putut afla pe apă; un trunchi de copac gros și frumos, cu un capăt colțuros, și barca ar fi fost de domeniul trecutului.

Navigară contra curentului până când ajunseră la gura de vărsare a afluentului ce urma să-i ducă la indieni. Acolo apa era mult mai liniștită. Motorul zbârnâi și lăsară în urmă o dâră clocotitoare. Râul Paraguay dispăru repede.

Pe harta lui Jevy, afluentul era numit oficial Cabixa. Jevy nu mai navigase niciodată pe el, pentru că nu avusese nevoie.

Şerpuia asemenea unui arc ieşind din Brazilia şi intrând în Bolivia, părând să nu ducă nicăieri. La gură avea o lăţime de cel mult douăzeci şi patru de metri, dar pe parcurs se îngusta până pe la vreo cincisprezece. În unele locuri, ieşise din matcă; în altele vegetaţia de pe maluri era mai deasă decât pe marginea Paraguayului.

După vreo cincisprezece minute, Nate se uită la ceas. Avea să cronometreze totul. Jevy încetini când se apropiară de prima răspântie, prima dintr-o mie. Un râu cam de aceeaşi mărime pornea spre stânga şi căpitanul trebui să decidă ce rută avea să-i menţină pe Cabixa. O luară în dreapta, dar oarecum mai încet şi în scurt timp dădură într-un lac. Jevy opri motorul.

– Stai puţin, spuse el şi, urcându-se în picioare pe bidoanele de benzină, se uită la apele din jurul lor.

Barca era perfect nemişcată. Un şir neregulat de pomi pitici îi atrase atenţia. Arătă într-acolo şi spuse ceva pentru sine.

Nate nu îşi dădu seama de câtă incertitudine era vorba. Jevy studiase hărţile şi trăise pe râurile acelea. Toate duceau înapoi la Paraguay. Dacă apucau greşit şi se rătăceau, curenţii aveau să-i ducă sigur, înapoi la Welly.

Înaintară pe lângă pomi şi desişurile inundate, care în sezonul uscat alcătuiau malul şi în curând ajunseră în mijlocul unui curs de apă deloc adâncă şi cu crengi de copaci deasupra capetelor. Nu semăna cu Cabixa, dar pe chipul căpitanului nu se vedea nimic altceva decât încredere.

După o oră de navigare, se apropiară de prima aşezare – o colibă murdară de nămol, cu un acoperiş din ţiglă roşie. Vreo nouăzeci de centimetri din ea se aflau sub apă şi nu se vedea nici urmă de oameni sau animale. Jevy încetini ca să poată vorbi.

– În sezonul ploilor, mulţi locuitori din Pantanal se mută pe suprafeţe mai ridicate. Îşi încarcă vacile şi copiii şi pleacă pentru trei luni.

– N-am văzut nici o suprafaţă mai ridicată.

– Nu sunt prea multe. Dar fiecare *pantaneiro* are un loc unde să se retragă în această perioadă a anului.

– Şi indienii?

– Şi ei se mută.

– Minunat. Nu ştim unde se află şi le place să se şi mute.

Jevy râse şi spuse:

– O să-i găsim.

Trecură pe lângă colibă. Aceasta nu avea nici uşi, nici ferestre. Nu prea aveai la ce să te întorci.

Nouăzeci de minute şi Nate uitase complet de pericolul de a fi mâncat, când, deodată, urmară un cot şi se apropiară de un grup de aligatori care dormeau grămadă într-o apă de cincisprezece centimetri. Barca le tulbură somnul. Cozile plescăiră şi împroşcară apa. Nate se uită la cuţit, pentru orice eventualitate, după care râse de propria prostie.

Reptilele nu atacară. Se uitară la barca ce trecea pe lângă ei.

Nici un animal în următoarele douăzeci de minute. Râul se îngustă din nou. Malurile erau atât de apropiate, încât copacii se atingeau deasupra apei. Se făcu întuneric deodată. Pluteau printr-un tunel. Nate se uită la ceas. *Santa Loura* se afla la o distanţă de două ore.

Navigând în zigzag printre mlaştini, zăreau din când în când orizontul. Munţii Boliviei păreau mai aproape. Râul se lăţi, copacii se depărtară şi intrară într-un lac mare în care se vărsau mai mult de o duzină de râuleţe. Îi dădură roată încet prima oară şi apoi încă o dată şi mai încet. Toţi afluenţii arătau la fel. Cabixa era unul din mai mult de zece şi căpitanul habar nu avea care ar fi putut să fie.

Jevy se ridică în picioare pe bidoane, uitându-se în jur, în timp ce Nate stătea nemişcat. Un pescar stătea printre ierburi pe partea cealaltă a lacului. Întâlnirea lui ar fi putut fi singurul lor noroc în ziua aceea.

Omul stătea răbdător într-o canoe mică, lucrată de mână dintr-un trunchi de copac, cu foarte mult timp în urmă. Pe cap avea o pălărie de paie zdrenţuită care îi ascundea cea mai mare parte a feţei. Când ajunseră la numai câţiva paşi de el, suficient de aproape pentru a-l examina, Nate observă că pescuia fără ajutorul vreunui băţ sau al vreunei prăjini. Firul îi era înfăşurat pe mână.

Jevy spuse tot ce trebuia în portugheză şi îi dădu o sticlă de apă. Nate zâmbea doar, ascultând sunetele acelei limbi ciudate. Era mai înceată decât spaniola, aproape la fel de nazală ca franceza.

Dacă pescarul era bucuros să vadă alţi oameni în mijlocul acelei pustietăţi, cu siguranţă nu o arăta. Unde putea să locuiască sărmanul om?

Apoi începură să arate spre munţi, deşi, până când terminară, omuleţul cuprinse întregul lac cu împrejurimile sale. Mai sporovăiră puţin şi Nate avu impresia că Jevy smulgea cât putea de multe informaţii. Ar fi putut să treacă multe ore până când întâlneau altă fiinţă omenească. Din moment ce mlaştinile şi râurile erau umflate, navigaţia se dovedea a fi dificilă. Plecaseră de două ore şi jumătate şi se rătăciseră deja.

Un roi de ţânţari mici şi negri se abătu asupra lor şi Nate scoase repede insecticidul. Pescarul îl privi curios.

După aceea îşi luară rămas-bun şi se îndepărtară vâslind, ajutaţi de o briză uşoară.

– Mama lui a fost indiancă, spuse Jevy.

– Frumos, zise Nate, omorând ţânţari.

– E o aşezare la câteva ore de-aici.

– Câteva ore?

– Poate vreo trei.

Aveau combustibil pentru cincisprezece ore şi Nate avea de gând să cronometreze fiecare minut. Cabixa reîncepu din apropierea unei guri de vărsare prin care un alt râu foarte asemănător ieşea din lac. Se lărgi şi atunci porniră motorul.

Nate găsi un loc pe fundul bărcii, între cutia cu mâncare şi găleţi, unde se aşeză cu spatele rezemat de bancă. Acolo nu mai putea fi stropit. Tocmai se gândea să tragă un pui de somn, când deodată motorul se înecă. Barca se clătină şi încetini. El rămase cu privirea aţintită asupra râului, temându-se să se întoarcă şi să se uite la Jevy.

Încă nu se gândise la lucruri precum o defecţiune la motor. Călătoria lor fusese presărată deja cu destule pericole mărunte. Ar fi durat zile întregi să se întoarcă la Welly vâslind. Ar fi fost nevoiţi să doarmă în barcă, să mănânce ceea ce luaseră cu ei, până când se terminau proviziile, să scoată apa cu găleţile când ploua şi să spere din tot sufletul să-l găsească pe prietenul lor, pescarul, pentru a le arăta drumul spre siguranţă.

Deodată Nate fu înspăimântat.

Apoi porniră din nou, motorul huruind ca şi cum nimic nu s-ar fi întâmplat. Deveni o rutină: cam la fiecare douăzeci de minute, exact când Nate era pe cale de a adormi, motorul se oprea. Prova se lăsa în apă. Nate se uita repede spre maluri după animale. Jevy înjura în portugheză, manevra şocul şi acceleraţia, după care lucrurile funcţionau bine pentru aproximativ alte douăzeci de minute.

Luară masa – brânză, arahide sărate şi biscuiţi – lângă un copac într-o mică răscruce, în timp ce ploaia cădea în jurul lor.

– Pescarul ăla, zise Nate. Îi cunoaşte pe indieni?

– Da. Cam o dată pe lună se duc pe Paraguay cu o barcă pentru a face comerţ. Îi vede.

– L-ai întrebat dacă a văzut vreodată o misionară?

– Da. N-a văzut. Eşti primul american pe care l-a văzut în viaţa lui.

– Norocosul.

Primul semn al unei aşezări apăru după aproape şapte ore. Nate văzu un firicel de fum albăstrui înălţându-se deasupra copacilor, în apropiere de poalele unui deal. Jevy era convins că se aflau în Bolivia. Terenul era mai ridicat şi munţii se vedeau mai aproape. Zonele inundate rămăseseră în spatele lor.

Ajunseră în dreptul unui spaţiu gol între copaci şi într-un luminiş erau două canoe. Jevy manevră barca într-acolo. Nate sări repede pe mal, dornic să-şi dezmorţească picioarele şi să simtă pământul.

– Nu te îndepărta, îl avertiză Jevy, schimbând locurile bidoanelor.

Nate se uită la el și Jevy îi arătă din cap spre copaci.

Un indian îi urmărea. Avea pielea maronie, era gol până la brâu, cu un fel de fustă din paie, fără nici o armă vizibilă. Faptul că nu era înarmat ajută foarte mult, pentru că, la început, Nate fu îngrozit de el. Indianul avea părul lung și negru și niște dungi roșii pe frunte și, dacă ar fi ținut o săgeată în mână, Nate s-ar fi predat fără nici un cuvânt.

– E prietenos? întrebă el fără să-și ia ochii de la indian.

– Cred că da.

– Vorbește portugheza?

– Nu știu.

– De ce nu te duci să afli?

– Liniștește-te.

Jevy sări din barcă.

– Arată ca un canibal, șopti el, dar încercarea de a face o glumă dădu greș.

Făcură câțiva pași spre indian și el spre ei. Toți trei se opriră lăsând un spațiu între ei. Nate fu tentat să ridice mâna cu palma în sus și să spună: „Salutare".

– *Fala português?* întrebă Jevy cu un zâmbet plăcut pe chip. Indianul se gândi mult și deveni dureros de evident că nu știa portugheza. Părea tânăr, probabil că nu avea nici douăzeci de ani încă, și se întâmplase să se afle în preajma râului când le auzise motorul.

Se examinară reciproc de la vreo douăzeci de metri, în timp ce Jevy se gândea ce alternative aveau. Tufișurile se mișcară în spatele indianului și alți trei indieni ieșiră la iveală, din fericire tot neînarmați. Dat fiind că ei erau mai puțini și le încălcaseră teritoriul, Nate era gata să o rupă la fugă. Nu erau deosebit de solizi, dar aveau avantajul de a se afla pe terenul lor. Și nu păreau prietenoși, nu zâmbete, nu saluturi.

Deodată o tânără apăru dintre copaci și se opri lângă primul indian. Și ea era cu bustul gol și Nate încercă să nu se holbeze.

– *Falo,* spuse ea.

Vorbind rar, Jevy îi explică ce voiau şi ceru să fie duşi la căpetenia tribului lor. Ea le traduse bărbaţilor, care se adunară într-un loc şi vorbiră încruntaţi între ei.

– Unii vor să ne mănânce acum, şopti Jevy printre dinţi. Alţii vor să aştepte până mâine.

– Foarte amuzant.

Când terminară deliberările, bărbaţii i se adresară tinerei care le spuse străinilor că trebuiau să aştepte lângă râu, în timp ce căpeteniile aveau să fie informate în legătură cu sosirea lor. Acest lucru îi convenea de minune lui Nate, dar Jevy era puţin tulburat. O întrebă dacă alături de ei nu trăia cumva o misionară.

– Trebuie să aşteptaţi, spuse ea.

Indienii se făcură nevăzuţi în adâncul pădurii.

– Ce părere ai? îl întrebă Nate după aceea.

Nici el, nici Jevy nu se clintiseră. Stăteau în iarbă până la glezne şi se uitau la copacii groşi din jur, de unde Nate era convins că erau ţinuţi sub observaţie.

– Iau boli de la străini, îi explică Jevy. De aceea sunt prudenţi.

– N-o să ating pe nimeni.

Se retraseră la barcă, unde Jevy îşi făcu de lucru, curăţând bujiile. Nate îşi scoase cămaşa şi geaca şi examina pachetul impermeabil improvizat. Hârtiile erau tot uscate.

– Hârtiile alea sunt pentru femeie? întrebă Jevy.

– Da.

– De ce? Ce i s-a-ntâmplat?

Regulamentul rigid privind confidenţialitatea păru mai puţin constrângător în clipa aceea. Era o chestiune de viaţă şi de moarte în practica avocaturii, dar, stând într-o barcă în inima Pantanalului, fără nici un alt american în preajmă, regulile puteau fi încălcate. Şi de ce nu? Cui ar fi putut să-i spună Jevy? Ce rău ar fi putut să iasă din puţină bârfă?

Potrivit instrucţiunilor stricte primite de Valdir de la Josh, lui Jevy i se spusese doar că era vorba de o chestiune juridică importantă care necesita găsirea lui Rachel Lane.

– Tatăl ei a murit acum câteva săptămâni. I-a lăsat o grămadă de bani.

– Cât?

– Câteva miliarde.

– Miliarde?

– Exact.

– Înseamnă că era foarte bogat.

– Da, era.

– Mai avea şi alţi copii?

– Am impresia că vreo şase.

– Le-a lăsat şi lor câteva miliarde?

– Nu. Lor le-a lăsat foarte puţin.

– De ce i-a lăsat ei atât de mult?

– Nimeni nu ştie. A fost o surpriză.

– Nu ştie că taică-său a murit?

– Nu.

– Îşi iubea tatăl?

– Mă-ndoiesc. Era nelegitimă. Se pare că a încercat să fugă de el şi de orice altceva. Ce zici? întrebă el arătând spre Pantanal.

– Da. E un loc foarte bun pentru a te ascunde. Când a murit, el ştia unde se află ea?

– Nu tocmai. Ştia că e misionară şi că lucrează cu indienii pe undeva pe-aici.

Jevy uită de bujia pe care o ţinea în mână, gândindu-se la lucrurile pe care le auzise. Avea multe întrebări. Încălcarea confidenţialităţii lua amploare din ce în ce.

– De ce o fi lăsat o asemenea avere unui copil care nu-l iubea?

– Poate că era nebun. S-a aruncat de la etaj.

Pentru Jevy era prea mult dintr-odată. Miji ochii şi se uită la râu îngândurat.

24

Indienii erau Guató, se aflau în acele locuri de foarte multă vreme, trăiau ca strămoşii lor şi preferau să nu aibă contact cu străinii. Îşi cultivau legumele pe porţiuni mici, pescuiau în râuri şi vânau cu arcuri şi săgeţi.

Evident, era un popor chibzuit. După o oră, Jevy simţi miros de fum. Se căţără într-un copac de lângă barcă şi, când ajunse la o înălţime de doisprezece metri, văzu acoperişurile colibelor. Îi spuse lui Nate să urce şi el.

Nate nu se mai căţărase într-un pom de patruzeci de ani, dar în clipa aceea nu avea nimic altceva de făcut. Urcă mai încet decât Jevy şi în cele din urmă se opri pe o creangă fragilă. Se ţinea cu un braţ de trunchiul copacului.

Văzură acoperişurile a trei colibe – straturi groase de paie aşezate în şiruri ordonate. Fumul albăstrui se ridica între două colibe, dintr-un punct pe care nu îl vedeau.

Să fi fost atât de aproape de Rachel Lane? Oare ea era acolo acum, ascultându-şi oamenii şi hotărându-se ce să facă? Oare avea să trimită un războinic după ei, sau avea să apară pur şi simplu din pădure salutându-i?

– E o aşezare mică, spuse Nate, încercând să nu se mişte.

– Ar putea să mai fie şi alte colibe.

– Ce crezi că fac?

– Vorbesc. Atâta tot.

– Ei bine, îmi pare rău să-ţi spun asta, dar ar trebui să facem ceva. Am plecat de pe barcă acum opt ore şi jumătate. Aş vrea să-l văd pe Welly înainte să se întunece.

– Nici o problemă. La întoarcere o să fim duşi de curent. În plus, cunosc drumul. O să ajungem mai repede.

– Nu eşti îngrijorat?

Jevy clătină din cap, ca şi cum nu şi-ar fi făcut nici o problemă în legătură cu navigarea pe râul Cabixa pe întuneric. Nate îşi făcea, cu siguranţă. Cel mai mult îl preocupau cele două lacuri mari pe care le întâlniseră, în fiecare vărsându-se mai mulţi afluenţi, toţi părând identici la lumina zilei.

Planul lui era doar de a o saluta pe domnişoara Lane, de a-i povesti totul în linii mari, a-i explica aspectele juridice, a-i arăta hârtiile, a-i pune întrebările cele mai importante, a-i obţine semnătura, a-i mulţumi şi a termina totul cât mai repede cu putinţă. Era îngrijorat în legătură cu ora, cu motorul care făcea probleme şi cu călătoria înapoi spre *Santa Loura*. Probabil că ea ar vrea să stea de vorbă, sau poate că nu. Poate avea să vorbească foarte puţin, vrând ca ei să plece şi să nu se mai întoarcă niciodată.

Coborând din nou pe pământ, tocmai se instala în barcă pentru a trage un pui de somn, când Jevy îi văzu pe indieni. Spuse ceva şi arătă cu degetul, iar Nate se uită spre pădure.

Se apropiau încet de râu, urmându-şi în şir şeful, acesta fiind cel mai bătrân dintre cei pe care îi văzuseră până atunci. Era scund, cu o burtă mare, şi ţinea în mână un fel de băţ lung, care nu părea ascuţit sau periculos. Avea nişte pene frumoase aproape de vârf şi Nate bănui că era, probabil, doar o suliţă de ceremonie.

Şeful îi cântări repede din priviri pe cei doi intruşi şi i se adresă lui Jevy:

– De ce vă aflaţi aici? îl întrebă el în portugheză. Chipul nu îi era prietenos, dar atitudinea lui nu era agresivă. Nate studie suliţa.

– Căutăm o misionară americancă, îi explică Jevy.

– De unde eşti? Şeful puse acea întrebare uitându-se la Nate.

– Corumbá.

– Şi el? Toate privirile se aţintiră asupra lui Nate.

– E american. Trebuie neapărat s-o găsească pe femeie.

– De ce trebuie neapărat s-o găsească?

Era primul indiciu că indienii ar fi putut să o cunoască pe Rachel Lane. Oare se ascundea pe-acolo pe undeva, în sat sau poate în pădure, ascultând?

Jevy începu să-i explice cum străbătuse Nate distanţe foarte mari şi fusese la un pas de a-şi pierde viaţa. Era o problemă importantă între americani, ceva ce nici el, nici Jevy, nici indienii n-ar fi înţeles vreodată.

– E în pericol?

– Nu. Deloc.

– Nu e aici.

– Zice că nu-i aici, îi spuse Jevy lui Nate.

– Spune-i că sunt de părere că e un ticălos mincinos, zise Nate încet.

– Nu cred.

– Ai văzut vreo misionară pe-aici? întrebă Jevy.

Şeful clătină din cap. Nu.

– Ai auzit de vreuna?

La început, nu veni nici un răspuns. Ochii lui se îngustară când se uită la Jevy, măsurându-l, ca şi cum ar fi spus: „Se poate avea încredere în acest om?" Apoi dădu din cap uşor.

– Unde e? întrebă Jevy.

– Într-un alt trib.

– Unde?

Spuse că nu era sigur, dar începu să arate oricum.

– Undeva spre nord şi vest, spuse el, agitându-şi suliţa peste jumătate din Pantanal.

– Guató? întrebă Jevy.

El se încruntă şi clătină din cap, ca şi cum ea ar fi trăit printre indezirabili.

– Ipica, spuse el dispreţuitor.

– Cât de departe?

– O zi.

Jevy încercă să-l facă să-i spună cam câte ore, dar curând îşi dădu seama că orele nu însemnau nimic pentru indieni. O zi nu însemna douăzeci şi patru de ore şi nici douăsprezece. Era pur şi simplu o zi. Încercă să-i explice conceptul de jumătate de zi şi făcu progrese.

– Între douăsprezece şi cincisprezece ore, îi spuse el lui Nate.

– Dar asta cu una dintre canoele alea mici, nu? şopti Nate.

– Da.

– Deci, cât de repede putem să ajungem?

– În trei, patru ore. Dacă o să găsim locul.

Jevy scoase apoi două hărţi şi le întinse pe iarbă. Indienii erau foarte curioşi şi se apropiară şi mai mult de căpetenia lor.

Pentru a afla încotro să se îndrepte, trebuiau mai întâi să îşi dea seama unde se aflau. Şi acest lucru luă o întorsătură foarte urâtă când căpetenia îl informă pe Jevy că râul pe care se aflau ei nu era, de fapt, Cabixa. Cotiseră greşit la un moment dat, după întâlnirea cu pescarul, şi dăduseră peste indienii Guató. Jevy nu primi deloc bine acea veste şi îi şopti lui Nate.

Acesta o primi chiar mai rău. Îi încredinţase lui Jevy propria lui viaţă.

Hărţile acelea colorate însemnau foarte puţin pentru indieni. În curând fură ignorate, căci Jevy desena o alta. Începu cu râul fără nume care curgea prin faţa lor şi, sporovăind tot timpul cu şeful, îşi croi drum încet spre nord. Şeful primi ajutor de la doi tineri care, după cum îi explică el lui Jevy, erau nişte pescari excelenţi şi navigau din când în când pe Paraguay.

– Angajează-i, şopti Nate.

Jevy încercă, dar în timpul negocierilor află că cei doi nu îi văzuseră niciodată pe indienii Ipica, nu doreau în mod deosebit să o facă, nu ştiau exact unde se aflau aceştia şi nu înţelegeau conceptul de a lucra şi a fi plătiţi pentru asta. În plus, şeful nu voia ca ei să plece.

Ruta trecea de la un râu la următorul, şerpuind spre nord, până când şeful şi pescarii săi nu mai ştiură încotro să se îndrepte din acel punct. Jevy compară desenul cu hărţile.

– Am găsit-o, îi spuse el lui Nate.

– Unde?

– E o așezare de indieni Ipica aici, spuse el arătând spre o hartă. La sud de Porto Indio, la poalele munților. Indicațiile lor ne duc până aproape de ea.

Nate se aplecă mai mult și se uită la marcaje.

– Cum ajungem acolo?

– Cred că ar trebui să ne întoarcem la barcă și să mergem spre nord o jumătate de zi pe Paraguay. Ca să ajungem la satul respectiv, o să folosim din nou barca mică.

Râul Paraguay curgea relativ aproape de ținta lor și ideea de a călători la bordul lui *Santa Loura* i se părea lui Nate grozavă.

– Câte ore cu barca mică? întrebă el.

– Patru, aproximativ.

„Aproximativ“ se folosea pentru a exprima orice în Brazilia. Totuși, distanța părea mai mică decât cea pe care o străbătuseră de dimineață.

– Atunci, ce mai așteptăm? întrebă el, îndreptându-se și zâmbindu-le indienilor.

Jevy începu să le mulțumească gazdelor, în timp ce strângea hărțile. Acum, că ei se pregăteau să plece, indienii se mai liniștiseră și doreau să fie ospitalieri. Le oferiră mâncare, dar Jevy refuză, explicându-le că deodată se grăbeau, deoarece aveau de gând să se întoarcă pe râul cel mare înainte să se întunece.

Nate le zâmbi, mergând cu spatele spre râu. Ei voiau să vadă barca. Rămaseră la marginea apei, privind foarte curioși cum se pregătea Jevy să pornească motorul și, în clipa în care acesta începu să huruie, ei făcură un pas în spate.

Râul, indiferent cum se numea, arăta cu totul altfel acum când navigau în direcția opusă. Când se apropiară de primul cot, Nate aruncă o privire peste umăr și văzu că indienii încă se mai aflau în apă.

Era aproape patru după-amiază. Cu puțin noroc, puteau să treacă de marile lacuri înainte să se întunece și apoi să navigheze pe Cabixa. Welly îi aștepta cu fasole și orez. În timp ce făcea acele calcule, Nate simți primele picături de ploaie.

Defecţiunea de la motor nu se datora bujiilor murdare. Acesta se opri complet la cincizeci de minute după ce porniseră înapoi. În timp ce barca plutea purtată de curent, Jevy dădu la o parte capacul şi începu să lucreze la carburator cu o şurubelniţă. Nate întrebă dacă putea să-l ajute cu ceva şi fu informat repede că nu avea cu ce. Cel puţin nu în privinţa motorului. Dar putea să ia o găleată şi să înceapă să arunce apa de ploaie din barcă. Şi mai putea să pună mâna pe o vâslă şi să menţină barca în mijlocul râului, oricare ar fi fost numele acestuia.

Le făcu pe amândouă. Curentul îi ajuta să înainteze în continuare, deşi mult mai încet decât ar fi preferat Nate. Ploua intermitent. Apa deveni mai puţin adâncă în momentul în care se apropiară de un cot strâns, însă Jevy era prea ocupat ca să observe. Barca prinse viteză şi curenţii o împinseră spre un punct cu vegetaţie foarte deasă.

– Am nevoie de ajutor aici, spuse Nate.

Jevy înşfacă o vâslă şi întoarse barca în aşa fel încât să nu se răstoarne în momentul impactului.

– Ţine-te bine! spuse el când se izbiră de tufe.

Liane şi crengi zburară în jurul lui Nate, care se apără de ele cu vâsla.

Un şarpe mic căzu în barcă peste umărul lui, dar el nu îl văzu. Jevy îl luă cu vâsla şi îl aruncă în râu. Era mai bine să nu pomenească nimic despre incident.

Se luptară cu curentul timp de câteva minute şi totodată unul cu celălalt. Nate reuşea cumva să împingă apa numai în direcţii greşite. Entuziasmul lui pentru vâslit aducea barca periculos de aproape de punctul de a se răsturna.

Când se eliberară din nou şi erau departe de desiş şi de vieţuitoarele sălbatice, Jevy confiscă ambele vâsle şi găsi o altă treabă pentru Nate. Îi spuse să stea deasupra motorului cu ponchoul larg desfăcut ca să nu cadă ploaia pe carburator. Astfel că Nate se aşeză, într-un fel ca un înger cu aripile desfăcute, cu un picior pe un bidon de benzină şi cu celălalt pe marginea bărcii, încremenit de spaimă.

Trecură încet douăzeci de minute, timp în care ei plutiră în derivă pe râul îngust. Din banii lui Phelan s-ar fi putut cumpăra orice barcă cu motor nouă și strălucitoare din Brazilia, dar Nate stătea acum și se uita la un mecanic amator care încerca să cârpească una mai bătrână decât el.

Jevy puse capacul la loc, după care lucră o veșnicie la accelerație. Trase de funia starterului și Nate se trezi rostind o rugăciune. Când trase a patra oară, se întâmplă minunea.

Motorul hurui, deși nu la fel de uniform ca înainte. Se mai poticnea, se mai îneca, și Jevy umblă la cablurile acceleratorului fără prea mult noroc.

– Va trebui să mergem mai încet, spuse el fără să se uite la Nate.

– În regulă. Atâta timp cât știm unde ne aflăm.

– Nici o problemă.

Furtuna trecu peste munții Boliviei, vuind peste Pantanal, fiind foarte asemănătoare cu cea care aproape că îi ucisese în avion. Nate stătea cuibărit pe fundul bărcii, sub adăpostul ponchoului, privind râul spre răsărit pentru a vedea dacă zărește ceva familiar, când simți prima rafală de vânt. Și, deodată, ploaia crescu în intensitate. Se întoarse încet și se uită în spate. Jevy văzuse deja, dar nu spuse nimic.

Cerul era aproape negru. Norii clocoteau atât de jos, încât munții nici nu se mai vedeau. Ploaia îi udă repede până la piele. Nate se simțea complet expus și neputincios.

Nu aveau unde să se ascundă, nu exista nici un loc sigur unde să oprească până când trecea furtuna. În jurul lor nu era nimic altceva decât apă, kilometri întregi de apă în toate direcțiile. Se aflau în mijlocul unui șuvoi, în care numai vârfurile tufelor și câțiva copaci îi ghidau printre râuri și mlaștini. Aveau să rămână în barcă, pentru că nu aveau încotro.

O pală puternică de vânt îi împinse înainte și ploaia le cădea răpăind pe spate. Cerul se întunecă. Nate ar fi vrut să se ghemuiască sub banca de aluminiu, să strângă în brațe perna gonflabilă și să se ascundă cât putea de mult sub poncho. Dar apa se strângea în jurul picioarelor sale, iar proviziile începeau să se ude. Aşa că luă găleata şi se apucă să arunce apa peste bord.

Ajunseră la o răspântie pe care Nate era sigur că nu o întâlniseră mai devreme, apoi la o întretăiere de râuri pe care abia o văzură prin perdeaua de ploaie. Jevy încetini pentru a scruta apele, după care acceleră din nou şi o luă hotărât la dreapta, ca şi cum ar fi ştiut precis unde mergea. Nate era convins că se rătăciseră.

După câteva minute, râul dispăru într-o grămadă de copaci putrezi – o privelişte memorabilă pe care nu o mai văzuseră înainte. Jevy întoarse barca repede. Cerul era negru. Apa clocotea făcând valuri înspumate.

Când ajunseră din nou la răscruce, vorbiră un moment, strigând prin vânt şi ploaie, după care aleseră alt râu.

Cu puţin timp înainte să se întunece, trecură printr-o câmpie întinsă inundată, un lac temporar care semăna vag cu locul unde îl văzuseră pe pescar. Acesta nu mai era.

Jevy alese un afluent dintre cele câteva şi continuă ca şi cum ar fi navigat prin acel colţ al Pantanalului în fiecare zi. Deodată fulgeră şi aproape că văzură pe unde mergeau. Ploaia mai scăzu în intensitate. Furtuna trecea încet, încet.

Jevy opri motorul şi scrută malurile.

– La ce te gândeşti? îl întrebă Nate.

Vorbiseră foarte puţin în timpul furtunii. Se rătăciseră, asta era cert. Însă Nate nu avea să-l forţeze pe Jevy să recunoască.

– Ar trebui să poposim, spuse Jevy, sunând mai mult a sugestie decât a plan.

– De ce?

– Pentru că trebuie să dormim undeva.

– Putem să dormim cu rândul în barcă, spuse Nate. E mai sigur, adăugă el cu încrederea unui ghid cu experienţă.

– Poate. Dar cred că ar trebui să ne oprim aici. S-ar putea să ne rătăcim dacă mai continuăm să navigam pe întuneric.

„Ne-am rătăcit de vreo trei ore“, ar fi vrut Nate să spună.

Jevy dirija barca spre un mal cu ceva vegetaţie. Plutiră în josul râului, ţinându-se aproape de mal şi studiind apa cu ajutorul lanternelor. Două punctişoare roşii ce străluceau la suprafaţa apei însemnau că un aligator privea la rândul lui, dar, din fericire, nu văzură aşa ceva. Ancorară legând o frânghie de o creangă la vreo trei metri de mal.

Cina constă din arahide semiuscate, o conservă de peşte din care Nate nu mâncase niciodată, banane şi brânză.

Când se opri vântul, apărură ţânţarii. Îşi trecură insecticidul de la unul la altul. Nate îşi dădu pe gât şi pe faţă, chiar şi pe pleoape şi prin păr. Micuţele insecte erau rapide şi cumplite şi zburau în roiuri mici şi negre de la un capăt la celălalt al bărcii. Deşi ploaia se oprise, nici unul din ei nu îşi scoase ponchoul. Ţânţarii încercară cu înverşunare, dar nu reuşiră să străpungă plasticul.

Pe la unsprezece seara, cerul se mai limpezi oarecum, dar nu se vedea luna. Curentul legăna uşor barca. Jevy se oferi să stea primul de veghe şi Nate făcu tot posibilul să se instaleze suficient de comod ca să aţipească. Îşi propti capul de cort şi întinse picioarele. O porţiune a ponchoului se desfăcu şi o duzină de ţânţari năvăliră, atacându-i mijlocul. Se auzi un plescăit, probabil o reptilă. Barca de aluminiu nu era construită pentru a sta întins în ea.

25

Flowe, Zadel şi Theishen, cei trei psihiatri care îl examinaseră pe Troy Phelan cu numai câteva săptămâni în urmă şi îşi exprimaseră părerea unanimă, atât pe video, cât şi mai târziu, în declaraţii lungi, în sensul că el era întreg la minte, fură concediaţi. Şi, pe lângă acest lucru, avocaţii Phelanilor îi făcură nebuni, chiar ţicniţi.

Se găsiră alţi psihiatri. Hark îl angajă pe primul cu trei sute de dolari pe oră. Îl găsi într-o revistă pentru avocaţii pledanţi, printre anunţurile care variau de la reparatori după accidente până la analişti de radiografii. Era doctorul Sabo, un pensionar care era dispus să-şi vândă mărturia. După o scurtă privire aruncată asupra comportamentului domnului Phelan, îşi spuse prima părere, şi anume că, în mod evident, omul nu avea capacitate testamentară. Un om lucid şi cu capul pe umeri nu se aruncă de la etaj. Iar faptul că lăsase o avere de unsprezece miliarde de dolari unei moştenitoare necunoscute dovedea că era o persoană profund deranjată.

Lui Sabo îi plăcea ideea de a lucra la cazul Phelan. Anularea opiniilor înaintate de primii trei psihiatri avea să fie o provocare. Publicitatea era atrăgătoare – nu avusese niciodată un caz celebru. Iar banii aveau să-i plătească o excursie în Orient.

Toţi avocaţii Phelanilor se chinuiau să demonteze mărturiile lui Flowe, Zadel şi Theishen. Singura modalitate prin care puteau să-i discrediteze era de a găsi noi experţi cu noi opinii.

Tarifele ridicate produseră combinaţii. Moştenitorii nu puteau plăti onorariile lunare astronomice, aşa că avocaţii lor căzură de acord să simplifice lucrurile acceptând procente.

Acestea variau uluitor, deși nici o firmă n-ar fi divulgat vreodată cifra exactă. Hark voia patruzeci la sută, dar Rex îi făcu scandal pentru lăcomia lui și, în cele din urmă, se înțeleseră la douăzeci și cinci la sută. Grit izbuti să scoată douăzeci și cinci la sută de la Mary Ross Phelan Jackman.

Învingătorul evident era Wally Bright, luptătorul de stradă, care insistă asupra unei înțelegeri echitabile cu Libbigail și Spike. Avea să primească jumătate din cât obțineau ei.

În haosul dinaintea înaintării reclamațiilor, nici măcar un moștenitor Phelan nu întrebă dacă făceau bine ce făceau. Aveau încredere în avocații lor și, în plus, ceilalți atacau testamentul. Nimeni nu își putea permite să rămână pe dinafară. Era atât de mult în joc!

Din cauza faptului că Hark fusese cel mai gălăgios dintre avocații Phelanilor, acesta îi atrase atenția lui Snead, fostul servitor al lui Troy. Nimeni nu îl observase pe Snead în momentele ulterioare sinuciderii. Fusese uitat în goana spre tribunal. Serviciul lui se încheiase. Și, când se dădu citire testamentului, Snead se afla în sală, cu ochelari de soare și pălărie, nefiind recunoscut de nimeni. Plecase plângând.

Îi ura pe copiii Phelan pentru că Troy îi urase. De-a lungul anilor, Snead fusese nevoit să facă tot felul de lucruri neplăcute pentru a-l apăra pe Troy de familiile sale. Snead aranjase avorturi și mituise polițiști când băieții erau prinși cu droguri. Le mințise pe soții pentru a proteja amantele, iar când amantele deveneau soții, sărmanul Snead le mințea și pe ele, pentru a proteja iubitele.

În schimbul serviciilor lui, copiii și soțiile îl numiseră homosexual.

Și, drept mulțumire pentru o slujire credincioasă, domnul Phelan nu-i lăsase nimic. Nici un ban. De-a lungul anilor, fusese bine plătit și avea ceva bani puși deoparte, însă nu suficient pentru a supraviețui. Sacrificase totul pentru slujbă și stăpân. Nu avusese o viață normală, pentru că domnul Phelan se așteptase să fie la ordin în orice moment al zilei. Nici nu putuse fi vorba de o familie. Nu avea nici un prieten în adevăratul sens al cuvântului.

Domnul Phelan îi fusese prieten și confident, singura persoană în care Snead avea încredere.

De-a lungul anilor, bătrânul îi promisese de multe ori că avea să aibă grijă de el. Știa chiar că fusese menționat într-un testament. Văzuse documentul cu ochii lui. La moartea domnului Phelan urma să moștenească un milion de dolari. Pe vremea aceea, Troy avea trei miliarde și Snead își aminti că se gândise cât de mic părea un milion. Pe măsură ce bătrânul se îmbogățise, Snead își închipuise că suma rezervată lui creștea cu fiecare testament.

Din când în când, punea câte o întrebare subtilă, la momentul potrivit, crezuse el. Însă domnul Phelan îl înjurase și amenințase să-l excludă complet din testament.

– Ești la fel de oribil ca toți copiii mei, spusese el, dărâmându-l pe sărmanul Snead.

Într-un fel, ajunsese de la un milion la zero și era extrem de supărat din această cauză. Era nevoit să li se alăture dușmanilor numai pentru că nu avea încotro.

Găsi noul sediu al firmei Hark Gettys & Associates lângă Dupont Circle. Secretara îi spuse însă că domnul Gettys era foarte ocupat.

– Și eu la fel, spuse Snead nepoliticos.

Datorită faptului că fusese apropiat de Troy, își petrecuse o mare parte din viață în preajma avocaților. Aceștia erau veșnic ocupați.

– Dați-i asta, spuse el, întinzându-i un plic. E foarte urgent. Aștept zece minute, după care o să mă duc la următorul birou de avocatură.

Se așeză și își aținti privirea asupra covorului. Un covor nou și ieftin. Secretara ezită o clipă, după care dispăru pe o ușă. În plic se afla un bilet pe care scria de mână: „Am lucrat pentru Troy Phelan timp de treizeci de ani. Știu tot. Malcolm Snead".

Hark apăru într-o clipă, ținând biletul în mână și zâmbind, ca și cum aerul prietenos l-ar fi impresionat pe Snead. Străbătură alergând coridorul care ducea într-un birou spațios, urmați de secretară. Nu, Snead nu voia cafea, ceai, apă sau Cola. Hark trânti uşa şi o încuie.

Încăperea mirosea a zugrăveală proaspătă. Biroul şi rafturile erau noi şi lemnul nu se asorta. Cutii cu dosare şi tot felul de lucruri erau înşirate pe lângă pereţi. Snead examină detaliile fără să se grăbească.

– V-aţi mutat de curând? întrebă el.

– De vreo două săptămâni.

Lui Snead nu-i plăcea locul şi nu era sigur nici în privinţa avocatului. Acesta purta un costum ieftin de lână, mult mai ieftin decât cel al lui Snead.

– Treizeci de ani, eh? întrebă Hark, continuând să ţină biletul.

– Exact.

– Aţi fost cu el când a sărit?

– Nu. A sărit singur.

Un râs fals, după care zâmbetul reapăru.

– Vreau să spun, aţi fost în încăpere?

– Da. Am fost gata să-l prind.

– Trebuie să fi fost îngrozitor.

– A fost. Încă mai este.

– Aţi văzut când a semnat ultimul testament?

– Da.

– Aţi văzut când a scris afurisitul acela de testament?

Snead era absolut pregătit să mintă. Adevărul nu mai însemna nimic, pentru că bătrânul îl minţise. Ce avea de pierdut?

– Am văzut multe lucruri, spuse el. Şi ştiu şi mai multe. Am venit aici numai pentru bani. Domnul Phelan a promis c-o să aibă grijă de mine în testamentul său. A făcut multe promisiuni în acest sens şi pe toate le-a încălcat.

– Aşadar, vă aflaţi în aceeaşi situaţie cu clientul meu, zise Hark.

– Sper că nu. Îl dispreţuiesc pe clientul dumitale şi pe fraţii săi mizerabili. Să clarificăm acest lucru de la început.

– Cred că este clar.

– Nimeni n-a fost mai apropiat de Troy Phelan ca mine. Am văzut şi am auzit lucruri despre care nu ştie nimeni altcineva.

– Vreţi să apăreţi ca martor deci?

– Sunt un martor, un expert. Şi sunt foarte costisitor.

Privirile li se întâlniră o clipă. Mesajul fu transmis şi recepţionat.

– Legea spune că nespecialiştii nu pot să aprecieze capacitatea mintală a unei persoane care a făcut un testament, dar, cu siguranţă, veţi putea depune mărturie în legătură cu gesturi şi fapte care dovedesc o minte nesănătoasă.

– Ştiu toate astea, spuse Snead nepoliticos.

– Era nebun?

– Era sau nu era. N-are importanţă pentru mine. Pot să declar ori un lucru, ori altul.

Hark trebui să se gândească. Îşi scărpină faţa şi se uită la perete.

Snead se hotărî să-l ajute.

– Eu văd lucrurile în felul următor. Clientul dumitale a fost păcălit, împreună cu fratele şi surorile lui. Fiecare din ei a primit câte cinci milioane de dolari când a împlinit douăzeci şi unu de ani şi ştim ce au făcut cu banii. Din moment ce toţi sunt îngropaţi în datorii, nu pot face altceva decât să atace testamentul. Însă niciunui juriu n-o să-i pară rău pentru ei. Sunt nişte rataţi lacomi. O să fie un caz greu de câştigat. Dar dumneata şi alţi vulturi din tagma dumitale veţi ataca testamentul şi veţi intenta o acţiune imensă care va apărea rapid în ziarele de scandal, pentru că sunt unsprezece miliarde în joc. Din moment ce nu prea aveţi temeiuri solide, speraţi într-o înţelegere înainte să se ajungă la tribunal.

– Prinzi repede.

– Nu. Am stat în compania domnului Phelan timp de treizeci de ani. Oricum, dacă şi cât de mult vă veţi înţelege depinde de mine. Dacă memoria mea e limpede şi detaliată, atunci poate că fostul meu stăpân nu avea capacitatea testamentară când a scris testamentul.

– Aşadar, memoria îţi apare şi îţi dispare.

– Memoria mea e cum vreau eu să fie. Nu există nici o îndoială în privinţa asta.

– Ce vrei?

– Bani.

– Câţi?

– Cinci milioane.

– Foarte mulţi.

– E o nimica toată. O să-i primesc de-aici sau din partea cealaltă. N-are nici o importanţă.

– De unde să-ţi dau cinci milioane?

– Nu ştiu. Nu sunt avocat. Presupun că dumneata şi semenii dumitale sunteţi în stare să alcătuiţi un mic plan murdar.

Urmă un moment îndelungat de pauză, când Hark începu să pună la cale planul. Avea o mulţime de întrebări, dar bănuia că nu avea să primească prea multe răspunsuri. Cel puţin deocamdată.

– Mai există şi alţi martori? întrebă el.

– Una singură. Numele ei este Nicolette. A fost ultima secretară a domnului Phelan.

– Cât de mult ştie?

– Depinde. Poate fi cumpărată.

– Ai vorbit deja cu ea.

– În fiecare zi. Suntem împreună în treaba asta.

– Cât pentru ea?

– Va intra în cele cinci milioane.

– Un adevărat chilipir. Mai e şi altcineva?

– Nimeni important.

Hark închise ochii, masându-şi tâmplele.

– N-am nimic împotriva celor cinci milioane, spuse el ciupindu-şi nasul. Numai că nu ştiu cum o să ţi-i putem da.

– Sunt sigur că vei găsi dumneata o cale.

– Mai lasă-mi puţin timp, da? Trebuie să mă gândesc.

– Nu mă grăbesc. Îţi dau o săptămână. Dacă refuzi, mă duc în partea cealaltă.

– Nu există nici o cealaltă parte.

– Nu fi atât de sigur.

– Ştii ceva despre Rachel Lane?

– Ştiu tot, spuse Snead, după care ieşi din birou.

26

Primii zori nu aduseră nici o surpriză. Erau legaţi de un pom aproape de malul unui râu care arăta la fel ca toate celelalte pe care le văzuseră. Nori grei se adunaseră iarăşi pe cer; lumina zilei apărea încet.

Micul dejun consta dintr-o cutiuţă cu biscuiţi, ultima din proviziile împachetate de Welly. Nate mâncă încet, întrebându-se cu fiecare înghiţitură când avea să mai mănânce.

Curentul era puternic, astfel că se lăsară purtaţi de el în timp ce soarele se înălţa pe cer. Singurul zgomot era cel al apei care curgea. Economiseau combustibilul, amânând clipa în care Jevy era nevoit să încerce să pornească motorul.

Ajunseră într-o regiune inundată, unde se întâlneau trei râuri şi, timp de câteva momente, rămaseră nemişcaţi.

– Presupun că ne-am rătăcit, nu-i aşa? întrebă Nate.

– Ştiu exact unde ne aflăm.

– Unde?

– În Pantanal. Şi toate râurile se varsă în Paraguay.

– În cele din urmă.

– Da, în cele din urmă, spuse Jevy, dând la o parte capacul motorului şi ştergând umezeala de pe carburator.

Reglă acceleraţia, verifică uleiul şi încercă să pornească motorul. Când trase a cincea oară, acesta pufni şi se opri.

Aici o să mor, îşi spuse Nate. O să mă înec, o să mor de foame sau o să fiu mâncat, dar aici, în mlaştina asta imensă, o să-mi dau ultima suflare.

Spre surprinderea lor, auziră un strigăt. Vocea era subţire, ca de fetiţă. Zgomotul motorului atrăsese atenţia altei fiinţe omeneşti. Vocea se auzise din stufărişul de pe lângă malul unui alt râu din apropiere. Jevy strigă şi, după câteva secunde, vocea se auzi din nou.

Un puşti care nu avea mai mult de cincisprezece ani apăru din stufăriş într-o canoe micuţă, cioplită de mână dintr-un trunchi de copac. Cu o vâslă spinteca apa cu o uşurinţă şi o viteză uluitoare.

– *Bom dia,* spuse el zâmbind larg.

Faţa îi era maronie şi pătrată şi, poate, cea mai frumoasă pe care o văzuse Nate în ultimii ani. Le aruncă o frânghie şi cele două bărci fură legate una de alta.

Urmă o conversaţie prelungită şi leneşă şi după un timp Nate începu să se agite.

– Ce zice? îl întrebă el furios pe Jevy.

Puştiul se uită la Nate şi Jevy spuse:

– *Americano.*

– Zice că suntem departe de râul Cabixa, îi spuse Jevy lui Nate.

– Şi eu aş fi putut să-ţi spun asta.

– Zice că Paraguay e la jumătate de zi spre răsărit.

– Cu o canoe, nu?

– Nu, cu avionul.

– Amuzant. Cât o să facem până acolo?

– Patru ore, aproximativ.

„Cinci, poate şase ore. Şi asta cu condiţia ca motorul să funcţioneze cum trebuie. Ar fi durat o săptămână dacă am fi fost nevoiţi să vâslim."

Conversaţia în portugheză reîncepu fără nici o grabă. Micuţa canoe era goală, cu excepţia unei cutii de tablă pe care era înfăşurată guta şi a unui borcan cu nămol în care Nate bănuia că se aflau viermi sau alt gen de momeală. Ce ştia el despre pescuit? Se scărpină în locurile unde îl ciupiseră ţânţarii.

Cu un an în urmă fusese la schi în Utah cu băieţii. Băutura la modă fusese un fel de tequila pe care Nate, tipic, o consumase cu plăcere până când își pierduse cunoștința. Mahmureala durase două zile.

Conversația se învioră și deodată cei doi începură să gesticuleze. Jevy se uită la el când vorbea.

– Ce e? întrebă Nate.

– Indienii nu sunt departe.

– Cât de departe?

– O oră, două.

– Poate să ne ducă până acolo?

– Cunosc drumul.

– Sunt convins. Dar m-aș simți mai bine dacă ar veni și el.

Era un ușor afront adus mândriei lui Jevy, dar, ținând cont de împrejurări, acesta nu putu să-l contrazică.

– S-ar putea să vrea bani.

– Nici o problemă.

Dacă ar fi știut băiatul. Averea Phelan într-un capăt al mesei și acel mic *pantaneiro* slăbănog în celălalt capăt. Nate zâmbi când își închipui scena. Ce-ai zice de o flotă întreagă de canoe, cu undițe și lansete și măsurător de adâncime? Spune ce vrei, fiule, și o să ai.

– Zece *reais*, spuse Jevy după o scurtă negociere.

– În regulă.

În schimbul a zece dolari, aveau să fie duși la Rachel Lane.

Se alcătui un plan. Jevy înclină motorul exterior al bărcii în așa fel încât elicea să nu stea în apă și începură să vâslească. Îl urmară pe băiat timp de douăzeci de minute, până când intrară pe un râuleț puțin adânc, cu curenți rapizi. Nate scoase vâsla din apă, își trase sufletul și își șterse sudoarea de pe față. Inima îi bătea cu putere și mușchii îi obosiseră deja. Norii începuseră să se risipească, astfel că soarele strălucea nestingherit.

Jevy se apucă să lucreze la motor. Din fericire, acesta porni și continuă să funcționeze, iar ei îl urmară pe băiat, a cărui canoe îi întrecea cu ușurință.

Era aproape ora unu când dădură de terenul mai ridicat. Suprafața de apă se diminua treptat, astfel că râurile erau mărginite de vegetaţie densă şi de copaci. Băiatul era serios şi, ciudat, îngrijorat de poziţia soarelui.

Acolo, îi spuse el lui Jevy. Imediat după cotul râului. Părea să se teamă să meargă mai departe.

– Eu mă opresc aici, spuse el. Trebuie să mă întorc acasă.

Nate îi dădu banii şi îi mulţumiră amândoi. După aceea, el se îndepărtă, dispărând repede împins de curent. Ei îşi continuară drumul, cu motorul când oprindu-se, când chinuindu-se la jumătate din viteza normală, dar până la urmă ajungând la destinaţie.

Râul pătrundea într-o pădure unde crengile copacilor atârnau aproape de suprafaţa apei, aşa încât se contopeau, alcătuind un tunel care nu lăsa să pătrundă lumina. Era întuneric şi zumzetul inegal al motorului lor reverbera dinspre maluri. Nate avea senzaţia ciudată că erau urmăriţi. Aproape că simţea săgeţile îndreptate spre el. Se pregăti pentru un atac de săgeţi otrăvite trimise de sălbatici vopsiţi în culorile războiului şi antrenaţi să omoare orice alb.

Dar văzură întâi copii, câteva trupuri maronii şi fericite care se bălăceau în apă. Tunelul se sfârşea în apropierea unei aşezări.

Şi mamele făceau baie, la fel de goale ca şi copiii lor, şi nu se jenau deloc. La început, când văzură barca, se retraseră spre mal. Jevy opri motorul şi începu să vorbească şi să zâmbească în timp ce se apropiau plutind. O fată mai mare o rupse la fugă în direcţia satului.

– *Fala português?* întrebă Jevy grupul alcătuit din patru femei şi şapte copii, dar aceştia se uitau la ei doar.

Cei mai mici se ascunseră în spatele mamelor. Femeile erau scunde şi îndesate, cu sâni mici.

– Sunt prietenoşi? întrebă Nate.

– Or să ne spună bărbaţii.

Aceştia sosiră în câteva minute, trei la număr, de asemenea scunzi şi îndesaţi, dar musculoşi. Din fericire, organele genitale le erau acoperite de nişte săculeţe din piele.

Cel mai în vârstă dintre ei susţinu că vorbea limba lui Jevy, dar portugheza lui era rudimentară, în cel mai bun caz. Nate rămase în barcă, unde părea să se afle în siguranţă, în timp ce Jevy se rezemă de un copac din preajma apei şi încercă să se facă înţeles. Indienii se strânseră în jurul lui Jevy, care era cu vreo treizeci de centimetri mai înalt decât bărbaţii.

După câteva minute de repetiţii şi gesticulări, Nate spuse:

– Traducerea, te rog.

Indienii se uitară la el.

– *Americano,* le explică Jevy şi conversaţia continuă.

– Ce ai aflat în legătură cu femeia? întrebă Nate.

– Încă n-am ajuns atât de departe. Tot mai încerc să-i conving să nu te ardă de viu.

– Mai încearcă.

Sosiră alţi indieni. Colibele lor se zăreau la vreo sută de metri distanţă, lângă liziera unei păduri. În susul râului, o jumătate de duzină de canoe erau legate de mal. Copiii începură să se plictisească şi se îndepărtară încet, ducându-se să examineze barca. Erau intrigaţi şi de bărbatul cu faţa albă. Nate zâmbi şi le făcu cu ochiul şi, nu după mult timp, obţinu un zâmbet. Dacă Welly n-ar fi fost atât de al naibii de zgârcit cu biscuiţii, acum ar fi avut ce să le dea.

Conversaţia continuă. Indianul care vorbea se întorcea din când în când către semenii săi şi le traducea. În mod inevitabil, cuvintele lui îi îngrijorară mult. Limba lor era alcătuită din serii de mormăieli şi onomatopee, toate rostite mişcând buzele cât mai puţin cu putinţă.

– Ce zice? mormăi Nate.

– Nu ştiu, spuse Jevy.

Un băieţel puse mâna pe marginea bărcii şi îl studie pe Nate cu nişte pupile negre şi mari cât monedele de douăzeci şi cinci de cenţi.

– Salut, spuse el foarte încet şi Nate ştiu că se aflau unde trebuia.

Nimeni nu îl auzi în afară de Nate, care se aplecă şi spuse la fel de încet:

– Salut.

– La revedere, spuse băiatul fără să se mişte.

Rachel îl învăţase cel puţin două cuvinte în engleză.

– Cum te cheamă? îl întrebă Nate în şoaptă.

– Salut, repetă el însă.

Lângă copac, traducerea făcea ceva progrese. Bărbaţii indieni se strânseră la un loc şi vorbeau plini de însufleţire, în timp ce femeile nu spuneau nimic.

– Ce-i cu femeia? repetă Nate.

– I-am întrebat, dar n-au nici un răspuns.

– Ce înseamnă asta?

– Nu sunt sigur. Cred că e aici, dar ei sunt şovăitori dintr-un anumit motiv.

– De ce ar fi şovăitori?

Jevy se încruntă şi se uită în altă parte. De unde era să ştie el?

Indienii mai vorbiră puţin, după care plecară cu toţii – întâi bărbaţii, apoi femeile şi la urmă copiii. Se îndreptară într-un singur şir spre sat, dispărând din raza vizuală.

– I-ai supărat?

– Nu. Vor să facă un fel de şedinţă.

– Crezi că ea e aici?

– Cred că da, spuse Jevy, aşezându-se în barcă şi pregătindu-se să tragă un pui de somn.

Era aproape ora unu, indiferent în ce zonă orară se aflau. Prânzul trecuse fără ca ei să mănânce nici măcar o arahidă umedă.

Excursia începu în jurul orei trei. Erau conduşi de un mic grup de bărbaţi tineri şi merseră pe poteca ce ducea spre sat, trecură printre colibele unde toată lumea stătea nemişcată şi se uita, după care continuară pe o altă potecă prin pădure.

E un marş al morţii, se gândi Nate. Ne duc în junglă pentru vreun ritual al sângelui din epoca de piatră. Îl urmă pe Jevy, care înainta încrezător.

– Unde naiba mergem? întrebă el şuierător, ca un prizonier de război care se temea să nu-i supere pe cei care îi capturaseră.

– Linişteşte-te.

Ajunseră într-un luminiş şi se aflau iarăşi pe malul râului. Conducătorul se opri brusc şi arătă ceva cu mâna. La marginea apei, un anaconda stătea întins la soare. Era negru cu semne galbene pe partea de dedesubt. Avea o circumferinţă de cel puţin treizeci de centimetri.

– Cât e de lung? întrebă Nate.

– Şase, şapte metri. În sfârşit, vezi şi tu un anaconda, spuse Jevy.

Lui Nate i se înmuiară genunchii şi gura i se uscă. Glumise în legătură cu şerpii. Imaginea unuia adevărat, lung şi gros, era uluitoare.

– Unii indieni venerează şerpii, zise Jevy.

Atunci, misionarii noştri ce fac? se gândi Nate. Avea s-o întrebe pe Rachel.

Ţânţarii păreau să-l supere numai pe el. Indienii erau imuni. Jevy nu dădea niciodată din mâini. Nate se plesnea şi se scărpina până când îi dădea sângele. Insecticidul se afla în barcă, împreună cu cortul, cuţitul şi toate celelalte lucruri pe care le poseda în acel moment şi erau fără îndoială examinate de copii.

Excursia fu interesantă în prima jumătate de oră, după care căldura şi ţânţarii făcură ca lucrurile să devină monotone.

– Cât de departe mergem? întrebă Nate, fără să se aştepte la un răspuns precis.

Jevy îl întrebă pe cel din faţa lui.

– Nu prea departe, veni răspunsul.

Ajunseră la o altă potecă şi apoi la una mai lată. În zonă mai erau oameni. În curând, văzură prima colibă şi simţiră miros de fum.

Când mai aveau vreo două sute de metri, şeful arătă spre un spaţiu umbrit din apropierea râului. Nate şi Jevy fură conduşi la o bancă din tulpini goale de trestie legate unele de altele cu sfoară. Fură lăsaţi acolo cu doi paznici şi ceilalţi porniră înapoi spre sat.

Cu timpul, cei doi paznici se plictisiră şi se hotărâră să tragă un pui de somn. Se rezemară de trunchiul unui copac şi, în scurt timp, adormiră.

– Cred că am putea să fugim, spuse Nate.

– Unde?

– Ţi-e foame?

– Oarecum. Ţie?

– Nu, eu sunt sătul, zise Nate. Am mâncat şapte biscuiţi subţiri acum două ore. Să-mi aduci aminte să-l iau la palme pe Welly când o să-l văd.

– Sper că e teafăr.

– De ce n-ar fi? Se leagănă în hamacul meu, bând cafea proaspătă, în siguranţă, uscat şi bine hrănit.

Nu i-ar fi adus atât de departe dacă Rachel nu s-ar fi aflat în apropiere. Stând pe bancă şi uitându-se la vârfurile colibelor din depărtare, Nate îşi puse multe întrebări în legătură cu ea. Era curios cum arată – se presupunea că mama ei fusese frumoasă. Troy Phelan avusese gusturi bune în ceea ce privea femeile. Ce fel de haine purta oare? Indienii Ipica de care se ocupa erau goi puşcă. De când nu mai fusese în lumea civilizată? Oare el era primul american care vizita satul?

Cum avea să reacţioneze faţă de prezenţa lui? Şi faţă de bani?

Nate devenea din ce în ce mai neliniştit în legătură cu întâlnirea cu ea.

Paznicii dormeau când se auzi mişcare dinspre sat. Jevy aruncă o pietricică în ei şi fluieră uşor. Amândoi săriră în picioare şi îşi reluară poziţiile.

Ierburile de pe marginile potecii erau până la genunchi şi în depărtare văzură câţiva indieni venind spre ei. Rachel era în mijlocul lor; venea. Se vedea o cămaşă de un galben-deschis între piepturile maronii şi o faţă mai deschisă la culoare sub o pălărie de pai. Nate o văzu de la o sută de metri.

– Ne-am găsit fata, spuse el.

– Da, aşa s-ar părea.

Nu se grăbeau. Trei bărbaţi erau în faţă şi trei în spatele ei. Era puţin mai înaltă decât indienii şi mergea cu o eleganţă uşoară. Parcă ar fi ieşit să se plimbe printre flori. Nu era nici o grabă.

Nate îi urmărea fiecare pas. Era foarte subţire, cu umeri laţi şi osoşi. Ea începu să se uite în direcţia lor când se mai apropie. Nate şi Jevy se ridicară în întâmpinarea ei.

Indienii se opriră la marginea zonei de umbră, dar Rachel continuă să meargă. Îşi scoase păiăria. Părul ei era şaten, pe jumătate cărunt şi foarte scurt. Se opri la câţiva paşi de Jevy şi Nate.

– *Boa tarde, senhor,* îi spuse ea lui Jevy, după care se uită la Nate.

Ochii îi erau de un albastru-închis, aproape indigo. Fără riduri, nefardată. Avea patruzeci şi doi de ani şi îmbătrânea foarte frumos, având strălucirea caracteristică celor care nu cunoşteau stresul.

– *Boa tarde.*

Nu le întinse mâna şi nici nu se prezentă. Ei trebuiau să facă următoarea mişcare.

– Mă numesc Nate O'Riley şi sunt avocat la Washington.

– Şi dumneata? îl întrebă ea pe Jevy.

– Sunt Jevy Cardozo, din Corumbá. Sunt călăuza lui.

Ea îi măsură din cap până-n picioare cu un zâmbet stins pe buze. Momentul acela nu era deloc neplăcut. Era încântată de întâlnire.

– Ce vă aduce aici? întrebă apoi într-o engleză americană fără nici un accent, nici de Louisiana, nici de Montana, doar acea engleză simplă, precisă, lipsită de orice inflexiune care se vorbea în Sacramente sau St. Louis.

– Am auzit că se pescuieşte grozav aici, spuse Nate. Niciun răspuns.

– Face glume proaste, spuse Jevy, cerându-şi scuze.

– Scuze. O caut pe Rachel Lane. Am motive să cred că dumneata şi cu ea sunteţi una şi aceeaşi persoană.

Ea ascultă fără ca expresia de pe chip să i se schimbe.

– De ce vrei s-o găseşti pe Rachel Lane?

– Pentru că sunt avocat şi firma la care lucrez are o problemă juridică importantă cu Rachel Lane.

– Ce fel de problemă juridică?

– Nu pot să-i spun decât personal.

– Nu sunt Rachel Lane. Îmi pare rău.

Jevy oftă şi umerii lui Nate se pleoştiră. Ea văzu fiecare mişcare, fiecare reacţie, fiecare tresărire.

– Vă e foame? îi întrebă apoi.

Amândoi dădură din cap. Ea îi strigă pe indieni şi le dădu instrucţiuni.

– Jevy, du-te cu aceşti oameni în sat, spuse ea apoi. O să-ţi dea să mănânci şi să aduci suficientă mâncare pentru domnul O'Riley.

Se aşezară pe bancă, în umbra care se întuneca din ce în ce, privind tăcuţi cum indienii îl duceau pe Jevy în sat. Acesta se întoarse o dată, doar ca să se asigure că totul era în regulă cu Nate.

27

Nu mai părea atât de înaltă când nu se afla lângă indieni. Şi evitase alimentele care le făceau pe femei să se îngraşe. Picioarele îi erau lungi şi subţiri. Purta sandale de piele, lucru care părea ciudat într-o cultură unde nimeni nu purta pantofi. De unde le luase oare? Şi de unde luase cămaşa aceea galbenă cu mâneci scurte şi pantalonii scurţi kaki? Ah, ce întrebări îşi punea.

Îmbrăcămintea ei era simplă şi bine purtată. Dacă nu era Rachel Lane, cu siguranţă trebuia să ştie unde era aceasta.

Genunchii aproape că li se atingeau.

– Rachel Lane a încetat să mai existe cu mulţi ani în urmă, spuse ea, uitându-se spre sat, în depărtare. Am păstrat numele de Rachel, dar am renunţat la Lane. Trebuie să fie vorba de ceva serios dacă ai venit până aici, spuse ea încet şi rar, fără să sară peste nici o silabă şi fiecare fiind cântărită cu grijă.

– Troy a murit. S-a sinucis acum trei săptămâni.

Ea lăsă capul în jos uşor, închise ochii şi păru să se roage. Fu o rugăciune scurtă, urmată de un moment îndelungat de tăcere. Liniştea nu o deranja.

– L-ai cunoscut? îl întrebă ea în cele din urmă.

– L-am întâlnit o dată, cu ani în urmă. Firma noastră are mulţi avocaţi şi eu nu m-am ocupat niciodată personal de problemele lui Troy. Nu, nu l-am cunoscut.

– Nici eu. A fost tatăl meu natural şi mi-am petrecut multe ore rugându-mă pentru el, dar a fost întotdeauna un străin.

– Când l-ai văzut ultima oară? o întrebă el la fel de încet şi de rar.

Ea avea un efect liniştitor.

– Cu mulţi ani în urmă. Înainte să plec la colegiu... Ce ştii despre mine?

– Nu prea multe. Nu prea laşi urme.

– Atunci, cum m-ai găsit?

– Troy a fost de ajutor. A încercat să te găsească înainte să moară, dar n-a reuşit. Ştia că eşti misionară în cadrul organizaţiei Triburile Mondiale şi că te afli în partea asta de lume. Restul a depins de mine.

– Cum putea să ştie asta?

– Avea foarte mulţi bani.

– De aceea te afli aici.

– Da, de aceea mă aflu aici. Avem multe de discutat.

– Troy trebuie să-mi fi lăsat ceva în testament.

– Cam aşa ceva.

– Nu vreau să discutăm despre afaceri. Vreau să sporovăim. Ştii cât de rar aud limba engleză?

– Rareori, bănuiesc.

– Mă duc la Corumbá o dată pe an după provizii. Sun la sediu şi, timp de zece minute, vorbesc englezeşte. E înspăimântător de fiecare dată.

– De ce?

– Mă cuprinde un fel de nervozitate. Îmi tremură mâinile când ţin receptorul. Îi cunosc pe cei cu care vorbesc, dar mă tem să nu folosesc cuvinte greşite. Uneori chiar mă bâlbâi. Zece minute pe an.

– Acum te descurci foarte bine.

– Sunt foarte emoţionată.

– Linişteşte-te. Sunt un tip nemaipomenit.

– Dar m-ai găsit. Tocmai examinam un pacient acum vreo oră, când au venit băieţii şi mi-au spus că e un american aici. Am dat fuga în coliba mea şi am început să mă rog. Dumnezeu mi-a dat putere.

– Vin cu pace pentru toată omenirea.

– Pari un om de treabă.

„Dacă ai şti numai", se gândi Nate.

– Mulţumesc. Ăăă, spuneai că erai cu un pacient.

– Da.

– Credeam că eşti misionară.

– Sunt. Dar sunt şi doctoriţă.

Şi specialitatea lui Nate era să dea în judecată doctori. Nu era nici timpul, nici locul pentru o discuţie despre malpraxis în medicină.

– Asta n-a figurat în documentaţia mea.

– Mi-am schimbat numele după ce am terminat colegiul şi seminarul. Probabil că acolo mi s-a pierdut urma.

– Exact. De ce ţi-ai schimbat numele?

– E complicat, cel puţin aşa a fost atunci. Acum nu mai pare important.

Dinspre râu se simţi o briză uşoară. Era aproape ora cinci. Norii care se adunaseră deasupra pădurii erau negri şi pluteau foarte jos. Ea îl văzu uitându-se la ceas.

– Băieţii îţi aduc cortul aici. E un loc bun de dormit în noaptea asta.

– Mulţumesc, presupun. O să fim în siguranţă, nu-i aşa?

– Da. Dumnezeu o să vă apere. Să-ţi spui rugăciunile.

În clipa aceea, Nate intenţiona să se roage ca un predicator. Faptul că râul era aproape îl îngrijora în mod deosebit. Dacă închidea ochii, vedea şarpele anaconda târându-se spre cortul lui.

– Te rogi, nu-i aşa, domnule O'Riley?

– Te rog să-mi spui Nate. Da, mă rog.

– Eşti irlandez?

– Sunt o corcitură. Mai mult german decât orice altceva. Tatăl meu avea strămoşi irlandezi. Nu m-a interesat niciodată trecutul familiei.

– Ce biserică frecventezi?

– Episcopală.

Catolică, luterană, episcopală, n-avea nici o importanţă. Nate nu mai văzuse interiorul unei biserici de la a doua căsătorie a sa.

Viaţa lui spirituală era un subiect pe care prefera să-l evite. Teologia nu era punctul lui forte şi nu voia să discute despre aşa ceva cu o misionară. Ea făcu o pauză, ca de obicei, şi el schimbă subiectul.

– Indienii aceştia sunt paşnici?

– Mai tot timpul. Indienii Ipica nu sunt războinici, dar n-au încredere în albi.

– În tine au?

– Eu sunt aici de unsprezece ani. M-au acceptat.

– Cât le-a trebuit?

– Am avut noroc, pentru că înaintea mea au fost doi soţi misionari. Învăţaseră limba şi au tradus Noul Testament. Şi sunt doctoriţă. Mi-am făcut repede prieteni după ce am ajutat femeile să nască.

– Vorbeşti portugheza destul de bine.

– Fluent. Vorbesc spaniola, ipica şi machiguenga.

– Ce-i asta?

– Machiguenga sunt indigenii care trăiesc în munţii din Peru. Am fost acolo şase ani. Tocmai începusem să cunosc limba destul de bine, când m-au evacuat.

– De ce?

– Gherilele.

Ca şi cum şerpii, aligatorii, bolile şi inundaţiile n-ar fi fost de-ajuns.

– Au răpit doi misionari dintr-un sat care nu se afla prea departe de mine. Dar Dumnezeu i-a salvat. Au fost eliberaţi teferi după patru ani.

– Pe aici sunt gherile?

– Nu. Aici suntem în Brazilia. Oamenii sunt foarte paşnici. Sunt câţiva traficanţi de droguri, dar nimeni nu ajunge atât de adânc în inima Pantanalului.

– Ceea ce mă face să mă gândesc la un lucru interesant. Cât de departe e râul Paraguay?

– În perioada asta a anului, la vreo opt ore.

– Ore braziliene?

Ea zâmbi.

– Ai învăţat că timpul trece mai încet aici. Între opt şi zece ore americane.

– Cu o canoe?

– Aşa călătorim noi. Am avut o barcă cu motor. Dar era veche şi în cele din urmă s-a stricat.

– Cât durează dacă ai o barcă cu motor?

– Cinci ore, aproximativ. E sezonul ploilor şi e uşor să te rătăceşti.

– Am văzut.

– Râurile se contopesc unele cu altele. Va trebui să luaţi unul din pescari cu voi când plecaţi. N-o să găsiţi Paraguayul fără o călăuză.

– Şi tu te duci acolo o dată pe an?

– Da, dar în sezonul uscat, în august. Atunci e mai răcoare şi nu sunt atât de mulţi ţânţari.

– Te duci singură?

– Nu. Îl iau pe Lako, prietenul meu indian, până la Paraguay. Drumul durează vreo şase ore cu o canoe, când apele râurilor scad. Apoi aştept o barcă şi merg până la Corumbá. Stau acolo câteva zile, îmi rezolv treburile şi mă urc în altă barcă la întoarcere.

Nate se gândi cât de puţine bărci văzuse pe Paraguay.

– Orice barcă?

– De obicei una care transportă vite. Căpitanii sunt de acord să ia pasagri.

Călătoreşte cu o canoe, pentru că barca ei veche s-a stricat. Se urcă la bordul bărcilor pentru vite pentru a se duce la Corumbá, singurul ei contact cu civilizaţia. Cum aveau să o schimbe banii? se întrebă Nate. Însă i se părea imposibil să răspundă la acea întrebare.

Avea să-i spună mâine, când ziua era proaspătă, când era odihnit şi hrănit şi aveau destule ore la dispoziţie pentru a discuta pe îndelete. Câteva siluete apărură la marginea satului – bărbaţi care veneau în direcţia lor.

– Iată-i, spuse ea. Mâncăm exact înainte să se întunece şi apoi ne culcăm.

– Bănuiesc că nu e nimic de făcut după aceea.

– Nimic ce am putea discuta, spuse ea repede şi fu amuzant.

Jevy apăru cu un grup de indieni, dintre care unul îi dădu lui Rachel un coşuleţ pătrat. Ea i-l dădu lui Nate, care scoase o bucăţică de pâine tare.

– E lipie din făină de manioc, spuse ea. Principalul nostru aliment.

Şi, evident, singurul, cel puţin la masa aceea. Nate tocmai mânca a doua bucată de pâine, când li se alăturară indienii din primul sat, care aduseră cortul, plasa de ţânţari, păturile şi apa îmbuteliată din barcă.

– Rămânem aici în noaptea asta, îi spuse Nate lui Jevy.

– Cine a zis?

– E cel mai bun loc, spuse Rachel. V-aş oferi unul în sat, dar şeful trebuie să aprobe întâi vizita unor albi.

– Adică a mea, spuse Nate.

– Da.

– Şi pentru el nu e valabil? întrebă apoi arătând spre Jevy.

– El s-a dus să mănânce, nu să doarmă. Regulile sunt complicate.

Acest lucru i se păru ciudat lui Nate – nişte indigeni primitivi, care nu descoperiseră încă nici articolele de îmbrăcămite, respectau un sistem de reguli complicat.

– Aş vrea să plecăm până mâine la prânz, îi spuse el.

– Asta va depinde de şef.

– Vrei să spui că nu putem să plecăm când vrem?

– Veţi pleca atunci când va spune el că puteţi. Nu-ţi face griji.

– Tu şi şeful sunteţi apropiaţi?

– Ne înţelegem.

Ea îi trimise pe indieni înapoi în sat. Soarele dispăruse dincolo de munţi. Umbrele pădurii îi învăluiau.

Timp de câteva minute, Rachel se uită la Jevy şi Nate cum se chinuiau să instaleze cortul. Părea destul de mic aşa cum era împachetat în cutia lui şi nu se mări prea mult când îl prinseră de pari. Nate nu era sigur că Jevy avea să aibă loc înăuntru, cu atât mai puţin amândoi. Complet înălţat, ajungea până la brâu şi era îngrozitor de mic pentru doi bărbaţi în toată firea.

– Am plecat, anunţă ea. O să vă fie foarte bine aici.

– Promiţi? o întrebă Nate cu sinceritate.

– Pot să pun doi băieţi să stea de pază dacă vreţi.

– Nu e nevoie, spuse Jevy.

– La ce oră vă treziţi pe-aici? întrebă Nate.

– Cu o oră înainte să răsară soarele.

– Sunt sigur c-o să fim treji, spuse Nate, uitându-se la cort. Am putea să ne întâlnim devreme? Avem foarte multe de discutat.

– Da. O să vă trimit ceva de mâncare în zori. Pe urmă, o să putem sta de vorbă.

– E foarte bine.

– Spune-ţi rugăciunile, domnule O'Riley.

– O să le spun.

Apoi ea păşi în întuneric şi dispăru. Pentru o clipă, Nate îi văzu silueta îndepărtându-se pe cărare, după care, nimic. Satul era invizibil în întunericul nopţii.

Stătură ore întregi pe bancă, aşteptând să se răcorească aerul, fiindu-le groază de clipa în care aveau să fie nevoiţi să se înghesuie în cort şi să doarmă spate în spate, amândoi transpiraţi şi mirosind urât. Nu aveau încotro. Cortul, aşa şubred cum eră, avea să-i apere de ţânţari şi de alte insecte. De asemenea, avea să ţină la distanţă şi târâtoarele.

Vorbiră despre sat. Jevy spuse poveşti cu indieni, toate sfârşindu-se cu moartea cuiva. În cele din urmă, întrebă:

– I-ai spus de bani?

– Nu. O să-i spun mâine.

– Acum ai văzut-o. Ce părere crezi c-o să aibă?

– Habar n-am. E fericită aici. Mi se pare o cruzime să-i tulbur viaţa.

– Atunci, dă-mi mie banii. Mie n-o să-mi tulbure viaţa.

După aceea, continuară să se tachineze. Nate se strecură primul în cort. Noaptea precedentă şi-o petrecuse privind cerul de pe fundul bărcii, aşa că oboseala îl doborî repede.

Când el sforăia, Jevy trase încet fermoarul cortului şi se strecură înăuntru, foindu-se până când îşi găsi o poziţie comodă. Tovarăşul lui dormea dus.

28

După nouă ore de somn, indienii Ipica se trezeau înainte de ivirea zorilor pentru a-şi începe ziua. Femeile făceau focuri în faţa colibelor pentru a găti, după care plecau cu copiii la râu ca să ia apă şi să se spele. De regulă, aşteptau până apăreau primele raze de lumină pentru a porni pe cărări. Era bine să vadă ce se afla în faţa lor.

În portugheză, şarpelui i se spune *urutu*. Indienii îi spuneau *bima*. Nu era ceva neobişnuit în preajma apelor din sudul Braziliei şi adesea muşcătura sa era mortală. Numele fetei era Ayesh, avea şapte ani şi fusese adusă pe lume cu ajutorul misionarei albe. Ayesh mergea în faţa mamei ei, nu în spate, cum era obiceiul, şi simţi *bima* mişcându-se sub piciorul ei desculţ.

O muşcă de sub gleznă şi ea scoase un ţipăt. Până când ajunse tatăl ei, ea era în stare de şoc şi laba piciorului drept se umflase încă pe-atât. Un băiat de cincisprezece ani, cel mai rapid alergător al tribului, fu trimis după Rachel.

Patru sătuleţe de indieni Ipica se aflau pe malurile a două râuri care se întâlneau la o răscruce nu prea departe de locul unde se opriseră Jevy şi Nate. Între răscruce şi ultima colibă Ipica nu erau mai mult de opt kilometri. Satele erau nişte mici triburi distincte şi independente, dar toţi erau Ipica, vorbeau aceeaşi limbă şi aveau aceleaşi origini şi obiceiuri. Se întâlneau unii cu alţii şi se căsătoreau între ei.

Ayesh trăia în al treilea sat de la răscruce. Rachel era în cel de-al doilea, cel mai mare. Băiatul o găsi citind din Scriptură în coliba ei, unde trăia de unsprezece ani. Ea își verifică repede proviziile și își umplu mica trusă.

În regiunea lor, existau patru specii de șerpi veninoși și, uneori, Rachel avea un antidot. Nu și de data aceasta însă. Băiatul ii spuse că șarpele fusese un *bima.* Antidotul pentru acea specie era fabricat de o companie braziliană, dar ea nu îl găsise când fusese ultima oară în Corumbá. Farmaciile de acolo aveau mai puțin de jumătate din medicamentele care îi trebuiau ei.

Își puse ghetele din piele și plecă. Lako și încă doi băieți din sat o însoțiră, alergând alături de ea printre ierburile înalte și prin pădure.

Conform statisticilor lui Rachel, în cele patru sate, erau optzeci și șase de femei adulte, optzeci și unu de bărbați adulți și șaptezeci și doi de copii, în total 239 de indieni Ipica. Când începuse să lucreze cu ei, cu unsprezece ani în urmă, fuseseră 280. Malaria îi dobora pe cei mai slabi la câțiva ani o dată. O epidemie de holeră ucisese douăzeci de inși într-un sat în 1991. Dacă Rachel n-ar fi insistat asupra carantinei, majoritatea indienilor Ipica ar fi dispărut de pe fața pământului.

Cu meticulozitatea unui antropolog, ținea evidența nașterilor, deceselor, căsătoriilor, arborilor genealogici, bolilor și tratamentelor. De cele mai multe ori, știa cine avea o relație extraconjugală și cu cine. Cunoștea toate numele din fiecare sat. Îi botezase pe părinții lui Ayesh în râul în care se spălau.

Ayesh era micuță și slabă și probabil avea să moară, pentru că ea nu avea antidotul. Acesta se găsea în Statele Unite și în orașele braziliene mai mari și nu era foarte scump. Micul ei buget de la Triburile Mondiale i-ar fi permis să-l cumpere. Trei injecții la șase ore și moartea ar fi fost alungată. Fără el, copilul avea să verse foarte mult, apoi avea să facă febră, să intre în comă și să moară.

Indienii Ipica nu mai văzuseră de trei ani pe cineva murind din cauza unei mușcături de șarpe. Și, pentru prima oară în doi ani, Rachel nu avea antidot.

Părinții lui Ayesh erau creștini, noi sfinți care se luptau cu o religie nouă. Cam o treime dintre indienii Ipica fuseseră convertiţi. Datorită muncii lui Rachel şi a predecesorilor ei, jumătate din ei ştiau să citească şi să scrie.

Se ruga în timp ce alerga în urma băieţilor. Era subţire şi rezistentă. Mergea câţiva kilometri pe zi şi mânca puţin. Indienii îi admirau robusteţea.

Jevy se spăla în râu când Nate trase fermoarul cortului şi se strecură afară. Încă mai avea vânătăi în urma aterizării forţate. Dormitul în barcă şi pe pământ nu ajutase la alinarea durerilor. Îşi dezmorţi spatele şi picioarele, simţind cum îl durea tot corpul şi fu conştient de fiecare din cei patruzeci şi opt de ani pe care îi avea. Îl văzu pe Jevy stând până la brâu în apa care părea mult mai limpede decât în restul Pantanalului.

Sunt pierdut, îşi spuse Nate. Mi-e foame. N-am hârtie igienică. Îşi atinse uşor degetele de la picioare în timp ce făcea acel inventar trist.

Era o aventură, fir-ar să fie! Era perioada în care toţi avocaţii intrau în noul an hotărâţi să taxeze mai multe ore, să câştige verdicte mai mari, să reducă mai mult din cheltuieli, să ducă acasă mai mulţi bani. El îşi propusese acele lucruri mulţi ani şi acum i se păreau nişte prostii.

Cu puţin noroc, în noaptea aceea avea să doarmă în hamacul lui, legănându-se în briza uşoară şi bând cafea. Din câte îşi aducea aminte, niciodată nu i se făcuse dor de fasole neagră şi orez.

Jevy se întoarse când un grup de indieni sosi din sat. Şeful dorea să-i vadă.

– Vrea pâine, spuse Jevy când porniră.

– Pâinea e foarte bună. Întreabă dacă au costiţă şi ouă.

– Mănâncă multă carne de maimuţă.

Nu părea să glumească. La marginea satului, câţiva copii aşteptau să le arunce o privire străinilor. Nate le oferi un zâmbet crispat. În viaţa lui nu se simţise atât de alb şi voia să placă. Câteva mame goale se holbau din prima colibă. Când el şi Jevy intrară în zona comună, toată lumea se opri şi se uită la ei.

Focurile mici se stingeau: micul dejun era gata. Fumul plutea asemenea ceţii deasupra acoperişurilor şi făcea ca aerul umed să fie şi mai lipicios. Era doar cu câteva minute trecut de şapte şi deja era zăpuşeală.

Arhitectul satului făcuse o treabă bună. Fiecare locuinţă era perfect pătrată, cu un acoperiş din stuf, ascuţit, care ajungea până aproape de pământ. Unele erau mai mari decât altele, dar stilul nu varia niciodată. Erau construite în jurul unui spaţiu oval, toate cu faţa spre o zonă mare şi liberă – piaţa oraşului. În mijlocul acesteia, se aflau patru structuri mari – două circulare şi două dreptunghiulare – toate având aceleaşi acoperişuri groase din stuf.

Şeful îi aştepta. Deloc surprinzător, coliba lui era cea mai mare din sat. Iar el era cel mai solid dintre indieni. Era tânăr şi nu avea ridurile de pe frunte şi burta cu care se mândreau cei bătrâni. Se ridică şi îi aruncă lui Nate o privire care l-ar fi îngrozit pe John Wayne. Un războinic bătrân fu interpretul şi, după câteva minute, Nate şi Jevy fură poftiţi să ia loc lângă foc, unde soţia goală a şefului pregătea micul dejun.

Când se aplecă, sânii i se legănară şi sărmanul Nate nu putu să nu se holbeze, chiar şi numai pentru o secundă prelungită. Nu era nimic deosebit de sexy la femeia aceea goală sau la sânii ei. Pur şi simplu era uluitor faptul că putea să umble atât de goală şi să nu se simtă deloc stânjenită.

Unde îi era aparatul de fotografiat? Băieţii de la birou nu aveau să creadă niciodată aşa ceva, dacă el nu avea dovezi.

Ea îi dădu o farfurie de lemn plină cu ceva ce aducea a cartofi fierţi. El îi aruncă o privire lui Jevy, care dădu scurt din cap, de parcă ar fi cunoscut foarte bine bucătăria indiană. Ea îl servi ultimul pe şef şi, când acesta începu să mănânce cu degetele, la fel făcu şi Nate. Era ceva între nap şi cartof cu coajă roşie, şi nu prea avea gust.

Jevy vorbi în timp ce mânca şi şefului îi plăcea conversaţia. După câteva fraze, Jevy traducea în engleză.

Satul nu era inundat niciodată. Trăiau acolo de mai bine de douăzeci de ani. Solul era bun. Preferau să nu se mute, dar, uneori, solul îi forţa să o facă. Şi tatăl lui fusese şef. Şeful, după spusele şefului, era cel mai înţelept, cel mai deştept şi cel mai drept dintre toţi şi nu putea să întreţină relaţii extraconjugale. Majoritatea celorlalţi bărbaţi făceau acest lucru, dar nu şi şeful.

Nate bănuia că nu prea era altceva de făcut în afară de sex.

Şeful nu văzuse niciodată râul Paraguay. Prefera vânătoarea în locul pescuitului, astfel petrecându-şi mai mult timp în pădure decât pe râuri. Învăţase elementele de bază ale limbii portugheze de la tatăl său şi de la misionarii albi.

Nate mânca, asculta şi se uita în jur după Rachel.

Aceasta nu era acolo, explică şeful. Era în satul alăturat, îngrijind un copil care fusese muşcat de un şarpe. Nu ştia sigur când avea să se întoarcă.

„Minunat", îşi spuse Nate.

– Vrea să rămânem aici în noaptea asta, spuse Jevy, în timp ce soţia le umplea farfuriile din nou.

– Nu ştiam că rămânem, zise Nate.

– El zice că da.

– Spune-i că mă mai gândesc.

– Spune-i tu.

Nate se mustră pentru că nu adusese SatFone-ul. Cu siguranţă că Josh se plimba agitat prin birou chiar în clipa aceea, extrem de îngrijorat. Nu vorbiseră de aproape o săptămână.

Jevy spuse un lucru uşor amuzant, care, în traducere, deveni de-a dreptul caraghios. Şeful râdea în hohote şi în curând toţi începură să râdă. Inclusiv Nate, care râdea de sine pentru că râdea cu indienii.

Refuzară o invitaţie de a merge la vânătoare. Un grup de tineri îi conduseră înapoi în primul sat, la barca lor. Jevy voia să cureţe bujiile din nou şi să umble la carburator. Nate nu avea nimic altceva de făcut.

Avocatul Valdir primi un telefon dimineaţă devreme de la domnul Stafford. Amabilităţile durară doar câteva secunde.

– N-am mai primit nici o veste de la Nate O'Riley de câteva zile, spuse Stafford.

– Dar are unul din telefoanele acelea, zise Valdir defensiv, de parcă ar fi fost datoria lui să-l protejeze pe domnul O'Riley.

– Da, are. Tocmai de asta sunt îngrijorat. Poate să sune oricând, de oriunde.

– Poate să folosească telefonul şi pe vreme proastă?

– Nu. Cred că nu.

– Am avut multe furtuni aici. În definitiv, e sezonul ploilor.

– N-ai primit nici o veste de la omul dumitale?

– Nu. Sunt împreună. Călăuza e foarte bună. Barca e foarte bună. Sunt sigur că n-au păţit nimic.

– Atunci, de ce n-a sunat?

– Asta nu ştiu. Dar cerul nu s-a înseninat. Poate că îi e imposibil să folosească telefonul.

Căzură de acord ca Valdir să sune imediat cum afla ceva de pe barcă. Valdir se duse apoi lângă fereastra deschisă şi privi străzile aglomerate ale oraşului Corumbá. Râul Paraguay curgea chiar la poalele colinei. Se ştia că o mulţime de oameni care pătrunseseră în Pantanal nu se mai întorseseră niciodată. Făcea parte din legendă, şi din farmec.

Tatăl lui Jevy pilotase ambarcaţiuni pe râurile acelea timp de treizeci de ani şi cadavrul său nu fusese găsit.

Welly găsi biroul de avocatură o oră mai târziu. Nu îl cunoscuse pe domnul Valdir, dar ştia de la Jevy că acesta plătea pentru expediţie.

– E foarte important, îi spuse el secretarei. E urgent.

Valdir auzi agitaţia şi ieşi din birou.

– Cine eşti? întrebă el.

– Mă numesc Welly. Jevy m-a angajat ca marinar pe *Santa Loura*.

– *Santa Loura!*

– Da.

– Unde-i Jevy?

– E încă în Pantanal.

– Şi barca?

– S-a scufundat.

Valdir observă că băiatul era obosit şi speriat.

– Ia loc, îi spuse el şi secretara dădu fuga să aducă puţină apă. Povesteşte-mi tot.

Welly strânse braţele scaunului şi vorbi repede.

– Au plecat cu barca cea mică să-i caute pe indieni, Jevy şi domnul O'Riley.

– Când?

– Nu mai ştiu. Acum câteva zile. Eu trebuia să rămân pe *Santa Loura.* La un moment dat, a izbucnit o furtună, cea mai cumplită pe care am văzut-o vreodată. În toiul nopţii, a smuls barca din locul unde era legată şi aceasta s-a răsturnat. Eu am căzut în apă şi am fost cules mai târziu de un vas care transporta vite.

– Când ai ajuns aici?

– Abia acum o jumătate de oră.

Secretara aduse un pahar cu apă. Welly îi mulţumi şi îi ceru o cafea. Valdir se sprijini de biroul ei, uitându-se la sărmanul băiat. Era murdar şi mirosea a balegă de vacă.

– Aşadar, barca s-a dus? îl întrebă el.

– Da. Îmi pare rău. N-am putut să fac absolut nimic. În viaţa mea n-am văzut o asemenea furtună.

– Unde era Jevy în timpul furtunii?

– Undeva pe râul Cabixa. Mi-e teamă pentru el.

Valdir se întoarse în biroul său, după care închise uşa şi se duse din nou la fereastră. Domnul Stafford se afla la aproape cinci mii de kilometri distanţă. Jevy putea supravieţui într-o barcă mică. Nu avea nici un rost să se tragă concluzii pripite.

Se hotărî să nu sune câteva zile. Să-i dea timp lui Jevy şi, cu siguranţă, acesta avea să se întoarcă în Corumbá.

Indianul stătea în picioare în barcă şi îşi ţinea echilibrul sprijinindu-se de umărul lui Nate. Nu se vedea nici o îmbunătăţire în modul de funcţionare al motorului. Acesta continua să se înece şi să se oprească şi, când se apăsa la maximum pe accelerator, avea mai puţin de jumătate din puterea pe care o avusese când plecaseră de pe *Santa Loura.*

Trecură de primul sat, iar râul făcu o cotitură şi aproape că formă un cerc complet, când, deodată, apăru o răscruce şi indianul arătă cu mâna. După douăzeci de minute, văzură micul lor cort. Opriră în locul unde Jevy se spălase mai devreme în dimineața aceea. Strânseră cortul şi se duseră în sat, unde îi voia şeful.

Rachel nu se întorsese.

Din cauza faptului că nu era de-a lor, coliba ei nu se afla în oval, ci la o sută de metri mai încolo, aproape de liziera pădurii, singură. Părea mai mică decât a celorlalţi şi, când Jevy întrebă de ce, indianul care le fusese repartizat spuse că era aşa pentru că ea nu avea familie. Toţi trei – Nate, Jevy şi indianul lor – stătură două ore lângă un copac la marginea satului, privind rutina zilnică şi aşteptând-o pe Rachel.

Indianul învăţase portugheza de la soţii Cooper, cuplul de misionari care fuseseră acolo înaintea lui Rachel. Şi ştia şi câteva cuvinte în engleză pe care le încerca din când în când cu Nate. Soţii Cooper fuseseră primii albi pe care îi văzuse vreodată un indian Ipica. Doamna Cooper murise de malarie şi domnul Cooper se întorsese de unde venise.

Bărbaţii vânau şi pescuiau, le explică el oaspeţilor săi, iar cei mai tineri se furişau, fără îndoială, ca să-şi vadă iubitele. Femeile munceau cel mai mult – găteau, coceau, făceau curăţenie, supravegheau copiii. Dar totul se făcea într-un ritm lent. Dacă timpul se scurgea mai încet la sud de ecuator, indienii Ipica nu ştiau pentru că nu aveau ceasuri.

Uşile colibelor stăteau deschise în permanenţă, iar copiii alergau de la una la alta. Tinerele fete îşi împleteau părul la umbră, în timp ce mamele lor trebăluiau pe lângă focuri.

Curăţenia era o obsesie. Pământul din spaţiile comune era măturat cu mături de paie. Exterioarele colibelor erau curate şi îngrijite. Femeile şi copiii se spălau la râu de trei ori pe zi; bărbaţii de două ori pe zi şi niciodată împreună cu femeile. Toţi umblau goi puşcă, dar unele lucruri erau intime.

Mai târziu, după-amiază, bărbaţii se adunară în faţa casei bărbaţilor, cea mai mare dintre cele două structuri dreptunghiulare din mijloc. Se ocupară un timp de podoabele capilare – tăindu-și părul și curățându-l – după care începură să se ia la trântă. Echipele erau formate din câte doi luptători, stând fiecare cu degetele de la picioare lipite de ale celuilalt, țelul fiind acela de a-și pune adversarul la pământ. Era un joc dur, însă cu reguli stricte și zâmbete în final. Șeful lămurea orice dispută. Femeile priveau din pragurile colibelor, fără prea mult interes, ca și cum ar fi fost obligate să o facă. Băieții mai mici își imitau tații.

Iar Nate stătea pe o bucată de lemn, lângă un pom, urmărind o dramă dintr-o altă epocă și întrebându-se, nu pentru prima oară, unde se afla.

29

Puţini dintre indienii din jurul lui Nate ştiau că numele fetiţei era Ayesh. Era singură la părinţi şi trăia într-un alt sat. Toţi ştiau însă că fusese muşcată o fetiţă. Vorbiseră despre acest lucru toată ziua, ţinându-şi copiii pe-aproape.

În timpul cinei, se auzi că fetiţa murise. Un mesager veni în fugă şi îi dădu vestea şefului, pentru ca, numai în câteva minute, să se audă în toate colibele. Mamele îşi ţinură şi mai aproape copilaşii mai mici.

Cina continuă până când se văzu o mişcare pe cărarea principală. Rachel se întorcea cu Lako şi ceilalţi bărbaţi care fuseseră cu ea toată ziua. Când ea intră în sat, toţi se opriră din mâncat şi tăcură, ridicându-se în picioare şi holbându-se. Lăsară capetele în jos când trecu pe lângă colibele lor. Ea le zâmbi unora, le şopti ceva altora, zăbovi suficient de mult pentru a-i spune ceva şefului, după care îşi continuă drumul spre coliba ei, urmată de Lako, al cărui şchiopătat se agravase şi mai mult.

Trecu pe lângă pomul unde Nate, Jevy şi indianul lor îşi petrecuseră cea mai mare parte a după-amiezii, însă nu-i văzu. Nu se uită la ei. Era obosită şi îndurerată şi părea nerăbdătoare să ajungă acasă.

– Acum ce facem? îl întrebă Nate pe Jevy, care transmise întrebarea mai departe în portugheză.

– Aşteptăm, sosi răspunsul.

– Surpriză, surpriză.

Lako îi găsi când soarele cobora dincolo de munţi. Jevy şi indianul se duseră să mănânce resturi. Nate îl urmă pe băiat spre coliba lui Rachel. Aceasta stătea în cadrul uşii, ştergându-şi faţa cu un prosop. Părul îi era ud şi îşi schimbase hainele.

– Bună seara, domnule O'Riley, spuse ea pe acelaşi ton scăzut care nu trăda nimic.

– Bună, Rachel. Spune-mi Nate, te rog.

– Ia loc, Nate, spuse ea arătând spre un butuc scund şi pătrat, foarte asemănător cu cel pe care stătuse el în ultimele şase ore.

Acesta se afla în faţa colibei, lângă un cerc de pietre, unde făcea ea focul de obicei. El se aşeză, şezutul fiindu-i încă amorţit.

– Îmi pare rău pentru fetiţă, spuse Nate.

– E la Domnul acum.

– Sărmanii ei părinţi nu sunt însă.

– Nu. Ei suferă. E foarte trist.

Stătea în prag, cu braţele încrucişate peste genunchi şi privea în gol. Băiatul stătea de pază lângă un copac din apropiere, aproape invizibil în întuneric.

– Te-aş invita în casă, spuse ea. Dar nu se cuvine.

– Nici o problemă.

– Numai oamenii căsătoriţi pot să stea singuri înăuntru la ora asta. Aşa e obiceiul.

– Când te afli la Roma, te porţi ca romanii.

– Roma e foarte departe.

– Totul e foarte departe.

– Aşa e. Ţi-e foame?

– Ţie?

– Nu. Dar eu nu mănânc mult.

– E-n regulă. Trebuie să vorbim.

– Îmi pare rău pentru ziua de azi. Sunt sigură că înţelegi.

– Bineînţeles.

– Am nişte lipie de manioc şi nişte suc, dacă vrei.

– Nu, serios, nu e nevoie.

– Ce-aţi făcut astăzi?

– Ah, ne-am întâlnit cu şeful, am luat micul dejun la masa lui, ne-am dus până la primul sat, am luat barca, am lucrat la ea, ne-am instalat cortul în spatele colibei şefului şi te-am aşteptat.

– Şeful te-a plăcut?

– Fireşte. Vrea să rămânem.

– Ce părere ai despre poporul meu?

– Toţi sunt goi.

– Întotdeauna au fost aşa.

– Cât a durat până te-ai obişnuit?

– Nu ştiu. Vreo doi ani. Încetul cu încetul, te înveţi cu asta, la fel ca şi cu orice altceva. Timp de trei ani, mi-a fost dor de casă şi sunt momente şi acum când mi-ar plăcea să conduc o maşină, să mănânc o pizza şi să văd un film bun. Dar te obişnuieşti.

– Nici nu pot să-mi imaginez.

– E o chestiune de chemare. Am devenit creştină la paisprezece ani şi atunci am ştiut că Dumnezeu vrea să fiu misionară. Nu ştiam exact unde, dar m-am încrezut în El.

– Al naibii loc a ales.

– Îmi place engleza ta, dar nu înjura, te rog.

– Iartă-mă. Putem să vorbim despre Troy?

Întunericul se lăsa repede. Se aflau la vreo trei metri distanţă unul de altul şi încă se mai puteau vedea, dar în scurt timp bezna avea să-i despartă.

– Cum vrei, zise ea cu un aer de resemnare.

– Troy a avut trei neveste şi şase copii, şase de care ştim noi. Tu, bineînţeles, ai fost o surpriză. Ceilalţi şase nu i-au plăcut, dar, evident, a ţinut destul de mult la tine. Lor nu le-a lăsat practic nimic, doar suficient pentru a-şi achita datoriile. Tot restul averii l-a lăsat lui Rachel Lane, copil din flori, născută în 2 noiembrie 1954, la Spitalul Catolic din New Orleans, de către o femeie pe nume Evelyn Cunningham, în prezent decedată. Acea Rachel eşti tu.

Cuvintele căzură grele în aerul sufocant; nu se mai auzea nici un alt sunet. Silueta ei le absorbi şi, ca de obicei, se gândi înainte să vorbească.

– Troy n-a ţinut la mine. Nu ne văzusem de douăzeci de ani.

– Asta nu e important. Ţie ţi-a lăsat averea lui. Nimeni n-a apucat să-l întrebe de ce, pentru că a sărit de la etaj imediat după ce a semnat ultimul testament. Ţi-am adus o copie.

– Nu vreau să-l văd.

– Şi mai am şi alte hârtii pe care aş vrea să le semnezi, poate mâine-dimineaţă, când se poate vedea ceva. Pe urmă o să plec.

– Ce fel de hârtii?

– Chestii juridice, toate în folosul tău.

– Nu te interesează ce mi-e de folos, spuse ea mai repede şi cu mai multă asprime şi Nate fu uluit de mustrarea ei.

– Nu-i adevărat, zise el cu un glas stins.

– Ba sigur că e. Habar n-ai ce vreau eu, ce îmi trebuie, ce îmi place sau nu. Nu mă cunoşti, Nate. Cum ai putea să ştii ce e în folosul meu şi ce nu e?

– Bine, ai dreptate. Eu nu te cunosc, tu nu mă cunoşti. Mă aflu aici pentru averea tatălui tău. Şi acum mi-e foarte greu să cred că stau aici, în întuneric, în faţa unei colibe, într-un sat indian primitiv, pierdut într-o mlaştină cât statul Colorado, într-o ţară a lumii a treia în care n-am mai fost niciodată, discutând cu o misionară foarte frumoasă care se întâmplă să fie cea mai bogată femeie din lume. Da, ai dreptate, nu ştiu ce e în folosul tău. Dar este foarte important să vezi aceste hârtii şi să le semnezi.

– Nu semnez nimic.

– Ah, haide.

– Hârtiile tale nu mă interesează absolut deloc.

– Încă nici nu le-ai văzut.

– Povesteşte-mi despre ele.

– Sunt nişte formalităţi. Firma mea trebuie să valideze testamentul tatălui tău. Toţi moştenitorii menţionaţi în acest testament vor trebui să informeze tribunalul, fie personal, fie în scris, că au fost înştiinţaţi în legătură cu procedura şi că li s-a oferit posibilitatea să participe. Aşa cere legea.

– Şi dacă refuz?

– Sincer, nu m-am gândit la asta. De obicei toată lumea cooperează.

– Aşadar, trebuie să mă prezint la tribunalul din...?

– Virginia. Secţia care se ocupă de testamente şi succesiuni are jurisdicţie asupra ta, chiar dacă eşti absentă.

– Nu cred că-mi place ideea.

– Bine, atunci sari în barcă şi o să mergem la Washington.

– Nu plec.

Şi, după acele cuvinte, urmară câteva momente de linişte intensificată de întunericul care îi învăluia acum. Băiatul stătea complet nemişcat lângă pom. Indienii se culcau în colibele lor şi nu se auzea nici un zgomot în afară de plânsul unui copil.

– Aduc nişte suc, aproape că şopti ea şi se duse în casă.

Nate se ridică şi se întinse, omorând câţiva ţânţari. Insecticidul era în cort.

Se văzu o luminiţă pâlpâind prin casă şi Rachel ieşi cu un vas de pământ în mijlocul căruia ardea o flacără.

– Astea sunt frunze din copacul de colo, îi explică ea punând vasul pe pământ lângă uşă. Le ardem ca să gonim ţânţarii. Stai aici, aproape de ele.

Nate o ascultă. Ea se întoarse apoi cu două ceşti pline cu un lichid pe care el nu putea să-l vadă.

– E *macajuno,* seamănă cu sucul de portocale.

Stăteau amândoi pe pământ, aproape atingându-se, cu spatele lipit de colibă şi cu vasul aprins nu departe de picioarele lor.

– Să vorbeşti încet, îi spuse ea. Vocile se aud mai tare în întuneric şi indienii încearcă să doarmă. De asemenea, sunt foarte curioşi în legătură cu noi.

– Nu pot să înţeleagă nimic.

– Da, dar or să asculte oricum.

Trupul lui nu mai văzuse săpunul de zile întregi şi, deodată, fu preocupat de igiena sa. Sorbi o dată, apoi încă o dată.

– Ai familie? îl întrebă ea.

– Două. Două căsătorii, două divorţuri, patru copii. Acum locuiesc singur.

– Divorţul e atât de uşor, nu?

Nate sorbi foarte puţin din lichidul cald. Deocamdată, reuşise să scape de diareea care îi afecta pe atâţia străini. Cu siguranţă că acel lichid era inofensiv.

Doi americani singuri în sălbăticie. Erau atâtea lucruri de discutat, de ce nu puteau să evite subiectul divorţului?

– De fapt, au fost destul de neplăcute.

– Dar mergem mai departe. Ne căsătorim, divorţăm. Găsim pe altcineva, ne căsătorim, divorţăm. Găsim pe altcineva.

– Noi?

– Folosesc pluralul referindu-mă la noi, oamenii civilizaţi. Oamenii educaţi, complicaţi. Indienii nu divorţează niciodată.

– Dar nici n-au văzut-o pe prima mea soţie.

– Era nesuferită?

Nate oftă şi luă încă o înghiţitură. Fă-i plăcerea, îşi spuse el. E disperată să converseze cu un semen de-al ei.

– Îmi pare rău, zise ea. N-am vrut să fiu indiscretă. Nu e important.

– Nu era o femeie rea, nu în primii ani. Eu munceam mult, beam şi mai mult. Când nu eram la birou, eram într-un bar. Ea a devenit morocănoasă, apoi răutăcioasă şi, în final, plină de cruzime. Lucrurile au scăpat de sub control şi am ajuns să ne urâm reciproc.

Scurta confesiune se încheie rapid şi fu suficient pentru amândoi. Dezastrul lui conjugal părea atât de irelevant atunci şi acolo.

– Nu te-ai căsătorit niciodată? o întrebă el.

– Nu, zise ea şi sorbi din ceaşcă.

Era stângace şi, când duse ceaşca la gură, cotul ei îl atinse pe al lui Nate.

– Pavel nu s-a căsătorit niciodată, ştii doar.

– Care Pavel?

– Apostolul Pavel.

– Ah, acela.

– Citeşti Biblia?

– Nu.

– Am crezut odată că sunt îndrăgostită, în timpul colegiului. Am vrut să mă mărit cu el, dar Domnul m-a îndepărtat.

– De ce?

– Pentru că voia să vin aici. Băiatul pe care-l iubeam era un bun creştin, dar slab din punct de vedere fizic. N-ar fi supravieţuit ca misionar într-un astfel de loc.

– Cât o să rămâi aici?

– N-am de gând să plec.

– Așadar, indienii or să te îngroape?

– Presupun că da. Nu m-am gândit la asta.

– Majoritatea misionarilor din Triburile Mondiale mor în locurile unde se află?

– Nu. Majoritatea se retrag și se duc acasă. Dar ei au familii care să-i îngroape.

– Ai avea o mulțime de rude și de prieteni dacă ai veni acasă acum. Ai fi celebră.

– Ăsta e un alt motiv bun ca să rămân aici. Aici sunt acasă. Nu vreau banii.

– Nu vorbi prostii.

– Nu vorbesc prostii. Banii nu înseamnă nimic pentru mine. Ar trebui să-ți dai seama și singur.

– Nici măcar nu știi câți sunt.

– N-am întrebat. Astăzi mi-am văzut de treabă, fără să mă gândesc nici măcar o clipă la bani. La fel o să fac și mâine, și poimâine.

– Sunt aproximativ unsprezece miliarde.

– Asta ar trebui să mă impresioneze?

– Mie mi-a atras atenția.

– Dar tu venerezi banii, Nate. Faci parte dintr-o cultură în care totul se măsoară prin bani. E o religie.

– Adevărat. Dar și sexul e destul de important.

– Bine, bani și sex. Ce altceva?

– Celebritatea. Toată lumea vrea să fie celebră.

– E o cultură tristă. Oamenii trăiesc frenetic. Muncesc tot timpul ca să câștige bani pentru a cumpăra lucruri cu care să-i impresioneze pe alții. Sunt judecați după lucrurile pe care le posedă.

– Sunt și eu inclus?

– Ești?

– Presupun că da.

– Atunci, înseamnă că trăiești fără Dumnezeu. Ești un om foarte singur, Nate, simt asta. Nu-l cunoști pe Dumnezeu.

El se foi ușor și se gândi la o apărare scurtă, dar adevărul îl dezarma. Nu avea arme și nici o fundație pe care să stea.

– Cred în Dumnezeu, spuse el sincer, dar cu un glas stins.

– E uşor de spus, zise ea la fel de încet. Şi te cred. Dar una e să spui, alta să trăieşti. Băiatul ăla bolnav de lângă pom e Lako. Are şaptesprezece ani, e mic pentru vârsta lui şi întotdeauna a fost bolnav. Mama lui mi-a spus că s-a născut prea devreme. Lako e primul care ia orice boală care apare pe-aici. Mă îndoiesc c-o să apuce vârsta de treizeci de ani. Dar lui nu-i pasă. Lako s-a creştinat acum câţiva ani şi are sufletul cel mai bun dintre toţi de-aici. Vorbeşte cu Dumnezeu toată ziua; de fapt, probabil că şi în clipa asta se roagă. Nu are griji, nu are temeri. Dacă are o problemă, se duce direct la Dumnezeu şi o lasă acolo.

Nate se uită în întuneric spre locul unde se ruga Lako, dar nu văzu nimic.

– Acest mic indian nu are nimic pe pământul ăsta, dar îşi strânge avuţii în rai, continuă ea. Ştie că, atunci când va muri, îşi va petrece eternitatea în rai cu creatorul lui. Lako e un băiat bogat.

– Şi Troy?

– Mă îndoiesc că Troy credea în Hristos când a murit. Dacă nu, în clipa asta arde în flăcările iadului.

– Nu se poate să crezi asta.

– Iadul e un loc foarte real, Nate. Citeşte Biblia. Chiar în momentul ăsta, Troy şi-ar da cele unsprezece miliarde pentru o înghiţitură de apă rece.

Nate nu era bine echipat pentru a se contrazice pe teme teologice cu o misionară şi o ştia. Nu spuse nimic un timp şi ea îi urmă exemplul. Trecură câteva minute şi până şi ultimul bebeluş adormi în sat. Noaptea era complet neagră şi nemişcată, fără lună sau stele, singura lumină venind de la flăcăruia ce ardea lângă picioarele lor.

Ea îl atinse foarte uşor. Îl bătu de trei ori pe braţ şi zise:

– Iartă-mă. N-ar fi trebuit să spun că eşti singur. Cum aş putea să ştiu eu?

– Nu-i nimic.

Ea rămase cu degetele pe braţul lui, ca şi cum ar fi dorit cu disperare să atingă ceva.

– Eşti un om bun, nu-i aşa, Nate?

– Nu, de fapt, nu sunt un om bun. Fac o mulţime de lucruri rele, sunt slab şi sensibil şi nu vreau să discut despre asta. N-am venit aici să-l găsesc pe Dumnezeu. Mi-a fost destul de greu să te găsesc şi pe tine. Legea mă obligă să-ţi dau hârtiile astea.

– Nu semnez hârtiile şi nu vreau banii.

– Te rog...

– Şi eu te rog să nu mă implori. Hotărârea mea e definitivă. Hai să nu mai vorbim despre bani.

– Dar ăsta e singurul motiv pentru care mă aflu aici.

Ea îşi retrase degetele atunci, dar izbuti să se încline puţin spre el, astfel încât genunchii li se atingeau.

– Îmi pare rău c-ai venit. Ai făcut călătoria degeaba.

Altă pauză în conversaţie. El simţea nevoia să se uşureze, dar gândul de a face câţiva metri în orice direcţie îl umplea de groază.

Lako spuse ceva, speriindu-l. Se afla la mai puţin de trei metri distanţă şi tot nu se vedea.

– Trebuie să meargă la coliba lui, spuse ea ridicându-se. Du-te cu el.

Nate se ridică încet, încheieturile şi muşchii dezmorţindu-i-se încetul cu încetul.

– Aş vrea să plec mâine.

– Bine. O să vorbesc cu şeful.

– N-o să fie nici o problemă, nu?

– Probabil că nu.

– Îmi trebuie jumătate de oră din timpul tău, măcar să te uiţi puţin pe hârtii şi să-ţi arăt o copie a testamentului.

– O să vorbim. Noapte bună.

Aproape că respira în ceafa lui Lako când străbătură cărarea şi intrară în sat.

– Aici, şopti Jevy în întuneric.

Reuşise, într-un fel, să pună mâna pe două hamacuri pe mica verandă a clădirii bărbaţilor. Nate îl întrebă cum. Jevy îi promise să-i explice dimineaţă.

Lako dispăru în noapte.

30

F. Parr Wycliff se afla în sala sa de judecată, lungindu-se cu câteva audieri plictisitoare de reclamaţii. Josh aştepta în biroul judecătorului cu caseta video. Se plimba agitat prin încăperea aglomerată, strângând celularul în mână, cu mintea în altă emisferă. Tot nu aflase nimic despre Nate.

Asigurările lui Valdir păreau bine repetate – Pantanal e o regiune vastă, ghidul e foarte bun, barca e mare, indienii se mută, indienii nu vor să fie găsiţi, totul e în regulă. Avea să sune imediat cum primea vreo veste de la Nate.

Lui Josh îi trecuse prin cap ideea unei expediţii de salvare. Dar părea destul de complicat să ajungi la Corumbá; să pătrunzi în Pantanal ca să cauţi un avocat dispărut părea imposibil. Totuşi ar fi putut să se ducă acolo şi să stea cu Valdir până când aflau ceva.

Lucra douăsprezece ore pe zi, şase zile pe săptămână şi cazul Phelan era pe cale de a exploda. Josh abia avea timp să mănânce, cu atât mai puţin putea fi vorba de o călătorie în Brazilia.

Încercă să-l sune pe Valdir de pe celular, dar linia era ocupată.

Wycliff intră în birou, scuzându-se şi scoţându-şi roba în acelaşi timp. Voia să impresioneze un avocat de talia lui Stafford cu importanţa proceselor sale.

Nu erau decât ei doi. Urmăriră prima parte a casetei fără să facă vreun comentariu. Aceasta începu cu bătrânul Troy în scaunul său cu rotile, Josh aranjându-i microfonul în faţă şi cei trei psihiatri cu paginile de întrebări. Examinarea dură douăzeci şi unu de minute şi se încheie cu părerile unanime referitoare la faptul că domnul Phelan ştia exact ce face. Wycliff nu îşi putu reţine un zâmbet.

Încăperea se goli. Camera care se afla chiar în faţa lui Troy rămase în funcţiune. Bătrânul scotea testamentul olograf şi îl semna la patru minute după ce se încheiase examenul medical.

– Aici o să sară, spuse Josh.

Camera nu se mişcă. Îl surprinse pe Troy când se îndepărtă brusc de masă şi se ridică din scaun. Apoi dispăru de pe ecran, în timp ce Josh, Snead şi Tip Durban priviră stupefiaţi o secundă, după care o luară la fugă după el. Imaginile acelea erau chiar dramatice.

Trecură cinci minute şi jumătate, timp în care camera nu înregistrase decât scaune goale şi glasuri. Apoi, sărmanul Snead se aşeză pe locul pe care îl ocupase Troy. E vizibil zguduit şi gata să izbucnească în plâns, dar reuşeşte să povestească în faţa camerei scena la care tocmai asistase. Josh şi Tip Durban fac acelaşi lucru după aceea.

Treizeci şi nouă de minute de casetă.

– Cum or să demonteze asta? întrebă Wycliff când se termină.

Era o întrebare fără nici un răspuns. Doi dintre moştenitori – Rex şi Libbigail – înaintaseră deja hârtiile necesare pentru atacarea testamentului. Avocaţii lor – Hark Gettys şi respectiv Wally Bright – izbutiseră să atragă atenţia destul de mult, să acorde interviuri şi să fie fotografiaţi de ziarişti.

Ceilalţi aveau să le urmeze exemplul repede. Josh vorbise cu majoritatea avocaţilor şi drumul spre tribunal era în plină desfăşurare.

– Orice psihiatru discreditat din ţară o să vrea să ia parte la aşa ceva, spuse Josh. Or să fie o mulţime de opinii.

– Sinuciderea te pune pe gânduri?

– Desigur. Dar a plănuit totul atât de atent, până şi propria moarte. A ştiut exact cum şi când voia să moară.

– Dar celălalt testament? Cel gros pe care l-a semnat înainte?

– Nu l-a semnat.

– Dar l-am văzut cu ochii mei. E pe casetă.

– Nu. A mâzgălit numele de Mickey Mouse.

Wycliff, care își nota într-un carnețel, se opri în mijlocul frazei.

– Mickey Mouse? repetă el.

– Uitați cum stau lucrurile, domnule judecător. Din 1982 până în 1996, am pregătit unsprezece testamente pentru domnul Phelan. Unele erau groase, altele subțiri, și împărțeau averea în mai multe feluri decât vă puteți închipui. Legea spune că, în momentul în care apare un nou testament, cel vechi trebuie distrus. Așa că eu îi aduceam noul testament la birou, petreceam două ore discutând pe marginea lui, după care el îl semna. Țineam testamentele la mine la birou și întotdeauna îl aduceam pe ultimul cu mine. După ce-l semna pe cel nou, domnul Phelan și cu mine îl treceam pe cel vechi prin aparatul de tăiat hârtie pe care îl ținea lângă birou. Era un ceremonial care îi plăcea la nebunie. Era fericit câteva luni, după care unul din copii îl înfuria și el începea să vorbească despre schimbarea testamentului. Dacă moștenitorii pot dovedi că n-a avut suficientă capacitate mintală în clipa în care a scris acest testament, altul nu există. Toate au fost distruse.

– În acest caz, a murit fără să lase un testament, adăugă Wycliff.

– Da, și, așa cum știți foarte bine, potrivit legilor din Virginia, averea se împarte între copii.

– Șapte copii. Unsprezece miliarde de dolari.

– Șapte de care știm noi. Unsprezece miliarde pare o cifră destul de corectă. Dumneavoastră n-ați ataca testamentul?

Un litigiu urât și prelungit era exact ce își dorea Wycliff. Și știa că avocații, inclusiv Josh Stafford, aveau să se îmbogățească și mai mult de pe urma războiului.

Dar într-o bătălie trebuiau să fie două tabere și, până acum, apăruse numai una. Cineva trebuia să apere ultimul testament al domnului Phelan.

– Ai aflat ceva despre Rachel Lane? întrebă el.

– Nu, dar căutăm.

– Unde e?

– Credem că e misionară undeva în America de Sud. Dar încă n-am găsit-o. Am trimis pe cineva acolo.

Josh își dădu seama că folosea cuvântul „cineva“ destul de degajat.

Wycliff privea în tavan, îngândurat.

– De ce-o fi lăsat unsprezece miliarde unei fiice nelegitime care e misionară?

– N-aş putea să vă răspund, domnule judecător. M-a surprins de atâtea ori, încât am devenit imun.

– Sună puţin a nebunie, nu?

– E o ciudăţenie.

– Ştiai de ea?

– Nu.

– Ar putea să mai existe şi alţi moştenitori?

– Orice e posibil.

– Crezi că era dezechilibrat?

– Nu. Straniu, excentric, capricios, al naibii de rău. Dar ştia ce face.

– Găseşte-o pe fată, Josh.

– Încercăm.

La întrevedere luau parte numai şeful şi Rachel. Din locul unde stătea Nate, pe verandă, sub hamacul său, le vedea chipurile şi le auzea glasurile. Şeful era tulburat de ceva ce se afla în nori. Vorbi, apoi o ascultă pe Rachel, după care ridică privirea încet, de parcă ar fi anticipat sosirea morţii din cer. Nate văzu foarte clar că şeful nu numai că o asculta pe Rachel, dar îi şi cerea sfatul.

În jurul lor, indienii Ipica se pregăteau pentru o nouă zi. Vânătorii se adunară în grupuri mici la casa bărbaţilor pentru a-şi ascuţi săgeţile şi a-şi pregăti arcurile. Pescarii îşi întinseră năvoadele şi undiţele. Tinerele femei începură activitatea care dura pe tot parcursul zilei, de a menţine curăţenia în jurul colibelor. Mamele lor plecau spre grădinile şi lanurile din apropierea pădurii.

– Crede c-o să vină furtuna, îi explică Rachel lui Nate când întrevederea se încheie. Zice că puteţi pleca, dar el nu vă dă nici o călăuză. E prea periculos.

– O să reuşim fără călăuză? întrebă Nate.

– Da, zise Jevy şi Nate îi aruncă o privire ce transmitea multe lucruri.

– N-ar fi înţelept, spuse ea. Râurile se contopesc şi vă puteţi rătăci uşor. Chiar şi unii pescari s-au rătăcit în sezonul ploios.

– Când o să se termine furtuna? întrebă Nate.

– Va trebui să aşteptăm.

Nate oftă adânc şi umerii i se pleoştiră. Îl durea tot corpul şi era obosit, era plin de ciupituri de ţânţari, îi era foame, se săturase de acea mică aventură şi era îngrijorat pentru faptul că Josh îşi făcea griji. Deocamdată, misiunea lui fusese un eşec. Nu îi era dor de casă, pentru că acolo nu îl aştepta nimic. Dar ar fi vrut să revadă oraşul Corumbá, cu cafenelele sale micuţe şi intime, cu hotelurile drăguţe şi străzile leneşe. Voia o altă ocazie de a fi singur, curat şi treaz, fără să se teamă că ar fi putut să bea până îşi dădea sufletul.

– Îmi pare rău, spuse ea.

– Trebuie neapărat să mă-ntorc. Sunt oameni care aşteaptă veşti de la mine. Deja a durat mai mult decât ne-am aşteptat.

Ea asculta, dar nu îi păsa. Câţiva oameni de la o firmă de avocatură din D.C. care erau îngrijoraţi nu o interesau atât de mult.

– Putem să stăm de vorbă? o întrebă el.

– Trebuie să mă duc în satul de alături, la înmormântarea fetiţei. Ce-ar fi să mergi şi tu cu mine? O să avem destul timp să vorbim.

Lako o luă înainte, cu piciorul drept răsucit spre interior, aşa încât, la fiecare pas, se înclina spre stânga, după care se trăgea singur spre dreapta. Era dureros de privit. Rachel mergea în spatele lui şi apoi venea Nate, cu un sac de pânză pe care îl luase ea. Jevy păstra o distanţă mare faţă de ei, temându-se să nu le audă conversaţia.

Dincolo de ovalul colibelor, trecură pe lângă mici parcele de teren arabil, acum abandonat şi năpădit de buruieni.

– Indienii Ipica îşi cultivă hrana pe parcele mici pe care le iau din junglă, explică ea.

Nate era aproape de ea, încercând să ţină pasul. Picioarele ei rezistente făceau paşi mari. Un drum de trei kilometri prin pădure era o joacă de copil.

– Sunt duri cu solul şi, după câţiva ani, acesta încetează să mai producă. Ei îl abandonează, natura îl revendică şi indienii se afundă mai departe în junglă. Până la urmă, solul revine la normal şi se ia totul de la capăt. Pământul e totul pentru indieni. E viaţa lor. Cea mai mare parte le-a fost luată de către oamenii civilizaţi.

– Îmi sună cunoscut.

– Da, aşa e. Noi îi decimăm cu vărsări de sânge şi boli şi le luăm pământurile. După aceea, îi băgăm în rezervaţii şi nu pricepem de ce nu sunt încântaţi.

Salută două femei goale care lucrau pământul lângă potecă.

– Femeile fac treburile mai grele, remarcă Nate.

– Da. Dar munca e uşoară în comparaţie cu naşterea.

– Prefer să le văd muncind.

Aerul era umed, însă dispăruse fumul care plutea în permanenţă deasupra satului. Când intrară în pădure, Nate era transpirat deja.

– Povesteşte-mi despre tine, Nate, îi zise ea peste umăr. Unde te-ai născut?

– S-ar putea să dureze ceva.

– Doar punctele mai importante.

– Sunt mai multe cele deloc importante.

– Haide, Nate. Ai vrut să vorbim, hai să vorbim. Drumul o să dureze o jumătate de oră.

– M-am născut în Baltimore, am un frate mai mic, părinţii au divorţat când aveam cincisprezece ani, am făcut liceul la St. Paul, colegiul la Hopkins, facultatea de drept la Georgetown şi pe urmă n-am mai părăsit D.C.-ul.

– Ai avut o copilărie fericită?

– Presupun că da. Am făcut mult sport. Tatăl meu a lucrat pentru National Brewery treizeci de ani şi întotdeauna avea bilete la meciurile lui Colts şi Orioles. Baltimore e un oraş grozav. O să vorbim şi despre copilăria ta?

– Dacă vrei. N-a fost foarte fericită.

Ce surpriză, se gândi Nate. Această sărmană femeie n-a avut niciodată şansa să fie fericită.

– Când erai mic îţi doreai să ajungi avocat?

– Bineînţeles că nu. Nici un copil întreg la minte nu vrea să ajungă avocat. Voiam să joc pentru Colts sau Orioles, poate la ambele.

– Mergeai la biserică?

– Sigur. În fiecare an de Crăciun şi de Paşti.

Cărarea aproape că nici nu se mai vedea printre ierburile înalte şi aspre. Nate mergea uitându-se la ghetele ei şi, când nu le mai văzu, întrebă:

– Ce fel de şarpe era cel care a muşcat-o pe fetiţă?

– I se spune *bima,* dar nu-ţi face griji.

– De ce n-ar trebui să-mi fac griji?

– Pentru că porţi ghete. E un şarpe mic care muşcă sub gleznă.

– Pe mine o să mă găsească unul mare.

– Linişteşte-te.

– Dar Lako? El nu poartă încălţăminte niciodată.

– Da, dar vede tot.

– Înţeleg că *bima* e veninos.

– Poate fi, dar există un antidot. L-am avut şi eu odată şi, dacă l-aş fi avut ieri, fetiţa n-ar fi murit.

– Atunci, dacă ai avea mulţi bani, ai putea să cumperi o mulţime de antidoturi. Ai putea să-ţi umpli rafturile cu toate medicamentele de care ai avea nevoie. Ai putea să-ţi cumperi o barcă nouă cu motor cu care să te duci până la Corumbá şi înapoi. Ai putea să construieşti o clinică şi o şcoală şi să predici Sfânta Scriptură pretutindeni în Pantanal.

Ea se opri şi se întoarse brusc. Se aflau faţă în faţă.

– N-am făcut nimic ca să câştig banii ăştia şi nu l-am cunoscut pe cel care i-a câştigat. Te rog să nu-mi mai vorbeşti despre asta niciodată.

Cuvintele îi erau categorice, dar pe chipul ei nu se vedea nici urmă de frustrare.

– Dăruieşte-i. Dă-i societăţilor de binefacere.

– Nu sunt ai mei ca să-i dau.

– Vor fi împrăştiaţi. Milioane vor ajunge în buzunarele avocaţilor şi ce va rămâne se va împărţi între ceilalţi fraţi ai tăi. Şi, te rog să mă crezi, n-ai vrea să se întâmple asta. N-ai idee câtă nenorocire şi suferinţă vor provoca acei oameni dacă vor pune mâna pe bani. Ceea ce n-or să cheltuiască or să le dea copiilor şi banii Phelan vor polua generaţia viitoare.

Ea îl apucă de încheietura mâinii şi i-o strânse.

– Nu-mi pasă, spuse ea rar. O să mă rog pentru ei.

După aceea, se întoarse şi îşi continuă drumul. Lako se îndepărtase mult. Jevy abia se vedea în urma lor. Străbătură tăcuţi un câmp din apropierea unui râuleţ, după care ajunseră în mijlocul unui pâlc de copaci înalţi şi groşi. Ramurile erau împletite în aşa fel încât alcătuiau o boltă întunecată. Aerul se răci deodată.

– Hai să ne oprim puţin, zise ea.

Râuleţul şerpuia prin pădure şi cărarea îl traversa sub forma unor pietre albăstrui şi portocalii. Ea îngenunche pe mal şi se spălă pe faţă.

– Poţi să bei din ea, zise ea. Vine din munţi.

Nate se lăsă pe vine lângă ea şi vârî mâna în apă. Era rece şi cristalină.

– Ăsta e locul meu preferat, spuse ea. Vin aici aproape în fiecare zi să mă spăl, să mă rog, să meditez.

– E greu de crezut că suntem în Pantanal. E mult prea răcoare.

– Suntem la marginea lui. Munţii Boliviei nu sunt prea departe. Pantanalul începe de undeva de pe-aici şi se întinde spre est la nesfârşit.

– Ştiu. Am zburat pe deasupra lui, încercând să te găsim.

– Ah, da?

– Da, a fost un zbor scurt, dar am avut o imagine bună a Pantanalului.

– Şi nu m-ai găsit?

– Nu. Am intrat într-o furtună şi am fost nevoiţi să aterizăm forţat. Am avut noroc şi am scăpat cu viaţă. N-o să mă mai urc niciodată într-un avion mic.

– Pe-aici n-ai unde să aterizezi.

Îşi scoaseră ciorapii şi ghetele şi îşi vârâră picioarele în apă. Stătură pe pietre şi ascultară apa şipotind. Erau singuri; nici Lako, nici Jevy nu se zăreau.

– Când eram mică, locuiam într-un orăşel în Montana unde tatăl meu, tatăl adoptiv, era preot. Nu departe de marginea oraşului era un râuleţ cam ca ăsta. Şi era un loc, lângă nişte copaci înalţi asemănători cu aceştia, unde mă duceam şi stăteam ore în şir cu picioarele în apă.

– Te ascundeai?

– Uneori.

– Acum te ascunzi?

– Nu.

– Ba eu cred că da.

– Ba nu, te înşeli. Sunt cât se poate de liniştită, Nate. Mi-am dăruit voinţa lui Hristos cu mulţi ani în urmă şi merg oriunde mă conduce El. Tu crezi că sunt singură – te înşeli. El e cu mine absolut tot timpul. Îmi cunoaşte gândurile, nevoile şi îmi alungă temerile şi grijile. Sunt perfect liniştită în această lume.

– N-am mai auzit asta până acum.

– Ai spus aseară că eşti slab şi sensibil. Ce înseamnă asta? Confesarea face bine sufletului, îi spusese Sergio în timpul unei şedinţe. Dacă ea voia să ştie, atunci avea să încerce să o şocheze, spunându-i adevărul.

– Sunt alcoolic, spuse el aproape cu mândrie, aşa cum fusese învăţat să recunoască la dezalcoolizare. În ultimii zece ani, am avut patru căderi şi am ieşit de la dezintoxicare ca să fac călătoria asta. Nu pot să spun sigur că n-o să mai beau niciodată. Am căzut pradă cocainei de trei ori și cred, deși nu sunt sigur, că n-o să mă mai ating de așa ceva niciodată. Acum patru luni am dat faliment, în timp ce mă aflam la clinică. În prezent, sunt cercetat pentru evaziune fiscală și am foarte multe șanse să ajung la închisoare și să-mi pierd dreptul de a mai practica avocatura. Știi de cele două divorțuri. Ambele femei mă disprețuiesc și mi-au otrăvit și copiii. Am reușit să-mi ratez viața cu brio.

Nu simți nici un fel de plăcere sau ușurare după ce își dezveli sufletul.

Ea ascultă totul fără nici o tresărire.

– Altceva? întrebă apoi.

– Ah, da. Am încercat să mă sinucid de cel puțin două ori – de două îmi aduc aminte. O dată în august anul trecut, când am ajuns la dezalcoolizare. Și apoi, acum câteva zile în Corumbá. Cred că era seara de Crăciun.

– În Corumbá?

– Da, în camera de hotel. M-am îmbătat cu votcă ieftină până era să mor.

– Sărmanul de tine.

– Sunt bolnav, bine. Am recunoscut asta de atâtea ori în fața multor psihiatri.

– Te-ai confesat vreodată Domnului?

– Sunt sigur că știe.

– Sunt convinsă că știe. Dar nu te ajută decât dacă i-o ceri. Este omnipotent, dar trebuie să te duci la El rugându-te, și să-i ceri iertarea.

– Ce se va întâmpla atunci?

– Păcatele îți vor fi iertate. Totul se va șterge. Viciile îți vor fi luate. Domnul îți va ierta toate greșelile și tu vei crede în Hristos.

– Și fiscul?

– Asta n-o să dispară, dar vei avea puterea să faci față acestei probleme. Prin rugăciuni poți depăși orice necaz.

Lui Nate i se mai ținuseră predici. Cedase în fața unor Forțe Superioare de atâtea ori, încât aproape că era în stare să țină predici la rândul lui. Fusese consiliat de tot felul de preoţi, terapeuţi, guru şi psihiatri. Odată, în timpul unei perioade de trei ani de abstinenţă, chiar lucrase pentru AA pe post de consilier, predând planul de recuperare alcătuit din douăsprezece puncte altor alcoolici în subsolul unei vechi biserici din Alexandria. Apoi se prăbuşise.

De ce să nu încerce şi ea să-l salveze? Nu era misiunea ei în viaţa aceea de a-i converti pe cei rătăciţi?

– Nu ştiu să mă rog, spuse el.

Atunci ea îi luă mâna şi i-o strânse cu fermitate.

– Închide ochii, Nate, şi repetă după mine: Dragă Doamne, iartă-mi păcatele şi ajută-mă să îi iert pe cei care au păcătuit împotriva mea.

Nate murmură acele cuvinte şi îi strânse mâna şi mai tare. Aducea vag cu *Tatăl nostru.*

– Dă-mi putere să înving ispitele, viciile şi greutăţile ce mă aşteaptă, continuă să murmure el, repetând cuvintele ei, însă micul ritual era derutant.

Lui Rachel îi era uşor să se roage, pentru că o făcea de atâtea ori. Pentru el însă era ceva ciudat.

– Amin, zise ea.

Deschiseră ochii, dar continuară să îşi ţină mâinile. Ascultară apa cum curgea cu repeziciune peste pietre. Nate avu senzaţia ciudată că poverile care îl apăsau începură să se ridice; umerii îi păreau mai uşori, capul mai limpede, sufletul mai puţin tulburat. Dar el avea atât de multe bagaje, încât nu ştia sigur care dintre ele îi fuseseră luate şi care rămăseseră.

Încă era înspăimântat de lumea reală. Îi era uşor să fie curajos în inima Pantanalului, unde tentaţiile erau puţine, dar ştia ce îl aşteaptă acasă.

– Păcatele îţi sunt iertate, Nate, spuse ea.

– Care dintre ele? Sunt atât de multe.

– Toate.

– E prea simplu. Sunt multe dezastre acolo.

– O să ne mai rugăm şi diseară.

– Pentru mine va fi nevoie de mai mult decât pentru majoritatea oamenilor.

– Ai încredere în mine, Nate. Şi ai încredere în Dumnezeu. El a văzut şi lucruri mai rele.

– În tine am încredere. Dumnezeu e cel care mă îngrijorează. Ea îi strânse mâna şi mai tare şi, o vreme, priviră bulboanele de apă din jurul lor.

– Trebuie să mergem, spuse ea în cele din urmă, dar nu se mişcară.

– M-am gândit la această înmormântare, la fetiţa asta, spuse Nate.

– Ce-i cu ea?

– O să vedem trupul?

– Bănuiesc că da. Va fi greu să nu-l vezi.

– Atunci, prefer să nu merg. Jevy şi cu mine o să ne întoarcem în sat şi o să aşteptăm.

– Eşti sigur, Nate? Am putea să vorbim ore întregi.

– Nu vreau să văd un copil mort.

– Foarte bine. Înţeleg.

El o ajută să se ridice apoi, deşi, cu siguranţă, ea nu avea nevoie de ajutor, şi se ţinură de mâini până când ea îşi luă ghetele. Ca de obicei, Lako apăru din senin şi plecară amândoi, fiind înghiţiţi de pădure în scurt timp.

El îl găsi pe Jevy dormind la umbra unui copac. Porniră pe potecă, uitându-se după şerpi la fiecare pas, şi se întoarseră încet în sat.

31

Șeful nu era un bun meteorolog. Furtuna nu izbucni până la urmă. Plouă de două ori în timpul zilei, când Nate și Jevy se luptau cu plictiseala, dormind în hamacurile împrumutate. Reprizele de ploaie fură scurte și, după fiecare dintre ele, soarele apăru pentru a coace pământul umed și a crește gradul de umiditate. Chiar și la umbră, mișcându-se doar când era necesar, cei doi bărbați se sufocau de căldură.

Se uitau la indieni ori de câte ori era activitate, dar munca și jocurile creșteau și scădeau în intensitate în funcție de căldură. Când soarele ardea cu putere, indienii se retrăgeau în colibele lor sau la umbra copacilor din spatele acestora. În timpul reprizelor scurte de ploaie, copiii se jucau afară. Când soarele era acoperit de nori, femeile ieșeau să-și vadă de treburi și se duceau la râu.

După o săptămână în Pantanal, Nate era amorțit de acel ritm de viață lent. Fiecare zi părea să fie copia fidelă a celei precedente. Nimic nu se schimbase de secole.

Rachel se întoarse pe la jumătatea după-amiezii. Ea și Lako se duseră direct la șef și îi aduseră la cunoștință evenimentele din celălalt sat. Apoi vorbi cu Nate și cu Jevy. Era obosită și voia să doarmă puțin înainte să discute despre afaceri.

Ce mai înseamnă o oră de pierdut? își spuse Nate privind în urma ei. Era zveltă și rezistentă și probabil ar fi putut să alerge la maraton.

– La ce te uiți? îl întrebă Jevy, zâmbind.

– La nimic.

– Câţi ani are?

– Patruzeci şi doi.

– Şi tu?

– Patruzeci şi opt.

– A fost măritată?

– Nu.

– Crezi c-a fost vreodată cu un bărbat?

– De ce n-o întrebi?

– Crezi?

– Nu mă interesează.

Adormiră din nou, pentru că nu aveau altceva de făcut. Peste vreo două ore, aveau să înceapă luptele, apoi urma cina, apoi întunericul. Nate visă barca *Santa Loura,* un vas modest, în cel mai bun caz, dar care, cu fiecare oră care trecea, devenea şi mai grozav. În visele lui, devenea rapid un iaht luxos şi elegant.

Când bărbaţii începură să-şi aranjeze părul şi să se pregătească pentru jocuri, Nate şi Jevy se îndepărtară discret. Un indian mai solid le strigă ceva, dezvelindu-şi dinţii albi, ceea ce părea a fi o invitaţie la luptă. Nate se îndepărtă şi mai repede. Se şi văzu deodată azvârlit în partea cealaltă a satului de către un războinic mic şi îndesat, cu organele genitale fluturând în toate părţile. Nici Jevy nu voia să ia parte la acţiune. Rachel îi salvă.

Ea şi Nate se îndepărtară de colibe, pornind spre râu, spre locul lor obişnuit, pe banca îngustă de la umbra copacilor. Stăteau aproape unul de celălalt, genunchii atingându-li-se iarăşi.

– Ai făcut bine că n-ai venit, spuse ea cu o voce obosită.

Somnul nu reuşise să o revigoreze.

– De ce?

– Fiecare sat are un doctor. I se spune *shalyun* şi îşi prepară remediile din ierburi şi rădăcini. De asemenea, invocă spiritele ca să-l ajute în tot soiul de probleme.

– Ah, vechiul vraci.

– Cam aşa ceva. Mai degrabă un doctor vrăjitor. În lumea indiană există multe spirite şi se presupune că *shalyun* le dirijează circulaţia. Oricum, aceşti *shalyun* sunt duşmanii mei naturali.

Eu reprezint un pericol pentru religia lor. Sunt veşnic gata de atac. Îi persecută pe credincioşii creştini. Îi vânează pe noii convertiţi. Vor să plec şi tot timpul îi sfătuiesc pe şefi să mă alunge. E o luptă zilnică. În ultimul sat din josul râului, am avut o şcoală mică unde îi învăţam să scrie şi să citească. Era pentru credincioşi, dar putea să vină oricine. Acum un an, a izbucnit o epidemie de malarie şi trei oameni au murit. *Shalyun*-ul local l-a convins pe şeful de acolo că epidemia a fost o pedeapsă aruncată asupra satului din cauza şcolii mele. Acum e închisă.

Nate asculta. Curajul ei, deja admirabil, atingea noi culmi. Căldura şi apatia vieţii de acolo îl făcuseră să creadă că totul era în regulă printre indienii Ipica. Nici un vizitator nu putea bănui că un război le tulbura sufletele.

– Părinţii lui Ayesh, fetiţa care a murit, sunt creştini, nişte oameni cu o credinţă foarte puternică. *Shalyun* a răspândit zvonul că el ar fi putut să o salveze pe fetiţă, dar părinţii nu l-au chemat. Ei au vrut s-o tratez eu, bineînţeles. Şarpele *bima* e întâlnit aici dintotdeauna şi există remedii preparate de *shalyun*. N-am văzut nici unul care să dea rezultate. După ce a murit ea ieri şi după ce am plecat eu, *shalyun* a invocat nişte spirite şi a ţinut o ceremonie în mijlocul satului. A dat vina pe mine pentru moartea ei. Şi pe Dumnezeu.

Cuvintele ei veneau mai repede ca de obicei, de parcă ar fi vrut să se grăbească şi să-şi mai folosească engleza încă o dată.

– Astăzi, în timpul înmormântării, *shalyun* împreună cu câţiva scandalagii au început să cânte şi să danseze în apropiere. Sărmanii părinţi erau copleşiţi de durere şi de ruşine. N-am putut să termin slujba, zise ea şi vocea i se frânse uşor.

Îşi muşcă buzele.

Nate o bătu pe braţ.

– E în regulă. S-a terminat.

Nu putea să plângă în faţa indienilor. Trebuia să fie puternică şi fermă, plină de credinţă şi curaj în orice împrejurare. Dar în faţa lui Nate putea să plângă, pentru că el înţelegea. El se aştepta la aşa ceva.

Ea se şterse la ochi, apoi îşi reveni încet, încet.

– Iartă-mă.

– E în regulă, spuse el din nou, dornic să o ajute.

Lacrimile unei femei îi topeau aparenţa de calm, indiferent dacă el se afla într-un bar sau pe malul unui râu.

În sat se auzeau strigăte. Luptele începuseră. Nate se gândi o clipă la Jevy. Cu siguranţă, nu cedase tentaţiei de a lua parte la jocul lor.

– Cred că ar trebui să plecaţi acum, spuse ea brusc, rupând tăcerea.

Emoţiile îi erau sub control, vocea îi revenise la normal.

– Poftim?

– Da, acum. Foarte curând.

– Şi eu sunt nerăbdător să plec, dar de ce atâta grabă? Peste trei ore se întunecă.

– Există un motiv de îngrijorare.

– Ascult.

– Am impresia că am văzut un caz de malarie astăzi în satul celălalt. Ţânţarii o transmit şi se împrăştie rapid.

Nate începu să se scarpine şi tocmai se pregătea să sară în barcă, dar îşi aminti de pastile.

– Sunt în siguranţă. Iau cloro-nu-mai-ştiu-cum.

– Clorochinină?

– Exact.

– Când ai început?

– Cu două zile înainte să plec din Statele Unite.

– Unde sunt pastilele acum?

– Le-am lăsat pe barca cea mare.

Ea clătină din cap dezaprobator.

– Ar trebui să le iei înaintea, în timpul şi ulterior călătoriei, spuse ea pe un ton medical autoritar, ca şi cum moartea ar fi fost iminentă.

– Şi Jevy? întrebă ea. Şi el ia pastilele?

– El a fost în armată. Sunt sigur că nu e în pericol.

– N-am de gând să mă cert cu tine, Nate. Am vorbit cu şeful deja. A trimis doi pescari în recunoaştere azi-dimineaţă, înainte de răsăritul soarelui. Apele umflate sunt înşelătoare în primele două ore, după care navigaţia devine familiară. O să vă dea trei călăuze în două canoe şi eu o să-l trimit pe Lako pentru a vă putea înţelege unii cu alţii. Imediat cum ajungeţi pe râul Xeco, o ţineţi drept până la Paraguay.

– Cât e până acolo?

– Xeco e la vreo patru ore distanţă. Paraguay, la şase. Şi o să mergeţi cu curentul.

– Mă rog. Se pare că ai aranjat totul.

– Ai încredere în mine, Nate. Eu am avut malarie de două ori şi n-ai vrea să ştii cum e. A doua oară am fost la un pas de moarte.

Lui Nate nu îi trecuse prin minte că ea ar fi putut să moară. Problema testamentului lui Phelan avea să fie destul de haotică din cauza faptului că Rachel se ascundea în junglă şi refuza să semneze hârtiile. Dacă ar fi murit, ar fi durat ani de zile până când s-ar fi rezolvat totul.

Şi o admira foarte mult. Era tot ce nu era el – puternică şi curajoasă, extrem de credincioasă, fericită în simplitate, sigură de locul ei pe pământ şi în viaţa de apoi.

– Să nu mori, Rachel, zise el.

– Nu mă tem de moarte. Pentru un creştin, moartea e o recompensă. Dar roagă-te pentru mine, Nate.

– O să mă rog mai mult, îţi promit.

– Eşti un om bun. Ai un suflet bun şi o minte bună. Ai nevoie doar de puţin ajutor.

– Ştiu. Nu sunt foarte puternic.

El avea hârtiile într-un plic îndoit în buzunar. Le scoase.

– Putem măcar să discutăm despre asta?

– Da, dar numai ca o favoare faţă de tine. Mă gândesc că, dacă tot ai ajuns până aici, putem măcar să discutăm.

– Mulţumesc, zise el şi îi dădu prima foaie de hârtie, o copie a testamentului de o pagină a lui Troy.

Ea citi încet, chinuindu-se din loc în loc să înţeleagă scrisul, în final, întrebă:

– E un testament legal?

– Da.

– Dar e atât de primitiv.

– Testamentele scrise de mână sunt valide. Îmi pare rău, aşa spune legea.

Ea îl citi din nou. Nate observă umbrele care cădeau de-a lungul lizierei. Începuse să se teamă de întuneric, atât pe pământ, cât şi pe apă. Era nerăbdător să plece.

– Troy n-a prea ţinut la ceilalţi copii ai săi, nu? spuse ea amuzată.

– Nici tu n-ai face-o. Dar mă-ndoiesc că a fost un tată exemplar.

– Îmi aduc aminte de ziua în care mama mi-a povestit despre el. Aveam şaptesprezece ani. Era spre sfârşitul verii. Tatăl meu tocmai murise de cancer şi viaţa era destul de sumbră. Într-un fel, Troy reuşise să mă găsească şi se tot ruga de mama să-i dea voie să-mi facă o vizită. Ea mi-a spus adevărul în legătură cu părinţii mei biologici, dar asta n-a însemnat nimic pentru mine. Nu-mi păsa de oamenii aceia. Nu-i cunoscusem niciodată şi nu aveam nici un chef să-i văd. Mai târziu, am aflat că mama mea naturală s-a sinucis. Ce părere ai despre asta, Nate? Ambii mei părinţi naturali s-au sinucis. O fi ceva în genele mele?

– Nu. Eşti mult mai puternică decât ei.

– Dar întâmpin moartea cu braţele deschise.

– Nu mai spune asta. Când l-ai cunoscut pe Troy?

– A trecut un an. El şi mama vorbeau tot timpul la telefon. Ea a ajuns să se convingă că motivele lui erau bune, astfel că, într-o zi, el a venit acasă. Am mâncat cozonac, am băut ceai şi apoi a plecat. A trimis bani pentru colegiu. A început să mă preseze să mă angajez la una din companiile lui. A început să se poarte ca un tată, iar eu am început să-l antipatizez. Apoi, mama a murit şi totul s-a prăbuşit în jurul meu. Mi-am schimbat numele şi m-am înscris la medicină. M-am rugat pentru Troy de-a lungul anilor, la fel cum mă rog pentru toţi oamenii rătăciţi pe care-i cunosc. Bănuiam că m-a uitat.

– Se pare că nu, zise Nate.

Un ţânţar negru se aşeză pe pulpa lui şi el se plesni cu destulă putere pentru a crăpa o scândură. Dacă era purtător de malarie, nu avea să o ducă mai departe. Conturul roşu al unei mâini îi apăru pe piele.

El îi dădu apoi actul de notificare şi înştiinţarea. Ea le citi cu atenţie şi zise:

– Nu semnez nimic. Nu vreau banii.

– Bine, păstrează-le doar. Roagă-te asupra lor.

– Râzi de mine?

– Nu. Numai că nu ştiu ce să fac mai departe.

– N-am cum să te ajut. Dar o să te rog ceva.

– Sigur. Orice.

– Nu spune nimănui unde sunt. Te implor, Nate. Protejează-mi intimitatea, te rog.

– Îţi promit. Dar trebuie să fii realistă.

– Ce vrei să spui?

– Povestea e irezistibilă. Dacă accepţi banii, eşti, probabil, cea mai bogată femeie din lume. Dacă nu, atunci povestea e şi mai captivantă.

– Cui îi pasă?

– Binecuvântat să-ţi fie sufletul. Eşti scutită de ziarişti. Acum avem ştiri non-stop, douăzeci şi patru de ore de informaţii în legătură cu orice. Ore întregi de buletine de ştiri, de magazine informative, de interviuri televizate, de ştiri de ultimă oră. O aiureală. Nici o ştire nu e prea puţin importantă pentru a nu fi cercetată şi transformată în ceva senzaţional.

– Dar cum pot să mă găsească?

– O întrebare bună. Noi am avut noroc că Troy îţi dăduse de urmă. Din câte ştim noi însă, n-a spus nimănui.

– Atunci, sunt în siguranţă, nu? Tu nu poţi să spui. Avocaţii de la firma ta nu pot să spună.

– Foarte adevărat.

– Şi te-ai rătăcit când ai venit încoace, nu?

– Foarte mult.

– Trebuie să mă protejezi, Nate. Asta e casa mea. Aceştia sunt semenii mei. Nu vreau să fug iarăşi.

MODESTA MISIONARĂ DIN JUNGLĂ REFUZĂ O AVERE DE UNSPREZECE MILIARDE DE DOLARI

Ce mai titlu! Vulturii aveau să invadeze Pantanalul cu elicoptere şi echipaje de amfibii ca să scrie marele articol. Lui Nate i se făcu milă de ea.

– O să fac tot ce pot, zise el.

– Îmi dai cuvântul tău?

– Da, îţi promit.

Grupul care îi petrecu era condus de şeful însuşi, urmat de soţia sa şi de o duzină de oameni, după care veneau Jevy şi încă vreo zece bărbaţi. Mergeau pe cărare spre râu.

– A venit timpul să pleci, spuse ea.

– Bănuiesc că da. Eşti sigură că o să ne descurcăm pe întuneric?

– Da. Şeful îi trimite pe cei mai buni pescari ai săi. Domnul o să vă apere. Să-ţi spui rugăciunile.

– Aşa o să fac.

– O să mă rog pentru tine în fiecare zi, Nate. Eşti un om bun, cu un suflet bun. Meriţi să fii salvat.

– Îţi mulţumesc. Nu vrei să te măriţi?

– Nu pot.

– Ba sigur că poţi. Eu o să mă ocup de bani, tu de indieni. O să ne facem o colibă mai mare şi o să ne aruncăm hainele.

Râseră amândoi şi încă mai zâmbeau când şeful veni lângă ei. Nate se ridică pentru a spune salut, la revedere sau ceva de acest gen şi, pentru o clipă, privirea i se împăienjeni. Un val de ameţeală îl cuprinse de la piept spre cap. Se agăţă de ceva, îşi limpezi vederea şi se uită la Rachel ca să vadă dacă observase.

Nu observase. Pleoapele începură să-l doară. Încheieturile coatelor îi zvâcneau.

Urmară câteva mormăieli în limba ipică şi toţi porniră spre mal. Mâncarea fu pusă în barca lui Jevy şi în cele două canoe înguste pe care aveau să le folosească Lako și călăuzele. Nate îi mulțumi lui Rachel, care, la rândul ei, îi mulțumi șefului, și după ce toate cuvintele de rămas-bun se rostiră, veni momentul plecării. Stând în apă până la glezne, Nate o îmbrățișa ușor, bătând-o pe spate.

– Îți mulțumesc.

– Pentru ce?

– Ah, nu știu. Îți mulțumesc pentru faptul că vei îmbogăți o mulțime de avocați.

– Îmi placi, Nate, spuse ea zâmbind, dar nu-mi pasă deloc de bani și de avocați.

– Și tu îmi placi mie.

– Te rog să nu te mai întorci.

– Nu-ți face griji.

Toată lumea aștepta. Pescarii erau deja pe râu. Jevy pusese mâna pe vâslă, nerăbdător să pornească la drum. Nate puse un picior în barcă și zise:

– Am putea să ne petrecem luna de miere în Corumbá.

– Adio, Nate. Spune-le oamenilor tăi că nu m-ai găsit.

– Așa o să fac. Adio, spuse el, după care se trânti în barcă, venindu-i iarăși amețeală.

În timp ce se îndepărtau, le făcu semne cu mâna lui Rachel și indienilor, dar siluetele lor se vedeau ca prin ceață.

Împinse de curent, canoele lunecau pe apă, indienii vâslind într-un tandem perfect. Nu iroseau nici un pic de energie și de timp. Se grăbeau. Motorul porni la a treia încercare și în curând cei doi ajunseră canoele din urmă. Când Jevy reduse din viteză, motorul dădu rateuri, dar nu se opri. La primul cot al râului, Nate aruncă o privire peste umăr. Rachel și indienii nu se mișcaseră.

El transpira. Deși soarele era ascuns după nori și o briză plăcută îi mângâia fața, Nate își dădu seama că asuda. Brațele și picioarele îi erau ude. Își frecă ceafa și fruntea și se uită la umezeala de pe degete. În loc să se roage, așa cum promisese, mormăi:

– Oh, drace, sunt bolnav.

Febra era scăzută, dar creştea rapid. Briza îl făcu să îngheţe de frig. Se ghemui pe bancă şi se uită după ceva cu ce ar fi putut să se mai îmbrace. Jevy îl observă şi, după câteva minute, îl întrebă:

– Nate, te simţi bine?

El clătină din cap şi durerea îl săgeta de la ochi până la şira spinării. Îşi şterse nasul.

După două cotituri, copacii se răriră şi terenul era mai jos. Râul se lăţea şi apoi se vărsa într-un lac inundat, în mijlocul căruia se vedeau trei copaci putreziţi. Nate ştiu că la venire nu trecuseră pe lângă ei. Se întorceau pe altă rută. Fără curent, canoele încetiniră puţin, dar tot spintecau apa cu o repeziciune uluitoare. Călăuzele nu studiau locul. Ştiau exact unde mergeau.

– Jevy, cred că am malarie, spuse Nate cu o voce răguşită şi gâtul îl durea deja.

– De unde ştii? îl întrebă Jevy, micşorând viteza pentru o clipă.

– Rachel m-a avertizat. A văzut un caz ieri în satul celălalt. De aceea am plecat când am plecat.

– Ai febră?

– Da, şi nu văd prea bine.

Jevy opri barca şi îi strigă pe indieni, care aproape că nici nu se mai vedeau. Mută bidoanele de benzină goale şi resturile proviziilor, după care desfăcu repede cortul.

– O să ai friguri, spuse el în timp ce făcea totul, clătinând barca zdravăn.

– Ai avut malarie?

– Nu. Dar majoritatea prietenilor mei au murit din cauza ei.

– Poftim!

– O glumă proastă. Nu omoară mulţi oameni, dar o să-ţi fie foarte rău.

Mişcându-se încet şi ţinându-şi capul cât putea de fix, Nate se târâ în spatele băncii şi se întinse în mijlocul bărcii. Un sac de dormit îi servea drept pernă. Jevy întinse cortul subţire deasupra lui, ancorându-l cu două bidoane goale.

Indienii erau lângă ei, curioşi să afle ce se întâmplase. Lako întrebă în portugheză. Nate îl auzi pe Jevy rostind cuvântul malarie, care îi făcu pe indieni să mormăie. După aceea plecară.

Barca părea să înainteze mai repede. Poate pentru că Nate era întins pe fundul ei şi o simţea cum spinteca apa. Din când în când, câte o cracă sau o ramură pe care Jevy nu o văzuse îl zgâlţâia pe Nate, însă lui nu-i păsa. Capul îl durea şi îi zvâcnea aşa cum nu se întâmplase niciodată când fusese mahmur. Muşchii şi încheieturile îl dureau prea tare ca să se mai mişte. Şi îi era din ce în ce mai frig. Începuseră frigurile.

În depărtare se auzi un bubuit înfundat. Lui Nate i se păru că era un tunet. Minunat, îşi spuse el. Asta ne mai lipsea acum.

Ploile îi ocoliră. Râul cotea o dată spre vest şi Jevy văzu urmele portocalii şi gălbui ale unui apus de soare. Apoi cotea din nou spre est, spre întunericul care se pregătea să se lase asupra Pantanalului. Canoele încetiniră de două ori, când indienii se sfătuiră pe unde să o ia. Jevy se menţinea la vreo sută de metri în spatele lor, dar, când se lăsă întunericul, se apropie mai mult. Nu îl vedea pe Nate sub cort, dar ştia că prietenul său suferea. Jevy chiar cunoştea pe cineva care murise din cauza malariei.

La două ore de la plecare, călăuzele îi conduseră printr-o serie de râuleţe înguste şi lagune liniştite, iar când intrară pe un râu mai lat, cele două canoe încetiniră un moment. Indienii trebuiau să se odihnească. Lako îl strigă pe Jevy şi îi spuse că acum erau în siguranţă, că tocmai ieşiseră din zona dificilă şi restul drumului avea să fie uşor. Râul Xeco se afla la vreo două ore distanţă şi acesta ducea direct la Paraguay.

O să reuşim singuri? întrebă Jevy. Nu, sosi răspunsul. Mai erau câteva răscruci şi, în plus, indienii ştiau un punct de pe Xeco care nu avea să fie inundat. Acolo aveau să doarmă.

Cum se mai simte americanul? întrebă Lako. Nu e bine, zise Jevy.

Americanul auzea glasuri şi ştia că barca nu se mişca. Frigea din cap până în picioare. Pielea şi hainele îi erau ude leoarcă şi chiar şi aluminiul de sub el era ud. Nu mai putea deschide ochii de umflaţi ce erau, iar gura îi era atât de uscată, încât îl durea dacă încerca să o deschidă. Îl auzi pe Jevy întrebându-l ceva în engleză, dar nu putu să-i răspundă. Îşi pierdea cunoştinţa din când în când.

Pe întuneric, canoele înaintau mai încet. Jevy se ţinea aproape de ele, câteodată folosindu-şi lanterna pentru a ajuta călăuzele să studieze răscrucile şi afluenţii. Înaintând cu jumătate din viteza normală, motorul său nesigur scotea un zumzet constant. Opriră doar o dată, ca să mănânce o bucată de pâine şi să bea suc şi pentru a se uşura. Legară cele trei ambarcaţiuni între ele şi plutiră timp de zece minute.

Lako era îngrijorat pentru american. Ce o să-i spună misionarei despre el? îl întrebă el pe Jevy. Spune-i că e bolnav de malarie.

Fulgerele care spintecau cerul în zare puseră capăt cinei lor scurte şi odihnei. Indienii porniră din nou, vâslind cu aceeaşi putere ca înainte. Nu mai văzuseră pământ de ore întregi. Nu era nici un loc unde să oprească pentru a aştepta să treacă furtuna.

În cele din urmă, motorul se opri. Jevy trecu la ultimul bidon plin şi îl porni din nou. Mergând la jumătate din putere, combustibilul avea să-i ajungă şase ore, suficient pentru a găsi Paraguayul. Acolo avea să mai întâlnească bărci, case şi, la un moment dat, vasul *Santa Loura.* Ştia exact punctul în care Xeco se vărsa în Paraguay. Dacă îşi continuau drumul în josul râului, aveau să-l găsească pe Welly până în zori.

Se mai văzură şi alte fulgere, dar nu îi atinseră. Fiecare din acestea îi făcea pe indieni să vâslească şi mai tare. Însă începuseră să obosească. La un moment dat, Lako se agăţă de o parte a bărcii, un alt indian de cealaltă, Jevy ţinu lanterna deasupra capului şi înaintară asemenea unei barje.

Copacii şi tufişurile se îndesiră şi râul se lăţi. Se vedea pământ de ambele părţi. Indienii sporovăiau mai mult, iar când intrară pe Xeco, încetară să mai vâslească. Erau epuizaţi şi gata să se oprească. Au depăşit cu trei ore timpul lor de culcare, îşi spuse Jevy. Găsiră un loc şi traseră la mal.

Lako îi spuse că o ajuta pe misionară de mulţi ani. Văzuse multe cazuri de malarie; chiar el fusese bolnav de trei ori. Dădu cortul la o parte de pe capul şi pieptul lui Nate şi îi atinse fruntea. O febră foarte mare, îi spuse el lui Jevy, care ţinea lanterna, stând în nămol şi nerăbdător să urce iarăşi în barcă.

N-ai ce să-i faci, spuse băiatul încheindu-şi consultaţia. Febra o să treacă şi apoi va reveni în patruzeci şi opt de ore. Era îngrijorat din cauza ochilor umflaţi, ceva ce nu mai văzuse la bolnavii de malarie.

Cel mai bătrân dintre indieni începu să-i vorbească lui Lako arătând spre râul întunecat. Băiatul îi traduse lui Jevy că trebuiau să se menţină pe mijloc, să ignore micile ramificaţii, mai ales pe cele spre stânga, şi în două ore aveau să găsească râul Paraguay. Jevy le mulţumi din suflet şi plecă.

Febra nu trecu. O oră mai târziu, Jevy îl examina pe Nate şi faţa acestuia încă mai ardea. Stătea în poziţie de făt, pe jumătate conştient şi murmurând incoerent. Jevy îl forţă să înghită puţină apă, după care îi turnă restul pe faţă.

Râul Xeco era lat şi uşor de navigat. Trecură pe lângă o casă, prima pe care o vedeau după o lună, aşa i se păru. Asemenea unui far ce ghida o navă rătăcită, luna apăru dintre nori şi lumină apa în jurul lor.

– Mă auzi, Nate? întrebă Jevy, deşi nu suficient de tare pentru a fi auzit. Norocul nostru se schimbă.

Se lăsă ghidat de lună în drumul său spre Paraguay.

32

Barca era o *chalana*, o cutie de pantofi plutitoare, lungă de nouă metri, lată de doi şi jumătate, cu fundul plat, şi era folosită pentru a transporta mărfuri prin Pantanal. Jevy fusese căpitan pe multe ambarcaţiuni de acel gen. Văzu lumina când coti, iar când auzi bătaia motorului, ştiu exact ce fel de barcă era.

Şi îl cunoştea pe căpitan, care dormea când marinarul opri barca. Era aproape trei dimineaţa. Jevy îşi legă barca de prova celeilalte şi sări la bord. Îi dădură să mănânce două banane, în timp ce el le povesti pe scurt ce făcea. Marinarul aduse cafea dulce. Se îndreptau spre Porto Indio, pentru a le vinde câte ceva soldaţilor de la baza de acolo. Puteau să se lipsească de cinci galoane de combustibil. Jevy le promise că avea să le plătească în Corumbá. Nici o problemă. Toată lumea se ajuta pe râu.

Altă cafea şi câteva napolitane. Apoi întrebă de *Santa Loura* şi de Welly.

– Se află la gura râului Cabixa, le spuse Jevy, ancorată în locul unde a fost vechiul ponton.

Ei clătinară din capete însă.

– Nu era acolo, spuse căpitanul.

Marinarul confirmă acest lucru. Cunoşteau vasul *Santa Loura* şi nu îl văzuseră. Ar fi fost imposibil să treacă pe lângă el fără să-l zărească.

– Dar trebuie să fie acolo, zise Jevy.

– Nu. Am traversat Cabixa ieri la prânz. Nu era nici urmă de *Santa Loura*.

Poate că Welly făcuse câțiva kilometri pe Cabixa în căutarea lor. Trebuia să fie teribil de îngrijorat. Jevy avea să-l ierte pentru faptul că mutase vasul din loc, dar nu înainte să-l certe zdravăn.

Vasul avea să fie acolo, era sigur. Mai bău puțină cafea și le povesti despre Nate și malarie. În Corumbá circulau noi zvonuri în legătură cu izbucnirea unei epidemii în Pantanal. Jevy le auzise toată viața.

Umplură o canistră dintr-un bidon de la bordul ambarcațiunii. De regulă, în sezonul ploios, în josul râului se naviga de trei ori mai repede decât în sus. O barcă cu un motor bun ar fi trebuit să ajungă la Cabixa în patru ore, la punctul comercial în zece și la Corumbá în optsprezece. Cu *Santa Loura,* în caz că o găseau, avea să dureze mai mult, dar cel puțin aveau să aibă hamacuri și mâncare.

Planul lui Jevy era să se odihnească puțin pe *Santa Loura.* Voia să-l urce pe Nate într-un pat și avea să folosească SatFone-ul pentru a suna la Corumbá și a vorbi cu Valdir. Acesta, la rândul lui, avea să găsească un doctor bun care știa ce să facă.

Căpitanul îi mai dădu o cutie de napolitane și un pahar cu cafea. Jevy le promise să-i caute în Corumbá săptămâna următoare. Apoi le mulțumi și își dezlegă barca. Nate era în viață, dar nemișcat. Febra nu îi scăzuse.

Cafeaua îi înteți pulsul lui Jevy, ținându-l treaz. Se juca cu accelerația, mărind-o până când motorul începu să dea rateuri, apoi micșorând-o înainte să se oprească. Când se apropiară zorile, o ceață densă se lăsă asupra râului.

Ajunse la gura râului Cabixa la o oră după ivirea zorilor.

Santa Loura nu era acolo. Jevy acostă lângă vechiul ponton și se duse să-l caute pe proprietarul singurei case din apropiere. Acesta se afla în grajd, mulgând vaca. Își aminti de Jevy și îi povesti despre furtuna care scufundase barca. Cea mai groaznică furtună care fusese vreodată. Izbucnise în toiul nopții, așa că nu văzuse prea mult. Vântul era atât de puternic, încât el se ascunsese sub pat împreună cu soția și copilul.

– Unde s-a scufundat? întrebă Jevy.

– Nu ştiu.

– Şi băiatul?

– Welly? Nu ştiu.

– N-ai mai vorbit cu nimeni altcineva? Nu l-a văzut nimeni pe băiat?

Nimeni. El nu vorbise cu nimeni de pe râu de când Welly dispăruse în timpul furtunii. Era foarte trist în legătură cu toate astea şi, ca să fie mai sigur, avansa ideea că Welly murise probabil.

Nate însă era în viaţă. Febra scăzuse destul de mult şi, când se trezi, îi era frig şi sete. Îşi deschise ochii cu degetele şi văzu numai apă în jur, vegetaţia de pe mal şi ferma.

– Jevy, zise el răguşit şi cu un glas stins.

Se ridică în capul oaselor şi îşi frecă ochii câteva minute. Nu văzu nimic clar. Jevy nu îi răspunse. Fiecare părticică din trup îl durea – muşchii, articulaţiile, sângele care îi iriga creierul. Pe gât şi pe piept avea o iritaţie şi se scărpină până când îşi jupui pielea. Îi era scârbă de propriul miros.

Fermierul şi soţia acestuia îl însoţiră pe Jevy până la barcă. Nu aveau nici un strop de benzină şi acest lucru îl supără pe vizitatorul lor.

– Cum te mai simţi, Nate? întrebă el urcând în barcă.

– Mor, zise el ca într-o ultimă suflare.

Jevy îi atinse fruntea şi apoi îi pipăi uşor pielea iritată.

– Febra a scăzut.

– Unde suntem?

– Pe Cabixa. Welly nu-i aici. Vasul s-a scufundat în timpul furtunii.

– Norocul nostru continuă, spuse Nate şi se strâmbă când simţi o durere sfredelindu-i capul. Unde e Welly?

– Nu ştiu. Rezişti până la Corumbá?

– Prefer să mor.

– Întinde-te, Nate.

Se desprinseră de mal, lăsându-i pe fermier şi pe soţia acestuia în nămol până la glezne, făcându-le cu mâna, dar fiind ignoraţi.

Nate stătu un timp în capul oaselor. Vântul care îi mângâia fața îi dădea o senzație plăcută. Nu după mult timp însă i se făcu frig iarăși și se întinse ușor sub cort. Încercă să se roage pentru Welly, dar gândurile îi durară numai câteva secunde. Pur și simplu nu-i venea să creadă că se îmbolnăvise de malarie.

Hark plănui masa în detaliu. Era servită într-un salon privat la hotelul Hay-Adams. Erau stridii și ouă, caviar și somon, șampanie și mimoze. La unsprezece, erau cu toții acolo, îmbrăcați lejer și bând cocktailuri.

Îi asigurase că întâlnirea era extrem de importantă și trebuia să fie confidențială. Găsise martorul care avea să-i ajute să câștige lupta.

Erau invitați numai avocații copiilor Phelan. Soțiile Phelan încă nu atacaseră testamentul și nu arătau prea mult entuziasm. Poziția lor legală era foarte slabă. Judecătorul Wycliff îi dăduse de înțeles unuia dintre avocații lor că nu era adeptul unor procese frivole intentate de fostele soții.

Cu sau fără temei, cei șase copii nu stătuseră deloc pe gânduri în a ataca testamentul. Toți șase dăduseră năvală, având același argument, în general – că Troy Phelan nu avusese capacitatea mintală necesară când semnase acel ultim testament.

La întâlnire nu se permise prezența decât a câte doi avocați din partea fiecărui moștenitor, de preferat unul, dacă se putea. Hark era singur, reprezentându-l pe Rex. Wally Bright era singur, reprezentând-o pe Libbigail. Yancy era singurul avocat pe care îl cunoștea Ramble. Grit era acolo pentru Mary Ross. Doamna Langhorne, fosta profesoară de drept, se afla acolo pentru Geena și Cody. Troy Junior angajase și concediase trei firme de avocați de la moartea tatălui său. Cei mai recenți lucrau la o firmă cu patru sute de angajați. Numele lor erau Hemba și Hamilton și se prezentară acelei adunări colorate.

Hark închise ușa și se adresă grupului. Le oferi o scurtă biografie a lui Malcolm Snead, un om cu care se întâlnea aproape în fiecare zi.

– A fost alături de domnul Phelan treizeci de ani, spuse el grav. Poate că l-a ajutat să-și scrie ultimul testament. Poate că e pregătit să spună că bătrânul era țicnit în momentul acela.

Avocații fură surprinși de veste. Hark le privi chipurile încântate pentru o clipă, după care spuse:

– Sau poate e pregătit să spună că n-a știut nimic despre testamentul scris de mână și că domnul Phelan era perfect lucid în ziua în care a murit.

– Cât vrea? întrebă Wally Bright, trecând direct la subiect.

– Cinci milioane de dolari. Zece la sută acum și restul la sfârșit.

Suma cerută de Snead nu îi uimi pe avocați. Erau atâtea în joc. De fapt, lăcomia lui păru chiar modestă.

– Clienții noștri, desigur, nu au acești bani, spuse Hark. Așa că, dacă vrem să punem mâna pe mărturia lui, totul depinde de noi. În schimbul a aproximativ optzeci și cinci de mii de moștenitor, putem să semnăm un contract cu domnul Snead. Sunt convins că va depune o mărturie care fie ne va ajuta să câștigăm procesul, fie va forța o înțelegere.

Starea financiară a celor din încăpere era foarte variată. Contul biroului lui Wally Bright era depășit. Acesta era în urmă cu plata unor impozite. La celălalt capăt al spectrului se afla firma la care lucrau Hemba și Hamilton, ai cărei parteneri câștigau peste un milion de dolari pe an.

– Sugerați să plătim un martor mincinos? întrebă Hamilton.

– Nu știm dacă minte sau nu, zise Hark, care anticipa fiecare întrebare. Nimeni nu știe. Era singur cu domnul Phelan. Nu există martori. Adevărul va fi cel care va vrea domnul Snead.

– Pare cam dubios, adăugă Hemba.

– Aveți o idee mai bună? mârâi Grit, care era la a patra mimoză.

Hemba și Hamilton erau avocați de mare firmă, nefiind obișnuiți cu murdăriile și mizeriile de pe străzi. Nu că ei sau colegii lor ar fi fost mai presus de corupție, însă clienții lor erau mari corporații care foloseau lobbyiști pentru mituiri legale ca să pună mâna pe contracte guvernamentale grase și ascundeau banii în conturi din Elveția pentru despoți străini, totul cu ajutorul avocaților lor de încredere. Dar, pentru că erau avocați de firmă, priveau de sus genul de comportament deloc moral sugerat de Hark și aprobat de Grit, Bright și ceilalți amărâți.

– Nu sunt sigur că clientul nostru va fi de acord cu asta, zise Hamilton.

– Clientul vostru va sări în sus de bucurie la auzul veștii, spuse Hark.

Era aproape caraghios să asociezi morala cu TJ Phelan.

– Îl cunoaștem mai bine ca voi. Întrebarea e dacă voi vreți să participați.

– Sugerezi ca noi, avocații, să punem primele cinci sute de mii? întrebă Hemba pe un ton disprețuitor.

– Exact, spuse Hark.

– Firma noastră n-ar fi de acord niciodată cu o astfel de schemă.

– În cazul ăsta, se va renunța la serviciile firmei voastre, interveni Grit. Nu uitați, e a patra la care s-a apelat într-o lună.

De fapt, Troy Junior amenințase deja să-i concedieze. Așa că tăcură și ascultară. Hark avea cuvântul.

– Pentru a evita stânjeneala de a ruga pe fiecare să scoată banii, am găsit o bancă dispusă să ne împrumute cinci sute de mii de dolari pentru un an. Nu avem nevoie decât de șase semnături pe contract. Eu am semnat deja.

– O să semnez și eu aiureala asta, zise Bright cu un exces de bărbăție.

Nu se temea, pentru că nu avea nimic de pierdut.

– Să văd dacă am înțeles bine, zise Yancy. Întâi îi dăm banii lui Snead și apoi el o să vorbească. Așa e?

– Exact.

– N-ar trebui să-i auzim întâi varianta?

– Trebuie lucrat puțin la ea. Tocmai ăsta e farmecul afacerii. Odată ce-l plătim, e al nostru. Trebuie să-i aranjăm mărturia în așa fel încât să fie în avantajul nostru. Nu uitați, nu mai există alți martori, poate cu excepția unei secretare.

– Ea cât mai costă? întrebă Grit.

– E gratis. E inclusă în pachetul lui Snead.

De câte ori ai ocazia într-o carieră să tragi un procent din cea de-a zecea dintre cele mai mari averi din ţară? Avocaţii făcură un calcul. Puţin risc aici, o mină de aur mai târziu.

Doamna Langhorne îi surprinse spunând:

– Voi recomanda firmei mele să facem afacerea. Dar trebuie să păstrăm o tăcere mormântală în legătură cu asta.

– Mormântală, repetă Yancy. Am putea fi excluşi din barou, probabil chiar condamnaţi. E un delict să plăteşti un martor mincinos.

– Îţi scapă ceva, zise Grit. Poate că n-o să fie o mărturie mincinoasă. Adevărul e definit numai de Snead. Dacă el zice că a ajutat la scrierea testamentului şi că, în momentul respectiv, bătrânul era într-o ureche, cine poate să-l contrazică? E o afacere grozavă. Semnez.

– Deci, suntem patru, spuse Hark.

– Semnez şi eu, zise Yancy.

Hemba şi Hamilton ezitau.

– Va trebui să discutăm cu firma noastră, spuse Hamilton.

– Trebuie să vă amintim că totul e confidenţial, băieţi? zise Bright.

Era comic; luptătorul de stradă care învăţase la seral îi mustra pe marii avocaţi pe teme de morală.

– Nu, spuse Hemba. Nu-i nevoie să ne amintiţi.

Hark l-ar fi sunat pe Rex, i-ar fi povestit despre afacere şi Rex l-ar fi sunat apoi pe fratele său TJ şi i-ar fi spus că noii lui avocaţi stricau totul. Hemba şi Hamilton ar fi fost de domeniul trecutului în patruzeci şi opt de ore.

– Mişcaţi-vă repede, îi preveni Hark. Domnul Snead susţine că n-are nici un ban şi este la fel de dispus să ajungă la o înţelegere cu partea adversă.

– Fiindcă veni vorba, se ştie ceva în plus în legătură cu partea adversă? întrebă Langhorne. Toţi atacăm testamentul. Cineva trebuie să fie apărătorul său. Unde e Rachel Lane?

– E clar că se ascunde, spuse Hark. Josh m-a asigurat că ei ştiu unde se află, că sunt în contact cu ea şi că ea va angaja avocaţi care să-i apere interesele.

– Cred şi eu, pentru unsprezece miliarde, adăugă Grit.

Se gândiră un moment la cele unsprezece miliarde, fiecare din ei împărţind suma la şase şi apoi aplicându-şi propriile comisioane. Cinci milioane pentru Snead părea o sumă atât de rezonabilă.

Jevy şi Nate se apropiară cu chiu, cu vai de magazin după-amiază devreme. Motorul mergea greu şi nu prea mai aveau combustibil. Fernando, proprietarul magazinului, era întins în hamac pe verandă, încercând să se ascundă de soarele arzător. Era bătrân, un veteran călit al râului, care îl cunoscuse pe tatăl lui Jevy.

Amândoi îl ajutară pe Nate să coboare din barcă. Acesta frigea din nou. Picioarele îi erau amorţite şi fără vlagă şi cei trei înaintară foarte încet şi cu grijă pe pontonul îngust, urcând apoi pe verandă. După ce îl aşezară în hamac, Jevy povesti repede ce se întâmplase în săptămâna care trecuse. Lui Fernando nu-i scăpa nimic din ce se petrecea pe râu.

– *Santa Loura* s-a scufundat, zise el. A fost o furtună îngrozitoare.

– L-ai văzut pe Welly? întrebă Jevy.

– Da. A fost scos din apă de oamenii de pe un vas de vite. Au oprit aici. El mi-a povestit. Sunt sigur că e în Corumbá.

Jevy răsuflă uşurat când auzi că Welly trăia. Totuşi, pierderea vasului era ceva tragic. *Santa Loura* era una din cele mai bune bărci din Pantanal. Se scufundase în timp ce se afla sub comanda lui.

Fernando îl examina pe Nate în timp ce vorbeau. Acesta abia îi auzea. Cu siguranţă, nu înţelegea nimic. Dar nici nu-l interesa.

– Nu e malarie, spuse Fernando apoi, atingând iritaţia de pe gâtul lui Nate.

Jevy se apropie de hamac şi se uită la prietenul său. Părul îi era încâlcit şi ud, iar ochii atât de umflaţi, că nu-i putea deschide.

– Dar ce e? întrebă el.

– Malaria nu produce o astfel de spuzeală. E dengue.

– Febra dengue?

– Da. E asemănătoare cu malaria – febră, friguri, dureri de muşchi şi de articulaţii, transmisă de ţânţari. Dar spuzeala indică faptul că e vorba de dengue.

– Tata a avut o dată. I-a fost foarte rău.

– Trebuie să-l duci la Corumbá cât mai repede cu putinţă.

– Îmi împrumuţi motorul tău?

Barca era ancorată sub clădirea şubredă. Motorul nu era la fel de ruginit ca al bărcii lui Jevy şi avea cinci cai putere în plus. Se apucară repede de treabă, schimbând motoarele şi umplând bidoanele şi, după o oră de comă petrecută în hamac, sărmanul Nate fu transportat din nou pe ponton şi întins în barcă sub cort. Îi era prea rău ca să realizeze ce se petrecea.

Era aproape două şi jumătate. Corumbá se afla la o distanţă de nouă, zece ore. Jevy îi lăsă lui Fernando numărul de telefon al lui Valdir. Rareori se întâmpla ca o barcă ce naviga pe Paraguay să aibă staţie radio. În cazul în care Fernando întâlnea una, Jevy îl rugă să-i transmită vestea lui Valdir.

Porni cu toată viteza, foarte mândru că avea din nou o barcă ce spinteca apa cu repeziciune. În urma lui se vedea o dâră înspumată.

Febra dengue putea fi fatală. Tatăl lui fusese îngrozitor de bolnav o săptămână, cu dureri de cap orbitoare şi febră foarte mare. Ochii îl dureau atât de tare, încât mama lui îl ţinuse zile întregi într-o cameră întunecată. Era un om al râului, călit, obişnuit cu durerile şi, când îl auzise gemând ca un copil, Jevy ştiuse că era pe moarte. Doctorul îl vizita la două zile şi în cele din urmă febra se oprise.

Îi vedea picioarele lui Nate ieşind din cort, atât. Cu siguranţă, nu avea să moară.

33

Se trezi o dată, dar nu văzu nimic. Se trezi din nou şi era întuneric. Încercă să-i spună lui Jevy ceva de apă, doar o înghiţitură mică şi o bucăţică de pâine poate. Dar glasul îi dispăruse. Vorbitul necesita efort şi mişcare, mai ales când încercai să strigi ca să acoperi zgomotul motorului. Articulaţiile îl făceau să se îndoaie de durere. Era ţintuit de fundul din aluminiu al bărcii.

Rachel era lângă el, sub cortul urât mirositor, cu genunchii strânşi şi atingându-i foarte uşor pe ai lui, la fel ca atunci când stătuseră pe pământ în faţa colibei ei şi mai târziu pe banca de la umbra copacului de pe mal. Un contact prudent din partea unei femei dornice de atingerea inocentă a pielii. Trăise unsprezece ani printre indienii Ipica şi goliciunea lor impusese distanţă între ei şi orice persoană civilizată. O simplă îmbrăţişare era complicată. Cum îl ţineai pe omul respectiv? Unde îl atingeai? Cât de mult îl strângeai? Cu siguranţă, ea nu atinsese niciodată vreun bărbat.

Ar fi vrut să o sărute, chiar şi numai pe obraz, pentru că era evident că trecuseră mulţi ani de când nu mai cunoscuse o asemenea afecţiune.

„Când ai fost sărutată ultima oară, Rachel? ar fi vrut el să o întrebe. Ai fost îndrăgostită. Cât de mult te-ai implicat fizic?“

Dar ţinu întrebările pentru el şi vorbiră, în schimb, despre oameni pe care nu îi cunoştea. Ea avusese un profesor de pian a cărui respiraţie mirosea atât de urât încât clapele albe se îngălbeniseră. El avusese un antrenor de *lacrosse* care era paralizat de la brâu în jos, pentru că îşi rupsese şira spinării în timpul unui meci. O fată de la biserica ei rămăsese însărcinată şi tatăl ei o condamna din amvon. La o săptămână după aceea, ea s-a sinucis. El a pierdut un frate răpus de leucemie.

Îi mângâie genunchii şi ei păru să-i placă. Dar nu avea să meargă mai departe. Nu se cuvenea să fie obraznic cu o misionară.

Ea se afla acolo pentru a-l împiedica să moară. Luptase împotriva malariei de două ori ea însăşi. Febra creştea şi scădea, frigurile îţi îngheţau burta şi pe urmă dispăreau. Greaţa venea în valuri. Apoi, ore întregi, nu mai era nimic. Ea îl bătu pe braţ şi îi promise că nu avea să moară. Tuturor li se spune aşa, se gândi el. Moartea avea să fie bine-venită.

Atingerile încetară. El deschise ochii şi întinse mâna după Rachel, dar aceasta dispăruse.

Jevy îl auzi delirând de două ori. De fiecare dată opri barca şi dădu cortul la o parte de pe Nate. Îl forţă să bea apă şi apoi i-o turnă uşor prin părul ud de sudoare.

– Aproape c-am ajuns, spunea el iar şi iar. Aproape.

Primele lumini ale oraşului Corumbá îi umplură ochii de lacrimi. Le văzuse de multe ori când se întorsese din excursiile în nordul Pantanalului, dar niciodată nu se bucurase atât de mult.

Licăreau pe deal în zare. Le numără până când se contopiră una în alta.

Era aproape unsprezece seara când sări în apa mică şi îşi legă barca. Docul era pustiu. O rupse la fugă spre un telefon public.

Valdir se uita la televizor în pijama, fumându-şi ultima ţigară din seara aceea şi ignorându-şi soţia îmbufnată, când sună telefonul. Răspunse fără să se ridice, dar imediat sări în picioare.

– Ce e? întrebă ea când el intră în fugă în dormitor.

– S-a întors Jevy, îi spuse el peste umăr.

– Cine-i Jevy?

Trecând pe lângă ea în drum spre uşă, îi spuse:

– Mă duc la râu.

Ei însă puţin îi păsa.

Traversând oraşul, îşi sună un prieten doctor care abia se culcase şi îl convinse să vină la spital.

Jevy se plimba de colo-colo pe docuri. Americanul stătea pe o piatră, cu capul pe genunchi. Fără să scoată un cuvânt, îl urcară cu grijă pe bancheta din spate şi porniră cu viteză, împroşcând pietricele în urma lor.

Valdir avea atâtea întrebări, că nici nu ştia de unde să înceapă. Mustrările trebuiau să mai aştepte.

– Când s-a îmbolnăvit? întrebă el în portugheză.

Jevy stătea lângă el, frecându-şi ochii şi încercând să nu adoarmă. Ultima oară dormise în satul indienilor.

– Nu ştiu, zise el. Toatele zilele sunt la fel. E febră dengue. Spuzeala apare în a patra sau a cincea zi şi cred c-o are de vreo două zile. Nu ştiu.

Goneau prin oraş, ignorând semafoarele şi indicatoarele. Cafenelele de pe trotuare tocmai închideau. Nu erau multe maşini pe străzi.

– Aţi găsit-o?

– Da.

– Unde?

– E aproape de munţi. Cred că e în Bolivia. O zi la sud de Porto Indio.

– E pe hartă?

– Nu.

– Atunci, cum aţi găsit-o?

Nici un brazilian n-ar fi recunoscut că se rătăcise, cu atât mai puţin unul experimentat ca Jevy. I-ar fi rănit orgoliul şi poate i-ar fi afectat şi afacerile.

– Eram într-o zonă inundată, unde hărţile nu înseamnă nimic. Am întâlnit un pescar care ne-a ajutat. Ce face Welly?

– Welly e bine. Barca s-a dus, spuse Valdir, care era mai îngrijorat din cauza bărcii decât pentru marinar.

– În viaţa mea n-am văzut asemenea furtuni. Am avut parte de trei.

– Ce-a zis femeia?

– Nu ştiu. Eu n-am prea vorbit cu ea.

– A fost surprinsă când v-a văzut?

– N-a părut. Era destul de calmă. Am impresia că l-a plăcut pe prietenul nostru.

– Cum a decurs întâlnirea lor?

– Întreabă-l.

Nate stătea ghemuit pe bancheta din spate şi nu auzea nimic. Şi probabil că Jevy nu ştia nimic, aşa că Valdir nu insistă. Avocaţii urmau să stea de vorbă mai târziu, imediat cum Nate avea să fie în stare.

Un scaun cu rotile îi aştepta lângă bordură când ajunseră la spital. Îl puseră pe Nate în el şi îl urmară pe infirmier pe trotuar. Aerul era cald şi umed, încă foarte zăpuşitor. Pe treptele de la intrare, o duzină de îngrijitoare şi asistente îmbrăcate în uniforme albe fumau şi vorbeau în linişte. Spitalul nu avea aer condiţionat.

Prietenul doctor era repezit şi pus pe treabă. Hârtiile aveau să fie completate dimineaţă. Îl împinse pe Nate prin holul pustiu, unde îl prelua o soră somnoroasă. În timp ce Jevy şi Valdir stăteau într-un colţ şi priveau, doctorul şi sora îl dezbrăcară complet pe pacient. Sora îl spălă cu alcool şi cârpe albe. Doctorul examina spuzeala, care începea de la bărbie şi se oprea la brâu. Era plin de înţepături de ţânţari dintre care multe fuseseră scărpinate până când se transformaseră în mici răni. Îi luară temperatura, tensiunea, pulsul.

– Pare să fie febră dengue, spuse doctorul după zece minute, apoi îi dădu asistentei o listă cu detalii, însă ea nu prea asculta, pentru că mai făcuse acele lucruri.

Se apucă să-l spele pe Nate pe cap.

El mormăi ceva, dar nu avea nici o legătură cu cineva din cei prezenţi. Ochii îi erau tot umflaţi şi închişi; nu se bărbierise de o săptămână. Ai fi zis că stătuse într-un şanţ în faţa unui bar, acasă.

– Febra e foarte mare, spuse doctorul. Delirează. O să începem să-i administrăm intravenos antibiotice şi calmante, multă apă, poate şi puţină mâncare mai târziu.

Sora îi puse pe ochi un bandaj dintr-un strat gros de tifon, după care i-l fixă cu leucoplast de la o ureche la alta. Găsi o venă și începu să-i facă o injecție. După aceea, scoase dintr-un sertar o cămașă de noapte galbenă și îl îmbrăcă.

Doctorul îi luă temperatura din nou.

– În curând ar trebui să scadă, îi spuse el asistentei. Dacă nu, sună-mă acasă, zise el și se uită la ceas.

– Îți mulțumesc, spuse Valdir.

– O să vin mâine-dimineață să-l văd, mai spuse doctorul, după care plecă, lăsându-i acolo.

Jevy locuia la marginea orașului, unde casele erau mici și străzile nepavate. Adormi de două ori în timp ce Valdir îl ducea acasă.

Doamna Stafford era plecată după antichități la Londra. Telefonul sună de o duzină de ori până când răspunse Josh. Ceasul arăta ora 2:20 noaptea.

– Sunt Valdir, spuse vocea.

– Ah, da, Valdir, spuse Josh trecându-și mâna prin păr și clipind de câteva ori. Sper că ai un motiv întemeiat.

– S-a întors omul dumitale.

– Slavă Domnului!

– Dar e foarte rău bolnav.

– Poftim! Ce-a pățit?

– Are febră dengue, ceva asemănător cu malaria. Țânțarii sunt purtători. Nu e ceva neobișnuit pe-aici.

– Credeam că are vaccinuri pentru orice, spuse Josh ridicându-se și trecându-și mâna prin păr.

– Pentru dengue nu există vaccin.

– N-o să moară, nu?

– Ah, nu. E la spital. Am un bun prieten doctor care se ocupă de el. Zice că o să se facă bine.

– Când o să pot vorbi cu el?

– Poate mâine. Are febră mare și e inconștient.

– A găsit-o pe femeie?

– Da.

Bravo, îşi spuse Josh răsuflând uşurat şi aşezându-se pe pat. Deci ea e acolo, într-adevăr.

– Spune-mi numărul salonului.

– Păi, nu există telefon în saloane.

– Dar e un salon privat, nu? Haide, Valdir, banii nu sunt o problemă. Spune-mi că i se dau toate îngrijirile necesare.

– E pe mâini bune. Dar spitalul e puţin diferit de cele de la voi.

– E nevoie să vin acolo?

– Dacă doreşti. Dar nu e nevoie. N-ai cum să-l muţi la alt spital. Are un doctor bun.

– Cât o să rămână acolo?

– Câteva zile. Mâine-dimineaţă o să ştim mai multe.

– Să mă suni devreme, Valdir. Vorbesc serios. Trebuie să vorbesc cu el cât mai repede.

– Da, o să te sun devreme.

Josh se duse apoi la bucătărie să bea nişte apă rece. După aceea, începu să se plimbe prin salon. La ora trei se dădu bătut, făcu o cafea tare şi se duse în biroul său de la subsol.

Datorită faptului că era un american bogat, nu se zgârciră la nimic. I se pompară în vene cele mai bune medicamente existente în farmacii. Febra scăzu puţin şi încetă să mai transpire. Durerea dispăru, alungată de cele mai grozave medicamente de fabricaţie americană. Sforăia zgomotos când sora şi un infirmier îl duseră în salonul lui la două ore de la sosire.

În noaptea aceea, avea să împartă salonul cu încă cinci bolnavi. Din fericire, era legat la ochi şi inconştient. Nu putea să vadă plăgile deschise, tremuratul incontrolabil al bătrânului de lângă el, făptura zbârcită şi fără viaţă din partea cealaltă a încăperii. Nu simţi nici mirosurile oribile.

34

Deşi nu avea nimic pe numele său şi totdeauna avusese probleme financiare, Rex Phelan se pricepea la cifre. Era unul dintre puţinele lucruri pe care le moştenise de la tatăl său. Era singurul dintre moştenitorii Phelan care avea atât aptitudinile, cât şi puterea de a citi toate cele şase reclamaţii prin care se ataca testamentul lui Troy. Când termină, îşi dădu seama că fiecare dintre cele şase firme de avocatură copia, practic, munca alteia. De fapt, unele expresii sunau ca şi cum ar fi fost împrumutate din reclamaţia precedentă sau din cea următoare.

Şase firme care duceau aceeaşi luptă, fiecare dintre ele urmărind să pună mâna pe o bucată exorbitantă din plăcintă. Era timpul pentru puţină armonie în familie. Se hotărî să înceapă cu fratele său TJ, care era cea mai uşoară ţintă, dat fiind că avocaţii lui se agăţau de morală.

Cei doi fraţi stabiliră să se întâlnească în secret; soţiile lor nu se puteau suferi şi discordia putea fi evitată dacă femeile pur şi simplu nu ştiau. Rex îi spuse lui Troy Junior la telefon că venise timpul să facă pace. Economia o cerea.

Se întâlniră să ia micul dejun într-un local suburban unde se făceau clătite şi, după câteva minute de mâncare şi comentarii despre fotbal, se mai relaxară. Rex trecu direct la afaceri, spunându-i de Snead.

– E extraordinar, spuse el entuziasmat. Ar putea să ne ajute sau să ne distrugă.

Apoi detalie povestea, ajungând încetul cu încetul la obligaţia contractuală pe care avocaţii voiau să o semneze, toţi cu excepţia celor ai lui Troy Junior.

– Avocaţii tăi strică afacerea, spuse el încruntat şi aruncă priviri în jur ca şi cum s-ar fi temut să nu fie ceva spioni.

– Ticălosul vrea cinci milioane? întrebă Troy Junior, încă nevenindu-i să creadă ce făcea Snead.

– E o nimica toată. Uite ce e, e dispus să spună că era singur cu tata când a scris testamentul. Facem orice e nevoie ca să câştigăm. Acum nu vrea decât jumătate de milion. Putem să-l păcălim mai târziu şi să nu i-i mai dăm pe ceilalţi.

Acest lucru îi plăcu lui Troy Junior. Şi schimbarea firmelor de avocaţi, cu siguranţă, nu era ceva nou pentru el. Dacă ar fi fost sincer, ar fi recunoscut că firma la care lucrau Hemba şi Hamilton îl intimida. Patru sute de avocaţi. Holuri din marmură. Opere de artă pe pereţi. Cineva plătea pentru bunul lor gust.

Rex schimbă subiectul.

– Ai citit cele şase reclamaţii? îl întrebă el.

Troy Junior mesteca o căpşună şi clătină din cap. Nu o citise nici măcar pe cea depusă în numele lui. Hemba şi Hamilton o discutaseră cu el şi el o semnase, dar era groasă şi Biff aştepta în maşină.

– Ei bine, eu le-am citit, încet şi cu atenţie, şi toate sunt identice. Avem şase firme de avocaţi care fac aceeaşi treabă, toate atacând acelaşi testament. E absurd.

– M-am gândit şi eu la asta, zise Troy Junior.

– Şi toate şase se aşteaptă să se îmbogăţească în final. Cât ţi-au cerut băieţii tăi?

– Ţie cât ţi-a cerut Hark Gettys?

– Douăzeci şi cinci la sută.

– Ai mei au vrut treizeci. Am căzut de acord la douăzeci, zise Troy Junior cu un licăr de mândrie în ochi, pentru că făcuse o afacere mai bună ca Rex.

– Hai să ne jucăm puţin cu cifrele, continuă Rex. Teoretic, să zicem că îl plătim pe Snead, el zice tot ce trebuie, noi ne aducem psihiatrii, începe aiureala şi se vrea să se ajungă la o înţelegere. Să zicem că fiecare obţine, nu ştiu, să zicem douăzeci de milioane. Asta înseamnă patruzeci între noi doi. Cinci se duc la Hark. Patru la băieţii tăi. Deci, nouă, iar noi rămânem cu treizeci şi unu.

– Îi iau.

– Şi eu. Dar dacă băieţii tăi ar dispărea din cadru şi ne-am uni forţele, atunci Hark şi-ar reduce onorariul. N-avem nevoie de toţi aceşti avocaţi, TJ. Se folosesc unii de alţii şi abia aşteaptă să ne jupoaie de bani.

– Nu pot să-l sufăr pe Hark Gettys.

– Bine. Lasă-mă pe mine să discut cu el. Nu-ţi cer să-i fii prieten.

– De ce nu vrei să renunţi la Hark şi să-i accepţi pe băieţii mei?

– Pentru că Hark l-a găsit pe Snead. Pentru că Hark a găsit banca de unde împrumutăm banii ca să-l cumpărăm pe Snead. Pentru că Hark e gata să semneze hârtiile şi băieţii tăi sunt prea moralişti. Asta e o afacere urâtă, TJ. Hark o înţelege.

– Am impresia că e un bandit.

– Da! Şi e banditul nostru. Dacă ne unim forţele, procentajul lui o să coboare de la douăzeci şi cinci la douăzeci la sută. Dacă o aducem şi pe Mary Ross, atunci o să-l reducă la şaptesprezece virgulă cinci. Libbigail, cincisprezece.

– Pe Libbigail n-o s-o convingem niciodată.

– Întotdeauna există o şansă. Dacă o să fim uniţi toţi trei, s-ar putea să asculte şi ea.

– Şi matahala aia cu care s-a măritat? întrebă Troy Junior cu deplină sinceritate.

Vorbea cu fratele său, care era căsătorit cu o stripteuză.

– O să-i luăm pe rând. Hai să rezolvăm întâi noi şi pe urmă mergem la Mary Ross. Avocatul ei e acel Grit, care nu-mi dă impresia că e prea isteţ.

– N-are sens să ne certăm, spuse Troy Junior cu tristeţe.

– O să ne coste o afurisită de avere. E timpul să facem pace.

– Mama o să fie mândră.

Regiunile mai ridicate de pe malurile râului Xeco erau folosite de indieni de zeci de ani. Acolo făceau popas pescarii când rămâneau noaptea și cei care circulau pe râu. Rachel, Lako și un alt indian pe nume Ten stăteau adăpostiți sub un acoperiș de stuf și așteptau să treacă furtuna. Apa se scurgea de pe acoperiș, iar vântul le arunca picăturile de ploaie în față. La picioarele lor se afla o canoe, pe care o trăseseră de pe apă după ce se luptaseră cu furtuna timp de o oră îngrozitoare. Hainele lui Rachel erau ude leoarcă, dar cel puțin ploaia era caldă. Indienii nu purtau nici un fel de haine, doar un șnur în jurul mijlocului și o bucată de piele care le acoperea organele genitale.

Ea avusese odată o barcă din lemn cu un motor vechi, care fusese a soților Cooper, predecesorii ei. Când avea benzină, o folosea pe râurile dintre cele patru sate Ipica. Ar fi dus-o până la Corumbá în două zile foarte lungi și patru la întoarcere.

În cele din urmă, motorul se stricase și nu erau bani pentru unul nou. În fiecare an, când își prezenta modestul buget în fața celor de la Triburile Mondiale, îi implora să-i dea un motor nou sau cel puțin unul uzat, dar bun. Găsise unul în Corumbá cu trei sute de dolari. Însă bugetele erau restrânse în toată lumea. Banii acordați ei se cheltuiau pe medicamente și literatură religioasă. Continuă să te rogi, i se spunea. Poate la anul.

Ea accepta fără să crâcnească. Dacă Dumnezeu voia ca ea să aibă un motor nou, avea să-l aibă. Numai El știa dacă și când. Aceste întrebări nu trebuia să și le pună ea.

Neavând barcă, străbătea distanțele dintre sate pe jos, aproape întotdeauna cu Lako șchiopătând alături. Și o dată, în luna august a fiecărui an, îl convingea pe șef să-i împrumute o canoe și o călăuză pentru călătoria până la Paraguay. Acolo, aștepta un vas pentru vite sau o *chalana* care se îndrepta spre sud. Cu doi ani în urmă, așteptase trei zile, dormind în grajdul unei mici *fazenda* de pe malul râului. În trei zile, ajunsese dintr-o străină o prietenă și apoi o misionară, iar fermierul și soția acestuia deveniseră creștini datorită învățăturilor și rugăciunilor ei.

A doua zi, avea să stea la ei să aștepte o barcă pentru a merge la Corumbá.

Vântul vâjâia prin adăpost. Ea îl ţinea pe Lako de mână şi se ruga, nu pentru siguranţa lor, ci pentru sănătatea prietenului lor, Nate.

Domnului Stafford i se aduse micul dejun la birou – cereale şi fructe. El refuză să părăsească încăperea şi când spuse că, de fapt, avea să rămână acolo toată ziua, cele două secretare ale sale se grăbiră să rearanjeze nu mai puţin de şase întâlniri. Un pateu cu brânză la ora zece, tot la birou. Îl sună pe Valdir şi i se spuse că nu era acolo, ci la o şedinţă, undeva în partea cealaltă a oraşului. Valdir avea un celular. De ce nu sunase?

Un asociat îi aduse un material de două pagini despre febra dengue, luat de pe internet. Asociatul spuse că trebuia să plece la tribunal şi întrebă dacă domnul Stafford voia să mai facă şi alte studii pe teme medicale. Domnul Stafford nu gustă gluma.

Josh citi materialul în timp ce mânca pateul. Era scris la două rânduri, cu un spaţiu de doi centimetri şi jumătate în fiecare parte, deci se întindea, de fapt, pe o pagină şi jumătate. Un Material Stafford. Febra dengue este o boală tropicală infecţioasă răspândită de un ţânţar numit „Aedes", care preferă să ciupească ziua. Primul semn este oboseala, urmată repede de o durere de cap îngrozitoare în spatele ochilor şi apoi de o febră uşoară care se transformă curând într-una foarte mare şi e însoţită de transpiraţii, greaţă şi vomă. Pe măsură ce febra creşte, muşchii gambelor şi spatelui încep să doară. Febra mai este cunoscută şi sub denumirea de „friguri de oase" din cauza durerilor cumplite ale muşchilor şi articulaţiilor. O spuzeală apare după toate celelalte simptome. Febra poate să scadă pentru o zi, două, dar de obicei revine cu şi mai mare intensitate. După vreo săptămână, infecţia începe să dispară şi la fel şi pericolul. Nu există nici un tratament şi nici un vaccin. După aceea, e nevoie de o lună de odihnă şi lichide pentru revenirea la normal.

Şi acesta e un caz uşor. Dengue poate să degenereze în febră dengue cu hemoragie sau sindromul dengue şoc, ambele fiind uneori fatale, mai ales la copii.

Josh era pregătit să trimită avionul domnului Phelan la Corumbá pentru a-l lua pe Nate. La bord ar fi fost un doctor şi o soră şi orice altceva ar fi avut nevoie.

– Domnul Valdir, spuse o secretară în interfon.

Niciun alt apel nu era luat.

Era la spital.

– Tocmai am fost la domnul O'Riley, spuse el rar şi precis. E bine. Dar nu e foarte conştient.

– Poate să vorbească? întrebă Josh.

– Nu. Nu acum. Îi dau calmante.

– Are un doctor bun?

– Cel mai bun. Un prieten de-al meu. Doctorul e la el acum.

– Întreabă-l când o să poată să vină acasă domnul O'Riley. O să trimit un avion personal şi un doctor la Corumbá.

Pe fundal se auzeau glasuri.

– Nu prea curând, spuse Valdir. Când va ieşi din spital, va avea nevoie de odihnă.

– Şi când va ieşi din spital?

Alte conversaţii.

– Nu poate spune acum.

Josh clătină din cap şi azvârli în coşul de gunoi ce mai rămăsese din pateu.

– I-ai spus ceva domnului O'Riley? mârâi el la Valdir.

– Nu. Cred că doarme.

– Ascultă, domnule Valdir, e foarte important să stau de vorbă cu el cât mai curând cu putinţă, bine?

– Înţeleg. Dar trebuie să ai răbdare.

– Nu sunt un om răbdător.

– Înţeleg. Dar trebuie să încerci.

– Sună-mă după-amiază.

Josh trânti receptorul şi începu să se plimbe agitat. Nu făcuse bine trimiţându-l în mijlocul pericolelor tropicale pe Nate, aşa fragil şi instabil cum era. Fusese o alegere convenabilă, acela era motivul. Să-l îndepărteze vreo două săptămâni, să-i dea de lucru în altă parte, în timp ce firma rezolva încurcătura aceea.

Mai erau patru parteneri în cadrul firmei, în afară de Nate, oameni pe care Josh îi alesese cu mâna lui, îi angajase, îi pregătise şi pe care îi asculta când era vorba de unele chestiuni de management. Tip era unul din ei şi era singura voce care îl susţinea pe Nate. Ceilalţi trei voiau ca acesta să dispară.

Secretara lui fusese dată altcuiva. Un asociat în ascensiune îi împrumutase biroul în ultima vreme şi i se spusese că avea să rămână acolo.

Dacă febra dengue nu îl răpunea pe sărmanul Nate, fiscul aştepta.

Punga de perfuzie se goli pe la jumătatea zilei, deşi nimeni nu se osteni să o verifice. Câteva ore mai târziu, Nate se trezi. Era ameţit, dar liniştit şi nu mai avea febră. Era amorţit, însă nu mai asuda. Îşi pipăi bandajul de pe ochi şi leucoplastul care îl ţinea acolo şi, după ce se gândi puţin, se hotărî să arunce o privire. În braţul stâng avea perfuzia, aşa că începu să dezlipească leucoplastul cu degetele mâinii drepte. Era conştient de nişte glasuri dintr-o altă încăpere şi de nişte paşi pe o podea. Se auzea agitaţie pe coridor. Mai aproape, cineva gemea cu un glas scăzut şi încărcat de durere.

Îşi desprinse uşor leucoplastul de pe piele şi păr, înjurând persoana care i-l lipise aşa. Dădu bandajul într-o parte şi acesta îi atârnă peste urechea stângă. Prima imagine pe care o văzu fu cea a unei tencuieli cojite de un galben decolorat pe perete, chiar deasupra lui. Luminile erau stinse şi razele soarelui pătrundeau printr-o fereastră. Şi tencuiala de pe tavan era căzută, lăsând să se vadă spaţii mari şi negre astupate de pânze de păianjen şi praf. Un ventilator şubred atârna din tavan şi se bălăngănea când se învârtea.

Două picioare îi atraseră atenţia, două picioare bătrâne, noduroase şi pline de cicatrice, răni şi bătături, şi, ridicând capul puţin, văzu că erau ale unui bătrân sfrijit şi zbârcit al cărui pat aproape că se atingea de al său. Părea mort.

Gemetele se auzeau de lângă fereastră. Sărmanul om era la fel de mic şi de zbârcit. Era întins în mijlocul patului, înfăşurat în cearşaf şi făcut ghem, suferind în comă.

Mirosurile de urină veche, fecale şi dezinfectant se combinau, generând unul îngrozitor de greu. Nişte asistente râdeau pe coridor. Tencuiala se cojea de pe toţi pereţii. În afară de patul lui Nate, mai erau cinci, toate ambulatorii, aşezate aiurea, fără nici o ordine.

Al treilea tovarăş de salon se afla lângă uşă. Era gol, cu excepţia unui scutec ud, iar trupul îi era plin de răni roşii, deschise. Şi el părea mort şi Nate spera să fie aşa. Pentru binele lui.

Nu existau butoane pe care să se apese, nici cordoane de urgenţă sau interfon, nici o modalitate de a cere ajutor decât prin strigăte, ceea ce ar fi putut să trezească şi morţii. Creaturile acelea ar fi putut să se ridice şi să-l viziteze.

Ar fi vrut să fugă, să se dea jos din pat, să-şi smulgă perfuzia din braţ şi să o rupă la fugă spre libertate. Şi-ar fi încercat norocul pe străzi. Cu siguranţă, nu puteau să existe atâţia bolnavi afară. Oriunde ar fi fost mai bine decât în acel salon de leproşi.

Dar picioarele îi erau ca nişte cărămizi. Încercă din toate puterile să le ridice, pe rând, dar abia putea să le mişte.

Îşi afundă capul în pernă, închise ochii şi se gândi să plângă. Mă aflu într-un spital dintr-o ţară din lumea a treia, îşi repeta el iar şi iar. Am părăsit Walnut Hill, de o mie de dolari pe zi, cu buton pentru orice, mochetă, duşuri, terapeuţi care îmi stăteau la dispoziţie.

Cel cu răni gemu şi Nate se afundă şi mai mult în pernă. Apoi luă bandajul şi şi-l puse la loc pe ochi, lipindu-l exact aşa cum fusese, dar mai strâns de data aceasta.

35

Snead sosi la întâlnire cu un contract propriu, pe care îl pregătise fără ajutorul unui avocat. Hark îl citi și trebui să admită că nu era întocmit rău. Era intitulat „Contract pentru serviciile unui martor expert". Experții ofereau opinii. Snead avea să ofere, în principal, fapte concrete, însă lui Hark nu-i păsa ce spunea contractul. Îl semnă și îi dădu un cec de jumătate de milion. Snead îl luă cu delicatețe, examina fiecare cuvânt, după care îl împături și îl vârî în buzunarul hainei.

– Cu ce încep? întrebă el zâmbind.

Erau atâtea lucruri de discutat. Ceilalți avocați voiau să fie și ei prezenți. Hark avea timp doar să-l pună în temă.

– În general, care era starea psihică a bătrânului în dimineața zilei în care a murit?

Snead se foi ușor și se încruntă, ca și cum s-ar fi concentrat. Voia cu adevărat să spună lucrurile care trebuiau. Avea senzația că patru milioane și jumătate veneau spre el chiar în clipa aceea.

– Nu era lucid, spuse el și cuvintele plutiră în aer în timp ce aștepta aprobarea.

Hark încuviință. Până acum era bine.

– Era ceva neobișnuit?

– Nu. În ultimele zile, rareori avea momente de luciditate.

– Cât timp îți peteceai cu el?

– Douăzeci și patru de ore pe zi, cu întreruperi.

– Unde dormeai?

– Camera mea era în capătul coridorului, dar avea o sonerie pentru mine. Eram chemat în orice moment al zilei și al nopții.

Uneori se trezea în toiul nopţii şi voia suc sau o pastilă. Pur şi simplu apăsa pe un buton, soneria suna la mine şi eu îi duceam orice avea nevoie.

– Cine mai locuia cu el?

– Nimeni.

– Cu cine îşi mai petrecea timpul?

– Poate cu tânăra Nicolette, secretara. O plăcea.

– Întreţinea relaţii sexuale cu ea?

– Ar ajuta cazul?

– Da.

– Atunci, se regulau ca iepurii.

Hark nu putu să nu zâmbească. Insinuarea că Troy se ţinea după ultima lui secretară n-ar fi surprins pe nimeni.

Nu le trebui mult să găsească aceeaşi partitură după care să cânte.

– Uite ce e, domnule Snead, asta vrem. Ne trebuie mici ciudăţenii, întâmplări şocante, lucruri stranii pe care le-a spus sau le-a făcut, care, la un loc, să convingă pe oricine că nu era în toate minţile. Ai destul timp. Stai jos şi apucă-te de scris. Pune totul pe hârtie. Vorbeşte cu Nicolette, asigură-te că făceau sex, ascultă ce zice şi ea.

– O să zică orice e nevoie.

– Bun. Pe urmă, repetaţi şi aveţi grijă să nu existe puncte slabe pe care să le găsească alţi avocaţi. Mărturiile voastre trebuie să fie rezistente.

– N-are cine să le contrazică.

– Nimeni? Nici un şofer de limuzină, nici o cameristă, fostă iubită sau poate altă secretară?

– Avea şi din aceştia, bineînţeles. Dar nimeni nu locuia la etajul paisprezece în afară de mine şi de domnul Phelan. Era un om foarte singuratic. Şi într-o ureche.

– Atunci, cum s-a purtat aşa de bine în faţa psihiatrilor?

Snead se gândi câteva clipe. Imaginaţia îl părăsi.

– Ce părere ai? întrebă el.

– Aş zice că domnul Phelan ştia că examinarea avea să fie dificilă, pentru că ştia că nu putea pune bază pe propria-i minte, aşa că ţi-a cerut să pregăteşti liste cu întrebări pe care le anticipai, cum ar fi data naşterii, pentru că o tot uita, numele copiilor, pe care practic le uitase, colegiile la care studiaseră, cu cine erau căsătoriţi etcetera, după care aţi trecut la întrebările legate de starea sănătăţii. Bănuiesc că, după ce aţi recapitulat aceste lucruri de bază, ţi-ai petrecut cel puţin două ore punându-i întrebări despre corporaţie, structura acesteia, companiile pe care le deţinea, achiziţiile pe care le făcuse, cotaţiile la închidere ale anumitor acţiuni. Se baza pe dumneata din ce în ce mai mult pentru a-l ţine la curent cu ştirile financiare, astfel că ţi-a fost uşor. Pentru el era plictisitor, dar dumneata erai hotărât să-l menţii în formă chiar cu puţin înainte să-l duci în sală. Ţi se pare cunoscut?

Lui Snead îi plăcea foarte mult. Era uluit de capacitatea avocatului de a născoci minciuni pe moment.

– Da, da, exact! Aşa i-a îmbrobodit domnul Phelan pe psihiatri.

– Atunci, pune-te pe treabă, domnule Snead. Cu cât o să lucrezi mai mult la povestiri, cu atât o să fii un martor mai bun. Avocaţii din tabăra adversă or să-ţi atace mărturia, or să te facă mincinos, aşa că trebuie să fii pregătit. Pune totul pe hârtie, ca să ai tot timpul o evidenţă a povestirilor.

– Îmi place ideea.

– Date, ore, locuri, incidente, ciudăţenii. Totul, domnule Snead. Acelaşi lucru e valabil şi pentru Nicolette. Pune-o şi pe ea să scrie.

– Nu prea se pricepe la scris.

– Ajut-o. Totul depinde de dumneata, domnule Snead. Dacă vrei restul banilor, câştigă-i.

– Cât timp am la dispoziţie?

– Noi, ceilalţi avocaţi şi cu mine, am vrea să te înregistrăm pe video peste câteva zile. O să-ţi ascultăm povestirile, o să-ţi punem o mulţime de întrebări şi pe urmă o să vizionăm caseta. Sunt sigur că o să vrem să schimbăm câte ceva. O să te îndrumăm, poate o să înregistrăm şi alte casete. Când lucrurile or să fie perfecte, o să fii pregătit pentru depoziţie.

Snead plecă în grabă. Voia să depună banii la bancă şi să-şi cumpere o maşină nouă. Şi Nicolette avea nevoie de una.

În timp ce îşi făcea rondul, un infirmier de noapte observă că punga era goală. Potrivit instrucţiunilor scrise de mână pe spatele ei, fluidele nu trebuiau întrerupte. O duse la farmacie, unde o studentă care lucra câteva ore ca soră alcătui compoziţia necesară şi îi dădu punga înapoi infirmierului. Prin tot spitalul circulau zvonuri despre bogatul pacient american.

În somn, Nate era alimentat cu medicamente de care nu avea nevoie.

Când se duse Jevy, înainte de micul dejun, el era pe jumătate treaz, cu ochii încă acoperiţi, pentru că prefera întunericul.

– A venit Welly, îi şopti Jevy.

Sora îl ajută pe Jevy să scoată patul din salon, să străbată coridorul şi să iasă în curtea cea mică, unde era soare. Sora răsuci o manivelă şi jumătate de pat se înclină. Apoi îi scoase bandajul şi Nate nici măcar nu tresări. Deschise ochii încet şi încercă să-şi focalizeze privirea. Jevy, care se afla la câţiva centimetri distanţă doar, zise:

– S-au mai dezumflat.

– Salut, Nate, spuse Welly, care se afla în partea cealaltă a lui.

Sora îi lăsă singuri.

– Salut, Welly, zise Nate rar şi răguşit.

Era ameţit, dar fericit. Cât de bine cunoştea senzaţia de a fi drogat.

Jevy îi atinse fruntea.

– Şi febra a scăzut.

Cei doi brazilieni îşi zâmbiră, bucuroşi că nu îl omorâseră pe american în excursia lor în Pantanal.

– Ce-ai păţit? îl întrebă Nate pe Welly, încercând să scurteze cuvintele şi să nu sune ca ale unui om beat.

Jevy transmise întrebarea mai departe în portugheză şi Welly se însufleţi imediat, începând să povestească despre furtună şi cum se scufundase *Santa Loura.* Jevy îl oprea din când în când ca să traducă. Nate asculta, încercând să țină ochii deschiși, dar erau momente când ațipea.

Acolo îi găsi Valdir. Îl salută pe Nate cu căldură, fiind încântat că oaspetele lor stătea în capul oaselor și arăta mai bine. Apoi scoase un celular și, apăsând pe butoane, zise:

– Trebuie să vorbești cu domnul Stafford. E foarte nerăbdător.

– Nu sunt sigur că... zise Nate, dar nu termină fraza, pentru că ațipi iar.

– Haide, trezește-te și vorbește cu domnul Stafford, spuse Valdir dându-i telefonul și înfoindu-i perna.

Nate luă telefonul și zise:

– Alo.

– Nate! Tu ești?

– Josh.

– Nate, spune-mi că n-o să mori. Spune-mi, te rog.

– Nu sunt sigur, spuse Nate și Valdir îi apropie telefonul mai mult de ureche, ținându-l.

– Vorbește mai tare, îi șopti el.

Jevy și Welly se îndepărtară.

– Nate, ai găsit-o pe Rachel Lane? strigă Josh în telefon. Nate nu spuse nimic o clipă, încruntându-se și încercând să se concentreze.

– Nu, zise el apoi.

– Poftim?

– Nu se numește Rachel Lane.

– Dar cum naiba?

Nate se gândi o secundă, după care îl cuprinse oboseala. Se lăsă pe spate puțin, tot căutând să-și amintească numele ei. Poate că nici nu-i spusese celălalt nume.

– Nu știu, murmură el abia mișcând buzele.

Valdir îi lipi și mai mult telefonul de cap.

– Nate, vorbește-mi! Ai găsit-o pe femeia care trebuia?

– Ah, da. Totul e-n regulă, Josh. Liniștește-te.

– Și femeia?

– E minunată.

Josh ezită o clipă, dar nu putea să piardă timpul.

– Asta e foarte bine, Nate. A semnat hârtiile?

– Nu-mi aduc aminte numele.

– A semnat hârtiile?

Urmă un moment îndelungat de pauză, timp în care Nate lăsă bărbia în piept şi păru să doarmă. Valdir îl înghionti în braţ şi încercă să-i mişte capul cu telefonul.

– Mi-a plăcut de ea, zise Nate deodată. Mult.

– Eşti ameţit, nu-i aşa, Nate? Te îndoapă cu calmante, nu?

– Da.

– Uite ce e, Nate, sună-mă când ai capul limpede, bine?

– N-am telefon.

– Foloseşte-l pe al lui Valdir. Te rog să mă suni, Nate. El dădu din cap şi închise ochii.

– Am cerut-o de nevastă, spuse el în telefon, după care bărbia îi căzu în piept şi adormi.

Valdir luă telefonul şi se duse într-un colţ, încercând să descrie starea lui Nate.

– E nevoie să vin acolo? strigă Josh pentru a treia sau a patra oară.

– Nu e nevoie. Ai răbdare, te rog.

– M-am săturat să-mi tot spui asta.

– Înţeleg.

– Pune-l pe picioare, Valdir.

– E bine.

– Ba nu e. Sună-mă mai târziu.

Tip Durban îl găsi pe Josh la fereastra biroului său, uitându-se la grămada de clădiri care alcătuiau priveliştea. Închise uşa, se aşeză şi întrebă:

– Ce-a spus?

Josh continuă să se uite pe geam.

– A zis c-a găsit-o, că e minunată şi că a cerut-o de nevastă. Nu se simţea nici urmă de umor în glasul lui.

Lui Tip i se păru totuşi amuzant. Când era vorba de femei, Nate nu aştepta prea mult, mai ales între divorţuri.

– Cum se simte?

– Nu simte nici o durere, e îndopat cu calmante şi e semiconştient. Valdir a zis că nu mai are febră şi că arată mult mai bine.

– Deci n-o să moară?

– Se pare că nu.

Durban începu să râdă uşor.

– Ăsta e Nate al nostru. N-a întâlnit femeie care să nu-i placă.

Când se întoarse, Josh păru amuzat.

– E minunat, zise el. Nate e falit. Ea n-are decât patruzeci şi doi de ani şi probabil că n-a văzut bărbat alb de ani de zile.

– Lui Nate nu i-ar păsa nici dacă ar fi urâtă ca naiba. Din întâmplare, e cea mai bogată femeie din lume.

– Acum, când mă gândesc mai bine, nu mă miră. Credeam că-i fac o favoare trimiţându-l într-o aventură. Nici o clipă nu mi-a trecut prin cap că ar încerca să seducă o misionară.

– Crezi că s-a dat la ea?

– Cine ştie ce-au făcut în junglă.

– Mă îndoiesc, adăugă Tip, gândindu-se mai bine. Îl cunoaştem pe Nate, dar n-o cunoaştem pe ea. Trebuie să fie doi.

Josh se aşeză pe marginea biroului, încă amuzat, şi se uită în pământ zâmbind.

– Ai dreptate. Nu sunt sigur că l-ar plăcea pe Nate. Are prea multe probleme.

– A semnat hârtiile?

– N-am apucat să vorbim despre asta. Sunt sigur că da, altfel n-ar fi plecat.

– Când vine acasă?

– Imediat ce-o să poată călători.

– Nu fi atât de sigur. Pentru unsprezece miliarde, eu aş mai sta un timp.

36

Doctorul își găsi pacientul sforăind în curte la umbră, tot în capul oaselor, cu gura deschisă, fără bandaj și cu capul căzut într-o parte. Prietenul lui de pe râu moțăia pe pământ în apropiere. Se uită la punga de perfuzie și opri fluidul. Îi atinse fruntea lui Nate și văzu că nu mai avea febră.

– *Senhor* O'Riley, spuse el tare, bătându-l pe umăr.

Jevy sări în picioare. Doctorul nu știa engleza.

Voia ca Nate să se întoarcă în salon, dar, când Jevy îi traduse acest lucru, pacientul nu se bucură deloc. Nate se rugă de Jevy și acesta îl imploră pe doctor. Jevy îi văzuse pe ceilalți pacienți, rănile deschise, tremurăturile și muribunzii și îi promise doctorului că avea să rămână acolo, la umbră, cu prietenul lui, până se întuneca. Doctorul se mai înmuie. De fapt, nu-i păsa.

Mai departe era un spațiu separat cu gratii negre și groase înfipte în ciment. Pacienții ieșeau din când în când ca să se uite în curte printre gratii. Nu puteau să fugă. Un nebun apăru mai târziu în cursul dimineții, și se enervă când îi văzu pe Nate și pe Jevy. Avea pielea pătată și părul pestriț și părea exact la fel de nebun cum era. Se agăță de două gratii, își vârî fața printre ele și începu să strige. Vocea lui pițigăiată își găsi ecoul în curte și pe coridoare.

– Ce zice? întrebă Nate.

Strigătele nebunului îl speriară, ajutând la limpezirea minții sale.

– Nu înțeleg nimic. E nebun.

– Mă țin la un loc cu nebunii?

– Da. Îmi pare rău. E un oraș mic.

Strigătele se intensificară. O soră apăru în clipa aceea și îi strigă să tacă, dar el se răsti la ea într-un mod care o puse pe fugă. După aceea, își concentră din nou atenția asupra lui Nate și a lui Jevy. Strânse gratiile până când i se albiră încheieturile degetelor și, în timp ce țipa, începu să țopăie.

– Bietul de el, zise Nate.

Țipetele se transformară în urlete și, după câteva minute de vacarm, un asistent apăru în spatele individului și încercă să îl ia de acolo. El nu vru să plece, astfel că urmă o scurtă încăierare. Dat fiind că erau martori, asistentul era ferm, dar prudent. Cu toate acestea, mâinile nebunului rămaseră încleștate pe gratii și nu putu fi desprins de acolo. Urletele deveniră țipete stridente când asistentul îl trase din spate.

În cele din urmă, acesta renunță și plecă. Nebunul își dădu pantalonii jos și începu să urineze printre gratii, râzând zgomotos și țintind în direcția lui Nate și a lui Jevy, care erau departe însă. În acele momente, când nu se mai ținea de gratii, asistentul atacă brusc din spate, apucându-l și trăgându-l. Imediat ce nebunul dispăru din raza vizuală, strigătele încetară.

Când drama aceea cotidiană se încheie și în curte era liniște din nou, Nate spuse:

– Scoate-mă de-aici, Jevy.

– Cum adică?

– Scoate-mă de-aici. Mă simt bine. Nu mai am febră și încep să-mi recapăt puterile. Hai să plecăm.

– Nu putem pleca până când nu-ți dă drumul doctorul. Și mai ai și asta, zise el arătând spre perfuzie.

– Asta nu-i nimic, spuse Nate scoțându-și repede acul din braț și eliberându-se. Găsește-mi niște haine, Jevy. Plec.

– Nu știi cum e febra dengue. Tatăl meu a avut-o.

– S-a terminat. O simt.

– Nu, nu s-a terminat. Febra o să revină și o să fie și mai rău. Mult mai rău.

– Nu cred. Du-mă la un hotel, Jevy, te rog. O să fie bine acolo. O să plătesc să stai cu mine și, dacă febra o să revină, o să-mi dai medicamente. Te rog, Jevy.

Jevy stătea la picioarele patului. Se uită în jur, de parcă cineva ar fi putut să înţeleagă engleza.

– Nu ştiu, spuse el şovăind.

Nu era o idee chiar atât de rea.

– Îţi dau două sute de dolari ca să-mi faci rost de nişte haine şi să mă duci la un hotel. Şi îţi mai dau cincizeci de dolari pe zi ca să stai cu mine până când o să mă refac.

– Nu e vorba de bani, Nate. Sunt prietenul tău.

– Şi eu sunt prietenul tău, Jevy. Şi prietenii se ajută între ei. Nu pot să mă mai întorc în salonul ăla. I-ai văzut pe nenorociţii de-acolo. Putrezesc, mor şi fac pe ei. Miroase oribil. Surorilor puţin le pasă. Doctorii nu vin să te vadă. Balamucul e alături. Te rog, Jevy, scoate-mă de-aici. O să-ţi dau bani frumoşi.

– Banii tăi s-au dus naibii odată cu *Santa Loura.*

Acele cuvinte îl făcură să încremenească. Nici măcar nu se gândise la *Santa Loura* şi la lucrurile lui – hainele, banii, paşaportul şi servieta cu toate aparatele şi hârtiile pe care i le dăduse Josh. Avusese câteva momente de luciditate după ce se despărţise de Rachel, doar câteva clipe limpezi în care se gândise la viaţă şi la moarte. Niciodată la lucruri sau bunuri.

– Pot să fac rost de mulţi bani, Jevy. O să cer să mi se trimită din Statele Unite. Ajută-mă, te rog.

Jevy ştia că febra dengue era rareori fatală. Starea lui Nate părea sub control, deşi febra avea să revină, cu siguranţă. Nimeni n-ar fi putut să-l condamne pentru faptul că voia să plece din spital.

– Bine, spuse el aruncând încă o privire în jur, dar nu era nimeni în preajma lor. Mă întorc în câteva minute.

Nate închise ochii şi se gândi la faptul că nu mai avea paşaport. Şi nu mai avea nici un ban. Nici haine, nici periuţă de dinţi. Nici SatFone, nici celular, nici cartele de telefon. Şi lucrurile nu stăteau mai bine nici acasă. Din ruinele falimentului său personal, se putea aştepta să păstreze maşina cumpărată în rate, hainele, mobilierul modest şi banii depuşi în fondul de pensii. Nimic altceva. Contractul de închiriere a micului apartament din Georgetown fusese reziliat în timp ce el se afla la dezalcoolizare.

Nu avea unde să se întoarcă. Nu avea pe nimeni. Cei doi copii mai mari ai săi erau distanţi şi dezinteresaţi. Ceilalţi doi din a doua căsătorie fuseseră luaţi de mama lor. Nu îi mai văzuse de şase luni şi se gândise foarte puţin la ei de Crăciun.

Când împlinise patruzeci de ani, Nate câştigase un verdict de zece milioane împotriva unui doctor care nu recunoscuse un caz de cancer. Era cel mai mare verdict din cariera lui şi, când apelurile se încheiaseră, la doi ani după aceea, firma strânsese peste patru milioane din onorarii. Prima lui Nate în acel an fusese de un milion şi jumătate. Fusese milionar pentru câteva luni, până când cumpărase casa cea nouă. Urmaseră blănuri şi diamante, maşini şi călătorii, câteva investiţii proaste. Apoi începuse o relaţie cu o studentă de la colegiu care era îndrăgostită de cocaină şi zidul se fisurase. Se prăbuşise rău de tot şi stătuse internat două luni. A doua soţie a sa plecase cu banii, după care se întorsese, pentru scurt timp, fără ei.

Fusese milionar şi acum îşi închipuia cum trebuie să arate din afară – bolnav, singur, fără nici un ban, pus sub acuzare, temându-se să se întoarcă acasă şi îngrozit de tentaţiile de acolo.

Călătoria aceea, care avusese ca scop găsirea lui Rachel, îl ţinuse în alertă. Căutarea fusese captivantă. Acum că se terminase şi el nu mai avea nimic de făcut, se gândi la Sergio, la centrul de dezalcoolizare, la vicii şi la necazurile care îl aşteptau. Întunericul se întrezărea din nou.

Nu putea să-şi petreacă tot restul vieţii plimbându-se cu *chalanas* în susul şi în josul Paraguayului cu Jevy şi cu Welly, departe de alcool, droguri şi femei, ignorându-şi problemele pe care le avea cu legea. Trebuia să se întoarcă. Trebuia să le înfrunte încă o dată.

Un ţipăt asurzitor puse capăt viselor sale cu ochii deschişi. Nebunul cu părul roşu se întorsese.

Jevy împinse patul sub o verandă şi apoi pe un coridor spre partea din faţă a spitalului. Se opri lângă vestiarul unui îngrijitor şi ajută pacientul să se dea jos din pat. Nate era slăbit şi nesigur pe picioare, dar hotărât să plece de acolo. În vestiar, îşi scoase halatul şi îşi puse o pereche de pantaloni scurţi şi largi, un tricou roşu, sandalele de cauciuc obligatorii, o şapcă de blugi şi o pereche de ochelari de soare din plastic. Deşi arăta ca un brazilian, nu se simţea câtuşi de puţin aşa. Jevy cheltuise puţin pe hainele acelea. În clipa în care îşi aranja şapca, leşină.

Jevy îl auzi lovindu-se de uşă. O deschise repede şi îl găsi pe Nate prăbuşit printre găleţi şi cârpe. Îl apucă de subsuori şi îl trase înapoi spre pat, rostogolindu-l în el şi acoperindu-l cu cearşaful.

Nate deschise ochii şi întrebă:

– Ce s-a-ntâmplat?

– Ai leşinat, sosi răspunsul.

Patul se mişca; Jevy era în spatele lui. Trecură pe lângă două surori care nu păreau să-i observe.

– Nu-i o idee bună, spuse Jevy.

– Mergi mai departe.

Se opriră lângă holul de la intrare. Nate se dădu jos din pat, simţi că îi vine să leşine din nou şi începu să meargă. Jevy îl luă de după umeri şi îl strânse.

– Uşurel, repetă Jevy întruna. Încet şi frumos.

Nu le aruncară nicio privire nici angajaţilor de la internări, nici bolnavilor care încercau să se interneze. Nicio privire din partea surorilor şi infirmierelor care fumau pe treptele de la intrare. Soarele îl izbi cu putere pe Nate şi el se sprijini de Jevy. Traversară strada spre locul unde era parcat Fordul masiv al acestuia.

Scăpară de moarte ca prin urechile acului la prima intersecţie.

– Condu mai încet, te rog, se răsti Nate, care transpira şi al cărui stomac se întorcea pe dos.

– Iartă-mă, zise Jevy, încetinind considerabil.

Cu farmec şi promisiuni de bani, Jevy obţinu o cameră cu două paturi de la tânăra recepţioneră de la hotelul Palace.

– Prietenul meu e bolnav, îi şopti Jevy arătând spre Nate, care nu arăta deloc bine.

Jevy nu voia ca fata să-şi facă o impresie greşită. Nu aveau bagaje.

Când ajunseră în cameră, Nate se prăbuşi în pat. Mica escapadă îl obosise îngrozitor. Jevy găsi reluarea unui meci de fotbal la televizor, dar după cinci minute se plictisi şi coborî să mai flirteze puţin.

Nate încercă de două ori să găsească o centralistă internaţională. Îşi amintea vag că auzise vocea lui Josh la telefon şi bănuia că ar fi trebuit să-l mai sune. A doua oară, auzi o mulţime de cuvinte în portugheză. Când încercă în engleză, i se păru că aude cuvintele „cartelă telefonică". Închise şi se culcă.

Doctorul îl sună pe Valdir. Acesta găsi camioneta lui Jevy parcată în faţa hotelului şi pe acesta în piscină, bând o bere.

Valdir se lăsă pe vine la marginea piscinei.

– Unde e domnul O'Riley? îl întrebă el vădit iritat.

– Sus, în camera lui, spuse Jevy, după care mai luă o înghiţitură de bere.

– De ce se află aici?

– Pentru că a vrut să plece din spital. Îl condamni? Valdir suportase o singură operaţie în Campo Grande, la patru ore distanţă. Nici o persoană cu bani nu se ducea de bunăvoie la spitalul din Corumbá.

– Cum se simte?

– Cred că bine.

– Stai cu el.

– Nu mai lucrez pentru dumneata, domnule Valdir.

– Aşa e, dar mai e problema bărcii.

– N-am ce să fac. N-am scufundat-o eu, ci o furtună. Ce vrei să fac?

– Să-l supraveghezi pe domnul O'Riley.

– Are nevoie de bani. Poţi să spui să i se trimită?

– Presupun că da.

– Şi îi trebuie un paşaport. A pierdut totul.

– Ai grijă de el. O să mă ocup eu de detalii.

Febra reveni încet, încet în timpul nopţii, încălzindu-i faţa în somn, pregătind fără să se grăbească dezastrul care avea să urmeze. Ceea ce o trăda era un şir de broboane mici de sudoare de-a lungul sprâncenelor şi în părul răsfirat pe pernă. Clocoti mocnit în timp ce el dormea, pregătindu-se să erupă. Trimise tremurături, mici valuri de friguri prin trupul lui, însă el era obosit şi organismul mai păstra încă din calmantele absorbite, aşa încât continuă să doarmă. Crea o presiune în spatele ochilor, pentru ca, atunci când avea să-i deschidă, să-i vină să ţipe. Îi secă lichidele din gură.

Nate gemu, în sfârşit. Simţea nişte zvâcnituri îngrozitoare între tâmple. Când deschise ochii, moartea îl aştepta. Era într-o baltă de transpiraţie, faţa îi ardea, iar genunchii şi coatele i se îndoiau de durere.

– Jevy, şopti el. Jevy!

Jevy aprinse veioza dintre ei şi Nate gemu şi mai tare.

– Stinge-o! zise el şi Jevy dădu fuga la baie, găsind o sursă indirectă de lumină.

Pentru acel coşmar, cumpărase apă îmbuteliată, gheaţă, aspirină, calmante şi un termometru. Credea că e pregătit.

Trecu o oră şi Jevy cronometra fiecare minut. Febra urcă la treizeci şi nouă; frigurile veneau în valuri atât de violente, încât micul pat se zguduia. Când Nate nu tremura, Jevy îi îndesa pastile în gură şi îl îndopa cu apă. Îi punea prosoape ude pe faţă. Nate suferea în tăcere, strângând cu curaj din dinţi, aşa încât durerea era mută. Era decis să suporte accesele de febră în luxul relativ al camerei de hotel. De fiecare dată când îi venea să ţipe, îşi amintea de pereţii cojiţi şi de mirosurile din spital.

La patru dimineaţa febra crescu la patruzeci şi unu şi Nate începu să-şi piardă cunoştinţa. Genunchii aproape că îi atingeau bărbia. Braţele îi înconjurau gambele. Se ţinea strâns. Apoi îl cuprinse un val de frig şi trupul i se cutremură.

Ultima gradaţie a termometrului era la patruzeci şi trei şi Jevy ştia că, la un moment dat, prietenul lui avea să intre în stare de şoc. În cele din urmă intră în panică, nu din cauza temperaturii, ci a transpiraţiei care picura pe jos din cearşafuri. Prietenul lui suferise destul. La spital erau medicamente mai bune.

Găsi un îngrijitor care dormea la etajul al treilea şi împreună îl traseră pe Nate până la lift, prin holul pustiu şi apoi la camionetă. La şase dimineaţa îl sună pe Valdir, trezindu-l.

Când se satură să-l înjure pe Jevy, Valdir acceptă să-l sune pe doctor.

37

Tratamentul fu dictat de doctor prin telefon. Să se umple punga de perfuzie cu toate bunătăţile, să i se înfigă acul în braţ, să se încerce găsirea unul salon mai bun. Saloanele erau pline, aşa că pur şi simplu îl lăsară pe hol, lângă un birou dezordonat care se numea biroul surorilor. Cel puţin nu aveau să-l ignore. Lui Jevy i se ceru să plece. Nu putea face nimic altceva decât să aştepte.

La un moment dat, dimineaţă, în timpul unei scăderi a intensităţii celorlalte activităţi, un infirmier apăru cu o foarfecă. Tăie pantalonii scurţi şi tricoul roşu şi le înlocui cu o altă cămaşă de noapte galbenă. În timpul acestei operaţiuni, Nate stătu gol puşcă cinci minute în văzul tuturor celor care treceau pe acolo. Nimeni nu observă; lui Nate, cu siguranţă, nu-i păsa. Cearşafurile se schimbară pentru că erau ude leoarcă. Zdrenţele care fuseseră pantalonii scurţi şi tricoul fură aruncate şi din nou Nate O'Riley nu avea haine.

Dacă tremura prea mult sau gemea prea tare, cine se afla mai aproape, un doctor, o soră sau un infirmier, deschidea puţin perfuzia. Iar când sforăia prea tare, cineva o închidea puţin.

Moartea unui bolnav de cancer însemnă un loc liber. Nate fu dus în salonul cel mai apropiat, unde fu aşezat între un muncitor care îşi pierduse un picior şi un bărbat suferind de insuficienţă renală. Doctorul îl vizită de două ori în timpul zilei. Febra oscila între 40 şi 42. Valdir trecu pe acolo după-amiază târziu pentru a vorbi cu Nate, dar acesta nu era treaz. Îi raportă întâmplările zilei domnului Stafford, care nu fu deloc încântat.

– Doctorul zice că e normal, spuse Valdir vorbind la celular pe hol. Domnul O'Riley o să se facă bine.

– Nu-l lăsa să moară, Valdir, mârâi Josh din America.

Se trimiseră bani și se lucra la pașaport.

Punga perfuziei se goli din nou și nimeni nu observă. Trecură câteva ore și, treptat, calmantele nu-și mai făceau efectul. Era întuneric beznă, în toiul nopții, și nu se auzea nicio mișcare din celelalte trei paturi, când Nate se trezi în sfârșit din comă și dădu semne de viață. Abia își vedea colegii de salon. Ușa era deschisă și pe hol era o lumină slabă. Nici glasuri, nici pași.

Își pipăi cămașa de noapte – udă leoarcă de transpirație – și își dădu seama că era complet gol pe dedesubt. Își frecă ochii umflați și încercă să-și îndrepte picioarele amorțite. Fruntea îi era foarte fierbinte. Îi era sete și nici nu își mai amintea când mâncase ultima oară. Încercă să nu se miște ca să nu-i trezească pe cei din jur. Cu siguranță că o soră avea să treacă pe acolo în curând.

Așternuturile erau ude, astfel încât atunci când frigurile îl cuprinseră din nou, nu avu cum să se încălzească. Tremura și își freca brațele și picioarele, în timp ce dinții îi clănțăneau. Când frigurile încetară, încercă să adoarmă și reuși să ațipească de câteva ori în timpul nopții, dar, la un moment dat, febra crescu iarăși. Tâmplele îi zvâcneau atât de tare, încât Nate începu să plângă. Își înfășură perna în jurul capului și strânse cât putu de tare.

În întunericul încăperii, o siluetă intră și trecu de la un pat la altul, oprindu-se în cele din urmă lângă cel al lui Nate. Ea îl privi cum se chinuia și lupta în așternut, gemetele fiindu-i înăbușite de pernă. Îi atinse ușor brațul.

– Nate, șopti ea.

În împrejurări normale, el s-ar fi speriat. Dar halucinațiile deveniseră ceva obișnuit. Lăsă perna pe piept și încercă să distingă figura.

– Sunt eu, Rachel, şopti ea.

– Rachel? şopti el, respirând greu şi încercând să se ridice în capul oaselor, după care vru să-şi deschidă ochii cu degetele. Rachel?

– Sunt aici, Nate. Dumnezeu m-a trimis să te protejez.

El întinse mâna spre faţa ei şi ea i-o luă, sărutându-i palma.

– N-o să mori, Nate, spuse ea apoi. Dumnezeu are planuri pentru tine.

El nu putu să spună nimic. Încetul cu încetul, privirea i se obişnui cu întunericul şi o văzu.

– Tu eşti, zise el.

Sau era tot un vis?

Se lăsă din nou pe spate, punând capul pe pernă, relaxându-se când muşchii şi articulaţiile i se destinseră. Închise ochii, dar continuă să-i ţină mâna. Zvâcniturile din dosul ochilor slăbiră treptat. Fierbinţeala îi părăsi fruntea şi faţa. Febra îl sleise de puteri, astfel că adormi din nou, căzând pradă unui somn provocat nu de medicamente, ci de pura epuizare.

Visă îngeri – fecioare înveşmântate în alb care pluteau printre nori deasupra lui, aflându-se acolo pentru a-l proteja, fredonând imnuri pe care nu le auzise niciodată, dar care, într-un fel, i se păreau familiare.

Părăsi spitalul a doua zi la prânz, înarmat cu ordinele doctorului şi însoţit de Jevy şi de Valdir. Nu mai era nici urmă de febră sau de spuzeală, ci numai o durere uşoară a articulaţiilor şi a muşchilor. El insistase să plece şi doctorul acceptase imediat. Se bucura să scape de el.

Prima oprire fu la un restaurant unde mâncă un castron cu orez şi o farfurie de cartofi fierţi. Evită fripturile şi cotletele. Jevy nu. Amândurora le era încă foame după aventura lor. Valdir bău cafea, fumă şi se uită la ei cum mâncau.

Nimeni nu o văzuse pe Rachel venind şi plecând din spital. Nate îi şoptise secretul lui Jevy, care le întrebase pe surori şi pe femeile de serviciu. După prânz, Jevy îi lăsă şi începu să colinde oraşul pe jos, în căutarea ei. Se duse la râu, unde vorbi cu marinarii de pe ultimul vas de vite care sosise în oraş. Ea nu călătorise cu ei. Pescarii nu o văzuseră. Nimeni nu părea să ştie nimic despre sosirea unei femei albe din Pantanal.

Stând singur în biroul lui Valdir, Nate formă numărul firmei lui Stafford, un număr pe care îi fu greu să şi-l amintească. Josh fu scos dintr-o şedinţă.

– Ia spune-mi, Nate, cum te simţi?

– Febra a dispărut, zise el legănându-se în scaunul lui Valdir. Mă simt bine. Mă doare puţin tot corpul şi sunt obosit, dar mă simt bine.

– Vorbeşti grozav. Vreau să vii acasă.

– Mai lasă-mă două zile.

– Trimit un avion, Nate. Va pleca în seara asta.

– Nu. Nu face asta, Josh. Nu-i o idee prea bună. O să vin când o să vreau.

– Bine. Povesteşte-mi despre femeie, Nate.

– Am găsit-o. Este fiica nelegitimă a lui Troy Phelan şi n-o interesează banii.

– Atunci, cum ai convins-o să-i accepte?

– Josh, pe femeia asta n-o convingi să facă nimic. Am încercat, dar n-am ajuns nicăieri, aşa că am renunţat.

– Haide, Nate. Nimeni nu întoarce spatele unei asemenea sume. Cu siguranţă că ai făcut-o să priceapă.

– Nici pe departe, Josh. Este cea mai fericită fiinţă pe care am văzut-o vreodată, perfect mulţumită să-şi trăiască restul vieţii printre oamenii ei. Acolo o vrea Dumnezeu.

– Totuşi, a semnat hârtiile?

– Nu.

Urmă un moment îndelungat de tăcere, timp în care Josh recepta vestea.

– Cred că glumeşti, spuse el în cele din urmă, şi abia fu auzit în Brazilia.

– Nu. Îmi pare rău, şefule. Am făcut tot posibilul s-o conving măcar să semneze hârtiile, dar nici n-a vrut s-audă. N-o să le semneze niciodată.

– A citit testamentul?

– Da.

– Şi i-ai spus că e vorba de unsprezece miliarde de dolari?

– Da. Trăieşte singură într-o colibă cu un acoperiş de stuf, fără apă, fără lumină, cu mâncare şi haine simple, fără telefoane şi faxuri şi fără să se gândească la lucrurile pe care le pierde. E în epoca de piatră, Josh, exact acolo unde vrea să fie, şi banii ar schimba asta.

– E de neînţeles.

– Şi eu am gândit la fel şi am fost acolo.

– E deşteaptă?

– E doctoriţă, Josh, are doctoratul în medicină. Şi absolventă a seminarului. Cunoaşte cinci limbi.

– Doctoriţă?

– Da, dar n-am vorbit despre malpraxis în medicină.

– Ai zis că e minunată.

– Aşa am zis?

– Da, acum două zile la telefon. Cred că erai ameţit de calmante.

– Eram... şi este.

– Aşadar, ţi-a plăcut?

– Ne-am împrietenit.

Nu avea nici un sens să-i spună lui Josh că ea se afla în Corumbá. Spera să o găsească repede şi, în timp ce se aflau în mijlocul civilizaţiei, să încerce să discute despre averea lui Troy.

– A fost o adevărată aventură, spuse Nate. Ca să nu zic mai mult.

– N-am dormit nopţile din cauza ta.

– Linişteşte-te. Încă sunt întreg.

– Ţi-am trimis cinci mii de dolari. I-a primit Valdir.

– Îţi mulţumesc, şefule.

– Sună-mă mâine.

Valdir îl invită la cină, dar el refuză. Îşi luă banii şi porni pe jos, liber din nou pe străzile din Corumbá. Prima dată se opri la un magazin de îmbrăcăminte, de unde îşi cumpără lenjerie intimă, pantaloni scurţi safari, tricouri albe şi ghete. Când ajunse la hotel cu noua lui garderobă, era epuizat. Dormi două ore.

Jevy nu găsi nici urmă de Rachel. Se uită la oamenii care mergeau pe străzile aglomerate. Vorbi cu oamenii de pe râu pe care îi cunoştea atât de bine, dar aceştia nu auziseră nimic despre sosirea ei. Intră în holurile hotelurilor din centru şi flirtă cu recepţionerele. Nimeni nu văzuse o americancă de patruzeci şi doi de ani care călătorea singură.

Cu trecerea orelor, Jevy începu să se îndoiască de povestea prietenului său. Febra dengue te face să vezi tot felul de lucruri, să auzi voci, să crezi în fantome, mai ales noaptea. Dar continuă să caute.

Şi Nate porni prin oraş, după ce dormi puţin şi mâncă iarăşi. Mergea încet, încercând să se ţină la umbră şi având tot timpul o sticlă cu apă în mână. Se opri pe stânca de deasupra râului, maiestuosul Pantanal întinzându-se în faţa ochilor lui pe o suprafaţă de sute de kilometri.

Oboseala îl lovi cu putere şi se întoarse la hotel şchiopătând, ca să se odihnească din nou. Dormi iarăşi şi când se trezi, Jevy bătea la uşă. Îşi promiseseră să se întâlnească la şapte să ia cina împreună. Era trecut de opt şi când intră în cameră, Jevy se uită imediat după sticle goale. Nu era nici una.

Mâncară pui fript la o cafenea pe trotuar. Seara vibra de muzică şi de oameni care se plimbau. Perechi cu copii mici cumpărau îngheţată şi porneau încet spre casă. Adolescenţii umblau în grupuri, fără nici o destinaţie aparentă. Barurile se revărsau afară, până la marginea trotuarelor. Tineri şi tinere se plimbau de la un bar la altul. Străzile erau calde şi sigure; nimeni nu părea să se teamă că ar fi putut fi împuşcat sau jefuit.

La o masă din apropiere, un bărbat bea bere Brahma rece dintr-o sticlă maronie şi Nate îi urmărea fiecare înghiţitură.

După desert, îşi spuseră la revedere şi promiseră să se întâlnească devreme pentru încă o zi de căutări. Jevy porni într-o direcţie, Nate în alta. Era odihnit şi sătul de paturi.

La două străzi distanţă de râu, era mai multă linişte. Magazinele erau închise; ferestrele caselor erau întunecate; traficul era mai puţin intens. În faţă, văzu luminile unei mici capele. Aici trebuia să fie, îşi spuse el aproape cu glas tare.

Uşa de la intrare era larg deschisă, aşa încât Nate văzu de pe trotuar şirurile de bănci de lemn, amvonul pustiu, pictura murală care îl înfăţişa pe Hristos pe cruce şi spatele câtorva credincioşi rugându-se şi meditând. Muzica de orgă se auzea încet şi îl ademeni înăuntru. Se opri imediat lângă uşă şi numără cinci persoane răspândite printre rânduri; niciuna nu semăna cu Rachel. Sub pictură, banca din faţa orgii era goală. Muzica se auzea printr-un difuzor.

Putea să aştepte. Avea timp; ea ar fi putut să apară. Se aşeză în ultimul rând, unde era singur. Studie crucifixul, cuiele care îi străpungeau mâinile, sabia îndreptată spre coastă, agonia de pe chipul Lui. Oare chiar îl omorâseră într-un mod atât de groaznic? La un moment dat, în timpul vieţii sale mizerabile, Nate citise sau auzise povestirile fundamentale: naştere de către Fecioară, deci Crăciunul; mersul pe apă; poate un miracol, două; El fusese înghiţit de balenă sau altcineva? Şi apoi trădarea lui Iuda; judecata înaintea lui Pilat; crucificarea, adică Paştele şi, în sfârşit, Înălţarea la cer.

Da, Nate cunoştea lucrurile de bază. Poate că i le spusese mama lui. Nici una dintre soţii nu mergea la biserică, deşi numărul doi era catolică şi în fiecare an de Crăciun asistau la slujba de la miezul nopţii.

Alte trei persoane intrară de pe stradă. Un tânăr cu o chitară apăru pe o uşă laterală şi se duse spre amvon. Era exact nouă şi jumătate. Atinse câteva corzi şi începu să cânte, chipul luminându-i-se când rostea cuvintele de credinţă şi slavă. O femeie măruntică de pe rândul din faţa lui bătu din palme şi cântă alături de el.

Poate că muzica avea să o atragă pe Rachel. Trebuia să-i fie dor să se roage într-o biserică adevărată, cu podele de lemn şi vitralii, cu oameni îmbrăcaţi, care citeau din Biblie într-o limbă modernă. Cu siguranţă că vizita bisericile când se afla în Corumbá.

Când se termină cântecul, tânărul citi puţin din Scriptură şi începu să propovăduiască. Portugheza lui era cea mai lentă din câte auzise Nate în mica lui aventură. Nate era fascinat de acele sunete calde şi de cadenţa deloc grăbită. Deşi nu înţelegea nimic, încercă să repete frazele. Apoi, gândurile i-o luară razna.

Trupul său se curăţase de febră şi de medicamente. Era bine hrănit, alert, odihnit. Era din nou cel de altădată şi acest lucru îl deprimă dintr-odată. Prezentul reveni, mână în mână cu viitorul. Poverile pe care i le lăsase lui Rachel îl găsiseră din nou, atunci şi acolo, în capelă. Avea nevoie de ea să stea cu el, să-l ţină de mână şi să-l ajute să se roage.

Nu putea să-şi sufere slăbiciunile. Le numi una câte una şi lista aceea îl întrista. Demonii îl aşteptau acasă – prietenii buni şi cei răi, locurile frecventate şi obiceiurile, presiunile pe care nu le mai suporta. Viaţa nu putea fi trăită alături de cei ca Sergio, la o mie de dolari pe zi. Şi nici liber pe străzi.

Tânărul se rugă, ţinând ochii strâns închişi şi înălţând braţele uşor. Închise ochii şi Nate şi rosti numele Domnului. Dumnezeu aştepta.

Se agăţă cu ambele mâini de spătarul rândului din faţă şi repetă lista, murmurând încet fiecare slăbiciune, defect, viciu şi rău care îl chinuia. Le mărturisi pe toate. Într-o lungă recunoaştere a eşecului, se descoperi în faţa lui Dumnezeu. Nu omise nimic. Descărcă destule poveri pentru a strivi trei oameni şi când termină în sfârşit, avea lacrimi în ochi.

– Iartă-mă, îi şopti el lui Dumnezeu. Ajută-mă, te rog.

La fel de repede cum îi părăsise trupul febra, simţi cum i se uşurează sufletul de poveri. Cu o mişcare uşoară a mâinii, tăbliţa lui fusese ştearsă complet. Scoase un oftat imens de uşurare, dar pulsul i se înteţise.

Auzi chitara din nou. Deschise ochii şi îşi şterse obrajii. În loc să-l vadă pe tânărul din amvon, Nate văzu chipul lui Hristos, cuprins de agonie şi de durere, murind pe cruce. Murind pentru el.

O voce îl chema pe Nate, o voce din interior, o voce care îl conducea pe culoar. Însă invitaţia îl deruta. Simţea multe emoţii contradictorii. Ochii i se uscară deodată.

De ce plâng într-o biserică micuţă, ascultând o muzică pe care nu o înţeleg, într-un oraş în care n-o să mai vin niciodată? Întrebările continuară şuvoi, răspunsurile scăpându-i însă.

Una era ca Dumnezeu să-i ierte şirul uluitor de păcate, şi Nate avea, într-adevăr, senzaţia că numărul poverilor sale scăzuse, dar era mult mai dificil să se aştepte cineva ca el să devină un discipol.

Ascultând muzica, rămase uluit. Nu se putea ca Dumnezeu să-l strige. El era Nate O'Riley – beţiv, drogat, afemeiat, tată absent, soţ îngrozitor, avocat lacom, evazionist. Acea listă tristă putea să continue la nesfârşit.

Era ameţit. Muzica se opri şi tânărul se pregăti pentru un alt cântec. Nate ieşi repede din capelă. Dând un colţ, aruncă o privire în spate, sperând să o vadă pe Rachel, dar şi să se asigure că Dumnezeu nu trimisese pe cineva să-l urmărească.

Simţea nevoia să vorbească cu cineva. Ştia că ea se află în Corumbá şi jură să o găsească.

38

Despachante e o parte integrantă a vieţii braziliene. Nici o afacere, bancă, firmă de avocatură, grup medical sau persoană cu bani nu poate opera fără serviciile unui *despachante*. Acesta este un înlesnitor extraordinar. Într-o ţară unde birocraţia este răspândită şi cu tradiţie, *despachante* este individul care cunoaşte arhivarii, toată funcţionărimea tribunalelor, birocraţii, vameşii. El cunoaşte sistemul şi modalitatea de a-l unge. Nici o hârtie oficială sau document nu se obţine în Brazilia fără să se stea la cozi lungi, iar *despachante* este cel care stă acolo pentru tine. În schimbul unei taxe mici, el va aştepta opt ore pentru reînnoirea reviziei tehnice a maşinii tale, după care ţi-o va pune pe parbriz în timp ce tu eşti ocupat la birou. El votează pentru tine, se duce la bancă, la poştă – lista e nesfârşită.

Nici un obstacol birocratic nu îl intimidează.

Firmele de *despachantes* îşi afişează numele în vitrine. La fel ca avocaţii şi doctorii, se află în *Pagini Aurii*. Slujba nu presupune o anumită pregătire. Nu e nevoie decât ca persoana respectivă să fie bună de gură şi să aibă răbdare şi mult tupeu.

Valdir avea un *despachante* în Corumbá care cunoştea un altul în São Paulo, unul influent cu relaţii sus-puse, şi pentru o taxă de două mii de dolari avea să facă un paşaport nou.

Jevy îşi petrecu următoarele dimineţi la râu, ajutându-şi un prieten să repare o *chalana*. Urmărea totul şi asculta bârfele. Niciun cuvânt despre femeie. Până vineri la prânz, era convins că nu venise la Corumbá, cel puţin nu în ultimele două săptămâni. Jevy cunoştea toţi pescarii, căpitanii şi marinarii. Şi acestora le plăcea tare mult să trăncănească. Dacă o americancă ce trăia printre indieni apărea deodată în oraş, ei aflau.

Nate căută până la sfârşitul săptămânii. Colindă străzile, scrută mulţimile de oameni, se uită în holurile hotelurilor şi prin cafenelele de pe trotuare, dar nu văzu pe nimeni care să aducă măcar de departe cu Rachel.

La ora unu, în ultima zi, trecu pe la biroul lui Valdir şi îşi luă paşaportul. Îşi luară la revedere ca doi vechi prieteni şi îşi promiseră să se revadă în curând. Amândoi ştiau că acest lucru nu avea să se întâmple niciodată. La două, Jevy îl duse la aeroport. Stătură în sala de aşteptare jumătate de oră, privind cum singurul avion îşi descărca pasagerii, pregătindu-se apoi pentru reluarea zborului. Jevy ar fi vrut să-şi petreacă ceva timp în Statele Unite şi avea nevoie de ajutorul lui Nate.

– Am nevoie de o slujbă, zise el.

Nate îl ascultă înţelegător, nefiind sigur că el însuşi mai era angajat.

– O să văd ce pot face.

Vorbiră despre Colorado, despre vest şi alte locuri unde Nate nu fusese niciodată. Jevy era îndrăgostit de munţi şi, după două săptămâni petrecute în Pantanal, Nate înţelegea acest lucru. Când veni timpul să se despartă, se îmbrăţişară cu căldură şi îşi luară rămas-bun. Nate traversă pavajul încins spre avion, cărându-şi puţinele lucruri într-o geantă mică.

Avionul cu douăzeci de locuri ateriza de două ori înainte să ajungă la Campo Grande, unde pasagerii se îmbarcară într-un alt avion care zbura spre São Paulo. Doamna de lângă el ceru o bere. Nate se uită la cutia care se afla la mai puţin de douăzeci şi cinci de centimetri de el. Gata, îşi spuse el. Închise ochii şi se rugă la Dumnezeu să-i dea putere. Ceru o cafea.

Cursa spre Dulles decola la miezul nopţii. Avea să ajungă la D.C. a doua zi dimineaţă la nouă. Căutarea lui Rachel îl ţinuse departe de ţară aproape trei săptămâni.

Nu ştia sigur unde îi era maşina. Nu avea unde să stea şi nici cu ce să facă rost de o locuinţă. Dar nu trebuia să-şi facă griji. Josh avea să se ocupe de detalii.

Avionul coborî printre nori la trei sute de metri. Nate era treaz, sorbind din cafea şi gândindu-se cu groază la străzile de acasă, care erau reci şi albe. Pământul era acoperit cu un strat gros de zăpadă. Preţ de câteva minute, cât se apropiară de Dulles, i se păru că arată minunat, după care Nate îşi aminti cât de nesuferită îi era iarna. Purta o pereche de pantaloni subţiri, fără ciorapi, adidaşi ieftini şi o cămaşă Polo „pirat" pentru care plătise şase dolari la aeroportul din São Paulo. Nu avea palton.

În noaptea aceea avea să doarmă undeva, probabil la un hotel, nesupravegheat, în D.C., pentru prima oară din seara de 4 august, când intrase clătinându-se pe picioare într-o cameră de motel. Acest lucru se întâmplase la capătul unei lungi şi patetice prăbuşiri. Muncise mult ca să uite.

Acela era vechiul Nate, dar acum era alt om. Avea patruzeci şi opt de ani, aflându-se la treisprezece luni distanţă de cincizeci, şi era pregătit pentru o cu totul altă viaţă. Dumnezeu îi dăduse putere şi îi întărise hotărârea. Mai avea treizeci de ani de viaţă. Nu avea să şi-i petreacă ţinându-se de sticle goale. Şi nici nu avea să fugă veşnic.

Văzu pluguri de zăpadă gonind în jur când lunecară pe pistă. Acestea erau ude şi încă mai cădeau fulgi de zăpadă. Când coborî din avion în tunel, iarna îl izbi în faţă şi se gândi la străzile şi aerul umed din Corumbá. Josh îl aştepta lângă banda rulantă pentru bagaje şi, bineînţeles, avea un palton în plus.

– Arăţi groaznic, fură primele lui cuvinte.

– Mersi, zise Nate, luând repede paltonul şi îmbrăcându-l.

– Eşti slab ca un ţâr.

– Dacă vrei să slăbeşti şapte kilograme, găseşte ţânţarul potrivit.

Merseră împreună cu mulţimea spre ieşire, trupuri îmbulzindu-se, înghiontindu-se şi împingându-se şi mai mult ca să aibă loc să iasă pe uşi. Bun venit acasă, îşi spuse el.

– N-ai mult bagaj, zise Josh arătând spre geantă.

– Tot ce am pe lumea asta.

Neavând nici ciorapi, nici mănuşi, Nate îngheţă lângă bordură până când Josh aduse maşina. Ninsoarea din timpul nopţii se transformase în viscol şi pe lângă clădiri stratul de zăpadă era de şaizeci de centimetri.

– Ieri au fost treizeci şi şapte de grade în Corumbá, zise Nate când ieşiră din aeroport.

– Să nu spui că ţi-e dor.

– Ba da. Deodată, mi s-a făcut dor.

– Uite ce e, Gayle e la Londra. Mă gândeam că ai putea să stai la noi vreo două zile.

În casa lui Josh puteau să doarmă cincisprezece persoane.

– Sigur, mulţumesc. Unde mi-e maşina?

– La mine în garaj.

Bineînţeles. Era un Jaguar luat în leasing şi, fără îndoială, fusese îngrijit cum trebuia, spălat şi ceruit, iar ratele lunare fuseseră plătite la zi.

– Îţi mulţumesc, Josh.

– Ţi-am dus mobila la un minidepozit. Hainele şi lucrurile personale sunt în maşină.

– Mulţumesc, spuse Nate, deloc surprins.

– Cum te simţi?

– Bine.

– Uite ce e, Nate, am citit despre febra dengue. E nevoie de o lună ca să te refaci. Fii sincer.

O lună. Era introducerea discuţiei legate de viitorul lui Nate la firmă. Mai stai o lună, bătrâne. Poate eşti prea bolnav ca să lucrezi. Nate ar fi putut să scrie scenariul.

Dar nu avea să fie nici o discuţie.

– Sunt puţin slăbit, atâta tot. Dorm mult şi beau multe lichide.

– Ce fel de lichide?

– Direct la subiect, nu?

– Ca întotdeauna.

– Sunt curat, Josh. Linişteşte-te. Fără prostii.

Josh auzise asta de multe ori. Schimbul de cuvinte fusese mai aspru decât vruseseră amândoi, aşa că un timp rămaseră tăcuţi. Se circula încet.

Râul Potomac era pe jumătate îngheţat şi sloiuri mari de gheaţă pluteau încet la suprafaţa lui spre Georgetown. În timp ce aşteptau, blocaţi pe podul Chain, Nate spuse dintr-odată:

– Nu mă întorc la birou, Josh. Zilele alea s-au terminat.

Josh nu avu nici o reacţie vizibilă. Ar fi putut să fie dezamăgit că un vechi prieten şi un foarte bun avocat renunţa. Ar fi putut să fie încântat pentru că o mare durere de cap părăsea firma în linişte. Ar fi putut să fie indiferent, pentru că plecarea lui Nate era probabil, inevitabilă. Problema cu evaziunea fiscală l-ar fi costat licenţa oricum.

Aşa că întrebă doar:

– De ce?

– Din mai multe motive, Josh. Să zicem doar că sunt obosit.

– Majoritatea avocaţilor pledanţi îşi întrerup activitatea după douăzeci de ani.

– Am auzit.

Destul cu discuţia despre retragere. Nate era decis şi Josh nu voia să-l facă să se răzgândească. Mai erau două săptămâni până la Super Bowl şi Redskins nu se calificaseră. Începură să vorbească despre fotbal, aşa cum fac bărbaţii de obicei când trebuie să întreţină conversaţia în mijlocul unor subiecte delicate.

Chiar şi sub un strat gros de zăpadă, străzile i se păreau urâte lui Nate.

Soţii Stafford aveau o casă spaţioasă în Wesley Heights, în partea de nord-vest a oraşului. De asemenea, mai aveau o căsuţă pe Chesapeake şi o cabană în Maine. Cei patru copii erau mari şi se împrăştiaseră. Doamna Stafford prefera să călătorească, în timp ce soţul ei prefera să lucreze.

Nate îşi luă câteva haine groase din portbagajul maşinii, după care făcu un duş fierbinte în apartamentul oaspeţilor.

Presiunea apei era mai slabă în Brazilia. Duşul de la hotel nu era niciodată fierbinte şi nici rece. Săpunurile erau mai mici. Compara lucrurile din jurul său. Fu amuzat când îşi aminti de duşul de pe *Santa Loura,* un cordon deasupra WC-ului care, atunci când trăgeai de el, făcea să curgă o apă de râu călduţă. Era mai rezistent decât credea; acea aventură îl învăţase măcar atâta.

Se bărbieri şi apoi începu să se spele pe dinţi, reluându-şi obiceiurile cu multă cumpătare. În multe privinţe, era plăcut să se afle din nou acasă.

Biroul de la subsol al lui Josh era mai mare decât cel din centru şi la fel de aglomerat. Acolo se întâlniră să îşi bea cafeaua. Era timpul raportului. Nate începu cu efortul, care se sfârşise neplăcut, de a o găsi pe Rachel pe calea aerului, aterizarea forţată, vaca omorâtă, cei trei băieţi, tristeţea Crăciunului în Pantanal. Îi povesti cu lux de amănunte plimbarea sa călare şi întâlnirea în mlaştină cu curiosul aligator. Apoi despre cum fuseseră salvaţi cu elicopterul. Nu spuse nimic despre cheful din seara de Crăciun; nu ar fi servit la nimic şi îi era îngrozitor de ruşine. Îi descrise pe Jevy şi pe Welly, vasul *Santa Loura* şi călătoria spre nord. Când el şi Jevy se rătăciseră cu barca cea mică, îşi aminti că fusese înspăimântat, dar prea ocupat ca să fie stăpânit de teamă. Acum, în siguranţa civilizaţiei, aventura lor părea înfricoşătoare.

Josh era uluit. Ar fi vrut să-şi ceară scuze pentru faptul că îl trimisese într-un loc atât de înşelător, însă călătoria fusese captivantă, în mod evident. Aligatorii crescură pe măsură ce povestirile continuară. Şarpele anaconda care stătea la soare pe malul râului fu însoţit de un altul care înotase aproape de barca lor.

Nate îi descrise pe indieni, goliciunea lor, alimentele fără nici un gust, viaţa monotonă, şeful şi refuzul lui de a-i lăsa să plece.

Şi Rachel. În acel moment, Josh îşi luă carneţelul şi începu să ia notiţe. Nate o descrise în amănunt, de la vocea ei caldă şi înceată la sandalele şi ghetele ei. Coliba ei şi trusa medicală, Lako şi şchiopătatul lui, felul cum o priveau indienii când trecea pe lângă ei. Îi povesti despre fetiţa care murise din cauza unei muşcături de şarpe, atât cât îi dezvăluise ea.

Cu precizia unui veteran al sălilor de judecată, Nate relată tot ce putuse să afle despre Rachel în cursul vizitei lui. Folosi propriile ei cuvinte când vorbi despre bani şi hârtii. Îşi aminti ce spusese ea despre cât de primitiv părea testamentul scris de mână al lui Troy.

Nate povesti apoi cât îşi amintea în legătura cu întoarcerea din Pantanal. Şi diminua ororile febrei dengue. Supravieţuise şi acest lucru îl uimea.

O cameristă le aduse supă şi ceai fierbinte pentru masa de prânz.

– Uite cum stă treaba, zise Josh după ce luă câteva linguri de supă. Dacă ea refuză darul lăsat în testamentul lui Troy, banii rămân în patrimoniul lui. Totuşi, dacă se decide că, dintr-un motiv oarecare, testamentul nu este valid, înseamnă că nu există nici un testament.

– Cum ar putea să nu fie valid? Nişte psihiatri au vorbit cu el cu câteva minute înainte să sară.

– Acum sunt mai mulţi psihiatri, bine plătiţi şi cu alte opinii. O să iasă urât. Toate testamentele sale anterioare au fost distruse. Dacă se hotărăşte că a murit fără să aibă un testament valid, averea se va împărţi în mod egal tuturor celor şapte copii ai săi. Din moment ce Rachel nu vrea nimic, partea ei se va împărţi între ceilalţi şase.

– Idioţii ăia or să pună mâna pe miliarde.

– Cam aşa ceva.

– Ce şanse sunt să câştige?

– Nu prea sunt. Prefer cazul nostru decât al lor, dar lucrurile se pot schimba.

Nate se plimba prin cameră, făcându-şi de lucru cu o arahidă şi gândindu-se.

– De ce lupţi pentru validitatea testamentului dacă Rachel nu vrea nimic?

– Din trei motive, spuse Josh repede.

Ca de obicei, analiză lucrurile din toate unghiurile posibile. Era un plan grozav şi avea să-i fie dezvăluit lui Nate în întregime.

– Primul, şi cel mai important, clientul meu a făcut un testament valid. Şi-a împărţit bunurile exact aşa cum a dorit. Eu, ca avocat al lui, nu pot decât să lupt pentru a apăra integritatea testamentului. Al doilea, ştiu ce simţea domnul Phelan pentru copiii săi. Îi era groază să nu cumva să pună mâna pe banii lui. Şi eu am aceleaşi sentimente pentru ei şi mă cutremur când mă gândesc ce s-ar întâmpla dacă ar avea fiecare câte un miliard. Al treilea, există întotdeauna şansa ca Rachel să se răzgândească.

– Nu conta pe asta.

– Uite ce e, Nate, şi ea e tot om. Are hârtiile la ea. O să aştepte câteva zile şi o să înceapă să se gândească la ele. Poate că nu i-a trecut niciodată prin cap că ar putea fi bogată, dar, la un moment dat, trebuie să se gândească la toate lucrurile bune pe care le-ar putea face cu banii. I-ai vorbit despre depozite şi societăţi de binefacere?

– Abia dacă ştiu eu însumi ce sunt astea, Josh. Eram avocat pledant, ai uitat?

– O să luptăm ca să apărăm testamentul domnului Phelan, Nate. Problema e că cel mai important loc de la masă e gol. Rachel are nevoie de reprezentare.

– Ba nu are. Nu o interesează nimic.

– Litigiul nu poate continua până când ea nu are un avocat.

Nate nu se putea pune cu maestrul în ale strategiei. Gaura neagră se căsca din senin şi el cădea deja în ea. Închise ochii şi zise:

– Glumeşti.

– Nu. Şi nu mai putem amâna mult timp. Troy a murit acum o lună. Judecătorul Wycliff vrea neapărat să ştie unde se află Rachel Lane. S-au intentat şase acţiuni de contestare a testamentului şi se fac presiuni serioase. Totul apare în ziare. Dacă scăpăm ceva în sensul că Rachel intenţionează să refuze totul, pierdem controlul. Moştenitorii Phelan şi avocaţii lor îşi pierd minţile. Judecătorul îşi pierde deodată interesul în susţinerea testamentului lui Troy.

– Aşadar, eu sunt avocatul ei?

– Nu există altă soluţie, Nate. Dacă vrei să te retragi, foarte bine, dar va mai trebui să accepţi un ultim caz. Să stai la masă şi să-i aperi interesele. Noi o să facem toată munca grea.

– Dar e un conflict. Sunt partener la firma ta.

– E unul minor, pentru că interesele noastre sunt aceleaşi. Noi – patrimoniul şi Rachel – avem acelaşi ţel, de a apăra testamentul. Stăm la aceeaşi masă. Şi, teoretic, putem susţine că ai părăsit firma în august anul trecut.

– Ceea ce e destul de adevărat.

Amândoi admiseră acel adevăr trist. Josh sorbi din ceai, fără să-şi ia ochii de la Nate.

– La un moment dat, o să mergem la Wycliff să-i spunem că ai găsit-o pe Rachel şi că nu vrea să apară acum, că nu ştie ce să facă, dar că vrea ca tu să-i aperi interesele.

– Înseamnă că o să-l minţim pe judecător.

– E o minciună măruntă, Nate, pentru care ea o să ne mulţumească mai târziu. Wycliff e nerăbdător să înceapă treaba, dar nu poate să facă nimic până când nu află ceva în legătură cu Rachel. Dacă tu eşti avocatul ei, războiul poate să înceapă. O să mint eu.

– Aşadar, sunt un birou cu un singur angajat cu care lucrez la ultimul meu caz.

– Exact.

– Plec din oraş, Josh. Nu rămân aici, zise Nate, după care izbucni în râs. Unde să stau?

– Şi unde te duci?

– Nu ştiu. Nu m-am gândit atât de departe.

– Am o idee.

– Sunt convins.

– Stai în căsuţa mea de lângă Chesapeake Bay. N-o folosim iarna. E la St. Michaels, la doua ore distanţă. Poţi să vii cu maşina când e nevoie de tine şi să stai acolo. Îţi repet, Nate, o să facem noi toată treaba.

Nate studie un timp rafturile de cărţi. Cu douăzeci şi patru de ore în urmă, mâncase un sendviş pe bancă într-un parc din

Corumbá, privind trecătorii şi aşteptând să apară Rachel. Jurase să nu mai intre niciodată de bunăvoie într-o sală de judecată.

Dar fu nevoit să admită că planul îşi avea punctele sale forte. Cu siguranţă nu îşi putea închipui un client mai bun. Nu aveau să ajungă niciodată la proces. Şi cu banii care erau în joc, avea cel puţin să-şi câştige existenţa pentru câteva luni.

Josh îşi termină supa şi trecu la următorul punct de pe listă.

– Propun un onorariu de zece mii de dolari pe lună.

– Eşti generos, Josh.

– Cred că putem să-i scoatem din averea bătrânului. Fără cheltuieli suplimentare, or să te pună iarăşi pe picioare.

– Până când...

– Exact până când o să rezolvăm problema cu fiscul.

– Vreo veste de la judecător?

– Îl sun din când în când. Am luat masa împreună săptămâna trecută.

– Sunteţi amici?

– Ne cunoaştem de mult timp. Nu te mai gândi la închisoare, Nate. Guvernul se va mulţumi cu o amendă mare şi cu suspendarea licenţei pe o perioadă de cinci ani.

– Pot să-mi ia licenţa.

– Nu încă. Mai avem nevoie de ea pentru un ultim caz.

– Cât o să aştepte guvernul?

– Un an. Nu e o prioritate.

– Îţi mulţumesc, Josh.

Nate era obosit din nou. Zborul care durase toată noaptea, ravagiile junglei, discuţiile cu Josh. Voia un pat cald şi moale într-o cameră întunecoasă.

39

Duminică dimineaţă la şase, Nate termină un alt duş fierbinte, al treilea în douăzeci şi patru de ore, şi începu să-şi facă planuri pentru o plecare cât mai grabnică. O seară în oraş, apoi să plece. Căsuţa din apropierea golfului îl chema. D.C.-ul îi fusese cămin timp de douăzeci şi şase de ani şi, de când luase hotărârea să plece, era nerăbdător să o facă.

Neavând o casă a lui, îi era uşor să circule de colo-colo. Îl găsi pe Josh la subsol, la biroul său, vorbind la telefon cu un client din Thailanda. Ascultând o jumătate din conversaţia legată de zăcăminte de gaze naturale, era bucuros că renunţa la a mai practica dreptul. Josh era cu doisprezece ani mai mare decât el, un om foarte bogat, şi pentru el distracţie însemna să fie la birou duminică dimineaţa la ora şase şi jumătate. N-o să las să mi se întâmple aşa ceva, îşi spuse Nate, dar ştia că nu era aşa. Dacă se ducea înapoi la birou, avea să reintre în normal.

Patru internări la dezalcoolizare însemnau că o a cincea era pe undeva pe drum. El nu era la fel de puternic ca Josh. În zece ani avea să moară.

Era ceva captivant în retragerea aceea. A da în judecată doctori era o treabă urâtă, de care putea să se lipsească. Nu avea să-i lipsească nici stresul unui birou important. Avusese o carieră, triumfuri. Succesul nu-i adusese nimic altceva decât amărăciune, nu-i făcuse faţă. Succesul îl împinsese în şanţ.

Acum, că spectrul oribil al închisorii dispăruse, putea să se bucure de o nouă viaţă.

Plecă cu un portbagaj de haine, lăsând totul într-o cutie în garajul lui Josh. Ninsoarea se oprise, dar plugurile încă mai funcţionau. Străzile erau alunecoase şi, după două străzi, Nate îşi dădu seama că nu mai ţinuse volanul în mână de peste cinci luni. Totuşi nu erau multe maşini şi merse pe Wisconsin, intrând pe Chevy Chase şi apoi pe Beltway, unde gheaţa şi zăpada fuseseră curăţate.

Singur, în propria lui maşină, începu să se simtă din nou ca un american. Se gândi la Jevy în camioneta lui Ford zgomotoasă şi periculoasă, şi se întrebă cât ar fi rezistat pe Beltway. Apoi se gândi la Welly, un copil atât de sărac, încât familia lui nu avea nici o maşină. Nate intenţiona să scrie câteva scrisori în zilele următoare, inclusiv una prietenilor lui din Corumbá.

Telefonul îi atrase atenţia. Îl ridică; părea să funcţioneze. Bineînţeles că Josh avusese grijă ca facturile să fie plătite. Îl sună pe Sergio acasă şi vorbiră douăzeci de minute. Fu certat pentru că nu sunase mai devreme. Sergio fusese îngrijorat. Îi explică situaţia cu serviciile telefonice din Pantanal. Lucrurile mergeau într-o altă direcţie, erau câteva necunoscute, dar aventura lui continua. Renunţa la profesie şi scăpa de închisoare.

Sergio nu îl întrebă nimic de alcool. Nate părea curat şi puternic. Îi dădu numărul de telefon al casei unde avea să locuiască şi îşi promiseră să ia masa împreună curând.

Îl sună pe fiul său cel mai mare la Nortwestern, în Evanston, şi îi lăsă un mesaj pe robot. Unde putea să fie un student de douăzeci şi trei de ani la ora şapte într-o duminică dimineaţă? În nici un caz la o slujbă matinală. Nate nu voia să ştie. Indiferent ce ar fi făcut fiul său, nu avea să-şi bată joc de viaţă atât de rău cum făcuse tatăl lui. Fiica lui avea douăzeci şi unu de ani şi din când în când era studentă la Pitt. Ultima lor conversaţie fusese despre taxe, cu o zi înainte ca Nate să intre în camera de motel cu o sticlă de rom şi o pungă plină de pastile.

Nu îi găsi numărul de telefon.

Mama lor se recăsătorise de două ori de când îl părăsise pe Nate. Era o persoană nesuferită, pe care nu o suna decât dacă era absolut necesar. Avea să aştepte vreo două zile, după care avea să-i ceară numărul de telefon al fiicei lor.

Era hotărât să facă dureroasa călătorie spre vest, în Oregon, ca să-şi vadă cel puţin cei doi copii mai mici. Şi mama lor se recăsătorise, culmea, tot cu un avocat, dar unul care, evident, ducea o viaţă curată. Avea să le ceară iertare şi să încerce să restabilească legăturile fragile. Nu ştia cum avea să facă acest lucru, dar promisese să încerce.

În Annapolis, opri la o cafenea şi luă micul dejun. Ascultă previziunile meteorologice de la un grup de clienţi gălăgioşi dintr-un separeu şi se uită absent pe *Post*. După titlurile mari şi articolele de ultimă oră, Nate nu văzu nimic care să-l intereseze câtuşi de puţin. Ştirile nu se schimbau niciodată: probleme în Orientul Mijlociu, probleme în Irlanda; scandaluri în Congres; cotaţiile la bursă creşteau, apoi scădeau; o scurgere de petrol; alt medicament contra SIDA; gherilele ucideau ţărani în America Latină; tulburări în Rusia.

Hainele îi erau largi, aşa că mâncă trei ouă cu costiţă şi biscuiţi. Cei din separeu ajunseră la concluzia că avea să mai ningă.

Traversă Chesapeake pe Bay Bridge. Autostrăzile de pe coasta de est nu fuseseră curăţate bine. Jaguarul derapă de două ori, aşa că reduse viteza. Maşina era veche de un an şi nu mai ţinea minte când expira contractul de leasing. Secretara lui se ocupa de hârtii. El alesese culoarea. Hotărî să scape de maşină cât mai curând cu putinţă şi să găsească una de teren. Maşina aceea luxoasă păruse odată atât de importantă. Acum nu mai avea nevoie de ea.

La Easton, intră pe State Route 33, un drum încă acoperit de un strat de zăpadă de vreo cinci centimetri. Nate merse pe urmele altor autovehicule şi curând trecu prin localităţi mici şi somnoroase, cu porturi pline de ambarcaţiuni. Malurile golfului Chesapeake erau acoperite cu un strat gros de zăpadă, iar apele sale erau de un albastru-închis.

St. Michaels avea o populaţie de o mie trei sute de locuitori. Route 33 deveni strada principală pe o distanţă de câteva intersecţii, cât trecea prin orăşel. Pe ambele părţi ale sale erau magazine şi prăvălii şi clădiri vechi una lângă alta, toate bine întreţinute şi gata pentru a apărea în ilustrate.

Nate auzise de St. Michaels de când se ştia. Acolo erau un muzeu maritim, un festival al stridiilor, un port activ, duzini de mici pensiuni ciudate care atrăgeau orăşenii pentru weekenduri prelungite. Trecu pe lângă poştă şi pe lângă o mică biserică, unde pastorul curăţa zăpada de pe trepte cu o lopată.

Casa se afla pe Green Street, la două străzi distanţă de strada principală, cu vedere spre port. Era în stil victorian, cu frontoane gemene şi cu o verandă lungă ce cuprindea şi laturile. Zugrăvită într-un albastru-ca-ardezia, cu ornamente albe şi galbene, casa era înconjurată de ţurţuri. Peluza din faţă era mică şi aleea se afla sub un strat de zăpadă de vreo şaizeci de centimetri. Nate opri maşina lângă bordură şi îşi făcu drum cu greu până la verandă. Aprinse luminile din interior şi se duse în spate. Într-o magazie de lângă uşa din dos, găsi o lopată din plastic.

Îşi petrecu o oră minunată curăţând veranda şi aleea, după care se întoarse la maşină.

Deloc surprinzător, casa era decorată cu obiecte de epocă şi era curată şi îngrijită. Josh spusese că în fiecare miercuri venea o femeie să facă ordine şi să şteargă praful. Doamna Stafford locuia acolo două săptămâni primăvara şi una toamna. Josh dormise acolo trei nopţi în ultimele optsprezece luni. Avea patru dormitoare şi patru băi. Ce mai căsuţă!

Însă nu găsi nici un pic de cafea şi aceasta reprezenta prima urgenţă a zilei. Încuie uşile şi porni spre oraş. Trotuarele erau curăţate şi ude de la zăpada care se topea. Potrivit termometrului din vitrina frizeriei, erau două grade. Nate studie vitrinele din mers. La biserica din faţă începură să bată clopotele.

Conform broşurii pe care i-o dădu bătrânul îngrijitor, pastor era părintele Phil Lancaster, un bărbat scund şi slab, cu ochelari cu lentile groase şi rame de baga, cu părul creţ, roşcat şi încărunţit. Ar fi putut la fel de bine să aibă treizeci şi cinci sau cincizeci de ani. Cei care veniră la slujbă de la ora unsprezece erau bătrâni şi puţini, fără îndoială din cauza vremii. Nate numără douăzeci şi una de persoane în micul sanctuar, inclusiv Phil şi organistul. Erau multe capete cărunte.

Biserica era frumoasă, cu tavanul boltit, bănci şi podele din lemn închis la culoare şi patru vitralii. Când îngrijitorul se aşeză în ultimul rând, Phil, înveşmântat în anteriul său negru, se ridică şi le ură bun venit la biserica Trinity, unde toată lumea se afla acasă. Vocea sa era răsunătoare şi nazală şi nu avea nevoie de microfon. În rugăciunile lui, îi mulţumi Domnului pentru zăpadă şi iarnă, pentru anotimpurile dăruite pentru a le aminti că El deţinea controlul întotdeauna.

Cântară imnuri şi rugăciuni. În timp ce predica, părintele Phil îl remarcă pe Nate, singurul străin de oraş, care stătea în penultimul rând. Îşi zâmbiră unul altuia şi, pentru un moment înspăimântător, Nate se temu că avea să-l prezinte celorlalţi.

Predica sa era despre entuziasm, o alegere ciudată, ţinând cont de vârsta medie a enoriaşilor săi. Nate făcu eforturi să fie atent, dar gândurile începură să-i rătăcească. Se întoarse în capela din Corumbá, cu uşile şi ferestrele sale deschise, astfel încât căldura pătrundea înăuntru, cu imaginea lui Hristos murind pe cruce, cu acel tânăr chitarist...

Având grijă să nu-l jignească pe Phil, reuşi să-şi ţină privirea aţintită asupra unui bec de pe perete, în spatele şi deasupra amvonului. Dată fiind grosimea lentilelor preotului, se gândi că dezinteresul lui avea să treacă neobservat.

Stând în mica biserică, în sfârşit ferit de incertitudinile marii sale aventuri, la adăpost de febră şi furtuni, de primejdiile din D.C., de viciile sale, de distrugerea spirituală, Nate îşi dădu seama că, pentru prima oară de când se ştia, se bucura de linişte sufletească. Nu se temea de nimic. Dumnezeu îl atrăgea într-o anumită direcţie. Nu ştia exact unde, dar nici nu se temea. Ai răbdare, îşi spuse el.

Apoi rosti o rugăciune. Îi mulţumi lui Dumnezeu că îi cruţase viaţa şi se rugă pentru Rachel, fiindcă ştia că aceasta se ruga pentru el.

Seninătatea îl făcu să zâmbească. Când rugăciunea se sfârşi, deschise ochii şi văzu că Phil îi zâmbea.

După binecuvântare, toţi trecură pe lângă Phil, care stătea la uşă, fiecare felicitându-l pentru predică şi dându-i câte o scurtă informaţie. Oamenii înaintau încet; era un ritual.

– Ce-ţi face mătuşa? întrebă Phil pe cineva, după care ascultă cu atenţie, în timp ce i se descria cea mai recentă problemă de sănătate a mătuşii. Cum îţi mai e şoldul? întrebă el pe un altul. Cum a fost în Germania?

Le ţinea mâinile într-ale sale şi se apleca pentru a auzi fiecare cuvânt. Ştia ce era în mintea lor.

Nate aşteptă răbdător la urmă. Nu se grăbea, pentru că nu avea nimic altceva de făcut.

– Bine ai venit, spuse părintele Phil, apucându-l de mână şi de braţ. Bine ai venit la Trinity, zise el, apoi strânse atât de tare, încât Nate se întrebă dacă era cumva primul oaspete care venea după ani de zile.

– Sunt Nate O'Riley, spuse el, după care adăugă: De la Washington.

De parcă acest lucru ar fi ajutat la definirea lui.

– Mă bucur că te-am avut printre noi în dimineaţa asta, zise Phil şi ochii mari îi licăriră în dosul ochelarilor.

De aproape, ridurile dezvăluiau faptul că avea pe puţin cincizeci de ani. Iar părul lui avea mai mulţi cârlionţi albi decât roşii.

– Stau în casa familiei Stafford pentru câteva zile, spuse Nate.

– Da, da, o casă superbă. Când ai sosit?

– Azi-dimineaţă.

– Eşti singur?

– Da.

– Ei bine, atunci trebuie să vii la noi la masă.

Acea ospitalitate agresivă îl făcu pe Nate să râdă.

– Ăăă, mulţumesc, dar...

Chipul lui Phil era numai zâmbet.

– Nu, insist. Soţia mea găteşte miel la cuptor de fiecare dată când ninge. Friptura e în cuptor. Avem atât de puţini oaspeţi iarna. Te rog, casa parohială e chiar în spatele bisericii.

Nate era în mâinile unui om care duminica luase masa alături de sute de oameni.

– Zău, am trecut doar şi...

– Plăcerea e de partea noastră, spuse Phil, trăgându-l deja de braţ înapoi spre amvon. Cu ce te ocupi la Washington?

– Sunt avocat, zise Nate.

Un răspuns complet ar fi fost complicat.

– Ce te aduce aici?

– E o poveste lungă.

– Ah, minunat! Laurei şi mie ne plac la nebunie poveştile lungi. Hai să stăm la masă mult şi să povestim. O să ne simţim grozav.

Entuziasmul său era irezistibil. Sărmanul om era dornic de conversaţie proaspătă? De ce nu? se gândi el. Acasă nu era oricum nimic de mâncare. Toate magazinele păreau închise.

Trecură pe lângă amvon şi intrară pe o uşă care dădea în partea din spate a bisericii. Laura stingea luminile.

– Dânsul e domnul O'Riley, de la Washington, îi spuse Phil soţiei sale. A acceptat să ia masa cu noi.

Laura zâmbi şi îi strânse mâna lui Nate. Avea părul scurt şi cărunt şi părea cu cel puţin zece ani mai în vârstă decât soţul ei. Dacă un oaspete neaşteptat la masă o surprindea, acest lucru nu se văzu. Nate avu impresia că era ceva obişnuit.

– Vă rog să-mi spuneţi Nate, zise el.

– Aşa o să facem, spuse Phil, scoţându-şi anteriul.

Casa parohială se afla lângă terenul bisericii, cu faţa spre o stradă laterală. Mergeau cu grijă prin zăpadă.

– Cum a fost predica? o întrebă Phil când păşiră pe verandă.

– Excelentă, dragul meu, zise ea fără urmă de entuziasm. Nate ascultă şi zâmbi, convins că, de ani de zile, în fiecare duminică, Phil pusese aceeaşi întrebare, în acelaşi loc şi moment, şi primise acelaşi răspuns.

Orice ezitare în legătură cu rămânerea la masă dispăru în clipa în care intră în casă. Aroma delicioasă a friptușii de miel ajungea până în salon. Phil zgândări cu vătraiul cărbunii încinşi din cămin, în timp ce Laura pregătea mâncarea.

În sufrageria îngustă dintre bucătărie și salon, fusese aranjată o masă pentru patru persoane. Nate era încântat că le acceptase invitația, deși nu avusese nici o șansă să o refuze.

– Ne bucurăm atât de mult că ești aici, spuse Phil când se așezară. Presimțeam că o să avem un oaspete astăzi.

– Pentru cine e locul ăsta? întrebă Nate arătând spre scaunul gol.

– Întotdeauna punem patru tacâmuri duminica, spuse Laura, după care nu mai adăugă nimic.

Se ținură de mâini când Phil îi mulțumi încă o dată lui Dumnezeu pentru zăpadă și anotimpuri și pentru mâncare. Încheie cu cuvintele:

– Și fă-ne mereu atenți la nevoile și dorințele celorlalți. Acele cuvinte îi aduseră aminte lui Nate de ceva. Le mai auzise, cu mulți, mulți ani în urmă.

În timp ce se serveau, vorbeau despre dimineața aceea. De obicei, la slujba de la unsprezece, veneau în jur de patruzeci de persoane. Într-adevăr, zăpada îi împiedicase pe oameni să se ducă la biserică. Și era și o epidemie de gripă. Nate îl felicită pentru frumusețea simplă a sanctuarului. Se aflau de șase ani în St. Michaels. Nu mult după ce începură să mănânce, Laura spuse:

– Ești frumos bronzat pentru luna ianuarie. Nu cred că ai obținut bronzul în Washington, nu?

– Nu. Abia m-am întors din Brazilia.

Amândoi se opriră din mâncat și se aplecară mai mult. Aventura reîncepea. Nate luă o înghițitură zdravănă de friptură, care era groasă și delicioasă, și începu să povestească.

– Mănâncă, te rog, spunea Laura cam la fiecare cinci minute.

Nate lua o înghițitură, mestеca încet și apoi continua. Se referi la Rachel doar ca fiind „fiica unui client". Furtunile deveniră mai aprige, șerpii mai lungi, barca mai mică, indienii mai puțin prietenoși. Ochii lui Phil licăreau de uimire în timp ce Nate trecea de la un capitol la altul.

Era a doua oară de când se întorsese că povestea totul. Cu excepția câtorva exagerări ușoare, totul rămase neschimbat. Și îl uimi până şi pe el. Era o povestire remarcabilă şi gazdelor lui li se oferi o versiune lungă şi îmbogăţită. Strecurară întrebări ori de câte ori puteau.

Când Laura strânse masa şi servi negrese la desert, Nate şi Jevy tocmai ajunseseră la primul sat de indieni Ipica.

– A fost surprinsă când te-a văzut? întrebă Phil când Nate descrise scena cu grupul de indieni care o însoţeau pe femeie afară din sat pentru a se întâlni cu ei.

– Nu chiar, zise el. Părea să ştie că urma să venim.

Nate îşi dădu toată silinţa să-i descrie pe indieni cu stilul lor de viaţă ca în epoca de piatră, dar cuvintele nu izbutiră să descrie imaginile aşa cum ar fi trebuit. Mâncă două negrese, golind farfuria din două înghiţituri mari în timpul unor pauze scurte în povestire.

Dădură farfuriile la o parte apoi şi băură cafea. Masa de prânz duminica însemna, pentru Phil şi Laura, mai multă conversaţie decât mâncare. Nate se întrebă cine fusese ultimul oaspete suficient de norocos, invitat ca să povestească şi să mănânce.

Îi fu greu să diminueze ororile febrei dengue, dar Nate încercă totuşi. Vreo două zile în spital, câteva medicamente, şi se pusese iarăşi pe picioare. Când termină, începură întrebările. Phil voia să ştie totul în legătură cu misionara – numele ei, credinţa, munca ei cu indienii. Sora Laurei trăise în China cincisprezece ani, lucrând în spitalul unei biserici, lucru care devenise sursa multor povestiri.

Era aproape ora trei când Nate se îndreptă spre uşă. Gazdele lui ar fi stat cu plăcere la masă sau în salon şi ar fi vorbit până se întuneca, dar Nate simţea nevoia să se plimbe puţin. Le mulţumi pentru ospitalitate şi, când îi lăsă făcându-i cu mâna pe verandă, avu senzaţia că îi cunoştea de ani de zile.

Plimbarea prin St. Michaels dură o oră. Străzile erau înguste, având de ambele părţi case vechi de o sută de ani. Nimic nu era nelalocul lui, nici câini vagabonzi, nici locuri virane, nici clădiri abandonate. Până şi zăpada era dată cu grijă la o parte, astfel încât străzile şi trotuarele erau curate, fără ca niciun vecin să se supere. Nate se opri la docuri şi admiră bărcile cu pânze. Niciodată nu pusese piciorul pe una.

Hotărî că nu avea să plece din St. Michaels decât atunci când va fi nevoit. O să locuiască în căsuţă până când Josh avea să-l dea afară politicos. Avea să-şi ţină banii şi, când cazul Phelan avea să se încheie, va găsi o modalitate de a se descurca.

În apropierea portului, dădu peste o mică băcănie care se pregătea să închidă. Cumpără cafea, supă la cutie, arahide şi fulgi de ovăz pentru micul dejun. Lângă tejghea erau expuse o mulţime de sticle de bere. Zâmbi privindu-le, bucuros că lăsase în urmă acele zile în care obişnuia să bea.

40

Grit se trezi concediat prin fax și e-mail, lucru care se întâmpla pentru prima oară la firma lui. Mary Ross i-o făcuse luni dimineață devreme, după ce petrecuse un weekend tensionat cu frații ei.

Grit nu renunță ușor. Îi trimise și el un fax cu o factură pentru serviciile sale până în ziua respectivă – o sută patruzeci și opt de ore a câte șase sute de dolari, deci un total de optzeci și opt de mii opt sute de dolari. Suma aceea avea să fie plătită în locul procentului pe care ar fi urmat să-l primească la încheierea înțelegerii sau în cazul altui rezultat favorabil. Grit nu voia șase sute pe oră, ci o bucată din plăcintă, o parte serioasă din ceea ce primea clienta sa, cei douăzeci și cinci la sută pe care îi negociase. Grit voia milioane și, stând în biroul său, uitându-se țintă la fax, nu-i venea să creadă că averea îi zburase de sub nas. Credea sincer că, după câteva luni de răfuieli, averea Phelan avea să se împartă între copii. Chiar dacă i s-ar fi aruncat fiecăruia câte douăzeci de milioane și ei s-ar fi năpustit asupra banilor asemenea unor câini înfometați, tot nu s-ar fi simțit nici cea mai mică gaură în averea Phelan. Douăzeci de milioane clientei sale însemnau cinci milioane pentru el, și Grit trebuia să admită că se gândise deja la câteva modalități de a-i cheltui.

Îl sună pe Hark la birou ca să-l înjure, dar i se spuse că domnul Gettys era prea ocupat în momentul acela.

Domnul Gettys avea acum trei din cei patru moștenitori din prima familie. Procentul său scăzuse de la douăzeci și cinci la douăzeci şi acum la şaptesprezece virgulă cinci. Însă posibilităţile sale de câştig erau imense.

Domnul Gettys intră în sala de conferinţe la zece şi câteva minute şi îi salută pe avocaţii care mai rămăseseră şi care erau adunaţi acolo pentru o şedinţă importantă.

– Am un anunţ de făcut, zise el vesel. Domnul Grit nu mai este implicat în acest caz. Fosta sa clientă, Mary Ross Phelan Jackman, m-a rugat să o reprezint eu, şi după ce m-am gândit mult, am acceptat.

Cuvintele sale căzură asemenea unor mici bombe în jurul mesei de conferinţe. Yancy îşi frecă barba dezordonată, întrebându-se ce metodă de constrângere se folosise pentru a o smulge pe femeie din tentaculele lui Grit. Totuşi el se simţea oarecum în siguranţă. Mama lui Ramble folosise toate mijloacele posibile pentru a-şi îndruma fiul spre un alt avocat, însă puştiul nu îşi putea suferi mama.

Doamna Langhorne fu surprinsă, mai ales că Hark tocmai îl luase pe Troy Junior de client. Dar după scurtul moment de şoc, se simţi în siguranţă. Clienta ei, Geena Phelan Strong, îşi detesta fraţii vitregi mai mari. Cu siguranţă, n-ar fi apelat la serviciile avocatului lor. Cu toate acestea, se impunea un prânz de afaceri. Avea să îi sune pe Geena şi pe Cody de îndată ce se termina şedinţa.

Apoi, aveau să ia masa la Promenade, în vecinătatea Capitoliului şi poate avea să atragă atenţia vreunui vicepreşedinte de comisie influent.

Ceafa lui Wally Bright se înroşi când acesta auzi vestea. Hark pornise la vânătoare de clienţi. Din prima familie nu rămăsese decât Libbigail, şi Wally Bright era în stare să-l omoare pe Hark dacă încerca să i-o fure.

– Să nu te apropii de clienta mea, auzi? spuse el tare şi înverşunat şi toţi încremeniră.

– Linişteşte-te.

– Să mă liniştesc pe naiba. Cum putem să ne liniştim când tu ne furi clienţii?

– Nu eu am furat-o pe doamna Jackman. Ea m-a sunat pe mine, nu eu pe ea.

– Ştim ce fel de joc faci, Hark. Nu suntem proşti, zise Wally, uitându-se la ceilalţi avocaţi.

Aceştia, cu siguranţă, nu se considerau proşti, dar nu erau chiar atât de siguri în privinţa lui Wally. Adevărul era că nimeni nu avea încredere în nimeni. Pur şi simplu erau prea mulţi bani la mijloc ca să fii sigur că avocatul de lângă tine nu avea să scoată cuţitul.

Îl aduseră pe Snead înăuntru şi acest lucru schimbă subiectul discuţiei. Hark îl prezentă celorlalţi. Sărmanul Snead arăta ca un om adus în faţa plutonului de execuţie. Se aşeză în capătul mesei, cu două camere video aţintite asupra lui.

– Nu-i decât o repetiţie, îl asigură Hank. Linişteşte-te. Avocaţii îşi scoaseră carnetele pline de întrebări şi se apropiară mai mult de el.

Hark se duse în spatele lui, îl bătu pe umăr şi spuse:

– Când o să depui mărturia, domnule Snead, avocaţii părţii adverse îţi vor pune întrebări întâi. Aşa că, vreo oră, trebuie să consideri că suntem duşmanii. Bine?

Sigur că pentru Snead nu era deloc bine, dar le luase banii. Trebuia să joace cum îi cântau.

Hark îşi luă carneţelul şi începu să-i pună întrebări simple legate de naştere, origine, familie, şcoală, lucruri uşoare menite să-l facă să se relaxeze. Apoi, despre primii ani când lucrase pentru domnul Phelan şi o mie de alte întrebări care păreau complet irelevante.

După o scurtă pauză, doamna Langhorne preluă ştafeta şi îi puse o mulţime de întrebări despre familiile Phelan, soţii, copii, divorţuri şi amante. Snead se gândi că era foarte multă mizerie inutilă, dar avocaţilor părea să le placă.

– Ai ştiut de Rachel Lane? întrebă Langhorne.

Snead se gândi un moment la acest lucru, după care spuse:

– Nu m-am gândit la asta. Cu alte cuvinte, ajutaţi-mă cu răspunsul. Care e părerea dumitale, îl întrebă el pe domnul Gettys.

Hark îi sări repede în ajutor.

– Bănuiesc că știai totul despre domnul Phelan, mai ales despre iubitele lui și copiii acestora. Nimic nu ți-a scăpat. Bătrânul ți-a destăinuit totul, inclusiv existența fiicei sale nelegitime. Avea zece, unsprezece ani când ai început dumneata să lucrezi pentru domnul Phelan. Acesta a încercat să ia legătura cu ea de-a lungul anilor, dar ea n-a vrut să aibă de-a face cu el. Bănuiesc că asta l-a durut foarte tare, că era un om care obținea tot ce își dorea și, când Rachel l-a respins, durerea i s-a transformat în furie. Mai presupun că a antipatizat-o imediat. Așa că faptul că i-a lăsat ei totul a fost un act de pură nebunie.

Snead se minună iarăși de abilitatea lui Hark de a născoci minciuni pe moment. Și ceilalți avocați fură impresionați.

– Ce ziceți? îi întrebă Hark.

Ei dădură din capete aprobator.

– Cel mai bine ar fi să-i dăm tot ce știm despre Rachel Lane, spuse Bright.

Snead repetă apoi în fața camerelor povestea pe care tocmai o spusese Hark și, astfel, arătă o îndemânare acceptabilă de a dezvolta o temă. Când termină, avocații nu putură să-și ascundă încântarea. Ticălosul avea să spună orice. Și nu era nimeni care să-l contrazică.

Când i se punea o întrebare unde avea nevoie de ajutor, Snead spunea:

– Păi, nu m-am gândit la asta.

Și avocații îi săreau în ajutor. Hark, care părea să anticipeze punctele slabe ale lui Snead, avea, de obicei, o povestire pregătită. Adesea însă contribuiau și ceilalți avocați cu mici improvizații, dornici să-și arate priceperea în a minți.

Se fabrică strat cu strat și se aranjă totul în așa fel încât să ofere certitudinea că domnul Phelan nu fusese în toate mințile în dimineața zilei când scrisese acel ultim testament. Snead fu pregătit de avocați și se dovedi ușor de manipulat. De fapt, era atât de pregătit, încât se temeau să nu spună prea mult. Nu trebuia să i se pună la îndoială credibilitatea. Nu trebuia să existe goluri în depoziția lui.

Timp de trei ore îi clădiră mărturia, după care, în altele două, încercară să i-o spulbere cu un şir nesfârşit de întrebări ca din partea avocaţilor adverşi. Nu îi dădură să mănânce la prânz, îl luară în batjocură şi îl numiră mincinos. La un moment dat, Langhorne îl aduse aproape în pragul lacrimilor. Când fu epuizat şi gata să se prăbuşească, îl trimiseră acasă cu casetele video şi cu instrucţiuni de a le studia în amănunt.

Nu era pregătit pentru a depune mărturie, îi spuseseră. Povestirile lui nu erau etanşe. Sărmanul Snead porni spre casă în noul său Range Rover, obosit şi uluit, dar şi hotărât să-şi exerseze minciunile până când avocaţii aveau să-l aplaude.

Judecătorului Wycliff îi plăcea să ia masa de prânz în linişte în biroul său. Ca de obicei, Josh îşi luă sendvişuri de la un bufet grecesc din apropiere de Dupont Circle. Le despacheta pe măsuţa din colţ împreună cu un ceai cu gheaţă şi murături. Stăteau aplecaţi asupra mâncării, vorbind la început despre cât de ocupaţi erau şi apoi trecând repede la cazul Phelan. Ceva se întâmplase, altfel Josh n-ar fi sunat.

– Am găsit-o pe Rachel Lane, spuse el.

– Minunat. Unde? întrebă Wycliff pe al cărui chip se putea citi uşurarea.

– Ne-a pus să promitem că nu vom spune. Cel puţin nu acum.

– E în ţară? întrebă judecătorul, uitând de carnea de vită la conservă.

– Nu. E într-un colţ foarte îndepărtat de lume şi foarte mulţumită să rămână acolo.

– Cum aţi găsit-o?

– Avocatul ei a găsit-o.

– Cine e avocatul ei?

– Un tip care a lucrat la mine la firmă. Numele lui e Nate O'Riley şi e un fost partener. Ne-a părăsit în august anul trecut.

Wycliff făcu ochii mici şi se gândi.

– Ce coincidenţă. Angajează un fost partener al firmei de avocatură ale cărei servicii le-a folosit tatăl ei.

– Nu e nici o coincidenţă. Ca avocat al patrimoniului, trebuia s-o găsesc. L-am trimis pe Nate O'Riley. A găsit-o şi ea l-a angajat. E foarte simplu de fapt.

– Când o să-şi facă apariţia?

– Mă-ndoiesc c-o să vină personal.

– Şi înştiinţarea şi actul de notificare?

– Or să vină. E foarte meticuloasă şi, sincer să fiu, nu prea ştiu care-i sunt planurile.

– Avem o atacare de testament, Josh. Războiul a izbucnit deja. Nu mai putem aştepta. Acest tribunal trebuie să aibă competenţă jurisdicţională asupra ei.

– Domnule judecător, este reprezentată de un avocat. Interesele ei vor fi apărate. Haideţi să pornim la luptă. O să începem expunerea şi o să vedem ce are partea adversă.

– Pot să vorbesc cu ea?

– E imposibil.

– Haide, Josh.

– Vă jur. Este misionară într-un loc foarte îndepărtat, într-o altă emisferă. Asta e tot ce vă pot spune.

– Vreau să-l văd pe domnul O'Riley.

– Când?

Wycliff se duse la birou şi puse mâna pe cea mai apropiată agendă. Era atât de ocupat. Viaţa îi era aranjată după un calendar al rolurilor, unul al proceselor şi unul al moţiunilor. Secretara lui ţinea un calendar de birou.

– Ce zici de miercurea asta?

– În regulă. La prânz? Numai noi trei, neoficial.

– Desigur.

Avocatul O'Riley îşi pusese în gând să citească şi să scrie toată dimineaţa. Planurile îi fură date peste cap însă de un telefon al pastorului.

– Eşti ocupat? îl întrebă părintele Phil, vocea sa puternică tunând în receptor.

– Păi, nu chiar, zise Nate, care stătea într-un fotoliu de piele adânc, sub o pătură, lângă foc, bând cafea şi citind Mark Twain.

– Eşti sigur?

– Bineînţeles că sunt sigur.

– Ei bine, eu sunt la biserică, lucrez la subsol şi aş avea nevoie de ceva ajutor. Mă gândeam că s-ar putea să te plictiseşti, din moment ce nu prea e nimic de făcut aici, cel puţin nu iarna. S-ar putea să ningă şi astăzi.

Lui Nate îi fugi gândul la friptura de miel. Mai rămăsese destulă.

– Sunt acolo în zece minute.

Subsolul se afla chiar sub sanctuar. Nate auzi bătăi de ciocan când coborî cu grijă treptele şubrede. Era o încăpere spaţioasă, lungă şi lată, cu un plafon jos. Un proiect de modificare era pus în practică de mult timp, însă nu se întrevedea nici un moment final. Planul general consta, în aparenţă, dintr-o serie de încăperi micuţe pe pereţii dinspre exterior, cu un spaţiu gol în centru. Phil stătea între două capre de tăiat lemne, cu centimetrul în mână şi cu rumeguş pe umeri. Purta o cămaşă de flanel, blugi, ghete şi ar fi putut fi luat cu uşurinţă drept dulgher.

– Îţi mulţumesc că ai venit, spuse el cu un zâmbet larg.

– Cu plăcere. Mă plictiseam, zise Nate.

– Pun plăci de fibră, spuse el arătând în direcţia construcţiei. E mai uşor dacă sunt două persoane. Mă ajuta domnul Fuqua, dar acum are optzeci de ani şi spatele lui nu mai e cum a fost.

– Ce construieşti?

– Şase clase pentru studiul Bibliei. Zona asta din centru va fi sala de adunări. Am început lucrul acum doi ani. Bugetul nu ne permite să facem prea multe în materie de noi proiecte, aşa că o fac eu însumi. Mă ţine în formă.

Părintele Phil nu mai era în formă de ani de zile.

– Arată-mi ce să fac, spuse Nate. Şi nu uita că sunt avocat.

– N-ai prea muncit fizic, nu?

– Nu.

Apucară fiecare de câte un capăt al plăcii şi o duseră în clasa în curs de construcţie. Placa avea un metru douăzeci pe unu optzeci şi, când o ridicară, Nate îşi dădu seama că într-adevăr era o treabă pentru două persoane. Phil se opinti, se încruntă și își mușcă limba, iar când placa fu pusă, zise:

– Acum ține-o așa puțin.

Nate o ținu lipită, în timp ce Phil o țintui repede cu niște cuie mari. După aceea, mai bătu șase cuie și își admiră opera. Apoi scoase centimetrul și începu să măsoare următorul spațiu gol.

– Unde ai învățat să fii dulgher? îl întrebă Nate privind cu interes.

– Am treaba asta în sânge. Iosif a fost dulgher.

– Cine?

– Tatăl lui Iisus.

– Ah, acel Iosif.

– Citești Biblia, Nate?

– Nu prea mult.

– Ar trebui s-o faci.

– Mi-ar plăcea să încep.

– Aș putea să te ajut, dacă vrei.

– Mulțumesc.

Phil mâzgăli dimensiuni pe placa pe care tocmai o puseseră. Măsură cu atenție, după care mai măsură o dată. În curând, Nate își dădu seama de ce dura atât de mult proiectul. Phil nu se grăbea și era pentru un regim care consta în multe pauze de cafea.

După vreo oră, urcară în biroul pastorului, unde era cu zece grade mai cald decât la subsol. Phil puse un ibric cu cafea tare pe un ochi mic. După aceea, turnă în cești și se apucă să examineze șirurile de cărți de pe rafturi.

– Ăsta e un minunat ghid de rugăciuni zilnice, una din cărțile mele preferate, spuse el luând cartea și ștergând-o ca și cum ar fi fost plină de praf, după care i-o dădu lui Nate.

Avea coperte cartonate, iar învelitoarea era intactă. Phil ținea foarte mult la cărțile lui.

Apoi alese alta și i-o dădu lui Nate.

– Ăsta e un studiu de Biblie pentru oamenii ocupați. E foarte bun.

– Ce te face să crezi că sunt ocupat?

– Doar ești avocat la Washington, nu?

– Teoretic, dar zilele alea se apropie de sfârşit.

Phil îşi lovi degetele unele de altele şi se uită la Nate aşa cum numai un preot putea să o facă. Ochii lui spuseră: „Continuă. Mai spune-mi. Sunt aici ca să te ajut".

Astfel că Nate îşi descărcă o parte din probleme, atât din trecut, cât şi din prezent, punând accent pe confruntarea iminentă cu fiscul şi cu la fel de iminenta pierdere a licenţei. Avea să scape de închisoare, dar i se cerea să plătească o amendă pe care nu şi-o putea permite.

Cu toate acestea, nu era nefericit în privinţa viitorului. Ba chiar era bucuros că nu avea să mai profeseze.

– Şi ce-o să faci? îl întrebă Phil.

– Habar n-am.

– Crezi în Dumnezeu?

– Da, cred că da.

– Atunci, linişteşte-te. El o să-ţi arate calea.

Vorbiră suficient de mult cât să prelungească dimineaţa până la ora prânzului, când se duseră şi se delectară iarăşi cu friptura de miel. Laura li se alătură târziu. Era educatoare la grădiniţă şi nu avea pauză decât jumătate de oră.

Pe la două, se întoarseră la subsol, unde se apucară din nou de treabă fără prea mult chef. Privindu-l pe Phil cum lucra, Nate deveni convins că proiectul nu avea să fie terminat în viaţa aceea. Iosif o fi fost un dulgher bun, dar locul părintelui Phil era în amvon. Fiecare spaţiu gol de pe perete trebuia măsurat, remăsurat, gândit, examinat din diverse unghiuri şi apoi măsurat din nou. Placa ce urma să acopere spaţiul respectiv trecea prin acelaşi procedeu. În cele din urmă, după suficiente marcaje cu creionul ca să deruteze şi un arhitect, Phil lua ferăstrăul electric cu multă emoţie şi tăie placa. Apoi o ducea în locul unde trebuia pusă şi o băteau în cuie. Dimensiunile erau întotdeauna perfecte şi, cu fiecare din ele, Phil părea sincer uşurat.

Două clase păreau terminate şi gata pentru a fi vopsite. După-amiază târziu, Nate hotărî că a doua zi avea să devină vopsitor.

41

După două zile de muncă plăcută în subsolul rece al bisericii Trinity, nu progresară prea mult. În schimb, se consumă multă cafea, iar friptura de miel fu terminată. În sfârşit, se puseră câteva plăci de fibră, se vopsi câte ceva şi se puseră bazele unei prietenii.

Nate tocmai îşi curăţa vopseaua de pe unghii marţi seara, când sună telefonul. Era Josh, care îl chema înapoi la realitate.

– Judecătorul Wycliff vrea să te vadă mâine, zise el. Am sunat şi mai devreme.

– Ce vrea? întrebă Nate cu o voce plină de groază.

– Sunt sigur că-ţi va pune câteva întrebări în legătură cu noua ta clientă.

– Sunt foarte ocupat, Josh. M-am apucat de renovat, vopsit, bătut cuie şi alte chestii din astea.

– Nu mai spune.

– Da, lucrez la subsolul unei biserici. Timpul e foarte important.

– Nu ştiam că ai asemenea talente.

– Trebuie neapărat să vin, Josh?

– Cred că da, prietene. Ai acceptat să te ocupi de cazul ăsta. I-am spus deja judecătorului. E nevoie de tine, bătrâne.

– Când şi unde?

– Vino la mine la birou la unsprezece. O să mergem împreună.

– Nu vreau să văd biroul, Josh. Am numai amintiri neplăcute. Ne întâlnim la tribunal.

– Bine. Să fii acolo la prânz. În biroul judecătorului Wycliff.

Nate puse un lemn pe foc şi privi fulgii de zăpadă cum dansau pe verandă. Putea să-şi pună un costum şi o cravată şi să se plimbe cu o servietă în mână. Putea să arate şi să se poarte ca un avocat. Putea să spună „Domnule judecător" şi „Dacă binevoieşte Curtea", putea să strige „Obiectez" şi să pună întrebări încuietoare martorilor. Putea să facă toate lucrurile pe care le făceau un milion de alţi avocaţi, dar nu se mai considera unul dintre ei. Zilele acelea se sfârşiseră, slavă Domnului.

Mai putea să o facă o dată, dar numai o singură dată. Încercă să-şi spună că o făcea pentru clienta lui, pentru Rachel, dar ştia că ei nu-i păsa.

Încă nu-i scrisese, deşi intenţionase de multe ori să o facă. Pentru scrisoarea lui Jevy, care se întindea pe o pagină şi jumătate, avusese nevoie de două ore de muncă grea.

După trei zile în zăpadă, îi era dor de aerul umed de pe străzile din Corumbá, cu oamenii care se plimbau agale, de cafenelele în aer liber, de acel ritm al vieţii care spunea că totul putea să aştepte până mâine. Ningea din ce în ce mai tare. Poate o să fie iarăşi viscol, îşi spuse el, drumurile or să fie blocate şi n-o să fiu nevoit să mă duc, până la urmă.

Alte sendvişuri de la bufetul grecesc, iarăşi murături şi ceai. Josh pregăti masa, în timp ce îl aşteptau pe judecătorul Wycliff.

– Ăsta e dosarul întocmit de tribunal, spuse el dându-i un dosar gros şi roşu. Şi ăsta e răspunsul tău, adăugă el apoi, dându-i un dosar plic. Trebuie să-l citeşti şi să-l semnezi cât mai curând.

– Patrimoniul a formulat un răspuns?

– Mâine. Răspunsul lui Rachel Lane e acolo, pregătit deja, aşteptând doar semnătura ta.

– E ceva greşit aici, Josh. Formulez un răspuns la o contestare de testament în numele unei cliente care nu ştie nimic.

– Trimite-i o copie.

– Unde?

– La singura ei adresă cunoscută, aceea a organizaţiei Triburile Mondiale din Houston, Texas. Totul e în dosar.

Nate clătină din cap neputincios în fața pregătirilor lui Josh. Se simțea ca un pion pe o tablă de joc. „Răspunsul pârâtei Rachel Lane" se întindea pe patru pagini și nega, atât în general, cât și în particular, afirmațiile făcute în cele șase reclamații care atacau testamentul. Nate le citi pe acestea din urmă, în timp ce Josh vorbea la celular.

După ce se eliminau toți termenii juridici, cazul era simplu: a știut Troy Phelan ce face atunci când a scris ultimul testament sau nu? Totuși, procesul avea să fie un adevărat circ, din moment ce avocații aveau să aducă tot soiul de psihiatri. Angajați, foști angajați, foste iubite, îngrijitori, cameriste, șoferi, piloți, gărzi personale, doctori, prostituate, orice persoană care își petrecuse cinci minute în compania bătrânului avea să fie adusă pentru a depune mărturie.

Nate nu avea chef de așa ceva. Dosarul devenea din ce în ce mai greu pe măsură ce citea. Se va umple o cameră până când războiul avea să se sfârșească, în cele din urmă.

Judecătorul Wycliff își făcu obișnuita apariție agitată la douăsprezece și jumătate, scuzându-se în timp ce își scotea roba.

– Trebuie să fii Nate O'Riley, zise el întinzând o mână.

– Da, domnule judecător, mă bucur să vă cunosc.

Josh izbuti să se desprindă de celular. Se așezară în jurul măsuței și începură să mănânce.

– Josh mi-a spus că ai găsit-o pe cea mai bogată femeie din lume, zise Wycliff printre plescăituri.

– Așa e. Acum vreo două săptămâni.

– Și nu poți să-mi spui unde e?

– M-a implorat să n-o fac. Am promis.

– O să vină să depună mărturie la momentul cuvenit?

– Nu va fi nevoie, explică Josh, care bineînțeles că avea în servietă un material legat de problema prezenței ei în timpul procedurilor. Dacă nu știe nimic despre starea psihică a domnului Phelan, nu poate fi citată ca martoră.

– Dar e parte, spuse Wycliff.

– Așa e. Dar prezența ei poate fi scuzată. Ne putem judeca și fără ea.

– Scuzată de cine?

– De dumneavoastră, domnule judecător. Am de gând să înaintez o cerere la momentul potrivit, în care să rog Curtea să aprobe judecarea cauzei fără ca ea să fie prezentă, spuse Nate.

Josh îi zâmbi peste masă. Bravo, Nate.

– Cred că o să mai vorbim despre asta mai târziu, spuse Wycliff. Mă interesează mai mult expunerea. Inutil să mai spun că toţi contestatarii sunt nerăbdători să ne apucăm de treabă.

– Patrimoniul îşi va înainta răspunsul mâine, spuse Josh. Suntem gata de luptă.

– Şi pârâta?

– Lucrez la răspunsul ei, zise Nate sobru, de parcă ar fi muncit zile întregi la acel lucru. Dar o să-l pot înainta mâine.

– Eşti pregătit pentru expunere?

– Da, domnule.

– Când putem aştepta înştiinţarea şi notificarea clientei dumitale?

– Nu ştiu sigur.

– Teoretic, nu am competenţa jurisdicţională asupra ei până când nu le primesc.

– Da, înţeleg. Sunt sigur că vor fi aici în curând. Corespondenţa ei ajunge foarte greu.

Josh îi zâmbi protejatului său.

– Chiar ai găsit-o, i-ai arătat copia testamentului, i-ai explicat ce e cu actul de notificare a competenţei jurisdicţionale şi cu înştiinţarea şi ai acceptat să o reprezinţi?

– Da, domnule, spuse Nate, dar numai pentru că era nevoit.

– Vrei să scrii asta într-o declaraţie pentru dosar?

– E puţin cam neobişnuit, nu? întrebă Josh.

– Poate, dar dacă începem expunerea fără actul de notificare şi fără înştiinţare, vreau ceva la dosar care să arate că a fost contactată şi că ştie ce facem.

– Bună idee, domnule judecător, spuse Josh, ca şi cum ideea i-ar fi aparţinut de la bun început. Nate o să semneze declaraţia.

Nate încuviinţă şi muşcă din sendviş, sperând că aveau să-l lase să mănânce fără să-l forţeze să mai spună şi alte minciuni.

– Era apropiată de Troy? întrebă Wycliff.

Nate prelungi mestecatul destul de mult înainte să răspundă.

– Întâlnirea nu e oficială, nu?

– Nu. Sunt numai nişte bârfe.

Da, şi bârfele duc la câştigarea sau pierderea unui proces.

– Nu cred că erau prea apropiaţi. Nu îl mai văzuse de ani de zile.

– Cum a reacţionat când a citit testamentul?

Tonul lui Wycliff era, într-adevăr, de bârfă şi sporovăială şi Nate ştia că judecătorul voia toate detaliile.

– A fost cel puţin surprinsă, zise el sec.

– Sunt convins. A întrebat cât?

– Într-un târziu. Cred că a fost copleşită, aşa cum ar fi oricine.

– E căsătorită?

– Nu.

Josh îşi dădu seama că întrebările legate de Rachel ar fi putut continua la nesfârşit. Şi întrebările erau periculoase. Wycliff nu putea să afle, cel puţin nu în momentul acela, că pe Rachel nu o interesau banii. Dacă tot continua să întrebe şi dacă Nate continua să spună adevărul, ceva tot avea să-i scape.

– Nu e un caz complicat, domnule judecător, spuse el, îndreptând discuţia într-o altă direcţie. Expunerea n-o să dureze o veşnicie. Ei sunt nerăbdători. Noi suntem nerăbdători. Pe masă sunt o grămadă de bani pe care îi vrea toată lumea. Ce-ar fi să ne grăbim expunerea şi să fixăm o dată pentru proces?

Grăbirea procedurilor într-un caz de validare era ceva nemaiauzit. Avocaţii erau plătiţi cu ora. De ce să se grăbească?

– Interesant, spuse Wycliff. La ce te gândeşti?

– Să fixăm o şedinţă de expunere cât mai curând. Să aducem toţi avocaţii într-o încăpere şi să le cerem să prezinte o listă cu potenţialii martori şi documentele pe care le au. Acordăm treizeci de zile pentru toate depoziţiile şi fixăm data procesului pentru nouăzeci de zile.

– E îngrozitor de rapid.

– La tribunalul federal o facem adesea. Şi dă rezultate. Partea cealaltă o să fie de acord imediat, deoarece clienţii lor sunt faliţi cu toţii.

– Şi dumneata, domnule O'Riley? Clienta dumitale e nerăbdătoare să primească banii?

– Dumneavoastră n-aţi fi, domnule judecător? întrebă Nate.

Şi râseră toţi trei.

Când Grit reuşi, în sfârşit, să străpungă linia apărării telefonice a lui Hark, primele lui cuvinte fură:

– Mă gândesc să mă duc la judecător.

Hark apăsă pe butonul de înregistrare al telefonului său şi zise:

– Bună ziua şi ţie, Grit.

– Aş putea să-i spun adevărul judecătorului, că Snead şi-a vândut mărturia pentru cinci milioane de dolari şi că nimic din ce spune nu este adevărat.

Hark râse suficient de tare cât să-l audă Grit.

– Nu poţi să faci asta, Grit.

– Ba sigur că pot.

– Nu eşti foarte inteligent, se vede treaba. Ascultă-mă, Grit, şi ascultă-mă cu atenţie. În primul rând, ai semnat hârtia alături de noi toţi, aşa că eşti implicat în orice ilegalitate pe care o susţii, în al doilea rând, şi cel mai important, ştii de Snead pentru că ai fost implicat în caz ca avocat al lui Mary Ross. Asta înseamnă o relaţie de confidenţialitate. Dacă divulgi orice informaţie aflată în timpul cât ai fost avocatul ei, încalci legea confidenţialităţii. Dacă faci vreo prostie, ea va depune o reclamaţie la barou şi eu o să fac în aşa fel încât să fii exclus. Îţi iau licenţa, înţelegi, Grit?

– Eşti un gunoi, Gettys. Mi-ai furat clienta.

– Dacă clienta ta era mulţumită, de ce căuta un alt avocat?

– N-am terminat cu tine.

– Să nu faci vreo prostie.

Grit trânti telefonul. Hark savură momentul, după care se apucă din nou de treabă.

Nate porni singur cu maşina prin oraş, peste râul Potomac, pe lângă Lincoln Memorial, deplasându-se împreună cu celelalte maşini fără să se grăbească. Fulgii de zăpadă îi loveau parbrizul, dar nu era viscol. La un semafor pe Pennsylvania, se uită în oglinda retrovizoare şi văzu clădirea, înghesuită între multe altele, unde îşi petrecuse cea mai mare parte din ultimii douăzeci şi trei de ani. Fereastra biroului său era la etajul şase. Abia o zărea.

Pe M Street, în Georgetown, văzu locurile frecventate – vechile baruri şi localuri unde îşi petrecuse ore îndelungate şi întunecoase cu oameni pe care nu şi-i mai amintea. Totuşi, mai ţinea minte numele barmanilor. Fiecare local avea o poveste. Pe vremea când obişnuia să bea, o zi grea la birou sau la tribunal trebuia îndulcită cu câteva ore de alcool. Nu putea să se ducă acasă fără el. O luă spre nord pe Wisconsin şi văzu un bar unde se bătuse odată cu un student de colegiu, un puşti mai beat ca el. O studentă generase scandalul. Barmanul îi trimisese să se bată afară. A doua zi, la tribunal, Nate purtase un leucoplast.

Şi acolo era o cafenea micuţă de unde cumpărase atâta cocaină, încât fusese cât pe ce să moară. Cei de la narcotice făcuseră o vizită acolo în timp ce el se afla la dezintoxicare. Doi amici erau la închisoare.

Pe străzile acelea îşi petrecuse zilele de glorie, în timp ce soţiile aşteptau şi copiii lui creşteau fără el. Îi era ruşine de suferinţa pe care o provocase. Ieşind din Georgetown, jură să nu se mai întoarcă niciodată.

Acasă la Stafford, îşi mai luă haine şi alte lucruri personale şi plecă în grabă.

În buzunar avea un cec de zece mii de dolari, salariul pe prima lună. Fiscul voia şaizeci de mii, reprezentând impozite din urmă. Amenda avea să fie cel puţin încă pe atât. Celei de-a doua soţii îi datora vreo treizeci de mii pentru pensia de întreţinere a copiilor, obligaţii lunare care se adunaseră în timp ce el se tratase cu Sergio.

Falimentul nu îl scutea de acele datorii. Admise că viitorul lui financiar era, într-adevăr, sumbru. Pentru fiecare dintre copiii mai mici trebuia să plătească trei mii pe lună. Cei doi mai mari îl costau aproape la fel de mult cu taxele de colegiu şi celelalte cheltuieli, de cazare şi masă. Putea trăi din banii Phelan câteva luni, dar, după felul cum vorbeau Josh şi Wycliff, procesul avea să se ţină probabil mai curând decât mai târziu. Când totul avea să se termine, Nate urma să apară în faţa unui judecător federal, să se declare vinovat de evaziune fiscală şi să-şi predea licenţa.

Părintele Phil îl învăţă să nu îşi facă griji pentru viitor. Dumnezeu avea să aibă grijă de el.

Nate se întrebă din nou dacă nu cumva Dumnezeu obţinea mai mult decât se aşteptase.

Din moment ce nu putea să scrie pe altceva decât pe un carneţel juridic, cu rândurile sale late şi spaţiile mari la margini, Nate luă unul şi încercă să înceapă o scrisoare pentru Rachel. Trebuia să pună adresa organizaţiei Triburile Mondiale din Houston. Avea să scrie pe plic „Personal şi confidenţial", să treacă numele de Rachel Lane şi să ataşeze un bilet explicativ: „Pentru cine se ocupă de asta".

Cineva de la Triburile Mondiale ştia cine şi unde era ea. Poate cineva ştia că Troy era tatăl ei. Poate că acel cineva adunase doi cu doi şi acum ştia că Rachel a lor era beneficiara.

Nate mai presupunea şi că Rachel avea să ia legătura cu organizaţia, dacă nu o şi făcuse deja. Fusese în Corumbá şi se aflase în spital. Era logic să creadă că sunase la Houston şi spusese cuiva de vizita lui.

Pomenise de bugetul ei anual de la Triburile Mondiale. Trebuia să existe o metodă de a comunica prin scrisori. Dacă scrisoarea lui ajungea în mâinile cui trebuia în Houston, atunci poate avea să găsească locul potrivit şi în Corumbá.

Scrise data şi apoi „Dragă Rachel".

Trecu o oră, timp în care privi flăcările şi încercă să găsească nişte cuvinte care să sune inteligent. În cele din urmă, începu scrisoarea cu un paragraf despre zăpadă. Îi era dor de ea din copilărie? Cum era în Montana? În faţa ferestrei lui era un strat de treizeci de centimetri.

Se simţi obligat să-i scrie că acţiona ca avocat al ei, şi odată ce intră în acel subiect, nu se mai putu opri. Îi explică în termeni cât mai simpli ce se întâmpla cu acţiunea intentată.

Îi povesti despre părintele Phil, biserică şi subsolul acesteia. Studia Biblia şi îi plăcea. Se ruga pentru ea.

Când termină, scrisoarea se întindea pe trei pagini şi era foarte mândru de sine. O reciti de două ori şi consideră că merită expediată. Dacă izbutea să ajungă într-un fel la coliba ei, ştia că avea să o citească iar şi iar, fără să dea nici cea mai mică atenţie eventualelor greşeli de stil.

Nate îşi dorea tare mult să o revadă.

42

Un motiv pentru care lucrările progresau încet la subsolul bisericii era acela că părintelui Phil îi plăcea să doarmă mai mult dimineața. Laura spunea că pleca de acasă în fiecare dimineață la opt la grădiniță, și cel mai adesea pastorul era ascuns sub pături. Apărându-se, el spunea că se culca târziu, pentru că îi plăcea să se uite la filmele vechi, alb-negru, care se difuzau după miezul nopții.

Astfel că Nate fu oarecum surprins când îl auzi la telefon vineri dimineață la șapte și jumătate.

– Ai văzut ziarul *Post?* îl întrebă el.

– Nu citesc ziarele, zise Nate.

Renunțase la acel obicei în timpul tratamentului de la centru. Pe de altă parte, Phil citea cinci pe zi. Îi ofereau numeroase subiecte pentru predici.

– Poate ar trebui s-o faci, spuse el.

– De ce?

– E un articol despre tine.

Nate își puse ghetele și se duse la o cafenea de pe strada principală. Pe prima pagină din secțiunea Metro era un articol despre găsirea moștenitoarei dispărute a lui Troy Phelan. Cu o zi în urmă, se înaintaseră hârtiile necesare la Tribunalul Districtului Fairfax, în care ea, acționând prin intermediul avocatului, un anume Nate O'Riley, respingea afirmațiile celor care contestau testamentul răposatului ei tată. Deoarece nu erau multe de spus despre ea, în articol se scria în continuare despre avocatul ei. Potrivit declarației acestuia, de asemenea depusă la dosar, el o găsise pe Rachel Lane, îi arătase o copie a testamentului scris de mână, discutase cu ea diversele aspecte juridice și reușise cumva să devină avocatul ei. Nu se pomenea nimic despre locul unde se afla doamna Lane.

Domnul O'Riley era un fost partener al firmei Stafford Law Firm; pe vremuri fusese un avocat pledant foarte bun; părăsise firma în luna august; în octombrie, declarase faliment; în noiembrie, fusese pus sub acuzație; și în prezent era cercetat pentru evaziune fiscală. Cei de la fisc susțineau că îi păgubise de șaizeci de mii de dolari. Redactorul mai pomeni și faptul inutil că divorțase de două ori. Pentru a face ca umilirea să fie completă, era publicată și o fotografie nereușită, în care Nate apărea cu un pahar în mână la o recepție organizată într-un bar din D.C. cu câțiva ani în urmă. Studie imaginea aceea neclară a sa, cu ochii strălucitori, obrajii îmbujorați de alcool și cu zâmbetul care dădea impresia că se afla printre oameni pe care îi plăcea. Era stânjenitor, dar era o altă viață.

Bineînțeles că niciun articol nu putea fi complet fără o scurtă trecere în revistă a vieții și morții lui Troy – trei soții, șapte copii cunoscuți, o avere de aproximativ unsprezece miliarde și ultimul său zbor de la etajul paisprezece.

Domnul O'Riley nu putea fi găsit pentru comentarii. Domnul Stafford nu avea nimic de spus. Avocații moștenitorilor Phelan spuseseră, evident, atâtea lucruri deja, încât nu mai erau întrebați nimic.

Nate împături ziarul și se întoarse acasă. Era opt și jumătate. Mai avea o oră și jumătate până când trebuia să înceapă din nou lucrul la subsol.

Acum, câinii îi știau numele, dar avea să fie greu să-i adulmece urma. Josh aranjase ca scrisorile să-i fie expediate la o căsuță poștală din D.C. Avea un număr nou la birou, unul pentru Nathan O'Riley, avocat. La telefoane răspundea întotdeauna o secretară din biroul lui Josh, care strângea mesajele.

În St. Michaels, numai pastorul și soția acestuia știau cine este. Circula zvonul că ar fi fost un avocat bogat din Baltimore care scria o carte.

Era plăcut să te ascunzi. Poate de aceea o făcea şi Rachel Lane.

Copii după răspunsul lui Rachel Lane fură trimise tuturor avocaţilor Phelan care, ca grup, fură electrizaţi. Trăia, într-adevăr, şi era dispusă să lupte, deşi alegerea avocatului era oarecum uluitoare. Reputaţia lui O'Riley era cunoscută – un avocat pledant foarte bun, cu momente de strălucire, care nu rezista la presiuni, însă avocaţii, ca şi judecătorul Wycliff, bănuiau că Josh Stafford trăgea sforile. El îl scosese pe O'Riley de la dezalcoolizare, îl aranjase, îi pusese dosarul în braţe şi îi dăduse drumul spre tribunal.

Avocaţii Phelan se întâlniră vineri dimineaţă la biroul doamnei Langhorne, o clădire modernă de pe Pennsylvania Avenue, în cartierul comercial. Firma ei era în ascensiune – cu patruzeci de avocaţi nu era suficient de mare pentru a atrage clienţi importanţi, însă şefa era foarte ambiţioasă. Mobilierul era elegant şi pretenţios, caracteristic avocaţilor care doreau cu disperare să dea lovitura.

Hotărâseră să se întâlnească o dată pe săptămână, în fiecare vineri la ora opt, timp de cel mult două ore, pentru a discuta despre cazul Phelan şi a pune la punct o strategie. Ideea fusese a lui Langhorne. Aceasta îşi dăduse seama că avea să fie nevoită să fie conciliatoarea. Bărbaţii erau ocupaţi cu împăunarea şi înţepăturile. Şi la mijloc erau prea mulţi bani pentru a fi pierduţi într-un proces unde contestatarii, toţi aflaţi într-o parte a încăperii, se înjunghiau unii pe alţii pe la spate.

I se părea că schimbarea avocaţilor încetase. Clienţii ei, Geena şi Cody, rămâneau la decizia lor. Yancy părea să-l fi prins pe Ramble bine în gheare. Wally Bright practic locuia cu Libbigail şi Spike. Hark îi avea pe ceilalţi trei – Troy Junior, Rex şi Mary Ross – şi părea mulţumit. Praful începea să se aşeze în jurul moştenitorilor. Relaţiile deveneau familiare. Problemele fuseseră definite. Avocaţii ştiau că era mai bine să lucreze în echipă, altfel pierdeau cazul.

Numărul unu era Snead. Îşi petrecuseră multe ceasuri vizionând casetele cu primul său efort şi fiecare îşi notase modalităţi de îmbunătăţire a prestaţiei lui. Născocirile erau neruşinate.

Yancy, care fusese un scenarist aspirant cu ani în urmă, scrisese chiar un scenariu de cinci pagini pentru Snead, plin cu atâtea afirmaţii îngrozitoare, încât îl făceau pe sărmanul Troy să pară complet lipsit de creier.

Numărul doi era Nicolette, secretara. Aveau să o înregistreze pe video peste câteva zile şi erau anumite lucruri pe care trebuia să le spună. Lui Bright îi veni ideea că poate bătrânul făcuse un infarct în timp ce făcea sex cu ea cu câteva ore înainte să apară în faţa celor trei psihiatri, ceva ce puteau să declare şi Nicolette, şi Snead. Un infarct însemna diminuarea capacităţii mintale. Era o idee destul de bună, acceptată în general, care genera o discuţie îndelungată despre autopsie. Încă nu văzuseră o copie a raportului. Sărmanul individ era zdrobit pe cărămizi, cu o rană îngrozitoare la cap, aşa cum era şi de aşteptat. Oare la autopsie avea să se descopere infarctul?

Chestiunea numărul trei era cea a propriilor experţi. Psihiatrul lui Grit dispăruse repede, odată cu acesta, aşa încât nu mai rămăseseră decât patru, câte unul de firmă. Patru nu era o cifră prea mică la proces, de fapt, patru puteau fi convingători, mai ales dacă ajungeau la aceleaşi concluzii, dar pe căi diferite. Căzură de acord că trebuiau să facă repetiţii şi cu mărturiile psihiatrilor, punându-le tot soiul de întrebări şi încercând să-i facă să cedeze sub presiune.

Punctul numărul patru era reprezentat de alţi martori. Trebuiau să mai găsească şi alte persoane care se aflaseră în preajma bătrânului în ultimele lui zile. Snead putea să-i ajute în acea privinţă.

Ultimul punct era apariţia lui Rachel Lane şi a avocatului ei.

– La dosar nu este nimic semnat de această femeie, spuse Hark. E retrasă. Nimeni nu ştie unde se află, în afară de avocatul ei şi el nu vrea să spună. I-a trebuit o lună ca s-o găsească. N-a semnat nimic. Teoretic, tribunalul nu are jurisdicţie. Mie mi se pare foarte clar că această femeie nu prea vrea să se arate.

– Aşa sunt şi unii câştigători la loterie, zise Bright. Vor să păstreze tăcerea, pentru că, altfel, orice nenorocit s-ar apuca să le bată la uşă.

– Şi dacă nu vrea banii? întrebă Hark, iar ceilalţi rămaseră stupefiaţi.

– E o nebunie, spuse Bright instinctiv, dar se gândi la acel lucru imposibil.

În timp ce ei se scărpinau în cap, Hark continuă:

– E doar o idee, dar una la care ar trebui să ne gândim. Potrivit legilor din Virginia, se poate renunţa la ceva lăsat prin testament. Darul respectiv rămâne în cadrul patrimoniului. Dacă acest testament este considerat nul şi dacă nu mai există altul, atunci cei şapte copii ai lui Troy Phelan primesc totul. Din moment ce Rachel Lane nu vrea nimic, averea se va împărţi între clienţii noştri.

Toţi începură să facă nişte calcule ameţitoare. Unsprezece miliarde, minus impozitele, împărţite la şase. După aceea, se aplica procentajul cuvenit şi rămânea o avere serioasă. Onorariile din şapte cifre se transformau în onorarii din opt cifre.

– E puţin cam absurd, spuse Langhorne rar, mintea încă vuindu-i de calcule.

– Nu sunt chiar atât de sigur, spuse Hark, care, evident, ştia mai mult decât ceilalţi. O notificare este un document foarte simplu de întocmit. Ar trebui să credem că domnul O'Riley a călătorit până în Brazilia, a găsit-o pe Rachel Lane, i-a povestit despre Troy, a fost angajat, dar n-a obţinut o simplă semnătură pe un document scurt care ar oferi competenţă jurisdicţională tribunalului? Ceva se petrece aici.

Yancy fu primul care întrebă:

– Brazilia?

– Da. Tocmai s-a întors din Brazilia.

– De unde ştii?

Hark scoase încet nişte hârtii din dosar.

– Am un detectiv foarte bun, spuse el şi în jur se făcu o linişte mormântală. Ieri, după ce am primit răspunsul ei şi declaraţia lui O'Riley, la fel ca şi voi, l-am sunat pe detectiv. În trei ore a aflat următoarele: în ziua de douăzeci şi doi decembrie, Nate O'Riley a plecat de pe aeroportul Dulles cu un avion Varig, zborul 882, până la São Paulo, de unde s-a îmbarcat în zborul 146 spre Campo

Grande şi apoi a luat un avion de navetă Air Pantanal, aterizând într-un orăşel numit Corumbá, în ziua de douăzeci şi trei. A stat aproape trei săptămâni, după care s-a întors la Dulles.

– Poate a fost într-o vacanţă, murmură Bright, la fel de uluit ca toţi ceilalţi.

– Poate, dar mă-ndoiesc. Domnul O'Riley şi-a petrecut toamna într-o clinică de dezalcoolizare, nu pentru prima oară. Acolo era când s-a sinucis Troy. I s-a dat drumul în ziua de douăzeci şi doi, aceeaşi zi în care a plecat spre Brazilia. Călătoria lui a avut un singur scop, acela de a o găsi pe Rachel Lane.

– De unde ştii toate astea? întrebă Yancy.

– De fapt, nu e chiar atât de greu de aflat. Mai ales informaţiile despre zboruri. Orice detectiv bun le poate obţine.

– De unde ştii c-a fost la dezalcoolizare?

– Am spioni.

Urmă un moment îndelungat de tăcere, timp în care digerară toate acele lucruri. Îl dispreţuiau pe Hark şi în acelaşi timp îl admirau. Părea să aibă întotdeauna informaţii pe care ei nu le aveau şi totuşi acum era de partea lor. Alcătuiau o echipă.

– E doar o chestiune de influenţă, zise el. Mergem cu toată viteza înainte cu expunerea. Atacăm testamentul cu înverşunare. Nu spunem nimic despre lipsa jurisdicţiei asupra lui Rachel Lane. Dacă nu apare nici în persoană, nici nu semnează notificarea, e limpede că nu vrea banii.

– N-o să cred asta niciodată, zise Bright.

– Pentru că eşti avocat.

– Dar tu ce eşti?

– La fel, dar nu atât de lacom. Poţi să crezi sau nu, Wally, dar există oameni în lume care nu sunt motivaţi de bani.

– Sunt vreo douăzeci, spuse Yancy. Şi toţi sunt clienţii mei.

Râsetele slabe mai alungară din tensiune.

Înainte să se despartă, se forţară iarăşi unii pe alţii să fie de acord cu ideea că tot ce vorbeau era confidenţial. Fiecare dintre ei o spunea în mod serios, dar nici unul nu avea totală încredere în celălalt. Informaţiile legate de Brazilia erau deosebit de delicate.

43

Plicul era maro şi puţin mai mare decât cele juridice. Pe lângă adresa din Houston a organizaţiei Triburile Mondiale, mai erau scrise cu negru cuvintele: „Pentru Rachel Lane, misionară în America de Sud, Personal şi Confidenţial".

Fu primit de angajatul care se ocupa de corespondenţă, fu examinat câteva clipe şi apoi trimis sus la un supraveghetor. Călătoria sa continuă toată dimineaţa, până când ateriză, tot nedesfăcut, pe biroul Nevei Collier, coordonator al misiunilor din America de Sud. Aceasta îl privi cu gura căscată, deoarece nimeni nu ştia că Rachel Lane era o misionară a organizaţiei Triburile Mondiale. Nimeni în afară de ea.

Evident, cei care îl trimiseseră dintr-o parte în alta nu făcuseră legătura între numele de pe plic şi cel vehiculat în ştirile cele mai recente. Era luni dimineaţă, aşa că activitatea era lentă şi calmă.

Neva încuie uşa. În plic era o scrisoare pe care scria: „Pentru cine se ocupă de asta", şi un plic mai mic, sigilat. Citi scrisoarea cu glas tare, uluită de faptul că cineva cunoştea chiar şi parţial identitatea lui Rachel Lane.

Pentru cei interesaţi:

Alăturat este o scrisoare pentru Rachel Lane, una dintre misionarele dumneavoastră din Brazilia. Vă rog să i-o trimiteţi, nedeschisă.

Am cunoscut-o pe Rachel acum vreo două săptămâni. Am găsit-o în Pantanal, trăind în mijlocul indienilor Ipica, unde este, aşa cum ştiţi foarte bine, de unsprezece ani. Scopul vizitei mele a fost legat de o chestiune juridică.

Pentru informarea dumneavoastră, se simte bine. I-am promis că, sub nicio formă, nu o să spun nimănui unde se află. Nu doreşte să mai fie deranjată cu alte probleme juridice şi eu am fost de acord cu ea.

Are nevoie de bani pentru o barcă nouă cu motor şi, de asemenea, de fonduri suplimentare pentru medicamente. Voi trimite bucuros un cec organizaţiei dumneavoastră pentru aceste cheltuieli; spuneţi-mi doar cum să procedez.

Intenţionez să-i mai scriu lui Rachel, deşi habar nu am cum îşi primeşte corespondenţa. Puteţi să-mi scrieţi ca să ştiu că această scrisoare a fost primită şi că i-a fost expediată? Mulţumesc.

Era semnată Nate O'Riley. Mai jos, era un număr de telefon din St. Michaels, Maryland, şi adresa unei firme de avocatură din Washington.

Era foarte simplu să se corespondeze cu Rachel. De două ori pe an, în zilele de 1 martie şi 1 august, organizaţia trimitea pachete la oficiul poştal din Corumbá. Acestea conţineau medicamente, literatură creştină şi orice altceva mai avea nevoie sau voia. Cei de la oficiul poştal erau de acord să ţină pachetele din august timp de treizeci de zile şi, dacă nu erau ridicate, erau expediate înapoi la Houston. Acest lucru nu se întâmplase niciodată. În fiecare an, în luna august, Rachel făcea călătoria anuală la Corumbá, şi tot atunci suna la sediu şi îşi folosea engleza pentru zece minute. Apoi, îşi ridica pachetele şi se întorcea în mijlocul indienilor. În martie, după sezonul ploios, pachetele erau trimise pe râu cu o *chalana* şi lăsate la o *fazenda* la gura râului Xeco. Lako le lua la un moment dat. Pachetele din martie erau întotdeauna mai mici decât cele din august.

În unsprezece ani, Rachel nu primise nici o scrisoare personală, cel puţin nu prin intermediul organizaţiei.

Neva copie numărul de telefon şi adresa pe un carneţel, după care ascunse scrisoarea într-un sertar. Avea să o expedieze peste vreo lună, împreună cu pachetul obişnuit din luna martie.

Lucrară aproape o oră tăind plăci pentru următoarea clasă. Podeaua era plină de rumeguş. Phil avea şi în păr. Scârţâitul ferăstrăului încă le mai răsuna în urechi. Era momentul să bea o cafea. Se aşezară pe jos, rezemaţi de perete, lângă un calorifer portabil. Phil turnă cafeaua tare din termos.

– Ai pierdut o predică nemaipomenită ieri, spuse el zâmbind.

– Unde?

– Cum adică unde? Aici, bineînţeles.

– Care a fost tema?

– Adulterul.

– Pentru sau împotrivă?

– Împotrivă, ca întotdeauna.

– Nu cred că asta e o problemă în rândul enoriaşilor tăi.

– Ţin predica asta o dată pe an.

– Aceeaşi predică?

– Da, dar mereu reactualizată.

– Când s-a întâmplat ultima dată ca vreunul din enoriaşii tăi să aibă o problemă de adulter?

– Acum vreo doi ani. Una din enoriaşele mai tinere credea că soţul ei avea o amantă în Baltimore. El se ducea cu afaceri acolo o dată pe săptămână şi ea a observat că, la întoarcere, era cu totul alt om. Avea mai multă energie, era mai entuziasmat faţă de viaţă. Asta dura două, trei zile, după care era iarăşi ţâfnos, ca de obicei. Femeia era convinsă că el se îndrăgostise.

– Mai scurt.

– Se ducea la un bioterapeut, spuse Phil şi izbucni într-un hohot de râs ciudat, care era molipsitor şi de obicei mai amuzant decât poanta.

După ce trecu momentul de umor, amândoi sorbiră din cafea.

– În cealaltă viaţă a ta, ai avut vreodată probleme cu adulterul, Nate? îl întrebă Phil apoi.

– Niciuna. Nu era o problemă, ci un mod de viaţă. Vânam orice mergea. Orice femeie semiatrăgătoare nu era altceva decât o posibilă aventură scurtă. Eram însurat, dar nu mă gândeam că, de fapt, comiteam adulter. Nu era un păcat, ci un joc. Eram un căţel bolnav, Phil.

– N-ar fi trebuit să te întreb.

– Ba da, confesarea e bună pentru suflet. Mi-e ruşine de cum eram. Femei, alcool, droguri, baruri, bătăi, divorţuri, copii neglijaţi – am fost îngrozitor. Aş vrea să dau timpul înapoi, dar acum e important să ţin minte cât de departe am ajuns.

– Ţi-au mai rămas mulţi ani, Nate.

– Sper. Numai că nu prea ştiu ce să fac.

– Ai răbdare. Domnul te va îndruma.

– Bine, în ritmul ăsta, s-ar putea să am o carieră foarte îndelungată chiar aici.

Phil zâmbi, dar nu izbucni în râs.

– Studiază Biblia, Nate, şi roagă-te. Dumnezeu are nevoie de oameni ca tine.

– Bănuiesc.

– Crede-mă. Mie mi-au trebuit zece ani ca să aflu dorinţa Domnului. Am alergat o vreme, dar pe urmă m-am oprit şi am ascultat. Încet, încet, m-a făcut să mă îndrept spre preoţie.

– Câţi ani aveai?

– Aveam treizeci şi şase de ani când am intrat la seminar.

– Erai cel mai bătrân?

– Nu. Nu e ceva neobişnuit să vezi oameni de patruzeci şi ceva de ani la seminar. Se întâmplă tot timpul.

– Cât durează?

– Patru ani.

– Mai rău decât la drept.

– N-a fost deloc rău. De fapt, a fost chiar plăcut.

– Nu pot spune acelaşi lucru despre facultatea de drept. Mai lucrară încă o oră, după care veni timpul să meargă la masă. Zăpada se topise toată în sfârşit, şi în Tilghman, era un restaurant unde se mâncau crabi, care îi plăcea foarte mult lui Phil. Nate dorea să facă cinste.

– Frumoasă maşină, spuse Phil punându-şi centura.

Fărâme de rumeguş îi căzură de pe umeri pe scaunul imaculat din piele al Jaguarului. Lui Nate însă puţin îi păsa.

– E o maşină de avocat, luată în leasing, bineînţeles, pentru că nu-mi puteam permite s-o cumpăr. Opt sute de dolari pe lună.

– Scuză-mă.

– Mi-ar plăcea să scap de ea și să-mi cumpăr un Blazer micuț și frumos sau altceva în genul ăsta.

Route 33 se îngustă când ieșiră din oraș și în curând mergeau de-a lungul golfului.

Era în pat când sună telefonul, dar nu dormea. Somnul era la distanță de o oră. Era abia zece, dar organismul lui era obișnuit cu programul de la Walnut Hill, în ciuda călătoriei în sud. Și uneori mai simțea o oboseală ca urmare a febrei dengue.

Era greu de crezut că, aproape tot timpul cât profesase, lucrase adesea până la nouă, zece seara, după care mânca și bea într-un bar până la unu. Obosea numai gândindu-se la acest lucru.

Din moment ce telefonul suna foarte rar, răspunse repede, convins că erau probleme.

– Cu Nate O'Riley, vă rog, spuse o voce de femeie.

– La telefon.

– Bună seara. Numele meu este Neva Collier și am primit o scrisoare de la dumneata pentru prietena noastră din Brazilia.

Pătura zbură imediat când Nate sări din pat.

– Da! Ați primit scrisoarea?

– Da. Am citit-o azi-dimineață și o s-o expediez pe cea pentru Rachel.

– Minunat. Cum își primește corespondența?

– Eu i-o trimit la Corumbá în anumite perioade ale anului.

– Mulțumesc. Aș vrea să-i mai scriu și altă dată.

– E în regulă, dar te rog să nu-i pui numele pe plicuri.

Nate își dădu seama că la Houston era ora nouă. Ea suna de acasă și acest lucru părea mai mult decât ciudat. Vocea era suficient de plăcută, dar șovăitoare.

– S-a întâmplat ceva? întrebă el.

– Nu, doar că nimeni de aici nu știe cine e. Nimeni în afară de mine. Acum sunt două persoane în lumea asta care știu unde și cine e.

– M-a pus să jur că n-o să spun nimănui.

– Ai găsit-o greu?

– Cam aşa ceva. Nu m-aş teme că ar putea s-o mai găsească şi altcineva.

– Dar cum ai reuşit?

– Tatăl ei i-a dat de urmă. Ştii de Troy Phelan?

– Da. Decupez articole din ziare.

– Înainte să plece din lumea asta, a dat de urma ei în Pantanal. Habar n-am cum a făcut.

– Avea mijloacele necesare.

– Aşa e. Ştiam în general locul unde se află, aşa că m-am dus acolo, am angajat o călăuză, ne-am rătăcit şi am găsit-o. O cunoşti bine?

– Nu cred că există cineva care o cunoaşte bine pe Rachel. Vorbesc cu ea o dată pe an, în august, când mă sună din Corumbá. A încercat să-şi ia concediu acum cinci ani şi am luat masa cu ea într-o zi. Dar nu, nu o cunosc atât de bine.

– Ai vorbit cu ea de curând?

– Nu.

Rachel fusese în Corumbá cu două săptămâni în urmă. El ştia acest lucru, pentru că îl vizitase la spital. Îi vorbise, îl atinsese, după care dispăruse împreună cu febra lui. Dar nu sunase la sediul organizaţiei? Ce ciudat.

– Se simte bine, spuse el. Foarte acasă printre indienii ei.

– De ce ai căutat-o?

– Cineva trebuia s-o facă. Înţelegi ce-a făcut tatăl ei?

– Încerc.

– Cineva trebuia s-o înştiinţeze pe Rachel şi acel cineva trebuia să fie un avocat. S-a întâmplat să fiu singurul de la firmă care nu avea altceva mai bun de făcut.

– Şi acum o reprezinţi?

– Nu-ţi scapă nimic, nu?

– S-ar putea să avem un interes mai mult decât trecător. E una de-a noastră şi e, să zicem, mai deosebită.

– Ăsta e un lucru cât se poate de adevărat.

– Ce intenţionează să facă în privinţa averii tatălui ei?

Nate se frecă la ochi şi făcu o pauză pentru a mai frâna conversaţia. Doamna cea drăguţă de la capătul firului depăşea limitele, dar el se îndoia că îşi dădea seama.

– Nu vreau să fiu nepoliticos, doamnă Collier, dar nu pot să discut cu dumneata despre lucrurile pe care le-am vorbit cu Rachel în legătură cu averea tatălui ei.

– Bineînţeles că nu. Nu încercam să fiu indiscretă. Doar că nu ştiu ce ar trebui să facă organizaţia în momentul ăsta.

– Nimic. Nu vă implicaţi dacă nu v-o cere Rachel.

– Înţeleg. Aşadar, trebuie să urmăresc evenimentele în ziare.

– Sunt convins că totul va fi descris cu lux de amănunte.

– Ai pomenit de anumite lucruri de care ar avea nevoie acolo.

Nate îi povesti atunci despre fetiţa care murise din cauza faptului că Rachel nu avusese antidotul necesar.

– Nu găseşte suficiente medicamente la Corumbá. Aş vrea să-i trimit tot ce-i trebuie.

– Îţi mulţumesc. Trimite banii pe numele meu la Triburile Mondiale şi eu o să am grijă să primească lucrurile respective. Avem patru mii de oameni ca Rachel în toată lumea şi bugetele noastre devin din ce în ce mai mici.

– Şi ceilalţi sunt la fel de remarcabili ca Rachel?

– Da. Sunt aleşi de Dumnezeu.

Stabiliră să ţină legătura. Nate putea să trimită câte scrisori voia, iar Neva avea să le expedieze cu vaporul spre Corumbá. Dacă vreunul din ei primea vreo veste de la Rachel, trebuia să-l sune pe celălalt.

Urcându-se din nou în pat, Nate recapitulă toată acea convorbire telefonică. Lucrurile care nu se spuneau erau uluitoare. Rachel tocmai aflase de la el că tatăl ei murise şi îi lăsase una din cele mai mari averi din lume. Apoi se furişase în Corumbá, pentru că ştia de la Lako că Nate era foarte bolnav. După aceea plecase, fără să sune pe nimeni de la Triburile Mondiale să le spună de bani.

Când se despărţise de ea pe mal, era convins că nu o interesau banii. Acum, era şi mai convins.

44

Lanţul depoziţiilor începu luni, 17 februarie, într-o sală lungă şi goală din Tribunalul Districtului Fairfax. Era o sală a martorilor, dar judecătorul Wycliff trăsese nişte sfori şi o rezervase pentru ultimele două săptămâni ale lunii. Cel puţin cincisprezece persoane erau programate să depună mărturie şi avocaţii nu reuşiseră să cadă de acord asupra locurilor şi orelor. Wycliff intervenise. Mărturiile aveau să se depună în ordine, martor după martor, oră după oră, zi după zi, până când terminau. Un asemenea maraton era rar întâlnit, dar şi suma care era în joc era la fel.

Avocaţii arătaseră o abilitate uluitoare în a-şi face timp pentru faza expunerii în cazul Phelan. Fuseseră amânate procese; întârziate termene importante; dosare date altor parteneri; vacanţele lăsate pe vară. Asociaţii fuseseră trimişi să se ocupe de treburi mai mărunte. Nimic nu era mai important decât cazul Phelan.

Pentru Nate, gândul de a petrece două săptămâni într-o încăpere plină de avocaţi, interogând martori, era un coşmar ce nu putea fi întrecut decât de ideea iadului.

Dacă Rachel nu voia banii, de ce trebuia să-i pese lui cine îi obţinea?

Atitudinea i se schimbă oarecum când îi cunoscu pe moştenitorii Phelan.

Primul care depunea mărturie era domnul Troy Phelan Jr. Jură să spună adevărul, dar, cu ochii lui nesinceri şi obrajii rumeni, îşi pierdu credibilitatea la câteva secunde după ce luă loc în capul mesei. O cameră video din celălalt capăt se aţinti asupra feţei lui.

Oamenii lui Josh pregătiseră sute de întrebări cu care să-l bombardeze Nate. Munca şi documentarea fuseseră făcute de şase asociaţi, oameni pe care Nate nu avea să-i cunoască niciodată. Dar s-ar fi descurcat şi singur, fără nicio pregătire prealabilă. Nu era decât o depoziţie, o expediţie de tatonare, şi Nate mai făcuse acest lucru de o mie de ori.

I se prezentă lui Troy Junior, care îi aruncă un zâmbet nervos foarte asemănător cu cel pe care îl aruncă un condamnat călăului său. „N-o să doară, nu?" păru să întrebe.

– Vă aflaţi în prezent sub influenţa drogurilor, medicamentelor sau alcoolului? începu Nate pe un ton plăcut, ceea ce îi enervă pe avocaţii Phelan din partea cealaltă a mesei.

Numai Hark înţelegea. Luase aproape tot atâtea depoziţii ca Nate O'Riley.

Zâmbetul pieri.

– Nu, se răsti Troy Junior.

Capul îi zvâcnea din cauza unei mahmureli, dar în clipa aceea era treaz.

– Înţelegeţi că aţi jurat să spuneţi adevărul?

– Da.

– Înţelegeţi ce este sperjurul?

– Desigur.

– Care este avocatul dumneavoastră? întrebă Nate arătând spre cei de vizavi.

– Hark Gettys.

Aroganţa domnului O'Riley îi enervă iarăşi pe avocaţi şi, de data aceasta, şi pe Hark. Nate nu se ostenise nici măcar să afle ce avocat avea fiecare client. Dispreţul lui faţă de întregul grup era jignitor.

În primele două minute, Nate imprimase un ton neplăcut pentru ziua aceea. Nu exista nicio îndoială cu privire la faptul că nu avea deloc încredere în Troy Junior şi că, probabil, acesta băuse ceva. Era un vechi truc.

– Câte soţii aţi avut?

– Dumneata câte ai avut? se răsti Junior şi se uită la avocatul său pentru aprobare.

Hark însă studia o foaie de hârtie.

Nate îşi păstră calmul. Cine ştia ce vorbiseră avocaţii Phelan în spatele lui? Nu-i păsa.

– Dă-mi voie să-ţi explic ceva, domnule Phelan, zise el fără cea mai mică notă de iritare. O să-ţi spun foarte rar, aşa că ascultă cu mare atenţie. Eu sunt avocatul, dumneata eşti martorul. Ai înţeles până acum?

Troy Junior încuviinţă încet.

– Eu pun întrebările, dumneata răspunzi. Pricepi?

Martorul încuviinţă iarăşi.

– Dumneata nu pui întrebări, iar eu nu răspund. Înţelegi?

– Da.

– Acum, nu cred că vei avea probleme cu răspunsurile, dacă vei fi atent la întrebări. Bine?

Junior încuviinţă din nou.

– Mai eşti nedumerit?

– Nu.

– Bun. Dacă vei mai fi nedumerit, te rog să te simţi liber să te consulţi cu avocatul dumitale. M-am făcut înţeles?

– Da.

– Excelent. Hai să mai încercăm o dată. Câte soţii ai avut?

– Două.

O oră mai târziu, terminară cu căsătoriile, copiii şi divorţul lui. Junior era transpirat şi se întrebă cât avea să mai dureze depoziţia lui. Avocaţii Phelan se uitau fix la foile de hârtie, punându-şi aceeaşi întrebare. Cu toate acestea însă, Nate nici nu se uitase încă pe paginile cu întrebări pregătite pentru el. Putea să jupoaie orice martor numai privindu-l în ochi şi folosind o întrebare ca să ajungă la alta. Nici un amănunt nu era prea lipsit de importanţă pentru el. Unde a făcut prima soţie liceul, colegiul, care a fost prima ei slujbă? A fost prima ei căsătorie? Spune-ne unde a lucrat până acum. Hai să vorbim despre divorţ. Cât a fost pensia de întreţinere a copilului? Ai plătit-o în întregime?

În cea mai mare parte, erau lucruri inutile, aduse în discuţie nu de dragul informaţiei, ci pentru a manevra martorul şi a-i da de înţeles că puteau fi scoase la iveală tot soiul de lucruri. El intentase acţiunea. Trebuia să suporte acel chin.

Înşiruirea locurilor lui de muncă îi aduse în pragul prânzului. Se poticni rău când Nate îl întrebă în legătură cu diversele slujbe pe care le avusese în cadrul companiilor tatălui său. Erau duzini de martori care ar fi putut fi chemaţi pentru a-i respinge versiunea potrivit căreia fusese extrem de util. Cu fiecare slujbă, Nate ceru numele tuturor colegilor şi şefilor săi. Capcana era întinsă. Hark o văzu venind şi ceru să se facă pauză. Ieşi pe coridor cu clientul său şi îl instrui în legătură cu spunerea adevărului.

Sesiunea de după-amiază fu brutală. Nate întrebă de cele cinci milioane de dolari pe care îi primise la împlinirea vârstei de douăzeci şi unu de ani şi toţi avocaţii Phelan părură să îngheţe.

– Asta a fost demult, spuse Troy Junior cu un aer de resemnare.

După patru ore cu Nate O'Riley, ştia că următoarea rundă avea să fie dureroasă.

– Ei bine, hai să încercăm să ne amintim, spuse Nate zâmbind.

Nu dădea niciun semn de oboseală. De fapt, făcuse acel lucru de atâtea ori, încât părea chiar nerăbdător să treacă prin detalii.

Jocul lui era superb. Nu îi plăcea faptul că se afla acolo, chinuind oameni pe care spera să nu-i mai vadă niciodată. Cu cât punea mai multe întrebări, cu atât era mai decis să înceapă o nouă carieră.

– Cum ţi s-au dat banii? întrebă el.

– La început, au fost depuşi într-un cont în bancă.

– Aveai acces la cont?

– Da.

– Mai avea şi altcineva acces?

– Nu. Doar eu.

– Cum ai scos banii din cont?

– Completând cecuri.

Şi ce de cecuri completase! Primul lucru pe care îl cumpărase fusese un Maserati albastru-închis, nou-nouţ. Vorbiră un sfert de oră despre afurisita aceea de maşină.

Troy Junior nu se mai întorsese la colegiu după ce primise banii, nu că vreuna din şcolile pe care le frecventase ar fi ţinut morţiş să-l primească înapoi. Pur şi simplu se distrase, deşi acest lucru nu fu dezvăluit sub forma unei mărturisiri. Nate îi puse o sumedenie de întrebări despre activitatea lui între douăzeci şi unu şi treizeci de ani şi, încetul cu încetul, scoase la iveală suficiente fapte pentru a arăta că Troy Junior nu muncise deloc în acei nouă ani. Jucase golf şi rugby, schimbase cu pasiune maşini, îşi petrecuse un an în Bahamas şi unul în Vail, trăise cu o mulţime de femei înainte să se însoare, în final, cu soţia numărul unu la vârsta de douăzeci şi nouă de ani, trăind pe picior mare până când se terminaseră banii.

Apoi, fiul risipitor se dusese în genunchi la tatăl său şi îi ceruse o slujbă.

Pe măsură ce după-amiaza trecea, Nate începu să prezinte dezastrul pe care l-ar fi putut provoca acel martor asupra sa şi a celor din jurul său dacă îşi punea mâinile lipicioase pe averea Phelan. S-ar fi sinucis cu banii.

La ora patru, Troy Junior ceru să fie scuzat pentru ziua aceea. Nate însă refuză. În timpul pauzei care urmă, i se trimise un bilet judecătorului Wycliff. Aşteptând, Nate se uită pentru prima oară pe întrebările lui Josh.

Răspunsul fu că şedinţa trebuia să continue.

La o săptămână după sinuciderea lui Troy, Josh apelase la o firmă de securitate pentru a-i cerceta pe moştenitorii Phelan. Investigaţia era mai mult financiară decât personală. Nate trecu peste momentele cele mai importante, în timp ce martorul clocotea de furie pe coridor.

– Ce fel de maşină conduci acum? întrebă Nate când reîncepură şi examinarea luă o altă direcţie.

– Un Porsche.

– Când ai cumpărat-o?

– O am de câtva timp.

– Încearcă să răspunzi la întrebare. Când ai cumpărat-o?

– Acum vreo două luni.

– Înainte sau după moartea tatălui dumitale?

– Nu mai ştiu. Cred că înainte.

Nate ridică o foaie de hârtie.

– În ce zi a murit tatăl dumitale?

– Să mă gândesc. A fost într-o luni, ăăă, nouă decembrie, parcă.

– Ai cumpărat Porsche-ul înainte sau după ziua de nouă decembrie?

– Aşa cum am mai spus, cred că a fost înainte.

– Nu, greşeşti din nou. Marţi, zece decembrie, te-ai dus la Irving Motors din Arlington şi ai cumpărat un Porsche Carrera Turbo 911 negru în valoare de nouăzeci de mii de dolari aproximativ? întrebă Nate citind de pe foaie.

Troy Junior se foi pe scaun, şovăind din nou. Apoi se uită la Hark, care ridică din umeri ca pentru a spune „Răspunde la întrebare. Are documente".

– Da.

– Ai mai cumpărat şi alte maşini în ziua aceea?

– Da.

– Câte?

– Două în total.

– Două Porsche-uri?

– Da.

– Pentru un total de aproape o sută optzeci de mii de dolari?

– Cam aşa ceva.

– Cum le-ai plătit?

– Nu le-am plătit.

– Aşadar, maşinile ţi-au fost făcute cadou de cei de la Irving Motors?

– Nu chiar. Le-am cumpărat pe credit.

– Te calificai pentru un credit?

– Da, cel puţin la Irving Motors.

– Ei îşi vor banii?

– Da, aşa s-ar spune.

Nate luă alte hârtii.

– De fapt, au intentat o acţiune pentru recuperarea fie a banilor, fie a maşinilor, nu-i aşa?

– Da.

– Ai venit cu Porsche-ul astăzi la tribunal?

– Da. Este în parcare.

– Să recapitulăm. În zece decembrie, a doua zi după moartea tatălui dumitale, te-ai dus la Irving Motors şi ai cumpărat două maşini scumpe, pe un anumit fel de credit şi acum, două luni mai târziu, n-ai achitat nici unban şi eşti dat în judecată. Corect?

Martorul încuviinţă.

– Aceasta nu este singura acţiune intentată, nu-i aşa?

– Nu, spuse Troy Junior înfrânt şi lui Nate aproape că i se făcu milă de el.

O companie de asigurări îl dăduse în judecată pentru neachitarea unor rate pentru mobilă. American Express voia peste cincisprezece mii. O bancă îl dăduse în judecată pe Troy Junior la o săptămână după citirea testamentului tatălui său. Junior îi convinsese să-i acorde un împrumut de douăzeci şi cinci de mii de dolari, fără nicio garanţie în afară de numele său. Nate avea copii după documentele respective şi vorbiră în detaliu despre fiecare dintre acestea.

La ora cinci, se iscă altă discuţie. Un alt bilet îi fu trimis lui Wycliff. Judecătorul veni personal şi întrebă de progresele făcute.

– Când crezi că o să termini cu acest martor? îl întrebă el pe Nate.

– Nu prea curând, zise acesta uitându-se la Junior, care era în transă şi tânjea după ceva de băut.

– Atunci, lucrează până la şase, zise Wycliff.

– Putem începe la opt mâine-dimineaţă? întrebă Nate, ca şi cum ar fi mers la plajă.

– Opt şi jumătate, hotărî judecătorul, după care plecă.

În ultima oră, Nate îl bombardă pe Junior cu întrebări la întâmplare în legătură cu multe subiecte. Deponentul habar nu avea unde voia să ajungă anchetatorul său şi Junior era interogat de un maestru. Exact când rămâneau mai mult pe un subiect şi începea să se simtă bine, Nate schimba cursul şi îl lovea cu ceva nou.

Câţi bani cheltuise din 9 decembrie până în 27 decembrie, ziua în care fusese citit testamentul? Ce îi cumpărase soţiei sale de Crăciun şi cum plătise cadourile? Ce le cumpărase copiilor? Revenind la cele cinci milioane, pusese ceva din bani în acţiuni sau obligaţiuni? Câţi bani câştigase Biff în ultimul an? De ce obţinuse primul ei soţ custodia copiilor ei? Câţi avocaţi angajase şi concediase el de când murise tatăl lui? Şi aşa mai departe.

Fix la ora şase, Hark se ridică şi anunţă că şedinţa de depunere a mărturiilor era amânată. Zece minute mai târziu, Troy Junior se afla în barul unui hotel, la trei kilometri distanţă.

Nate dormi în camera de oaspeţi a familiei Stafford. Doamna Stafford era pe undeva prin casă, dar el nu o văzu. Josh se afla la New York cu afaceri.

A doua zi a depoziţiilor începu la timp. Aceleaşi persoane erau de faţă, deşi avocaţii erau îmbrăcaţi mult mai lejer. Junior purta un pulover roşu din bumbac.

Nate recunoscu faţa unui beţiv – ochii roşii şi umflaţi, obrajii şi nasul roşii, broboanele de sudoare de deasupra sprâncenelor. Aceeaşi faţă o avusese şi el ani de zile. Tratarea mahmurelii făcea parte din rutina de dimineaţă, ca şi duşul şi aţa pentru dinţi. Înghiţi nişte pastile şi bău multă apă şi cafea tare. Dacă e să fii prost, trebuie să fii tare.

– Realizezi că te afli încă sub jurământ, nu-i aşa, domnule Phelan? începu el.

– Da.

– Te afli cumva sub influenţa vreunui drog sau a alcoolului?

– Nu, domnule.

– Bun. Hai să ne întoarcem la ziua de nouă decembrie, când a murit tatăl dumitale. Unde te aflai când el era examinat de psihiatri?

– În clădire, într-o sală de conferințe împreună cu familia mea.

– Și ai urmărit întreaga examinare, nu-i așa?

– Da.

– În încăpere erau două monitoare color, așa este? Fiecare din ele avea o lățime de șaizeci și cinci de centimetri?

– Dacă spui dumneata. Eu nu le-am măsurat.

– Dar le vedeai, cu siguranță, nu-i așa?

– Da.

– Nimic nu te împiedica să vezi bine?

– Vedeam foarte bine.

– Și aveai un motiv cât se poate de întemeiat să-ți urmărești tatăl cu atenție, nu?

– Da.

– Ți-a fost cumva greu să-l auzi?

– Nu.

Avocații știau unde voia Nate să ajungă. Era un aspect neplăcut al cazului lor, dar unul care nu putea fi evitat. Fiecare dintre cei șase moștenitori avea să treacă prin acea fază.

– Așadar, ai văzut și ai auzit întreaga examinare?

– Da.

– Nu ți-a scăpat nimic?

– Nu mi-a scăpat nimic.

– Dintre cei trei psihiatri, doctorul Zadel fusese angajat de familia dumitale, corect?

– Corect.

– Cine l-a găsit?

– Avocații.

– V-ați încrezut în avocați să angajeze psihiatrul?

– Da.

Timp de zece minute, Nate îl întrebă mai exact cum ajunseseră să-l aleagă pe doctorul Zadel pentru un examen atât de important şi astfel obţinu ceea ce voia. Zadel fusese angajat pentru că avea referinţe excelente şi avea foarte multă experienţă.

– Ai fost mulţumit de felul cum s-a descurcat? întrebă Nate.

– Bănuiesc că da.

– A fost ceva ce nu ţi-a plăcut la prestaţia doctorului Zadel?

– Nu-mi amintesc să fi fost ceva.

Călătoria spre marginea stâncii continua, Troy Junior recunoscând că era mulţumit de examen şi de Zadel, încântat de concluziile la care ajunseseră cei trei doctori şi că părăsise clădirea convins că tatăl său ştia ce face.

– După examen, când ai avut prima oară îndoieli cu privire la sănătatea mintală a tatălui dumitale?

– Când a sărit.

– În nouă decembrie?

– Exact.

– Deci, ai avut îndoieli imediat.

– Da.

– Ce ţi-a spus doctorul Zadel când ţi-ai exprimat aceste îndoieli?

– N-am vorbit cu doctorul Zadel.

– Nu?

– Nu.

– Între nouă decembrie şi douăzeci şi şapte decembrie, ziua în care s-a dat citire testamentului, de câte ori ai vorbit cu doctorul Zadel?

– Nu-mi amintesc să fi vorbit vreodată.

– L-ai văzut?

– Nu.

– L-ai sunat la birou?

– Nu.

– L-ai mai văzut după ziua de nouă decembrie?

– Nu.

După ce îl adusese la marginea prăpastiei, venise momentul să-l împingă.

– De ce l-ai concediat pe doctorul Zadel?

Junior fusese oarecum pregătit.

– Va trebui să-l întrebi pe avocatul meu, spuse el, sperând că Nate avea să-l lase în pace un timp.

– Nu iau depoziția avocatului dumitale, domnule Phelan. Pe dumneata te întreb de ce a fost concediat doctorul Zadel?

– Pe avocați va trebui să-i întrebi. Face parte din strategia noastră.

– Avocații au discutat cu dumneavoastră înainte ca doctorul Zadel să fie concediat?

– Nu știu sigur. Nu-mi amintesc.

– Ești mulțumit că doctorul Zadel nu mai lucrează pentru dumneata?

– Bineînțeles că sunt.

– De ce?

– Pentru că s-a înșelat. Uite ce e, tatăl meu era un maestru în înșelătorii, bine? A suportat examenul cu aceeași viclenie cu care a făcut totul în viață, după care s-a aruncat de la etaj. I-a îmbrobodit pe Zadel și pe ceilalți psihiatri. Toți s-au lăsat păcăliți de jocul lui. E clar că nu era întreg la minte.

– Pentru că s-a aruncat de la etaj?

– Da, pentru că s-a aruncat, pentru că și-a lăsat banii unei moștenitoare necunoscute, pentru că n-a făcut niciun efort ca să-și apere averea de impozite, pentru că era țicnit de mult timp. De ce crezi că am organizat examenul medical de la bun început? Dacă n-ar fi fost sărit de pe fix, am mai fi avut nevoie de trei psihiatri ca să-l examineze înainte să semneze testamentul?

– Dar cei trei psihiatri au spus că era sănătos.

– Da, și s-au înșelat teribil. El s-a aruncat de la etaj. Oamenii sănătoși la minte nu sar de la etaj.

– Dacă tatăl dumitale ar fi semnat testamentul cel gros și nu pe cel scris de mână și apoi s-ar fi aruncat, ar mai fi fost nebun?

– Nu ne-am fi aflat aici.

Era singura dată în cele două zile de chin când Troy Junior riposta. Nate știu că trebuia să continue și să revină asupra acelei chestiuni mai târziu.

– Hai să vorbim despre Rooster Inns, zise el şi umerii lui Junior se lăsară în jos cu câţiva centimetri.

Era încă una din afacerile lui nereuşite. Dar Nate trebuia să deţină toate detaliile. Un eşec ducea la altul. Fiecare din ele genera întrebări despre alte afaceri eşuate.

Junior avusese o viaţă tristă. Deşi îi era greu să-l compătimească, Nate îşi dădu seama că sărmanul de el nu avusese tată niciodată. Tânjise după aprobarea lui Troy şi nu o primise niciodată. Josh îi spusese că Troy fusese extrem de încântat când afacerile copiilor săi dădeau greş.

Avocatul îi dădu drumul martorului la cinci şi jumătate, în ziua a doua. Urma Rex, care aşteptase toată ziua pe coridor şi era extrem de îngrijorat să nu fie amânat din nou.

Josh se întoarse de la New York şi Nate se întâlni cu el pentru a lua cina mai devreme.

45

Rex Phelan își petrecuse cea mai mare parte a zilei precedente vorbind la celular pe coridor, în timp ce fratele său era torturat de Nate O'Riley. Rex avusese parte de destule procese pentru a ști că litigiile însemnau așteptare: așteptai avocații, judecătorii, martorii, experții, termene pentru procese și apeluri, așteptai pe coridoare să-ți vină rândul să depui mărturie. Când ridică mâna și jură să spună adevărul, îl disprețuia deja pe Nate.

Atât Hark, cât și Troy Junior îl avertizaseră în legătură cu ce avea să urmeze. Avocatul acela putea să-ți pătrundă sub piele și să coacă acolo asemenea unui furuncul.

Nate începu din nou cu întrebări enervante și, în zece minute, atmosfera era extrem de încărcată. Timp de trei ani, Rex fusese ținta unei investigații a FBI-ului. O bancă dăduse faliment în 1990; Rex fusese investitor și director. Deponenții își pierduseră banii. Cei care împrumutaseră își pierduseră creditele. Scandalul dura de ani de zile și nu se întrezărea nici un sfârșit. Președintele băncii se afla la închisoare și cei din preajma epicentrului erau de părere că urma Rex. Existau suficiente mizerii pentru ca Nate să aibă de lucru ore în șir.

Ca să se amuze, îi amintea lui Rex în permanență că se afla sub jurământ. Exista șansa ca FBI-ul să-i citească depoziția.

Era jumătatea după-amiezii când Nate își croi drum spre barurile de striptease. Rex avea șase din acestea – pe numele soției – în zona Fort Lauderdale. Le cumpărase de la un individ ucis în timpul unui schimb de focuri. Pur și simplu, era un subiect de discuţie irezistibil. Nate le luă unul câte unul – Lady Luck, Lolita's, Club Tiffany etcetera – şi puse o sumedenie de întrebări, în legătură cu fetele, stripteuzele, de unde veneau, cât câştigau, dacă foloseau droguri, ce fel, dacă atingeau clienţii şi aşa mai departe. Puse o mulţime de întrebări despre economia unei asemenea afaceri. După trei ore în care alcătuise cu grijă un portret al celei mai murdare afaceri din lume, Nate întrebă:

– Nu-i aşa că actuala dumitale soţie a lucrat într-unul dintre baruri?

Răspunsul era da, însă Rex nu putea să-l rostească aşa, pur şi simplu. Gâtul şi ceafa i se înroşiră şi, pentru o clipă, păru gata să se năpustească peste masă.

– Ţinea registrele, spuse el cu maxilarul încleştat.

– A dansat vreodată pe mese?

Alt moment de pauză şi Rex strânse masa cu putere.

– Bineînţeles că nu.

Era o minciună şi toată lumea din sală ştia acel lucru.

Nate răsfoi prin nişte hârtii căutând adevărul. Îl priviră cu atenţie, aproape aşteptându-se să scoată la iveală o fotografie a lui Amber goală şi cu tocuri înalte.

La ora şase amânară iarăşi şedinţa, cu promisiuni de mai mult pentru a doua zi. Când camera video se închise şi raportoarea îşi strângea lucrurile, Rex se opri în uşă şi, îndreptând degetul spre Nate, zise:

– Fără alte întrebări despre soţia mea, bine?

– Imposibil, Rex. Toate bunurile sunt pe numele ei, spuse Nate fluturându-i nişte hârtii, ca şi cum ar fi deţinut toate probele.

Hark îşi împinse clientul afară din sală.

Nate stătu singur o oră, uitându-se pe însemnări, răsfoind pagini şi dorindu-şi să fie în St. Michaels, pe veranda căsuţei cu vedere spre golf. Simţea nevoia să-l sune pe Phil.

Este ultimul tău caz, îşi tot spunea el. Şi o faci pentru Rachel.

Până a doua zi la prânz, avocaţii Phelan se întrebau dacă depoziţia lui Rex avea să dureze trei sau patru zile. Existau hotărâri pentru sechestrarea unor bunuri ale sale în valoare de peste şapte milioane de dolari, dar creditorii nu puteau să le execute, deoarece toate bunurile se aflau pe numele soţiei lui, Amber, fosta stripteuză. Nate luă fiecare hotărâre, o puse pe masă şi o examină din toate punctele şi unghiurile posibile, după care o vârî înapoi în dosar, unde ar fi putut să rămână sau nu. Acea tărăgănare enervă pe toată lumea în afară de Nate, care, într-un fel, îşi păstră calmul în timp ce continuă.

Pentru sesiunea de după-amiază, alese subiectul saltului lui Troy şi evenimentele care conduseseră la acest lucru. Folosi aceeaşi tactică pe care o utilizase cu Junior şi fu evident că Hark îl pregătise pe Rex. Răspunsurile lui la întrebările legate de doctorul Zadel erau repetate, dar potrivite. Rex susţinu acelaşi lucru – că cei trei psihiatri se înşelaseră pur şi simplu, pentru că numai după câteva minute Troy se aruncase de la etaj.

Un teritoriu mai familiar fu acoperit când Nate îi puse întrebări despre jalnica sa carieră din cadrul corporaţiei The Phelan Group. Apoi petrecură două ore de chin discutând despre cele cinci milioane pe care Rex le primise ca moştenire.

La cinci şi jumătate, Nate spuse brusc că terminase şi ieşi din sală.

Doi martori în patru zile. Doi bărbaţi dezveliţi complet pe casete şi nu era o privelişte plăcută. Avocaţii Phelan se îndreptară fiecare spre maşina lui şi plecară. Poate că ceea ce era cel mai rău trecuse, poate nu.

Clienţii lor fuseseră răsfăţaţi în copilărie, ignoraţi de tatăl lor, azvârliţi în lume cu nişte conturi grase la o vârstă la care nu erau bine pregătiţi pentru a se descurca cu banii şi se aşteptase din partea lor să prospere. Făcuseră alegeri proaste, dar, în final, toată vina cădea pe umerii lui Troy. Aşa considerau avocaţii Phelan.

Libbigail fu invitată în sală vineri dimineaţă devreme şi fu poftită să se aşeze pe scaunul de onoare. Părul îi era tuns foarte scurt, aproape ras în părţi şi cu un smoc cenuşiu de vreo doi centimetri în creştet. Bijuterii ieftine îi atârnau la gât şi la încheieturi, astfel încât atunci când ridică mâna să depună jurământul, se strânseră grămadă la cotul ei.

Se uită la Nate îngrozită. Fraţii ei îi spuseseră tot ce era mai rău.

Dar era vineri şi Nate voia să plece din oraş mai mult decât voia să mănânce când îi era foame. Îi zâmbi şi începu cu întrebări uşoare. Copii, slujbe, căsătorii. Timp de treizeci de minute, fu plăcut. Apoi, începu să intre în trecutul ei. La un moment dat, o întrebă:

– De câte ori ai fost internată la dezalcoolizare şi dezintoxicare?

Întrebarea o şocă atât de mult, încât Nate spuse:

– Eu unul am fost de patru ori, aşa că nu te ruşina.

Sinceritatea lui o dezarma.

– Nu-mi mai amintesc, spuse ea. Dar de şase ani sunt curată.

– Minunat, spuse Nate, ca un dependent către alt dependent. Bravo.

Din clipa aceea, vorbiră ca şi cum ar fi fost singuri în sală. Lui Nate nu-i plăcea să fie indiscret şi îşi ceru scuze. O întrebă de cele cinci milioane şi, cu destul umor, ea povesti despre droguri bune şi bărbaţi îngrozitori. Spre deosebire de fraţii ei, Libbigail îşi găsise stabilitatea. Numele lui era Spike, fostul motociclist care, de asemenea, renunţase la dependenţă în urma tratamentelor. Locuiau într-o căsuţă dintr-o suburbie a oraşului Baltimore.

– Ce ai face dacă ai primi o şesime din averea tatălui dumitale? o întrebă Nate.

– Aş cumpăra o mulţime de lucruri, zise ea. La fel ca dumneata. La fel ca oricine altcineva. Dar, de data asta, aş fi deşteaptă cu banii. Foarte deşteaptă.

– Care ar fi primul lucru pe care l-ai cumpăra?

– Cea mai mare motocicletă Harley din lume, pentru Spike. După aceea, o casă mai frumoasă, dar nu o vilă, spuse ea şi ochii îi licăreau în timp ce cheltuia imaginar banii.

Depoziţia ei dură mai puţin de două ore. Urmă sora ei, Mary Ross Phelan Jackman, care, de asemenea, se uită la Nate ca şi cum acesta ar fi avut colţi. Dintre cei cinci moştenitori Phelan adulţi, Mary Ross era singura care mai era căsătorită cu primul soţ, deşi acesta mai fusese însurat o dată. Era medic ortoped. Ea era îmbrăcată cu gust şi avea bijuterii frumoase.

Primele întrebări acoperiră obişnuita perioadă prelungită a colegiului, dar fără arestări, dependenţe sau eliminări. Îşi luase banii şi trăise în Toscana timp de trei ani şi la Nisa doi. La douăzeci şi opt de ani, se căsătorise cu doctorul. Avea două fiice, una de şapte ani şi cealaltă de cinci. Nu se ştia exact cât mai rămăsese din cele cinci milioane. Doctorul se ocupa de investiţiile lor, aşa că Nate îşi închipui că erau practic faliţi, înstăriţi, dar cu foarte multe datorii. Studiul lui Josh despre Mary Ross dezvăluia o casă foarte mare cu maşini străine parcate pe alee, un apartament în Florida şi un venit anual estimativ al doctorului de 750 000 de dolari pe an. Plătea 20 000 de dolari pe lună unei bănci, pentru un parteneriat eşuat într-o afacere cu o spălătorie auto în nordul Virginiei.

Doctorul mai avea şi un apartament în Alexandria, unde îşi ţinea amanta. Mary Ross şi soţul ei erau foarte rar văzuţi împreună. Nate hotărî să nu discute acele probleme. Se grăbea, deodată, dar avu grijă să nu se vadă.

Ramble intră în sală după pauza de prânz, cu avocatul său agitându-se în jurul lui, evident îngrozit la gândul că puştiul era nevoit să poarte o conversaţie inteligentă. Părul lui era acum de un roşu aprins. Nici o porţiune a feţei sale nu scăpase nemutilată – inele şi diamante micuţe îi străpungeau pielea. Gulerul gecii negre de piele era ridicat, stil James Dean, aşa încât atingea cerceii care îi atârnau din lobii urechilor.

După câteva întrebări, fu evident că puştiul era la fel de prost cum părea. Din moment ce încă nu avusese prilejul să-şi risipească banii, Nate îl lăsă în pace. Stabiliră că se ducea la şcoală foarte rar, că locuia singur la subsol, că nu avusese niciodată o slujbă pentru care să fie plătit, că îi plăcea să cânte la chitară şi că intenţiona să devină foarte curând un mare star al muzicii rock. Noul lui grup se numea foarte adecvat Demon Monkeys, maimuţele diabolice, dar nu era sigur că aveau să scoată vreun album sub acea denumire. Nu făcea niciun sport, nu intrase niciodată într-o biserică, vorbea cu mama lui cât mai puţin cu putinţă şi prefera să se uite la MTV ori de câte ori era treaz şi nu cânta propria muzică.

Ar fi nevoie de un miliard de dolari pentru îndreptarea acestui sărman copil prin tratament, își spuse Nate. Termină cu el în mai puțin de o oră.

Geena era ultimul martor al săptămânii. La patru zile după moartea tatălui său, ea și soțul ei, Cody, semnaseră un contract pentru cumpărarea unei case în valoare de trei milioane opt sute de mii de dolari. Când Nate o asaltă cu acea informație imediat după depunerea jurământului, ea începu să se bâlbâie și se uită la avocata ei, doamna Langhorne, care era la fel de surprinsă. Clienta ei nu-i spusese de contract.

– Cum aveați de gând să achitați casa? întrebă Nate.

Răspunsul era evident, dar ea nu putea să mărturisească.

– Avem bani, zise ea defensiv, fapt ce deschise o ușă prin care Nate dădu buzna.

– Hai să vorbim despre bani, spuse el zâmbind. Ai treizeci de ani. Acum nouă ani ai primit cinci milioane de dolari, nu-i așa?

– Da.

– Cât a mai rămas din ei?

Ea se chinui mult cu răspunsul, care nu era chiar atât de simplu. Cody câștigase mulți bani. Investiseră o parte, cheltuiseră foarte mulți, totul era atât de încâlcit, încât nu puteai să te uiți pe bilanțul lor și să spui că din cele cinci milioane rămăsese suma x. Nate îi dădu frânghia și ea se spânzura încet.

– Câți bani aveți amândoi în cont astăzi? întrebă el.

– Trebuie să verific.

– Spune-mi o sumă estimativă, te rog.

– Șaizeci de mii de dolari.

– Câte bunuri imobiliare aveți?

– Doar casa.

– Ce valoare are?

– Ar trebui să cer o evaluare.

– Spune o cifră aproximativă.

– Trei sute de mii.

– Și ce ipotecă aveți?

– De două sute de mii.

– Care e valoarea aproximativă a biletelor dumneavoastră de bancă?

Ea mâzgăli ceva pe o hârtie şi închise ochii.

– Aproximativ două sute de mii de dolari.

– Mai aveţi şi alte bunuri semnificative?

– Nu.

Nate îşi făcu propriile calcule.

– Aşadar, în nouă ani, din cele cinci milioane a rămas o sumă între trei sute şi patru sute de mii de dolari. Corect?

– Sigur că nu. Adică, pare atât de puţin.

– Atunci, spune-ne din nou cum aveaţi de gând să achitaţi această nouă casă?

– Din munca lui Cody.

– Dar din averea tatălui dumitale decedat? Te-ai gândit la asta?

– Poate, puţin.

– Acum aţi fost daţi în judecată de persoana care a vândut casa, nu-i aşa?

– Da, şi noi l-am dat în judecată la rândul nostru. Sunt mai multe probleme.

Era vicleană şi nesinceră, oferind jumătăţi de adevăr. Nate se gândi că, până în momentul acela, ar fi putut fi cea mai periculoasă dintre moştenitorii Phelan. Discutară despre afacerile lui Cody şi în curând se descoperi unde dispăruseră banii. El pierduse un milion jucând la bursa cuprului în 1992. Băgase jumătate de milion în Snow-Packed Chickens şi pierduse tot. O fermă de viermi de mătase din Georgia înghiţise şase sute de mii de dolari când un val de căldură îi distrusese pe toţi.

Erau doi copii imaturi care trăiau o viaţă în puf cu banii altcuiva, visând la marea lovitură.

Către sfârşitul depoziţiei, când Nate continua să-i dea toată frânghia de care avea nevoie, ea mărturisi foarte serioasă că implicarea ei în atacarea testamentului nu avea nicio legătură cu banii. Îşi iubise tatăl foarte mult, şi el o iubise pe ea, şi, dacă ar fi fost întreg la minte, ar fi avut grijă de copiii lui în testament. Faptul că lăsase totul unei străine era o dovadă categorică a bolii. Ea se afla acolo pentru a lupta să apere reputaţia tatălui ei.

Era un discurs mult repetat care nu convinse însă pe nimeni. Nate nu mai continuă. Era ora cinci, vineri după-amiază, şi se săturase să mai lupte.

Ieşind din oraş şi luptându-se cu traficul aglomerat de pe Interstate 95 spre Baltimore, gândurile i se îndreptară spre moştenitorii Phelan. Le iscodise vieţile stânjenitor de mult. Îi compătimea pentru felul în care fuseseră crescuţi, pentru valorile pe care nu le învăţaseră de la nimeni, pentru faptul că existenţa lor superficială se învârtea numai în jurul banilor.

Dar Nate era convins că Troy fusese perfect lucid când îşi scrisese testamentul. Nişte sume foarte mari de bani în mâinile copiilor săi ar fi stârnit haos şi o amărăciune de nedescris. Îi lăsase averea lui Rachel, pe care nu o interesa. Îi exclusese pe ceilalţi, ale căror vieţi erau mistuite de acest lucru.

Nate era hotărât să susţină validitatea ultimului testament al lui Troy. Dar era şi extrem de conştient de faptul că împărţirea finală a averii nu avea să fie decisă de nimeni din emisfera nordică.

Ajunsese târziu în St. Michaels şi, trecând pe lângă biserica Trinity, vru să oprească, să intre, să îngenuncheze şi să se roage lui Dumnezeu să îl ierte pentru păcatele din săptămâna aceea. O spovedanie şi o baie fierbinte erau necesare după cinci zile de depoziţii.

46

Ca om de carieră dintr-un mare oraş, Nate nu cunoscuse niciodată adevăratul sens al verbului „a sta". Pe de altă parte, Phil era un profesionist desăvârşit în acel sens. Când un enoriaş era bolnav, trebuia să se ducă să stea cu familia acestuia. Dacă murea cineva, stătea cu văduva. Dacă un vecin trecea pe la ei, indiferent de oră, el şi Laura stăteau cu persoana respectivă şi sporovăiau. Uneori, exersau acest lucru şi singuri, stând în balansoar pe verandă. Doi domni în vârstă dintre enoriaşii lui se aşteptau ca Phil să treacă pe la ei o dată pe săptămână şi pur şi simplu să stea o oră în timp ce moţăiau lângă foc. Conversaţia era plăcută, dar nu obligatorie. Era în regulă dacă stăteau numai şi se bucurau de linişte.

Dar Nate învăţă repede. Stătea cu Phil pe treptele de la intrare ale casei Stafford, amândoi purtând pulovere groase şi mănuşi şi bând cacao fierbinte pregătită de Nate la cuptorul cu microunde. Se uitau la golful din faţa lor, la port şi la valurile de la suprafaţa apei. Din când în când mai vorbeau, dar era multă linişte. Phil ştia că prietenul său avusese o săptămână grea. Nate îi povestise deja multe despre aiureala Phelan. Relaţia lor era confidenţială.

– Intenţionez să fac o călătorie cu maşina, spuse Nate încet. Vrei să vii şi tu?

– Unde?

– Trebuie să-mi văd copiii. Am doi mai mici, Austin şi Angela, în Salem, Oregon. Probabil că acolo o să mă duc întâi. Fiul meu cel mai mare e student la Northwestern în Evanston şi am o fiică în Pittsburgh. O să fie o plimbare plăcută.

– Cât o să dureze?

– Nu-i nici o grabă. Vreo două săptămâni. Conduc eu.

– Când i-ai văzut ultima oară?

– A trecut mai mult de un an de când nu i-am mai văzut pe Daniel şi Kaitlin, cei doi copii din prima căsătorie. Pe cei doi mai mici i-am dus la un meci al echipei Orioles în iulie anul trecut. M-am îmbătat şi nu mi-am mai amintit cum am ajuns înapoi la Arlington.

– Ţi-e dor de ei?

– Sigur, aşa cred. Adevărul e că niciodată n-am petrecut prea mult timp cu ei. Ştiu atât de puţine lucruri despre ei.

– Munceai mult.

– Da, şi beam şi mai mult. Nu eram niciodată acasă. În rarele ocazii când eram liber, mă duceam la Vegas cu băieţii sau jucam golf sau pescuiam în ape adânci în Bahamas. N-am luat niciodată copiii.

– Nu poţi să schimbi nimic din toate astea.

– Nu, nu pot. Ce-ar fi să vii cu mine? Am putea să stăm de vorbă ore întregi.

– Îţi mulţumesc, dar nu pot să plec. Tocmai am început să fac ceva progrese la subsol. Mi-ar părea rău să pierd din elan.

Nate văzuse subsolul mai devreme în ziua aceea. Se vedeau, într-adevăr, semne de progres.

Singurul copil al lui Phil avea douăzeci şi ceva de ani şi abandonase colegiul pentru a pleca pe Coasta de Vest. Laura lăsase să-i scape faptul că habar nu aveau de el. Nu sunase acasă de mai bine de un an.

– Te aştepţi ca această călătorie să fie reuşită? îl întrebă Phil.

– Nu ştiu la ce să mă aştept. Aş vrea să-mi îmbrăţişez copiii şi să le cer iertare pentru faptul că am fost un tată atât de mizerabil, dar nu ştiu cum i-ar mai ajuta asta acum.

– Eu n-aş face asta. Ei ştiu că ai fost un tată mizerabil. N-o să ajute cu nimic dacă te autoînvinuieşti. Dar e important să fii acolo, să faci primul pas în legarea unor noi relaţii.

– Am fost un ratat nenorocit pentru copiii mei.

– Nu poţi să te baţi singur, Nate. Ai voie să uiţi trecutul. Dumnezeu a făcut-o, cu siguranţă. Pavel a omorât creştini înainte să devină el însuşi creştin şi nu s-a luat la bătaie pentru ce fusese înainte. Totul se iartă. Arată-le copiilor tăi ce eşti acum.

O barcă mică de pescuit ieşi cu spatele din port şi întoarse în apele golfului. Era singurul lucru care se mişca în peisaj şi ei o priviră fascinaţi. Nate se gândi la Jevy şi la Welly, care acum se întorseseră pe râu, conducând o *chalana* încărcată cu tot soiul de mărfuri, bătaia constantă a motorului împingându-i în inima Pantanalului. Jevy stătea la cârmă, Welly cânta la chitară. Totul era liniştit.

Mai târziu, mult după ce Phil plecase acasă, Nate se ghemui lângă foc şi începu o altă scrisoare pentru Rachel. A treia. Scrise data, sâmbătă, 22 februarie. „Dragă Rachel, începu, tocmai am petrecut o săptămână extrem de neplăcută cu fraţii şi surorile tale."

Vorbi despre ei, începând cu Troy Junior şi sfârşind, trei pagini mai încolo, cu Ramble. Fu sincer în legătură cu defectele lor şi cu dezastrul pe care l-ar fi creat în propriile vieţi şi în ale altora dacă ar fi primit banii. Şi fu şi compătimitor.

Avea să trimită un cec de cinci mii de dolari organizaţiei Triburile Mondiale pentru o barcă, un motor şi medicamente. Mai rămâneau destui bani, în caz că ar fi avut nevoie. Dobânda la averea ei era de vreo două milioane pe zi, o informă el, aşa că multe lucruri bune puteau fi făcute cu acei bani.

Hark Gettys şi colegii săi făcuseră o greşeală imensă când renunţaseră la serviciile doctorilor Flowe, Zadel şi Theishen. Avocaţii îi certaseră pe aceştia şi îi jigniseră, producând un rău ireparabil.

Noul grup de psihiatri aveau avantajul că puteau să-şi formuleze opiniile pe baza recent createi mărturii a lui Snead. Flowe, Zadel şi Theishen nu avuseseră aşa ceva. Când le luă depoziţiile luni, Nate folosi acelaşi scenariu cu toţi trei. Începu cu Zadel şi îi arătă caseta cu examenul medical al domnului Phelan. Îl întrebă dacă avea vreun motiv să-şi modifice părerea. Aşa cum era de aşteptat, Zadel spuse nu. Caseta fusese înregistrată înainte de sinucidere. Declaraţia de opt pagini fusese pregătită la numai câteva ore după aceea, la insistenţele lui Hark şi ale celorlalţi avocaţi Phelan. Zadel fu rugat să citească declaraţia raportoarei.

– Aveţi vreun motiv să vă schimbaţi vreuna din opiniile exprimate în această declaraţie? întrebă Nate.

– Nu, spuse Zadel, uitându-se la Hark.

– Astăzi suntem în douăzeci şi patru februarie, la mai mult de două luni după ce l-aţi examinat medical pe domnul Phelan. Sunteţi de părere că a avut suficientă capacitate mintală pentru a scrie un testament valid?

– Da, spuse Zadel, zâmbindu-i lui Hark.

Şi Flowe şi Theishen zâmbiră, fiecare din ei fiind sincer încântat să se răzbune pe avocaţii care îi angajaseră şi îi concediaseră. Nate îi arătă fiecăruia din ei caseta, le puse aceleaşi întrebări şi primi aceleaşi răspunsuri. Fiecare dintre ei îşi citi declaraţia pentru a fi înregistrată. Terminară la patru în după-amiaza zilei de luni.

Marţi dimineaţă la opt şi jumătate fix, Snead fu condus în sală şi poftit să ia loc pe scaunul de onoare. Purta un costum negru cu un papion care îi dădea un aer inteligent nemeritat. Avocaţii îi aleseseră garderoba cu grijă. Îl pregătiseră săptămâni întregi şi sărmanul om se îndoia că ar fi putut să mai scoată un cuvânt spontan sau sincer. Fiecare silabă trebuia să fie corectă. Trebuia să emane un aer încrezător şi totuşi să evite până şi cea mai vagă notă de aroganţă. El şi numai el definea realitatea şi era crucial ca povestirile lui să fie credibile.

Josh îl cunoştea pe Snead de mulţi ani. Era un servitor de care domnul Phelan spunea adesea că ar fi vrut să scape. Dintre cele unsprezece testamente pe care Josh le pregătise pentru Troy Phelan, numai în unul era menţionat numele lui Malcolm Snead. Un dar de un milion de dolari îi fusese rezervat, dar revocat la câteva luni după aceea, odată cu apariţia altui testament. Domnul Phelan ştersese numele lui Snead tocmai pentru că acesta întrebase la cât ar fi putut să se aştepte.

Snead fusese prea preocupat de bani pentru a fi pe placul stăpânului său. Numele lui pe lista martorilor din partea contestatarilor nu însemna decât un singur lucru – bani. Era plătit ca să depună mărturie și Josh știa. Două săptămâni de simplă supraveghere scoseseră la iveală un Range Rover nou, un apartament recent închiriat într-o clădire unde prețurile porneau de la o mie opt sute de dolari pe lună și o excursie la Roma, cu clasa întâi.

Snead se uită la cameră, simțindu-se oarecum comod, ca și cum ar fi făcut acest lucru un an întreg. Își petrecuse toată ziua de sâmbătă și jumătate din cea de duminică în biroul lui Hark, supunându-se iarăși întrebărilor. Vizionase ore în șir casetele înregistrate. Scrisese zeci de pagini de ficțiune despre ultimele zile ale lui Troy Phelan. Repetase cu Nicolette-păpușica.

Snead era pregătit. Avocații anticipaseră întrebările legate de bani. În cazul în care era întrebat dacă fusese plătit să depună mărturie, Snead fusese pregătit să mintă. Era foarte simplu. Nu avea altă soluție. Snead trebuia să mintă în legătură cu cei cinci sute de mii de dolari pe care îi primise deja și trebuia să mintă în legătură cu cele patru milioane și jumătate de dolari promise la încheierea unei înțelegeri sau în cazul unui alt rezultat favorabil. Trebuia să mintă în legătură cu existența unui contract între el și avocați. Din moment ce mințea despre domnul Phelan, putea să mintă și în legătură cu banii.

Nate se prezentă și apoi îl întrebă destul de tare:

– Domnule Snead, cu cât ați fost plătit ca să depuneți mărturie în acest caz?

Avocații lui Snead se gândiseră că întrebarea avea să fie: „Sunteți plătit?“, nu „Cu cât?“ Răspunsul pe care îl repetase Snead era un simplu „Nu, sigur că nu sunt!“ Dar la întrebarea care încă mai răsuna în sală, nu avea nici un răspuns pregătit. Ezitarea îl incrimina. Păru să rămână cu gura căscată și se uită speriat la Hark, a cărui șiră a spinării deveni rigidă și a cărui privire era înghețată ca a unei căprioare.

Snead fusese prevenit că domnul O'Riley se pregătise și părea că știe totul înainte să pună întrebările. În secundele lungi și chinuitoare care urmară, domnul O'Riley se încruntă la el, înclină capul într-o parte și luă niște hârtii.

– Haide, domnule Snead, știu că ești plătit. Cu cât?

Snead își trosni degetele atât de tare, încât ai fi zis că se rupseră. Broboane de sudoare îi apărură pe ridurile de pe frunte.

– Păi, ăăă, nu...

– Haide, domnule Snead. Ai cumpărat sau nu un Range Rover nou luna trecută?

– Păi, da, de fapt...

– Și ai închiriat un apartament cu două camere la Palm Court?

– Da.

– Și tocmai te-ai întors dintr-o excursie de zece zile la Roma, nu-i așa?

– Da.

Știa totul! Avocații Phelan se făcură mici pe scaunele lor, fiecare lăsându-se și mai jos și ferindu-și capetele pentru ca gloanțele care ricoșau să nu-i atingă.

– Așadar, cu cât ai fost plătit? întrebă Nate furios. Nu uita că te afli sub jurământ!

– Cu cinci sute de mii de dolari, zise Snead repede.

Nate se uită la el nevenindu-i să creadă, rămânând puțin cu gura căscată. Chiar și raportoarea îngheță.

Vreo doi dintre avocații Phelan izbutiră să elimine aerul ușor. Oricât de oribil ar fi fost acel moment, ar fi putut fi și mai groaznic. Dacă Snead intra în panică și mai mult și mărturisea toate cele cinci milioane?

Dar era foarte puțin liniștitor. În clipa aceea, faptul că plătiseră un martor cu o jumătate de milion părea fatal cauzei lor.

Nate răsfoi printre hârtii, ca și cum ar fi căutat un anumit document. Cuvintele încă mai răsunau în toate urechile celor din sală.

– Presupun că ai primit deja acești bani, nu? întrebă el.

Neștiind dacă trebuia să mintă sau să spună adevărul, Snead zise simplu:

– Da.

Nate întrebă dintr-un impuls:

– Jumătate de milion acum, cât mai târziu?

Nerăbdător să înceapă să mintă, Snead spuse:

– Nimic.

Era o negare obişnuită, ce părea credibilă. Ceilalţi doi avocaţi Phelan putură să respire.

– Eşti sigur? întrebă Nate la întâmplare.

Dacă ar fi vrut, ar fi putut să întrebe şi dacă fusese condamnat pentru jefuire de morminte.

Era un joc cu miză foarte mare şi Snead se menţinea pe poziţie.

– Bineînţeles că sunt sigur, spuse el cu suficientă indignare ca să pară plauzibil.

– Cine ţi-a dat aceşti bani?

– Avocaţii moştenitorilor Phelan.

– Cine a semnat cecul?

– A venit de la o bancă, garantat.

– Dumneata ai insistat să te plătească pentru mărturie?

– Cred că aşa s-ar spune.

– Dumneata te-ai dus la ei sau ei te-au căutat?

– Eu m-am dus la ei.

– De ce?

În sfârşit, păreau să se apropie de un teritoriu cunoscut. În partea cealaltă a mesei se simţi o relaxare generală. Avocaţii începură să ia notiţe.

Snead îşi încrucişa picioarele sub masă şi se încruntă cu un aer inteligent la cameră.

– Pentru că am fost cu domnul Phelan înainte să moară şi ştiam că sărmanul de el nu era în toate minţile.

– Cât timp a fost aşa?

– Toată ziua.

– Când s-a trezit, era nebun?

– Când i-am dus micul dejun, nu mai ştia cum mă cheamă.

– Cum ţi s-a adresat?

– În nici un fel, a mormăit la mine doar.

Nate se sprijini în coate şi ignoră hârtiile din jurul său. Era un duel şi chiar îi făcea plăcere. El ştia încotro se îndrepta, dar sărmanul Snead habar nu avea.

– L-ai văzut sărind?

– Da.

– Şi căzând?

– Da.

– Şi lovindu-se de caldarâm?

– Da.

– Stăteai lângă el când a fost examinat de psihiatri?

– Da.

– Şi asta s-a întâmplat pe la două şi jumătate după-amiaza, nu-i aşa?

– Da, din câte-mi amintesc.

– Şi fusese nebun toată ziua, nu?

– Mă tem că da.

– Cât timp ai lucrat pentru domnul Phelan?

– Treizeci de ani.

– Şi ştiai totul în legătură cu el, nu-i aşa?

– Atât cât poate şti cineva despre altcineva.

– Aşadar, îl cunoşteai şi pe avocatul său, pe domnul Stafford?

– Cred că da.

– Credeam că ştii totul.

– Sunt sigur că avea încredere în domnul Stafford.

– Domnul Stafford a stat lângă el în timpul examenului medical?

– Da.

– Care a fost starea psihică a domnului Phelan în timpul examinării, după părerea dumitale?

– Deloc bună, neştiind unde se afla şi ce făcea.

– Eşti sigur?

– Da.

– Cui i-ai spus?

– Nu era treaba mea să spun.

– De ce nu?

– Aş fi fost concediat. O parte din sarcina mea era să-mi ţin gura. Acest lucru se numeşte discreţie.

– Ştiai că domnul Phelan avea să semneze un testament în care îşi împărţea averea. În clipele acelea, nu era lucid şi totuşi nu i-ai spus avocatului său, un om în care avea încredere.

– Nu era treaba mea.

– Domnul Phelan te-ar fi concediat?

– Imediat.

– Dar după ce a sărit? Cui i-ai spus atunci?

– Nimănui.

– De ce?

Snead oftă și își încrucișă picioarele din nou. Se descurcă bine, se gândi el.

– Era o chestiune de intimitate, spuse el grav. Consideram că relația mea cu domnul Phelan era confidențială.

– Până acum. Până când ți s-a oferit jumătate de milion de dolari, nu-i așa?

Lui Snead nu-i veni în minte nici un răspuns rapid și Nate nu prea îi dădu șanse.

– Vinzi nu numai mărturia dumitale, dar și relația confidențială cu domnul Phelan, nu-i așa, domnule Snead?

– Încerc să repar o nedreptate.

– Ce nobil. Ai fi reparat-o și dacă nu te-ar fi plătit?

Snead izbuti un da tremurător și Nate izbucni în râs. Râse zgomotos și îndelung, uitându-se la chipurile grave și parțial ascunse ale avocaților Phelan. Râse direct în fața lui Snead. Se ridică și începu să se plimbe de-a lungul mesei, râzând ușor.

– Ce proces, spuse el apoi și se așeză din nou.

Se uită pe niște însemnări, după care continuă:

– Domnul Phelan a murit în ziua de nouă decembrie. Testamentul său a fost citit în ziua de douăzeci și șapte decembrie. În acest interval ai spus cuiva că nu fusese întreg la minte atunci când semnase testamentul?

– Nu.

– Bineînțeles că nu. Ai așteptat până când s-a citit testamentul, după care, dându-ți seama că ai fost exclus, te-ai hotărât să te duci la avocați și să cădeți la o înțelegere, nu-i așa, domnule Snead?

– Nu, spuse martorul, dar Nate îl ignoră.

– Domnul Phelan era bolnav mintal?

– Nu sunt expert în acest domeniu.

– Ai spus că nu era în toate minţile. Aceasta era o stare permanentă?

– Se întâmpla din când în când.

– De când?

– De mulţi ani.

– De câţi?

– De vreo zece ani, poate. E doar o aproximare.

– În ultimii paisprezece ani ai vieţii sale, domnul Phelan a făcut unsprezece testamente, într-unul din acestea lăsându-ţi un milion de dolari. Te-ai gândit vreodată să spui cuiva atunci că nu era întreg la minte?

– Nu era treaba mea să spun.

– S-a dus vreodată la psihiatru?

– Din câte ştiu eu, nu.

– A fost vreodată la un specialist în boli mintale?

– Din câte ştiu eu, nu.

– I-ai sugerat vreodată să caute ajutor în acest sens?

– Nu era treaba mea să sugerez un asemenea lucru.

– Dacă l-ai fi găsit căzut pe jos din cauza unei crize, ai fi sugerat cuiva că ar fi putut avea nevoie de ajutor?

– Bineînţeles că da.

– Dacă l-ai fi găsit tuşind cu sânge, ai fi spus cuiva?

– Da.

Nate avea un material gros de cinci centimetri despre companiile domnului Phelan. Îl deschise la întâmplare şi îl întrebă pe Snead dacă ştia ceva despre Xion Drilling. Snead se chinui să îşi amintească, dar mintea sa era atât de încărcată cu noi informaţii, încât nu izbuti. Delstar Communications? Iarăşi. Snead se strâmbă, dar nu reuşi să facă legătura.

Cea de a cincea companie numită de Nate îi sună cunoscută şi îl informă cu mândrie pe avocat că ştia de ea. Domnul Phelan o avea de câtva timp. Nate îi puse întrebări despre vânzări, produse, holdinguri, venituri, o listă nesfârşită de statistici financiare. Snead nu răspunse corect la nici una.

– Cât de mult știai despre holdingurile domnului Phelan? îl întrebă Nate în mod repetat, după care îi puse întrebări despre structura corporației The Phelan Group.

Snead memorase lucrurile de bază, însă detaliile îi scăpau. Nu putu să numească nici un director de nivel mediu. Nu cunoștea numele contabililor companiei.

Nate îl întreba necontenit despre lucrurile pe care nu le știa. După-amiază târziu, când Snead era epuizat și amețit, Nate îl întrebă deodată, în toiul unui milion de întrebări, despre situația financiară:

– Ai semnat un contract cu avocații când ai primit jumătatea de milion?

Un simplu nu ar fi fost suficient, dar Snead fusese luat prin surprindere. Ezită, se uită la Hark și apoi la Nate, care răsfoia iarăși prin hârtii, ca și cum ar fi avut o copie a acelui contract. Snead nu mai mințise de două ore și nu era pe fază.

– Ăăă, bineînțeles că nu, bâigui el, dar nu convinse pe nimeni.

Nate văzu neadevărul, dar îl lăsă deocamdată. Existau alte modalități de a obține o copie după contract.

Avocații Phelan se întâlniră într-un bar întunecos pentru a-și linge rănile. Prestația îngrozitoare a lui Snead păru și mai dezastruoasă după două rânduri de băuturi tari. Ar fi putut fi îndreptat puțin pentru proces, dar faptul că fusese plătit cu atâția bani i-ar fi pătat mărturia definitiv.

De unde știa O'Riley? Era atât de sigur că Snead fusese plătit.

– Grit a fost, zise Hark.

Grit, își repetară cu toții în gând. Cu siguranță, Grit trecuse de partea cealaltă.

– Asta pentru că i-ai furat clienta, spuse Wally Bright după o tăcere îndelungată.

– Mai taci, spuse doamna Langhorne.

Hark era prea obosit ca să se certe. Își goli paharul și ceru altul. În vâltoarea mărturiei, ceilalți avocați Phelan uitaseră de Rachel. Încă nu exista nici o înregistrare oficială a ei la dosar.

47

Depoziţia lui Nicolette, secretara, dură opt minute. Îşi spuse numele, adresa şi câteva cuvinte despre locurile în care lucrase, iar avocaţii Phelan se instalară mai bine în scaune, aşteptând detalii despre escapadele ei sexuale cu domnul Phelan. Avea douăzeci şi trei de ani şi foarte puţine calităţi în afara trupului subţire, a pieptului frumos şi a chipului drăguţ încadrat de un păr de culoarea nisipului. Abia aşteptau s-o asculte câteva ore vorbind despre sex.

Trecând direct la subiect, Nate o întrebă:

– Ai făcut sex cu domnul Phelan?

Ea încercă să pară stânjenită de întrebare, dar spuse da până la urmă.

– De câte ori?

– Nu le-am numărat.

– Cât timp?

– De obicei, zece minute.

– Nu, m-am referit la o perioadă de timp. Începând din ce lună şi terminând când?

– Ah, am lucrat acolo doar cinci luni.

– Aproximativ douăzeci de săptămâni. În medie, de câte ori pe săptămână ai făcut sex cu domnul Phelan?

– De două ori, bănuiesc.

– Deci de vreo patruzeci de ori?

– Cred că da. Pare mult, nu?

– Mie, nu. Domnul Phelan se dezbrăca atunci când o făceaţi?

– Desigur. Amândoi ne dezbrăcam.

– Aşadar, era complet gol?

– Da.

– Avea vreun semn din naştere vizibil pe corp?

Când martorii născocesc minciuni, adesea trec cu vederea peste lucrurile evidente. La fel fac şi avocaţii. Devin atât de absorbiţi de ficţiunea lor, încât le scapă un lucru, două. Hark şi ceilalţi băieţi aveau acces la soţiile Phelan – Lillian, Janie şi Tira – şi oricare dintre ele ar fi putut să le spună că Troy avea un semn din naştere rotund, de culoare purpurie, cam de mărimea unui dolar de argint, foarte sus pe piciorul drept, aproape de şold, puţin mai jos de mijloc.

– Din câte îmi amintesc, nu, spuse Nicolette.

Răspunsul îl surprinse pe Nate, dar, în acelaşi timp, nu îl mira. Ar fi putut să creadă foarte uşor că Troy avea relaţii sexuale cu secretara lui, ceva ce făcuse timp de zeci de ani. Şi la fel de uşor ar fi putut să creadă că Nicolette minţea.

– Niciun semn vizibil? întrebă el din nou.

– Niciunul.

Avocaţii Phelan erau paralizaţi de teamă. Oare încă un martor-cheie se topea sub ochii lor?

– Nu mai am întrebări, spuse Nate şi ieşi din sală pentru a lua o cafea.

Nicolette se uită la avocaţi. Aceştia se holbau la masă, întrebându-se unde o fi fost semnul.

După ce plecă ea, Nate le împinse pe masă adversarilor săi uluiţi o fotografie de la autopsie. Nu scoase nici un cuvânt, nu era nevoie. Bătrânul Troy era întins pe placă, nevăzându-se nimic altceva decât pielea zbârcită şi învineţită cu semnul cât se putea de vizibil.

Îşi petrecură restul zilei de miercuri şi întreaga zi de joi cu cei patru psihiatri noi care fuseseră angajaţi să spună că ceilalţi trei, de fapt, n-au ştiut ce fac. Mărturia lor era previzibilă şi repetitivă – oamenii întregi la minte nu săreau de la etaj.

Ca grup, erau mai puţin distinşi decât Flowe, Zadel şi Theisen. Doi erau la pensie şi mai câştigau de ici, de colo, ca martori profesionişti. Unul preda la un colegiu de comunitate. Şi unul îşi câştiga existenţa într-un mic birou de suburbie.

Dar nu erau plătiţi să facă impresie; de fapt, ţelul lor era pur şi simplu acela de a murdări apele. Era un fapt bine cunoscut că Troy Phelan era aiurit şi excentric. Patru experţi spuneau că nu avea capacitatea mintală necesară pentru a face un testament. Trei spuneau că avea. Trebuiau să menţină iţele încurcate şi să spere că, într-o bună zi, cei care susţineau testamentul aveau să se plictisească şi să ajungă la o înţelegere. Dacă nu, avea să fie sarcina unui juriu alcătuit din neprofesionişti să asculte jargonul medical şi să scoată ceva din acele opinii contradictorii.

Noii experţi erau plătiţi bine ca să-şi menţină părerile şi Nate nu încercă să-i facă să se răzgândească. Luase depoziţiile multor doctori şi ştia că nu trebuia să se contrazică pe teme de medicină cu ei. În schimb, insistă asupra referinţelor şi a experienţei lor. Îi puse să vizioneze caseta şi să-i critice pe primii trei psihiatri.

Când terminară joi după-amiază, aveau cincisprezece depoziţii luate. O altă rundă fu programată la sfârşitul lui martie. Wycliff se gândea să fixeze data procesului la mijlocul lui iulie. Aceiaşi martori aveau să depună mărturie din nou, dar de data aceasta, cu spectatori de faţă şi în prezenţa unor juraţi care aveau să le cântărească fiecare cuvânt.

Nate fugi din oraş. Porni spre vest prin Virginia şi apoi spre sud, prin Valea Shenandoah. Mintea îi era amorţită după nouă zile de iscodit vieţile intime ale altora. Într-un anumit moment nedefinit din viaţă, forţat de profesia şi de viciile lui, îşi pierduse bunul-simţ şi ruşinea. Învăţase să mintă, să înşele, să amăgească, să ascundă, să bată la cap şi să atace martori nevinovaţi fără să aibă nici cea mai mică remuşcare.

Dar în liniştea maşinii lui şi în întunericul serii, lui Nate îi era ruşine. Îi era milă de moştenitorii Phelan. Îi era milă de Snead, un omuleţ trist care nu încerca decât să supravieţuiască. Ar fi vrut să nu-i atace pe noii experţi cu atâta înverşunare.

Îşi recăpătase sentimentul de ruşine şi acest lucru îl bucura. Era mândru de sine pentru că se simţea atât de ruşinat. La urma urmei, era om.

La miezul nopţii, opri la un motel ieftin din apropiere de Knoxville. Era multă zăpadă în Vestul Mijlociu, în Kansas şi Iowa. Stând în pat cu atlasul său, schiţă un itinerar prin sud-vest.

A doua noapte dormi în Shawnee, Oklahoma; a treia în Kingman, Arizona; a patra în Redding, California.

Copiii rezultaţi din cea de a doua căsătorie a lui erau Austin şi Angela, de doisprezece şi respectiv unsprezece ani, în clasele a şaptea şi a şasea. Ultima oară îi văzuse în iulie, cu trei săptămâni înainte de ultima prăbuşire, când îi dusese la meciul cu Orioles. Acea ieşire plăcută se transformase mai târziu într-o altă scenă urâtă. Nate băuse şase beri la meci – copiii număraseră pentru că mama lor le spusese să o facă – şi condusese apoi două ore de la Baltimore la Arlington sub influenţa alcoolului.

În perioada aceea, urmau să se mute în Oregon cu mama lor, Christi, şi cu al doilea soţ al ei, Theo. Meciul urma să fie ultima vizită pe care le-o făcea Nate pentru un timp mai îndelungat şi, în loc să-şi ia rămas-bun aşa cum trebuia, el se îmbătase. Se certase cu fosta lui soţie pe alee în faţa copiilor, care erau prea familiarizaţi cu asemenea scene. Theo îl ameninţase cu o coadă de mătură. Nate se trezise în maşină, în parcarea pentru handicapaţi de la un McDonald's, cu o ladă de şase beri goală pe scaun.

Când se cunoscuseră cu paisprezece ani în urmă, Christi era directoarea unei şcoli particulare din Potomac. Făcea parte dintr-un juriu. Nate era unul dintre avocaţi. În cea de-a doua zi a procesului, care era şi ultima, ea purtase o fustă scurtă şi neagră. Era ultima zi a procesului. Prima lor întâlnire avusese loc la o săptămână după aceea. Timp de trei ani, Nate stătuse curat, suficient pentru a se recăsători şi a avea cei doi copii. Când barajul începuse să se crape, Christi se speriase şi voise să fugă. Când explodase, ea fugise cu copiii şi nu se întorsese timp de un an de zile. Căsnicia durase zece ani haotici.

Ea lucra la o şcoală din Salem. Theo, la o mică firmă de avocatură din oraş. Nate se gândise întotdeauna că el îi gonise din Washington. Nu putea să dea vina pe ei pentru faptul că fugiseră pe coasta cealaltă.

Sună la şcoală din maşină, în apropiere de Medford, la patru ore distanţă, şi i se spuse să aştepte cinci minute; timp în care, era sigur, ea încuie uşa şi îşi adună gândurile.

– Alo, spuse ea în sfârşit.

– Christi, sunt eu, Nate, spuse el simţindu-se penibil să-şi identifice vocea pentru o femeie cu care trăise zece ani.

– Unde eşti? întrebă ea, ca şi cum un atac ar fi fost iminent.

– Lângă Medford.

– În Oregon?

– Da, aş vrea să văd copiii.

– Păi, când?

– Diseară, mâine, nu mă grăbesc. Sunt pe drum de câteva zile, mă plimb prin ţară. N-am nici un itinerar.

– Sigur, Nate. Presupun că putem aranja ceva. Dar copiii sunt foarte ocupaţi, şcoală, balet, fotbal.

– Ce fac?

– Sunt foarte bine. Îţi mulţumesc de întrebare.

– Şi tu? Cum mai e viaţa ta?

– Sunt bine. Ne place foarte mult în Oregon.

– Şi eu sunt bine. Îţi mulţumesc de întrebare. Sunt curat şi treaz, Christi, sincer. În sfârşit, am renunţat la băutură şi droguri pentru totdeauna. Se pare că nu voi mai practica dreptul, dar mă simt foarte bine.

Ea mai auzise acele lucruri.

– Asta e bine, Nate, zise ea cu prudenţă, formulând două fraze în avans.

Stabiliră să ia cina seara următoare, având suficient timp pentru a pregăti copiii, a pune casa la punct şi a-i permite lui Theo să decidă care avea să fie rolul lui. Suficient timp ca să repete şi să plănuiască ieşiri.

– N-o să vă încurc, promise Nate înainte să închidă.

Theo hotărî să stea până mai târziu la serviciu şi să nu asiste la întâlnire. Nate o strânse în braţe pe Angela. Austin doar dădu mâna cu el. Hotărâse să nu facă mult caz de cât crescuseră. Christi zăbovi în camera ei o oră, lăsându-i timp tatălui să se obişnuiască din nou cu copiii lui.

Nici nu avea să-i împovăreze cerându-şi scuze pentru lucruri pe care nu le mai putea schimba. Stăteau pe podea în salon şi vorbeau despre şcoală, balet şi fotbal. Salem era un oraş frumos, mult mai mic decât D.C., şi copiii se adaptaseră foarte bine, având mulţi prieteni, o şcoală bună şi profesori simpatici.

Cina era alcătuită din spaghete şi salată şi dură o oră. Nate le povesti despre jungla braziliană, luându-i în călătoria lui în căutarea clientei dispărute. Christi nu prea citise ziarele, pentru că nu ştia nimic de cazul Phelan.

La şapte fix, el spuse că trebuia să plece. Copiii aveau teme de făcut şi a doua zi dimineaţă trebuiau să se ducă la şcoală devreme.

– Am meci de fotbal mâine, tată, spuse Austin şi lui Nate aproape că i se opri inima în loc.

Nici nu mai ţinea minte de când nu i se mai spusese tată.

– E la şcoală, zise Angela. Poţi să vii?

Mica fostă familie trăi un moment stânjenitor, privindu-se unul pe altul. Nate habar nu avea ce să spună. Christi salvă situaţia spunând:

– O să vin şi eu. Am putea să stăm de vorbă.

– Bineînţeles c-o să vin, spuse el.

Copiii îl îmbrăţişară la plecare. Îndepărtându-se cu maşina, Nate bănui că fosta lui soţie voia să-l vadă două zile la rând ca să-i examineze ochii. Cunoştea semnele.

Nate rămase în Salem trei zile. Urmări meciul de fotbal şi fu extrem de mândru de fiul său. Fu invitat din nou la cină, dar acceptă să se ducă numai dacă avea să fie şi Theo acasă. Luă masa de prânz cu Angela şi prietenii ei la şcoală.

După trei zile, veni timpul să plece. Copiii trebuiau să-şi reia programul normal, fără complicaţiile pe care le aducea Nate.

Christi se săturase să mai pretindă că nu se întâmplase niciodată nimic între ei. Iar Nate începuse să se ataşeze de copiii săi. Le promise să-i sune, să comunice cu ei prin e-mail şi să-i revadă în curând.

Părăsi oraşul Salem cu inima frântă. Cât de jos putea să decadă un om ca să piardă o asemenea familie minunată? Nu îşi amintea aproape nimic despre copii când fuseseră mici – piese de teatru montate la şcoală, costume de Halloween, dimineţi de Crăciun, drumuri la magazine. Acum erau mari şi îi creştea un alt bărbat.

O luă spre est şi se lăsă furat de trafic.

În timp ce Nate trecea prin Montana gândindu-se la Rachel, Hark Gettys înaintă o cerere de anulare a răspunsului ei la acţiunea de contestare a testamentului. Motivele lui erau clare şi evidente şi îşi susţinea atacul cu o expunere de douăzeci de pagini la care lucrase timp de o lună. Era 7 martie, trecuseră aproape trei luni de la moartea domnului Phelan, aproape două de la intrarea lui Nate O'Riley în scenă şi aproape trei săptămâni de la începutul depoziţiilor. Mai erau patru luni până la proces şi tribunalul tot nu avea competenţă jurisdicţională asupra lui Rachel Lane. În ciuda afirmaţiilor avocatului ei, nu se vedea nici urmă de ea. La dosar nu exista nici un document oficial pe care să fie semnătura ei.

Hark o numea „partea fantomă". El şi ceilalţi contestatari luptau împotriva unei umbre. Femeia urma să moştenească unsprezece miliarde de dolari. Cel puţin putea să semneze o notificare şi să respecte legea. Dacă se ostenise să angajeze un avocat, cu siguranţă putea să se supună jurisdicţiei tribunalului.

Trecerea timpului le convenea de minune moştenitorilor, deşi le era foarte greu să aibă răbdare când se gândeau la asemenea bogăţie. Fiecare săptămână ce trecea fără un cuvânt din partea lui Rachel era o dovadă în plus că pe aceasta nu o interesa acel lucru. La întâlnirile de vineri dimineaţa, avocaţii Phelan revizuiau depoziţiile, discutau despre clienţii lor şi îşi puneau la punct strategia de la proces. Dar își petreceau cea mai mare parte a timpului făcând speculații cu privire la motivul pentru care Rachel nu își făcuse apariția. Erau fascinați de posibilitatea ridicolă că n-ar fi interesat-o banii. Era absurd și totuși, într-un fel, acel subiect reușea să apară în discuție în fiecare vineri dimineața.

Săptămânile se transformară în luni. Câștigătoarea loteriei nu își revendica premiul.

Mai exista un motiv important pentru presarea celor care apărau testamentul lui Troy. Numele lui era Snead. Hark, Yancy, Bright și Langhorne vizionaseră caseta cu depoziția martorului lor principal până când o învățaseră pe de rost și nu îl credeau capabil să-i convingă pe jurați. Nate O'Riley îl făcuse de râs, și asta numai la o depoziție. Își închipuiau cât de ascuțite aveau să fie pumnalele la proces, în fața unui juriu alcătuit îndeosebi din oameni de clasă mijlocie, care făceau eforturi să-și achite facturile lunare. Snead băgase în buzunar jumătate de milion ca să-și spună povestea. Ar fi fost foarte greu.

Problema cu Snead era evidentă. Mințea, și mincinoșii erau, de obicei, dați în vileag la proces. După ce Snead se încurcase atât de rău la depoziție, avocaților le era groază să-l aducă în fața unor jurați. Încă o minciună sau două dezvăluite lumii și cazul lor s-ar fi dus pe apa sâmbetei.

Semnul din naștere făcuse ca Nicolette să fie inutilă ca martoră.

Nici propriii lor clienți nu erau deosebit de simpatici. Cu excepția lui Ramble, care era cel mai înspăimântător dintre toți, fiecare primise câte cinci milioane cu care să pornească în viață. Nici un jurat nu avea să câștige atâta într-o viață. Copiii lui Troy puteau să se vaite că avuseseră un tată absent, dar jumătate din jurați aveau să provină din familii dezbinate.

Lupta dintre psihiatri era partea care îi îngrijora cel mai tare. Nate O'Riley făcuse praf doctori în săli de judecată mai bine de douăzeci de ani. Cei patru înlocuitori nu ar fi rezistat atacurilor lui brutale.

Pentru a evita un proces, trebuiau să ajungă la o înţelegere. Pentru aceasta, trebuiau să găsească un punct slab. Aparenta lipsă de interes a lui Rachel Lane era mai mult decât suficientă şi, cu siguranţă, cea mai bună şansă a lor.

Josh reciti „Cererea de anulare" cu admiraţie. Îi plăceau la nebunie manevrele juridice, trucurile şi tacticile, şi când cineva, chiar şi un adversar, o făcea bine, el aplauda în tăcere. Totul la mişcarea lui Hark era perfect - momentul, argumentarea, expunerea excelentă.

Contestatarii aveau un caz slab, dar problemele lor erau mărunte în comparaţie cu cea a lui Nate. Acesta nu avea clientă. El şi Josh izbutiseră să ascundă acest lucru timp de două luni, dar acum se terminase cu vicleşugurile.

48

Daniel, cel mai mare dintre copiii săi, insistă să se întâlnească într-un bar. Nate găsi locul după lăsarea întunericului, la două străzi distanţă de campus, pe o stradă plină de baruri şi cluburi. Muzica, reclamele luminoase la bere, studentele care strigau de peste drum – totul era prea familiar. Era Georgetown cu numai câteva luni în urmă şi nimic din toate acestea nu îl atrăgea. Cu un an în urmă, ar fi strigat şi el, le-ar fi însoţit dintr-un bar în altul, crezând că mai avea douăzeci de ani şi putea să o ţină aşa toată noaptea.

Daniel aştepta într-un separeu mic, împreună cu o fată. Amândoi fumau. Fiecare avea în faţă câte o sticlă de bere. Tatăl şi fiul îşi strânseră mâinile, pentru că orice alt gest de afecţiune l-ar fi făcut pe tânăr să se simtă jenat.

– Ea e Stef, zise Daniel, prezentându-i fata. E manechin, adăugă apoi repede, arătându-i tatălui său că umbla cu femei de calitate.

Dintr-un anumit motiv, Nate sperase să stea câteva ore numai cu fiul său. Dar acest lucru nu avea să se întâmple.

Primul lucru pe care îl remarcă la Stef fu rujul ei gri, aplicat din belşug pe buzele groase, care abia se mişcară când îi aruncă semizâmbetul obligatoriu. Era, cu siguranţă, destul de ştearsă şi de slabă pentru a fi manechin. Braţele ei semănau cu nişte cozi de mătură. Deşi Nate nu putea să le vadă, ştia că picioarele slăbănoage îi ajungeau până la subsuori şi, fără îndoială, avea cel puţin două tatuaje în jurul gleznelor.

Nate nu o plăcu din prima clipă şi avu impresia că sentimentul era reciproc. Cine putea să ştie ce îi spusese Daniel.

Daniel absolvise colegiul la Grinnell cu un an în urmă și își petrecuse vara în India. Nate nu îl mai văzuse de un an și o lună. Nu se dusese la înmânarea diplomei de absolvire, nu îi trimisese nici o felicitare sau cadou și nici nu se ostenise să-l sune ca să-l felicite. La masă era o atmosferă suficient de încordată și fără ca manechinul să pufăie din țigară și să se uite la Nate complet indiferentă.

– Vrei o bere? îl întrebă Daniel când se apropie un chelner. Era o întrebare plină de cruzime, o mică săgeată menită să provoace durere.

– Nu, doar apă, spuse Nate și Daniel îi strigă chelnerului, după care întrebă: Tot treaz, hm?

– Întotdeauna, spuse Nate, zâmbind și încercând să pareze loviturile.

– Ai mai dat-o-n bară de vara trecută?

– Nu. Hai să vorbim despre altceva.

– Dan mi-a spus că ai fost la dezalcoolizare, zise Stef scoțând fumul pe nări.

Pe Nate îl surprinse faptul că era în stare să ducă o frază până la capăt. Cuvintele îi erau rare și vocea la fel de goală ca orbitele.

– Da, de câteva ori. Ce altceva ți-a mai spus?

– Și eu am fost, spuse ea. Dar numai o dată.

Părea mândră de realizarea ei și totuși întristată de faptul că nu avea experiență. Cele două sticle de bere din fața ei erau goale.

– Frumos, zise Nate, ignorând-o apoi.

Nu se putea preface că o plăcea și, peste o lună, două, ea avea să aibă o altă iubire serioasă.

– Cum merge școala? îl întrebă el pe Daniel.

– Care școală?

– Facultatea.

– Am abandonat-o, spuse tânărul cu o voce încordată.

Nate avea un rol în acea abandonare, dar nu știa exact cum și de ce. I se aduse apa.

– Ați mâncat? îi întrebă el atunci.

Stef se ferea să mănânce, iar lui Daniel nu îi era foame. Nate era lihnit, dar nu putea să mănânce singur. Se uită în jur. Undeva se fuma marijuana. Era o bombă zgomotoasă şi murdară, genul de loc care îi plăcuse nu cu prea mult timp în urmă.

Daniel aprinse altă ţigară, un Camel fără filtru, cea mai puternică otravă de pe piaţă, şi suflă un nor de fum spre candelabrul ieftin de deasupra lor. Era furios şi tensionat.

Fata se afla acolo din două motive. Ca să prevină un schimb aspru de cuvinte şi poate chiar o bătaie. Nate bănuia că fiul lui nu avea nici un ban, că ar fi vrut să-şi verse năduful asupra tatălui său pentru lipsa de sprijin, dar se temea să o facă, deoarece bătrânul era fragil şi fusese predispus sinuciderii. Stef trebuia să-i stăpânească furia şi limbajul.

Al doilea motiv era pentru ca întâlnirea să dureze cât mai puţin.

Îi trebuiră cincisprezece minute ca să realizeze aceste lucruri.

– Ce mai face mama ta? întrebă el.

Daniel încercă să zâmbească.

– E bine. Am văzut-o de Crăciun. Tu ai fost plecat.

– Am fost în Brazilia.

O studentă îmbrăcată cu nişte blugi foarte strâmţi trecu pe lângă ei. Stef o examină din cap până-n picioare şi în ochii ei apăru în sfârşit un semn de viaţă. Fata era şi mai slabă decât Stef. Când devenise atât de modern să fii slăbănog?

– Ce e în Brazilia? întrebă Daniel.

– O clientă, zise Nate sătul să tot povestească despre aventura lui.

– Mama zice că ai nişte necazuri cu fiscul.

– Sunt convins că asta îi face mare plăcere mamei tale.

– Cred că da. Nu părea îngrijorată. O să faci închisoare?

– Nu. Am putea să vorbim despre altceva?

– Tocmai asta e problema, tată, nu e nimic altceva în afară de trecut şi acolo nu ne putem întoarce.

Stef, arbitrul, se uită la Daniel dând ochii peste cap ca pentru a spune: „Ajunge".

– De ce ai abandonat şcoala? întrebă Nate, dorind să termine mai repede.

– Din mai multe motive. Începusem să mă plictisesc.

– A rămas fără bani, zise Stef, sărindu-i în ajutor şi aruncându-i lui Nate cea mai inexpresivă privire a ei.

– E adevărat? îl întrebă Nate.

– Asta e unul din motive.

Primul impuls al lui Nate fu să scoată carnetul de cecuri şi să rezolve problemele copiilor. Aşa făcuse întotdeauna. A fi părinte însemnase, pentru el, un lung drum la cumpărături. Dacă nu poţi să fii acolo, trimite bani. Dar Daniel avea acum douăzeci şi trei de ani, era absolvent de colegiu, umbla cu fete gen domnişoara Bulimia care se afla în faţa lui şi venise timpul ca el să se înece sau să înoate de unul singur.

Şi carnetul de cecuri nu mai era ceea ce fusese odată.

– E bine pentru tine, spuse Nate. Munceşte un timp. Asta o să te facă să apreciezi şcoala.

Stef nu era de acord. Avea două prietene care abandonaseră şcoala şi dispăruseră de pe faţa pământului. În timp ce ea continua să trăncănească, Daniel se retrase într-un colţ al separeului. Goli şi cea de a treia sticlă. Nate avea o mulţime de discursuri despre alcool, dar ştia cât de ridicol ar fi sunat.

După patru beri, Stef era beată şi Nate nu mai avea nimic de spus. Scrise numărul de telefon din St. Michaels pe un şerveţel şi i-l dădu lui Daniel.

– Aici o să fiu în următoarele două luni aproximativ. Sună-mă dacă o să ai nevoie de mine.

– La revedere, tată, zise Daniel.

– Ai grijă de tine.

Nate ieşi apoi în aerul rece şi porni pe jos spre lacul Michigan.

Două zile mai târziu se afla în Pittsburgh pentru a treia şi ultima întâlnire, care însă nu avea să aibă loc. Vorbise de două ori cu Kaitlin, fiica lui din prima căsătorie, şi detaliile erau clare. Urma să se întâlnească pentru cină la şapte şi jumătate în faţa restaurantului din holul hotelului unde stătea el. Apartamentul ei se afla la douăzeci de minute distanţă. Îl chemă la opt şi jumătate prin pager pentru a-i spune că o prietenă avusese un accident de maşină şi se afla la spital, unde lucrurile nu arătau deloc bine.

Nate îi sugeră să ia masa împreună a doua zi la prânz. Kaitlin spuse însă că nu putea, deoarece prietena ei se lovise la cap, era între viaţă şi moarte şi ea avea de gând să nu o părăsească până când starea ei nu se stabiliza. Dat fiind că fiica lui bătea în retragere, Nate întrebă unde era spitalul. La început, ea nu ştiu, apoi nu fu sigură şi, în final, gândindu-se mai bine, ideea unei vizite nu era prea bună, pentru că nu putea să plece de la căpătâiul prietenei.

El mâncă în cameră, la o măsuţă aşezată lângă fereastră, cu vedere spre centrul oraşului. Ciuguli din mâncare şi se gândi la toate motivele posibile pentru care fiica lui nu voia să-l vadă. Un inel în nas? Un tatuaj pe frunte? Oare intrase în vreun cult şi se răsese în cap? Se îngrăşase cu cincizeci de kilograme sau slăbise douăzeci şi cinci? Era însărcinată?

Încerca să dea vina pe ea, ca să nu fie nevoit să înfrunte realitatea. Oare îl ura chiar atât de mult?

În singurătatea camerei sale de hotel, într-un oraş unde nu cunoştea pe nimeni, era uşor să-şi plângă de milă şi să sufere din nou din cauza greşelilor din trecut.

Puse mâna pe telefon şi îşi făcu de lucru. Îl sună pe părintele Phil pentru a vedea cum mai stăteau lucrurile în St. Michaels. Phil avusese gripă şi, din moment ce la subsolul bisericii era foarte frig, Laura nu îl lăsase să lucreze acolo. Minunat, îşi spuse Nate. Deşi existau multe incertitudini în viitorul său, singurul lucru cert, cel puţin pentru viitorul apropiat, avea să fie promisiunea unei activităţi constante în subsolul bisericii Trinity.

Îl sună pe Sergio pentru conversaţia săptămânală. Demonii erau ţinuţi sub control şi el se simţea surprinzător de stăpân pe sine. În cameră era un minibar, dar nici nu se apropiase de el.

Sună la Salem şi purtă o conversaţie plăcută cu Angela şi Austin. Ciudat cum copiii mai mici voiau să vorbească, în timp ce cei mai mari nu.

Îl sună pe Josh, care se afla în biroul său de la subsol şi se gândea la încurcăturile cazului Phelan.

– Trebuie să vii acasă, Nate, spuse el. Am un plan.

49

Nate fu invitat la prima rundă a convorbirilor de pace. Erau vreo două motive pentru absenţa sa. În primul rând, Josh organiza întâlnirea la nivel înalt, astfel că se ţinu pe terenul său. Deocamdată, Nate evitase să meargă la vechiul birou şi voia să facă acest lucru şi în continuare. În al doilea rând, avocaţii Phelan îi considerau pe Josh şi pe Nate aliaţi, pe bună dreptate. Josh voia să deţină rolul de împăciuitor, de intermediar. Pentru a căpăta încrederea unei părţi, trebuia s-o ignore pe cealaltă, chiar şi numai pentru scurt timp. Planul lui era de a se întâlni cu Hark şi cu ceilalţi, apoi cu Nate, şi tot aşa timp de câteva zile, dacă era nevoie, până când ajungeau la o înţelegere.

După un îndelung schimb de amabilităţi şi alte discuţii mărunte, Josh le solicită atenţia. Aveau multe lucruri de vorbit. Avocaţii Phelan ardeau de nerăbdare să înceapă.

La o înţelegere se poate ajunge în câteva secunde, într-o pauză în timpul unui proces înflăcărat, când un martor se poticneşte sau când un proaspăt preşedinte de companie vrea să o ia de la început şi să scape de litigiile supărătoare. Dar se poate ajunge şi după luni de zile, când se apropie termenul procesului. În general, avocaţii Phelan visau să se termine repede totul şi întâlnirea de la biroul lui Josh era primul pas. Credeau, într-adevăr, că erau pe cale de a deveni milionari.

Josh începu prin a-şi exprima cu diplomaţie părerea că aveau un caz cam subţire. Nu ştiuse nimic de planurile clientului său de a scoate la iveală un testament olograf şi de a crea haos, dar cu toate acestea, era un testament valid. În ziua precedentă, își petrecuse două ore cu domnul Phelan la încheierea celuilalt testament și era dispus să depună mărturie că știuse exact ce făcea. De asemenea, avea să depună mărturie, dacă era nevoie, că Snead nu se vedea nicăieri când se întâlniseră.

Cei trei psihiatri care îl examinaseră pe domnul Phelan fuseseră aleși cu grijă de copiii și fostele soții Phelan și avocații acestora, având referințe impecabile. Cei patru angajați acum erau ușor de învins. Autobiografiile lor erau subțiri. Lupta între experți ar fi fost câștigată de primii trei, după părerea lui.

Wally Bright era îmbrăcat cu cel mai bun costum al său, ceea ce nu spunea multe. Acceptă critica strângând din dinți și mușcându-și buza de jos ca să nu spună vreo prostie și luă notițe inutile, pentru că asta făceau și ceilalți. Nu îi stătea în fire să accepte asemenea jigniri, nici chiar din partea unui avocat renumit ca Josh Stafford. Dar avea să facă orice pentru bani. Cu o lună în urmă, în februarie, micul lui birou câștigase două mii șase sute de dolari și avusese cheltuieli de patru mii, ca de obicei. Wally nu se dusese acasă cu nimic. Bineînțeles, mai tot timpul și-l pierduse cu cazul Phelan.

Josh patina pe un strat subțire de gheață când vorbi de mărturiile clienților lor.

– Am vizionat casetele cu depozițiile lor, zise el cu tristețe. Ca să fiu sincer, cu excepția lui Mary Ross, cred că ar fi niște martori îngrozitori la proces.

Avocații lor nici nu crâcniră. Era o întâlnire de înțelegere, nu un proces.

El nu mai continuă însă să vorbească despre moștenitori. Cu cât spunea mai puțin, cu atât era mai bine. Avocații lor știau că ar fi fost distruși în cazul unui juriu.

– Așa ajungem la Snead, zise el. Am vizionat și depoziția lui și, sincer, dacă îl chemați ca martor la proces, ar fi o greșeală extraordinară. De fapt, după părerea mea, ar fi aproape un malpraxis.

Bright, Hark, Langhorne și Yancy se aplecară și mai mult asupra carnetelor. Snead era un cuvânt urât pentru ei. Se certaseră pentru a stabili cine fusese de vină pentru faptul că dăduseră greş în asemenea hal. Nu dormiseră făcându-şi griji din cauza acelui individ. Pierduseră jumătate de milion şi el nu putea să fie folosit ca martor.

– Îl cunosc pe Snead de aproape douăzeci de ani, spuse Josh, după care, timp de un sfert de oră, îl caracteriză ca fiind un majordom cu puţine talente, un om bun la toate pe care nu se putea pune bază tot timpul, un servitor despre care domnul Phelan spunea adesea că ar fi vrut să-l concedieze.

Ei crezură fiecare cuvânt.

Gata cu Snead. Josh izbuti să le spulbere martorul principal fără ca măcar să pomenească de faptul că fusese mituit cu cinci sute de mii de dolari pentru a depune mărturie.

Şi gata şi cu Nicolette, care minţea împreună cu amicul ei Snead.

Nu reuşiseră să găsească alţi martori. Existau câţiva angajaţi nemulţumiţi, dar aceştia nu voiau să apară la un proces. Oricum, mărturia lor era viciată. Mai erau doi rivali din lumea afacerilor care fuseseră spulberaţi când încercaseră să concureze cu Troy. Dar aceştia nu ştiau nimic despre capacitatea lui mintală. Cazul lor nu era prea solid, încheie Josh. Dar totul era riscant când era vorba de un juriu.

Apoi vorbi despre Rachel Lane ca şi cum ar fi cunoscut-o de mulţi ani. Nu dădu prea multe amănunte, dar oferi suficiente generalităţi pentru a da impresia că o cunoştea bine. Era o doamnă minunată care ducea o viaţă foarte simplă, într-o altă ţară, şi era genul de persoană care nu înţelegea litigiile. Nu suporta controversele. Dispreţuia confruntările. Şi fusese mai apropiată de bătrânul Troy decât ştiau majoritatea oamenilor.

Hark ar fi vrut să-l întrebe dacă o cunoscuse vreodată. O văzuse vreodată? Îi mai auzise numele înainte să se citească testamentul? Dar nu era nici timpul, nici locul pentru neînţelegeri. Banii erau pe cale de a fi puşi pe masă şi procentajul lui Hark era de şaptesprezece virgulă cinci.

Doamna Langhorne investigase oraşul Corumbá şi se întrebă din nou ce putea să facă o americancă de patruzeci şi doi de ani într-un asemenea loc. Ea şi Hark deveniseră confidenţi pe ascuns, în spatele lui Bright şi al lui Yancy. Discutaseră îndelung fără să dezvăluie anumitor reporteri locul unde se afla Rachel Lane. Presa avea să o găsească în Corumbá, cu siguranţă. Aveau să o facă să iasă la iveală şi, între timp, să afle ce planuri avea în privinţa banilor. Dacă, aşa cum sperau şi visau ei, nu îi voia, atunci clienţii lor puteau să ceară toţi banii.

Era un risc şi încă mai discutau.

– Ce intenţionează Rachel Lane să facă cu toţi aceşti bani? întrebă Yancy.

– Nu sunt sigur, spuse Josh, ca şi cum ar fi discutat cu Rachel în fiecare zi. Probabil că o să păstreze o anumită sumă şi o să dea cea mai mare parte societăţilor de binefacere. După părerea mea, acesta e motivul pentru care Troy a procedat aşa. Şi-a închipuit că dacă banii vor ajunge în mâinile clienţilor dumneavoastră, s-ar risipi în nouăzeci de zile. Lăsându-i-i lui Rachel, a ştiut că vor ajunge la cei care au nevoie.

Urmă un moment îndelungat de tăcere. Visurile se destrămară încet. Rachel Lane exista cu adevărat şi nu avea să refuze banii.

– De ce nu apare? întrebă Hark în cele din urmă.

– Ei bine, ar trebui să o cunoaşteţi ca să aveţi răspunsul la această întrebare. Banii nu înseamnă nimic pentru ea. Nu s-a aşteptat să fie trecută în testamentul tatălui ei. Apoi, dintr-odată, află că a moştenit miliarde. E încă şocată.

Alt moment îndelungat de tăcere, în timp ce avocaţii mâzgăleau pe carneţele.

– Suntem pregătiţi să ajungem la Curtea Supremă dacă e nevoie, spuse Langhorne. Îşi dă seama că ar putea să dureze ani de zile?

– Da, spuse Josh. Şi acesta e un motiv pentru care ar vrea să cerceteze posibilităţile unei înţelegeri.

Acum progresau.

– De unde începem? întrebă Wally Bright.

Era o întrebare dificilă. Într-o parte a mesei era un vas cu aur ce valora aproximativ unsprezece miliarde. Impozitele aveau să ia mai mult de jumătate, lăsând cinci. În partea cealaltă erau moştenitorii Phelan, dintre care toţi erau faliţi, în afară de Ramble. Cine avea să rostească prima cifră? Cât avea să fie? Zece milioane de moştenitor? Sau o sută?

Josh se gândise la toate.

– Să începem cu testamentul, zise el. Presupunând că e valid, în el este o clauză foarte clară cu privire la anularea darului pentru oricare dintre moştenitorii care l-ar ataca. Acest lucru e valabil pentru clienţii dumneavoastră. Prin urmare, porniţi de la zero. Apoi, potrivit testamentului, fiecare dintre clienţii dumneavoastră primeşte o sumă de bani egală cu datoriile pe care le aveau în ziua morţii domnului Phelan.

Josh ridică o altă foaie de hârtie pe care o studie o clipă.

– Din câte am descoperit până acum, Ramble Phelan nu are nici o datorie, încă. Geena Phelan Strong avea datorii de patru sute douăzeci de mii în luna decembrie. Libbigail şi Spike aveau datorii de aproximativ optzeci de mii. Mary Ross şi soţul ei, doctorul, aveau datorii de nouă sute de mii. Troy Junior a scăpat de cea mai mare parte a lor într-un faliment sau altul, dar tot mai datora o sută treizeci de mii. Aşa cum ştim foarte bine, Rex deţine recordul. El şi frumoasa lui soţie, Amber, datorau în ziua de nouă decembrie un total de şapte virgulă şase milioane de dolari. Aveţi ceva de menţionat în legătură cu aceste cifre?

Nu. Cifrele erau corecte. Următoarea cifră îi preocupa pe ei.

– Nate O'Riley a luat legătura cu clienta sa. Pentru a pune capăt acestei probleme, ea oferă fiecăruia din cei şase moştenitori câte zece milioane de dolari.

Avocaţii nu calculaseră şi nu scriseseră niciodată atât de repede. Hark avea trei clienţi; şaptesprezece procente şi jumătate însemna un onorariu de cinci milioane două sute cincizeci de mii de dolari. Geena şi Cody se înţeleseră cu doamna Langhorne la douăzeci la sută, astfel încât firma acesteia ar fi încasat două milioane de dolari. Aceeaşi cifră era valabilă şi pentru Yancy, care trebuia să ceară aprobarea tribunalului, deoarece Ramble era încă minor. Iar Wally Bright, un luptător de stradă, care se chinuia să-şi câştige existenţa oferind sfaturi scurte pentru divorţuri pe băncile autobuzelor, ar fi luat jumătate din cele zece milioane, conform contractului său cu Libbigail şi Spike.

Wally reacţionă primul. Deşi inima îi încremenise şi gâtlejul i se uscase, izbuti să spună, cu o anumită doză de tupeu:

– În nici un caz clienta mea nu se va mulţumi cu mai puţin de cincizeci de milioane.

Ceilalţi clătinară şi ei din capete. Se încruntară şi încercară să pară dezgustaţi de suma derizorie care li se oferea, în timp ce, în realitate, cheltuiau banii deja.

Wally Bright nici nu era în stare să scrie cincizeci de milioane corect. Dar izbuti să arunce suma ca un jucător la Las Vegas.

Înainte de întâlnire se înţeleseseră că, dacă avea să se discute despre bani, să nu accepte mai puţin de cincizeci de milioane de moştenitor. Sunase bine, înainte de întâlnire. Acum, cele zece milioane de pe masă arătau extrem de bine.

– Asta înseamnă cam unu la sută din avere, spuse Hark.

– Poţi s-o iei şi aşa, spuse Josh. De fapt, există multe feluri în care poţi să priveşti lucrurile. Dar eu prefer să pornesc de la zero, adică din punctul în care vă aflaţi acum, în sus, decât să mă uit la toată averea şi s-o iau în jos.

Dar Josh voia să le câştige şi încrederea. Se mai jucară cu cifrele puţin, după care el zise:

– Nu, eu unul, dacă l-aş reprezenta pe unul din moştenitori, n-aş accepta zece milioane.

Toţi încremeniră şi ascultară cu atenţie.

– Nu e o femeie lacomă. Cred că Nate O'Riley ar putea s-o convingă să ofere câte douăzeci de milioane fiecărui moştenitor.

Onorariile se dublară – peste zece milioane pentru Hark. Câte patru milioane pentru Langhorne şi Yancy. Sărmanul Wally, ajungând la zece acum, fu lovit deodată de diaree şi ceru permisiunea să iasă din încăpere.

Nate era fericit şi ocupat cu vopsitul uşii când sună celularul. Josh îl obligase să ţină afurisitul de obiect la îndemână.

– Dacă e pentru mine, spune-i să-ţi lase numărul, zise părintele Phil, care măsura un colţ complicat pentru următoarea placă.

Era Josh.

– Nici n-ar fi putut să meargă mai bine, îl anunţă el. M-am oprit la douăzeci de milioane, ei vor cincizeci.

– Cincizeci? întrebă Nate, nevenindu-i să creadă.

– Da, dar deja cheltuiesc banii. Pun pariu că cel puţin doi dintre ei sunt la agentul de Mercedesuri chiar în clipa asta.

– Cine o să-i cheltuiască cel mai repede? Avocaţii sau clienţii?

– Eu aş paria pe avocaţi. Uite ce e, tocmai am vorbit cu Wycliff. Întâlnirea s-a fixat pentru miercuri la trei, în biroul său. Atunci ar trebui să încheiem afacerea.

– Abia aştept, spuse Nate, închizând telefonul.

Era timpul pentru o pauză de cafea. Se aşezară pe jos, rezemaţi de perete şi sorbiră din ceştile calde de tablă.

– Voiau cincizeci? întrebă Phil, care ştia detaliile de până acum.

Singuri la subsol, cei doi păstraseră puţine secrete în timp ce lucraseră. Conversaţia era mai importantă decât progresarea. Phil era cleric. Nate era avocat. Tot ce spuneau era acoperit de un fel de confidenţialitate.

– E un punct bun de pornire, spuse Nate. Dar o să accepte mult mai puţin.

– Te aştepţi să se termine totul?

– Sigur. Miercuri ne întâlnim cu judecătorul. El o să preseze şi mai mult. Până atunci, avocaţii şi clienţii lor îşi vor număra banii.

– Şi când pleci?

– Cred că vineri. Vrei să vii?

– Nu-mi pot permite.

– Ba sigur că poţi. Clienta mea va suporta cheltuielile. Poţi să fii consilierul meu spiritual pe parcursul călătoriei. Banii nu sunt o problemă.

– N-ar fi corect.

– Haide, Phil. O să-ţi arăt Pantanalul. O să-i cunoşti pe prietenii mei Jevy şi Welly. O să ne plimbăm cu barca.

– Când ai povestit, n-ai făcut să pară prea plăcut.

– Nu e periculos. Mulţi turişti călătoresc în Pantanal. E o mare rezervaţie naturală ecologică. Serios, Phil, dacă vrei, pot să rezolv totul.

– N-am paşaport, spuse el, sorbind din cafea. Şi, în plus, am atâta treabă aici.

Nate avea să fie plecat o săptămână şi, într-un fel, îi plăcea faptul că subsolul avea să arate la fel când avea să se întoarcă el.

– Doamna Sinclair poate să moară din zi în zi, spuse Phil încet. Nu pot să plec.

Biserica aştepta de cel puţin o lună ca doamna Sinclair să moară. Phil se temea să plece şi până la Baltimore. Nate ştia că n-ar fi plecat niciodată din ţară.

– Deci o s-o revezi, spuse Phil.

– Da.

– Ai emoţii?

– Nu ştiu. Abia aştept s-o văd, dar nu sunt sigur că ea vrea să mă vadă. E foarte fericită şi nu vrea nimic din lumea asta. O să se supere dacă mă duc iarăşi cu probleme juridice.

– Atunci, de ce o faci?

– Pentru că n-avem nimic de pierdut. Dacă refuză banii din nou, suntem în aceeaşi situaţie ca acum. Partea cealaltă primeşte totul.

– Ceea ce ar fi un dezastru.

– Da. Ar fi greu de găsit nişte oameni mai puţin pregătiţi decât moştenitorii Phelan ca să folosească o sumă mare de bani. Or să se omoare cu ei.

– Nu poţi să-i explici asta lui Rachel?

– Am încercat. Nici nu vrea să audă.

– Aşadar, n-o să se răzgândească?

– Nu. Niciodată.

– Şi călătoria până acolo e o pierdere de timp?

– Mă tem că da. Dar cel puţin o să încercăm.

50

Cu excepţia lui Ramble, toţi moştenitorii insistaseră să se afle ori în incinta tribunalului, ori în preajmă în timpul şedinţei. Fiecare avea un celular, la fel ca fiecare dintre avocaţii din biroul lui Wycliff.

Nici clienţii, nici avocaţii lor nu prea dormiseră.

De câte ori devine omul milionar din senin? Cel puţin de două ori, în cazul moştenitorilor Phelan, care îşi promiseră să fie mult mai înţelepţi de data aceasta. Pentru că nu avea să li se ofere altă şansă.

Se plimbau pe coridoarele tribunalului, aşteptând. Fumau afară lângă uşile de la intrare. Se încălzeau în maşinile lor, în parcare, agitându-se. Se uitau la ceasuri, încercând să citească ziare, sporovăiau plini de nervozitate când se ciocneau unii de alţii.

Nate şi Josh stăteau într-o parte a încăperii. Josh, bineînţeles, purta un costum negru, scump. Nate purta o cămaşă de blugi cu pete de vopsea albă pe guler. Nu avea cravată. O pereche de blugi şi nişte bocanci îi completau ţinuta.

Wycliff se adresă întâi avocaţilor Phelan, pe care îi informă că nu era dispus să anuleze răspunsul lui Rachel Lane, cel puţin nu în momentul acela. Erau prea multe în joc pentru a o elimina. Domnul O'Riley făcea o treabă foarte bună în a-i reprezenta interesele; aşadar, totul avea să decurgă aşa cum fusese stabilit.

Scopul acelei întâlniri era de a examina posibilităţile unei înţelegeri, ceva ce orice judecător îşi dorea pentru fiecare caz. Wycliff încă mai visa la un proces de senzaţie, urât şi prelungit, dar n-ar fi recunoscut niciodată. Era datoria lui să îndemne şi să convingă părţile să ajungă la o înţelegere.

Nu avea să fie nevoie de îndemnuri şi muncă de convingere.

Domnul judecător citise din nou toate cererile şi documentele şi vizionase fiecare minut din fiecare depoziţie. Recapitula probele şi le spuse cu gravitate lui Hark, Bright, Langhorne şi Yancy că, după părerea lui, nu aveau un caz solid.

Ei primiră bine vestea, nefiind deloc surprinşi. Banii erau pe masă şi ei erau nerăbdători să-i ia. Insultă-ne cât vrei, îşi spuseră ei, dar hai să ajungem mai repede la bani.

Pe de altă parte, spunea Wycliff, nu se ştie niciodată ce ar putea face un juriu. Vorbea ca şi cum ar fi alcătuit câte un juriu în fiecare săptămână, ceea ce nu era cazul. Şi avocaţii ştiau acest lucru.

Îi ceru lui Josh să prezinte pe scurt ce se discutase la şedinţa de luni, cu două zile în urmă.

– Vreau să ştim exact cum stăm, spuse el.

Josh fu scurt. Concluzia era simplă. Moştenitorii voiau câte cincizeci de milioane de fiecare. Rachel, singura beneficiară majoră, oferea numai douăzeci de milioane pentru o înţelegere, fără să admită faptul că cealaltă parte ar fi avut dreptate.

– E o diferenţă substanţială, remarcă Wycliff.

Nate era plictisit, dar încerca să pară atent. Erau nişte negocieri importante privind împărţirea uneia din cele mai mari averi din lume, creată prin proprii puteri. Josh îl certase pentru felul cum venise îmbrăcat, însă lui nu-i păsa. Se menţinea interesat urmărind chipurile avocaţilor. Aceştia erau nervoşi, nu neliniştiţi sau îngrijoraţi, ci în vervă şi disperaţi să afle cât aveau să primească. Ochii le erau ageri şi pătrunzători, iar mişcările mâinilor, impulsive.

Mult mai amuzant ar fi fost dacă s-ar fi ridicat deodată, ar fi anunţat că Rachel nu oferea nici un ban pentru înţelegere şi ar fi ieşit ca o vijelie din încăpere. Ar fi rămas şocaţi câteva secunde, după care ar fi luat-o la fugă după el ca nişte câini înfometaţi.

Când termină Josh, Hark vorbi în numele grupului. Avea însemnări şi se gândise mult timp la ce avea să spună. Le captă atenția recunoscând că acel caz nu urmase cursul pe care îl doriseră ei. Clienții lor nu erau niște martori buni. Actualii psihiatri nu erau la fel de buni ca primii trei. Snead nu era de bază. Recunoscu toate acele lucruri și sinceritatea sa fu admirabilă.

În loc să discute despre teorii juridice, Hark vorbi despre oameni, despre clienții lor, copiii Phelan și admise că, la suprafață, nu erau deloc niște persoane simpatice. Dar, odată ce treceai dincolo de suprafață și ajungeai să-i cunoști atât de bine ca avocații lor, îți dădeai seama că pur și simplu nu avuseseră încotro. În copilărie, fuseseră bogați și răsfățați, crescuți în puf de doici care veneau și plecau, complet ignorați de tatăl lor, care era ori în Asia pentru a cumpăra fabrici, ori la birou, trăind cu ultima secretară. Hark nu voia să-l denigreze pe decedat, dar domnul Phelan fusese ceea ce fusese. Mamele lor erau, de asemenea, ciudate, dar și ele trăiseră o viață de coșmar alături de Troy.

Copiii Phelan nu crescuseră în familii normale. Nu fuseseră învățați lucrurile pe care majoritatea copiilor le învață de la părinții lor. Tatăl lor fusese un mare om de afaceri după a cărui aprobare tânjiseră, dar pe care nu o obținuseră niciodată. Mamele lor își făcuseră de lucru pe la cluburi, cu diverse cauze și cu arta cumpărăturilor. Pentru tatăl lor, a le oferi copiilor posibilitatea de a porni cum trebuia în viață însemna pur și simplu să îi dăruiască fiecăruia câte cinci milioane de dolari când împlinea douăzeci și unu de ani. Fusese mult prea târziu și mult prea devreme. Banii nu puteau oferi înțelepciunea, îndrumarea și dragostea de care avuseseră nevoie în copilărie. Și dovediseră foarte clar că nu fuseseră pregătiți pentru responsabilitățile pe care le presupunea bogăția.

Darurile fuseseră dezastruoase și totuși îi făcuseră să se și maturizeze. Acum, când înaintaseră în vârstă, copiii Phelan realizau greșelile făcute. Se rușinau de cât de nesăbuiți fuseseră cu banii. Închipuiește-ți cum ar fi să te trezești într-o bună zi ca fiul rătăcitor, așa cum pățise Rex o dată, la treizeci și doi de ani – divorțat, falit și stând în fața unui judecător care vrea să te bage în închisoare pentru că n-ai plătit pensia alimentară copilului, închipuieşte-ţi cum ar fi să stai la închisoare unsprezece zile, în timp ce fratele tău, de asemenea falit şi divorţat, încearcă să-ţi convingă mama să te scoată pe cauţiune. Rex spunea că îşi petrecuse timpul în spatele gratiilor încercând să îşi dea seama unde se duseseră banii.

Viaţa fusese grea pentru copiii Phelan. Multe din rănile lor şi le făcuseră singuri, dar multe fuseseră inevitabile din cauza tatălui lor.

Supremul gest de neglijare al tatălui lor fusese acel testament scris de mână. Nu avea să înţeleagă niciodată răutatea acelui om care îi respinsese; copii fiind, îi pedepsise ca adulţi şi îi exclusese ca moştenitori.

Hark încheie, spunând:

– Sunt Phelani, sânge din sângele lui Troy, la bine şi la rău şi, cu siguranţă, merită o parte dreaptă din averea tatălui lor.

După ce termină, Hark se aşeză şi în jur se făcu linişte. Era un apel din inimă, iar Nate, Josh şi chiar şi Wycliff fură mişcaţi. N-ar fi avut nici o şansă în faţa unui juriu, pentru că n-ar fi putut să recunoască în mod deschis că nu aveau niciun caz. Dar pentru acel moment şi acel loc, micul discurs al lui Hark era perfect.

Se presupunea că Nate ţinea banii, cel puţin acela era rolul lui în jocul respectiv. Ar fi putut să se tocmească, să-i ţină în şah şi să blufeze o oră, după care să scoată câteva milioane din avere. Dar pur şi simplu nu avea chef. Dacă Hark putea să treacă direct la subiect, şi el putea. Oricum, totul era un truc.

– Care e limita voastră? îl întrebă el pe Hark, privirile întâlnindu-li-se asemenea radarului.

– Nu ştiu dacă avem o limită, dar cred că suma de cincizeci de milioane de moştenitor este rezonabilă. Ştiu că pare mult şi chiar este, dar gândiţi-vă la mărimea averii. După achitarea impozitelor, tot mai vorbim de numai vreo cinci la sută din bani.

– Cinci la sută nu e foarte mult, spuse Nate şi lăsă cuvintele să plutească între ei.

Hark se uită la el, dar ceilalţi nu. Erau aplecaţi asupra carneţelelor, cu stilourile pregătite pentru următoarea rundă de calcule.

– Chiar nu este, spuse Hark.

– Clienta mea va fi de acord cu cincizeci de milioane, spuse Nate.

În clipa aceea, clienta lui probabil îi învăţa cântece din Biblie pe copii la umbra unui copac pe malul râului.

Wally Bright tocmai câştigase un onorariu de douăzeci şi cinci de milioane de dolari şi primul său impuls fu de a da fuga în partea cealaltă a încăperii şi a-i săruta picioarele lui Nate. În schimb, se încruntă inteligent şi notă nişte lucruri cu grijă, lucruri pe care nu putea să le citească.

Josh ştia că aşa avea să se întâmple, bineînţeles, pentru că oamenii lui făcuseră calculele, dar Wycliff nu se aşteptase. Tocmai se ajunsese la o înţelegere, deci nu avea să aibă loc niciun proces. Trebuia să pară încântat.

– Ei bine, aţi ajuns la o înţelegere? întrebă el.

Din obişnuinţă, avocaţii se adunară în jurul lui Hark şi încercară să şuşotească, dar nu găseau cuvinte.

– Ne-am înţeles, anunţă Hark, mai bogat cu douăzeci şi şase de milioane de dolari.

Se întâmpla ca Josh să aibă la el un formular tip pentru încheierea unui acord. Tocmai se apucaseră să-l completeze, când, deodată, avocaţii Phelan îşi aduseră aminte de clienţii lor. Cerură să fie scuzaţi şi dădură fuga pe coridor, câte un celular apărând din fiecare buzunar. Troy Junior şi Rex aşteptau lângă un automat de băuturi răcoritoare de la primul etaj. Geena şi Cody citeau ziarele într-o sală de şedinţe goală. Spike şi Libbigail stăteau în vechea lor maşină parcată pe stradă. Mary Ross se afla în Cadillacul ei în parcare. Ramble era acasă, la subsol, cu uşa încuiată şi cu căştile la urechi, într-o altă lume.

Înţelegerea nu avea să fie perfectată decât atunci când era semnată şi aprobată de Rachel Lane. Avocaţii Phelan voiau ca totul să fie strict confidenţial. Wycliff acceptă să sigileze dosarul. După o oră, acordul fu încheiat. Îl semnară toţi moştenitorii Phelan şi avocaţii lor. Îl semnă şi Nate.

Nu mai trebuia decât o semnătură. Nate îl informă că avea nevoie de câteva zile pentru a o obţine.

Dacă ar fi ştiut ei, se gândi el când ieşi din tribunal.

Vineri după-amiază, Nate şi pastorul plecară din St. Michaels cu maşina avocatului. Conducea pastorul, pentru a se obişnui cu ea, în timp ce Nate trăgea un pui de somn pe scaunul din dreapta. Când traversară Bay Bridge, se trezi şi îi citi lui Phil acordul final, deoarece acesta voia toate amănuntele.

Avionul Gulfstream IV al corporaţiei The Phelan Group aştepta la aeroportul Baltimore – Washington. Era elegant şi strălucitor, suficient de mare pentru a transporta douăzeci de persoane în orice colţ al lumii. Phil vru să-l vadă de aproape, aşa că îi rugară pe piloţi să facă un tur. Nicio problemă. Orice dorea domnul O'Riley. Cabina era numai din piele şi lemn, cu canapele, fotolii rabatabile, o masă de conferinţe şi câteva televizoare. Nate ar fi vrut să călătorească la fel ca o persoană de rând, dar Josh insistase.

Privi în urma lui Phil, care se îndepărta cu maşina, după care urcă iarăşi în avion. În nouă ore avea să fie la Corumbá.

Acordul era intenţionat subţire, conţinând cât mai puţine cuvinte cu putinţă şi cele mai scurte şi mai simple pe care le puteau inventa creatorii acestor documente imposibile. Josh îi pusese să îl rescrie de nenumărate ori. Dacă Rachel avea cea mai mică înclinaţie să-l semneze, era absolut necesar ca ea să înţeleagă despre ce era vorba. Nate avea să fie acolo pentru a-i oferi explicaţiile necesare, dar acesta ştia că ea nu avea prea multă răbdare în asemenea chestiuni.

Bunurile pe care le moştenea conform ultimului testament al tatălui ei aveau să fie incluse într-o societate numită Rachel Trust, din lipsa unei denumiri mai cu imaginaţie. Capitalul de bază avea să rămână intact timp de zece ani, numai dobânzile şi profiturile putând să fie oferite societăţilor de binefacere. După zece ani, cinci la sută din capitalul fix pe an, pe lângă dobânzi şi profituri, puteau fi cheltuiţi cum găseau de cuviinţă administratorii. Plăţile anuale urmau să fie administrate în diverse scopuri caritabile, cu accent pe activitatea organizaţiei Triburile Mondiale. Însă limbajul era atât de imprecis, încât administratorii puteau folosi banii pentru orice acţiune de binefacere. Administratorul principal era Neva Collier, de la Triburile Mondiale, care avea autoritatea de a numi până la doisprezece alţi administratori pentru a o ajuta. Aceştia se conduceau singuri şi îi raportau lui Rachel, dacă aceasta voia.

De asemenea, dacă aceea îi era dorinţa, Rachel nu avea să vadă sau să se atingă de bani niciodată. Societatea avea să fie înfiinţată cu ajutorul avocaţilor aleşi de organizaţia Triburile Mondiale.

Era o soluţie atât de simplă.

Nu era nevoie decât de o semnătură, un scurt Rachel Lane, sau indiferent care era ultimul nume. O semnătură pe actul de înfiinţare, una pe acord şi cazul Phelan avea să fie închis fără alte probleme. Nate putea să meargă mai departe, să-şi înfrunte problemele, să-şi ia medicamentele şi să înceapă să-şi refacă viaţa. Era nerăbdător să înceapă.

Dacă ea refuza să semneze actul de înfiinţare şi acordul, Nate avea nevoie de semnătura ei pe un document de renunţare. Putea să refuze moştenirea, dar trebuia să înştiinţeze tribunalul.

O renunţare ar fi făcut ca testamentul lui Troy să fie lipsit de valoare. Rămânea valid, dar nu era operabil. Bunurile nu aveau unde să treacă. Era ca şi cum el ar fi murit fără să aibă un testament. Legea ar fi împărţit averea în şase, pentru fiecare moştenitor.

Cum avea să reacţioneze ea? I-ar fi plăcut să creadă că va fi încântată să-l vadă, dar nu era convins de acest lucru. Îşi aminti cum îi făcuse cu mâna în timp ce el se îndepărta pe râu, cu puţin înainte să fie răpus de febra dengue. Stătea în mijlocul oamenilor ei, făcându-i cu mâna, spunându-i adio pentru totdeauna. Nu voia să fie deranjată cu lucruri mondene.

51

Valdir aştepta la aeroportul din Corumbá când avionul Gulfstream lunecă pe pistă spre clădire. Era unu noaptea; aeroportul era pustiu, numai câteva avioane mici aflându-se în capătul îndepărtat al pistei. Nate se uită la ele şi se întrebă dacă cel al lui Milton mai fusese adus din Pantanal.

Se salutară ca nişte prieteni vechi. Valdir fu impresionat de cât de sănătos părea Nate. Când se văzuseră ultima oară, Nate se clătina pe picioare din cauza febrei dengue şi arăta ca un schelet.

Plecară cu Fiatul lui Valdir, cu geamurile deschise, aerul cald şi sufocant mângâindu-i faţa lui Nate. Piloţii îi urmau cu un taxi. Străzile prăfuite erau pustii. Nu se vedea picior de om. Când ajunseră în centru, opriră în faţă la hotelul Palace şi Valdir îi dădu o cheie.

– Camera două sute doisprezece, spuse el. Ne vedem la şase.

Nate dormi patru ore şi aştepta pe trotuar când soarele îşi făcu apariţia dintre clădiri. Cerul era senin şi acesta fu unul din primele lucruri pe care le remarcă. Sezonul ploios se sfârşise cu o lună în urmă. Vremea mai răcoroasă se apropia, deşi la Corumbá, temperatura maximă din cursul zilei rareori scădea sub treizeci şi cinci de grade.

În sacul greu de voiaj avea documentele, un aparat de fotografiat, un nou SatFone, un nou celular, un pager, un sfert de galon din cel mai puternic insecticid cunoscut de chimia modernă, un mic dar pentru Rachel şi două schimburi de haine. Membrele îi erau acoperite în întregime; pantaloni groşi kaki peste picioare, mâneci lungi peste braţe. Probabil că avea să transpire puţin, dar nici o insectă nu avea să-i penetreze armura.

Valdir sosi fix la şase şi porniră în viteză spre aeroport. Oraşul prindea viaţă încet, încet.

Valdir închiriase un elicopter de la o companie din Campo Grande cu o mie de dolari ora. Putea să transporte patru pasageri, avea doi piloţi şi o rază de vreo cinci sute de kilometri.

Valdir şi piloţii studiaseră hărţile pe care le făcuse Jevy după râul Xeco şi după afluenţii care îl umpleau. Dar fiindcă nivelul apelor nu mai era ridicat, era mult mai uşor de navigat prin Pantanal, atât pe apă, cât şi pe calea aerului. Fiecare râu era în matca lui. Lacurile erau la fel. *Fazendas* se aflau deasupra apelor şi puteau fi găsite pe hărţi.

Urcându-şi bagajul în elicopter, Nate încercă să nu se gândească la ultimul lui zbor pe deasupra Pantanalului. În nici un caz nu putea să se prăbuşească de fiecare dată când zbura.

Valdir prefera să rămână la sol, aproape de un telefon. Nu îi plăcea să zboare, mai ales cu un elicopter, şi mai ales deasupra Pantanalului. Cerul era senin şi fără nici un nor când decolară. Nate avea centură de siguranţă, ham şi cască. Zburară deasupra râului Paraguay. Pescarii le făcură cu mâinile. Băieţii care se aflau în apă până la genunchi se opriră şi priviră în sus. Zburară peste o *chalana* încărcată cu banane care se îndrepta spre nord, în aceeaşi direcţie ca ei. Apoi, o altă *chalana* şubredă se îndrepta spre sud.

Nate se obişnui cu zgomotul şi vibraţiile elicopterului. Îi ascultă în căşti pe cei doi piloţi vorbind în portugheză. Îşi aminti de *Santa Loura* şi de starea de mahmureală în care fusese ultima oară când plecase din Corumbá spre nord.

Se ridicară la şase sute de metri şi se menţinură la acea altitudine. La treizeci de minute după decolare, Nate văzu magazinul lui Fernando.

Rămase uimit când văzu cât de diferit era Pantanalul de la un sezon la altul. Erau în continuare o mulţime de mlaştini, lagune şi râuri care şerpuiau în toate direcţiile, dar era mult mai verde acum, că apele se retrăseseră.

Se menţinură deasupra râului Paraguay. Cerul rămase senin şi albastru sub privirea atentă a lui Nate. Îşi aminti de aterizarea forţată cu avionul lui Milton în Ajunul Crăciunului. Furtuna izbucnise din senin.

Coborând la trei sute de metri şi dând roată, piloţii începură să arate spre un anumit punct, ca şi cum ar fi găsit ţinta. Nate auzi cuvântul Xeco şi văzu un afluent vărsându-se în Paraguay. El nu îşi amintea nimic în legătură cu râul Xeco. În timpul primei întâlniri cu acesta, stătuse ghemuit sub cort, pe fundul bărcii, dorindu-şi să moară. Cotiră spre vest şi se îndepărtară de râul principal, urmând cursul lui Xeco şi îndreptându-se spre munţii Boliviei. Piloţii deveniseră mai preocupaţi de lucrurile de la sol. Se uitau după o *chalana* albastru cu galben.

Jos, Jevy auzi zumzetul îndepărtat al elicopterului şi aprinse repede o rachetă de semnalizare. Welly făcu la fel. Rachetele arseră lăsând în urmă o dâră de fum albăstrui şi argintiu. În câteva minute, elicopterul apăru în raza vizuală şi se roti încet.

Jevy şi Welly defrişaseră, la cincizeci de metri de marginea râului, o porţiune de pământ care se aflase sub apă cu numai o lună în urmă. Elicopterul se clătină şi se legănă când se lăsă la sol.

După ce se opriră elicele, Nate sări afară şi îşi îmbrăţişă vechii prieteni. Nu îi mai văzuse de peste două luni şi faptul că el se afla acolo era o surpriză pentru toţi trei.

Timpul era preţios. Nate se temea de furtuni, de întuneric, de inundaţii şi de ţânţari şi voia să se mişte cât mai repede cu putinţă. Merseră până la *chalana*. Lângă aceasta era o barcă lungă şi curată, care părea să aştepte să pornească în prima ei călătorie. Ataşat de ea era un motor nou-nouţ, din partea proprietăţii Phelan. Nate şi Jevy urcară repede în ea, îşi luară la revedere de la Welly şi de la piloţi şi porniră cu viteză.

Satele se aflau la două ore distanţă, îi explică Jevy, strigând ca să se facă auzit peste zgomotul motorului. El şi Welly sosiseră în după-amiaza zilei precedente cu *chalana*. Râul devenise prea mic chiar şi pentru aceasta, aşa că acostaseră lângă un teren suficient de plat pentru a permite aterizarea elicopterului. După aceea, porniseră cu barca cea mică, apropiindu-se în cele din urmă de primul sat. Recunoscuse zona, dar întoarseră înainte să-i audă indienii.

Două ore, poate trei. Nate spera să nu fie cinci. În nici un caz nu avea să doarmă pe pământ, într-un cort sau într-un hamac. Nici un centimetru de piele nu avea să fie expus primejdiilor junglei. Ororile febrei dengue erau prea proaspete.

Dacă nu reuşeau să o găsească pe Rachel, el avea să se întoarcă la Corumbá cu elicopterul, avea să cineze frumos cu Valdir, să doarmă într-un pat şi să încerce din nou a doua zi. Proprietatea putea să cumpere afurisitul acela de elicopter dacă era nevoie.

Însă Jevy părea încrezător, ceea ce nu era ceva neobişnuit. Spintecau apa, prova săltând uşor din cauza vitezei. Ce plăcut era să ai un motor care vuia neîntrerupt şi eficient. Erau invincibili. Nate fu fascinat din nou de Pantanal; aligatorii care dădeau din cozi în apa mică, păsările care zburau jos pe deasupra râului, acea izolare magnifică. Erau prea departe ca să vadă *fazendas*. Căutau oameni care trăiau acolo de secole.

Cu douăzeci şi patru de ore în urmă, stătuse pe veranda căsuţei, sub o pătură, bând cafea, privind bărcile cum intrau în apele golfului şi aşteptând ca părintele Phil să sune şi să spună că se pregătea să se apuce de lucru la subsol. Îi trebui o oră ca să se adapteze complet locului unde se afla.

Râul nu-i era familiar. Ultima oară când îi găsiseră pe indienii Ipica se rătăciseră rău de tot, erau speriaţi, uzi, înfometaţi şi se bazau pe un tânăr pescar. Râurile erau umflate şi punctele de reper ale solului ascunse privirilor.

Nate se uită pe cer, ca şi cum s-ar fi aşteptat să cadă bombe. La prima umbră de nor negru, avea să pornească imediat înapoi.

Apoi, un cot al râului păru vag cunoscut – poate erau pe aproape. Oare avea să-l întâmpine cu un zâmbet şi o îmbrăţişare, vrând să stea la umbră şi să sporovăiască? Oare exista vreo şansă să-i fi fost dor de el sau măcar să se fi gândit la el? Primise oare scrisorile lui? Era jumătatea lui martie şi pachetele ar fi trebuit să ajungă. Oare avea o barcă nouă şi toate medicamentele necesare?

Sau avea să fugă? Avea să se ducă la şef să-l roage s-o apere, să scape de american pentru ultima oară? Oare Nate avea să aibă ocazia măcar să o vadă?

Trebuia să fie ferm, mult mai categoric decât data trecută. Nu era vina lui că Troy făcuse un testament atât de ridicol şi nici nu avea ce să facă în privinţa faptului că ea era fiica lui nelegitimă. Nici ea nu putea să schimbe lucrurile şi nu-i cerea prea mult dacă o ruga să coopereze puţin. Ori semna actul de înfiinţare, ori pe cel de renunţare la moştenire. Nu avea să plece fără semnătura ei.

Putea să întoarcă spatele lumii, dar avea să fie întotdeauna fiica lui Troy Phelan. Acest lucru în sine presupunea o mică doză de cooperare. Nate îşi repetă argumentele cu voce tare. Jevy nu-l auzea, oricum.

Avea să-i povestească despre fraţii ei. Avea să-i descrie o imagine îngrozitoare a ceea ce s-ar întâmpla dacă ei ar primi întreaga avere. Avea să enumere lucrurile bune pe care ar putea să le facă dacă pur şi simplu ar semna actul de înfiinţare. Repetă iar şi iar.

Copacii se îndesiră pe ambele maluri, aplecându-se deasupra râului, unde se atingeau. Nate recunoscu tunelul.

– Acolo, spuse Jevy, arătându-i în faţă pe partea dreaptă, spre locul unde văzuseră prima oară copiii înotând în râu.

Reduse viteza şi trecură pe lângă prima aşezare fără să vadă nici măcar un singur indian. Când colibele dispărură din raza vizuală, râul se bifurcă şi braţele deveniră şi mai mici.

Era un teritoriu familiar. Navigară în zigzag, afundându-se mai mult în pădure şi munţii se zăreau din când în când printre coroanele copacilor. Când ajunseră la a doua aşezare, se opriră lângă un copac masiv, unde dormiseră prima noapte, când fuseseră acolo în ianuarie. Păşiră pe mal în acelaşi loc unde stătuse Rachel când le făcuse cu mâna, exact când febra dengue punea stăpânire pe el. Banca era acolo, cu beţele de trestie legate strâns între ele.

Nate privea spre sat, în timp ce Jevy lega barca. Un tânăr indian alerga pe potecă spre ei. Motorul bărcii lor fusese auzit.

Nu vorbea deloc portugheza, dar, prin mârâieli şi semne, le dădu de înţeles că trebuiau să rămână acolo, pe malul râului, până la noi ordine. Dacă îi recunoscuse, nu arăta. Părea speriat.

Astfel că se aşezară pe bancă şi aşteptară. Era aproape unsprezece dimineaţa. Aveau multe de vorbit. Jevy fusese ocupat, conducând *chalanas* cu mărfuri şi produse în Pantanal. Din când în când, condusese şi câte un vas de turişti, unde câştiga mai bine.

Vorbiră despre ultima vizită a lui Nate, cum goniseră cu motorul împrumutat de la Fernando, despre ororile spitalului şi eforturile lor de a o găsi pe Rachel în Corumbá.

– Îţi spun eu, am tras mult cu urechea pe râu şi femeia n-a venit, spuse Jevy. N-a fost la spital. Ai visat, prietene.

Nate nu avea de gând să-l contrazică. Nici el nu mai era sigur.

Proprietarul vasului *Santa Loura* îl ponegrise pe Jevy în oraş. Se scufundase sub comanda lui, dar toată lumea ştia că furtuna fusese de vină. Respectivul era un prost, oricum.

Aşa cum se aşteptase Nate, în curând, ajunseră să vorbească despre viitorul lui Jevy în Statele Unite. Jevy ceruse viza, dar avea nevoie de un sponsor şi de o slujbă. Nate dădu din cap şi strecură suficiente afirmaţii pentru a-şi menţine prietenul derutat. Nu îşi putea face curaj să îi spună că, în curând, şi el avea să fie nevoit să îşi caute de lucru.

– O să văd ce pot face, zise el.

Jevy avea un văr în Colorado, care, de asemenea, îi căuta o slujbă.

Un ţânţar se învârtea în jurul mâinii lui Nate. Primul său impuls fu să-l zdrobească, dar vru să vadă eficacitatea superinsecticidului său. Când se sătură să tot dea roată ţintei, ţânţarul se repezi brusc spre dosul mâinii lui drepte. Însă, la vreo cinci centimetri distanţă, se opri deodată şi apoi se făcu nevăzut. Nate zâmbi. Urechile, gâtul şi faţa îi erau unse cu acel ulei.

Al doilea atac al febrei dengue provoacă de obicei hemoragie. E mult mai rău decât primul şi adesea fatal. Nate O'Riley nu avea să fie o victimă. Stăteau cu feţele spre sat în timp ce vorbeau, astfel că Nate urmărea fiecare mişcare. Se aştepta să o vadă pe Rachel mergând cu eleganţă printre colibe şi venind pe potecă spre ei. Până acum, trebuia să fi aflat că bărbatul cel alb se întorsese.

Dar ştia oare că era vorba de Nate? Dacă indianul Ipica nu îi recunoscuse şi Rachel era îngrozită că o găsise altcineva?

Apoi îl văzură pe şef venind încet spre ei. Ţinea în mână o suliţă de ceremonie lungă şi era urmat de un indian pe care Nate îl recunoscu. Se opriră la marginea potecii, la vreo cincisprezece metri de bancă. Nu zâmbeau; de fapt, şeful arăta deosebit de nemulţumit.

– Ce vreţi? întrebă el în portugheză.

– Spune-i că vrem să o vedem pe misionară, zise Nate şi Jevy traduse.

– De ce? sosi răspunsul.

Jevy îi spuse că americanul parcursese o distanţă foarte mare până acolo şi că era foarte important să o vadă. Şeful întrebă din nou:

– De ce?

Pentru că aveau de discutat despre probleme importante pe care nici Jevy, nici şeful nu le-ar fi înţeles. Era ceva foarte important, altfel americanul nu s-ar fi aflat acolo.

Nate şi-l amintea pe şef ca pe un individ gălăgios, cu zâmbetul până la urechi şi foarte temperamental. Acum, pe faţa lui nu se vedea nici o expresie. De la cincisprezece metri, ochii păreau reci. Odată insistase ca el să stea lângă focul lui şi să ia împreună micul dejun. Acum stătea cât mai departe cu putinţă. Ceva nu era în regulă. Ceva se schimbase.

Le spuse să aştepte, după care plecă din nou, întorcându-se încet în sat. Trecu o jumătate de oră. Până acum, Rachel aflase despre cine era vorba, şeful trebuia să-i fi spus. Şi nu venea în întâmpinarea lor.

Un nor trecu prin dreptul soarelui şi Nate îl privi cu atenţie. Era pufos şi alb, câtuşi de puţin ameninţător, însă tot îl sperie. Dacă auzea un tunet cât de slab, pleca imediat. Mâncară nişte napolitane cu brânză în barcă.

Şeful îi fluieră întrerupându-le masa. Venea singur dinspre sat. Se întâlniră la jumătatea drumului şi îl urmară vreo treizeci de metri, după care schimbară direcţia şi merseră prin spatele colibelor pe altă potecă. Nate văzu zona comună din sat care acum era pustie. Nu se zărea nici un indian. Nu se vedeau copiii jucându-se. Femeile nu făceau curăţenie în jurul colibelor. Nu găteau. Nu se auzea nici un zgomot. Singurul lucru care se mişca era fumul care se înălţa de la focurile lor.

Văzură chipuri la ferestre, capete mici de după uşi. Erau urmăriţi. Şeful îi conducea cât mai departe de colibe, ca şi cum ar fi fost purtătorii vreunei boli. Apoi o luă pe altă potecă, ce trecea pentru câteva minute prin pădure. Când ajunseră la un luminiş, se treziră în faţa colibei lui Rachel.

Nu se vedea nici urmă de ea. Şeful îi conduse pe lângă uşă, într-o parte a colibei, unde, în umbra deasă a unor copaci, văzură mormintele.

52

Cele două cruci albe asemănătoare erau din lemn şi fuseseră tăiate şi lustruite cu grijă de indieni, după care fuseseră legate cu sfoară. Erau mici, având mai puţin de treizeci de centimetri înălţime, şi fuseseră înfipte în pământul reavăn la capătul fiecărui mormânt. Nu scria nimic pe ele, nimic care să indice cine murise sau când.

La umbra copacilor era întuneric. Nate îşi puse sacul de voiaj pe pământ între morminte şi se aşeză pe el. Şeful începu să vorbească încet şi grăbit.

– Femeia e în stânga. Lako e în dreapta. Au murit în aceeaşi zi, acum vreo două săptămâni, traduse Jevy.

Mai multe cuvinte ale şefului şi apoi:

– Malaria a omorât zece oameni de când am plecat noi, zise Jevy.

Şeful începu apoi să povestească fără să se mai oprească pentru traducere. Nate auzea cuvintele şi totuşi nu auzea nimic. Se uită la movila din stânga, o grămadă netedă de pământ negru perfect dreptunghiulară, îngrădită cu grijă cu crengi groase de vreo cinci centimetri. Acolo era îngropată Rachel Lane, cea mai curajoasă persoană pe care el o cunoscuse vreodată, pentru că nu îi fusese nici un pic frică de moarte. O primise cu braţele deschise. Era împăcată, sufletul ei ajungând în sfârşit la Domnul, în timp ce trupul ei avea să zacă veşnic în mijlocul oamenilor pe care îi iubea.

Sfântul Lako era cu ea, trupul lui fiind acum complet vindecat.

Şocul veni şi dispăru. Moartea ei era tragică, dar, în acelaşi timp, nu era. Nu era o tânără mamă şi soţie care lăsa o familie în urmă. Nu avea un cerc mare de prieteni, care să vină repede să-i plângă trecerea în nefiinţă. Numai o mână de oameni din oraşul în care se născuse avea să ştie că murise. Era o ciudăţenie printre cei care o îngropaseră.

O cunoştea destul de bine ca să ştie că n-ar fi vrut ca cineva să o jelească. N-ar fi aprobat lacrimile şi Nate nu putu să verse niciuna. Timp de câteva clipe, se uită la mormântul ei fără să-i vină a crede, dar realitatea îşi făcu loc în curând. Nu era o veche prietenă alături de care trăise numeroase momente. Abia o cunoscuse. Motivele pentru care o căutase fuseseră pur egoiste, îi invadase intimitatea şi ea îl rugase să nu se mai întoarcă.

Totuşi îl durea inima. Se gândise la ea în fiecare zi de când plecase din Pantanal. O visase, îi simţise atingerea, îi auzise glasul, îşi amintise vorbele ei înţelepte. Ea îl învăţase să se roage şi îi dăduse speranţă. Era prima persoană după zeci de ani care văzuse ceva bun în el.

Nu mai cunoscuse niciodată o femeie ca Rachel Lane şi îi lipsea enorm.

Şeful tăcea.

– Zice că nu putem să rămânem prea mult, spuse Jevy.

– De ce? întrebă Nate, continuând să privească fix mormântul.

– Spiritele dau vina pe noi pentru malarie. A izbucnit când am venit noi prima oară. Nu sunt încântaţi să ne vadă.

– Spune-i că spiritele nu sunt decât nişte măscărici.

– Are ceva să-ţi arate.

Nate se ridică încet şi se uită la şef. După aceea intrară în coliba ei, aplecându-se. Podeaua era din pământ. Erau două încăperi. În camera din faţă era un mobilier atât de primitiv, încât nu-ţi venea să crezi: un scaun din beţe de trestie legate cu sfori, o canapea cu cioturi în loc de picioare şi paie în loc de perne. Încăperea din spate era dormitor şi bucătărie. Dormea în hamac, precum indienii. Sub hamac, pe o măsuţă era o cutie de plastic în care se aflaseră odată medicamente. Şeful arătă spre cutie şi începu să vorbească.

– Înăuntru sunt nişte lucruri pe care trebuie să le vezi, îi traduse Jevy.

– Pentru mine?

– Da. Ştia că o să moară. L-a rugat pe şef să aibă grijă de colibă. Dacă venea un american, trebuia să-i arate cutia.

Lui Nate îi era teamă să o atingă. Şeful o luă şi i-o dădu. După aceea, el ieşi cu spatele din încăpere şi se aşeză pe canapea. Şeful şi Jevy ieşiră din colibă.

Scrisorile nu ajunseseră, cel puţin nu se aflau în cutie. Era o insignă de identificare braziliană, pe care trebuia să o aibă orice non-indian din ţară. Erau trei scrisori de la Triburile Mondiale. Nate nu le citi. Pentru că la fundul cutiei văzu testamentul ei.

Era într-un plic alb şi avea un nume brazilian tipărit în locul adresei expeditorului. Pe plic, ea scrisese clar: Ultimul testament al lui Rachel Lane Porter.

Nate se uită la el uluit. Mâinile îi tremurară când îl deschise cu grijă. Înăuntru erau două foi de hârtie albă, capsate şi împăturite. Pe prima din ele scria din nou cu litere mari Ultimul testament al lui Rachel Lane Porter.

Scria:

> Eu, Rachel Lane Porter, copil al Domnului, locuitor al Lumii lui, cetăţean al Statelor Unite, fiind în deplinătatea facultăţilor mintale, las acest document ca fiind ultimul meu testament.
>
> 1. Nu am testamente anterioare pe care să le anulez. Acesta este primul şi ultimul. Fiecare cuvânt este scris de mâna mea. Este un testament olograf.
>
> 2. Am în posesia mea o copie a ultimului testament al tatălui meu, Troy Phelan, datat în nouă decembrie 1996, în care îmi lasă mie cea mai mare parte a averii sale. Încerc să formulez acest testament după al său.
>
> 3. Nu resping şi nici nu refuz acea parte a averii sale care îmi revine. Nici nu vreau să o primesc. Oricare ar fi darul lui pentru mine, doresc înfiinţarea unei societăţi.

4. Profiturile de pe urma societății vor fi utilizate în următoarele scopuri: a) pentru continuarea activității misionarilor organizației Triburile Mondiale din toată lumea, b) pentru propovăduirea Evangheliei lui Hristos, c) pentru apărarea drepturilor popoarelor indigene din Brazilia și din America de Sud, d) pentru hrănirea celor înfometați, vindecarea celor bolnavi, adăpostirea celor fără locuințe și salvarea copiilor.

5. Îl numesc pe prietenul meu Nate O'Riley administrator al societății și îi acord puteri depline. De asemenea, îl numesc executor al acestui testament.

Semnat în ziua a șasea a lunii ianuarie 1997, în Corumbá, Brazilia.

RACHEL LANE PORTER

Îl citi de mai multe ori. A doua foaie de hârtie era dactilografiată în portugheză. Avea să mai aștepte pentru moment.

Își aținti privirea asupra pământului dintre tălpile sale. Aerul era lipicios și perfect nemișcat. Lumea amuțise, din sat nu răzbătea nici un zgomot. Indienii Ipica încă se mai ascundeau de bărbatul cel alb și bolile lui.

Oare pământul se mătură? Ca să-l faci să fie curat? Ce se întâmplă când plouă și apa picură prin acoperișul de paie? Se fac bălți și se transformă în noroi? Pe peretele din fața lui erau niște rafturi făcute de mână pline cu cărți – Biblii, cărți de rugăciuni, studii de teologie. Rafturile erau puțin strâmbe, înclinate cu câțiva centimetri spre dreapta.

Aceea fusese casa ei timp de unsprezece ani.

Îl citi din nou. Șase ianuarie era ziua când el părăsise spitalul din Corumbá. Deci nu fusese un vis. Îl atinsese și îi spusese că nu avea să moară. Apoi își scrisese testamentul.

Paiele foșniră sub el când se mișcă. Era ca în transă când Jevy își vârî capul pe ușă și zise:

– Șeful vrea să plecăm.

– Citește asta, spuse Nate, dându-i cele două foi de hârtie, cu cea de-a doua deasupra.

Jevy se duse în lumina care pătrundea pe ușă. Citi încet, după care spuse:

– Sunt două persoane. Primul e un avocat care zice că a văzut-o pe Rachel Lane Porter semnându-și testamentul în biroul lui în Corumbá. Era sănătoasă mintal. Și știa ce face. Semnătura lui e legalizată de un, cum îi zice...

– Un notar.

– Da, un notar. Iar a doua persoană, aici, în josul paginii, e secretara avocatului, care se pare că spune aceleași lucruri. Și notarul a legalizat și semnătura ei. Ce înseamnă asta?

– Îți explic mai târziu.

Ieșiră la soare. Șeful stătea cu brațele încrucișate pe piept – răbdarea îi ajunsese aproape la limită. Nate își scoase aparatul de fotografiat și începu să fotografieze coliba și mormintele. Îl puse pe Jevy să țină testamentul, în timp ce el se așeză pe vine lângă mormântul ei. Apoi, îl ținu Nate și Jevy făcu fotografii. Șeful nu vru să fie fotografiat cu Nate. Se ținea cât putea de departe de el. Mormăi și Jevy se temea că avea să explodeze.

Găsiră poteca și se îndreptară spre pădure, ocolind satul iarăși. Când copacii se îndesiră, Nate se opri și mai aruncă o ultimă privire colibei. Ar fi vrut s-o ia cu el, să o ridice cumva și să o transporte în Statele Unite, s-o păstreze ca pe un monument, în așa fel încât milioanele de oameni pe care îi ajuta ea să aibă un loc unde s-o viziteze și să-i mulțumească. Și mormântul la fel. Merita o raclă.

Acela ar fi fost ultimul lucru pe care l-ar fi dorit. Jevy și șeful nu se mai vedeau, așa că Nate grăbi pasul.

Ajunseră la râu fără să îmbolnăvească pe nimeni. Șeful îi mormăi ceva lui Jevy când urcară în barcă.

– Zice să nu ne mai întoarcem, spuse Jevy apoi.

– Spune-i să nu-și facă griji.

Jevy nu spuse nimic, dar porni motorul și se îndepărtă de mal.

Șeful pornise deja înapoi spre sat. Nate se întrebă dacă îi era dor de Rachel. Doar trăise acolo unsprezece ani. Părea să fi avut o influență considerabilă asupra lui, însă nu reușise să-l convertească. Oare îi plângea moartea sau era bucuros că acum zeii și spiritele lui aveau deplină libertate de acţiune? Ce avea să se întâmple cu indienii creştinaţi acum, când ea nu mai era?

Îşi aminti de *shalyuni*, doctorii vrăjitori care o alungau. Aceştia îi sărbătoreau moartea. Şi îi luau cu asalt pe convertiţi. Ea dăduse o luptă bună, acum se odihnea în pace.

Jevy opri motorul şi dirija barca folosind o vâslă. Curentul era slab, apa lină. Nate deschise SatFone-ul cu grijă şi îl aşeză pe bancă. Cerul era senin, semnalul puternic şi, în două minute, secretara lui Josh se duse repede să îşi aducă şeful.

– Spune-mi că a semnat afurisitul ăla de act de înfiinţare, Nate, fură primele lui cuvinte, strigând în telefon.

– Nu-i nevoie să strigi, Josh. Te aud foarte bine.

– Iartă-mă. Spune-mi c-a semnat.

– A semnat un act de înfiinţare, dar nu pe-al nostru. A murit, Josh.

– Nu!

– Ba da. A murit acum două săptămâni. De malarie. A lăsat un testament olograf, exact ca tatăl ei.

– Îl ai?

– Da. E în siguranţă. Totul intră într-un fond. Eu sunt administratorul şi executorul.

– E valid?

– Aşa cred. E scris în întregime de mâna ei, semnat, datat, în prezenţa unui avocat din Corumbá şi a secretarei acestuia.

– Îmi pare valid.

– Şi acum ce-o să se întâmple? întrebă Nate.

Parcă îl vedea pe Josh stând la birou, cu ochii închişi, concentrându-se, cu o mână ţinând telefonul şi cu cealaltă netezindu-şi părul. Aproape că îl auzea făcând planuri prin telefon.

– N-o să se întâmple nimic. Testamentul lui e valid. Dorinţele îi sunt îndeplinite.

– Dar ea a murit.

– Averea lui i se transferă ei. Astfel de lucruri se întâmplă adesea în cazul accidentelor de maşină, când unul din soţi moare într-o zi şi celălalt în ziua următoare. Lucrurile trec din proprietatea unuia în proprietatea celuilalt.

– Şi ceilalţi moştenitori?

– Acordul rămâne în picioare. Ei îşi primesc banii sau ce-o să mai rămână din ei după ce avocaţii îşi vor lua procentele care li se cuvin. Moştenitorii sunt cei mai fericiţi oameni de pe faţa pământului, poate cu excepţia avocaţilor lor. N-au ce să atace. Tu ai două testamente valide. Se pare că tocmai ai devenit administrator de carieră.

– Am puteri depline.

– Ai mult mai mult. Citeşte-mi-l.

Nate îl găsi la fundul sacului său de voiaj şi i-l citi foarte rar, cuvânt cu cuvânt.

– Vino repede acasă, spuse Josh.

Şi Jevy absorbi fiecare cuvânt, deşi părea atent la râu. Când Nate închise şi puse telefonul la loc, el îl întrebă:

– Banii sunt ai tăi?

– Nu. Se va înfiinţa o societate.

– Ce-i aia o societate?

– În cazul nostru, consider-o un cont mare în bancă. Stă acolo, protejat, câştigând dobânzi. Administratorul hotărăşte unde merge dobânda.

Jevy tot nu era convins. Avea multe întrebări şi Nate îi sesiză nedumerirea. Nu era momentul potrivit despre un curs de testamente, proprietăţi şi fonduri.

– Hai să mergem, spuse Nate apoi.

Motorul porni din nou şi ei zburară pe apă, vuind la curbe şi lăsând în urmă o dâră înspumată.

Găsiră *chalana* după-amiază târziu. Welly pescuia. Piloţii jucau cărţi în spatele bărcii. Nate îl sună pe Josh din nou şi îi spuse să cheme avionul din Corumbá. Nu avea să aibă nevoie de el. Nu se grăbea să se întoarcă acasă.

Josh obiectă, dar altceva nu putu să facă. Agitaţia din jurul cazului Phelan se potolise. Nu era nici o grabă, de fapt.

Nate le spuse piloţilor să ia legătura cu Valdir la întoarcere, după care îi expedie.

Echipajul de pe *chalana* privi elicopterul cum dispare ca o insectă, după care porniră. Jevy era la cârmă. Welly stătea dedesubt, în partea din faţă a bărcii, cu picioarele atârnând la câţiva centimetri deasupra apei. Nate găsi un pat şi încercă să doarmă puţin. Dar motorul se afla alături şi bătaia lui constantă îl împiedică.

Vasul era cât o treime din *Santa Loura,* până şi paturile erau mai scurte. Se întinse pe o parte şi privi cum lunecau pe lângă maluri.

Într-un fel, ea ştiuse că el nu mai era un beţiv, că viciile îi dispăruseră, că demonii care îi stăpâniseră viaţa fuseseră goniţi definitiv. Văzuse ceva bun în el. Într-un fel, ea ştia că el căuta. Ea îi descoperise chemarea. Dumnezeu îi spusese.

Jevy îl trezi după lăsarea întunericului.

– A răsărit luna, spuse el.

Se aşezară în partea din faţă a bărcii, Welly stând la cârmă, chiar în spatele lor, urmând dâra de lumină a lunii pline pe râul Xeco ce şerpuia spre Paraguay.

– Barca înaintează încet, spuse Jevy. Facem două zile până la Corumbá.

Nate zâmbi. Nu îi păsa nici dacă făceau o lună.

Nota autorului

Regiunea Pantanal din Brazilia, în statele Mato Grosso și Mato Grosso do Sul, este o zonă de o imensă frumusețe naturală și un loc fascinant de vizitat. Sper că nu am descris-o ca pe o mlaștină mare, plină de pericole. Pentru că nu este așa. Este o bijuterie ecologică ce atrage numeroși turiști, dintre care majoritatea supraviețuiesc. Am fost acolo de două ori și abia aștept să mă duc iarăși.

Carl King, prietenul meu, misionar baptist în Campo Grande, m-a dus în inima Pantanalului. Nu știu cât anume din informațiile lui au fost corecte, dar ne-am simțit minunat timp de patru zile, pe o barcă nu prea mare, numărând aligatori, fotografiind viețuitoare sălbatice, uitându-ne după șerpi anaconda, mâncând fasole neagră cu orez și povestind. Multe mulțumiri lui Carl pentru această aventură.

De asemenea, le mulțumesc și lui Rick Carter, Gene McDade, Penny Pynkala, Jonathan Hamilton, Fernando Catta-Preta, Bruce Sanford, Marc Smirnoff și Estelle Laurence. Și îi mulțumesc, ca întotdeauna, lui David Gernert pentru că s-a uitat pe manuscris, făcând cartea mai bună.

RAO
CARTE DE BUZUNAR ADULȚI
– FICȚIUNE –
RAO CLASIC

Dante Alighieri	*Infernul • Purgatoriul • Paradisul*
Jane Austen	*Rațiune și simțire • Mândrie și prejudecată • Persuasiune • Emma*
Honore de Balzac	*Moș Goriot • Verișoara Bette*
Frank Baum	*Vrăjitorul din Oz*
Charlotte Brontë	*Jane Eyre*
Emily Brontë	*La răscruce de vânturi*
Mihail Bulgakov	*Maestrul și Margarita*
Albert Camus	*Carnete • Fața și reversul. Nunta. Mitul lui Sisif. Omul revoltat. Vara • Primul om • Străinul. Ciuma. Căderea. Exilul și împărăția*
Lewis Carroll	*Aventurile lui Alice în Țara Minunilor / Alice în Țara Oglinzii și ce a găsit acolo*
Adolfo Bioy Casares	*Invenția lui Morel • Cei care iubesc urăsc* (cu Silvina Ocampo)
Kate Chopin	*Trezirea*
Sir Arthur Conan Doyle	*Întoarcerea lui Sherlock Holmes • Câinele din Baskerville. Valea terorii • Studiul în roșu aprins; Semnul celor patru*
A.J. Cronin	*Castelul Pălărierului*
Mihailovici Feodor Dostoievski	*Crimă și pedeapsă • Demonii • Adolescentul*
Antoine de Saint-Exupéry	*Micul Prinț • Curierul de Sud. Zbor de noapte. Pământ al oamenilor. Pilot de război. • Citadela*
F. Scott Fitzgerald	*Marele Gatsby • Blândețea nopții*
Gustav Flaubert	*Educație sentimentală*
André Gide	*Amintiri de la Curtea cu Juri / Sechestrata din Poitiers • Falsificatorii de bani / Porumbelul • Fructele pământului; Noile fructe • Pivnițele vaticanului*
Nathaniel Hawthorne	*Litera stacojie*
Hermann Hesse	*Basme • Cele mai frumoase povestiri • Francisc de la Assisi • Jocul cu mărgele de sticlă • Klein și Wagner. La tratament • Knulp / Demian • Lupul de stepă • Peter Camenzind • Siddhartha. Călătoria spre Soare-Răsare • Sub tăvălug • Narcis și Gură de Aur • Gertrud – Rosshalde – Ultima vara a lui Klingsor*
Victor Hugo	*Notre-Dame de Paris*
James Joyce	*Hanul lui Finn*
Jack London	*Colț Alb • Chemarea străbunilor*
Ford Madox Ford	*Un bun soldat*
Franz Kafka	*Procesul*
Thomas Mann	*Casa Buddenbrook • Doctor Faustus • Lotte la Weimar • Muntele vrăjit*

Gabriel Garcia Marquez	*Cronica unei morți anunțate • Despre dragoste și alți demoni • Douăsprezece povestiri călătoare • Dragostea în vremea holerei • Funeraliile Mamei Mari • Generalul în labirintul său • Incredibila și trista poveste a candidei Erendira și a bunicii sale fără suflet • Povestea târfelor mele triste • Scandalul secolului • Toamna patriarhului • Un veac de singurătate • Relatarea unui naufragiat • Colonelului nu are cine să-i scrie • Călătorind prin Europa de Est • Ochi de câine albastru • A trăi pentru a-ți povesti viața • Drumul spre Macondo*
Herman Melville	*Billy Budd și alte povestiri*
Henry de Montherlant	*Celibatarii • Băieții*
Silvina Ocampo & Adolfo Bioy Casares	*Cei care iubesc urăsc*
Jean-Paul Sartre	*Afinitățile elective • Greața, Cuvintele • Teatru • Zidul*
Anna Sewell	*Black Beauty*
Harriet Beecher-Stowe	*Coliba unchiului Tom*
Jonathan Swift	*Călătoriile lui Guliver*
Michel Tournier	*Vineri sau limburile Pacificului*
Virginia Woolf	*Doamna Dalloway*

THRILLER

Will Adams	*Codul lui Alexandru*
Lawrence Alexander	*Rubicon. Conspirație la Casa Alba*
Karin Alvtegen	*Trădarea*
Jeffrey Archer	*O chestiune de onoare • A unsprezecea poruncă*
Esmahan Aykol	*Hotelul Bosfor*
Samantha Bailey	*Fata de pe peron*
David Baldacci	*Cei uitați • Justiție divină • Ziua zero • Evadarea*
Jessica Barry	*Cădere liberă*
Michel Benoit	*Dansul răului*
Steve Berry	*Afacerea Columb • Enigma reginei • Secretul marelui sigiliu • Protocolul de la Varșovia*
Russell Blake	*Nume de cod: JET*
Stephen Booth	*Câinele negru*
Andrew Britton	*Americanul*
Dan Brown	*Codul lui Da Vinci • Conspirația • Fortăreața digitală • Inferno – ed. Film • Îngeri și demoni • Origini • Simbolul pierdut*
D.W. Buffa	*Trandafirul negru*
Serena Burdick	*Anonimele*
Jared Cade	*Răzbunarea mortală*
Thomas Caplan	*Actorul care a devenit spion*

Martin Capparos	*Enigma Valfierno*
John Le Carre	*Jocul • Cântecul misiunii • Premiantul • Casa Rusia • Cârtița • Chemare din tărâmul morții • Managerul Nopții • Micuța toboșărească • Oamenii lui Smiley • Omul nostru din Panama • Prietenie absolută • Spionul care a ieșit din joc • Un spion desăvârșit • Al treilea geamăn • Omul din Sankt-Petersburg • Pe aripi de vultur • Prin urechile acului • Zbor periculos • Noaptea peste ocean*
Lincoln Child	*Infernul de gheață • Inima furtunii*
Eugen Ovidiu Chirovici	*Cartea oglinzilor*
Tom Clancy	*Misiune de onoare • Rainbow six – 2 vol.*
Martina Cole	*Afacerea*
Robin Cook	*Criza*
Michael Connelly	*Avocatul din limuzina • Jocul de domino • Până la capăt. Seria Mickey Haller • Verdictul*
Blake Crouch	*Orașul din munți (seria Wayward Pines vol. 1) • Șeriful (seria Wayward Pines vol. 2) • Ultimul oraș • Materia întunecată*
Jeffery Deaver	*Dansând cu moartea • Grădina fiarelor • Pe muchie de cuțit*
Nelson DeMille	*Focul sălbatic*
William Diehl	*Domnie în iad*
Michael Dobbs	*Culisele puterii – vol. 1 al trilogiei House of cards • Atac la rege – vol. 2 al trilogiei House of cards • Lovitura finală – vol. 3 al trilogiei House of cards*
Robert Dugoni	*Victimele puterii*
Andreas Eschbach	*Ultimul dintre ei • Aurul diavolului*
Veit Etzold	*Tăietura finală*
Sebastian Faulks	*Jocul cu diavolul*
Joseph Finder	*Instinct ucigaș • Jocul puterii*
Ian Fleming	*Trăiește și lasă-i să moară • Casino Royale*
Emma Flint	*Victime neînsemnate*
Ken Follett	*Alb Infinit • Triunghiul • Bani de hârtie • Codul „Rebecca" • Copiii Edenului • Printre lei • Scandalul Modigliani • O misiune riscantă • Un loc numit libertate • Noapte peste ocean*
Frederick Forsyth	*Fantoma din Manhattan • Cobra*
Tana French	*Liniștea umbrelor*
Tom Gabbay	*Conspirația din Berlin*
Mark Gimenez	*Culoarea legii*
Sue Grafton	*D de la datornic*
John Grisham	*Avocatul rebel • Cazul pelican • Clientul • Firma • Juriul • Informatorul • Muntele familiei Gray • Negustorul de manuscrise• Nevinovatul • Partenerul*

	• Șirul de platani • Și vreme e ca sa ucizi • Ziua răzbunării • Barul Rooster • Îngerii Dreptății
Chris Hammer	*Ținutul secetei*
Colin Harrison	*Recuperatorul*
Mo Hayder	*Tratamentul • Insula porcilor*
David Hewson	*Casa păpușilor*
Jack Higgins	*Țintă sigură*
Luis de la Higuera	*Autopsia Satanei*
Antonio Hill	*Vara jucăriilor moarte*
Matt Hilton	*Pulbere de oase*
Chuck Hogan	*Încercuirea*
Anthony Horowitz	*O veșnicie și încă o zi – James Bond, 007*
Gregg Hurwitz	*Nu te încrede în nimeni*
Dean Koontz	*Fiul rătăcitor – cartea întâi seria Frankenstein • Orașul nopții – cartea a doua seria Frankenstein • Zona invizibilă • Camera șoaptelor • Scara strâmbă*
Tom Knox	*Secretul genezei*
David Jackson	*Nu scoate un sunet*
Steve Jackson	*Mentorul*
Jack Lance	*Pirofobia*
Martin Langfield	*Cutia răului*
Guy Lawson	*Tipii cu arme*
Fred Van Lente	*Ținta*
Paul Levine	*Să-i omorâm pe toți avocații • Un alibi în larg*
David Lindsey	*Legile tăcerii*
T.M. Logan	*29 de secunde*
Robert Lohr	*Automatul de șah*
Imran Mahmood	*Eu, acuzatul*
Esteban Martin	*Pictorul umbrelor*
Tom Martin	*Piramida*
Laura Marshall	*Cerere de prietenie*
Christian Mork	*Dragul de Jim*
Adele Parks	*Invitația*
Tony Parsons	*Trusa criminalistică*
Douglas Preston & Lincoln Child	*Focul alb • Labirintul albastru • Vitrina de curiozități*
Douglas Preston & Mario Spezi	*Monstrul din Florența*
James Patterson	*A 2-a șansă • Al 5-lea călăreț • Crucea lui Cross • Detectivul Alex Cross • Justiția lui Cross*
James Patterson & Michael Ledwidge	*Grădina zoologică*
James Patterson & Maxine Paetro	*A 6-a țintă • Al 7-lea cer • A 9-a judecată • A 11-a oră*
James Patterson & Howard Roughan	*Croaziera*
Mario Puzo	*Nașul*
Kathy Reichs	*Oase frânte*
Tibor Rode	*Virusul Mona Lisa*

James Rollins	*Ordinul negru • Virusul lui Iuda*
Jack Ross	*Recviem*
Dirk Rossmann	*Al nouălea tentacul al caracatiței*
Philip Le Roy	*Ultima armă*
Craig Russel	*Roșu pentru totdeauna*
Riley Sager	*Supraviețuitoarele*
Michael Sammaritano	*Conspirația Siciliană*
Markus C. Schulte Von Drach	*Furor*
Karin Slaughter	*Post mortem*
Teresa Solana	*O crimă imperfectă • Scurtătura înspre Paradis*
Taylor Stevens	*Războiul minciunilor*
Patricio Sturlese	*Taina inchizitorului*
Andrew Taylor	*Jocul de-a destinul • Judecata străinilor – vol. 2 Trilogia Roth*
Brad Thor	*Act de război • Codul de conduită*
P.J. Tracy	*Momeala vie*
Scott Turow	*Eroi obișnuiți • Gemenii • Nevinovat • Ultimul proces*
Stuart Turton	*Cele șapte morți ale lui Evelyn Hardcastle*
Philipp Vandenberg	*Dosarul Golgota*
Louise Voss	*Străinul de lângă mine*
Andrew Wilson	*Minciuna*
Louise Welsh	*Tamerlan trebuie să moară*
Lawrence Wright	*Sfârșit de octombrie*
Mitchell Zuckoff	*13 ore*

MISTER

Toby Ball	*Arhivele*
Zoe Feraris	*În căutarea lui Nouf*
P.D. James	*O meserie nepotrivită pentru o femeie*
Bernard Knight	*Cadavrul meșterului făurar*
Fred Van Lente	*Zece comici mititei*
Gregory Samak	*Cartea secretă*

AVENTURI

Jeffrey Archer	*În linie dreaptă • Nici un ban în plus, nici un ban în minus*
Isabelle Autissier	*Dintr-odată, singuri*
W. Bruce Cameron	*Câinele, adevăratul meu prieten*
Andrea de Carlo	*O mare de adevăruri*
Clive Cussler	*Urmărirea*
Clive Cussler & Dirk Cussler	*Zorii semilunii • Săgeata lui Poseidon (Seria Dirk Pitt)*
Andreas Eschbach	*Un bilion de dolari*
Peter Heller	*Constelația câinelui*
Matthew Reilly	*Planul Majestic 12*
Manda Scott	*Craniul de cristal*
Wilbur Smith	*Războinicii Nilului • Magul • Ultimul papirus • Zeul deșertului • Faraonul*
Paul Sussman	*Oaza ascunsă*

ROMAN ISTORIC

Jeffrey Archer — *Evanghelia după Iuda*
Didier Convard — *Cei cinci templieri ai lui Iisus*
Barbara Ewing — *Rosetta*
Max Gallo — *Titus*
Claudia Gross — *Maestra runelor*
Conn Iggulden — *Împăratul – Moartea regilor*
Jenny McCartney — *Fabrica de fantome*
Pauline Peters — *Camera rubinie • Secretul camerei cu trandafiri*
Anthony Quinn — *Prietenii noștri din Berlin*
Christoph Ransmayr — *Ultima lume*
Fiona Valpy — *Marea amintirilor • Secretul de la castel*
Mondfeld zu Wolfram & Wertheim zu Barbara — *Școala gladiatorilor*

FANTASY

Rebecca James — *Femeia din oglindă*
Robert Jordan — *Roata timpului – Ochiul lumii vol. 1 • Roata timpului – În căutarea cornului vol. 2 • Roata timpului – Dragonul renăscut vol. 3 • Roata timpului – Umbra se întinde vol. 4 • Roata timpului – Focurile cerului vol. 5 • Roata timpului – Seniorul haosului vol. 6 • Roata timpului – Coroana de săbii vol. 7 • Roata timpului – Calea pumnalelor vol. 8 • Roata timpului – Inima iernii vol. 9 • Roata timpului - Răscruce de drumuri în amurg vol. 10 • Roata timpului - Pumnalul viselor vol. 11 • Furtuna se apropie vol.12*
Sarah J. Mass — *Tronul de cleștar (Seria Tronul de cleștar, vol. 1) • Diamantul de la miezul nopții (Seria Tronul de cleștar, vol. 2) • Moștenitoarea focului (Seria Tronul de cleștar, vol. 3) • Regina umbrelor (Seria Tronul de cleștar, vol. 4)*
Terry Pratchett — *Seria Lumea disc – Bărbați sub arme • Seria Lumea disc – Seniori și doamne Imperiul furtunilor (Seria Tronul de cleștar, vol 5) • Regatul spinilor și al trandafirilor (Seria Regatul spinilor și al trandafirilor, vol. 1) • Regatul ceții și al furiei (Seria Regatul spinilor și al trandafirilor, vol. 2)*
J.R.R. Tolkien — *Povești neterminate*

SAGA

Ken Follett — *O avere periculoasă*
Rosamunde Pilcher — *Căutătorii de scoici • Septembrie*
Wilbur Smith — *Sanctuarul (vol. 3 din saga familiei Courtney) • Vulpea aurie (vol. 7 din saga familiei Courtney) • Păsări de pradă*

(vol. 9 din saga familiei Courtney) • *Musonul (vol. 10 din saga familiei Courtney)* • *Orizontul albastru (vol. 11 din saga familiei Courtney)* • *Triumful soarelui (vol. 12 din saga familiei Courtney)* • *Assegai (vol. 13 din saga familiei Courtney)*

LITERATURA CONTEMPORANĂ

Jeffrey Archer	*Primul între egali* • *O duzină de tertipluri*
Clelie Avit	*Sunt aici*
Nicole Baart	*Departe*
Răzvan Ioan Boanchiș	*Portocaliu*
Gayle Brandeis	*Licitația lui Flan*
Isabel Camblor	*Nopțile Cenușăresei*
W. Bruce Cameron	*Drumul unui câine către casă*
Gustavo Dessal	*Operațiunea Afrodita și alte povestiri*
Jessica Duchen	*Violonista*
Jacky Durand	*Moștenirea unui chef*
David Ebershoff	*Daneza*
Roopa Farooki	*Dulciuri amare*
Janet Fitch	*Paint it black. Destin în negru*
Joshua Max Feldman	*Cartea lui Iona*
Luigi Guarnieri	*Mireasa evreică*
Gail Honeyman	*Eleanor Oliphant se simte excelent*
Jonas Karlson	*Camera*
Matthew Kneale	*Pe când eram la Roma*
Peter Mayle	*În căutarea lui Cezanne* • *Din nou în Marsilia* • *Din nou în Corsica* • *Douăzeci și cinci de ani în Provence*• *Hoțul de Vinuri* • *Lecții de franceză* • *Provence de la A la Z* • *Provence pentru totdeauna* • *Un an bun* • *Un an în Provence* • *Viață de câine*
Colum McCann	*Zoli* • *Dansatorul* • *Treisprezece priviri diferite*
Dorthe Nors	*Lovitura de karate*
Tony Parsons	*Copil și bărbat*
Pino Roveredo	*Copile drag* • *Să-mi dai de știre*
Oana Sîrbu / Cristian Tiberiu Popescu	*Inițiere în splendoare*
Sarah Stricker	*Cinci copeici*
Ben Stephenson	*O posibilă problemă de viața și de moarte*
Jeet Thayil	*Narcopolis*
Heather Tucker	*Fata din lut*
Nicole Vosseler	*Dincolo de Nil* • *Sub luna de șofran*
Markus Zusak	*Podul de lut*

ROMANCE

Camille Aubray	*Cină cu Picasso*
Anna Bell	*Lista de dorințe*

Shalini Boland	*Soția milionarului*
Isabelle Broom	*Escapada*
Andrea de Carlo	*Un om liber*
Heddi Goodrich	*Pierduți în cartierul spaniol*
Catherine Isaac	*Aici, acum, mereu*
Kathy Ireland, Rachel Van Dyken	*New York, jungla modei*
Frances Mayes	*Destine în Toscana*
Nicholas Sparks	*Accidentul – ed. cartonată • Cel mai lung drum – ed. film • Dragă John – ed. cartonată • Miracolul • Mesaj de departe – ed. cartonată • O plimbare de neuitat • Pas în doi • Privește-mă • Ultimul cântec – ed. cartonată*
Stan Parish	*Dragoste și Jaf*
Sue Roberts	*Idilă pe rivieră*
Riley Sage	*Supraviețuitoarele*

HORROR

John Saul	*Labirintul diavolului*

SF

Anthony O' Neill	*Fața întunecată a lunii*
Douglas Preston & Lincoln Child	*Canionul tiranozaurului*
Andreas Eschbach	*NSA Agenția Națională de Securitate*
Chris Carter	*Francezul • Gheena • Înfruntă viitorul*
Emily St. John Mandel	*Simfonia itinerantă*
John Brunner	*Rețelele infinitului*
Walter M. Miller Jr.	*Cantică pentru Leibowitz*

UMOR

Stephen Clarke	*În viața ai parte și de merde*
Marcelo Birmajer	*Povești cu bărbați însurați*
Joe Dunthore	*Submarin*
John Grisham	*Fotbal și pizza • Un altfel de Crăciun*
Peter Mayle	*Hotel Pastis*
John O'Farrell	*Avertisment: poate să conțină urme de alune*
Rowan Somerville	*Sfârșitul somnului*

www.raobooks.com | www.facebook.com/rao.editura
office@rao.ro | libraria.rao@rao.ro

Tipărit la ARTPRINT